# 特殊使命

莫华杰 著

SPM 南方传媒　花城出版社

中国·广州

**图书在版编目（ＣＩＰ）数据**

特殊使命 / 莫华杰著. -- 广州 ：花城出版社，
2024.3
ISBN 978-7-5749-0052-3

Ⅰ．①特… Ⅱ．①莫… Ⅲ．①长篇小说－中国－当代
Ⅳ．①I247.5

中国国家版本馆CIP数据核字(2023)第216360号

出 版 人：张 懿
责任编辑：邓 如 李 谓 曹玛丽
责任校对：李道学
技术编辑：凌春梅
封面设计：王玉美

书　　名　特殊使命
　　　　　TESHU SHIMING
出版发行　花城出版社
　　　　　（广州市环市东路水荫路 11 号）
经　　销　全国新华书店
印　　刷　广东鹏腾宇文化创新有限公司
　　　　　（广东省珠海市高新区唐家湾镇科技九路 88 号 10 栋）
开　　本　880 毫米 × 1230 毫米　32 开
印　　张　13.125　1 插页
字　　数　350,000 字
版　　次　2024 年 3 月第 1 版　2024 年 3 月第 1 次印刷
定　　价　59.80 元

如发现印装质量问题，请直接与印刷厂联系调换。
购书热线：020-37604658　37602954
花城出版社网站：http：//www.fcph.com.cn

一九四二年二月四日。
农历腊月十九，立春。
香港。

# 一

　　九龙就算有九条龙，也架不住折腾啊！日本人的飞机大炮不长眼，炸伤了龙脉，把龙王气跑了，这个月没下过一滴雨，你当是天气回暖？屁！那是龙王发怒，不渴死十万人填龙脉，龙王是不会罢休的，趁着还有力气，赶紧逃出香港吧！

　　不知是谁放出的话，在坊间弥散开来，平添了香港市民的恐慌。天气确实有些反常，腊月底了，却是一天热过一天，好似阳春三月。往年也有这种情况，但那时的人们沉浸在过年的欢乐之中，从来不觉得天气回暖是一场灾难，而是春临大地的喜兆。如今不同，日本人强势推行奴化政策，把香港搅得乌烟瘴气，年关变成了鬼门关。

　　日本人做事很绝，把社会上所有的公家与私人资产全部查封，工厂、商行、酒店、医院、商业大楼、电影院，等等，说是清查这些资产背后的股东身份，没有问题再归还给业主经营。生活资源也被全面管控，水、电、粮食、燃料等，就连煮饭的柴火都被严格管制，要是没有经过当地伪乡公所的同意，擅自上山砍柴者会被当场枪毙。

　　如此变态做法，就是要逼迫大量的平民百姓离开香港，以此减少香港的粮食和水源负担，同时逼迫更多的市民投靠日军。想要得到粮食和水源，最好的办法就是供出爱国文化人士和抗日分子的下落，拿到良好市民奖章，才能在香港活出尊严，才不会被日军刁难。

　　日本人野心勃勃，想要将香港从英国占有地变成日本占有地，然而奴化民众思想的前提，必须清除掉滞留在香港的抗日分子和爱国文化人士，否则这些人到处宣传抗日精神，会让日军很被动，甚至功亏一篑。于是，日军四处张贴告示和散发传单，谁要是举报抗日分子和爱国文化人士，就颁发一个良好市民奖章，凭奖章可以优先取水和购买粮食，通关时也可免去搜查与盘问。尤其是淡水资源，已然成为日军控制香港的最佳手段，把老百姓驯服得如同待宰的羔羊。

香港是一个被大海怀抱却十分缺水的城市。缺的是淡水。香港地质结构特殊，地下全是岩石层，没办法储藏地下水。虽然香港有香江，却是一条从山上流下来的小溪，根本不够百万市民饮用，而且一到旱季就会断流。为了解决市民的饮水问题，港英政府动用了大量民工，在香港的低洼处修水库、挖山塘，以此收集天上的雨水。看天喝水就像看天吃饭，总是充满了不可预测的变数，每到旱季山塘水库很快就见底，水荒像魔咒一样深深困扰着这座滨海之城。

由于淡水资源稀缺，日本人采取了简单粗暴的方式，直接停止自来水供应，每天上午八点到九点钟在固定区域供水：有良好市民奖章的人可以优先接水；没有奖章的只能排队候水；没有良民证的则不能进入供水区。

日本人的如意算盘是：滞留在香港的爱国文化人士和抗日分子不可能拿到良民证，他们没有资格接水，只能高价购买别人抢来的水。但是别人抢来的水源也有限，出价奇高，比油盐粮食还贵，长期以往根本无法生存，到最后他们一定会成为"浮头鱼"——在水里缺氧而把头露出水面的大鱼，任由日军捕捞。

早上七点钟是宵禁解除的时间，人们第一件事情就是迎着初升的太阳，争先恐后地跑到各区的供水处排队。很快，队伍便排得像长龙一样。然而供水时间有限，只能满足大半人的需求，刚开始队伍还有些秩序，半个小时后，队伍仍拖着长长的尾巴，后面的人知道轮不上自己接水，为了活命，直接跑去抢水，搅得现场一片混乱。

人们为此大打出手，时常闹出人命来。

港岛北角区的伪乡公所，此刻正上演着抢水的大戏，黑压压的人群像中邪一样上蹿下跳，叫骂声此起彼伏，把不远处的海浪声都给压了下去。

"仆街仔，敢同我抢水，去死吧！"

"死开点，丢雷老母，莫阻止我的水喉！"

"冚家铲，踢翻我嘅水桶，信不信我杀你全家！"

"你老母食饱无屎屙啊！我同你拼命了！"

"够命啊！呜呜……"

现场乱成一片，男人们拿着扁担和水桶当武器，发疯似打起来，为了靠近水龙头，他们用上了拼命的架势；女人们用水桶或木盆罩住脑袋，尖叫地跑开；孩子们机灵得很，早就飞快地跑到边上去，有些小孩的眼中露出惊恐之色，有些小孩却一脸兴奋，并不觉得打架群殴是件可怕的事情，因为这种场面成天都在上演，就像看大戏一样；老人们吓得颤颤巍巍，尽可能缩到墙角边上，以免遭了无妄之灾。

伪乡公所的四周站着日本宪兵和伪保安兵，他们端着步枪，枪筒下面装了刺刀，在阳光下闪着寒光，像野兽的獠牙。

这些日伪兵是来守护供水秩序的，眼下现场大乱，正是需要他们"主持公道"的时候，他们却无动于衷，毫不理会，脸上甚至流露出幸灾乐祸的表情。这样的场景早已司空见惯，为了水打架，甚至死几个人根本算不了什么，他们还巴不得多死一些人才好，以此减轻香港的人口负担。

混乱之中，不少人从伪乡公所的大院跑出来，怕自己抢到的一点水会在混战中被人打掉或抢掉。只要桶里有一点水，就能熬过今天，像牲口一样毫无尊严地活下去。

陈浩三和陈睦、方孝全、方孝举也跑了出来。

四人各提着一只水桶，身上衣服有些湿漉漉的，显然是抢水时被水溅的。方孝全和方孝举脸上还有些青肿，看上去颇为狼狈，却洋溢着欢快的笑容。兄弟俩互相掩护作战，各抢了大半桶水，是四人当中最多的。

"三哥，这抢水比我们当年抢地盘还要难，费了吃奶的劲，才抢了几瓢水，还不够洗脸呢！"陈睦抹了抹脸上的水珠，愤愤不平地对堂哥陈浩三说。他想起刚才抢水时，有人突然从背后拿扁担偷袭他，要不是自己身手灵敏，一脚把那人踢开，恐怕后脑勺就要被开了瓢。

陈浩三叹了一口气："好歹我们抢了些水，能挨过今天，好多人都没有抢到水，那才是苦命。只怕下午街头又有渴死的人，日本人不管，保安队也不理，还得靠我们去埋尸体，真是晦气。"

方孝全性格内向，不怎么爱讲话，这时也忍不住说："想当年，我们兄弟几个拿着刀子，从电气街砍到春秧街，满身是血，从此得了北角四虎的威名，谁敢不看我们的面子。现在半条命都搭进去了，才抢得半桶水，真是丢死人。"

方孝举看了哥哥一眼，用揶揄的语气说："丢，这叫彼一时，此一时，抢不到水就要渴死，谁还怕我们这些江湖混混。就算我们拿刀子拼命，人家也照样跟我们抢水。"

陈浩三骂道："你个衰仔怎么讲话，什么江湖混混，好歹读了两年书，读到屎忽眼了，应该是江湖大佬。"

方孝举嘿嘿一笑："三哥，我成日跟你鬼混，你自己都不正经，还指望我能放出香屁来？"又说，"就算江湖大佬也没用，还不如人家龅牙仔得利。早些天渣华道的龅牙仔仗着哥哥是保安兵，搞了两桶水，大摇大摆挑过街头，好似中状元。街边一个女人看到，眼睛拿得死死的。龅牙仔见女人身上污糟，脸上倒有些姿色，便说你同我返屋企，我拿一桶水给你冲凉。没想到女人真的跟他走了。龅牙仔白捡一个小老婆，比我们这些半桶水大佬可要强得多，你看我们一个个都还是寡佬呢！"

大伙儿被逗得笑了起来。

陈睦说："现在水比油贵，谁愿意拿出一桶水来冲凉，那可真是下了血本，我要是女的也愿意跟他回家。"说到这里，用调侃的眼神瞟了一眼方孝举，"阿举，你也抢两桶水回去给秋蓉冲凉，说不定她就跟你好上了。"

方孝举翻起了白眼："说得容易，你有金条吗，借我两根试试。"

陈睦说："我要是有金条早就去澳门了，窝在香港等死啊！"随后嘲讽道，"乌龟爬门槛，迟早要跌跤。我劝你别打秋蓉的主意，她得了神经病，要是死缠烂打，只怕吓得病情加重，你可负担不起。"

方孝举骂道："你耳朵生烂疮，听不见医生说话啊，那叫战争神经症，战争带来的心理创伤，不是神经病，你怎么老是搞不清楚。"

陈睦不屑地说："那也跟神经病差不多。"说到这里看了一眼陈浩三，"医生说要多抚慰秋蓉，让她早点走出战争阴影，这件事情还是交给三哥搞定。三哥以前同秋蓉相爱过，要是旧情复燃，肯定药到病除。阿举鬼揸眼，非要跟三哥争女人，好似小脚穿大鞋，等着仆街。"

方孝举赌气般说："三哥发过毒誓，不能跟秋蓉在一起，秋蓉的事情就交给我了。"随后挺起胸膛，一副干架的势头，"你条死仔口水多过茶水，三哥都没出声，要你多管闲事。你还是想着怎么去澳门找阿翠吧，连自己的女人都管不住，还来操这个闲心。"

陈睦瞪了方孝举一眼："我好心话你知，别好柴烧烂灶！"

方孝举恨恨地说："我偏要打秋蓉的主意，关你×事！"

陈睦知道方孝举脾气犟，也懒得吵架，伸手到身子里面抓痒："半个月没冲凉，都要长虱子喽！不行，待会儿回去我也要冲凉，身上太难受了。"

陈浩三看了一眼陈睦提着的木桶，只有两瓢水的量，是他们当中抢得最少的，便笑道："就这点水，洗屁股都够呛。"又说，"莫不是趁乱去摸女人的屁股了？听说很多人不是来抢水的，只想揩油。你条死仔平时就爱搞这一套，老想占别人的便宜。"

陈睦绰号陈抓泥。有句老话叫"跌倒也要抓把泥"，说的是那些喜欢占便宜的人，就算摔跤了也要抓把泥在手上，绝不肯自己吃亏。

揭人不揭短，陈睦翻起白眼："三哥，你把兄弟看得太掉价了，来抢水的都是些泼妇，好似母夜叉，她们的屁股有什么好摸的。有姿色的妹仔哪敢来抢水，怕是水没有抢到人就被日本人捉走了。"又说，"就这一点水，我还是拼了老命抢来的。"

陈浩三嘿嘿笑道："少跟我扮傻，你昨晚还出街打野，当我眼瞎吗。快说，又跟谁搞上了？"

陈睦撇嘴说："我这一身烂臭，谁让我钻被窝呀！昨晚去赌钱了，本想赢几个本钱去澳门找阿翠，谁知手气差，撑船撑到逆水。"又说，"现在哪里还能找女人，一到晚上，女人都恨不得躲到屎忽窿。日本人要在湾仔和西环开辟慰安区，公开向社会征用慰安妇，烂仔发国难财，一到夜里就跑出来抢女人。寮屋区的女人前世低，被烂仔直接绑去卖给日本人，很多十四五岁的妹仔也都当衰了，真係冇阴功。"

陈浩三骂道："天杀的日本人，猪狗都不如！"

方孝举惊惶地左看右看，忙"嘘"了一声："三哥，这可是在大街上，要是被汉奸听到，我们都得吃铁花生。"

陈浩三也意识到事态严重，左右看了一下，幸好街上没什么人，这才松了一口气。


拐角处走来一支保安队。

队长俞广潮手中拿着苹果，一边啃食一边大摇大摆朝前走。身后跟着十二名保安队员，有些拿着卷纸，有些拿着小桶和刷子，正要去张贴告示。

陈浩三瞥见俞广潮，暗叫不妙，急忙扭头要躲。俞广潮眼尖，立即喝道："站住！"

四人只得站在原地不敢乱动，要是敢跑，对方可以光明正大开枪，以逃犯的罪名将他们击毙。

"哟，这不是烂命三吗？如今见了我，好似老鼠见到猫一样。"

俞广潮挥了挥手，身后的保安队员纷纷围上来，将陈浩三一伙人堵住。有的还将腰上的手枪端出来，一副杀威风的样子。

道上混饭吃，最讲究名头，名头越大吃得越开。俞广潮绰号鬼夜潮，北角区流传着一句顺口溜"遇上鬼夜潮，家有死人号"，身边常年跟着十二名小弟，与他合为一体，号称北角十三太保。

北角四虎和北角十三太保都在北角区捞世界，为了抢地盘争利益，两股势力曾多次起冲突。陈浩三仗着功夫好，打架不要命，得了烂命三的绰号，是俞广潮最为头疼的克星。

风水轮流转，香港沦陷后，俞广潮投靠了日本人，成为北角区维持会的保安队长，仍可以兴风作浪。陈浩三不愿意为日军效力，只能眼睁睁地看着自己的产业被日本人查封，如同丧家犬般夹着尾巴做人，不敢出来招惹风头。俞广潮是个心胸狭隘之人，陈浩三和兄弟们平日里深居简出，尽量避开与他碰面。

躲得了初一，躲不过十五，北角区只有簸箕那么大，总有狭路相逢的时候。陈浩三只好硬着头皮应付："俞队长加入皇军，如今高高在上，我们这些鼠辈哪敢冲撞，只好避道而行。"

俞广潮见陈浩三一副谦卑的样子，全然没有以往的硬气，好似变了个人。他咬了一口苹果，慢慢地嚼着，上下打量这个死对头，眼神里藏了刀，千刀万剐地在陈浩三脸上游走。

随后，俞广潮将吃剩的苹果核丢到了陈浩三的桶里。陈浩三脸上仍耷拉着笑容，面不改色，只是把腰弯低了一点。俞广潮眼珠子骨碌一转，转身走到方孝全的身边，双手伸到桶里哗啦啦洗手，还故意把桶里的水给泼弄出来，溅湿了方孝全的裤腿。

方孝全身上血气沸腾，双眼涨红，恨不得一拳打翻这个天杀的。但他也不傻，这个时候只能忍气吞声，接受俞广潮的羞辱，绝不能让对方扣上"危险分子"的帽子。

陈浩三赶紧说："俞队长还没有吃早餐吧？"一边说一边从口袋里掏出一张二十元港币，恭敬地递了过去，"时久不见，请您喝个早茶。"

俞广潮甩了甩手上的水，接过钞票说："你小子居然还藏着港币，不去兑换军票，公然违反皇军宪令，这可是要抓去坐牢的！"

日本人占领香港，为了掠夺资源，发行大量军票取代港币，并要求市民限期内将港币兑换成军票。超过期限，港币即为非法物，私藏者将会面临牢狱之灾。市民惶恐，纷纷将港币兑换成军票。随后，日本人用军票强行购买大量物资运回日本，引起了巨大的通货膨胀。市民看到势头不对，都小心谨慎起来，只认港币而不认军票。可是在日军的统治下，港币迟早会被淘汰，而军票又不断贬值，于是人们开始用黄金白银甚至是铜钱来交易。

陈浩三说："俞队长说得对，不过皇军的宪令上面注明本月底完成兑换，现在还是月初，港币和军票一样通用。"

俞广潮冷笑道："你小子倒会狡辩。"使了个眼神给周边的太保们，"大伙儿都洗洗手，既然烂命三请喝早茶，我们也不跟他客气。"

太保们嘻嘻哈哈地把手伸到桶里。有个太保还故意揩了些鼻涕在手上，再到桶里洗手。

四人憋得脸色通红，却是敢怒不敢言。

俞广潮脸色冷峻，摆摆手说："水脏了，都倒了吧。"

太保们不由分说将四只水桶抢过来，丢在地上。有个太保还将水桶踢了一脚，水桶像受气包一样滚到墙角边上，发出沉闷的声音。

假如他们不把水倒了，就算是洗手水——只要不是洗脚的，陈浩三也要拿回去当饮用水，总比渴死的好。可俞广潮却连喝洗手水的机会都不给他们。

俞广潮盯着陈浩三，板着脸问："怎么，你对我有意见吗？"

陈浩三脸上露出无所谓的笑容，不过那笑容比哭丧还要难看："俞队长是为我们好，不让我们喝洗手水，怕喝坏了肚子。"又说，"我们先走了，不打扰俞队长去喝早茶。"一边说一边捡起地上的水桶，带着兄弟们开溜了。

看着四人拎着空桶消失在街角，马成逵不解气地问："大哥，就这样白白放走他们？要不找个借口给他们松松骨，断他几根脚筋。"

马成逶绰号鬼马刀，十三太保里面排名第二，也叫鬼马二，曾经拿着一把鬼头大刀砍翻了半条街，是个不好惹的角色。除了凶狠，马成逶还有一个好色的特点，看到漂亮的女人两眼就发光，道上混的人为此编了一句顺口溜"心狠手辣鬼夜潮，贪财好色鬼马刀"。

早年，俞广潮和马成逶从闽南老家逃荒，跑到上海当码头工人，因不甘平庸，后来投入帮派。上海滩信奉"人不狠，站不稳"的箴言，在码头捞世界，讲究的是心狠手辣。俞广潮和马成逶将这句江湖名言挂在床头，经过一番摸爬滚打，两人成为上海滩小有名气的狠人。

淞沪会战，上海沦陷，在日本人的搅和下，帮派势力混乱，明争暗斗比往时更汹涌。就连杜月笙也都招架不住，跑到香港避难。俞广潮和马成逶混码头时太过硬气，得罪了不少人，除非投靠日本人，否则肯定会遭到仇人报复。那时的俞广潮还有些骨气，不愿成为汉奸，于是和马成逶乘坐黑船前往香港避风头。

海上航行几天，抵达九龙码头已是夜半。下船，两人信步前行，欲找酒店投宿。刚出码头，却被本地烂仔拦路敲诈，索要一笔入港费。两人把全部身家都带上了，掏钱时一名烂仔窥探到里面有金条，知道是两条大鱼，便乱了规矩，一窝蜂拥上来抢钱。

仗着道上混出来的气势，两人跟烂仔打起来，但寡不敌众，被打得死去活来，钱财洗劫一空。最要命的是俞广潮在这次恶斗中，被打坏了命根子，从那之后再也无法勃起。

这个致命的创伤给俞广潮留下巨大的心理阴影，内心由此变得阴暗起来，渐而造成人格的扭曲和裂变。因为钱财被洗劫一空，两人走投无路，只好投入三合会当小弟。毕竟以前就是道上混的，有功夫又心狠手辣，很快便在帮中混出名头，坐上双花红棍的位置。

借着帮派势力，俞广潮找到了那帮烂仔，将他们抓起来。夜半时分，海边礁石滩潮水汹涌，俞广潮亲自动手，以无比残忍的手段将为首的几名烂仔活活折磨致死。烂仔们的惨叫声在夜色中听起来无比凄凉，俞广潮却是一脸的冷漠，将尸体抛入海中，对着大海狂笑，从此得了鬼夜潮的绰号。

对于仇人，俞广潮向来不会心慈手软，他冷笑道："弄死烂命三也太便宜了，我要从他们身上捞些好处，再慢慢折磨致死。你忘了吗，当初薛雨阳开了一家红酒厂，要借着警察队长的身份，把红酒卖到各大歌舞厅和酒楼。北角四鼠把钱全都投进去了，成为酒厂的第二大股东。眼下这间酒厂被日本人查封，不让经营。我听说日本人最近会把军政厅撤掉，成立总督府，恢复香港的经济，过不了多久，查封的产业就会解封。薛雨阳已经死了，产权和股份现在落到了薛秋蓉和烂命三手中，我得想办法把这间酒厂拿过来。"

马成逵竖起大拇指说："原来大哥打了如意算盘。那还有什么好说的，直接上门逼迫烂命三和薛秋蓉，让他们把酒厂的五大件交出来，要是不给，就弄死他们。"

当时开工厂有法人经营证、股东合同、厂房契约、总账、营业报告五样文件，称之为五大件。俞广潮哼了一声："你以为烂命三那么好糊弄？他好歹是洪门的人，又不怕死，太明目张胆也不好，得找借口慢慢玩弄他。"

马成逵咬牙切齿地说："这家伙确实是块硬骨头，我以前可没少吃亏。"

俞广潮说："我们先去给日本人办正事，把这些悬赏通告张贴了。烂命三现在住在薛记馄饨店，跟薛秋蓉一起搭窝。眼下全城搜捕通缉犯，我们正好拿搜捕犯人的借口，到薛记馄饨店打油水，能抢多少算多少。"说到这里嘴角涌出一丝淫笑，"薛秋蓉长得漂亮，要是把她弄出来卖给日本人，定然值不少钱。"

一名手下犹豫着说："大哥，薛雨阳以前关照过我们，如今他一死，我们就去打他女儿的主意，是不是不讲道义？"

这名手下叫李大脚，生得人高马大，穿四十五码的铁钉鞋，打起架来也是不要命的狠角色。因他在十三太保里面排名十一，道上的人便叫他大脚怪李十一。

俞广潮打了个哼哼，在他阴暗和畸变的内心深处，早已没有道义这个词，只有利益和怨恨。"兵荒马乱的还讲什么江湖规矩，我们不下手，迟早会有人动手的。"

李大脚迟疑了一下，仍说："薛雨阳救过我的命，要去搞他的女儿，我心里过意不去。"

不等俞广潮开口，马成逵便狠狠地瞪了李大脚一眼："那都是老皇历了！十一弟，你别老是惦记这件破事，我们这帮兄弟跟薛雨阳可没什么老交情，她的女儿这么漂亮，我早就眼馋了。"

其他太保也跟着起哄："就是，薛秋蓉这颗甜心我们是吃定了！"

俞广潮拍了拍李大脚的肩膀，露出他那惯有的阴鸷笑容："你不要太意气用事，当初薛雨阳关照我们，还不是因为我们给他送钱送礼，他只是拿钱办事而已。"又恨恨地说，"薛雨阳当年成立红酒厂，我也想入股分红，他居然拒绝了我，却让烂命三加入，分明不把我当自己人。既然是他无情，也就休怪我无义！

一名叫黑虎三的手下坏笑："大哥，薛秋蓉弄到手，先给兄弟们玩玩，再卖给日本人。"

俞广潮冷冷说："只要搞到手，当然是先由兄弟们尝鲜。说好了，我可是要第一个磨枪的。"

虽是这么说，内心深处却涌出一股难以消弭的悲哀和刺痛。他这辈子再也无法享受女人带来的欢愉了，那些酒后快活的往事如今变成了憋屈的耻辱。为了掩人耳目，有时俞广潮也会花高价叫一些小姐到自己家中，用极其变态的方式折磨她们的身体，以此满足内心畸形的欲望。他命令她们不得说出去，否则杀人灭口。

后来这些小姐一听说是去伺候俞广潮，个个心惊胆战，一脸的不情愿。道上的人以为俞广潮某些方面很厉害，但纸终究包不住火，就连小弟们也都知道俞广潮是个性无能，只是大家碍于面子，都不敢说出来，怕被这位内心扭曲的大哥暗中捅刀子。

黑虎三嘿嘿笑道："当然是大哥先吃嫩的，随后是二哥，然后轮到我。按照排位一个轮一个，十一弟要是下不了手，就让给大哥，让大哥多爽几次。"

太保们便都淫笑起来，仿佛把薛秋蓉弄上床是唾手可得之事。这些人内心大多阴暗凶残，不讲江湖道义，这与俞广潮有很大关系，当年他为了打响自己在香港的江湖名号，要从小弟当中挑出十二位人选，组建北角十三太保，以此对抗北角四虎。正所谓"物以类聚，人以群分"，他专挑那些心狠手辣、内心阴暗之辈，这样不容易引起分歧，可以保证队伍的团结性。这也是当地人惧怕十三太保的原因，为了利益，这些人卑鄙无耻，什么事都做得出来。

唯一还有一点良知的就是李大脚，他脸上露出了难过的神情，暗自为薛秋蓉担忧。他知道这帮兄弟在道上混久了，都不是省油的灯，说得出做得到，尤其眼下兵荒马乱，他们投靠日本人就是想借机发国难财，绝不可能放弃到手的肥肉。

李大脚想着怎么给薛秋蓉通风报信，让她找地方避风头，也算是报答当年薛雨阳的救命之恩。

这边厢，方孝举说："三哥，秋蓉还等着我们提水回去煮早餐，要是看到空桶，恐怕她要伤心了。"

陈浩三叹气道："伤心就伤心吧，难不成我们也去当烂仔，跑到别人家里抢水？"

方孝举说："日子没办法过了，喝个水都这么受气，粮食也贵得要命，坐吃山空终究不是办法。三哥，眼下香港也揾不到工，不如回东莞吧。回到石龙，满地都是东江水，也不必担心鬼夜潮来报复我们。"又说，"鬼夜潮今天拿我们开刀子，往后肯定会来搞我们的名堂，不把我们整死，我看他是不会罢休的。"

陈浩三苦笑道："你以为我不想回去啊，现在手头没几个钱，回去也是熬苦日子。石龙的房子被日本人炸毁了，连住的地方都没有，只能睡大街，还不如赖死在香港，说不定哪天日本人改变政策，允许工厂开工，我们就可以咸鱼翻生了。"

陈睦冷笑道："三哥想得也太天真了，日本人禽兽不如，到处抢东西杀人，怎会把红酒厂归还给我们。除非我们投靠日军，成为走狗，才有可能拿回酒厂的经营权。"

陈浩三恨恨地说："日本人跟我们有天大的仇恨，打死也不能投靠这些禽兽。"

方孝全也硬气地说："三哥说得对，就算渴死饿死，也绝不能当日本人的走狗。"

陈浩三、陈睦、方氏兄弟原是东莞石龙人，生活在同一条街区，自幼便在一起玩耍。石龙是东莞下辖的城镇，水陆交通方便，明末清初以来一直是广东省著名的商埠。一九三八年十月十二日凌晨，日军从惠州大亚湾澳头一带登陆，朝广州推进。石龙为广九铁路要塞和东江水运要冲，是日军进犯广州必经的战略要地，当时驻扎了国民党的炮兵连和高射炮机关枪营。日军为了清除障碍，于十月十七日早晨出动二十四架飞机，对石龙城区一顿狂轰滥炸，并投下了大量的燃烧弹，进行毁灭性攻击。瞬间，几百间房子和商铺毁于一旦，街上遍是尸体，原本繁华热闹的石龙转眼成为人间地狱。

两天后，石龙被日军攻陷，成为东莞首个沦陷的城镇。日军在石龙中心区设立军事禁区，并封锁了东江航道。石龙城区原本有两万多居民，因日军烧杀掳掠，导致大量人口外逃，不到一个月时间，城区只余下七千多人。

陈浩三、陈睦、方氏兄弟是东江航道的船工，当时随船外出，侥幸躲过大轰炸。然而他们的父母却没有那么好运，在大轰炸中遇难，居住的那条街道被燃烧弹烧成了废墟，尸骨无存。由于东江航道被日军封锁，船公司停运，四人走投无路，便结伴逃到了香港。

当时的香港已经是国际有名的大都市，一派繁荣景象，即便日军在隔河对岸的深圳湾杀人放火，但香港境内仍是歌舞升平，丝毫不受影响，是内地难民向往的人间天堂。

四人偷渡到香港，由于没有人脉关系，找不到工作，幸好武功还不错，于是投身洪门，成为帮派小弟。

东莞是一个崇文亦尚武的地方，自古以来盛产武进士和武举人，各派武术教馆遍及四乡。本土的武术派别就有莫家拳、龙形拳、双手洪拳等，尤其是莫家拳，是广东的五大名拳之一，不仅东莞本地流行，广州和佛山等城市也有不少人练习。陈浩三和陈睦、方氏兄弟从小就爱耍拳弄脚，被送到武馆练了几年功夫。在船公司当工人，四人也经常对打，拳脚越练越精。正因身怀武艺，他们才有机会混迹江湖，成为港岛北角区的地头蛇，负责照看洪门设在该地的赌场、商铺以及歌舞厅，顺便放高利贷。

在道上打拼了几年，总算熬出头，陈浩三野心大，想在香港扎根，于是把赚来的钱全部都投入薛雨阳的红酒厂，成为第二大股东。没想到酒厂刚走上正轨，香港就被日军攻陷，工厂贴了封条，也不知道什么时候归还经营权。


四人提着空桶闷闷不乐地往回走。经过英皇大道的日军岗哨，只见宪兵和保安队正联手盘查路人，不仅查看证件，还要对照相貌，有胡须的便扯一下，手段比往时更加严厉。

边上有公告栏，不少行人驻足围观。日本人推行新的治港制度，以及各种临时管控政策，都是在公告栏张贴示众的，想了解最新信息必须关注公告栏才行。

陈浩三等人也凑过去看，只见上面贴着悬赏令，一张放大的黑白照片，是个留长发的年轻男子，五官清秀。或是照片放大的原因，男子的表情显得有些刻板，却掩不住那股书生气。照片下面写着"重点通缉犯蔡雨来，悬赏十万军票"，并注明无论是谁抓到蔡雨来，都可领赏；如有知情人提供其藏身地址，协助皇军抓获，也给十万军票。

"哇，十万军票，这个蔡雨来是什么来头，竟然这么值钱。"陈睦忍不住说，"不知道谁那么好彩，把这十万块钱赚了。"

悬赏公告并没有注明蔡雨来所犯之罪，但十万军票的数额足以猜到此人来历不凡，肯定是犯下了日本人难以容忍的事情。虽然军票贬值厉害，但毕竟是日本人管治时期的香港，军票将会取代港币成为唯一流通的货币，十万军票的购买力相当于十条小黄鱼。尤其是日军占领广州、宝安、东莞、佛山等地，早就在广东地区推出军票政策，香港军票在内地也是可以通用的。

方孝举也说："要是我们能找到蔡雨来，赚他十万军票，就可以风光地回东莞了。"

方孝全瞪了弟弟一眼："此人这么值钱，肯定是个抗日义士。日本人跟我们有仇，就算再缺钱，也不能做出这种伤天害理之事！"

边上还有旁人围观，听到方孝全的话，都朝他看来，眼中透出各种神色。有吃惊的，有钦佩的，也有嘲笑的。前面就是日军岗哨，此人说出如此"大逆不道"的话，要是被日本人听到，或是被人举报，那可是要当场枪毙的。

时局复杂，谁也不知道围观的人群有没有宪察兵（汉奸），会不会有小人去告状，一言不妥极有可能招来杀身之祸。陈浩三故意大声说："我们混了这么多年社会，杀人放火什么事情没做过，还怕伤天害理？走，我们这就去问问道上的小弟，看能不能打听到蔡雨来的消息，到时好去找皇军请赏，赚他十万军票。"

一边说一边扯住方孝全，又用水桶撞了一下陈睦的屁股，一行四人赶紧钻出人群。

二

香港金钟有一处山麓，树木茂密，林中一座洋楼，被长长的围墙圈起来，若隐若现，看起来很神秘。这是域多利军营，英军在香港最早建立的驻军地，内有三十多座军事建筑物，曾经驻扎了英国皇家步兵和火枪队。

如今，域多利军营变成了日军驻港防卫队的大本营。第二大队的军官宿舍在西北角，那是一栋希腊古典复兴式风格的二层小楼，墙上壁柱直通二楼的琉璃瓦，看上去精致中透着简约、雅致却又不失庄重。

日本军官却不喜欢这种风格，命人将精美的红木门拆掉，做成轻便的纸拉门，并在墙边挂上白纸黑字的表札。房间里面的大部分家具也被清理干净，客厅的瓷砖地板上面加盖一层木板，铺上草席做成榻榻米，完全是一副日式住宅风格了。

小楼左边的厢房，是第三中队的中队长小野吉男的单人宿舍。今天是小野吉男的生日，他请了半天假，并不是要特意庆祝自己的生辰，而是要用自杀的方式来结束生命，让自己永远活在三十岁。

跪在榻榻米上，小野吉男将祖传的武士刀缓缓抽出来。刀身锃亮，散发出冰冷的杀气。这把刀杀了多少人他已经忘记，但他知道这把刀最后一个杀死的人，将会是自己。

用白布轻轻擦拭刀身，这是一个武士常有的习惯，把刀子擦得一尘不染，象征纯粹与高贵的武士道精神。寒气逼人的刀子像是冰块做的，隔着白布，小野吉男能感觉到那种令人颤抖的寒冷，使他的手指有些僵硬。

他情不自禁地想起了家乡，家乡此刻正是大雪纷飞的季节，他已经很多年没有见过家乡的大雪了，更没有见过雪花融化之后的樱花盛开。他算好时间，武士刀和骨灰送回故土，正好赶上樱花盛开的时节。等他的骨灰下葬，樱花就会落满坟头，那时候他的亡魂便能长眠于故乡的大地深处。

大雪和樱花的幻景让他想起了年迈的父亲，还有年轻的妻子和年幼的儿子，没想到自己最终不能活着回去见他们最后一面。切腹自杀是他最后的选择，也是唯一的选择，即便对家乡与亲人有着深切的眷恋，也无法驱除他对战争的厌倦。那是一种深入骨髓的寒冷，如同宿命般无法逃脱。他终于明白了当初哥哥为什么宁愿在家切腹自杀，也不愿意回部队服役。战争不过是那些高高在上的统治者对权力与欲望的攫取，无数的生命为此付出沉重代价，毫无尊严与意义可言。何况他看不到胜利，摆在眼前的只有绝望，一如漫无边际的大海，没有尽头。

他是一九三六年的春天被派往中国的，如今已经近六个年头。回想当年即将启程远赴异乡的那个夜晚，父亲庄严地换上了武士服，将同样换上武士服的他叫到了书房里。父子俩面对面跪在榻榻米上，垂着头互相沉默，听着夜风敲打窗户，因为房中没有烧炭，空气是那么冰冷而纯粹。父亲将仿佛还带着血腥味的祖传武士刀从身后拿过来，搁在膝前，对他进行训诫：作为一名武士，即将前往中国参加圣战，为天皇尽忠，极有可能战死异乡，他是否做好了随时赴死的准备？并且保证永远不当逃兵，不让家族受辱。

小野吉男知道父亲这番训诫是有深意的，希望他能雪洗哥哥带给家族的耻辱。哥哥小野吉信一九三一年前往中国参加入侵战，不到半年时间，日军就以破竹之势，侵占了中国东北三省。胜利的消息在日本国内掀起一阵又一阵狂潮，人们纷纷上街游行庆祝，高呼天皇万岁。军部也特别嘉奖了参与作战的日军家属，一家人为哥哥能参加圣战而感到无比自豪。

小野吉男激动地写信给哥哥，表达内心的敬意和崇拜，并带去全家人的祝福与问候。然而哥哥回信却寥寥数语，只报平安，家人以为这是军部规定，并不以为意。

一九三四年，母亲突发重病，阔别三年之久的小野吉信接到电报回国探亲。虽然母亲病危，但家人还是跟街坊邻居联合举行了"英雄归来"仪式，在门口拉横幅摆鲜花，列队欢迎。报社的记者也来了，准备做一期人物专访。人们以为小野吉信会因此感动，带着异乡归来的思切之情，跟他们说说皇军在中国的英勇战事。没想到他带来的却是陌生人的沉默，小野吉信只是向众人深深鞠躬，便一言不发进屋了。众人备感惊诧，还是小野吉男出来打的圆场，说哥哥太思念母亲了，急着想要见母亲一面。

父亲是一名大学教授，同时也是一名狂热的军国主义分子，希望小野吉信抽空到他所在的学校讲课，为学生讲述圣战的光辉事迹，给大学生带来内心的激荡与洗涤，让他们立下报国之心。然而小野吉信却一口回绝，没有给出任何理由。

母亲病逝下葬，小野吉信将自己关在房中，足不出户。家人以为他沉浸在丧母的悲痛之中，父亲几次要进房找他谈心，都被他冰冷拒绝了。没人知道小野吉信在房中做什么，他像空气一样沉默在自己的世界里。

奔丧期结束，返回部队的头天晚上，小野吉信在房中用武士刀切腹自杀，没有留下任何遗言，只是僵硬的脸上写满了痛苦。没人知道他为何要自杀，他的死就像一个猜不透的谜语，但这个谜语却给家里带来了羞辱与惜痛，街坊邻居认为他是害怕返回战场才自杀的，不少思想偏激的青年跑到家门口，大骂小野吉信是个逃兵，让大和民族蒙羞。

祖传的武士刀就这样传到了小野吉男的手中，在他启程前往中国参加圣战的头一天夜晚，小野吉男庄严地接过武士刀，并向父亲宣誓：就算战死在中国，也绝不会让家族蒙羞。

最初两年，随着大部队疯狂推进，日军势不可挡地占领了一座又一座的城池，小野吉男从军队的气势中一度以为胜利在望，战争很快就要结束，他可以带着一身的荣耀回到家乡，洗掉哥哥留给家族的耻辱。没想到战争越打越漫长，如同陷入沼泽，永远看不到尽头，也看不到任何希望。体内那股军国主义的狂热在漫长的战火中渐渐化为灰烬，脑子也随之清醒。他终于明白了所谓的"圣战"，其实就是一场以屠杀和侵略为主的邪战，"为天皇而战"的口号令无数生命万劫不复。

战争的阴影渗透到体内，他的神经越来越衰弱。失眠和孤独不断地折磨他，除了解脱，他没别的选择。他终于明白了哥哥当初为何宁愿选择切腹自杀，也不愿意回中国服役。哥哥肯定早就洞悉了"圣战"可怕与残忍的本质，他不想让生命就此沉沦下去，可是体内的武士道精神绝不允许他说出真相，因为这关系到一个民族的尊严和天皇的威信。所以他选择了自杀，以死亡的方式咽下毕生耻辱，保全了大和民族的荣耀。

如同一个魔咒，如今小野吉男也要用这把武士刀切腹自杀。他没有别的选择，根深蒂固的武士精神和军国主义教育，让他无法背叛天皇与家族。但他又不想再继续作战，战争除了杀人放火，毫无意义可言。而且他已经看透结局，如今太平洋战争爆发，英美法等二十多个国家同时向日本宣战，群雄围攻之下，溃败将成为日军无可避免的悲剧。

没有胜利的战争还有什么意义？既然结局注定是失败的，那就没有什么可坚持的。高贵的武士道精神已经渗透到灵魂深处，他绝不允许自己在失败中死去，在太平洋战场的初捷之时，切腹自杀或许是最体面的死法，也是最荣耀的解脱。

武士刀已经抹干净，小野吉男开始往刀身缠绕白布，只露出锋芒的刀尖部分。随后，他拿起放在边上的遗书和相片，做自杀前的最后一次告别。

相片是不久前妻子寄来的。妻子穿着和服跪在榻榻米上，搂着五岁大的儿子，面对镜头微笑，笑容中透着落寞。儿子手中拿着一把木头做的手枪，却是一脸的严肃，神似小野吉男。看着仍青春美丽的妻子，再看看陌生可亲的儿子——他到中国参加入侵战，当时妻子怀胎几个月，他未能迎接儿子的出生，只是从妻子陆续寄来的照片中看到儿子的成长。

小野吉男眼中泛起了泪花。刚来中国那会儿，每入侵一座城市，他和战友就像疯了一样去杀人放火，掠夺那些不属于自己的东西。他也强奸过中国妇女，并且看到战友捅死小孩时也无动于衷，强烈的军国主义教育让他没有丝毫怜悯之心。直到后来妻子寄来了家书和照片，他在照片中看到儿子一天天成长，而战争一天天沦陷下去，他才突然发觉自己早已恶贯满盈。

把照片放下来，小野吉男解开武士服，袒露出胸口和腹部。之所以选择生日这天自杀，是因为每年的生日家人都会为他举行祈福仪式，他希望自己死的时候，能听到远方的召唤。

二十八寸长的武士刀并不适合切腹，必须在刀身缠绕白布，用来保护双手，确保切腹成功。他双手握住刀身中段，将刀尖对准腹部，准备使出全身的力量把刀尖刺入腹中，然后横切而去，以痛苦的方式解开命运的枷锁。

就在这时，突然有人敲门。

小野吉男深感诧异，请假的时候，他告诉下属不要前来打扰，他想安安静静地度过属于自己的最后时光。切腹并不一定马上就死，说不定要挣扎几个小时。他算好了时间，下午军队出勤，大队长没有看到他，肯定会派人前来敲门，到时就会发现他的尸体。遗书和照片叠放在一起，上面只有两个要求：照片与尸体一起火化；武士刀和骨灰一起送回家乡。他没有写出自杀的原因，但上级肯定猜得出来他厌倦了战争。在部队，每隔不久就会有日兵自杀，甚至还有士兵枪杀长官，以此发泄内心的压抑以及对战争的绝望。厌战的情绪跟战火一样迸发，谁也阻止不了那种瘟疫般的蔓延。

"小野中尉，我是前田三郎。酒井司令紧急来电，召我和阁下立即到军政厅听训。"

门外传来小队长前田三郎带着关东口音的日语，语气干巴巴的，透出一丝紧迫感。小野吉男的脑海中立即浮现出前田那张略带古板却又严肃的马脸。

"知道了。"

小野吉男冷冷地回复。突如其来的军令打断了他的切腹仪式，让他感到气恼与气馁。他是军人，军纪仍在，上级突然召见他肯定有紧急任务。他只好将缠在武士刀上的白布取下来，将刀插回鞘中。

他整理衣服，站起来，脸上悲壮的情绪一扫而尽，恢复了他惯有的军人那副严肃神情，仿佛什么事情都没有发生过。

军政厅司令部，小野吉男和前田三郎见到了脸色沉凝的酒井隆。

酒井隆开门见山，将抓捕蔡雨来的任务交给了两人，要求他们迅速将此人捉拿归案。酒井隆对小野吉男寄予厚望，特意强调这次任务的重要性，督促他必须完成使命。

小野吉男的父亲主要研究汉学文化，在东京颇有名望，曾到军部给参加圣战的军官和特务们培训汉语，与酒井隆有过一面之缘。在父亲的熏陶下，小野吉男从小就学会了汉语，并通过大量书籍了解中国的各朝历史。一九三六年春天，小野吉男随军进入中国，在伪满洲国屯练，为全面侵华做准备。因操着一口流利的汉语，他被调到特务联队担任曹长，负责情报搜集。后来工作出色，一步一步往上爬，晋升到中尉军衔，成为中队长。

攻打香港之初，小野吉男提前潜入香港，侦获了大量情报，包括收集到港英军队的各地防线图，为日军攻打香港立下汗马功劳，也给酒井隆留下了深刻印象。

香港沦陷之后，小野吉男以立功为由，向上级提出回国探亲。太平洋战争爆发，日军战事吃紧，军部曾下达机密文件，绝不允许任何军官与士兵回国探亲，哪怕他们的父母病逝。军部怕官兵回国之后，不愿意再上战场，甚至会揭穿"圣战"的真相，扰乱国内民心。何况小野吉男是有案底的人，军部更不可能放他回国。

半年前，日军屯兵深圳河界，紧锣密鼓地做攻打香港的准备。小

**特殊使命**

野吉男厌倦战争，知道攻打香港必然会引发惨绝人寰的事件，他不想再看到那样残忍的场面，于是写了一封长信给父亲，揭露"圣战"的真实面目，道出战争的可怕与残忍，并说出哥哥当年自杀的原因。他希望父亲因此清醒过来，在课堂上不要再给学生们灌输军国主义思想，那样只会加深国家的罪孽。

日兵寄信回家，都要经过兵部严格审查，大多时候，士兵只能写寥寥数字报平安。小野吉男怕这封信落到军部，因此他潜入香港，通过香港邮局寄出。没想到国内邮局也设立了严格的信件审查制度，专门针对战区寄往日本的信件。这封信被邮局的审查组扣下来，转发回小野吉男隶属的部队。那时小野吉男正在香港秘密收集情报，突然被传唤，连夜赶往深圳司令部，受到军法处严厉的训诫，并写下了反省书。从那之后，小野吉男成为军部重点监管的对象。

香港战役，小野吉男虽然立了军功，但由于在军法部留下的案底，不可能有回国探亲的机会，也没有获得晋升。这让他感到无比痛苦，也无比绝望，战争一天不结束，他将永远待在中国。但战争什么时候结束呢？没有人知道，也永远看不到尽头。

酒井隆闷着脸，先是看了小野吉男一眼，又看了前田三郎一眼，犀利的眼神中透出凌厉光芒，让人不敢对视。他语气紧迫地说："你们要不惜一切代价，必须完成这个任务。还有几天总督府就要过来接替军政厅，我希望在我卸任之前把这件事情处理好。"

小野吉男和前田三郎猛地鞠躬，异口同声地说："是！"

酒井隆对两名下属的态度很是满意。他当即做出许诺，只要任务一完成，两人将会晋升一级，并且由他亲自颁发奖章。

小野吉男神色肃然，心中却是一片黯然，他对升官早就失去了兴趣，全部的念想只有一个，那就是尽快回到故乡。哪怕是用死亡的方式将自己的骨灰送回家，也比沦陷在漫长可怕的战争中要幸福得多。

前田三郎渴望从少尉升为中尉，对他来说那是人生的一大迈进。

为表其心，他语气铿锵地说："请酒井司令放心，我们一定圆满完成任务！"

酒井隆点头道："去吧！记住，活要见人，死要见尸，蔡雨来一定不能离开香港。另外，他偷走的军事机密文件，绝不能泄露出去，必须把文件拿回来。我会传令给军务处，你们有权调动各地的防卫队和宪兵、海警、保安队，确保任务顺利完成。"

小野吉男和前田三郎又鞠躬道："是！"

香港沦陷后，为加强统治和掠夺岛上资源，日军成立了军政厅，强行征用香港岛的汇丰银行大厦作为办公场所，由日本第二十三军司令官酒井隆出任最高长官。军政厅只是临时的过渡性统治机构，出于长远考虑，日本内阁通过会议，决定成立总督府来接替军政厅，由陆军中将矶谷廉介担任首任香港总督。酒井隆将会被调往内地，继续发动侵略战争，希望他的出战能扭转中国内地的颓废局势。

酒井隆绰号杀人魔，信奉军国主义，是一个无比邪恶的法西斯分子。一九二八年的"济南惨案"就是酒井隆一手策划和制造的，为了阻止北伐军北上，时任日本驻济南领事馆武官的酒井隆命令日军用大炮和重机枪轰击济南城，造成中国军民死伤上千人，并强行解除了北伐军一部七千余人的武装，逼迫他们退出济南城。随后，酒井隆带着军队在城内进行大规模的奸淫掳掠活动，屠杀了一万多居民，使得济南城内尸横遍地，惨不忍睹。

残酷的战争手段，却让酒井隆得到了上级的赏识，后来被提拔为日本天津驻屯军参谋长。为实施分离华北并扩大侵华的战略阴谋，达到"不战而取华北"的目的，酒井隆一手炮制了"河北事件"，借机对国民政府施压，要求签下丧权辱国的《何梅协定》。酒井隆不仅参与了协议的拟订，而且当时还拔刀架在中华陆军一级上将何应钦的脖子上，强行逼迫何应钦签字。这份协定迫使中国军队从华北撤出，而日军则不费一枪一弹侵占了中国平津一带的军事要地，使得整个河北的军事、政治、经济都处于日本的控制之下，为后来日本发动全面侵华战争埋下了巨大隐患。

香港也是酒井隆一手指挥攻打下来的。香港沦陷之后，酒井隆照搬"济南惨案"的方式犒赏军队，下令放假三天，日兵们可以随心所欲地在香港"放松"。放假的日兵如同从地狱里钻出来的魔鬼，肆无忌惮地奸淫掳掠、杀人放火，一时间香港血流成河、哀声四起。那三天，香港人经历了前所未有的世界末日，整片天空都是黑暗的。

酒井隆内心深处最痛恨的还是抗日分子，那些手握枪杆子的游击队，还有手握笔杆子宣传抗日救国的文化人，都是他的眼中钉和肉中刺。香港沦陷之后，酒井隆当即下达"宁可错杀一千、不可放过一人"的诛杀令，只要不配合日军统治政策或妄加议论的市民都被他视为"危险分子"，将他们抓起来，用军车运到九龙油麻地宝庆戏院一侧山坡上，实行大屠杀。攻打香港时，英国和加拿大的士兵顽强抵抗，香港沦陷后，酒井隆下令将英国和加拿大的部分俘虏押出来，就在大街上将他们的耳朵、鼻子和舌头割掉，把眼睛也挖出来，让他们活活痛死，并将在香港红十字医院疗伤的英籍病俘绑在电线杆上，让士兵练习拼刺刀。红十字会的外籍女护士和一些年轻的军官夫人，被日军轮奸之后，也都惨遭杀害。

如此一个人性灭绝的战争魔鬼，眼里是容不下任何沙子的，酒井隆希望自己卸任军政厅最高长官时，能亲手杀死蔡雨来，否则对他来说这是一次不愉快也不圆满的卸任。

从军政厅大楼下来，由于任务紧急，两人应当尽快赶回域多利军营的指挥部，整顿兵马执行任务。然而小野吉男却顿住脚步，让前田三郎掏出烟来，说要抽一根烟再走。

这个举动让前田三郎有些措手不及。小野吉男平时是不抽烟的，突然提出这个要求，显得格外反常。日军的等级观念森严，前田三郎不敢多问，从口袋里掏出香烟，为小野吉男点上。

两人在大楼门前的一棵洋紫荆下抽烟。虽是腊月，但岭南暖冬如阳春，洋紫荆比往年花期早了一些，紫红色的花朵像蝴蝶般从枝条生长出来，一串接一串，开得极是耀眼，微风吹来时幽香阵阵，地面已经落了一层花瓣铺成的锦缎。

小野吉男抬头望着紫荆花，虽然没有樱花那么璀璨，但洋紫荆的姹紫嫣红却充满了火热的风情，点燃了这个平淡无奇的日子。他一时有些出神，想到了远方的亲人。如果没有战争，他可以和妻子孩子一起安静地看着花儿绽放，或是欣赏大雪纷飞，把大地裹得一尘不染，那是何等幸福啊！没想到如此平常的念想，却已成为遥不可及的奢望。

他默默地抽着烟，绝不能让旁人看出他的心事。部队现在已经形成互相监督的制度，怕士兵有厌战情绪，从而自杀甚至叛逃。在中国内地战场，不少日兵因为厌倦战争而反戈，中国军队利用这些叛逃的日兵当宣传武器，建立反战同盟会，四处发传单写标语，揭穿皇军的"圣战"谎言，搅得日军人心不定。战争太漫长了，士兵的思乡情绪与日俱增，当回国与家人团聚成为一个遥不可及的梦想时，失望与不满便像瘟疫一样在部队蔓延，谁也无法阻止。

为激发士气，保证战争的持续性，军官们有意纵容士兵施暴，每攻下一座城池，便以放假的方法奖励士兵，鼓动他们去奸杀掳掠，以此来发泄内心的不满，希望能驱除战争带来的阴影。这样的纵容使得一些日兵变得异常残暴，完全失去了人性。然而也有反作用，增加了士兵的厌倦情绪，对战争愈加反感或绝望。士兵也是人，也有喜怒哀乐，他们能切身感受到战争的残酷。

小野吉男是一个坚定主义者，崇尚军国主义和武士精神，但时间一长，他的内心也被残酷的战争折磨得摇摇欲坠，信念也在绝望中土崩瓦解。如果不是因为突如其来的新任务，此刻的他已经灵魂出窍，说不定能听到远方传来的呼唤，那是亲人为他三十岁生日祈福的寄语。可是噩梦仍在持续，就连平静的死亡也成了奢望。他绝不能在这个时候切腹，军部会以为他无法完成任务而畏罪自杀，如此一来，他不仅无法洗

掉哥哥带给家族的耻辱，甚至还会加深耻辱。

"小野中尉不必担心，我们肯定能顺利完成任务。"

看着中尉心事重重的样子，前田三郎还以为他是担心无法完成任务，因此眉头紧蹙。对于这个任务，前田三郎并不觉有多困难，只是追捕一个冒牌记者而已，在关卡重重的香港，只要加以搜查，便如同瓮中捉鳖。

小野吉男看了前田三郎一眼，只是深深地吸了一口烟，并不搭话。眼前这个年轻人才二十岁出头，却迅速升到了少尉的军衔，可见不是省油的灯。他看过前田三郎的资料，从小生活在孤儿院，性格孤僻，后来被皇军选中，加入"敢死队训练营"，成为一名狂热的军国主义分子。这样的人对"圣战"是充满向往的，以为通过"圣战"可以实现人生价值。小野吉男曾经也一度这么认为，为了天皇的荣耀与军人的尊严，他做好了随时牺牲的准备。可是后来他发现自己的想法是错的、是荒谬的，甚至是可笑与幼稚的。

小野吉男心想，此人还没有明白战争究竟意味着什么，或许他一辈子都不可能从狂热中清醒过来，直到死亡的那一刻仍会觉得自己杀人放火是对的。军中有太多这样的狂热分子了，越是高官越是狂热，正因为他们的存在，所以战争才不可能很快结束。只要战争不结束，死神就会一直在身边徘徊，并且离每个人都不遥远。

小野吉男抬头看着紫荆花，一缕阳光正好从花间透下来，打在他的额头上，让他感到眩晕。

# 三

　　陈浩三一行回到春秧街时，太阳已经升到树梢，大地被阳光晒得暖洋洋的，但街道却是冷清清的，弥散着莫名的荒凉与凋零。

　　春秧街是北角区有名的商业街，往年这时节，街上早已是一派热闹繁华的腊月景象，人潮如同洪水般激荡，能把路边的摊位挤倒。眼下的街道却是店铺门窗紧闭，行人匆匆，都不敢在街上驻足，仿佛谁在街上逗留，厄运就会落在谁的头上。

　　陈浩三站在薛记馄饨店门口，用力地拍了拍门板。

　　少时，里面传出姑娘的声音："谁？"

　　陈浩三压着嗓门说："是我。"

　　听到拔门闩的声音，随即"吱呀"一声，开了半扇门，露出薛秋蓉那张俊美的鹅蛋脸来。这张俏脸神色苍白、面带忧愁，一副心事重重的样子，并没有少女的青春活泼。

　　"三哥回来了。"薛秋蓉一边说一边接过陈浩三手中的木桶，感觉轻晃晃的，低头看时，竟是一个空桶。

　　"怎么回事？"她惊愕地望着陈浩三，脸上那抹忧郁的神色越发凝重起来。

　　陈浩三露出无可奈何的苦笑，一时竟不知道怎么说。

　　薛秋蓉从屋里走出来，查看陈睦和方氏兄弟手中的木桶，也都是空的，但里面有水迹，显然桶里曾经装过水。北角四虎是出了名的打架高手，每次去抢水或多或少能捞到一些，如今拎着空桶归来，难道日本人的治港政策又有变化？

　　"进去再说。"陈浩三边说边低头钻到屋里，其他人也跟着鱼贯而入。

薛记馄饨店是一栋临街的三层小楼，一楼是门面，二楼和三楼住人。日军严格控制粮食和水源，馄饨店早就经营不下去，一楼门面的桌椅被移到一边去，中间腾出一大片地方，摆着一个木人桩。

木人桩光溜溜的，显然经常有人拿它练武。

陈浩三闷不吭声地走过去，猛地出手，打得木人桩咔嘟作响。

薛秋蓉知道陈浩三心中有气，就会对着木头人发泄。她转头望着方孝举，用眼神询问发生了什么事情。

方孝举叹了一口气，将回来路上遭遇俞广潮的事情说了出来。薛秋蓉和俞广潮也熟，父亲薛雨阳在世时，俞广潮见到她都要弯腰喊一声"薛小姐"，一副毕恭毕敬的样子，逢年过节的礼品也少不了她的份。没想到父亲遇难，俞广潮就露出了狐狸尾巴。

薛雨阳是香港北角区的警察队长，负责该辖区的治安管理。薛秋蓉母亲动用丈夫关系，在春秋街盘下楼面开馄饨店。北角区混饭吃的人都要巴结薛雨阳，陈浩三和俞广潮也不例外，除了送钱送礼，还经常带小弟到馄饨店捧场。因为有薛雨阳这个和事佬，陈浩三和俞广潮虽然有利益纷争，不时起一些小摩擦，但没有完全撕破脸皮，关系还算平衡。

去年底，日军突袭香港，几天后便攻占了九龙，随后架起远射程重炮，不分昼夜地对着香港岛的英军阵地和炮台进行密集轰炸，并集结兵力攻打港岛。港岛危在旦夕，岛上兵力不足，警察也被派上战场抵御日寇侵略。薛雨阳带队参战，不幸阵亡前线，妻子一连几天都没有接到丈夫的消息，心中浮起不祥预感，跑去警察局打听情况，路上却遭遇日军的大炮轰炸。一夜之间，薛秋蓉沦为了孤儿。

港岛沦陷，日兵奸杀掳掠，胡作非为；烂仔和流氓投靠日本人，为虎作伥；英国请来的印度雇佣军也有一些反戈的，成为走狗。一时间香港成为人间地狱，人人自危。陈浩三看到时势不对，当即带着几兄弟搬到薛记馄饨店居住，保护薛秋蓉的人身安全。

香港没有沦陷之前，薛秋蓉是铜锣湾圣保罗女中的学生，就读高中，还有半年毕业。她年满二十岁，是个大龄女生，但那时女生读书都比较迟，倒也不奇怪。当时能进圣保罗女中读书，非富即贵，帮派小弟看到穿圣保罗女中校服的姑娘，都不敢上前调戏。俞广潮为了巴结薛雨阳，将薛秋蓉奉为大小姐，有时周末放学遇到下雨，俞广潮特意请专车到学校门口接薛秋蓉，亲自送她回家。薛雨阳因此格外关照俞广潮，纵容他在北角区做些违法乱纪之事，只要不太过分就行。没想到俞广潮投靠了日本人，转眼就变成了一只白眼狼。

薛秋蓉气道："俞广潮可恨至极，要是我爹地在世，肯定不会饶了他。"

陈睦幽幽地说："要怪就怪你爹地鬼搐眼，当初把鬼夜潮当兄弟，捧他上位，才有今日的嚣张。嘿嘿，为了鬼夜潮，你爹地还打压过我们，让我们把一块肥肉地盘拱手让出去。世道变、人心移，能有几个像我们这般讲义气的。秋蓉，你爹地真是没眼力，当初就不应该拆散你和三哥的好事。"

薛秋蓉突然流下了眼泪，随即陷入沉默。沉默就像无边无际的沼泽，流淌着炽热的酸性记忆，开始腐蚀着她的身体，让她喘不过气来。

陈睦见她要发病，不由得慌了起来，知道犯了大忌，不该逞一时口舌之快，搅动她内心的阴影。

不久前，他们请来西医为薛秋蓉看病，确诊为"战争神经症"，也称之为"战后心理综合征"。医生说这种病比较棘手，属于创伤性心理应激障碍，但也不是什么罕见疾病，香港沦陷后，在日军的魔爪统治下，不少市民患上了这类心理疾病，严重的甚至诱发抑郁症。部队的士兵由于长年打仗，也会患上这样的心理疾病。

医生特意叮嘱他们，要好生照顾患者，若想让她尽快走出心理阴影，切勿提起令她伤心的事情，一旦受到刺激，只会加深内心的压抑情绪。想要彻底治愈这个病，最好的办法就是带她去没有战争的地方，过上平静的生活。

父母双亡是薛秋蓉内心迈不过去的一道坎，也是最深切的伤痛，他们平日里都避免谈论这件事情。就算薛秋蓉自己无意间提起，他们也要想办法转移话题。

方孝举恨恨地瞪了陈睦一眼，责怪他说话不经脑子。陈睦撇了撇嘴，把头低了下去。方孝举要带薛秋蓉出去透透气，缓解她的情绪，便说："秋蓉不要难过，我和你一起去借水。薛警长是个好人，这片街区很多人都受过他的关照，我们一户人家借一碗水也能借到一桶，足够喝两天的。"

薛秋蓉抹了抹眼泪，空洞的眼神有了一些回光，喃喃地说："是啊，街坊邻居都受过我爹地的关照，我们能借到水的。"说罢提起一只水桶，神色恍惚地朝后门走去。

方孝举赶紧跟在她的身后，路过陈睦身边时，突然一抬脚，踢中陈睦的屁股。陈睦想要反击，但看到方孝举跨步向前和薛秋蓉并排走路，只好恨恨地低声骂一句："懵仔多情，没得好命。"


陈浩三打了一会儿木人桩，觉得乏味，就坐到桌子边上。桌上放着茶壶和杯子，他拿起茶壶摇了摇，里面并没有水，只得咽了咽喉咙，露出了苦笑。

陈睦也坐过去，右脚踩在长凳上，把裤腿扯起来，抓了抓大腿发痒的地方——毕竟半个月没洗澡，皮肤发痒是在所难免的。他露出惯有的痞子微笑，瞅着陈浩三说："三哥别丧气，待会儿秋蓉借水回来，我给你泡一壶好茶。我的箱子里藏有一罐好茶叶呢！"

陈浩三说："你小子就像老鼠一样喜欢藏东西。快说，还有多少私房钱没交出来，得要拿去买粮食才行。"

陈睦翻起白眼："私房钱还有一些，但不能用来买粮食，我要存下来去澳门找阿翠。"

陈浩三恨铁不成钢地说："我劝你还是死心吧，不如把钱存下来，正经娶个老婆。老是惦记着别人的女人，那是要天打雷劈的。"

陈睦冷笑道："阿翠给我生了儿子呢！三哥，那是我们陈家的血脉，不管怎么样，我这辈子也要找到她。"

陈浩三说："你若真是为阿翠和儿子着想，就不要去找她。"

他心中仍有些后悔，当初就不应该让陈睦看管歌舞厅。那时，有位年轻漂亮的太太经常来歌舞厅跳舞，是香港"沈记"船运公司沈四爷的六姨太，名叫阿翠。沈四爷已经六十多岁了，纳了二十出头的小妾，当然是难以满足。为排解寂寞，阿翠经常到歌舞厅跳舞，打发漫漫长夜，不知怎么回事就跟陈睦好上了。

歌舞厅有专门给富太太休息的小房间，用来补妆或更换衣服。陈睦事先藏在小房间的衣柜里，等阿翠中场休息时便跟她在小房中偷情，做得神不知鬼不觉。后来阿翠的肚子大起来，生下一个儿子。儿子长得像阿翠，并没有引起沈四爷的怀疑，但陈睦知道那是他的种子，于是动了念想，决定带阿翠私奔，回东莞乡下隐姓埋名。他和陈浩三、方孝全兄弟商量，并让陈浩三把他的份子钱取出来。

陈浩三这才知道陈睦暗中搞了这么一大桩丑事，狠狠地将他臭骂了一顿，并让他立即跟阿翠断绝来往。沈四爷可不是什么好惹的人物，北角区有名的富翁，黑白两道都有关系，要是陈睦敢把阿翠拐走，沈四爷一定能查得出来，找不到陈睦，陈浩三和方孝全兄弟便要背黑锅，不可能脱得了干系。

为了让陈睦死心，陈浩三将他强行调离歌舞厅，派他去看管赌场，并让方孝全成日跟在他身边，禁止他跟阿翠来往。这么做是为了保护陈睦的性命，要是沈四爷知道阿翠在外面偷汉子，陈睦不可能有活命的机会，而且几兄弟也会遭受殃及。

陈睦对陈浩三意见很大，激发了矛盾，并以断绝关系来威胁陈浩三，必须拿回份子钱。他像中邪一样，心中只有一个念想，就是要把阿翠拐到内地生活。

这些年几兄弟赚到的钱，全部交由陈浩三掌管，存到银行里，准备寻找机会投资生意，要在香港扎根。为了让陈睦死心，陈浩三将钱全部取出来，投入了薛雨阳的红酒厂，成为第二大股东。

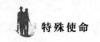 

没有钱，陈睦失去了私奔的底气。他当然不可能带阿翠和儿子回内地过苦日子，只好将怨气撒在陈浩三身上，很长一段时间不再跟其讲话，形同陌路。直到日军攻占香港，社会动荡，陈浩三将几个兄弟叫到薛记馄饨店居住，互相有个照应，他们的关系才有所缓解。

香港沦陷，沈四爷通过关系，带着家人跑到澳门。他在澳门有些产业，仍可以过上富足的日子。陈睦一心惦念阿翠，想着多攒些钱去澳门，将阿翠和儿子带到内地，过上一家人团圆的日子。

"三哥，跟你讲句实话，我这辈子只认阿翠，别的女人我一个也看不上。我一定要去澳门找到她的，你要是再阻拦我，我这辈子都恨死你。"

想起当初堂哥百般阻挠他和阿翠私奔，陈睦心里仍有怨气，要不是陈浩三从中作梗，他和阿翠恐怕在东莞已经有了新的生活，不至于困在香港走投无路，连喝水都困难。

陈浩三露出一副无所谓的样子："现在香港乱成了一锅粥，我也管不到你，你爱怎样就怎样吧，只要你有那个本事。"

方孝全突然说："阿睦倒是痴情人，三哥，你要跟他学一学。"

陈浩三冷笑道："勾引别人的小老婆，偷鸡摸狗的丑事有什么好学的。"

方孝全认真地说："我是说三哥要变得痴情一点，认准一个女人就不要放手。现在秋蓉无依无靠，你俩还是有感情的，找机会把她娶了吧，省得阿举成天惦记。"

陈浩三嘿嘿笑道："阿举对秋蓉情深义重，你当哥哥的不撮合一把，反倒怂恿我去挖墙脚，要是阿举知道了，不跟你断绝关系才怪。"

方孝全摇头说："阿举那是瞎胡闹，秋蓉不可能看上他的。秋蓉和三哥有旧情，又处在这种特殊时期，事情容易办。我倒是希望三哥把她娶了，将她的心病治好。想当初，三哥和秋蓉也是爱得死去活来的，要不是薛警长下黑手，你俩也不会分开。"

陈睦借题说："阿全是个老实人，说的都是老实话。三哥，秋蓉长得正点，当老婆好得劲，说不定你真的能治好她的神经病，让她恢复正常，生几个胖小子，也算为我们陈家光宗耀祖。"

陈浩三忍不住笑起来："我看你才像神经病。"

心头却有些黯然，其实他也有动过念想，找机会把薛秋蓉娶了。但是看到薛秋蓉一副忧心忡忡、萎靡不振的样子，觉得娶她是一件残忍的事情。这个时候的薛秋蓉，内心对一切感情都是排斥的，跟她谈婚论嫁，只怕会让她陷入更深的痛苦之中。

两年前，薛雨阳发现女儿与陈浩三相恋，勃然大怒。他当然不可能让宝贝女儿嫁给一个帮派小弟，为了让女儿死心，他想出了一个绝招。当时薛雨阳正谋划投资一家红酒厂，他要利用警长的关系，将生产的红酒卖到歌舞厅和酒楼以及餐馆和商行，赚取丰厚的利润。开红酒厂，黑白两道都要打通，薛雨阳负责白道，他想让陈浩三负责黑道，于是便去赌场找陈浩三，问他是否愿意入股。

这种赚钱的买卖，陈浩三当然求之不得，而且与薛雨阳成为股东，关系更加亲密，以后在北角区混得更开。然而薛雨阳却提出了要求，入股可以，陈浩三必须立即与秋蓉断绝来往，并在关公面前立下毒誓，不得对秋蓉抱有任何幻想，否则天打雷劈、断子绝孙。

陈浩三虽然喜欢薛秋蓉，但也知道一个帮派小弟想娶警长家的宝贝千金，那是不可能的。为了前途着想，陈浩三最终还是跪在关二爷面前，当着薛雨阳和兄弟们的面，立下了毒誓。

随后薛雨阳又抛出第二个绝招，让陈浩三去勾搭歌舞厅的女人，逢场作戏。很快陈浩三就成北角区有名的风流浪子，经常有女人大半夜跑到他楼下哭闹。薛秋蓉虽然猜到是父亲从中作梗，但看到陈浩三跟别的女人纠缠不清，她也难以接受。她渐渐地死了心，将感情埋藏在心底，看到陈浩三时，装作一副若无其事的样子。其实骗不了自己，那些美好的往事一直都像刺一样扎在心头，回忆起来隐隐作痛。

好长一段时间，薛秋蓉才走出失恋的阴影，和一位年轻的英国军官谈起了恋爱。英国军官叫丹尼，是驻港英军的军二代，早年就跟父亲来香港，能说一口流利的粤语，并给自己取了个中国名叫杨慕尼，与时任香港总督杨慕琦只有一字之差。

丹尼有着英国人的浪漫血统，说话也幽默有趣，给薛秋蓉带来了许多欣喜与欢乐。他们已经到谈婚论嫁的地步，并举行了订婚仪式，只等着薛秋蓉高中毕业，两人便步入教堂。

距离穿婚纱的日子只有半年时间，对于热恋中的情侣，那样的日子并不漫长，也不会很遥远。可那个本该可以确认的日子，最终变成了遥不可及的岁月。

日军突袭香港，丹尼被紧急派去九龙抵抗侵略者。当天晚上，一枚不曾受到上帝保佑的炮弹落在了军营，丹尼死在了战场，那只戴着订婚戒指的左手在炮火中化为了尘埃。

噩耗传到薛秋蓉耳中，她将自己关在房里，整整哭了三天，说不出一句话来。她将手中的订婚戒指摘下来，想起丹尼给她戴上戒指的情景，那炫目的幸福转眼化为了刺骨的悲痛，内心瞬间崩溃。她将戒指吞到了腹中，以为吞金可以致死，可悲伤仍在持续，在日夜不断的枪声炮火中，父母的生命也终结于此，甚至连噩耗都没有传来。

遭遇轰炸死亡的大量尸体来不及辨认，甚至也无法辨认，为了防止滋生病菌，尸体统一抬到海边，浇上汽油，就着海风焚烧起来。骨灰在涨潮的时候回归大海，阳光下化为了褐色的沙滩，海水顿时变得更加的咸苦。阴森森的海风吹到身上，仿佛与亡魂相拥，能让人泪流满面。

香港岛沦陷当天，陈浩三跑到薛记馄饨店。身陷无助的薛秋蓉如同看到久违的亲人，扑到他的怀中号啕大哭，哭得当场昏厥过去。陈浩三抱着昏迷不醒的她，一时手足无措，不知道要怎么办，因为日兵正往春秋街跑来，街道传来了枪声和惨叫声。

即便在那样的情况下，他仍记得她身上的气息，这么多年来都没有忘记过……

一阵急促的敲门声打断了陈浩三的回忆。

"谁？"

陈浩三脸上的笑容收敛起来，回忆也跟着沉入心底。面对突如其来的敲门声，他的声音略带警惕与不安。

方孝全和陈睦也站起来，一副戒备的样子。

"杨进喜介绍来的。"门外传来一个低沉的声音。听得出来，是故意压低声调的。

陈浩三把门打开，只见一个男子和两个女子站在外面，三人都很年轻，身穿难民服，提着行李，看样子要逃难。

男子头上戴了一顶破草帽，帽檐压得低低的，如同做贼，似乎不想让人看出他的真实面貌。

陈浩三的重心并没有放在男子身上，而是被男子身边的两个女子给吸引了。两位女子虽然身着旧衣，却难掩天生丽质：一个是二十四五岁的姑娘，长着一张桃子脸，脸颊偏瘦，下巴微微翘起，看上去温柔可亲，却又透着些许的娇俏，惹人怜爱；另外一个是二十出头的姑娘，脸是柔性的瓜子脸，眉眼深邃，颧骨内收，脸颊线条清晰明朗，勾勒出少女逼人的英气，让人陡然觉得惊艳。

温柔姑娘挽着男子的手，一看便知与男子是情侣关系；英气姑娘则站在男子的侧边，眼睛四处打量，神色间透出警惕，显得有些高冷。

陈浩三只觉得眼前顿时一亮，仿佛有阳光打在额头上。在兵荒马乱的香港，但凡有些姿色的女人都深藏在闺房之中，哪敢上街走动。

男子东张西望，似乎怕有人跟踪，说话的声音也压得低低的："你是陈浩三先生？"。

"没错。"

"陈先生，请借一步说话。"

走进屋里，看到桌子边上站着方孝举和陈睦两条大汉，男子一时有些警惕。他打量了一下屋里的环境，随即把目光落在桌上的茶壶和杯子上，忍不住咽了咽口水。

陈浩三把门闩上，走过来说："不好意思，茶壶里没有水。不过你们放心，我们有人在外面借水，等会儿就回来。上门是客，绝不会让客人口渴的。"一边说一边做了个请的手势。

男子坐到桌子边上，把草帽压低了一些。桌子是宽大的八仙桌，每边放有长条板凳，长凳可以坐两人。温柔姑娘跟着男子并肩坐在一起，随手把行李放到膝盖上，双手搭在上面，动作很斯文，一看就是大家闺秀的风范。

那位英姿飒爽的姑娘却不坐，双手抱着包袱，站在男子的侧边，一副保持戒备的样子。

陈浩三见她不落座，便朝她看去，眼光毫不客气地在她那漂亮的脸蛋上打转，露出他惯有的无赖嬉笑："小姐也入座吧。"

姑娘淡淡地说："不用，我喜欢站着。"

陈浩三笑道："女人站多了可不好，小腿变粗，屁股也变大。你身材这么好，要是小腿变粗屁股变大，穿旗袍就要大打折扣了。"

姑娘先是一怔，看到他说话流里流气，带着调戏的味道，顿时眉毛一竖，心想："没想到此人是个无赖。"

陈浩三见她板起脸，便说："哎呀，开个玩笑而已，看你们一个个神色紧张的样子，搞得我们也跟着紧张。来到我这里，放轻松一点，什么事情都好说，没必要搞得像捉……捉贼一样。"他本来想说"像捉奸一样"，但又怕姑娘动怒。

姑娘见他说话轻佻，心里更是戒备，下意识地把手伸到了包袱里。

看到她那副不愿搭理人的高冷样子，陈浩三自讨没趣，撇了撇嘴，转头问坐在对面的男子："先生贵姓，找我何事？"

在道上混了这么些年，陈浩三早就练出非凡眼力，这三人虽然打扮成难民，但从气质可以看出，他们必然是富家子弟。尤其是两位女子，肤色雪白，神色间透出傲气，一看就不是寻常百姓的子女。

男子不说话，一副犹豫的样子。他也看出陈浩三轻浮滑头，不像是正经人，心头有了疑虑。他下意识将草帽檐压低，让人只能看到他的嘴巴和下巴。

陈浩三起了疑心，突然想到抢水回来时，在公告栏围观，有一张最新张贴的通缉令。陈浩三记性好，已经记下通缉令的照片，虽然眼前的男人把草帽压低，但陈浩三从鼻子和嘴巴分辨，立即闪过一个念头，脱口便说："我知道你是谁了，你是日本人悬赏十万军票的通缉犯，叫什么雨来，对，蔡雨来。"

男子正是蔡雨来，坐在身边的姑娘是他的女朋友慕容织云，侧身警戒的姑娘是他的妹妹蔡雅来。

蔡雨来顿时一惊，抬头看着陈浩三，五官便都露了出来。

方孝全和陈睦站在陈浩三的身后，也看到了蔡雨来的面目。

陈睦失声道："还真是价值十万军票的蔡……蔡先生。"

"不许动！"蔡雅来突然从包袱里掏出一把勃朗宁手枪，枪口对准陈浩三，随即一拉枪套筒，将子弹推上膛。

陈浩三和陈睦、方孝全没想到一个姑娘家居然身怀武器，而且看她那利索的动作，显然是个用枪高手，绝不是吓唬人的。

"搞什么鬼，想打劫吗？"陈浩三把手举起来，做出投降的样子，"你们打劫找错地方了，我们现在穷得连水都喝不上了。"

"把你们身上的武器交出来！"蔡雅来冷冷地盯着陈浩三，"我劝你最好不要耍花样，我的枪法能在五米之内打死一只苍蝇，一口气打爆你们三人的脑袋绰绰有余了。"

陈浩三摆出一副委屈的样子："我们的武器早就被杨进喜大哥收走了，现在只剩光棍一条喽！"一边说一边掀起衣服，"看到没有，腰间只剩下一条皮带了，如果你觉得皮带也是武器，我就解下来给你看看。"

蔡雅来见他说话透着下流，明摆着是要挑逗人，心中越发有气，恨不得一枪崩开他的脑袋。她愠怒道："你嘴巴放干净点。"

陈浩三满不在乎，挑衅地看着她："你怎么知道我嘴巴不干净？

你又没有……"说到这里突然顿住，故意留白，但谁都听得出来他必然是要说出"你又没有亲过我"之类的下流话。

蔡雨来怕妹妹一时沉不住气开枪，那可就闯下大祸了。他忙摆了摆手，示意蔡雅来把枪收起来："陈先生是幽默风趣的人，杨进喜大哥让我们找他，肯定是有原因的。"

蔡雅来却不肯放下枪，枪口仍对着陈浩三，冷冷地说："此人油嘴滑舌，一看就是地痞流氓。哥，他们已经认出你是通缉犯了，防人之心不可无，我们还是小心为妙。"

陈浩三伸了伸懒腰，一副无所谓的样子："你要防就防吧，不过我奉劝一句，你最好把枪收起来，用这玩意儿指着一个你值得信赖甚至可以依赖终生的男人，以后肯定会内疚的。"说罢他还朝她眨了眨眼，露出死猪不怕开水烫的神色。

蔡雅来气得不知说什么为好，脸色红了起来，带着少女的恼羞之意。陈浩三毫不客气地盯着她看，她愈是生气脸色愈是动人，心想："这姑娘不仅相貌漂亮，身材也正点，肯定会跳舞的，要是在歌厅跟她跳一曲恰恰舞，那真是乖乖不得了。"

坐在蔡雨来身边的慕容织云一直暗中观察陈浩三，突然说："雅来，把枪收起来吧，我看陈先生虽然一副吊儿郎当的样子，但不是什么坏人。"

陈浩三看着慕容织云，嘿嘿一笑："还是蔡夫人见过世面，知道在下的幽默。不像某些姑娘，一上来就要动刀动枪，小心以后嫁不出去。"随后又来了一句，"反正我是不会娶这种臭脾气大小姐，除非她主动扑上来，倒贴十万八万嫁妆那就有得商量。"

慕容织云忍不住笑了起来："我不是蔡夫人，我叫慕容织云，是蔡先生的女朋友，你叫我织云就行。"心里却想，此人真会占口头便宜，才见面就扯出男女婚嫁之事，硬是把人耍一通，可见混迹江湖已久。当然，一个口才出众之人，通常也是机灵多变之辈，杨进喜让他们来找他，说不定还真是找对了路子。若是陈浩三一副老实巴交、榆木脑袋的样子，她反倒会心生疑虑。

蔡雅来却没有往这方面想，她被陈浩三那副无赖的嘴脸气得直跺脚。正要反唇相讥，然而陈浩三却不给她机会，转头盯着蔡雨来说："蔡先生，你上门来找我，是不是想让我带你离开香港？"

蔡雨来问："你怎么知道？"

陈浩三撇嘴说："这点都想不到，岂不是傻子？你如今是日军的重点通缉犯，价格开得这么高，足够娶几个小老婆啦！你肯定想着早点逃离香港，行李都带上了，一副跑路的样子，要是我没猜错，你恐怕连住的地方都没有了。"

蔡雨来苦笑："没错，现在满城都是我的悬赏通告，住的地方已经不安全，眼下走投无路，只好来找陈先生帮忙。"

蔡雅来焦虑起来："哥，你怎么把这些事情都告诉他。"

陈浩三朝她翻白眼："拜托，三岁小孩都能想到的事情，你当我像你一样傻吗？"随又后嘀咕道，"都说漂亮的女人有胸没脑，看来还真有些道理。"

蔡雨来怕妹妹发火吵架，忙抢着说："陈先生聪明过人，杨大哥让我们来找你，果然是有深意的。"一边说一边看了妹妹一眼，让她不要担心。

陈浩三忙问："对了，大哥现在还好吧。自从日本人攻打香港，大哥把我们的手枪都收走了，说要去打日本人。这么久也没有大哥的音讯，不知道他过得怎么样。"

蔡雨来将头上戴着的草帽摘下来，放在胸前，神色肃然地说："杨大哥，他……唉，他牺牲了。"

"牺牲？"陈浩三愣住了，这个陌生的词语让他一时有些无措，片刻之后才突然明白过来。"你说什么，大哥死了？"他猛地站起来，仿佛被蝎子蜇了一样。

陈睦和方孝全也都很吃惊起来，脸上涌出了悲痛的表情，不敢相信这是真的。

"怎么可能，大哥武功好，枪法又准，怎么会死呢！"

　　蔡雅来监视三人的一举一动，怕他们有不轨之举。看到三人突闻杨进喜死讯，顿时满脸悲愤，如同死了亲人般。尤其是陈浩三，脸上那副玩世不恭的表情不见了，悲怆之情取而代之，从这里可以看出三人与杨进喜关系非同一般。既然与杨进喜关系好，应该是值得信赖的，她于是便把手枪收了起来。

　　蔡雨来低声说："是日本人杀的。"说到这里，他望着陈浩三，"你知道杨大哥的真实身份吗？"

　　这话问得有些突兀，陈浩三先是愣了一下，才反问道："什么真实身份？"又说，"大哥是洪门致公堂的香主，江湖绰号杨九指，大名鼎鼎，我们几兄弟都是跟着他混的。"

　　蔡雨来说："他还有一个秘密身份，是共产党的交通员。"说到这里，回想起昨晚那一幕，他的脸色变得凝重起来，语气也透出沉重。"昨晚杨大哥前来转移我，这是上级交给他的任务，要把我们送出港岛，偷渡到九龙。没想到被两名日本特务跟踪，杨大哥情急之下与特务交火，打死了对方，自己却也中了枪。"

# 四

夜半，残月，香港北角。

昏暗的路灯照着空无一人的街道，冷风吹过，落叶摩擦着地面游走，发出沙沙声响，像有孤魂野鬼行走。日本人实施了严厉且残暴的宵禁制度，天黑之后平民百姓不得上街，被宪兵或伪保安队发现，一律格杀勿论。

北角里村是本地渔民最早居住的村落，房子低矮错落，建筑风格各异，看起来杂乱无章。临街一栋带小院的洋房，门窗紧闭，被夜色淹没，毫不起眼。客厅的桌上点着一根细蜡烛，除了桌面一小块地方有光亮，周边都陷在昏暗之中。

蔡雨来在厅里走来走去，忧心忡忡地等待杨进喜到来。慕容织云和蔡雅来坐在桌边，也有些惶惶不安。三人已经根据杨进喜的要求，换上了难民装，只带少数的行李，做好随时出发的准备。

与杨进喜约定的时间是凌晨一点，此时两点已过，杨进喜尚未到来，蔡雨来心中涌出一股不祥的预感。一个小时前，他听到远处传来枪声和狗叫，在这死寂的黑夜，任何枪声都是不祥的预兆，甚至是灾难的前兆。

正焦躁不安，突然传来敲门声。

蔡雨来和蔡雅来把手枪掏出来，子弹推上膛，从客厅走到院子，隔着门板低声问："是谁？"

"是我……杨进喜。"

门外的声音有些微弱，但听得出来是杨进喜的声音。

蔡雨来急忙拨开门闩，只见杨进喜倒在门外，倚靠着门墙气喘吁吁，像瘫痪了一样。他右手拿着枪，左手紧紧地捂着胸口，鲜血正从他

的手指缝里渗出，染红了衣服。

情况不妙，蔡雨来和蔡雅来立即对外警戒。黑暗笼罩的街道仍处于一片死寂的状态，显然是没有尾巴跟来。

蔡雨来把枪插在腰间，双手从后面抱住杨进喜的腋下，将他拖进了院子里面。蔡雅来赶紧把院门闩上。

慕容织云也从客厅走出来。院子没有灯，一片黑暗，她手中拿着电筒，照见脸色苍白浑身是血的杨进喜，不由得吓了一跳。

"好运来交通站……这条线路出叛徒了，否则、否则日本人绝不会……跟踪我。我不知道谁……是叛徒。今晚走不了了……"

杨进喜喘着粗气，断断续续地说，仿佛随时都有可能断气。

"这可如何是好？"蔡雨来焦急起来。面对突发情况，他心中那股不祥的预感越发沉重。

"你去找……一个人，他叫陈浩三……住在、住在北角区春秧街的……薛记馄饨店……离这儿不远。"杨进喜突然咳嗽起来，血从嘴角流了下来。

蔡雨来点头说："好的，我记住了。和陈浩三有接头暗号吗？"

"没有暗号……他不是内部的人……是跟我混社会的……"

"什么，他不是共产党员？"蔡雨来吃了一惊，不知道杨进喜为何让他去找一个江湖混混。

"交通线有叛徒……我活不成了……没办法去找组织委派新同志接手……只能找外围的线……"杨进喜把枪丢在一边，握着蔡雨来的手。他的手上沾着鲜血，仿佛用鲜血保证，"陈浩三可以信任……我救过他的命……他会想办法的。"

杀了两名跟踪的日本特务，杨进喜也不幸中枪，拼着最后几口气走到蔡雨来的住处。来的路上，他一直想着怎么转移蔡雨来，可是一时也想不出有效的办法。

自从皖南事变，共产党组织被国民党大量摧毁，为了防止类似事件发生，组织内部完善出一套缜密又严格的地下联络方式：交通站与情报人员，还有执行任务的交通员都是采取分点办公、单线联系，绝不交叉来往，就算内部有人叛变，也只是损失一条联络线，而不会被敌人连锅端。

若是交通线出现问题，线上的人员要立即隐蔽，进入静默期，等上级揪出叛徒之后再浮出水面。杨进喜所在的交通站是好运来杂货店，他接到站长许雄委派的任务，要转移蔡雨来一家人偷渡过维多利亚港湾，护送到九龙区的龙记当铺。转移爱国文化人士是一项极其重要且隐秘的任务，除了内部人员，外人根本不知情。杨进喜半夜出门，却被日本特务盯梢，可见一定是组织内部出现了叛徒，说不定就在他所在的交通线上。

杨进喜自知性命难保，没有时间也不可能有机会去寻找组织开辟新的交通线，为确保蔡雨来的安全，他思来想去，唯有的办法就是从外围找人。

"你找到……陈浩三，让他想办法……护送你们一家人出香港……到深圳湾的妈祖庙……那是东江纵队的秘密交通站。到了那里你就安全了……"杨进喜死死地抓着蔡雨来的手，让他明白事情的严重性，"记住，不要再去好运来杂货店……这条线出叛徒了……也不要去打听、打听共产党组织……那样太危险了。"

杨进喜担心蔡雨来沉不住气，偷偷去打听共产党组织，希望找到新的交通员接应他。这是十分危险的事情，眼下特务和汉奸猖獗，设下一些假的共产党基地，四处放出风声，以此诓骗走投无路的文化人士。蔡雨来不是共产党员，不知道地下组织的特性与规律，贸然打听只会落入敌人的圈套。唯一的办法就是让陈浩三直接将蔡雨来一家送出香港。

蔡雨来见杨进喜语气严峻，便说："我记住了。"

杨进喜奄奄一息地说："你跟陈浩三说……这是、这是我的遗愿，让他一定要完成，好让我……死得瞑目。……还有，告诉陈浩三，我的家人……已经送到内地去……叫他不用担心……如果有机会见到宝仔，请他……请他……"说到这里，他的喉咙像被什么东西卡住，一口气接不上来，头一歪便死去了。

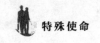 

杨进喜遇难的消息如同毒蛇，猝不及防地咬了陈浩三和陈睦、方孝全一口，毒性随着血液扩散，向全身蔓延，痛苦持续袭来，让他们难以承受。

陈浩三猛地一拳砸在桌子上，桌面是用实木做的，竟被打得断裂，凹陷下去，桌上的茶壶和杯子也震得叮当作响。

"冚家铲的日本人，有机会我一定给大哥报仇！"

蔡雨来仔细观察三人，他们那副悲愤与痛苦的样子不像是假的，再看看陈浩三一拳打下去的地方，力道惊人，桌面断裂，一看就是情绪使然。他心中有些底气了，杨进喜临终前让他来找陈浩三，自然是有道理的，这些人虽然是混帮派的小弟，看起来还有几分江湖义气。

"杨进喜大哥死在我的住处，我没办法将他带出来埋葬，为了让他早点入土为安，不被别人发现，只能将他埋在院子里面。"蔡雨来悲痛地说。

陈浩三也知道要把一个中枪死亡的人拉去埋葬是有风险的，何况蔡雨来是日军的重点通缉犯，能把自己性命保住都不错了，哪里还能顾得上一具尸体。他想见杨进喜最后一面，便说："你租的是别人的房子吧，到时主人肯定会把大哥的尸骨挖出来丢掉。不行，我要去把大哥的尸体弄出来，埋到外面去，以后好祭拜，绝不能让他当孤魂野鬼。日后见到大哥的家人，也算有个交代。"

杨进喜成家比较早，娶了一个老实本分的农家妇女，育有一个儿子叫杨明宝，小名宝仔，已经年过十三，跟陈浩三练功夫，感情很要好。让陈浩三感到欣慰的是，杨进喜提前将家人送到内地去了，不用担心他家人的生命安危。

"现在不能转移尸体。"

蔡雨来坚决反对。原本他住在铜锣湾一带，因形势紧张，近几天才搬到了比较偏僻的北角里村。"我的悬赏通告已经贴进村里，住所已经不安全，你要是进去收尸恐怕会被连累。杨大哥在天之灵，肯定不愿意看到你们白白送命。"

陈浩三也知道去转移尸体的风险，却固执地说："大哥救过我们的性命，带我们加入洪门，是我们的恩人，我们必须把他的尸身运出来，好让他有个投胎的地方。"

这是掏心窝子的话。当年陈浩三和陈睦、方氏兄弟一起逃难到香港，身上没什么钱，在香港也没有亲戚朋友，一时找不到工作，就暂住在九龙的寮屋区。寮屋是香港非法占地搭建的临时居所，用铁皮和木板搭建而成，是贫民与难民居住的地方。这些寮屋并非政府安置难民之地，而是被帮派控制，租户每月要向帮派交租金。

四人初来乍到，不知江湖深浅，有一次看到福义兴的红棍林满，人称金表少爷，带着一帮小弟毒打交不起租金的贫民。那贫民的老婆刚病逝，又失了业，要养三个小孩，生活艰难。帮派小弟却丝毫不怜悯，就当着小孩的面将其暴打，把贫民打得头破血流。

三个小孩吓得哆嗦成一团，哇哇大哭，边上的人看了只是叹气，却都不敢出声。陈浩三好歹有些血性，实在是看不下去，就在边上说了一句"这么多人欺负一个穷人，不算英雄"。这句话惹出了麻烦，林满立即要教训陈浩三，要将他的牙齿打掉几个，看他还敢不敢多嘴。

陈浩三本来就看不惯这帮人，出手反击。方氏兄弟和陈睦也跟着加入战斗，把林满和十几个小弟全部打趴下来。林满的门牙被打掉了两颗，疼得话都说不出来。

在香港讨生活，招惹黑社会那是自寻死路。福义兴是九龙有名的黑帮，连英国人都不敢得罪，何况陈浩三是从外地逃难过来的流民。幸好杨进喜路过，他见陈浩三等人身手好，也有血性，当即将四人秘密带到港岛北角，从此跟着他混。

林满发动九龙的兄弟到处寻找四人的踪迹，发誓要剁了他们喂狗，却怎么也找不到。由于内地战乱，许多难民逃难到香港，给香港治安管理带来了巨大压力。当时的香港警察时常抓捕无业流民，征为苦力，让他们去修路和挖山塘。为了避开警察的清查，也为了减少不必要的麻烦，流民住在寮屋区一般都会用假名登记，若是犯下事情也容易潜逃。陈浩三和几兄弟初到香港，入乡随俗用了化名，住房登记的姓名都是假的，林满如何能追踪到他们的去处。加之福义兴的势力主要集中在九龙，没有伸到港岛，陈浩三总算逃过了一劫。

杨进喜是洪门致公堂的北角香主，顾名思义，就是香港北角区的洪门大哥，负责打理该地的赌场、商铺、歌舞厅、酒楼等产业。香港帮派林立，为了抢地盘和争利益，经常起冲突，要是没有一定势力会被别人吞掉。陈浩三和陈睦、方氏兄弟最初在杨进喜手下当草鞋，草鞋是帮派地位最低的小弟，负责打架砍人和跑腿打杂。四人身手好，不久后就被杨进喜提拔为红棍，陈浩三则成为双花红棍兼管堂。红棍相当于打手的领班，双花红棍是打架极其厉害的人才配得上的称呼，而管堂则是香主之下的职务，类似管家，协助香主管理和执行区域中的大小事务。陈浩三和兄弟们从此出人头地，带着一帮草鞋在北角区横行霸道，好不威风。

混了一段时间，陈浩三见识到帮派势力斗争用的黑暗与残忍手段，才知自己当初太冒失了，居然敢教训林满，如果不是杨进喜的出现，恐怕四人是怎么死的都不知道。

杨进喜是一个重江湖义气的人，他将四人当成贴心兄弟，给的待遇也高，让四人混得有头有脸。如今杨进喜身遭不幸，想起大哥生前的好处，他们心里如何不悲痛。

方孝全和陈睦也说："我们必须埋葬好大哥，绝不能让他当孤魂野鬼，否则太对不起大哥了！"

这是岭南的风俗，一个人若是死后尸骨被人丢弃，死无葬身之地，没有祭拜的地方，就只能当孤魂野鬼，无法重新投胎做人。他们不想让杨进喜落到如此悲惨下场，决定履行小弟的义务，要把杨进喜好好安葬，尽一份孝心，才能对得起他的在天之灵。

蔡雨来见三人一副义不容辞要去给杨进喜收尸的样子，便说："你们不要冲动，杨大哥是为正义而死，死得其所，无论尸身在哪里都是浩气长存。"又说，"何况我那间房子预先交了三个月的房租，房东这三个月都不会到房子里面去。等过段时间风声平息了，你们再去给杨大哥收尸，这样会更加安全。你们现在去收尸，万一被埋伏的日本特务抓住，枉自送了性命，那有什么用？"

三人一时无语。他们也知道事情的轻重缓急，很多时候感情用事并不能解决问题。

为了转移悲伤，蔡雨来便说："杨大哥临终前，让你们看在他救命之恩的分上，把我送出香港，眼下这才是最要紧的事情。杨大哥说了，这是他的遗愿，你们只有把这件事情做好了他才死得瞑目。你们肯定不想让杨大哥含恨而死吧？"

这番话一下子哽住了陈浩三的心绪，让他为难起来。杨进喜救过他们的命，又是他们的大哥，按理说只要是杨进喜交代的事情，他们赴汤蹈火在所不辞。然而陈浩三审时度势，知道事情艰难，不由得犹豫起来。


陈浩三十分清楚，想把蔡雨来一家人送出香港，绝不是件容易的事情，搞不好会搭上他们全部人的性命。

蔡雨来是日军的重点通缉犯，肯定不能走正规的难民返乡渠道，只能用逃跑的方式。眼下想逃出香港何其困难，首先要从香港岛偷渡过维多利亚港湾，进入九龙区，再从九龙走到新界，然后偷渡过深圳河，才能抵达内地。这一路上日军岗哨林立、伪军关卡重重，汉奸与特务四处游荡，一到夜间就宵禁戒严，连一只苍蝇都飞不出去。尤其是九龙和新界两片区域，他们人生地不熟，没有任何人脉关系，想在日军的眼皮底下逃走，并无多大把握。

香港分为港岛、九龙和新界三大地理板块，人们习惯性称香港为"港九"，即香港岛和九龙半岛的简称，两地之间隔了维多利亚港湾。当时的商业和政治中心都设在香港岛，港岛不准难民入境，难民一般在九龙半岛和新界一带生存。

九龙半岛又称九龙城，因大量难民聚集，成为香港帮派最密集的地方，经常发生大规模械斗和抛尸命案。日军驻港防卫队的主力部队主要集中在九龙，为了围困香港岛上的抗日分子和爱国文化人士，九龙一带岗哨森严、巡逻频繁，搜查比香港岛还要严厉。那些帮派小弟、烂仔流氓，还有反戈的印度雇佣兵，也充当日本人的爪牙和耳目，尽做一些丧尽天良的事情。蔡雨来这个通缉犯想从这片区域穿过去，除非练就孙悟空的七十二变。

　　新界，即"新的租界"之意，当时尚未发展起来，属于香港的农村乡下。这片地方山野复杂，人烟稀少，日本兵力主要集中在九龙和港岛，新界的山区乡村变成了无人管辖的真空地带，成为汉奸土匪和地痞流氓的地盘。小的烂仔七八人一伙，大的土匪上百人一股，专门打家劫舍谋财害命，想通过新界也绝非易事。

　　虽然陈浩三跟着杨进喜混，表面上是洪门的人，实际上他并没有真正加入洪门。陈浩三他们也曾想加入帮会，好歹有个靠山，毕竟他们已经坐上红棍的位置，只需去堂主那里上香敬茶，喝一杯公鸡血酒就能正式成为洪门弟子。但不知为何，杨进喜却没有让他们加入，只说时机未到，以后会有更好的组织让他加入。陈浩三不知杨进喜言下之意，只是听从他的安排，如今听蔡雨来说起杨进喜是共产党的交通员，他才想明白了，可能是杨进喜有意让他们保留清白身份，日后好加入共产党组织。

　　在港岛，陈浩三可以打着洪门的旗号做事情，出了港岛却不能，他没有身份排位，九龙和新界的洪门兄弟是不会认他的。何况洪门的堂口众多，为了利益各自为阵，甚至有时候还会内部起冲突。就算杨进喜活着，以香主的身份到别的堂口求助，请门中兄弟帮忙掩护一个通缉犯出境，也绝无可能，因为这不是江湖帮派的分内之事，说不定反而走漏风声，坏了大事，毕竟帮派里面鱼龙混杂，居心叵测的人太多了。

　　陈浩三是个聪明人，动动脑子便把整件事情给摸透了，深知其中的艰难之处。他对蔡雨来说："杨大哥对我们有救命之恩，只要大哥一句话，我们上刀山下火海绝不皱眉头。但是现在想逃出香港太难了，我们没有一丝把握，只怕误了你的事情。"

蔡雨来见陈浩三说得委婉，便说："我也知道这件事情困难，你们是混江湖的人，肯定有江湖门路。"

陈浩三摇头，一脸真诚地说："不瞒你说，我的江湖关系只是在港岛，九龙和新界这两个地方人生地不熟，实在没有把握将你们安全送出去。"

蔡雨来心中泛起了冷意。听得出来，陈浩三并不想护送他一家人离开香港。不过这也在情理之中，毕竟他是日军的要犯，护送他逃港如同带着炸药包行走，随时都有可能引爆，惹来杀身之祸。

"我愿意出钱。陈先生，请你务必帮忙，看还有没有别的路子。"

蔡雨来突然抛出这句话。有钱能使鬼推磨，这些江湖混混最看重利益了，只要出得起价钱，再加上杨进喜的救命之恩，说不定能让他们卖命。

陈浩三果然心动了，他立即想到，要是蔡雨来愿意出钱，这倒是个好差事。现在香港限水断电，粮食也贵得要命，而且日本人已经开始推行配给制度，这么搞下去恐怕以后连吃饭都困难。本来他们也想打道回东莞，只是苦于没有本钱，若是蔡雨来能出一个好价钱，他们也顺便逃回东莞，真是一举两得。

这么一想，他便转头看了看坐在一边的方孝全和陈睦。方孝全当然想回东莞生活，不愿待在香港受苦受气。陈睦巴不得赚一笔钱，回到东莞他便转道前往珠海，偷渡到澳门。阿翠贵为富豪姨太，肯定攒了不少私房钱，私奔时把钱财打包带上，回内地过日子足够了。眼下最要紧的是弄到一笔偷渡澳门的钱，自从香港沦陷，偷渡澳门的费用高到离谱，一般人根本承受不起。

"这不是钱的问题，实在是太难了。"陈浩三看着蔡雨来，仍是假装不情愿。

"我给你六条小黄鱼。"蔡雨来看出陈浩三是心动的，只是碍着杨进喜的情分，不好意思谈价钱，于是直接抛出了价格。在港岛多留一刻就多一分危险，他不想扭扭捏捏对话，只想着痛快解决，"当然这些钱不是要收买你，你们是江湖义士，重感情，钱对你们来说是次要的。这一路上肯定有许多地方需要打点，六条小黄鱼应该够用了。"

陈浩三借机谈起了价格："逃港形势紧张，说实话六条小黄鱼还真洒洒水。你想，我们几兄弟要护送你一家人出去，必须去黑市买枪支弹药。现在黑市好似大炮，开口吓人，没有几根金条哪能搞到好东西。还有偷渡维多利亚港的走私船，也贵得离谱。九龙和新界那边我们不熟路，到时要请向导，还有沿途打点关系，这一路算下来没有十条小黄鱼是扛不住的。"

蔡雨来为难地说："可是我现在全部身家只有六条小黄鱼，还有一些港币，实在凑不出十根金条了。"

慕容织云突然说："我这里还有些首饰，反正现在也不能戴，你拿去当了吧。"说罢从包袱里掏出一个用绸缎做的精美小包，放在了桌子上，朝陈浩三推过去。

陈浩三毫不客气打开布包，将东西倒在桌面上。珠宝和金银首饰的光泽点亮了他的眼神，都是些值钱货色，加上六根小金条，真真是一笔大钱了。

陈浩三仍假装为难："首饰虽好，但现在当铺黑心得很，出价也不高……"

"得了吧，你别在那里装模作样了！"站在一边的蔡雅来实在看不下去了，"你不就是想多要点钱嘛！亏得杨大哥临终前还让我们来找你，以为靠得住，没想到你竟是如此贪婪，只看钱不看情，一点江湖义气都没有。杨大哥好歹救过你们的命，让你们替他做件事情，也算是报答恩情，你却借机打起小算盘，对得起杨大哥的在天之灵吗？"

陈浩三坐不住了，他没想到她的眼光毒辣，居然当众揭穿了他的小精明。他噌地站起来，气冲冲说："你知道什么！你哥是日军重点通缉犯，护送你们出香港，那跟送死差不多。杨大哥是救过我们一命，难道为了还他的人情，我们也要跟着送死？对不起，我们没有那样的义气。"他又摆出一副嘲讽的样子，"再说了，护送你们出香港，我们必须买枪支弹药，还有偷渡的费用，以及路上的各种打点，那都是要花大钱的。帮你们做事，难道还要我们掏钱，天下没有这种道理吧？何况这几根金条首饰也不够路上打点，我们本来也不想蹚浑水，蔡小姐既然这么想，那正好，请便吧！"

说罢，他把那包首饰还给慕容织云，随后做了个请的手势："蔡先生，你们另请高明吧，这事情我们办不了。"一边说一边转头对陈睦说，"阿睦，送客。"

蔡雨来瞪了妹妹一眼，责怪她不该多嘴。他恳切道："陈先生不要动气，小妹不懂事，她乱说的。"他心里非常清楚，如果陈浩三不护送他逃港，他所面临的就是走投无路。他不敢回住所，也没有别的地方可去，带着两位年轻貌美的女子走在街上，加上自己是通缉犯，随时都有可能引来危险。眼下别无选择，他只能把宝押在陈浩三身上。尽管他对陈浩三也没有抱很大希望，但只要陈浩三愿意护送，他亲自主导这场逃亡，至少可以挣脱坐以待毙的局面。

"看在杨大哥的分上，请你帮我一回吧，我感激不尽。"蔡雨来从包袱里掏出六根小金条，摆在桌面上，"我知道这点钱不多。总之，这事情就拜托了。"

慕容织云把那包首饰放到金条上面："陈先生，拜托了。"

陈浩三看着桌面上的东西，像饿汉看到食物一样，心头痒痒的。其实他早有盘算，买枪支弹药和路上的打点，有两条小黄鱼就足够了。加上自己存余的钱，回到东莞可以重新生活。等将来香港光复，他和兄弟们再杀回来。红酒厂的五大件在手上，他和薛秋蓉是合法股东，不用担心酒厂会被别人霸占。何况他本来就是混道上的，北角区的人也都知道红酒厂是他的产业，谁敢打主意呢！

陈浩三却假装考虑与犹豫，绝不能这么爽快就答应了。他想，蔡雨来身上肯定还藏了钱，不可能把老底掏空，说不定这番犹豫，他还能往上加点钱。

方孝全突然说："三哥，既然是大哥让蔡先生来找我们的，这事情我们还是接下来吧。大哥待我们不薄，绝不能辜负大哥的情义。"

他性情耿直，又重义气，看见蔡雨来掏了金条，慕容织云也拿出首饰，又有杨进喜的情分，觉得这事情必须接下来，否则就对不起杨进喜的在天之灵。何况他们可以借机离开香港，说到底这是顺风顺水的事情。

陈浩三假装叹气："阿全说得对，大哥待我们恩重如山，帮大哥完成最后一件事情，也算是了结大哥的遗愿。"说到这里他转头看着陈睦，"阿睦，把钱收好，我们待会儿就去黑市买枪支弹药，预订偷渡的渔船，尽量早点行动。"

陈睦满心欢喜，在这兵荒马乱时期，六条小黄鱼和一包首饰，无疑是一笔难得的横财。他心里盘算，这一趟下来自己应该能分到一根金条，加上攒下来的私房钱，前往澳门寻找阿翠也就不在话下。

蔡雨来见陈浩三一副大义凛然的样子，内心愈加反感。她十分清楚，当下香港兵荒马乱，被日本人搅得民不聊生，加之港币和军票不断贬值，通货膨胀厉害，使得黄金白银愈加值钱，一条小黄鱼足以让许多人卖命了。这家伙收了这么多钱，却扮出一副不情愿的样子，做戏太过，叫人恶心。

"且慢！做生意都讲究先交订金，完事之后再付余款。陈先生，我们初次见面，我也不知道你会不会拿钱跑路。"蔡雨来转头看了一眼哥哥，"我们是不是先预付一半订金，等出了香港再结余款。"

陈浩三冷冷地说："蔡小姐，你这样说就太羞辱人了。首先你要明白，这些钱是我们用来路上打点的，不是做生意谈利润。如果你认为我们是为了赚钱，那行，请另找高明吧！"

蔡雨来也知道陈浩三心里那点小算盘。水至清则无鱼，没有利益哪来的动力，对于人情世故他看得比较开，人家既然愿意豁出性命接这单活儿，赚几根金条算不上什么。他瞪了蔡雅来一眼，喝道："你怎么这般不懂事，杨大哥临终前让我们来找陈先生，可见陈先生是值得托付的，绝不是耍赖之辈。现在陈先生愿意倾尽力量护送我们出香港，完成杨大哥的遗愿，好让杨大哥死得瞑目，如此深明大义，你应该要感谢才对。"

其实他也担心陈浩三拿钱不办事，因此又把杨进喜抬出来，暗中敲打一番。

陈浩三冷笑道："蔡先生放心吧，杨大哥的恩情我们记在心中。"说罢给陈睦使了个眼神。

陈睦毫不客气地将金条和首饰装到口袋里，心里泛起一阵喜悦，开始幻想去澳门找阿翠的事情了。

这时"吱呀"一声，后门突然被人推开了。


"三哥，我和阿举挨家挨户讨水，凑了大半桶，足够我们今天喝了。"

一跨进门，薛秋蓉便对陈浩三说。这时她才猛地发现屋子里面多出了三个人。

听到后门响声，蔡雅来立即警惕起来，往包袱里面掏手枪，下意识警戒。当她看到进来的是一个姑娘和一个提着水桶的后生，又听到薛秋蓉的话，知道是借水归来的人，并无危险，便把手枪塞回包袱里。

"咦，这不是秋蓉吗？"

蔡雅来觉得声音耳熟，待人走近时才看得真切，不由得欣喜万分。

"雅来，居然是你啊！"

眼前身穿难民装的姑娘让薛秋蓉一怔，才突然认出来。

"哈哈，没想到居然在这里碰上了你！"

蔡雅来喜出望外，将手中的包袱挎在肩膀上，随即张开双臂，欢快地向前跑去。薛秋蓉也张开双臂朝她飞扑过来。

两人像吸铁石一样，紧紧抱在一起，脸上涌出难得一见的激动与喜悦。经历了战争的黑暗，在这兵荒马乱时期能碰到熟悉的人，对她们来说实在是太难了。

陈浩三和蔡雨来等人都没想到薛秋蓉和蔡雅来是相识的，看到两人热烈相拥，关系亲密，现场气氛顿时也变得融洽起来。

"阿举，愣着干吗，快点把水提过来，莫让客人口渴了。"陈浩三朝方孝举瞪了一眼。

方孝举闩上后门，慌不迭地将大半桶水提过来，用水瓢舀水倒入桌上的茶壶里，再用茶壶斟水到杯子里。听到水流潺潺的声音，蔡雨来忍不住咽了咽口水，他的喉咙干渴得快要冒烟了。

陈浩三做了一个请茶姿势："现在烧水煮茶也来不及解渴，请蔡先生和蔡夫人先喝点凉水润润喉咙吧。"

慕容织云笑道："陈先生，我再说一遍，我是蔡先生的女朋友，不是他的夫人，你叫我织云就行了。"

陈浩三却说："你和蔡先生郎才女貌，天生一对，当蔡夫人是迟早的事，不如现在趁口叫了，省得生分。"

慕容织云一边端起杯子一边嗔怪道："你这嘴巴真是油腻。"

蔡雨来也端起杯子。这对情侣虽然干渴，但喝水却很斯文，并没有猛喝，而是轻轻地抿着，像喝热茶一样。

蔡雅来和薛秋蓉拥抱完，互相看着对方，凝视对方可亲的脸，涌出了他乡遇故知的感慨。恍惚中，薛秋蓉突然流下了眼泪，猛地抱住蔡雅来，伏在她的肩膀上痛哭起来，像受了极大的委屈。

蔡雅来惊愕不已，从哭声中听出了她内心埋藏着无法弥补的悲痛与遗憾。蔡雨来和慕容织云也感到诧异，任何一个陌生人都能听得出来，这种悲痛的哭声必然有着难以承受的人生变故。

陈浩三低声说："秋蓉的父母和未婚夫都被日本人炸死了，遭受沉重打击，医生说她患上了战争神经症，情绪激动起来，或是受到刺激就会哭闹，需要好好安抚才行。"

蔡雨来叹了一口气，心中凄楚。

陈浩三站起来，走过去拍了拍薛秋蓉的后背，朝蔡雅来递了一个眼神，幽幽地说："没想到蔡小姐和秋蓉是好朋友，看来我们都是有缘人啊！秋蓉不要哭了，坐下来和蔡小姐聊聊天。你看，蔡小姐渴得快要说不出话来了，你得让她喝杯水。"

蔡雅来看到陈浩三递过来的眼神意味深长，便推开伏在自己肩膀上哭泣的薛秋蓉，拉着她的手并排坐到桌边："你们肯定想不到，我和秋蓉是同班同学，在班上玩得最好的一对，就像亲姐妹那样。"

陈浩三用欣然的语气说："那就太好了！蔡小姐陪秋蓉多聊天，说说以前那些美好的事情，让秋蓉开心起来。"一边说一边端着一杯水放到蔡雅来面前，一副献殷勤的样子。

蔡雅来端起杯子，一口气喝下去，接着说："刚才来薛记馄饨店，我觉得店名有些熟悉，像在哪里听过。现在才想起来，你以前跟我说过你爹是北角区的警长，你妈开了一家馄饨店，味道鲜美，是春秧街的招牌，让我有时间到你家里来吃馄饨。"

薛秋蓉眼里的泪花已经收起来，泛起了难得一见的笑容："是啊，我邀请了几次你都没有来，怕是嫌弃我们这种乡下小食吧。"

蔡雅来打了她一下，假嗔道："瞎说，我是很喜欢吃馄饨的，只是没有时间来。平时要上学，到了周末又要帮哥哥忙书店，没得空闲。"

她说的倒是实话，圣保罗女中是寄宿学校，周末才能回家。她家住在铜锣湾一栋小楼，一楼原是个大客厅，哥哥觉得浪费，便做成了书店，雇了一位店员帮忙照看。凭着蔡雨来的关系，书店生意不错，是在港文化人的聚集地之一，每到周末就会有很多文化人士前来看书聊天。蔡雅来周末要帮忙打理书店，外出的时间比较少。

当然还有别的原因，那时居住在铜锣湾的居民一般不会往北角跑。湾仔区是港岛的繁华之地，尤其铜锣湾，香港的购物天堂，跑马场、射击场、溜冰场和电影院等娱乐之地应有尽有，让人流连忘返。北角位于港岛北岸，岛上最北的地方，当时还没有全面发展起来，只有一些船坞、船运、发电厂、饮料厂、糖厂和面条厂之类的工企业，因为工人多而延伸出几条商业街，却没什么特色。对于湾仔区的市民来说，北角意味着乡下。

薛秋蓉好奇地问："对了，你们今天怎么跑上门来，难道你们认识三哥？"一边说一边看了看陈浩三和蔡雨来，以为两人是朋友。

蔡雅来冷笑道："我才不认识你家三哥呢！"她的眼神带着蔑视，瞟了一眼陈浩三，"我哥被日本人通缉了，杨进喜大哥让我们来找陈先生，希望陈先生看在杨大哥的情分上，护送我们逃出香港。"

薛秋蓉也认识杨进喜，逢年过节，杨进喜会给她送礼物，都是一些贵重的东西。她看着蔡雨来，好奇地问："日本人为什么要通缉你？"

蔡雨来胡乱编了个理由："我以前在日本留学，日语说得好，他们想让我当翻译。"

陈睦忍不住插嘴："恐怕没那么简单吧，日本人为了找个翻译，出十万块军票通缉，翻译的工资未免太高了。"

蔡雨来淡然说："还有一点，我是一名记者，他们可能想让我给《香港日报》写文章，宣传日本军国主义精神，我可不干这种事情。"

香港沦陷之后，日本人接管了《香港日报》，交由汪伪政府主办，其余的报纸全都停刊，以一家独大的方式进行文化侵略。为了宣传日本的军国主义精神，奴化香港民众的思想，《香港日报》一直登出高薪招聘中国记者的启事，蔡雨来拿这个当借口，倒也说得过去。

薛秋蓉突然说："我知道了，蔡大哥写过不少抗日救亡的文章和诗歌。我在报纸上读过你的文章，写得真好。日本人现在到处在抓捕你们这些爱国文化人士，你这个大作家可当真要小心点。"

陈浩三颇有些惊奇："没想到蔡先生是位作家，真是失敬。"这段时间，日本人到处缉拿文化人士，不仅张贴悬赏通告，还派人大肆搜捕，用喇叭车上街警告居民，收留或窝藏文化人同罪处罚。

薛秋蓉说："三哥，你不知道的事情多着呢！你知道蔡元培先生吧？雅来跟我说过，蔡元培先生是她的族叔。"

陈浩三当然听过蔡元培的名字，也知道这是位德高望重的文化人，只是不知道此人具体是干什么的。他想逗薛秋蓉开心，装出一脸茫然的样子："蔡元培？没听说过，不过一听就不像是生意人。蔡元培，元宝都赔光了，哪里还有菜吃。"

薛秋蓉知道陈浩三读书少，但好歹在香港混社会，起码知道一些文化名人吧。然而他居然连大名鼎鼎的蔡元培都没听说过，简直哭笑不得："你可别乱说，小心雅来打你嘴巴！"

蔡雅来确实被气到了，此人居然到了如此无知无耻的地步。蔡元培先生乃"学界泰斗、人世楷模"，是名震海内外的教育家和革命家，对国内教育有着深远影响。两年前，蔡元培在香港过世，举国悼唁，全港报纸纷纷头版登出悼词和祭文，学者和知识分子自发上街送行，队伍如同游行般壮观。如此重大之事，这个混混居然毫不知情，由此看出此人没什么爱国情怀，不关心国家大事，就是一个混江湖的无赖，因此更是打心底瞧他不起。

"放心，我不会打他嘴巴的，怕弄脏了我的手。"蔡雅来冷冷地说，脸上写满了鄙夷，甚至不想跟他再多说一句话。

陈浩三看着她，嘻嘻一笑："你的手很干净？给我看看，到底是你的手干净还是我的脸干净。"

蔡雅来看到他那猥琐的样子，觉得恶心，正想要骂他。这时外面传来一阵骚动与喧闹。一听那动静，便知有小股部队在街上跑动，街区的市民正在纷纷避让。

紧接着，突然传来了剧烈的撞门声。

# 五

　　木门剧烈抖动，哐当哐当作响，整栋房子似乎也跟着颤抖，震得天花板的灰尘都抖落下来。看得出来，有人正在撞击木门，想破门而入。

　　"快开门，保安队搜查通缉犯！"

　　"再不开门我们就要放火烧房了！"

　　"你们几个去后门看看，不要让人从后门跑了！"

　　粗鲁的吆喝声从门缝挤进来，如同炸弹般令人心惊胆战。两扇木门承受巨大的撞击力，仿佛随时会炸开。

　　屋内的人脸色为之一变，尤其是蔡雨来，面如死灰。保安队如此气势汹汹地上门来抓人，绝不是平白无故的，一定是知道他这通缉犯就藏在这间房子里面。

　　绝望中的蔡雨来立马抓着行李，想要从后门逃跑。

　　后巷也传来脚步声，显然有保安队员正从后门迂回，这时候冲出去只会与他们迎面相撞。

　　蔡雨来从腰间掏出一把勃朗宁手枪，子弹推上膛，对着门口戒严，只要有人冲进来他便立即开枪打死。蔡雅来也把手枪从包袱里抽出来，做好拼死一战的准备。

　　薛秋蓉内心脆弱，受到惊吓之后如同梦魇缠身，突然全身发抖，情绪无法控制，眼泪一下子就流了出来。有心理创伤的人是不能受到刺激与惊吓的，慕容织云虽然也惊慌失措，但还是走过去搂住薛秋蓉。薛秋蓉依在慕容织云的怀中，用手捂着嘴巴，不敢哭出来，只是眼泪不断地滴在手背上。

　　毕竟闯荡江湖经历过大风大浪，陈浩三的胆子比一般人大，不到最后时刻绝不能做出最坏打算。他决定赌一把，先开门周旋一番，看看情况再说，若是有机会出手，先把保安队长拿下，说不定能博得一线生机。

当机立断，陈浩三让薛秋蓉带着蔡雨来等人带上行李赶紧上楼，随后又让陈睦拿两根金条给他，必要时用金条当诱饵，见机行事。

后门也被保安队员猛烈撞击，前后夹击的撞门声如同打鼓，伴随着保安队员的吆喝，在空荡荡的房子里面异常刺耳。

陈浩三深呼吸一口气，努力让自己平静。他招呼陈睦和方氏兄弟到边上的杂物架上，拿了防身的匕首插在腰间。

薛秋蓉带着蔡雨来等人刚上二楼，前门的门闩被撞断，两扇门一下子打开，俞广潮领着一帮太保拥了进来。一名太保进屋之后，立即跑到后门拨开门闩，将后门的保安队员放进来，形成了合围之势。

就算陈浩三胆大，看到荷枪实弹的保安队员，又是自己的死对头，心里也忍不住打起边鼓。他走上前，硬着头皮抱拳道："俞队长，你这是唱的哪出戏？就算有事登门也有话好说，直接把房门撞开，未免也太嚣张了吧！别忘了，我洪门双花红棍的身份还是摆得起来的。"

俞广潮冷笑道："少跟我来这一套。我们奉皇军之命，挨家挨户搜捕通缉犯蔡雨来，如有窝藏者一律格杀勿论。弟兄们，给我仔细搜，不要放过任何一个角落！"

声音传上二楼，蔡雨来更是绝望至极，看来今天在劫难逃了。慕容织云和薛秋蓉胆小，早就吓得瑟瑟发抖。

蔡雅来握紧手枪，守住楼梯口，只要保安队员往楼上跑来，她就开枪射击，先发制人。蔡雨来知道眼下别无选择，只能做困兽斗，也执枪守着楼梯口，做好死战的准备。

陈浩三虽然也慌张，却仍能沉得住气，他从俞广潮的话里分析，立即明白了俞广潮的意图。俞广潮并不知道蔡雨来躲在薛记馄饨店，他借搜捕犯人为由，气势汹汹地跑来，无非是要给他下马威，顺便趁火打劫。保安队向来喜欢借搜捕犯人为由，强闯民宅、四处翻找，看到值钱的东西就顺手牵羊。如果真是挨家挨户搜捕犯人，薛记馄饨店在春秧街的中间，俞广潮应该先从街头搜到街尾，而不是直接从街中间开始搜起。

几名保安队员在俞广潮的号令下，便要往楼上冲去。陈睦和方氏兄弟急得手足无措，脑子一片混乱，只得做好最坏的打算。

陈浩三突然大叫一声："且慢！"

俞广潮立即拿枪指着陈浩三的额头，冷笑道："怎么，你想违抗皇军命令？"

他心中早就有所盘算，要是陈浩三敢乱动，就安一个"危险分子"的罪名，将这伙人抓到宪兵部大牢。陈浩三是个聪明人，肯定不愿意去宪兵部，那地方黑白不分，进去只有死路一条。若想免掉罪名，唯有的办法就是收买俞广潮，把红酒厂的经营权交出来。

陈浩三突然露出笑容，一副讨好的嘴脸："俞队长，您来得可真是时候，我正好有重要的事情跟您汇报。"

俞广潮冷笑道："哦，什么重要事情，难道你知道通缉犯在哪里？"

蔡雨来听到楼下传来的对话，顿时像被人捅了冷刀子。难不成陈浩三为了保住自己的性命，要出卖他？要是保安队员发现楼上藏有通缉犯，陈浩三肯定也会遭受连累，与其被殃及，不如早点供出来。

瞬间，蔡雨来心里最后一丝侥幸也化成了悲凉，他还想着保安队员上楼搜查，他和妹妹出其不意开枪打死几个，陈浩三等人趁乱在楼下反抗，擒贼先擒王，把保安队长钳制住，说不定还能逆转局面。没想到陈浩三见势不妙，立即就要出卖他，以此洗脱罪名，江湖混混真是不可靠啊！

蔡雅来见哥哥脸色惨然，露出悲哀的神情，知道哥哥心中所想。她也跟着绝望起来。从进门伊始，她就对陈浩三印象不好，这些江湖混混贪生怕死，习惯性看风使舵，心中不会有道德约束，卖友求荣对他们来说或许是习以为常之事。

　　陈浩三谄笑道："我哪里知道通缉犯的事情。是这样的，早上和俞队长在路上相遇，您给我们上了一堂课，教我们明白了做人的道理。我们兄弟几个回来之后商量一番，想要加入保安队，谋一条活路，您看能不能收留我们，赏口饭吃。我们以后就跟俞队长混了，上刀山下火海，绝不皱眉头。"

　　俞广潮以为耳朵出问题了，他歪了歪脑袋，啧啧叹道："哎哟，烂命三，你这是唱的哪出戏啊？我的耳朵有些聋了，听不清你说什么。对了，如果没有记错，我的耳朵以前被你打伤，躺了好些天呢！你再说一遍，我刚才没听清楚。"

　　陈浩三双手抱拳，低下头来，一副忏悔的样子："俞队长，老话说得好，人生有三苦，打铁撑船混江湖。人在江湖，各有各的难处，以前的事情就过去吧。我们兄弟几个都是粗人，除了打架斗殴，也没有别的本事。如今皇军统治香港，除了投靠皇军，您说我们还有什么出路呢？我们没有介绍人，投靠皇军恐怕也不要，正好您是队长，做生不如做熟，兄弟几个打算跟您混。您大人有大量，收留我们，上刀山下火海全凭您一句话。"

　　俞广潮乜斜双眼看他，瞧他说的是真话还是假话。

　　陈睦为人机灵，接话道："俞队长，您就收下我们吧，眼下兵荒马乱，我们真是走投无路了！"

　　方孝举也说："是啊！俞队长，您大人不记小人过，赏一口饭给我们吃。"

　　看到这些人如此反常，俞广潮心中充满了疑惑。听起来像是那么回事，但他们的话实际上是经不起推敲的。日军的主战部队如今已经撤离香港，投入太平洋战场，镇守香港的任务交给了驻港防卫队和宪兵队。这两支部队的兵力加起来才一万人，光是对付港岛和九龙的社会治安就够呛了，还要负责边境防控，"围剿"游击队和抓捕文化人士，根本不够摊派。为了确保香港的治安稳定，日本人到处招编伪军壮大声势，以陈浩三的名头和势力，直接去投靠日本人，至少也能捞个保安队长，怎么可能愿意屈服在一个死对头的手下，显然不合情理。

俞广潮仿佛嗅到了什么气息，不由得往楼上望去，隐隐觉得上面藏有秘密。他相信自己的直觉，自从命根子被打坏之后，直觉却比以前灵敏了许多，赌钱的时候甚至凭着直觉下注，总是赢多输少。他断定，陈浩三借故拖延，恐怕就是不想让他上楼搜查。

俞广潮眼珠子骨碌碌一转，二话不说，便要往楼上走去。但是刚走上两个台阶，突然又转身下来，挥手对马成逵说："老二，你带几个兄弟上去搜查，看看上面藏了什么人，说不定通缉犯就藏在上面。"

马成逵咧嘴一笑。有没有通缉犯他不知道，但他知道薛秋蓉肯定藏在楼上，上去耍耍流氓也好。于是招了招手，带着三名兄弟往楼梯上走去。

李大脚看着心急，他知道马成逵禀性恶劣，要是薛秋蓉躲在楼上，肯定会被他下黑手。李大脚首当其冲，也要跟上去，却被马成逵拦下，命他在楼梯口等着。

楼梯是木梯，沿着墙壁搭建，是饭店常见的那种沿墙梯，没有拐角，直通二楼。四名太保拿着手枪，依次上楼。木梯咯吱作响，仿佛发出警告声。

蔡雨来兄妹知道战斗一触即发，做好了伏击准备，只要太保们走到楼梯中间，兄妹俩就出其不意冲出来开枪，将他们打死。蔡雨来暗自祈祷，希望枪声响起时，楼下的陈浩三等人也突然发难，先发制人，把保安队长拿下。

陈睦和方氏兄弟见保安队迈步上楼，内心紧张到了极点，不由得抓紧了拳头。俞广潮手中的枪指着陈浩三，露出狡猾的冷笑，他用余光瞥见陈睦和方孝全兄弟神色紧张，一副要动手的样子，越发觉得可疑，楼上肯定藏了什么见不得人的秘密。

俞广潮示意周边的太保把枪里的子弹都推上膛，指住陈睦等人，免得他们暗中搞鬼。只要他们敢乱动，就立即开枪击毙，绝不让他们有还手的机会。

"如果你们不怕死那就上楼吧，楼上有人正拿着枪对着你们呢！"

陈浩三突然冷冷地说。走到楼梯中间的四名太保一时愣住，停住了脚步，用枪对着楼梯口戒严。

蔡雨来和蔡雅来已经做足准备，决定倒数两秒钟之后便一起冲到楼梯口，对着太保们开枪。在这关键时刻，陈浩三突然点破楼上有埋伏，让兄妹俩惊诧不已：这家伙脑子坏掉了么，怎能将这么重要的伏击告诉敌人？难道陈浩三知道事情马上要败露，无法逆转，因此承受不了心理压力，决定临时叛变，供出楼上的蔡雨来，从而争取俞广潮的原谅？

俞广潮冷笑道："烂命三，你的意思是楼上藏着危险分子，正暗中拿枪对着我们？要真是这样，恐怕你也是危险分子了。"

陈浩三板起脸说："俞队长，我们兄弟几个一心要投靠您，好心给您提个醒，免得吃亏。楼上住着秋蓉一个姑娘家，但是她手上有枪，可不是那么好惹的。"他又像煞有介事地说，"日本人攻打香港时，薛警长知道香港是保不住的，给了秋蓉一把手枪防身，谁要是敢打她的主意，她就立马开枪，哪怕同归于尽也不能被人欺负。说不定秋蓉现在正拿着枪守在楼梯口，看到有人上来就放枪，你自己掂量一下吧。"

俞广潮冷笑道："私藏军火，那就是危险分子。如果薛小姐真有手枪，我们可就要动手抓捕了。"

陈浩三不屑地说："一个姑娘家拿把枪防身，哪能叫危险分子？除非有人逼她开枪。俞队长可要想清楚了，薛警长在世时关照过不少同道中人，你也是被他关照过的，将心比心，你要是上楼逼迫秋蓉，将她逼上绝路，传出去恐怕名声不太好。"

俞广潮阴笑道："我现在为皇军卖命，立场不一样，以前的事情早就是旧账了。"他并不相信陈浩三的话，此人越是这么说越是形迹可疑，明摆着就是不想让他上楼搜查。

"那就大家一起死了吧，反正我也不想活了！"

楼上突然传来女孩子颤抖的声音。众人抬头一看，只见薛秋蓉双手握枪，站在二楼的楼梯墙边，探出半边身子，用枪指着楼梯口。

俞广潮看到薛秋蓉突然持枪出现，不由得愣住。看来陈浩三并没有说假话，尽管薛秋蓉握枪的双手有些颤抖，显然是因为害怕，但她的脸色决绝，流泪的双眼充满了仇恨与愤怒，看起来真的不怕死。

"我的爹妈死了，我的未婚夫死了，香港已经毁了，我们再也回不到从前了。我不知道活着还有什么意义……我不想活了，大家一起死吧，离开这个糟糕的乱世……"

薛秋蓉喃喃自语，眼泪划过她那俊俏的脸蛋，呈现出一种难以言喻的凄美。谁都能看得出来，她说的是心里话，内心的悲凉与绝望在她颤抖的双唇中迸裂出来，如同山谷里吹来的寒风，带着厌世的死亡气息，让人感觉到逼人的寒气。

陈浩三顿时紧张起来，担心她控制不住情绪，说不定真的朝楼梯的太保们开枪，那可就惹出大麻烦了。

"秋蓉，你千万不要有这种想法，还有我呢！放心，我会照顾你一辈子的，绝不会离开你！"

情急之下，陈浩三一时找不到更好的语言安慰她，为了转移她的情绪和注意力，他急中生智，只好抛出两人曾经相恋的事情，来化解和缓解她的焦虑情绪。也借机提醒俞广潮，他和薛秋蓉有另一层感情关系，要是太保们真的敢对薛秋蓉下手，那就表明了跟他过不去，大不了来个鱼死网破。

"秋蓉，不要忘了我们以前是相爱过的，想想以前那些美好的日子吧，我们会回到从前的，我会给你幸福的！放心，我不会让人再破坏我们的幸福，谁要是敢伤害你，我做鬼也不会放过他的！"

薛秋蓉果然愣了一下。同在屋檐下生活了一个多月，这是她第一次听到他说出这样的话，仿佛突如其来的表白，但似乎又有些意味深长的言外之意。她双手越发颤抖起来，仍是喃喃地说："三哥，没用的，我们再也回不到从前了，一切都无法改变。我觉得活着很累，你就让我死掉算了！"

陈浩三看不透薛秋蓉此刻的心理，她究竟是演戏吓唬太保们，还是发自内心的真实想法。但他看得出来，她的情绪越来越糟糕了，陷入了一种自我的内心折磨和急于解脱的痛苦挣扎。这种焦虑的状态他见过很多次，一旦她突然失去理智，扣动扳机，一群人的命运将会就此改变。

陈浩三转身看着俞广潮，语气严肃地说："俞队长，秋蓉患上了战争神经症，就跟神经病一样，医生说不能受到刺激，否则她会发疯的。你让兄弟们赶紧下来，万一她真的突然发疯开枪，打死一两个人，对谁都不好。"

俞广潮仔细打量薛秋蓉那副濒临崩溃的样子，不像是装出来的，他也知道香港市民有不少人患上了这样的心理疾病，他也碰到过不少患上这种疾病最后疯掉的例子。

俞广潮眼珠子一转，突然产生邪恶的念头：要是抓住薛秋蓉，强行逼迫一番，让她再受打击，她肯定也会因此疯掉，这岂不是现成的良药方子？——他最近打听到一个秘方，蹂躏疯女人，可以治好男人的命根子。

"你们先下来吧！"

俞广潮按住内心的阴暗喜悦，朝楼梯上的马成逵招了招手。

望着薛秋蓉手中的枪，俞广潮感到事情有些棘手。如果派人强行上楼搜查，必须打死薛秋蓉才行。但是开枪打死薛秋蓉对俞广潮来说，并没有一点好处，他想得到的是一个活生生的人，而不是一具尸体。何况当着陈浩三的面直接将她打死，明摆着就是要撕破脸皮，除非把陈浩三一帮人也打死，否则接下来的事情不好办。

陈浩三毕竟是洪门的人，做得太绝了也不好。俞广潮沉思片刻，望着陈浩三，露出一副化干戈为玉帛的样子："你们真的愿意加入我的队伍？"

陈浩三拱手道："当然愿意。兄弟几个现在真的是走投无路，就

等着俞队长收留。"

"看到你们有悔改之心，我也就大人不记小人过。只要你们真心跟我，我保证让你们吃香的喝辣的。"俞广潮装出一副高兴的样子，"但是加入我们保安队，可也不是那么容易的事情。尤其你们以前跟我不是一路的，得按照江湖规矩来办，先摆几桌谢罪酒。"

陈浩三忙讨好说："俞队长放心，兄弟几个知道规矩。这样吧，我们找个黄道吉日，在渣华道的丽港酒楼摆上几围，算是喝入伙酒，您看如何？"

俞广潮眼珠子骨碌一转："很好。择日不如撞日，今晚摆酒吧，就这么说定了！"

陈浩三愣了一下，见俞广潮一副不容置疑的样子，只好硬着头皮说："当然，这种事情趁早不趁晚，那就今晚吧！"

俞广潮哈哈一笑："如此说来，你倒真是真心诚意要加入我的队伍。也罢，我正好要招一批好汉重开地盘，算你们几个识相，碰上了时机。"他拍了拍陈浩三的肩膀，露出了些许的亲热，"今晚六点，丽港酒楼见。我喜欢喝洋酒，你搞几箱过来。多订些生蚝，蒜蓉烤生蚝吃了带劲。"

陈浩三赶紧点头，装作毕恭毕敬。他将太保们送到门口，弯腰鞠躬说："多谢俞队长关照，晚上丽港酒楼不见不散！"


走到春秧街的拐角处，俞广潮突然转身对马成逶说："老二，你快去找几个面生的烂仔，暗中盯着烂命三一伙人，我倒要看看他想要什么花样！"

马成逶愣了一下："他们今晚不是要摆入伙酒吗，还能搞出什么名堂。"

俞广潮冷笑道："要是今晚能喝到入伙酒，那当然是好事。只怕事情没那么简单，说不定他想让我们喝西北风。"

等太保们一出门，蔡雅来立即收了手枪给了薛秋蓉一个拥抱，想要安抚她。出乎意料，薛秋蓉仿佛变得坚强起来。她抹掉眼泪，推开蔡雅来，往楼下走去。

前门和后门重新闩上。陈浩三脸上原本玩世不恭的表情，此刻变得紧迫起来："鬼夜潮这只老狐狸吃定我了，让我今晚摆入伙酒，真是丧气。我们今天必须动身逃港，否则鬼夜潮不会放过我的。"

蔡雨来心头一喜，正中下怀。全城通缉已经压得他喘不过气来，多待一刻就多一分危险，当然是越快逃港越好。他原本还担心陈浩三会拖上一两天才肯动身，没想到保安队找上门来，反倒帮了大忙，让陈浩三不敢滞留港岛。

"事不宜迟，我们赶紧行动起来！"蔡雨来走到陈浩三面前，用热切的眼神看着他。

薛秋蓉刚才和方孝举外出借水，不知内情，她一脸的疑惑："怎么，我们要离开香港？"

陈浩三朝她点头，将护送蔡雨来逃港之事简单说了，包括杨进喜遇难的事情。为了缓解薛秋蓉的困惑，他把顺道回东莞的计划也一并讲出来，好让她做好心理准备，迎接新的生活。

"我们真的要回东莞吗？"

方孝举虽然对杨进喜遇难之事深感难过，但想到要重返东莞生活，却也是悲中生出期许。他看着薛秋蓉，安慰道："日本人虽然也占领了东莞，但东莞很大，很多地方并没有日兵，比待在香港安全得多。秋蓉，我们一到东莞找个安静的地方住下来，以后你再也不用担惊受怕了。"

薛秋蓉默不作声，内心深处涌出来的不是喜悦，而是悲伤。她并不想离港，离港或许可以解决眼下的一些问题，但永远解决不了她内心的困惑与悲凉。大半个中国都沦陷在日本人手中了，广东如今也是重灾区，就算逃到东莞又能怎样，还不是一样过着提心吊胆的日子。再说了，到一个陌生的地方生活，如同切割自己熟悉的一切，对她来说那不是新的生活，而是命运的沉沦。她已经失去了父母与未婚夫，若是再失去熟悉的故土，活着还有意义吗？

为此，她对东莞并不向往，哪怕那片地方会给她带来新的生活，但她情愿待在自己熟悉的土地，就像一株不宜移植的花卉，注定了要在熟悉的空气与记忆中枯萎。在香港土生土长，曾经的热闹与繁华滋养了她的生命，那种多姿多彩和无忧无虑的生活是无以复加的，空气中都洋溢着成长的记忆。香港沦陷，生活被摧毁的同时，也摧毁了她的生命信仰，一切都变得空洞洞的，一切都不可能回到从前了。那些原本带着光芒的记忆，在战争的灰暗中化为了尘埃，活着只剩下了悲伤和沉默，她感觉人生已经走到了尽头，而且没有退路。

这个糟糕的世界，没有值得让她留恋的事物与情感了。她情愿死在香港，因为无论去到哪里都不可能弥补失去父母和未婚夫的创伤，那是一辈子也无法走出的阴影。

陈浩三无暇顾及薛秋蓉的感受，也不可能征求她的意见，在他看来离港已经成为他们这群人的共同命运，而且没有任何选择的余地。他看了一下手表，快十一点钟了。他们还没有吃早餐，虽然肚子有些饿，却也顾不上了。

"我和阿睦去黑市买枪支弹药，预订晚上偷渡的船只。阿全，你去市场买些干粮，还有水壶、电筒蜡烛之类的日用品。秋蓉也不必做饭了，赶紧收拾行李。"随后又交代，"大家换上旧衣服，打扮成难民。阿举，你帮着收拾行李，只带些值钱的家当，衣服尽量少带，免得累赘。对了，红酒厂的五大件要带上，只要经营权在我们手中，总有一天红酒厂还是我们的。"

蔡雨来对陈浩三说："我和雅来的手枪是防身用的，没有配备多余的子弹，你给我们买些子弹。"又说，"顺便买个指南针，走野路时可以辨别方向。"

陈浩三看了一眼蔡雨来插在腰带上的勃朗宁手枪，有些怀疑："你们真的会开枪，不会是吓唬人的吧？"

蔡雅来扬起高傲的头颅说："什么吓唬人，我可是金牌枪手！我和哥哥读中学时就去射击场玩枪了，手枪步枪轻机枪都不在话下。学校每年搞运动会，手枪射击比赛我可是拿过金牌的。不信你问秋蓉。"又颇为得意地说，"除了射击、英式摔跤、击剑和攀爬，我也拿过奖牌，你真以为女子就不如男人吗？"

圣保罗女中是标准的英式教育，学科、体育和社团融为一体，课外活动非常丰富。体育课设有传统的马术、击剑、橄榄球、英式摔跤等课程，并且每年都有为期半个月的军训。校运会也是按照英国的标准举办，除了击剑、足球、橄榄球、马术、英式摔跤等传统比赛项目，还有射击、游泳和棒球。在英国人的眼中，体育课和文化课同等重要，就算是女校也不能落后，这是提前给国家储备人才。毕竟当时的世界处于战乱时期，需要未雨绸缪培养人才，一旦国家爆发战争，女校的学生也要上战场当医护人员和后勤保障，因此学校根据国家的要求，特意制订了一系列体育课程，把学生训练得生龙活虎。

薛秋蓉抹了抹眼泪，点头说："雅来活泼好动，喜欢各项体育运动，是班上的体育委员，拿过学校的手枪射击金牌和摔跤奖杯。"她突然对陈浩三说，"三哥也给我买把手枪吧。刚才我手中拿着枪，不知为什么心里感到格外踏实，好像没那么害怕了。"

陈浩三不想让薛秋蓉拿枪，神经症患者内心脆弱，一旦遇到突发情况，情绪控制不住，枪对她来说就是凶器，说不定反而伤害到自己。

"有我在你身边，你不用配枪。"陈浩三安慰道，"放心吧，我会保护好你的。"

蔡雅来看了一眼陈浩三，用一种奇怪的语气说："你们以前相爱过？"随后又看了一眼薛秋蓉，"你以前跟我说过有一个初恋，因为爹地从中阻挠，后来不得已分手，该不会是这位陈先生吧？"

不等薛秋蓉回答，陈睦便抢答道："就是啊！三哥和秋蓉那时候爱得真是死去活来，后来被薛警长棒打鸳鸯，还逼三哥到关公面前立下毒誓，又让三哥去勾搭歌舞厅的女人……"

　　陈浩三喝道："阿睦，以前的事情不要乱说！"

　　其实薛秋蓉后来也知道了整件事情的经过，对陈浩三的感情一时变得复杂起来，有时觉得亏欠他，有时又怨恨他的恋爱立场不够坚定，才导致两人的分开。陈睦的话勾起了心底的旧事，一时历历在目，她忍不住又流下泪来，喃喃自语地说："是啊，以前的事情多么美好，可惜我们再也回不去了。"

　　一听到"我们再也回不去了"这句话，陈浩三和方孝举等人心里都紧张起来。神经症患者发病是有迹可寻的，某句喋喋不休的话，意味着不好的开端。陈浩三已然掌握了薛秋蓉的发病症状，每当陷入悲伤情绪，她都会用"回不去"来折磨自己，将现实生活与以前的日子形成一种强烈对比，内心的悲伤与绝望在这种落差之间无限放大，心中的伤口再度撕裂，会将她陷入更加难以自拔的困境之中。

　　陈浩三忙说："秋蓉，以前的事情早就过去了。不管怎么样，我们要相信以后的生活。"他看了蔡雅来一眼，希望她能安慰薛秋蓉。毕竟女孩子更懂女孩子的心思，而且她俩还是同学，只要她开口说话，多少可以缓解薛秋蓉内心的抑郁。

　　没想到蔡雅来意会错了，她说："是啊，秋蓉，生命就是一个流逝的过程，没有人能回到过去。现在也挺好啊，至少你和陈先生又能在一起了。"说罢盯着陈浩三，幽幽地问道，"陈先生，你以后会一心一意对秋蓉好的吧？"

　　她的语气充满了怀疑，也有些不甘愿。在她看来陈浩三完全是配不上薛秋蓉的，这个江湖混混说话粗俗、笑容猥琐，并不像有责任感的男人。薛秋蓉受过高等教育，知书达理，长得又漂亮，她想不通陈浩三怎么会是薛秋蓉的初恋情人。可眼下看着薛秋蓉陷入人生困境，别无他法可行，她只好违心地要将两人撮合在一起："如果你真心对秋蓉好……"

　　不等她说完，陈浩三没好气地说："我当然真心对秋蓉好，这个不用你操心。"

　　方孝举突然插嘴道："蔡小姐放心吧，还有我呢！我对秋蓉绝对是一心一意地好，可以为她付出生命。"说罢特意站到薛秋蓉身边，像保镖一样站立，"秋蓉不要担心，阿举会像影子一样贴在你的身旁。"

　　蔡雅来一下愣住，看出了方孝举要打薛秋蓉的主意。这几个混混的关系似乎有些混乱，并不像表面那样和谐，说不定各怀鬼胎，心思不在一条线上。

　　薛秋蓉脸上露出凄迷的表情，并没有看方孝举一眼，只是对蔡雅来说："雅来，我的事情不用你操心，三哥和阿举都对我好。可是我只想回到从前，只想见到丹尼。"

　　"丹尼他……"蔡雅来不敢问下去，薛秋蓉那悲凉的表情，她已经预知到一些不好的事情。

　　"你住的房子在哪里，有没有锁门？"

　　陈浩三可没时间让她们伤感，他转头问蔡雨来，他不想把时间沉浸在感情的问题上，因为他也不知道如何安放内心的迷茫。薛秋蓉与他之间不只是隔着人世间的悲伤，还隔了一层无法穿越的时间。这是一道无法解开的谜题，最终只能交给时间决定。

　　香港沦陷这段时间，他和薛秋蓉同住在一栋楼里，抬头不见低头见，他以为往日的爱情记忆终于穿越了重重障碍，抵达自己渴望已久的有生之年。薛秋蓉是他的初恋，最初的感情最是难忘，即便这些年来他流连夜场，跟不同的女人亲热与放纵，但他仍忘不了那份刻骨铭心的爱恋。战争终于将两人重新绑在一起，而且薛秋蓉父母双亡，未婚夫也战死沙场，冥冥之中似乎有天意，他觉得没人能阻止他和她的旧情复燃。

　　可是他经常看到这样一幕：薛秋蓉拿着父母的照片，拿着英国男友的照片，默然流泪，喃喃地重复着"再也回不去了"。他于是知道一切都没有过去，或者一切都过去了，他和她不可能再回到从前，即便近在咫尺，中间却隔了一个难以接近的现实。

　　方孝举并没有意识到这一点，他比薛秋蓉还要小一岁，对爱情仍处于懵懂状态。他一直都喜欢薛秋蓉，看到有机可乘，便要将自己的全部感情表达出来，希望阻击陈浩三的存在。在巨大的悲痛面前，方孝举并不知道强加而来的感情只会加深薛秋蓉内心的创伤与无措，感情的刺激会随时随地勾起她对丹尼的深切怀念，那种思念是痛彻心扉的，没人能阻止她内心涌出的绝望。

"北角里村二十一号。一栋临街的小洋楼，门已经锁上了。"蔡雨来有些犹豫，但还是把自己居住的地址告诉陈浩三。

"把钥匙给我，我到你的房间里放些东西。"

蔡雨来怕陈浩三节外生枝，摇头说："还是去办正事要紧。"

陈浩三郑重其事地说："放心吧，我们不是去转移杨大哥的尸体，而是要到你的房中设一个陷阱，转移日军和保安队的视线，好确保我们顺利出逃。"

蔡雨来立即警惕起来，日本人可没那么好糊弄，搞不好会弄巧成拙。他语气严肃地说："说不定我的房子已经被人举报，有日本特务在周边盯梢。你不要想着搞花样，自作聪明会暴露我们的行踪，还是赶快去买枪支弹药和预订偷渡船只吧！"

# 六

九龙上海街，一栋三层的民宅，二楼卧室门窗紧闭，厚厚的棉布窗帘也被拉上。虽然是大白天，但整个房间黑乎乎的，如同深夜，一盏小灯微弱地照亮着桌面那一小片地方。

八路军驻香港办事处的机要人员潘柱、东江纵队驻香港交通站的总站长李健行，以及交通员李锦荣、何鼎华、何启明，正在房间里秘密开会。

李锦荣正心事重重地向行动组汇报突发情况：上午九点多钟，港岛湾仔街市的好运来交通站突然被日军特务包围，站长许雄为了掩护联络员李奇出逃，不幸遇难。另外一名交通员杨进喜失联，不知所终，恐怕也是凶多吉少。

根据行动组的任务记录，杨进喜昨晚夜半时分，要去转移一位叫蔡雨来的文化人士，凌晨四点钟偷渡过维多利亚港，将蔡雨来和妹妹蔡雅来，以及女朋友慕容织云送到九龙弥敦道的龙记当铺。现在龙记当铺还没有接到蔡雨来一行人，而香港的大街小巷突然贴出了蔡雨来的悬赏通告，高达十万军票，防卫队、宪兵队、伪保安队和宪察兵就像捅开的马蜂窝，进行全城搜捕，声势浩大，让人感到奇怪。

由此推测，杨进喜的转移行动失败。眼下杨进喜失联，不知生死，但从通缉的情况来看，蔡雨来还没有落入日本人手中，否则日本人也不会如此大张旗鼓地四处搜捕。难道杨进喜被日本特务盯上，无法完成任务，因此带着蔡雨来一家人隐蔽起来？这个蔡雨来是何来头，为何被日军列为头号通缉犯？

听完汇报，潘柱和李健行一时有些惊诧与沉重。香港沦陷一个多月，行动组陆续转移了上百名文化人士，不曾发生意外，眼下居然有交通站被摧毁，可见事态之严重。

李健行皱紧眉头："我们的转移行动一向隐秘，都是单线委派、分地办公，外人是不可能知情的，只有内部的人才清楚。好运来交通站被摧毁，有同志为此牺牲，究竟是哪个环节出错，难道内部出现了叛徒？或者是蔡雨来的行踪被特务渗透，暴露了目标？"

潘柱说："要是蔡雨来的行踪被特务渗透，肯定早就抓捕了，不至于全城通缉。这个情况可以排除，我们主要调查内部问题。"

李锦荣沉吟："当时制定的转移线路是好运来杂货店与龙记当铺对接，再由龙记当铺将蔡雨来一家人转移到深水埗的云来客栈。就跟往常一样，一站接一站把人送出香港。眼下好运来交通站被摧毁，其他交通站没问题，我怀疑是龙记当铺出现内鬼。我已经命深水埗的云来客栈及其线下的交通员隐蔽起来，重新找办公地点，并派人暗中清查龙记当铺的人员。"

潘柱用手敲打着桌面，警示事情的重要性："必须把叛徒揪出来，否则后果不堪设想。往后我们还有大批文化人士要转移，不把这个漏洞堵上，随时都有可能出现危机。"

李健行说："当务之急，我们还要尽快找到蔡雨来，将他解救出来。日本人将他列为头号通缉犯，必然是有原因的，他肯定触犯了日军的利益，说不定掌握了一些对日军不利的情报。"随后他又问，"我们手上有没有蔡雨来的相关资料？"

李锦荣说："时间太匆忙，还没有来得及收集相关资料。"

潘柱是八路军驻香港办事处的机要人员，平时跟这些文化人士走得很近。香港沦陷之初，根据上级命令，由他负责寻找失散的爱国文化人士，因此看过大部分文化人士的资料。他说："我知道蔡雨来，他是《华商报》的记者，从日本留学归来的文化精英。除了写新闻通稿，蔡雨来还写了大量的抗战文章和诗歌，是个比较有名气的作家。对了，叶以群先生跟蔡雨来很熟，两人都是从日本留学归来的，去叶先生家里打听一下，就知道蔡雨来更多的事情。"

李健行说："那我现在就去找叶以群先生。"

潘柱说："这件事情让阿华去吧。刚才接到上头的密信，我们行动组和隶属的武工队要并入新成立的港九独立大队。老李，我们要尽快整理出行动组尚未营救出来的文化人士名单，向蔡队长和陈政委汇报，让蔡队长多派些人手给我们，早日将这些文化人士转移出去。"

为巩固和扩大抗日力量，打击敌人的气焰，昨天上午（一九四二年二月三日），东江纵队港九独立大队在香港西贡正式成立，由东江纵队第五大队政训员蔡国梁出任大队长，中共香港市委委员陈达明出任政委。潘柱接到交通员传来的密信，行动组将并入港九独立大队，成立武装情报系统，除了对抗日军，还要对抗汪伪政府在香港成立的特务委员会驻港分部；曾鸿文和黄冠芳、刘黑仔带领的武工队也将并入港九大队，成为机动游击队。密信上还有一项重要任务，就是要求潘柱尽快整理出尚未找到和尚未转移的文化人士名单，上报给大队处，由大队制订相关计划，派出更多人手协助营救工作。

潘柱对何鼎华说："阿华，你待会儿去叶以群先生家中打听蔡雨来的详细情况，顺便问问叶先生有没有找到新的文化人士。"

何鼎华点头说："好。"

潘柱对李锦荣说："杨进喜的转移任务失败，蔡雨来肯定还滞留在港岛，你立即动用一切资源，打听杨进喜和蔡雨来的下落，无论多大困难也要把蔡雨来找出来，保护周全，绝不能让他落入日本人手中。"

李锦荣说："事发之后，我当即安排岛上所有的交通站，暗中打听杨进喜和蔡雨来的行踪了。"

潘柱说："很好。"随后转头对何启明说，"启明，你立即派人去通知刘黑仔和黄冠芳的短枪队，晚上四处偷袭日军，转移日军的视线，引开日军对蔡雨来的搜捕。如果打听到蔡雨来被捕，要想尽一切办法营救。"

何启明点头说："是！"

潘柱说："事不宜迟，大家开始分头行动吧！我和老李在行动组

等大家的消息，一有情况立即向我们汇报。"

　　他们五人是香港"营救文化人士特别行动组"的成员，潘柱是组长，李健行是副组长，交通员李锦荣负责调度港岛到九龙的交通站和线路，何鼎华负责调度九龙到新界的线路，何启明则负责调度新界到宝安的线路。该行动组是香港沦陷之初成立的，专门用于营救滞留在香港的爱国文化人士，并组建武工队，伺机打击日军的气焰。

　　日军特务也监测到香港有一支共产党领导的地下武装部队，正在营救爱国文化人士，这让司令官酒井隆很恼火，他下令宪兵和特务加大力度打击地下武装，并全力搜捕文化人士，企图一举歼灭他们，早日达到他制订的"毁灭中国精神战略计划"。

　　攻打香港之初，酒井隆就制订该战略计划，要将滞留在香港的爱国文化人士和抗日精英一举清除，达到永绝后患的目的。九一八事变，转眼过了十年，日军动用了大量的武力侵华，至今未能征服中国，反被中国的抗日烽火拖入泥潭，越陷越深。酒井隆分析原因，中国一直没有灭亡的根本，就是这些爱国人士和文化精英在暗中搞鬼，他们不断地唤醒中华同胞的抗战意志，形成了一股强大的民族精神和信仰，只要精神不死、信仰不灭，中国就不可能灭亡。酒井隆于是想方设法要摧毁这股民族精神，只要灭掉爱国文化人士，这个民族就没有了思想和灵魂，就能永久沦为日本人的奴隶。

　　香港沦陷，酒井隆当即推动蓄谋已久的"毁灭中国精神战略计划"，派出大量特务和宪兵，联合汉奸四处搜查滞留在香港的爱国人士和文化精英，要求不惜一切代价，从根本上铲除这帮抗日分子。日本人四处张贴公告，并派汉奸上街宣传，提供文化人士行踪线索的有奖，窝藏或收留文化人士的一律枪毙。

　　当时滞留在香港的爱国文化人士有上千人，在日军严厉的搜捕下，他们身陷险地，性命岌岌可危。这些爱国文化人士是被蒋介石赶到香港的。皖南事变之后，国民党反动派掀起第二次反共高潮，激怒了广大的爱国文化人士，他们纷纷发文抨击蒋介石，谴责他蓄意制造内战，不去打日本人，却反过来残害自己的抗日同胞，可谓千古罪人。国民党反动派不但没有反思，反倒派出特务迫害这些爱国文化人士，导致他们纷纷转移到香港。

当时的香港在港英当局的统治下，相对和平与自由，国民党也不敢在这里乱搞事，怕带来国际负面影响。一大批的文化精英到港，给香港文化带来了前所未有的蓬勃生机，香港也一举成为新的抗日救亡基地。

日军特务早已侦探到爱国文化人士扎堆迁居香港，决定来个一网打尽。香港沦陷之后，酒井隆当即下令全面搜捕文化人士，并登报点名要求茅盾、邹韬奋、何香凝等文化名人参加"大东亚共荣圈"的建设，否则格杀勿论。

为了营救这批爱国文化精英，日军攻打香港之时，远在陕北黄土窑洞的周恩来便一连发了几封紧急电报，要求东江纵队联合八路军驻香港办事处，想尽一切办法保护这批爱国文化人士，带他们离开香港，绝不能落入日本人手中。八路军驻香港办事处负责人廖承志和东江纵队政委尹林平等领导亲自挂帅，通过一系列努力，终于打通了从香港转移到内地的交通线路，并成立"营救文化人士特别行动组"。后来，廖承志和尹林平等人从香港撤离，回宝安司令部筹划并开辟广东到大后方的护送路线，香港的营救工作便交给了潘柱和李健行负责。

在行动组的努力之下，滞留在香港的爱国文化名人一批接一批地被转移出去，其中包括何香凝、邹韬奋、茅盾、柳亚子、夏衍、章伯钧、胡风、廖沫沙、于伶等人。然而还有一大部分文化人士因为躲避日本宪兵、特务和汉奸的追捕，四处搬家，处于失联状态，例如国学大师陈寅恪、医学家吴在东、著名作曲家盛家伦等人。

寻找失散的文化人士是一项艰巨且浩繁的工作，潘柱按照文化人士当初留下来的地址，逐一上门联络，但由于他们都搬了家，一无所获。香港沦陷后，很多有钱人将收藏的古玩字画赶紧抛售，套点现金逃命。正陷入一筹莫展的潘柱突然打了个激灵，文化人士大多喜欢古玩字画，甚至有专门研究古董字画的专家，肯定不会错过这样的时机，哪怕冒着生命危险也会到黑市里面淘宝。潘柱当即带着几个交通员，拿一些赝品到黑市里打转，假扮成卖家，果然找到了几个相熟的文化人士。

文化人士形成了自己的圈子，虽然搬了数次家，但相互之间会有联系，可以一个接一个地找出来。东江纵队在香港各地开辟出一系列秘密交通站，找到文化人士之后，行动组立即制订周详的转移计划，以接力赛的方式，一站接一站将这些爱国精英转移出去。

蔡雨来的转移路线也是行动组制定的，经历一个多月的磨合与实际运作，无论是转移行动还是交通线路，都已经十分成熟，不会存在什么问题。可眼下突然发生了这种不可逆转的失误，好运来交通站被日军活生生拔掉，还损失了一名交通站长，这让潘柱和李健行感到吃惊与后怕。

# 七

陈浩三和陈睦到黑市预订偷渡的船只，顺便购买了四把驳壳枪和上百发子弹，还有六枚手榴弹。

回到薛记馄饨店，陈浩三心头隐隐不安。回来的路上，他和陈睦目睹了一队日兵抓了几个姑娘，要去充当慰安妇。其中一个姑娘拼死反抗，日兵直接将她拖到街边一家铺子里，用刺刀捅死，丢弃在街边。其余的姑娘吓得魂飞魄散，瞬间被驯服，如同待宰的羔羊般被日军押走。

这个场景比噩梦可怕一千倍，无论谁看到了都会留下心理阴影。

陈浩三对蔡雨来说："蔡先生，如果只是护送你逃港，把握很大。但是一大帮人跑路，人多招眼，尤其我们当中还有三位姑娘，长得都像仙女，是日本人的下酒菜。我有个想法，要不我单独把你送出香港。就我和你同行，灵活应变，很容易就能逃出去。等你安全之后，我再想办法把你妹妹和织云、秋蓉一起送出去。"

蔡雅来当即站出来反对："不行，要走一起走，绝不可能让我哥跟你单独跑路的。"

她对陈浩三并不完全信任，万一这家伙心怀鬼胎，为了贪图利益，半道将哥哥卖给日本人。哥哥一旦落难，自己与慕容织云岂不任由他摆布？

陈浩三知道她不信任自己，只是冷笑，不再说话。

慕容织云看着蔡雨来，眼神坚定，语气也坚定地说："无论如何我都要跟你走，哪怕死也要死在一起，绝不能再次分开了。"

蔡雨来也不想跟妹妹和慕容织云分开，就算他独自出逃成功，可是妹妹与女友仍滞留在香港，对他来说这样的逃亡是没有意义的。他对陈浩三说："大家一起上路吧，反正我们不走大路，只挑偏僻小道行走，不会太招摇的。"

陈浩三冷笑道："真是英雄气短儿女情长。大伙一起走没问题，不过我把丑话说在前头，这次逃港危机重重，我心里实在没有底气，如果遇到突发情况，我们撇下你不管，可不要见怪。"

蔡雨来吃了一惊，这叫什么意思，过河拆桥吗？他惊愕地看着陈浩三，还没有来得及询问，蔡雅来当场就跳起来："好哇，狐狸尾巴终于露出来！我就知道你是个不靠谱的人，就是想贪图我们的钱财而已！事情还没开始做，就想着逃避，这算什么意思？拿人钱财替人消灾，既然收了我们的金条和首饰，就要履行职责，想办法把我们护送出香港，遇到突发情况要扛起应有的责任，而不是拍拍屁股走人，否则我们请你来有何用！"说到这里仍不解气，她恨恨地说，"早知道还不如请几条狗，遇到坏人狗还会帮我们咬几口，绝不会丢下主人不管的。你简直连狗都不如！"

薛秋蓉吃惊地看着蔡雅来："你说什么，三哥收了你们的金条首饰？"

蔡雅来冷笑道："可不是么，收了六根金条还有一袋金银珠宝呢！秋蓉，瞧瞧你的三哥，就是这样一个贪财好利之徒，可耻至极。"说罢狠狠地剜了陈浩三一眼，"杨大哥真是瞎了眼，他救过你们的命，临终前让我们来找你，希望看在他的救命之恩上你能帮我们一把，结果你却只是想榨干我们的钱财，实在让人心寒！"

陈浩三被她说得脸上有些火辣辣的，一时无法反驳，只好摆出一副死猪不怕开水烫的样子："我只是把丑话说在前头，要是真遇上危险，我总不能让秋蓉和几兄弟陪着送死吧？你那几根小黄鱼，就想收买这么多条人命，恐怕也太掉价了。"

蔡雨来不想两人还没有出发就伤了和气，兆头不好。他摆摆手说："陈先生不是那种忘恩负义之人，他这么说一定有他的道理。"说罢，用真诚的目光看着陈浩三。

陈浩三叹了一口气："刚才我和阿睦去黑市打听逃港线路，我本来有一个想法，直接坐船走水路偷渡出香港，省得中途麻烦。如果走陆路，我们要从港岛偷渡过维多利亚港，再穿过九龙和新界，才能抵达深圳河。出了港岛，我们人生地不熟，两眼抹黑，掉到坑里都不知道。若是有水路可以直达内地，或者是去澳门，比走陆路更加方便，而且还能省去长途奔波。"

蔡雨来点头说："我也这样想过，走水路确实比陆路方便得多。"

陈浩三说："但搞偷渡的人告诉我，现在走水路比陆路更加困难。日本人为了防止有钱人和文化人走水路逃跑，下令没收所有船只的发动机，现在私人船只失去了机器动力，全部变成摇橹船。光靠摇桨划行，速度极慢，短途偷渡可以，长途根本行不通。海面上到处有日本人的快艇巡逻队，每一艘出海的渔船都要面对巡逻队的突击检查。惠州和中山、珠海等海湾还有水匪游荡，专门拦截逃港的商人，想坐没有动力的渔船离港，几乎不可能。"

蔡雨来陷入沉默，他以前也打听过从香港偷渡到澳门的船只，情况与陈浩三说的一致。

陈浩三说："我们没有选择的余地，只能走陆路逃跑。蔡先生，你是日军的重点通缉犯，陆地关卡重重，遇到突发情况的可能性极大。"说到这里，他看着慕容织云和蔡雅来，"我们会想办法保护两位姑娘的周全，假如遇到突发情况，在紧要关头你必须做出选择。蔡先生，日本人的注意力集中在你的身上，恐怕你也不愿意妹妹和织云落入日本人手中吧。"

蔡雨来心头愈加沉重，陈浩三的话不无道理，他是个深明大义的人，遇到危急情况，与其一起被抓，不如牺牲自己保全众人。他心中其实也早就做好了这样的打算，只是不愿意说出来而已。他叹气道："陈先生考虑周到，我们确实要做好最坏的打算，那就这么办吧。"

陈浩三承诺："蔡先生请放心，我会想尽一切办法保护周全，不让你落入日本人手里。"

蔡雨来突然握住陈浩三的手："答应我，如果我被日本人抓了，你一定要把雅来和织云安全送出香港。拜托了！"

蔡雅来插嘴道："哥哥不要那么悲观，我们一定可以逃出香港的。"说到这里她仍是带着怨意，恨恨地瞪了陈浩三一眼。在她看来，陈浩三把丑话说在前头，其实是有逃避责任的意思，一旦有突发情况，他便可以理所当然地撇开蔡雨来，不会拼尽全力去化解危机。

"如果有突发情况，我会死战到底，决不退缩！"蔡雅来把枪掏出来拿在手上，像宣誓一样。"我可不像某些胆小怕事的男人，表面说一套背后做一套，天生就是个软骨头。"

陈浩三知道对付这种高傲的大小姐，用无赖的方式最好，省得跟她吵架。他嬉嬉笑起来："我本来就是小混混，软骨头，吃软饭，你眼光高看不上我也很正常。反正我也没有想要跟你过一辈子，随你怎么说。"说到这里他突然杀了个回马枪，"当然，如果你想跟我过一辈子，脾气还得改改，太冲了，没有女人味。"

蔡雅来没想到他会说出这种不着边调的话来，气得跳了起来，指着他骂道："呸，你嘴巴放干净点！"

陈浩三乜斜眼看她，幽幽地说："我嘴巴哪里不干净了？你难道……嘿嘿。"

慕容织云怕两人又吵嘴，忙说："雅来，陈先生就是这种性格的人，表面看着不正经，人心是不坏的。"说到这里看了一眼边上的薛秋蓉，希望她能站出来说话，免得两人又吵起来。

薛秋蓉会意，挽着蔡雅来的手说："雅来不要生气，三哥喜欢搞怪，其实骨子里是个讲义气的人。我跟他认识三年了，了解他。"

蔡雅来嘲讽道："我怎么看不出来他讲义气。"她也懒得跟陈浩三斗嘴，跟这样的无赖争吵简直是掉档次。她转头对哥哥说，"哥，你放心吧，有我这个神枪手在，一定可以护送你安全离港的。"

蔡雨来露出苦笑，他深知妹妹的性格，是一个倔强好胜的人，又重兄妹感情，要是自己真的落难，她绝不可能逃跑的，说不定会死战到底，枉自送了性命。他心里很清楚，仅凭陈浩三这几个帮派小弟，没有任何组织力量，就像小卒过河一样走一步算一步，不可预控的因素太多了，随时都有可能遇上危险，想把他送出香港真是太难了。

此时此刻，恐怕只有共产党组织才能做到从日军的眼皮底下毫发无伤地转移。蔡雨来有些异想天开："陈先生，你能找到共产党组织吗？若是找到共产党，由他们护送我出去，那绝对是安全的。"

陈浩三苦笑起来："实不相瞒，我刚才也在想这件事情。你现在是烫手芋头，我的能力有限，不一定保护周全，说不定还连累了我们几兄弟。要是把你交给共产党组织那就太好了，可是我怎么可能找得到共产党组织呢？日本人、保安队、汉奸、特务，还有烂仔流氓，一个个都在寻找共产党基地，都快要挖地三尺了，毛都没找到一根，我一个帮派小弟哪有通天本事。就算我到外面去打听，遇到真正的共产党员，他们知道我是混社会的，也以为我图谋不轨，怎会相信我说的话？"

陈睦也插嘴说："共产党隐藏得太深了，我们成天跟着大哥混，居然不知道他的真实身份，现在要我们去大街上找个共产党员，恐怕比护送你们出香港还要难。"

蔡雨来想起杨进喜临终前的话，汉奸制造一些假的共产党基地，诓骗走投无路的文化人士，让陈浩三去打听，说不定会引火烧身。他叹了一口气："既然找不到共产党组织，那就只能靠自己了。偷渡的船只找好了吧，我们几点钟出发？"

陈浩三说："船只已经订好。我们下午三点钟出发，天黑前赶到铜锣湾避风塘码头，藏到渔船里面，等凌晨四点钟偷渡。"

蔡雨来抬起手腕看了一下手表："现在还不到两点钟，为何要等到三点出发？"

陈浩三说："从春秧街到铜锣湾的避风塘码头，走野路也就二十多里地，再怎么兜兜转转，顶多两个小时。要是去得太早，码头的日军岗哨还没有撤走，我们进不了码头，反而更容易暴露踪迹。"

日军严防文化人士逃出港岛，因此只开放铜锣湾的避风塘码头，其他码头一律关闭。想要离开港岛，只能到避风塘码头坐船。码头处设有非常严厉的岗哨，并交给了投靠日军的印度雇佣兵负责检查，所有登船的人员都要接受全身检查，行李也会翻开查看。这些印度雇佣兵坏得很，有时搜查女人身子故意乱摸，比流氓还下流。

码头的渡轮时间有限，每天上午八点到下午五点。五点之后，渡轮停止载客，宪兵队和印度雇佣兵开始清理码头的人员，任何人不得在码头滞留。夜幕降临，日军岗哨便撤离，这时才是潜入码头的最佳时机。

天黑之后，香港全面宵禁，防卫队、宪兵和保安队交替巡逻，一旦发现有违反宵禁的人员，不问青红皂白当即枪杀。码头虽然撤掉了岗哨，想偷渡也很困难，因为维多利亚海湾有日军的巡逻艇交叉巡逻，九龙的海岸也设有瞭望塔，一旦发现有出海的船只，当即用机枪扫射，格杀勿论，哪怕是渔船也不行。当然，老虎也有打盹的时候，凌晨四点到六点，海港的巡逻艇陆续回去交接班，海面巡逻会放松警惕，可以借着这空隙时间偷渡过海。

陈浩三预订了一艘专门搞偷渡的渔船，船主叫李家信，渔船就停在避风塘码头，船篷上面搭了一块黄色布，写有李家信的名字。陈浩三与李家信约好，他们天黑抵达码头，躲在船上过夜。若是情况有变，他们也有可能半夜抵达码头，登上渔船，总之凌晨四点之前一定会赶到码头。

正因如此，陈浩三才把出发的时间定在下午三点钟，眼下虽然是腊月时节，但岭南进入暖冬，夜幕要六点多钟才会落下，出发太早未必安全。陈浩三做足了最坏打算，若是路上遇到日兵阻击，无法通行，先找个地方躲起来，夜半之后再出发。夜深人静，路上的岗哨都松懈了，一般的街道也不会有日兵巡逻，沿着小路出发，赶在凌晨四点前上船，时间充足，无论如何也不会误了时间。

听完陈浩三的计划，蔡雨来觉得此人虽然是混混，但心思还算缜密，对此并无异议。

陈浩三说："蔡先生，出发之前你得乔装打扮一下，把你的长发剪了，改变面目，至少不要让人轻易认出来。对了，我在黑市给你买了几撇假胡须。"

蔡雨来留的是长发，很有诗人的艺术风范，通缉令上登出来的照片就是他的长发模样。蔡雨来本来也想剪掉长发乔装打扮，但是一时又拿不定主意，说不定这头长发可以让他装扮成女人，男扮女装岂不更容易蒙混过关？听陈浩三这么说，他思考了一番，同意剪掉长发，用假胡须沾在上唇和下巴处，打扮成中年人。

三位女子也要乔装打扮，她们本想用黄泥或锅灰把脸蛋和脖子涂黑，看起来脏兮兮的，即便有人看到了也以为是丑女，不会起歹念。陈浩三却不同意，说越涂黑越惹人注目，反而欲盖弥彰，因为正常人的皮肤不可能黑乎乎的。加上他们步行逃亡，眼下天气暖和，路走多了就会流汗，汗水会把脸蛋搞成大花脸，更加引人注目。

陈浩三给她们出主意，拿一块旧头巾从额头包裹到下巴，脸颊基本被遮掩住，再戴一顶破草帽，就很难看出她们的原本面目。这也是乡下女人惯有的打扮，加上她们穿上了破旧的难民衣服，身材已经被掩盖住，走在路上并不显眼，不会轻易招惹眼光。

# 八

　　小野吉男和前田三郎在域多利军营的指挥室研究香港地图，推测蔡雨来的逃跑路线。手下突然来报，说北角区的保安队长俞广潮发现了蔡雨来的住处，现已将其住所团团包围。

　　前田三郎嘴角浮起一丝难以察觉的狡黠微笑。香港被日军统治，到处都有日军的眼线，早就将这块弹丸之地布下了天罗地网。平民百姓怕得要死，谁也不敢包庇重点通缉犯，只要严加搜查，哪怕一只苍蝇都能找出来，何况是一个大活人。

　　小野吉男内心也泛起了喜悦，如果今天就能抓到蔡雨来，他仍可以从容不迫地完成切腹仪式。这是他三十岁最大的心愿，也是一个无法改变和急需完成的愿望。没有比死亡更让他觉得踏实，这是他抵达家乡的最快方式。

　　小野吉男和前田三郎带着一支十一人的特务小队，坐上三轮摩托车，直奔北角区的北角里村。

　　俞广潮带着太保们，早已将房子围住，只等着冲进去抓人。看到小野吉男和前田三郎带队赶来，俞广潮赶紧凑上前弯腰鞠躬，露出谄媚的笑容。

　　小野吉男戴着白色手套的左手紧紧握着悬挂在腰间的武士刀，腰板挺立，脸部表情严肃，一副不近人情的样子。

　　前田三郎负责执行具体任务，他板着一张僵尸般的脸，用拗口的中文问道："人呢？"

　　俞广潮指着小楼紧闭的院门，低声说："在里面。就等着皇军过来一起抓捕，以免破坏了现场。"

　　前田三郎也是只老狐狸了，嘴里发出冷笑："抓捕通缉犯，又不是查案，还管什么破坏现场。快进去抓人，你不想要赏金了？"

俞广潮见前田三郎不上钩，心里暗骂一声。他准备叫李大脚首当其冲，带队进去抓人，要是遇上埋伏，当场死掉也不足惜。可他转念一想，让李大脚打头阵，万一这家伙立下大功，受到日本人嘉奖，跟日本人搭上关系可不妙。

俞广潮不喜欢李大脚，这家伙不愿意同流合污去搞薛秋蓉，终归是件头痛的事情。他于是叫黑虎三带着三个兄弟进屋抓人，交代道："不要鲁莽，当心里面有埋伏。"

黑虎三生得牛高马大，是一条莽汉，练过连环鸳鸯腿和千斤坠，一脚能踢出几百斤的力量。有一次打群架，黑虎三一脚把对方老大的腰骨踢断，当场瘫痪，几个兄弟特意为他编了顺口溜："十三太保黑虎三，一脚能把人踢残。"

黑虎三嘿嘿一笑："大哥放心，我会小心的。"

前田三郎故意嘲讽："看你们一副胆小怕事的样子，抓一个文化人都吓个半死，还能做什么大事？也不知道你们是怎么混到保安队伍的，真是丢了我们皇军的脸。"

这番讥讽和贬低的话，像针一样扎耳朵，谁也不爱听。黑虎三是个头脑简单四肢发达的人，平日里蛮横惯了，哪里咽得下这口气。他受到刺激，于是有意炫耀自己的功夫，好开开这些日本人的眼界。

黑虎三小跑向前冲刺，猛地凌空一脚，用强而有力的大脚踹向院门。院门不是大门，并不牢固，加之长年被海风和雨水腐蚀，哪里经得起他几百斤的脚力。

两扇房门像断线的风筝般飞摔出去，掉在了院子里。日本特务也练过功夫，见黑虎三凌空一脚踢出这么大的威力，不由得暗生钦佩。

门是从里面闩住的，证明屋子里面有人，俞广潮心中多了一丝期待。黑虎三掏出手枪，带着三名兄弟穿过小院，大摇大摆地走到客厅门外。

客厅两扇木门虚掩着，并没有闩上，黑虎三习惯性抬起脚，猛地将两扇木门踹开，并拿枪指着里面大声喝道："保安队搜查通缉犯，里面的人给我滚出来，否则格杀勿论！"

客厅并没有人。只听得二楼传来动静，一阵咕噜噜声响，像有人在上面行走。黑虎三和三个兄弟朝天花板看去，上面是木板做成的阁楼，隔音效果并不好，一有动静楼下就能听到。

通缉犯藏在二楼？黑虎三二话不说，招了招手，带着三名兄弟闪身进客厅，拿枪对着楼梯口戒严，准备上二楼去查看。

轰隆巨响，屋子里设下的两枚手榴弹突然爆炸，地动山摇，弹片齐飞，将黑虎三和三名保安队员炸得飞起来，当场都断了气。

原来，陈浩三和陈睦到黑市购买枪支弹药，买了六枚手榴弹，随后去了蔡雨来的住所。在这里，他办了两件事情：一是祭拜杨进喜，毕竟是救命恩人，要尽情义；第二件事情就是要在蔡雨来的家中设下陷阱，诱杀俞广潮。

蔡雨来的住所并无异样，只是院子里有个隆起来的新土堆，陈浩三知道杨进喜的尸体就埋在下面，不由得流下眼泪，跟陈睦一起对着土堆跪拜，心里默默下定决心，等他们护送蔡雨来一家人出去，完成杨进喜的遗愿，再找机会回来替他收尸。

跪拜完毕，陈浩三和陈睦走进客厅，将客厅木门虚掩上，从里面拉了放风筝用的胶丝线，绑上两枚手榴弹。只要推开客厅的门，胶丝线就会顺势扯掉手榴弹的保险栓。这是老式木柄手榴弹，要六七秒钟才会爆炸。

随后，陈浩三又将一条胶线拉到二楼，绑在一个大花瓶上，只要有人推开客厅的大门，扯动线条，花瓶就会掉下来，在二楼的地毯上滚动，听起来就像有人在二楼走动，以此吸引注意力。

设下陷阱，陈浩三和陈睦从二楼窗户爬下来，将院门反闩，再翻墙而出，然后找来以前的心腹小弟，放风声给俞广潮的保安队。

陈浩三知道俞广潮贪财好功，接到消息肯定会来抓人。要是俞广潮抓人心切，亲自带兵冲进去，说不定能将这个死对头炸死，也算出一口恶气。然而俞广潮狡猾，并没有上当，只是派出黑虎三带队进去。

黑虎三是一条莽汉，行事暴躁，受到前田三郎的嘲讽之后，脑子发热，只想在日本人面前耍威风。他平日里横行霸道惯了，一言不合就要动手，天生的混混习性。虽然加入了保安队，却只是换了一身马甲而已，并未经过兵部的训练，仍是一副江湖做派。他听到二楼传来响声，以为蔡雨来躲在二楼，由此失去警惕，枉自送了性命。

俞广潮站在院子处，怒气冲天，不管三七二十一，拿起手枪就往硝烟弥漫的房间里面放枪。前田三郎挥了挥手，冷笑道："人家设下陷阱，里面肯定没人，何必浪费子弹。"说罢做了一个进攻的手势，一帮特务立即鱼贯而入。

这些特务都是经过严格训练的，懂得侦查房子，如果屋里还有炸弹陷阱，他们能排查出来，不会像保安队瞎头瞎脑地乱撞。要是换成小野吉男或是前田三郎带队进屋，当场就能排除屋子里的炸弹，绝不会上当。

死了四名保安人员，前田三郎一点也不心疼，反而正中下怀。他心里十分清楚，这些保安人员都是地痞流氓出身，习惯性看风使舵，虽然投靠了日军，并不会真正为日军卖命，经常敷衍了事，甚至还会两头讨好，为了利益跟抗日分子暗中有勾结。只有搞出人命，死了几个同伙，才能激发他们内心的仇恨与怒火，他们才会卖命要把蔡雨来揪出来。

小野吉男是最后一个进入房子的，看着几具血肉模糊的尸体，闻着手榴弹迸裂出来的火药味，一时有些眩晕，忍不住皱起了眉头。

原以为经历了漫长的战争，见过太多的死亡，内心就会麻木。可不知何时开始，他对这种场面产生了难以抗拒的排斥，甚至反感。可是他又无法拒绝死亡的介入，这仿佛成了他一生的宿命。

他紧紧地握着腰间的武士刀，想象这把刀插入自己腹中产生的快感，或许能消除他内心的厌倦，重新回归真实的自我。

这是一栋两层半小楼，除了客厅被炸毁，其他房间仍保留完整。尤其是蔡雨来居住的卧室，衣服和书本，以及许多家当都还在，显然是匆忙跑掉的。

特务们有些上二楼侦查，有些到卧室和书房搜索，也有些跑到院子里勘察，寻找有用的线索。小野吉男没有到处查看，而是直接走进厨房，看看蔡雨来逃走前有没有烧毁文件之类的。烧毁文件必然是在厨房的灶头里面。

前田三郎会意，也跟着走进厨房，从口袋掏出一把精美的手电筒，弯下腰往灶头里面探照。灶头里面有纸片，这些纸片并没有烧毁，只是撕碎了扔在里面，如果不细心，根本发现不了。

他随手拿起一片碎纸，一眼便认出来，这是地图的碎片。小野吉男接过碎片，沉吟片刻，便命前田三郎带人将碎片收集起来，就在厨房的饭桌上进行拼凑。

特务们手脚麻利，地图纸片撕得也不是很碎，很快就拼凑出来。

这是一张香港海域图，一般是渔民或水客所用。小野吉男看到地图上面标有一条线路，从港岛西南边的瀑布湾出发，穿过东博寮海峡，转道长洲岛，再从长洲岛转船到澳门。

香港已经被日本人统治，但是澳门并没有被日军攻占，那边有共产党的地下情报组织，蔡雨来若是进入澳门，日军想抓捕就难了。渔民拿了良民证是可以出海捕鱼的，夜半之后出发，海域的日军巡逻艇处于放松警惕的状态，若是蔡雨来搭上渔船，连夜进入长洲岛周边，趁机搭上去澳门的船只，脱身的机会很大。

前田三郎冷笑："看来蔡雨来是准备走水路逃跑。"

小野吉男思考一番，当即摇头否认："不，这是一份调虎离山的假情报。"

多年的经验告诉他，这只是迷惑对手的假线索。蔡雨来不可能走水路偷渡到澳门，渔船没有动力，光靠摇橹，从瀑布湾穿过东博寮海峡，再转向长洲岛，计划并不可行，因为海面的日军巡逻艇随时可能出现。加之长洲岛驻扎了专门排查过客的日兵，蔡雨来是重点通缉犯，他不可能冒险通关。

前田三郎仔细一想，立即鞠躬道："还是前辈高明！"

蔡雨来故意丢下假情报，意图很明显，以水路为迷惑，却是要走陆路逃港。小野吉男十分有把握地说："看来，今晚我们只须突袭避风塘码头，就会有所收获。"

俞广潮故意跟进厨房待命，想从他们口中窥探秘密，好找出蔡雨来的线索。可惜两人说的是日语，他听得一头雾水，不知所云，只好撇了撇嘴。

这时，有两名特务进来，说在院子里挖出一具尸体。特务精明得很，看到院子隆起一个新土堆，种了几株花草，像是那么回事。但香港市民大多缺水，人都养不活，哪有闲情养花种草？特务于是从屋里找来锄头和铁锹，命保安队员刨开土堆，将埋在底下的尸体抬了出来。

小野吉男颇为意外，带着众人去院子察看。

刚挖出来的尸体脸上沾满泥巴，看不清相貌。前田三郎命人把尸体的脸部擦干净，露出原本面貌。

俞广潮吃惊道："这不是杨进喜吗？怎会死在这里？"

小野吉男俯身下去检查杨进喜的伤口，胸部中枪失血而亡。他沉吟片刻，用日语说："昨天晚上，联队有两名特务出勤，跟踪一个叫杨进喜的地下交通员，要挖出他转移的文化人士。没想到两名特务不幸殉国，让杨进喜跑掉了。今天上午我们才得到确切情报，杨进喜要转移的文化人士就是蔡雨来，可惜这份情报来得太迟，要是昨天信息明确，蔡雨来根本不可能逃得掉。"

日军联防部队的特务处昨晚接到九龙传来的秘密情报，但情报上面并没有注明杨进喜转移的文化人士身份，可能是获取情报的内线尚未掌握具体资料，只知大概消息。大队长堂本大尉于是派出两名特务精英前去盯梢，跟踪杨进喜，准备顺藤摸瓜抓大鱼，一举摧毁共产党的交通线路。没想到两名特务竟被击毙街头。直到今天上午十点多钟，九龙那

边才传来新的情报补充，杨进喜要转移的文化人士竟是蔡雨来。

小野吉男当即把案子接过来，让联队情报处去收集杨进喜的资料，包括那些经常与杨进喜来往的人员，从中分析和寻找杨进喜的下落。没想到尸体竟然埋在了此处，由此推算，杨进喜临终前跑来找蔡雨来。那么蔡雨来究竟是转移到别的交通站了，还是躲到他人家中？

俞广潮和太保们议论着杨进喜怎会死在蔡雨来的住处，毕竟他是洪门致公堂的北角香主，一般人谁敢杀他。难道杨进喜也想赚十万军票，夜里单独闯入蔡雨来家中，却是中了埋伏？

小野吉男对俞广潮说："俞队长想不想立功赚钱，为死去的兄弟们报仇？"

损失四名兄弟，要亏一大笔安家费，俞广潮心中正滴着血。听了这话，知道有好戏，立马鞠躬说："请小野中尉昐咐！"

小野吉男一本正经地说："从搜索出来的地图碎片看，蔡雨来要从瀑布湾一带走水路逃走。你带一支保安队前去瀑布湾，到那里随意搜查，只要能抓到蔡雨来，我会加重赏金，给你几个死去的兄弟安家费。"

刚才在厨房里，俞广潮确实看到了用碎片拼出来的地图，上面有一条瀑布湾的逃亡线路。瀑布湾海岸尚未开发出来，属于山野之地，只有一些渔村散落四周。日军占领香港，也想吃海鲜，允许瀑布湾一带的渔民近海捕鱼。由于瀑布湾离南丫岛较近，南丫岛住了不少渔民，两地常有来往，因此该海域出海的渔船比较多。

眼下想从港岛逃到澳门，从瀑布湾出发是最佳线路，穿过东博寮海峡便可抵达长洲岛。长洲岛是香港的第二大避风塘，利用渔港的天然优势，成为贸易船只中途的停留地，岛上一向繁荣，有专门转道去澳门的船只。如今长洲岛也被日军占领，但为了不中断与澳门的贸易，长洲岛保留了去澳门的船只。

俞广潮嗅到了机遇，他双腿并拢，急忙敬了个军礼，肃容道："遵命。请小野中尉放心，我把这里收拾干净，立即带兵前去瀑布湾。"

当然，他对小野吉男的话并不完全相信，这个日本人一脸的深不可测，肯定不会跟他讲实话。但是去瀑布湾搜查逃犯，保安队可以挨家挨户乱窜，做些顺手牵羊的事情，倒也是一桩肥差。

小野吉男又说："记得多带些人去，你就说这是我的命令。我会跟瀑布湾的宪兵部和海警通电话，你们尽管大胆行事。"

俞广潮说："明白！"随后忍不住问道，"小野中尉，杨进喜死在蔡雨来住处，是怎么回事？"

小野吉男略作思考，觉得把杨进喜的身份透露出来，有利于这些保安队员搞事，便说："他是共产党的交通员。"

俞广潮和太保们大吃一惊，想不到杨进喜居然藏有这样一个秘密身份。

"怎么，你跟他很熟吗？"小野吉男冷不防地问，想看看俞广潮的反应。他已经查看了杨进喜的个人资料，知道此人是洪门致公堂的香主，在北角一带混得很开。

"当然熟，他是我的死对头。"俞广潮毫不掩饰地说，"没想到他是共产党员，要是早被我发觉，他肯定要死在我的手上。"

"祝贺你，你的对头死了，可以高枕无忧了。"

小野吉男抛下这句话，便和前田三郎率领特务小队，开三轮摩托车直奔铜锣湾的宪兵队派遣部。

抵达铜锣湾宪兵部，小野吉男给中队长中谷永仁布置了一项任务，让他调遣一支两百人的宪兵队，外加一支百人保安队，晚上九点半在宪兵部集合整顿。届时，小野吉男和前田三郎将会过来，亲自带兵前去避风塘码头，抓捕通缉犯蔡雨来。

小野吉男叮嘱中谷永仁，不要透露出任何与行动有关的消息，免得走漏了风声。酒井隆已经下达军令，要求驻港各部必须配合小野吉男的行动，全力搜捕蔡雨来。军令如山，中谷永仁不敢怠慢，当即前去整

训兵马，准备晚上的突击搜捕工作。

从铜锣湾宪兵部出来，小野吉男和前田三郎带着特务小队返回域多利军营的指挥室。与杨进喜有关联的人员资料，已经由联队的情报处收集完毕，见小野吉男回来了，当即呈送过来。

资料十分详细，不仅有杨进喜的家庭背景和住处、名下产业，还包括与杨进喜经常来往的人员名单，以及他的得力手下陈浩三、陈睦、方孝全兄弟等人的相关信息。

小野吉男和前田三郎研究资料，通过分析和推算，确定了两个搜查方向：一是对杨进喜的住处和产业进行全面搜查；二是前往北角四虎的住处搜查，并将陈浩三等人带回队部审问，摸清楚这四人是否也是共产党的交通员。

太保们在北角里村抓了几名壮丁，将黑虎三等人的尸体抬上板车，杨进喜的尸体也一起捎上，运回伪乡公所。

刚出村口，迎面跑来三名烂仔，气喘吁吁地带来一个消息：烂命三带着一群人跑路了。俞广潮为之激动，他确认，陈浩三是带着蔡雨来逃港的。

日本人揭开杨进喜的身份之后，俞广潮便联想到蔡雨来极有可能去找陈浩三，说不定就藏在薛记馄饨店。上午陈浩三死死拖着保安队，不让他们上楼搜查，显然楼上有着不可告人的秘密。俞广潮并没有把这条重要的线索告诉日本人，若是日军借此线索先他之前抓到蔡雨来，岂不亏了一大笔横财。他暗中打算，回乡公所后，多带些人马去包抄薛记馄饨店，杀陈浩三一个措手不及。

俞广潮问烂仔，陈浩三带了多少人跑路，走的是哪个方向。烂仔说一共有八个人，全都打扮成难民，往炮台山方向出行。炮台山是郊区，没有什么建筑物遮蔽，烂仔不敢跟踪，怕暴露行踪，因此赶紧回来汇报情况。

北角四虎加薛秋蓉才五人，另外三个是谁？俞广潮冷笑一声，心里略作思考，便有了计划。这帮人刚刚出逃，走的是荒野小路，还要避开日兵岗哨，速度不会太快，现在抄近道去铜锣湾拦截还来得及。

他命令烂仔们帮忙看押壮丁，将尸体送回乡公所，自己则带着幸存的八名太保，从英皇道疾步而去，直线杀入铜锣湾，要在铜锣湾设防，拦截陈浩三一帮人。

北角里村离春秧街不远，蔡雨来住所的爆炸声传来，如同平地惊雷，让街区的市民惊恐不安，以为日本人又开始制造杀人放火的事件。陈浩三推测俞广潮去了蔡雨来住处，这样的爆炸声肯定会把周边的日伪兵力吸引过去，是时候出发了。

看了一下时间，正好下午三点。陈浩三在黑市买了两张香港地图，事先制定出一条逃港路线：穿过北角街区前往炮台山，再拐入宝马山道，沿着山路走到铜锣湾的后山郊区。如果时间早，他们就在后山休息，傍晚时再穿过铜锣湾区，前往避风塘码头。

蔡雨来对逃跑线路并无异议，他询问陈浩三，计划用多长时间逃出香港。

按照正常人的步行速度，从港岛走路前往深圳，包括中间的吃饭和住宿，通常只要两天时间。只是出了港岛，陈浩三对九龙和新界人生地不熟，无法揣测途中所遭遇的困难。他说："顺利的话三四天，不顺利七八天也有可能。"

蔡雨来说："我们按三天时间逃出香港。"

陈浩三撇嘴说："我又不是神仙，哪能掌控得了时间。路上随时可能发生意外情况，谁也不能保证三天逃出香港。"

"不行。"蔡雨来坚决地说，"必须制订一个时间目标，无论遇到多大困难，我们三天内一定要离开香港。"

陈浩三睁大眼睛看着对方，好像看怪物一样。他没好气地说："你急也没用啊，我恨不得一天就把你送出去，可这种事情又不是我说了算。要是折腾七八天能安全离开香港，也算是上上大吉了。"

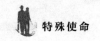 

蔡雨来脸色沉凝："你不知道时局。日本人推行'以华制华'的策略，香港被日军占领后，汪伪政府当即在香港成立特务委员会驻港分部，派出多名特务协助日军统治香港。我前两天打听到一个消息，日军的军政厅马上要撤掉，换成总督府治港，汪伪政府从上海的特工总部挑选出一批特务精英，前来支援香港。这批特务近两三天内会抵港，专门协助军政厅清除隐藏在香港的抗日势力，搜查和追捕滞留在香港的文化人士。所以，我们必须三天内离开香港，否则汪伪特工到来，介入搜捕行动，到时更加寸步难行。汪伪政府训练出来的特务精英比日本特务还要可怕，因为他们也是中国人，了解中国人的习性和思维方式。"

陈浩三皱起眉头说："没想到你这个烫手芋头里面还藏了个定时炸弹，真是亏大发了。说句实话，三天时间我真的没把握，只能尽力而为。"

蔡雨来神色严肃地强调道："必须是三天，以免夜长梦多。"

陈浩三无奈地摊开手："那就三天，叫老天爷多多保佑我们吧。"说罢看着蔡雅来她们，"但愿三位千金大小姐不会拖我们的后腿。"

蔡雅来冷笑道："谁拖后腿还不一定呢！"

于是，这群人带着"三天逃出香港"的目标出发了，他们从春秧街后巷穿过英皇道，转向明圆西街，再窜入郊区。


郊区树木葱茏，远处的海风吹来，树叶在暖冬的阳光下发出沙沙声响，仿佛阳光倾泻下来，把树木的枝条给压弯了。香港沦陷之后，薛秋蓉便很少出门，顶多就是在春秧街的后巷走动一下。来到野外，看着广阔天地，满眼的翠绿春色，她的心境陡然之间开阔了许多。

她抬头望着天空，又望了望不远处的山峦，还有隐约可见的大海。一群海鸥从山顶飞过，向海边掠去，抛下一连串的啼叫。阳光把海鸥的声音过滤了一遍，落下来时有些缥缈。

薛秋蓉突然想起曾经跟丹尼一起去海边喂海鸥，那些原本落在身边的海鸥，如今也都散落在了大海深处。刚刚有些开朗的心情，因此变得悲凉起来。但她拼命地克制着，不想让人看出她的忧伤。

一群人走在宝马山道上。顾名思义，这是北角宝马山延伸出来的山路，当时尚未开发，还是一条荒郊野路。山道沿着茂密的树木向半山坡蔓延而去，可以抵达铜锣湾的后山郊区。

山道要经过一处水库山坡。英国太古洋行当年在北角区投资船坞、糖厂和汽水厂，由于饱受淡水问题困扰，洋行便将这片山头给承包下来，在山上挖了一大片水塘，建起私人蓄水池。由于该地处于北角七姊妹区，因此命名为七姊妹水塘。山顶风景优美，水塘如同明镜悬在山顶，倒映着日月星辰，当地人认为可媲美杭州的西湖，于是又将七姊妹水塘称之为赛西湖。

水塘的淡水只供给太古洋行旗下的公司，但上山的小路毕竟也多，人们可以上山用木桶取水。香港是个淡水资源奇缺之地，有淡水的地方就会有居民，水塘建成不久，山坡处便多了一片寮屋。寮屋的居民中有些是在太古洋行当苦力的，凭着工作证，可以从水塘的供水房安装水管，直接把水源通到自己家中。

日军占领香港，将所有的淡水资源都控制了，七姊妹水塘亦不例外，日军派出几名伪保安兵去蹲守水塘。然而一天夜里，共产党的武工队突袭了水塘，把保安兵干掉。从那之后水塘就没人来管，倒是便宜了山坡下的寮屋居民，他们可以随时上山打水喝，没有受到水荒的困扰。

此刻，这片寮屋的路口处有六名汉奸正盘查路人。日本人赋予汉奸宪察兵的身份，他们四处走动，明察暗访，替日本人收集情报和办事，比保安队还可恨。眼下蔡雨来的悬赏通告贴得满城都是，无论是保安队还是宪察兵，都想借此机会赚上一笔。

陈浩三皱起眉头，宝马山道是通向铜锣湾后山的最佳路线，若想绕过这片寮屋区，须得往回走几里地，那里有一条偏僻的小路通向山顶，可以避开汉奸的盘查。但是山顶小路并不安全，香港饱受水荒困

扰，不少烂仔知道人们为了喝水，会跑到七姊妹水塘取水，因此埋伏在山道打劫，美其名曰收水费，有时还会闹出人命。

"还有别的路可行吗？"

蔡雨来一边询问陈浩三，一边用手帕抹了抹额头上的汗水，崎岖的山路让他走得全身发热。

"往回走几里地，有一条小路，可以通到山顶，绕开这个卡哨。"

"那我们走小路绕过去。"

陈睦突然拉住陈浩三，将他扯到一边，低声商量："三哥，我们来个黑吃黑，把这几个汉奸干掉。他们在这里拦路盘查，肯定捞了不少油水，我们回东莞需要用钱，正好找他们当冤大头。"

在道上混，为了抢地盘争利益，黑吃黑的事情自然没少干。陈浩三打量前方，六名汉奸都配有手枪，火并起来恐怕不好对付。

"我要去澳门找阿翠，需要一大笔钱，这一路上都没得赚钱的机会，现在不捞还等何时？"陈睦看出了陈浩三的犹豫，立即打出一道感情牌，"我们四人出其不意，用匕首对付他们，这些汉奸肯定来不及掏枪就被我们捅死了。汉奸尽做一些丧尽天良的坏事，杀死他们也算替天行道。"

陈浩三觉得此计可行，他们都是练过功夫的，又常年打架，身手比一般人敏捷。这些汉奸不过是投靠日本人的地痞流氓，手上没什么功夫，都是些欺软怕硬之辈，并不难对付。

蔡雨来见陈睦扯着陈浩三低声对话，走过去问："你们在商量怎么绕道而行吗？"

陈睦抢先说："不是，我们要把这些汉奸干掉。"

蔡雨来吃了一惊："干掉他们？他们有六个人，这可不好弄。"

陈睦说："眼下没有别的路可行，我们只能弄死这些汉奸，强行通关。汉奸现在处于放松警惕，我们走到关卡处，出其不意用匕首捅死他们，不会有事的。"

蔡雨来起了疑心，望着陈浩三说："刚才陈先生说往回走，有一条上山的小道可以绕过这里。"

陈睦危言道："小路未必安全，经常有烂仔埋伏在树林里放冷枪，打劫上山取水的居民，前两天还搞死了几个人。而且还要绕半天的路，浪费时间。最好的办法就是杀掉这些汉奸。汉奸专门做坏事，我们也算为老百姓做点好事，可以吓唬更多的汉奸不敢乱来。"

蔡雨来不由得一愣，他没想到此人居然有这样的觉悟。但他仍心存忧虑："汉奸确实该杀，但我们有别的事情在身，要以大局为重，不能节外生枝，万一引来日兵围剿，后果不堪设想。"

陈浩三见陈睦执意要杀汉奸，也不好拂意。动刀子砍人的事情对他们来说如同家常便饭，何况是杀助纣为虐的汉奸，更没有什么好顾忌的。他说："我们用匕首捅死这些汉奸，不会闹出动静。就算用枪也不怕，日兵在英皇大道，离这里还有好几里地，听到枪声也不知道是哪里传来的。这些汉奸做尽坏事，死了也不会有人去告状。"

陈睦见陈浩三同意他的方案，高兴地说："汉奸松垮垮的，一点也不醒目，我们假装通关，他们很快就死翘翘了。"又说，"蔡先生，好让你见识一下我们兄弟几个的厉害，并不是只会耍嘴皮子。"

蔡雨来见两人这么说，又远远地观察那六个汉奸，确实处于一副放松警惕的状态，如果出其不意对付他们，虽然有一定风险，但胜算很大。

陈睦没有给蔡雨来反对的机会，他当即招呼方孝全兄弟过来，把随身携带的匕首掏出来，藏在袖子里面，做好了近身搏斗的准备。

"蔡先生，你就在这里等着看好戏，我们去去就来。"

陈睦抛下这句话，大摇大摆地向前走，一副势在必得的样子。

蔡雨来拦不住四人，只得说："等一下，我跟你们一起去。汉奸有六人，你们只有四人，我在边上用枪警戒，若是有突发情况，我也好照看你们。"

陈浩三却摇头说："蔡先生，你是我们保护的对象，还是留在这里比较安全。"

蔡雨来执意说："没事，我跟在你们身后，不会有危险的。"他这么做也是有意图的，想用行动来融入这个团体，达成某种默契，万一接下来的行程遇到危险，便可以一起团结做事。

蔡雅来也跳出来说："我也要去。汉奸有六人，我们也上六个人，刚好一对一。再说了，你们用刀子杀人我不相信，刀子肯定没有子弹快。"

陈浩三倒是起了兴趣，盯着她说："好啊，我倒想看看蔡小姐的枪法当真有那么神奇么，能把苍蝇打死。"

蔡雅来掏出手枪，拉下滑膛冷笑："待会儿你就知道了。"

蔡雨来见妹妹跟在北角四虎身后，想阻止已经来不及，只好吩咐慕容织云和薛秋蓉原地休息，不要乱跑，等他们清除汉奸之后再过来跟她们会合。

陈睦心头欢喜，人多好战斗，几下就打死这些汉奸，搜走他们身上的钱财，跟在路边捡钱一样，比做什么生意都划算。

宝马山道的行人不多，依次排队通过汉奸们的临时岗哨。很快就轮到陈浩三他们，由于身穿旧衣服，一副贫民打扮，并不起眼，汉奸伸手就说："把难民证拿出来，把行李打开放到桌面上，接受检查。"

陈浩三假装拿难民证，却是猛地亮出匕首，一下子刺死了当先的那名汉奸。陈睦和方孝全、方孝举也暗中找准自己的目标，突然猛扑过去，将汉奸扑倒在地，用匕首将其捅死。

北角四虎行动起来又猛又快，加上手上功夫了得，汉奸还没有明白是怎么回事，就被捅死了四个。

周边有不少难民通关，看到一帮人突然扑倒汉奸，知道有事情发生，一时惊慌失措，纷纷乱窜。蔡氏兄妹把掖在包袱里的手枪掏出来，瞄准了余下的两名汉奸。但人群一下子混乱，两名汉奸见势不妙，立即转身就跑，混入难民群中。蔡雨来不敢乱开枪，怕伤及无辜，但他担心这两名汉奸跑去告状，心中着急，要冲去追击。

"砰"的一声枪响，一名夹混在人群中的汉奸头部中枪倒地。蔡雅来开的枪，她很镇定，双手举枪，一点也不抖，看起来英姿飒爽。

枪声让难民们更惊慌。幸存的那名汉奸死死地贴着人群跑，还故意扯边上的人当掩护。蔡雨来不敢再开枪，怕误伤他人。

陈浩三解决身下的汉奸，看到最后一名汉奸混在人群中逃跑，赶紧提着匕首向前冲去，要把汉奸赶尽杀绝。他一边跑一边叫方孝全兄弟保护好蔡雨来，不要跟过来。

蔡雅来也跟着向前冲，寻找开枪的机会。蔡雨来担忧不远处的慕容织云和薛秋蓉，便让方氏兄弟去护送她们过来。随后蔡雨来朝陈睦一挥手，准备一起向前冲刺，迂回包抄那名逃走的汉奸。

然而陈睦无动于衷，蹲下身子，在死去的汉奸身上搜刮财物，装到一个布袋子里。钱包、手表、项链、戒指以及玉佩等物件，搜刮得非常仔细。一名汉奸嘴里镶着金牙，也被陈睦用匕首撬开嘴巴，将金牙取下来。

蔡雨来一时愣住。他看到陈睦熟练地摸索尸体，连嘴里的金牙都不放过，而且还将金牙放到嘴里咬了一口，看是真金还是镀金烤瓷牙。发现是真的金牙，陈睦两眼发光，露出一副贪婪的样子。

蔡雨来这才恍然大悟。这时又传来枪声，那名汉奸跟着人群逃到边上的寮屋村，要往村里窜去。蔡雅来眼尖，一枪打中了汉奸的大腿。汉奸倒地，就地打滚。

寮屋的巷口处有一群小孩在玩耍，汉奸顺手抱住一个五六岁大的小男孩，用枪抵着他的脑袋，垂死挣扎地大喝道："不要过来，否则我杀了他！"

陈浩三和蔡雅来追上来，用枪指着汉奸，却不敢开枪。

蔡雨来也跑了过来，看到眼前的场景，感到事情有些棘手。陈浩三之前让方氏兄弟保护蔡雨来，却没有看到两人跟过来，他不由得皱起眉头，低声说："蔡先生，这里危险，你赶紧先离开。"

蔡雨来却像没有听到一样，朝妹妹瞥去一眼，他知道妹妹枪法准，在保证人质安全的前提下，一有机会就开枪打死汉奸。

小男孩穿着破旧的衣服，一看就是贫民家的孩子，他被汉奸挟持，脑袋上顶着枪，又看到汉奸中枪的大腿流出血来，吓得哇哇大哭。

"放开我的仔！"

听到孩子的哭声，一名妇女从边上一间铁皮房走出来，见儿子被汉奸挟持，不由得吃惊。她爱子心切，不管三七二十一就要冲过来。汉奸逼急了，举起枪朝妇女开了一枪。

妇女胸口中枪，倒在地上挣扎几下便没了动静。

蔡雅来抓住这瞬间机会，扣下扳机。枪声响起，子弹打进汉奸的额头，结束了他罪恶的一生。

蔡雨来跑过去，将吓坏的小男孩从汉奸的尸体上抱起来。

这时一名汉子也从铁皮屋走出来，看到倒在地上的女人，先是一愣，似乎不敢相信，随即才惊慌失措地跑过来，跪着抱住女人的尸体，撕心裂肺地叫了几声，发现女人已经断气，不由得号啕大哭。

小男孩也挣脱蔡雨来的怀抱，跑过去扑在母亲的身上哇哇大哭。

事情超出了蔡雨来的预料，没想到杀汉奸却连累了无辜的妇女，一股负罪感顿时涌上心头，他突然朝陈浩三吼道："拿根金条给我！"

陈浩三吓了一跳，看着蔡雨来，见他那愤怒的样子，一时不知怎么面对。陈浩三当然知道，蔡雨来找他要金条，肯定是要补偿给妇女的家属，但他怎么可能舍得拿出金条。

"别以为我不知道，你们杀汉奸就是为了黑吃黑，想要抢走汉奸的钱财，不是真正的为民除害。"蔡雨来恨恨地说，"我们本来可以走别的路线，绕开这里，不会殃及无辜。她的死是你们一手造成的，你必须有个交代！"

陈浩三把枪插在腰带上，冷冷地说："打仗自古就有伤亡，这很正常。我们杀了六名汉奸，为民除害，难道不算功劳吗？六名汉奸要是不死，往后还不知道要害死多少人。"说罢转身便走，头也不回地抛下一句话，"快走吧，这里响起枪声，不是什么安全的地方。"

蔡雨来气得全身发抖，却又拿他没办法。

陈睦已经将五名汉奸身上的财物搜刮完，正走过来搜刮最后一名汉奸身上的财物。他提着装财物的小布袋，心头美滋滋的，这么些财物足够他偷渡澳门了。

蔡雨来冲过去，一把抢走陈睦手中的布袋，丢给正抱着女人号哭的汉子，内疚地说："对不起，这些钱算是一点补偿。"

陈睦跳了起来，怒道："你这是干什么！"一边说一边要去把那布袋子抢回来。

蔡雨来一把扯住他，以同样的怒火回击："快走，否则我跟你没完！"又恨恨地说："你害死别人的老婆，赔点不义之财，算是给你赎罪。"

陈睦却不理会，突然出手抓着蔡雨来的手腕，用力一扯，接着一个拐脚，蔡雨来冷不防打了个跟跄，一屁股坐在了地上。

"他老婆死了关我屁事！"

陈睦冷笑一声，仍要去抢回那个布袋子。

"砰"的一声，一颗子弹打在了陈睦的脚边。

陈睦吓了一大跳，转身一看，只见蔡雅来双手握枪，正恨恨地瞄准他。她的声音带着怒火与杀气："你这样做跟汉奸有什么区别。你要是再敢上前一步，我的枪就不长眼睛了。"

方氏兄弟已经将薛秋蓉和慕容织云接过来，和陈浩三在寮屋的入口处会合。听到枪声，吓了一跳，以为又有意外事件发生。跑去看时，只见蔡氏兄妹正和陈睦冷眼对峙，仿佛仇人见面般。

陈浩三见那名汉子抱着女人的尸体号啕大哭，小孩也哭得满脸泪水，有些于心不忍。他走过去扯着陈睦，让他赶紧走。陈睦仍是愤愤不平，但拗不过陈浩三，只好恨恨地瞪了蔡雅来一眼，嘴里迸出一句脏话。

眼前的场景，让薛秋蓉突然涌出不适感。血淋淋的尸体和悲伤的哭声糅合在一起，仿佛不是来自眼前，而是来自噩梦中，如同恶魔般攫住她。她闭上双眼，深深地呼吸，希望噩梦早点过去。

天空飞过一群海鸥，抛下了一连串的啼叫声。她睁开眼睛，云朵在远处缓慢移动，上面颤动着光。天空有些变幻莫测，让人感觉到时间正在消散，并没有凝固。当清风和海鸥同时消失在山野之间，大海的腥味却越发浓烈。

薛秋蓉心想，要是自己能变成一只海鸥就好了，可以无忧无虑地飞翔，直到消失在大海的尽头。


走出几里地，眼见没有什么危险，蔡雨来一把扯住陈浩三，冷冷地说："陈先生，刚才发生的事情希望你能检讨一下，以后再也不能这么乱来，免得影响大局，殃及无辜。"

陈浩三甩开蔡雨来，仰面打了个哈哈："检讨？蔡先生，我们杀汉奸为民除害，你居然认为我们是在乱来，不觉得好笑吗？"

蔡雨来喝道："别当我是傻子！你们这种贪小便宜的行为，永远做不了大事，只能坏事！"

陈睦突然冲上前，指着蔡雨来的鼻子骂道："就算我们黑吃黑又能怎样，关你×事！把我的钱拿去充当好人，有本事你自己掏钱啊！告诉你，这笔账我跟你没完！"说到这里又指着蔡雅来，满脸怒气，"还有你，居然朝我开枪，要不是看你是个女人，我早就把你牙齿打掉。臭婊子，你记着，我会让你好看的！"

蔡雨来没想到陈睦这么理直气壮、咄咄逼人，仿佛他才是受害者。

蔡雅来也被陈睦因愤怒而变形的嘴脸给吓了一跳，居然被他骂"臭婊子"，如此难听的骂名，是她生平第一次遭遇，令她感到格外恶心，气得说不出话来。

蔡雨来没有反驳，也禁止妹妹与他争吵。此刻他总算彻底明白了，这些混社会的人是蛮不讲理的，不按常理出牌，他们只在乎自己的切身利益，丝毫不会顾忌别人的感受，跟他们讲道理是没用的。

# 九

　　九龙上海街的共产党秘密基地，何鼎华和李锦荣紧急前来向潘柱和李健行汇报情况。内部叛徒已经查出来，是龙记当铺的交通员刘绍基。

　　李锦荣说："刘绍基之所以叛变，是转移诗人戴望舒留下来的后遗症。负责转移戴望舒的交通员黄德清在港岛被日军特务抓捕，经不住酷刑，供出了与他对接的刘绍基，特务顺藤摸瓜将刘绍基的家人抓起来，逼他就范。"

　　潘柱觉得不对劲，语气严厉地问："黄德清被捕之后，我们当即隐蔽与其相关的交通线，调整了交通员方位，怎么还会出现这种情况？"

　　何鼎华说："黄德清所在的交通线确实隐蔽了，相关的人员也都疏散到别的交通站，进行分散式隐蔽。刘绍基从港岛交通站调到九龙的龙记当铺，已经跨了区域，更换了新的名字和身份。可谁也没想到日本特务这么厉害，根据黄德清提供的线索深挖下去，居然找到了刘绍基。"

　　李健行说："立即再次调整各大交通线，和刘绍基有接触的人员全部进入静默期，等把刘绍基解决了再重新启用，绝不能让这种事情蔓延下去。"随后痛心疾首地说，"我们的交通员本来就少，失去一个同志，就是一个巨大的损失啊！"

　　李锦荣和何鼎华点头说："明白。"

　　一周前，著名诗人戴望舒突然被日本特务抓获，成为香港首位落入日军魔爪的爱国文化人士。武工队曾出动分队去袭击日军驻地，想把戴望舒救出来，却都无功而返，反倒损失了两名队员。

戴望舒入狱倒不是因为叛徒出卖，而是为人不够谨慎。他来香港比较早，这些年耗费大量精力，收藏了大批古书籍，甚至有不少是绝版的。他将这些古书籍视若生命。香港沦陷后，社会秩序混乱，人人自危，戴望舒担心古书籍会被日本人破坏或掠夺，因此想找个安全的地方藏起来。戴望舒是中华全国文艺界抗敌协会的创始人之一，写了不少抗日文章，名气大，身份又特殊，早就被日军列入重点通缉的名单。

他四处打听可以藏书的地方，由于频繁露出水面，很快就被日本特务盯上。特务想从戴望舒身上挖出更多的文化人士，因此放了长线，与戴望舒保持来往的交通员黄德清伺机转移戴望舒时，被特务逮捕，送入日本宪兵部刑讯。

戴望舒倒是书生骨头，宁死不屈，无论日本人怎么用酷刑折磨，他都没有供出自己的文化同胞。然而黄德清却架不住日军的酷刑，叛变供出与自己对接的刘绍基。即便刘绍基从港岛调到了九龙，还是没能逃出日本人的魔爪，连同家人也受到了连累。刘绍基不得已叛变，供出了与自己对接的许雄和杨进喜。

潘柱叹气道："革命需要流血牺牲，才能迎来胜利。看来他们的意志和信仰还不够坚定。"

何鼎华担忧地说："刘绍基现在带了十几个汉奸控制了龙记当铺，光明正大地成为掌柜，一副守株待兔的架势。我担心他要等的人是蔡雨来。"

潘柱皱起眉头："这可不妙，就算刘绍基不是等蔡雨来，万一我们有些同志不知内情，前去送情报，也会误大事的。我们必须派人干掉刘绍基，摧毁龙记当铺。"

何鼎华说："龙记当铺里面藏有汉奸，周边的店铺也安插了保安队，加上不远处还有日兵的关卡，就凭我们现有的几个交通员，想去摧毁不太可能。"

李健行也皱起眉头："确实是个难题。我们驻港的三支武工队都不在九龙。曾鸿文带领的武工队去了惠州，护送走水路离港的文化人，恐怕要过一段时间才能回来；黄冠芳的短枪队在元朗；刘黑仔的短枪队在港岛，一时半会儿也都调不到九龙来。现在新成立的港九大队主力在西贡，正在那边开辟根据地，也不可能派人来协助我们。"

何鼎华说："我先派两名交通员扮成小贩，在龙记当铺一带走动，发现蔡雨来或是其他同志要去龙记当铺送情报，就暗中拦截，免得落入敌人的圈套。"

李健行点头说："也只能这样了。"

潘柱突然问："对了，叶以群先生回来没有？有没有打听到蔡雨来的相关信息？"

何鼎华说："还没有。叶夫人说他去见梁漱溟先生了。明天清晨梁先生和几个文化人要转移出香港，他们正在话别。"

潘柱说："这些文化人总是有说不完的话。唉，也怪不得他们，此次一别，不知道何时再见。你先把手头的事情做好，安排人去盯梢，晚点再去叶先生家里打探情况。"末了又交代道，"记住，一定要小心行事，不要留下尾巴。"

何鼎华点头说："我会小心在意的。"

潘柱沉吟了一下，又郑重其事地交代："另外，一定要向叶先生打听清楚蔡雨来的底细，与之同行的蔡雅来和慕容织云的底细也要摸排清楚，确保他们的底子清白。"说罢，脸色越发凝重起来，"我和老李刚刚接到东纵司令部转来的秘密文件，我党潜伏在上海汪伪政府的内线截获一个重要情报。汪伪驻港特务委员会近期派出了一批特务精英，要从香港渗透，打入东江纵队内部，以此摧毁游击队根据地。据悉，这个渗透任务代号为'河马行动'。上级让我们特别留意从香港转移的爱国文化人士，这些文化人士有的携家带口，有的还顺带亲戚朋友，极有可能混进汪伪的特务，我们必须摸清楚全部转移人员的底细，以免埋下后患。"

何鼎华知道事情的严重性，肃然道："我一定让线下的各交通员加倍警惕行事。"

潘柱又说:"东江纵队如今是日军在华南地区的最大克星,日军一直想清剿我们。特殊时期,必须从源头上把控住敌人的侵略。"

日军入侵广东,东江纵队顺势成立,经过几年的发展和锤炼,队伍越来越强大,由原来的百余人扩大到上千人,在东莞、宝安和惠州开辟了众多根据地,经常神出鬼没打击外出执勤的日兵,并不时突袭日军的驻兵阵地,破坏铁路和公路,成为日军最大的噩梦。

尤其广九铁路,从广州到香港九龙,是日军非常重要的战略物资运输命脉,却经常被游击队破坏,根本无法通车。这让日军华南派遣司令部的最高长官田中久一大为恼火,他派出日军精锐部队,联合当地伪军,对东莞和宝安的东江纵队根据地进行大扫荡,要将其连根拔起。

出乎意料,日军精心筹划的大扫荡不仅没有抓到一个游击队员,反而中了游击队的埋伏,死伤上百号日兵,就连带队的日军大佐也被击毙,损失极为惨重。消息传到日本国内,东京第一大报《读卖新闻》登出了头条新闻,惊叹"这是日军进军华南以来首次遭遇真正的对手"。而司令官田中久一也在战后羞愤交加地训斥部下:"这是进军华南以来最丢脸的战役!"

尽管日军名义上占领了宝安、东莞和惠州等地,但由于东江纵队的抵抗,日军无法有效控制当地局势。很多日兵甚至不敢外出执勤,尽可能龟缩在驻地,怕出去就回不来。不摧毁东江纵队,日军就无法在广东放开手脚做事,但是想要摧毁东江纵队,必须全方位掌握这支队伍的根据地,以及他们神出鬼没的行踪。日军将这个任务交给了汪伪政府,让他们派出特务精英,进行隐秘渗透。

汪伪政府的特工总部经过一番密谋,制订出"河马行动",交由驻港分部的特务精英执行。上海的内线获得该情报之后,当即转到东江纵队司令部,司令部第一时间便派出交通员将秘密文件送到潘柱和李健行手中,要求他们务必查清从香港转移到内地的人员底细,以免埋下后患。

　　李健行说："蔡雨来被日本人全城通缉，应该不会是汪伪的人。他的妹妹蔡雅来和女朋友慕容织云不在文化人士的转移名单，只是随从亲属，这两人的身份倒是要打听清楚。"

　　潘柱却摇头说："倒也不一定，说不准这是日本人精心设计的一个局呢？故意全城通缉蔡雨来，好让我们钻这个套子。小心驶得万年船，我们一定要做好各种打算，绝不能掉以轻心。"一边说一边转头看着何鼎华，"你今晚去见叶以群先生时，务必将蔡雨来的底子打听仔细，蔡雅来和慕容织云的信息如果能打听到那就更妥当了。"

　　何鼎华点头说："明白。"

# 十

　　一行人沿着宝马山道前往铜锣湾。

　　午后阳光温热，涂在山野中，晒出草木的清香气息。大海的腥味随着海风漫向山野，把树林的气息发酵得更加沁入心脾。尽管迎着清风，沐浴着阳光，但这群人却是情绪低落。杀汉奸的事情，让蔡雨来兄妹和陈浩三兄弟闹起了矛盾。

　　尤其是陈睦，好不容易抢来一些财物，美滋滋想着偷渡澳门的事情，却被蔡雨来无情地碾碎。这样黑吃黑的机会很难得，恐怕这一路上不会再出现。他心中愤愤不平，觉得这对兄妹实在是可恨至极，他想着怎么从他们身上多捞些钱财，好弥补自己的损失。

　　陈睦甚至起了邪念，将蔡雨来暗中绑起来，送到日军处领赏，赚十万块军票。那可真是一笔大横财，可以风风光光地到澳门把阿翠和儿子接走，回到东莞也不愁吃用。

　　他不由得看了看蔡雨来，眼中露出怨恨与贪婪。

　　蔡雨来感觉气氛不对劲，决定缓一缓情绪。毕竟要依靠这些人逃港，前路漫漫，关系搞得太僵了也不好，会影响团队的士气，万一遇上突发事件，互相看不顺眼，只怕生出纰漏来。蔡雨来却又不想主动撕开这个口子，若是他轻易服软，往后恐怕更加难以压制这些"无赖"的气焰。

　　他看了一眼妹妹，希望由她牵头打破僵局。蔡雅来会意，快步向前，走在陈浩三和薛秋蓉身边。

　　薛秋蓉过去这一个多月深居简出，没怎么走路，走了一个小时的山道，便有些吃不消了，只好挽着陈浩三的手，由他搀扶着走。方孝举跟在后面，有些吃醋，正想着怎么找个借口把薛秋蓉揽到自己身边来。

蔡雅来突然说："陈先生，你要好好珍惜秋蓉，要一辈子对她好，可千万不要辜负了这份感情。"

这话让陈浩三感到万分诧异，如果不是蔡雅来站在他的身边，他几乎怀疑这话不是出自她的口中——她怎么主动来搭话了？而且还抛出这样的话题？

逃港之前，蔡雅来帮薛秋蓉收拾行李，两人随后在闺房聊天。蔡雅来对薛秋蓉的未来深感焦虑，兵荒马乱时期，一个弱女子无依无靠，又患上战争神经症，若是没有一个可靠的人陪她度过漫长的一生，她的命运将会陷入难以自拔的悲凉。怎样才能让她走出现实的困境呢？她身边还有哪些值得依赖的人？蔡雅来思来想去，只有想到陈浩三。尽管她对此人印象不好，内心瞧不起他，但为了薛秋蓉着想，她还是将陈浩三的为人分析了一番。

陈浩三虽然是个混混，但香港沦陷一个多月，他带着几兄弟住进薛记馄饨店，保护薛秋蓉的安危，相安无事，至少说明此人骨子里面还是有正义感的，是值得信赖的。包括方孝举喜欢薛秋蓉，也守着规矩，没有犯下出格之事，可见他们有起码的道德底线，不是穷凶极恶之辈。

在闺房聊天时，蔡雅来特意向薛秋蓉打听陈浩三的为人，毕竟她和哥哥的性命都交在这些人手中，防人之心不可无，将这些人的底子摸清楚，以减少危机的存在。薛秋蓉说起陈浩三四人从东莞逃难到香港，找不到事情做才混起了帮派，虽然染上了黑帮小弟的禀性，但骨子里还是比较正派的，除了打架赌钱、抢地盘和放高利贷，也没做过罪孽深重的事情。

蔡雅来由此得出结论，这帮人并没有被江湖的大染缸染黑，体内还留存着人性的质朴与善良。既非穷恶之徒，那么薛秋蓉的人生大事托付给陈浩三，也算是顺其天意。显而易见，陈浩三他们要回东莞，战争不结束肯定不会返回香港，薛秋蓉跟着他们一路同行，除了嫁给陈浩三，她还有别的选择吗？尤其两人曾经相恋过，是有感情基础的，重温旧梦的漫长日子里，渗透进来的阳光与月色，还有人间烟火，或许可以

治好她的战争神经症。

回归到平静的日子，组建属于自己的家庭，薛秋蓉才有可能忘掉那该死的战争。为了薛秋蓉的人生着想，蔡雅来哪怕对陈浩三印象不好，但是她没有别的选择，于是便想着撮合陈浩三和薛秋蓉的感情，希望借此唤醒薛秋蓉对生活的渴望与热爱。

陈浩三并不知道蔡雅来内心所想，只是觉得她抛出这样的话题，颇为突兀，猜不透她有何居心。于是索性沉默，不接她的话，暗中观察她要搞什么名堂。

蔡雅来见陈浩三不搭理她，便来了个开门见山："怎么，陈先生不想娶秋蓉吗？"

陈浩三冷笑道："哟，蔡大小姐，你这是唱哪一出戏，居然操心我这个无赖的人生大事。你怎么不直接问我愿不愿意娶你，要是你愿意嫁给我，我倒会优先考虑。你长得漂亮、身材也好，以后可以多生几个细路仔。"

"放屁！"蔡雅来气得跳了起来，觉得自己主动找这个无赖搭话，简直是自取其辱，"你不要狗咬吕洞宾不识好人心，我是看你和秋蓉以前相爱过，才想帮你一把，希望你好好照顾秋蓉一辈子。"

"秋蓉的事情，不用你操心，我会照顾她一辈子的。"

跟在后面的方孝举突然冲上来，冷冷地说："三哥发过毒誓，不会娶秋蓉的。秋蓉这辈子由我来照顾，我会让她幸福的。"

蔡雅来正一肚子气没处发泄，方孝举撞到枪口上，她也就毫不客气了，直截了当说："你就死了这条心吧！秋蓉是不会嫁给你的，如果你真的想让秋蓉幸福，就不要掺和进来，老老实实当小弟。"

方孝举急了："谁说秋蓉不会嫁给我？"

"我说的。"薛秋蓉突然接话，语气中带着一股化不开的浓浓忧伤，"我谁都不会嫁。我爹妈死了，丹尼也死了，我的心也跟着死了，活着还有什么意义呢！"

她原本挽着陈浩三的手，这时突然抽了出来，抬头看了看天空。

因为戴着草帽，又绑了头巾，她感到一股莫名的压抑。她索性将草帽和头巾都摘下来，往山道上一丢，仿佛丢掉烦恼一样。

她扬起头颅，阳光照在脸上，刺眼的阳光把无情的现实照得明亮，一切都不是在梦中。阳光在她脸上颤动，她的眼睛在膨胀，泪水瞬间涌了出来，顺着苍白的脸颊坠落，落在地上却没有任何回声。

蔡雅来急了："秋蓉，你不要有这种想法，每个人的生命都是有意义的。"

薛秋蓉凄凉一笑："这不是我的想法，这是我的命运。"

跟在陈浩三身后的蔡雨来见妹妹搭话不成功，反倒把气氛搞得更加尴尬，不由得露出了苦笑。

"大家都走累了，就在这里休息一下吧。"

眼见时间还早，众人听了，便或盘腿坐在干枯的草地上，或倚在树上。山道深处，寂静无声，半天看不到一个人影。

倚在树干的慕容织云看了一眼陈浩三，又看了看薛秋蓉，认真地说："我觉得陈先生和秋蓉很般配，郎才女貌，天生一对。陈先生是很不错的，表面玩世不恭，其实骨子里是个好人。"

陈浩三冷笑："我哪里是什么好人，刚才蔡先生还说我只知道贪小便宜，做不了大事。"

蔡雨来说："贪小便宜不是什么大毛病，你要是能改掉就好了。"

陈浩三挑衅道："要是我改不了呢？"

"改不了，那一辈子只能当混混。"

"我本来就是混江湖的，当一辈子混混也正常。就像秋蓉说的，这就是我的命。"

蔡雨来盯着他，诚恳地说："陈先生，你是可以做大事的，否则杨大哥也不可能让我来找你。"

陈浩三却不领情，冷笑着说："大哥高看我了，把你送出香港这种大事，我未必能完成，现在我心里也没有底。"

蔡雨来借题发挥，说："你心里没底气，是因为没有信仰。一

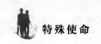

个有信仰的人，面对再大的困难、陷入再大的困境，心中也是有底气的。"

陈浩三打了个哈哈，仿佛看透了蔡雨来的心思，露出一副轻蔑的样子："蔡先生，你不要挑大道理给我讲，口水多过茶水，浪费了可不好。我这人最讨厌两件事情，一是读书，二是听人讲道理。"

蔡雨来仍执意道："陈先生，我不是要跟你摆道理，而是想跟你谈人生。你没有接触过真正的信仰，所以对信仰不感兴趣，导致人生形成了某种偏执。一个人的觉悟或者一个民族的觉醒，都是要经历漫长苦难洗礼才能形成。"

陈浩三不屑地说："蔡先生是想改造我们吗？我劝你还是算了，江湖混混只讲拳头硬、刀子快，耍嘴皮子是没用的，口水多了小心出门被人砍。"

蔡雨来故意笑了笑："难道陈先生也要砍我吗？"

陈浩三撇嘴说："你是金主，我哪好意思砍你。"

蔡雨来说："既然我是金主，你听我讲几句行不行？"

陈浩三无奈地说："行，你爱讲就讲，什么精神什么信仰的，我反正只当耳边风。"说罢伸了伸懒腰，"谁说我们没有接触过信仰？经常有洋鬼子传教士找上门来，让我们信仰上帝、信仰耶稣，还说信上帝得永生。我也去教堂听课，跟和尚念经一样，让人打瞌睡，这就是所谓信仰吧？"

蔡雨来摇头说："你把信仰看得太简单太肤浅了。真正的信仰是融入灵魂和血液里面的，就算人死了，信仰也不会灭。"他又说，"你要是接触过共产党组织，或者加入共产党，就知道什么是真正的信仰了。就像杨大哥，他知道做交通员随时都有可能死掉，但他还是义无反顾。"

陈浩三反驳道："这么说我们也有信仰啊！明知道送蔡先生逃港极有可能搭上性命，我们还是义无反顾。"

蔡雨来高兴起来了，这话正中下怀，他点头赞同："陈先生明白就好。不过信仰是很纯粹的，不会夹有其他杂念，例如说趁机去占小便宜。"

陈浩三脸色一变，仿佛受到了侮辱。他原本是盘腿坐在地上的，这时噢地站起来，恨恨地说："说来说去，蔡先生就是看不起我们这种贪小便宜的人！"

蔡雨来也跟着站起来，盯着他，认真地说："所以我希望陈先生和各位兄弟能改掉江湖习性，不要老是想着黑吃黑的勾当。"

陈浩三冷冷地说："对不起，我们狗改不了吃屎。为了所谓的信仰，就想让我们去喝西北风，这种蚀本买卖我们从来不做。"

蔡雨来嘲讽道："不贪小便宜就要喝西北风？陈先生，你得活得多么窝囊才说出这样的话来。"

陈浩三知道说不过蔡雨来，这些文人满嘴的仁义道德，张口即来，自己根本招架不住，索性就说："我本来就是窝囊废，蔡先生，你就别费心思了。"

蔡雨来好不容易打开这个话题，哪肯就此收住，兀自严肃地说："我的同行邝湛铭先生曾经说过一句话'我愿意把整个身心献给这民族解放斗争的大祭坛'。我一直把这句话奉为信仰，为了民族的解放，我也愿意牺牲自己，舍生取义，这就是我的信仰。"

陈浩三嘲笑道："那是你们革命家才有的信仰，不适合我们这种江湖混混。"他又说，"既然蔡先生这么不怕死，何必来找我们护送，自己走出去就是了。"

蔡雨来并不生气，悠悠地说："信仰并没有什么革命者与混混之分，只有觉悟之分。陈先生，你知道日军为什么通缉我吗？"

陈浩三说："你不是说他们想抓你去当翻译，加上你又是什么作家诗人，是日本人的眼中钉。"

蔡雨来说："这只是其中一部分原因。实际上日本人通缉我，是因为我收集了日本人犯罪的证据，我要回内地将这些罪证登报发出来，唤醒国人的血性和抗战精神。"

"哥！"蔡雅来突然叫道，"这种机密的事情还是不要说吧。"

陈浩三听出了言下之意，冷笑道："蔡先生还是不要说了，免得蔡小姐担心我们去向日本人告状，把你卖了数钱。"

陈睦和方氏兄弟听了这话，也觉得窝火，他们一帮人冒着生命危险护送，却没有得到蔡雅来信任，实在是羞辱。就连平时很少说话的方孝全，这时也冷冷地说："既然蔡小姐不信任我们，何必找我们护送呢？要是这样，不如现在散伙算了。"

蔡雅来知道不小心伤了他们的自尊心，一时难以自圆，索性沉默起来。

薛秋蓉一直沉浸在自己的情绪中，坐在边上沉默不语，这时听到这帮人的对话，渐渐缓了过来，说："雅来放心，三哥他们是不会去找日本人告状的。日本人轰炸东莞时，把他们的父母都炸死了，他们走投无路才逃到香港的。"

蔡雨来说："原来陈先生和日本人也有不共戴天之仇。陈先生为什么不拿起枪杆子投入革命，为父母报仇雪恨呢？"

陈浩三冷冷地说："那是你们革命家做的事情，我们这种贪生怕死之徒，只想着苟且偷生。"

蔡雨来说："我看陈先生和兄弟们也不是贪生怕死之辈，混社会白刀子进红刀子出，比革命家还危险。"

陈浩三不屑地说："并不是每个人都愿意当革命家的，这就是我跟蔡先生的差距。"

蔡雨来听得出来，陈浩三情绪中大有反感之意，要处处与他为难。便说："我还是说说日本人为什么要通缉我吧。"

陈浩三反讥道："蔡先生还是不要说的好，我们也不感兴趣，何况泄露了机密也不好。"

蔡雨来也不理会，为了感化这些人，为了跟他们建立起互相信任的机制，他决定将自己身上背负的机密透露出来。毕竟一路上逃亡，他要仰仗这些混混护送，不跟他们搞好关系，不扭转他们的思想，一旦引起矛盾，将会影响整个逃亡计划。若是自己逃不出去，就算身上背负天大的秘密也没用，不如现在说出来，好让这几个混混心生敬畏，对他客气一点，说不定还能扭转他们的心性。

　　蔡氏兄妹出生在绍兴府，家里开染坊和做布匹生意，在上海、南京、杭州和扬州等地都设有分店，家境殷实。父亲是一位儒商，十分注重家庭教育，同时也是位爱国人士，经常暗中资助革命党的活动。

　　兄妹俩懂事之后，被家人相继送到上海的贵族学校读书。高中毕业，蔡雨来去了日本留学。父亲资助过一名革命家，该革命家因被国民党反动派追捕，逃亡日本。蔡雨来到了日本，受到革命家的关照，由此接受革命的精神洗礼。

　　蔡雨来就读大阪工业大学，为深入社会，更好学习日本人的文化精神，他给自己取了个日本名字"小林雨来"，并到《大阪朝日新闻》应聘见习记者。七七事变，抗日战争在中国全面爆发，蔡雨来愤然回国，在上海报社工作，宣传爱国主义精神，希望唤醒更多国人加入抗战。不久后淞沪会战爆发，蔡雨来居住在法国租界，上海沦陷后仍能自保。他回国时保留了大阪朝日报社的记者证，有一天突发奇想，于是冒充日本记者前去采访上海的日本驻军，打听到日军的一些内幕，化名登报，揭露日军在上海犯下的罪恶事件。

　　沦陷的上海租界势力混乱，到处都是日本特务，不好公开宣传抗战，蔡雨来于是辗转到香港，进入《华商报》当记者。他坚持宣传抗日救亡，写了大量抗战文章和社论。这些文章受到邹韬奋和范长江等前辈的赞赏，说他文笔犀利，论证严密，读起来不像出自年轻作家，倒像一位辛辣干练的老手。除此之外蔡雨来也写诗歌，戴望舒寄居香港，主编《星岛日报·星岛》副刊，他喜欢蔡雨来的现代诗，说蔡雨来的诗歌沉重中透着灵性，悲悯中闪烁出救赎的智慧之光，是难得一见的写实派诗人。

　　在香港站稳脚跟之后，蔡雅来便跑来投靠哥哥。因为战乱，蔡雅

来在上海的高中学业还没有完成，蔡雨来利用关系，将她安排到圣保罗女中读书。圣保罗女中是英式教学，与上海的高中教程不一样，为了适应新环境，蔡雅来只能从高一读起，和班上另外一位大龄女生薛秋蓉成了好朋友。

随着社会名气渐渐大起来，蔡雨来申请加入共产党，希望利用党员身份做更多的抗日救亡工作。但是上司范长江却没有批准他的入党申请书，并不是蔡雨来的资格不够，而是出于统战需要。当时很多爱国文化人士都想加入中国共产党，但组织上鉴于这些文化人士的社会影响力，认为他们留在党外工作比入党好。包括邹韬奋，曾经两次当面向周恩来提交入党申请书，但周恩来却说时机未到。邹韬奋名气大，社会地位也高，以党外民主人士身份在国民党地区与国民党做政治斗争，起到的作用不一样。

要保证一部分优秀人才留在党外工作，才能更加有力推动全国的统一战线，这是组织上的考虑。蔡雨来明白统战的重要性，于是听从范长江的建议，暂停入党，等待更好的时机。

谁也不曾想过，日本人会突然对香港动手，并且只用了十八天便占领了香港。为犒赏军队，酒井隆下令全军放假三天。蔡雨来目睹日兵犯下滔天罪恶，哪里坐得住，决定利用小林雨来的日本记者证，混迹到日本军队里面，用相机拍照，说是回去宣传皇军在香港的威风，实则是暗中收集日军杀人放火和强奸掳掠的罪证，到时带回内地，在报纸上登出，向全世界公布日军犯下的罪恶。

《大阪朝日新闻》是日本的城市报社，并不是特别有名，日军沉浸在胜利的奸杀掳掠之中，军纪变得松懈起来，绝不会追查一个记者的来历。加之蔡雨来操着一口流利的日本话，对大阪城市也了如指掌，大阪籍的日本军官还特意请他去喝酒。一旦与日本军官结交，蔡雨来更是坐实了日本记者的身份，可以随便出入军营。

收集到一部分罪证之后，蔡雨来准备离开香港，然而他听到军队里的机密，为减少香港的粮食和水源负担，酒井隆秘密下达一个"填海"任务，准备诓骗上万的市民出海，将他们赶到海中活活淹死。加上日军谋划在湾仔和西环开辟慰安区，公开向社会征用慰安妇，从而引发香港烂仔绑架民女的黑暗事件，许多尚未成年的少女被关在黑暗小屋里供日军玩弄。

这都是罪大恶极的事件，蔡雨来于是延长待在香港的时间，混到日军当中，跟着日军一同出海，用袖珍相机记录了日军把成千上万的香港市民赶到海中活活淹死的场面，场面触目惊心。一些不愿意出海的市民则被日军用刺刀在手臂上戳出洞来，像穿珍珠一样用绳子将他们穿在一起，赶到港口，把他们推下海去，活活折磨致死。这样一来，吓得更多市民不得不登上驶向死亡的轮船。

在跟日本军官交往期间，蔡雨来又听到了一个内部消息。日军在广州成立了华南派遣军司令部直辖波字八六〇四部队，这是一支细菌部队，本部设置在广州中山大学医学院，对外称华南防疫给水部，实则秘密研发和制造细菌病毒。细菌部队给香港军政厅发来密函，要求驻港日军遣送十万难民到广州"南石头惩戒场"当苦力，细菌部队要将这些难民当试验品，制造病毒，对内地发动细菌战役。

这绝对是一件震惊海内外的事件，如果能偷到这份军事机密文件，那就坐实了日军在中国南方实施毁灭人性的细菌战。然而这样的高级文件必然在军政厅的司令官酒井隆手上。

为获取机密文件，蔡雨来不惜以身冒险。他请防卫队的第一大队长山田润一出面，说要采访军政厅最高长官酒井隆，做一个人物专访，宣传大和民族的圣战英雄，希望山田润一能促成此事。

山田润一是土生土长的大阪人，当初听说蔡雨来是大阪朝日报社的记者，当即与其亲密往来，并请求蔡雨来务必多加宣传大阪军人的事迹，给家乡增添光彩。蔡雨来后来才知道，在日军部队，最受鄙视的就是大阪军人，经常受到其他地区的军人讥讽和排挤。

大阪是个商业城市，人们都以经商为主，习惯精打细算。商人上战场，当然比不过一般的工农子弟，因此战斗力很差。而且大阪军人冲

锋陷阵时总是夹在队伍中间，不冲在最前面，也不留在最后面，非常狡猾，更是被其他地区的军人诟病。要是遇到胆小怕事的军人，军队里便嘲笑"此人来自大阪"。

山田润一虽然贵为大佐军衔，但因家乡之故，也时常受到同僚的嘲笑。现在好不容易遇上来自家乡的记者，他当然不会放过大好机会，希望蔡雨来给他做专访，多方面报道大阪军人在战斗中的英勇表现，以此洗掉"胆小如阪"的军中笑话。

蔡雨来满口答应，经常与山田润一往来，成为好友。正是结交这样的日军高官，没人对蔡雨来的身份起疑。酒井隆也是一个喜欢出风头的人，在山田润一的促进下，欣然接受采访。毕竟宣传个人故事，能让日本国民更加了解他的辉煌战绩，将他奉为民族战斗英雄，不仅名垂千古，而且也能起到晋升作用。

采访就在酒井隆的办公室。结束之后，蔡雨来让酒井隆脱下军装，去换一套西装，要拍一张商务照片。酒井隆并不起疑，去洗手间更换西装。蔡雨来找喝咖啡的借口，将守在办公室的警卫暂时调离，随后去撬保险柜。

蔡雨来经常出入军营，看到军官的办公室几乎都有一个保险柜，一番打听，才知道日军做了长期驻军香港的打算，保险柜专门用来存放军事机密文件，文件到期之后才转移到档案库。蔡雨来记下保险柜的型号，是松下公司生产的防火防水黑铁保险柜，用的是旋转密码。

这种保险柜很常见，并不偏门，日军直接用军票到市场批量购买，统一分配。蔡雨来打听到酒井隆办公室也有同样型号的保险柜。军政厅强行征用汇丰银行大厦作为办公点，房间格局不曾改动，没有暗格之类的秘密储物柜，加之军政厅是日军驻香港最高级别的指挥中心，戒备森严，办公室走廊有二十四小时警卫，一般人哪里混得进去。蔡雨来推算，酒井隆不会多加心眼，机密文件肯定放在保险柜里。

旋转密码保险柜属于传统的机械式锁门，利用齿轮啮合实现开启。蔡雨来就读工业大学，对机械原理很了解，他到市场上买了一个同样型号的保险柜，研究了半天，却打不开。他请来开锁匠帮忙撬开，并让开锁匠教他如何开锁。经过多次演练，加上原理的推算，蔡雨来终于学会了一项新的技能。

功夫没有白练，蔡雨来很快撬开酒井隆办公室的保险柜。柜子里面有三层，存放了不少机密文件。蔡雨来随手拿一份看，是东京内阁关于撤销军政厅成立总督府的决议书，再往下寻找，是一系列要求军政厅提前谋划布局总督府的指导文件，还有汪伪政府近期派出特务精英到港协助日军搜捕文化人士的公函。蔡雨来对日军的治港政策并不感兴趣，时间紧迫，他飞快地翻阅保险柜里的文件，终于找到广州细菌部队发给军政厅的机密文件。

这时听到走廊传来脚步声，蔡雨来赶紧将保险柜门关上，一边坐回沙发一边慌忙将文件折起来，装到西装的内兜里。警卫人员正好端着咖啡进来，蔡雨来站起来假装去接咖啡，趁机整理西装和领带。

少时，酒井隆也换了西装进来，蔡雨来假意夸赞了酒井隆穿西装的风采，为其拍摄一组照片，便匆匆离开军政厅。

酒井隆是个心思缜密之人，格外注意细节，很快发现保险柜上面放着的花瓶位置不对，显然被人挪动过。他当即警觉，打开保险柜，发现里面的文件一片凌乱，他将文件拿出来依次查看，广州细菌部队的那份机密文件不翼而飞。酒井隆心知不妙，当即派人去拦截蔡雨来，并让人打电话回大阪朝日报社，确认小林雨来的真实身份。

不久后大阪朝日报社回复，小林雨来是中国留学生，曾在报社当实习记者，中文名叫蔡雨来，已经回国好些年，回国的时候并没有归还报社的记者证。酒井隆意识到事态严重，对宪兵队下达命令，全城通缉搜捕蔡雨来，活要见人死要见尸。

幸好蔡雨来早有准备，这一个多月陆续搬了三次家，前几天才从铜锣湾搬到北角里村。日军按照蔡雨来登记的铜锣湾地址，并没有抓到他。

宪兵队折腾了一整天，毫无收获。酒井隆愈加不安，第二天上午召见小野吉男和前田三郎，将此重任委派给两人，要求两人不惜一切代价抓住蔡雨来，并将军事机密文件给截回来，绝不能让细菌部队的事情泄漏出去。

蔡雨来知道自己身处险境，必须尽快逃回内地，于是去了湾仔街市的好运来杂货店。

香港沦陷之后，日军当即展开搜捕爱国文化人士的行动，八路军驻港办将《华商报》的工作人员列入第一批重点转移的名单。《华商报》地位特殊，是共产党在香港创办的报社，发表的文章和社论很有影响。尤其宣传抗日救亡，如同一把匕首一直对着日军的喉咙，无论是日军还是汪伪集团，还是国民党，都对《华商报》的记者虎视眈眈。

蔡雨来名列其中。然而兵荒马乱，文化人士为了躲避日军和汉奸的追捕，四处搬家。在短短的十几天里，邹韬奋搬了六次家，范长江搬了五次家，茅盾夫妇搬了四次家。蔡雨来名气虽然没有他们大，但也怕出事，也连续搬了三次家。幸好他跟戴望舒有比较紧密的联系，负责联络文化人的叶以群从戴望舒口中得知蔡雨来的新地址，前去寻找，并劝蔡雨来赶紧跟着大部队转移，免得落入日本人手中。

叶以群是一位文艺理论家，曾留学日本，就读东京法政大学经济系，一九三七年抗战全面爆发之后回国，到香港主持文艺通讯社，主要联络海外华侨文艺社团和报刊的文艺通讯，与各大媒体报社走得很近，对文艺人才了如指掌。叶以群与蔡雨来是好友，他曾给蔡雨来的诗集写过一系列的评论。

蔡雨来告诉叶以群，他借用小林雨来的记者证，正在收集日军的罪证，因此暂时不跟大部队转移。他还说自己有日本记者证，可以光明正大通关，叫叶以群不必担心。

香港沦陷，叶以群成为八路军驻香港办事处的文化联络人，和潘柱搭档，负责寻找滞留在香港的文化人士，事务繁忙，他没有精力单独跟进某一人。他告诉蔡雨来，若是需要共产党组织的帮助，就去湾仔街市的好运来杂货店找店主许雄，暗号是王维的诗"君自故乡来，应知故乡事"。如果蔡雨来遇到相识的文化人，也一并将这个暗号与联系地址告诉他们，这样有助于早日将散落在香港的文化人士迅速联络起来。

在好运来杂货店，蔡雨来与许雄对上暗号。许雄告诉蔡雨来，日本特务侦察到共产党暗中转移了一大批文化人士，一怒之下，对九龙和港岛进行了地毯式扫荡，并用金钱四处收买人心。由于转移戴望舒的行动出错，交通员黄德清被日军抓捕，几条交通线被迫隐蔽，组织内部正在调整站点，要等新路线出来之后才能护送他出境。

听说戴望舒落入日军魔爪，蔡雨来大吃一惊。他与戴望舒亦师亦友，关系极好，若是平时，蔡雨来一定会想办法利用小林雨来的假记者身份前去营救戴望舒。可他现在也是自身难保，心里除了惦念与担忧，别无他法。

许雄交给蔡雨来一个暗号，让他回去等消息。形势发展比蔡雨来想象的更严峻，也更复杂，让他心头惴惴不安。他以为要等好些天才会有消息，没想到第二天上午杨进喜便上门来找他。


"你们知道什么是细菌部队吗？"蔡雨来倚在一棵树上，边说边拿着水壶喝水。

太阳已经偏西，树的影子倾斜到一边去，几缕阳光照在蔡雨来的脸上，把他的脸晒得发红。山风不时吹来，与阳光交错，山上布满了沙沙声，像阳光落下来的声音，覆盖了远处大海的涛声。

陈浩三等人听完蔡雨来被日军通缉的始末，对他不由得刮目相看。虽说此人说话与行事太过正派，与他们这些混混"正邪不两立"，但他一介书生假扮日本记者，冒着生命危险进入军政厅偷走日军机密文件，这份勇气与担当并不是谁都有的。

北角四虎都是有血性的江湖汉子，对日本人也充满仇恨，蔡雨来的行动让他们心里起了敬佩之情。杀汉奸发生的不快情绪，就这么被冲淡了。

"什么是细菌部队？"陈浩三放下了平素吊儿郎当的架子，虚心请教。

"霍乱、伤寒、炭疽、鼠疫等各种传染性极强的病菌，可以杀死人的，通俗的叫法就是瘟疫。"蔡雨来说，"日本人制造出这些病毒，投放到中国内地城市，这样一来，中国就会暴发瘟疫，不用日本人进攻，大量的人口死亡，几乎没有反抗能力。"

陈浩三等人不禁骇然。他们混社会，所接触的都是黑道买卖之事，心思都放在照看场子和放高利贷上面，哪里听过这种耸人听闻事件，这可是亡国灭种之灾啊！

方孝全忍不住问道："日本人制造出瘟疫病毒了吗？"

蔡雨来叹了一口气："早就制造出来了，而且还发动了几次大规模的细菌战。在衢州、宁波、常德、上饶等地方，日本人用飞机投下大量的麦粒、粟粒、破布、纸包传单等东西，上面有传染性极强的烈性病菌，可以人传人。没过几天，这些地方就发生了瘟疫，大量的死人，甚至很多村庄都被灭绝了。"

陈浩三惊道："日本人这招太狠毒了，幸好他们没有在香港投放病毒，否则我们都会得瘟疫而死。"

蔡雨来说："日本人不会在香港搞细菌战，他们占领香港，以后还会恢复香港的经济，让香港沦为日本人赚钱的机器。日军在广州成立细菌部队，主要针对内地战场。细菌部队要抓十万难民去做人体试验，研制大量病菌。十万人啊，那是什么概念，用十万人培育出来的病毒投放到内地，至少要死几百甚至上千万人，说不定会更多。这样一来，日本人不费一枪一弹，就可以大量杀死中国人，并拖垮中国经济，摧毁中国人的抗日志气，逼迫我们投降，让我们沦为奴隶。"

陈浩三等人经历东莞沦陷，又经历香港沦陷，对日军的残忍与邪恶是有目共睹的。然而听到日本人发动细菌战，有灭绝中华民族的野心，这比杀人放火更可怕，让他们忍不住倒吸了一口冷气。

蔡雨来见几个混混脸上露出吃惊的表情，知道他们的心神受到了刺激，趁热打铁地说："你们肯定是第一次听说细菌战吧。跟你们一样，太多中国人不知道灾难即将降临。很多人以为中国地方这么大，人口这么多，日本人迟早会被赶出去的，所以他们不去抗战，宁愿当缩头乌龟，天塌下来有别人顶着。这也是日本人为什么能在中国横行霸道的原因，你不去打仗，我也不去打仗，就等着救世主降临，其实真正的救世主是自己，而不是别人。不说别的，就说香港吧，几个日兵就能抓几百个难民，赶他们下海活活淹死。不是日本人强大，而是中国人没有血性，要是中国人团结一心，一起跳出来反抗，几百个难民哪怕用身体都能把日本人压死。"

他停顿了一下，捂住胸口，感到痛心疾首。

"陈先生，你们都是有血性的汉子，父母被日本人炸死，却没有拿起武器跟日军对抗，而是从内地逃到香港苟且偷生，这是什么原因造成的？要说你们贪生怕死，我绝不相信，因为混社会也是刀尖上讨日子，危险得很。只能说明一点，你们没有受到思想启发，仍停留在人类原始的自私层面，只想着自己好好活着，不管别人的死活。你们有没有想过，假如你们不去抗战，日本人一直在中国横行霸道，就算你们娶妻生子，那也是给日本人做奴隶，永远不可能当家做主。将来你们的孩子也要受日本人压迫，想想那个画面吧，你们的儿子可能会被日本人屠杀，女儿可能被日本人抓起来当慰安妇，叫天天不应，叫地地不灵，你们难道不心痛吗？这就是当奴隶的下场啊！"

陈浩三等人脸上露出愧色，居然说不出话来。从来没有人跟他们讲过这些贴近社会真相的大道理。这也不能怪他们，毕竟身处的环境不一样，受到的熏陶也不一样。

蔡雨来见四人都听进去了，便说："时候不早了，我们上路吧。我教你们一首诗歌，不是我写的，是诗人田间在延安写的革命诗。这是一首非常直白的诗，你们可以将它当成一个信念，将来面对敌人的时候念上几遍，就不会害怕了。"说到这里，他换了幽默的说法，"就像遇到鬼一样，念几句咒语就不会害怕了。"

薛秋蓉一直默默地听着蔡雨来的讲话，内心似乎也渗入了一些力量，抵挡住原本的不安情绪。她说："快点教我们吧，我也要学，看能不能把内心的恐惧给驱除掉。"

蔡雨来挽着慕容织云的手，一边向前走一边说："我念一句，你们跟着念。雅来和织云也要跟着念，总之谁不念，谁就是孬种，不配当中国人。"

蔡雅来露出高傲的样子，看了陈浩三等人一眼，眼中透出挑衅的神色："我才不要当孬种呢！"

陈浩三知道她用的是激将法，便说："不过就是念诗嘛，有什么了不起的，又不是唐僧念紧箍咒。"

蔡雨来说："山道没人，大家可以大一点声音。来，跟着我一起念。"他咽口水润了润喉咙，大声说，"假使我们不去打仗。"

"假使我们不去打仗。"

就连平日里最怕读书的方孝全也跟着念了起来。

"敌人用刺刀杀死了我们。"

"敌人用刺刀杀死了我们。"

"还要用手指着我们骨头说。"

"还要用手指着我们骨头说。"

"看，这是奴隶！"

"看，这是奴隶！"

# 十一

铜锣湾是香港的繁华之地，但人们大多居住在市区，郊区后面的山道尚未开发出来，仍地处荒野。一条半山大道从北角区横穿过来，可以连接多个山地，零散地分布着几个寮屋村。

陈浩三拟定的逃跑路线，是从铜锣湾的半山道下来，进入大坑道，再拐入施粥街一带。铜锣湾郊区的行人渐渐多了起来，日军在山道出入口临时设了岗哨，盘查路人，显然是针对蔡雨来的。为了避开这些岗哨，陈浩三选择小路前行，带着众人在山道上兜兜转转，直到太阳快要落山，才拐入大坑道。

大坑道中段设有日军关卡，排查严厉。酒井隆下令必须拿下蔡雨来，不少军官曾与蔡雨来有过来往，尤其是推荐采访酒井隆的山田润一，自知闯下大祸，心头更是忐忑不安，怕上头怪罪，因此尽全力派出部队协助搜捕行动。

大量日兵出动，一时间搅得香港市民人心惶惶，以为日军又要实施什么新政策。人们尽可能缩在家里不出门，以免引来无妄之灾。

从大坑道拐入新村牌坊，往前走便是施粥街。陈浩三准备从这片区域穿越过去，没想到俞广潮的保安队早就在街中守株待兔，只等着他们撞上枪口。

俞广潮在港岛混迹多年，熟悉周边一带。他带着幸存的八名太保，从英皇大道直奔而来，没有阻碍，半个多小时便抵达新村一带。

太保们分布在各路口盯梢，不出所料，果然发现陈浩三一群人从山道走下来。陈浩三和蔡雨来虽然谨慎，却没有察觉危险逼近，他们穿过新村牌坊，小心翼翼往施粥街的路口走去。

清朝时期，铜锣湾后山的莲花宫善主们经常在这里施粥救济穷

人，故得此名。后来铜锣湾道发展起来，施粥街也被带动，平时里商贸繁华，早已不是穷人之地。直到日军入侵，才将此街打回原形，人们重返苦难日子。

进入街区，一群人不再说话，保持警戒。施粥街与铜锣湾道只有几百米远，铜锣湾道的日兵关卡戒备森严，能辐射到附近一带，因此日军没有在新村设卡。由于粮食和水源紧张，大量平民百姓被驱赶，施粥街如今冷冷清清的，巡逻队也很少来这边走动。

一帮人进入施粥街中段。陈浩三打算让大伙找个角落休息，他和陈睦先到前面的铜锣湾道打探情况，确认前方没有危险再通过。

就在这时，街中商铺冷不防冲出一群持枪人，堵住了去路。

"不许动，否则格杀勿论！"

"谁乱动就打死谁！"

陈浩三看到俞广潮，大吃一惊，根本不敢相信会发生这种事情。

"烂命三，就你那点花花小肠子，还想跟我玩金蝉脱壳，我可不吃你这套。"俞广潮摆出阴冷的面孔，狠狠地瞪了陈浩三一眼，随后转头看着蔡雨来，"如果我没有猜错，你就是通缉犯蔡雨来吧。别以为抹了两撇胡须我就看不出来。"

蔡雨来心中大骇，他并不认识俞广潮，对方是如何一眼就认出他的？他从声音中分辨出来，知道此人便是今天上午冲到薛记馄饨店搜查的保安队长。他心中疑惑，保安队在此埋伏，显然是有备而来，并且毫不费劲认出他来，难道当中有内鬼？

俞广潮越发得意："你们肯定是要去避风塘码头，准备今晚偷渡维多利亚港，明天就能到九龙城喝早茶。别忘了，你说好今晚请我到丽港酒楼喝入伙酒的，想让我喝西北风，门都没有。"

陈浩三惊得冷汗直冒，说不出话来。这家伙怎么什么都知道，简直就是他肚子里的蛔虫。

蔡雨来立即怀疑陈浩三是内鬼，故意串通保安队演戏，其实就是为了出卖他。否则俞广潮不可能掌握他们的逃亡路线，并且如此精确地在此地设下埋伏。他内心顿时涌出了无法原谅自己的后悔，实在不应找这些混混护送的，这些无赖哪里能信得过啊！

蔡雅来和慕容织云也怀疑是陈浩三搞的鬼，一时间惊得说不出话来。蔡雅来当即盘算，寻找时机拔枪控制陈浩三，挟持为人质，再想办法周旋。

陈浩三努力平静内心的惊慌，暗中观察俞广潮一帮人，数了一下，发现少了四名保安队员。

"俞队长，你们十三太保怎么少了四个。"他故意带上嘲讽和幸灾乐祸的味道，"蔡先生住处的手榴弹没能把你炸死，真是太可惜了。那是我特意为你准备的礼物，没想到你不肯赏脸。"

俞广潮满脸怒火："我早就怀疑是你搞的鬼，害我损失了四个兄弟，看我怎么把你碎尸万段！"

下午两点多钟，俞广潮收到当地居民举报蔡雨来的住处。报料者是北角里村的本地渔民，身上散发出一股常年被海风熏陶出来的腥臭味，并不起眼。渔民跟俞广潮啰唆一番，要求平分悬赏金，后来被保安队用野蛮粗暴的方式扫地出门，骂骂咧咧地走了。

随后，俞广潮带着保安队前去围捕蔡雨来。他是个精明的人，派人先在村里走访调查一番，确认这栋房子是蔡雨来新租的住所，才叫人去给日军报信。他当然不可能联想到这是陈浩三设下的圈套，因为蔡雨来和陈浩三本就不是一条线上的人，没有任何关联性。何况俞广潮吩咐马成逵找来几个面生的烂仔，暗中盯住陈浩三，如果陈浩三有搞动作，这些烂仔肯定会上报。

可是当马成逵找来烂仔，再派去盯梢时已经太晚，那时陈浩三和陈睦去了黑市购买枪火，这些烂仔只是目睹陈浩三回来，不久后扮成难民出逃。直到蔡雨来住处挖出杨进喜的尸体，俞广潮才意识到炸药有可能是陈浩三设下的。

陈浩三和俞广潮的对话，气得蔡雨来差点呕血。他就是担心陈浩三会乱搞事，因此没有给房门钥匙，没想到这家伙一意孤行，居然偷偷

撬门进去，设下陷阱想诱杀俞广潮，导致整个逃亡计划暴露。

"谁的忌日还不好说，别忘了，我可是洪门的人，手下还是有几个不要命的小弟，你们动我试一下。"陈浩三故意拖延时间，暗自想着脱身之计。

俞广潮打了个哈哈："别说洪门，洪水来了我也不怕。"

马成遽是个急性子："大哥，别跟这些人废话了，先拿下他们再说。"说罢转头盯着三个姑娘。虽然蔡雅来和慕容织云用头巾裹脸，又戴着草帽，但还是能看到大致容颜的，"这三个娘们真是不赖，可有我们兄弟享受的。"

慕容织云看到马成遽眼透淫光，不由得后背发寒。薛秋蓉更是经不起恫吓，鸡皮疙瘩都起来了，身子开始颤抖，像受了风寒一样，快要站不住了。

"李大脚，我爹地好歹救过你的命，你怎么跟他们一起欺负我！"

薛秋蓉看到李大脚站在一堆太保的后面。此人高大魁梧，想藏也藏不住，被薛秋蓉这么一喝，他便快快地低下头来，不敢面对。

"要不是我爹地，你早就死在牢里了，现在忘恩负义起来，良心过得去吗？"

李大脚早年逃难到香港，住在九龙，找不到事情做。正好北角区大力开发工业，需要大量的劳动力，李大脚于是偷渡到港岛，在北角区当苦工。北角区的无赖知道工地苦力大多是偷渡来的，没事就去敲诈，捞点油水。李大脚性子耿直，脾气也大，跟一个无赖发生矛盾，他仗着人高马大，失手打死了那名无赖，被关到死牢里。

薛雨阳是北角区的警察队长，当时想收编几个心腹，渗透到北角的帮派里，以此掌握更多内幕。他在死牢里面发现身材魁梧的李大脚，真是一块混江湖的好料子，再查看他的案宗，竟是闽南人，正中下怀。

香港开埠之后，每年都有大量的广东人和福建人经香港到海外当劳工，不少发家的福建人从海外回来，不想漂泊他乡，便留在了香港做生意。他们主要定居北角一带，陆续将亲戚朋友带到香港，一起打拼事业，共同致富。淞沪会战，上海沦陷，有钱人也纷纷跑到香港避难，定居北角。北角的经济在福建人和上海人的手中被盘活，工业发展迅猛，人气渐旺。帮派也开始插手进来，俞广潮是闽南人，又曾在上海滩混过，跟福建人和上海人打交道最合适不过了，三合会于是将他派到北角坐镇。

眼看俞广潮的帮派势力起来，薛雨阳当然不可能坐视不管，必须安插一些心腹渗透进去，掌握内部情况。他将李大脚弄出来，介绍给俞广潮。

俞广潮见此人是闽南老乡，又是一条彪形大汉，便留在身边。俞广潮也知道薛雨阳安插李大脚入伙的用意，他也想借机多跟薛雨阳接触，形成互利，于是将李大脚列为十三太保之一。

李大脚死里逃生，这是个重情义的汉子，每年春节都要携礼品去给薛雨阳拜年，磕头答谢救命之恩。看到李大脚夹在人群中，薛秋蓉仿佛看到了一根救命的稻草，忍不住朝他发难。

李大脚本想着找机会给薛秋蓉带口信，让她外出避风头，但事情发展太快，让他措手不及。他只得硬着头皮站出来，对俞广潮说："大哥，薛小姐这边请高抬贵手，就当是给小弟还人情。薛队长以前救过我的命，这份情义无论如何我都不能背弃，否则猪狗不如。"

不等俞广潮回答，马成逵第一个站出来反对："十一弟，我们混黑道的人，什么伤天害理的事情没做过，本来就是猪狗不如的东西，你还想当善良君子不成？"他从上海滩混到香港黑帮，做惯了恶事，倒也不掩饰自己的为人，"你就别瞎掺和了，薛大小姐这么漂亮，我第一个就想讨她做小老婆。"

边上几个太保也叫道："十一弟别忘了，刚才我们被炸死了四个兄弟，他们是我们的仇人，绝不能放过。你要是讲义气，就想想我们死去的兄弟。"

李大脚仍说："那是烂命三千的，跟薛小姐无关。我只是希望放

薛小姐一马，其余的人我们照办。"

马成逵冷冷地问："要是我们不放薛小姐呢？你拿我怎么样！"

太保们经常在一起喝酒赌钱，有一次赌钱时马成逵出老千，被李大脚逮到。原本是自家兄弟玩乐的小事，却被李大脚瞎嚷嚷地捅到外面去，闹得人尽皆知，害得马成逵跟人赌钱时，总是受到监视，怕他暗中出老千。这件事情让马成逵一直记恨李大脚，一有机会就挑他的刺，让他下不了台。

俞广潮挑选太保时，以自己的阴暗性格为准则，选的都是穷凶极恶之辈，以此保证队伍的团结性，不容易产生分歧。十三太保每个人禀性不一样，有俞广潮带着，平日里称兄道弟，看似和气，但太保与太保之间还是存在矛盾的，一旦牵扯到各自利益，必然会吵起来。

李大脚被激怒了，直接摊牌："薛小姐我保定了。二哥，你要是不答应，这事情我跟你没完！"

马成逵喝道："我偏不答应，你还想造反不成。薛小姐我吃定了，今晚就要拿她压床，谁敢阻拦我就杀谁！"

李大脚一把抓住马成逵的胸口衣领，将他提了起来，吼道："你以为我不敢造反吗！"

马成逵手中的枪一下子抵住了李大脚的额头："快放手，否则一枪打爆你的脑袋！"

俞广潮没想到居然内讧起来了。他当然不会放过薛秋蓉，还指望她当药引子，治好命根子。他倒是希望马成逵开枪，打死李大脚算了，免得他乱搅和，坏了大事可不好。李大脚是薛雨阳派来的卧底，俞广潮心里有数，一直将计就计，借用李大脚跟薛雨阳套上关系。如今薛雨阳死了，李大脚是死是活他也就不关心了。

两名太保上前劝架，让李大脚和马成逵有事好好说，不要伤了兄弟之间的和气。俞广潮不想拖延时间，准备先把陈浩三一帮人绑起来，故意把薛秋蓉晾在一边，再做其他的打算。

只听得"咣啷"一声，一枚手榴弹从陈浩三的裤腿里面掉出来。

随即陈浩三用脚一踢，手榴弹便滚向保安队，停留在李大脚和马成逯的
脚下。

陈浩三将身边的薛秋蓉猛地按倒在地；蔡雨来也早就发现了陈浩
三的举动，急忙将妹妹和慕容织云扑倒在地；陈睦和方孝全兄弟也早有
默契，一起扑倒在地。

太保们一时愣住，猛地才明白过来，正要趴倒时已然来不及。

"轰隆"的一声巨响，手榴弹炸开，弹片齐飞，马成逯和李大脚
几个近距离的保安队员被炸飞，当场昏迷过去。

陈浩三买了六枚手榴弹，在蔡雨来房中用了两枚，余下的四枚兄
弟平分。陈浩三将手榴弹插在裤腰内部，只露出上面一截，用外套掩
盖，一般人看不到。

俞广潮突然半路杀出来，陈浩三知道危险降临，趁着李大脚和马
成逯起内讧，吸引俞广潮的注意，立即伸到裤腰带里，将手榴弹引线拔
掉，随即一吸肚子，腰带变得宽松起来，用手一按，手榴弹便落入裤子
里面。难民服的裤腿宽松，手榴弹顺着裤腿落到地上，用脚一踢，手榴
弹便滚到了保安队员的身边。

逃难之初，陈浩三当着蔡雨来等人的面，演练过这个动作，为的
就是预防突发事件。这个动作非常隐蔽，手榴弹是从裤腿掉下来的，神
不知鬼不觉，保安队哪里能察觉，等回过神来时手榴弹已经炸开。

手榴弹落在保安队员中间，离陈浩三等人有几米远，他们趴下来
可以避开弹片。除了耳朵被震得嗡嗡作响之外，没有受到其他伤害。

俞广潮反应也快，在千钧一发时猛地向前扑倒，躲过了手榴弹的
杀伤力，没有受伤。爆炸之后，所有人的耳膜被震得耳鸣起来，脑袋也
晕乎乎的，一时间难以回过神来。陈浩三却已经打起精神，就地打滚，
扑到俞广潮身上，要来个擒贼先擒王。

马成逯和李大脚当场被炸飞，不知生死。另外劝架的两名保安队

员也被弹片击中，倒在了血泊里。其余的几名太保来不及卧倒，被炸得摔倒地上，脑壳发疼，像挨了一闷棍。

陈浩三抱着俞广潮在地上打滚。几个保安队员从地上爬起来，仍处于浑噩状态，仿佛尚未从梦魇中清醒过来。枪声突然响起，蔡雨来和蔡雅来伏在地上，出其不意将刚爬起来的太保们击毙。

方氏兄弟也站起来，四周警戒。陈睦见陈浩三骑在俞广潮身上，用拳头暴打俞广潮。俞广潮被打得晕头转向，正拼死反抗。

陈睦冲过去，掏出手枪对着俞广潮的脑袋。

"不要开枪！"

蔡雨来大叫一声，却已然来不及。陈睦扣下了扳机，"砰"的一声，俞广潮的脑袋被打出一个窟窿来。

"这种败类，我早就受够他的气了！"陈睦恨恨地说，看着俞广潮一副死不瞑目的样子，心中油然生出一股复仇的快感，纠结了几年的死对头，终于死在他的枪下。

"我叫你不要开枪！"蔡雨来气呼呼地跑过来，"我还要问话呢，除了他之外，还有谁知道我们逃亡的路线。尤其是日本人，是否也知道我们的行踪。这些情况必须弄清楚，否则危险还会再来。"

陈睦愣住，他只想着报仇痛快，哪里会考虑这么多事情。

陈浩三站起来，甩了甩手说："不用担心，我们逃亡的事情只有鬼夜潮知道。他在你的住所挖出杨大哥的尸体，由此推算你跟我在一起。抓通缉犯这种好事，鬼夜潮绝不会说出去的，只想着自己私吞。"随后又说，"他肯定还没有来得及跟日本人说，要是日军知道，肯定要跟过来。现在只有保安队，证明我们逃跑的事情只有他知道。"

蔡雨来仔细一想，觉得也有几分道理。他观察周围，此时的街区一个人影都没有。施粥街行人本来就少，加上发生了枪战和爆炸事件，街上的人早就躲起来，谁也不敢逗留。

"赶紧跑路吧！"

蔡雨来忧心忡忡，他本想怪罪陈浩三的，但事情已然发生，责怪也没用，当务之急先要离开。"这里的枪声肯定惊动了周边的日军岗哨，再不走就来不及了"

陈浩三说："前面是铜锣湾道，到处都是日军岗哨，我们不能冲过去，先按原路返回到山上，再找别的小路绕过这个地方。"

陈睦突然说："你们先跑，我将这些人补枪，一定要让他们全部死透，免得留下活口泄露我们的行踪。"说罢走上前，朝马成逵补了两枪，接着对准李大脚要补枪。

陈浩三见李大脚被炸得血肉模糊，躺在地上一动不动，即便不死恐怕也活不了多久。他想起刚才是李大脚闹腾起来，因此才有了逆转的机会，此人还算重情义，陈浩三不忍心补枪，于是抓着陈睦的手说："李大脚就算了。"

陈睦会意，绕过李大脚，朝另外几名炸得昏迷的保安队员补枪，将他们一一打死。

一帮人沿原路返回，准备回到郊区的山道上隐蔽，再寻找别的小路绕过这片区域。

跑出几十米远，陈浩三觉得不对劲，左右张望，发现陈睦不在他们当中。回头一看，只见陈睦正骑在俞广潮的身上搜刮东西。

俞广潮是保安队长，身上肯定有不少财物，陈睦假装补枪，却是故意留在后面，要搜刮俞广潮身上的钱财。他将俞广潮的钱包掏出来，又去摘手表和戴在脖子上的金项链，随后去捋俞广潮手指上的金戒指。

戒指戴久了，卡在关节处，很难摘下来。陈睦用力强捋，也没法取出来。他吐了些口水在俞广潮的手指上，让戒指和手指变湿润起来。

"阿睦快跑！"陈浩三见陈睦搜刮俞广潮的东西，又急又气。

蔡雨来听到喊声，转头一看，气得要吐血，没想到自己教育了半天，此人仍是冥顽不灵。他愤怒地大叫："你这浑蛋，快跑，不要贪小便宜了！"

陈睦终于把俞广潮手指上的戒指捋下来，放在嘴里咬了一口，纯

金做的大戒指，是个值钱的家当。他笑道："我来啦！"一边说一边将戒指戴在自己手上，随即站起来，准备向众人跑去。

他心里仍是有些不情愿，周边还有这么多太保的尸体，这些人鱼肉乡民，身上肯定有不少钱财，要是将他们的尸体搜刮一遍，偷渡澳门的事情根本不必发愁了。

"砰"的一声，陈睦的美梦瞬间破碎，一股无法抑制的疼痛从背后贯穿整个身子，猝不及防地袭向他。剧痛让他呼吸不过来，整个人感觉天旋地转。接着"砰砰"两声，陈睦感觉心脏裂开，疼痛瞬间消失，双眼一黑，直挺挺倒在地上。

临死前，他脑海中停留的最后影像，是阿翠那张温柔漂亮的脸蛋，还有一个模糊的小孩身影，那是他只见过两次的儿子。


李大脚虽然被炸得血肉模糊，受重伤昏迷过去，但他身子硬朗，并没有马上死去。这时从剧痛中清醒过来，他趴在地上，吃力地抬起头，看到身边的人都已死了，心头涌出来的悲痛让他感到天旋地转，甚至超过了身体带来的疼痛。他是十三太保之一，兄弟们都死了，自己也浑身都是伤，像个血人一样，恐怕也活不了多久，这样的结局他根本无法接受。

陈睦背对着李大脚，哪里能察觉得到。直到倒下来的那一刻，他也不知道究竟是谁开的枪。

"阿睦！"陈浩三大叫一声，飞快向前冲，一边跑一边朝李大脚开枪，将他打死。

面对突发事故，众人都惊呆了。只是刹那之间的事情，陈睦就没了性命，这是谁都不曾预料到的。

陈浩三扑过去，抱着陈睦的尸体。这是他的近亲堂弟，从小一起玩耍、一起练武、一起在船舶公司上班、一起逃难到香港，命运让他们形影不离、肝胆相照。尤其是父母被日本人炸死，只剩下两人相依为命，那种感情与血缘早已将他们的命运捆绑在一起，即便当初为了阿翠的事情闹翻了脸，但始终没有别的东西可以代替兄弟俩的亲情。

"阿睦！阿睦！"

他流着泪，痛苦地号叫，内心充满了悔恨，觉得是自己害死了堂弟。因为念着江湖义气，他没有让陈睦对李大脚补枪，因此埋下了祸根。早知道会有这样的变故，他肯定不会心慈手软，一定把李大脚全身上下打满窟窿的。

方氏兄弟也跑过来，跪在陈睦的尸体边上放声悲哭。没想到陈睦会死在回乡的路上，他们出发前还商量着回到东莞之后，就到东江里面游泳，比赛谁游得更快更远，痛痛快快玩水，把从香港带回来的烦恼和晦气通通洗掉。

从小到大，他们就是这么一起到江里游泳打闹的，那种兄弟情感就像母亲河一样涌入体内，化为了血液。故乡那条苍茫的大江，因为眼前的死亡指引，在幻想中涌现出来，仿佛近在眼前、触手可及，却无法再次涌入陈睦的身体。此刻，夕阳正以鲜艳的红色光芒铺满大地，代替了梦中才会出现的岁月河流，然而刺眼的阳光证实了他们不是在做梦，而是在经历一场痛苦的生死离别。

薛秋蓉也跪下来，对着陈睦的尸体失声痛哭。噩梦再一次袭击她、笼罩她，呼吸骤然变得困顿。父母双亡，未婚夫丹尼战死沙场，这些亲人的尸体下落不明，她不曾目睹他们的死去，连最后的告别仪式都没有，在悄无声息之中她便失去了一切。

直到此刻，她才真正目睹了一场与自己命运息息相关的死亡，那种异常清晰的冲击感与撕裂感，让她感觉天旋地转。在薛秋蓉心中，陈睦也算是半个亲人了。香港沦陷之后，四人住进她家里，形影不离地保护她、陪伴她。陈睦一直希望薛秋蓉当他的嫂子，私下里偷偷跟薛秋蓉说起陈浩三的一些糗事，借此逗她开心，希望两人旧情复燃。在她最难熬的岁月里，那样的陪伴是充满温情的，尽管她并没有打算与陈浩三再续前缘，但陈睦帮她勾起了陈年旧事中的美好碎片，弥补了那段时间的空白与绝望。

陈睦的身子还在流血，尸体仿佛在融化，他的身影在薛秋蓉的泪眼中变得模糊不清。她感觉自己也在失血，整个人变得虚软无力，没有任何力量支撑，快要倒下去了。突然间，她瞥见陈睦的腰带上别着一把枪，一枚手榴弹。不知为何，她内心涌出一股从未有过的冲动，要将那把枪握在手中，死死地攥着，就像握紧自己的命运，直到死去的那一刻也不曾放下手枪。她想，就让这冰冷的凶器藏在自己的命运深处，像一个永远解不开的谜团。

　　但是当她颤抖地伸出双手，一个突如其来的拥抱攫住了她。那是蔡雅来看到她面对死亡的悲痛，忍不住将她搂在怀中。

　　不远处传来日军的吆喝声。一朵乌云正好飘过，遮住了阳光，天空变得暗淡起来，施粥街古朴的建筑似乎无法承受这种沉重的代价，阳光抽离之后，街道的沧桑轮廓有了无法化解的阴影与沉默。时光由此呆滞不前，使得那些沉浸在悲痛中的人们无法回过神来。

　　巡逻的日本宪兵队听到手榴弹爆炸声和枪声，纷纷结队朝这边赶来。施粥街离铜锣湾大道很近，这一带重兵把守，一有动静，他们便封路闭关，集结兵力杀过来。

　　"我都说了不要贪小便宜，很容易酿下大祸的，你们偏不听！什么时候才能改掉当混混的坏毛病！"面对陈睦的死，蔡雨来虽然也懊恼悲痛，但是心中的气恨却比伤痛来得更加强烈。

　　"他不是贪小便宜，你懂个屁，他是为了攒钱去澳门找他的老婆孩子！"陈浩三愤怒地咆哮起来，觉得蔡雨来在侮辱陈睦，恨不得跳起来打他一个耳光，将心中的怒火与怨恨通通发泄到他的身上。

　　"快走，日军就要来了，再不走大家要死在这里！"

　　蔡雨来伸手去扯陈浩三，想把他扯起来，却被他一把甩开。蔡雨来打了个趔趄，差点就摔倒在地。

　　"你跑吧，我要把阿睦的尸体带回东莞，绝不会丢下他的！"

　　蔡雨来气得直跺脚，恨不得打陈浩三的耳光，好让他清醒过来："荒唐，你怎会这样弱智！不要感情用事了，再不走大家得陪着陈睦死。"

他抬起手，突然往前面开枪。不远处的街区，日兵的身影已经清晰晃动，正朝这边拥来。蔡雨来开枪阻击，也用枪声警醒大家，好让他们知道危险迫在眼前。

"日兵要冲来了，陈浩三，你想让你所有的兄弟都死在这里吗，你想让秋蓉被日本人凌辱吗？"

陈浩三猛地惊醒，身体涌出的一股寒气让他冷静下来。他抹掉眼泪，看到不远处日兵在晃动，像魔鬼的影子。他默默地放下陈睦的尸体，尽管他万分不舍，却也不得不面对和接受残酷的现实。

他们撤退时已经太迟，这一带日兵岗哨林立，巡逻队交替频繁，一有动静，他们立刻展开围捕行动。尤其最近日军一直在对付共产党的武工队，练出了机动部队的神速。他们循着枪声，训练有素地从铜锣湾道跑来，联合大坑道的伪军，很快就将这片街区的各大路口给包围封锁了。

陈浩三等人在巷道里面穿行，寻找突破口。可是日本宪兵已经看到了他们的身影，像猎犬一样追踪，一时也甩不掉。

日兵嘹亮刺耳的戒严口哨，吓得街上行人纷纷躲进屋子，不敢在街上行走，免得被日军当成逃犯枪杀。人们还把门窗关得紧紧的，怕犯人逃进家里来，落下窝藏罪犯的罪名。日军要的就是这个效果，一旦吹响戒严口哨，不相关的人都躲在房子里面，家家户户门窗紧闭，这样对搜捕和追踪犯人是十分有利的。

当然，就算有人家里的房门尚未来得及关闭，陈浩三和蔡雨来也不会躲进房子里，一来会给人家带来无妄之灾，二来躲到屋子里也只有死路一条。他们必须趁日军还在派兵增援的状态，逃出这片区域。若是躲进房子里，一旦日军集结更多兵力过来，将这片区域全面封锁，挨家挨户搜查，他们便成了瓮中之鳖。

日军虽然封锁了大部分路口，但新村一带民房林立，又是港岛开埠时居民最早的落脚地之一，房屋建筑没有什么规划，还是有一些巷道可以出逃。陈浩三和蔡雨来必须借着空隙之间，争分夺秒脱身。

情况很不妙，甚至是糟糕至极，除了追在身后的宪兵队，周边的日伪军也已经迅速集结而来，拥进几支小队在街区里面交错追捕和围剿。陈浩三叫苦不迭，铜锣湾道和大坑道是日军的重兵把守之地，日兵来势极快，他们好几次差点跟日伪兵撞上了。

眼见加入追捕的日伪兵越来越多，盲目逃跑，遇险的概率很大。蔡雨来突然扯住陈浩三说："陈先生，你去吸引日军的注意力，掩护我们逃走，否则大家只有死路一条。"

陈浩三也看出情况危急，一帮人跑路太扎眼，必须有人出去引开日军的追捕，否则一旦兵力合围，他们将会全军覆没。吸引日伪军的注意力，如同把自己当成诱饵置身于狼群之中，被吃掉的可能性很大。陈浩三犹豫起来，陈睦刚遇难，他还没有从失去兄弟的悲痛中走出来，现在要让他与方孝全兄弟分开，冒着生命危险去引开敌人，说不定因此丧命，他哪里愿意。

蔡雨来见陈浩三犹豫，语气变得强硬起来："陈先生，请你看在杨进喜大哥的情分上，危难时刻拿出你的担当与勇气。"

陈浩三愤怒道："不要拿大哥来压我，我正在想对策！"此刻他心头一片混乱，哪里有什么对策，反而使他陷入了极度后悔之中，他不该接这单生意，害死了陈睦，也把自己和其他兄弟置身于危难处境。

蔡雅来冷眼看着陈浩三，愤然道："陈先生贪生怕死，只知道收人钱财占人便宜，关键时刻是不会有担当的。哥，还是让我去吧，你和织云多保重。"

蔡雨来大吃一惊："雅来……"然而妹妹猛地转身，毫不犹豫地拿着枪往前冲，想拦下已然来不及。

蔡雅来知道哥哥身上背负使命，绝不能落入日本人手中，哪怕牺牲自己的性命也要保全哥哥。危急时刻，她没有多想，一腔热血便冲了出去。

方孝全血气方刚，在这危急时刻居然是一个姑娘挺身而出，让他这个大男人觉得难堪。他说："三哥，你照顾好蔡先生和秋蓉，我跟雅来小姐去吸引日兵的注意力。"

陈浩三扯住方孝全，叹气道："你和阿举留下来保护蔡先生。"他心里很清楚，引开敌人这种事情太过危险，一般人无法胜任。方孝全太耿直了，一腔热血，打架倒是把好手，可是不够机灵，一旦陷入绝境，很难有机会周旋。

"你和阿举一定要保护好蔡先生，按约定到避风塘码头，记住是李家信的船。凌晨时如果等不到我和蔡小姐上船，就不要等了，四点钟准时偷渡过九龙。"

陈浩三拍了拍方孝全的肩膀，随手将他腰带上插着的手榴弹拿了过来。这分明已是做了最坏的打算。薛秋蓉流下了眼泪，突然说："三哥，你给一把枪我，我也要去吸引日兵的注意力。"

虽然情况紧急，陈浩三还是忍不住被她逗笑了："你就算了，好好照顾好自己。阿举，你要照顾好秋蓉。"

方孝举既有悲伤又有欣喜，正要说什么，薛秋蓉却认真地说："三哥，我是说真的，我也想去战斗。我不怕死，说不定我拿了枪也跟雅来一样，会成为战士的。"

陈浩三突然朝天上放了一枪，吓得薛秋蓉猛地一阵哆嗦，后退了两步，撞到了方孝举的身上。

"女战士，好好保重吧！"陈浩三一边说一边转身就跑。


蔡雅来在前面巷口的拐角处，贴着墙边，正与宪兵队交火，阻止日兵前来追捕。为了不影响战斗，她已经把戴在头上的破草帽和头巾扯下来，丢到一边去，露出英姿飒爽的模样。

枪里的子弹打完，她正利索地更换弹夹。陈浩三跑过来将她扯开，从墙边探出头。只见一支宪兵队正朝这边推进，看到陈浩三露头，宪兵立即开枪，差点打中了他的脑袋。

"冚家铲，看我怎么弄死你们！"

他一边骂一边从腰带上掏出一枚手榴弹。他身上有两枚手榴弹，一枚是方孝全的，另一枚是从陈睦的尸体上拿的。他将手榴弹引线扯下，倒数五秒钟，猛地朝宪兵队扔出去。

一声巨响，冲在前面的两名日兵被炸死。

借着手榴弹掩护，陈浩三冲向对面一条小巷，蔡雅来也跟着跑，他们要把日兵吸引到相反的方向，这样才能让蔡雨来等人逃脱。

周围的日伪军循着声音追来，不一会儿，几支宪兵小队汇在一起，像狼群般跟在陈浩三和蔡雅来身后。两人一边跑一边开枪阻击，在大街小巷里乱窜，由于对这片区域不熟悉，情急之下像无头苍蝇，只顾着向前冲，一不小心竟然走到了一条死巷子里面。

巷子深处有一堵围墙把出口堵死了。围墙只有两米多高，平时陈浩三一个冲刺就能翻过去，可是身后跟着大量的日兵，根本来不及翻墙，他只好拉着蔡雅来躲到巷子最里面一间房子的门墙边，开枪反击。

宪兵见两人进了死巷子，当即开枪压制，并缓慢推进。日兵意图明显，要活捉两人，弄清楚他们的来头，好挖出背后更多的组织势力，从而一举歼灭。

日兵里的翻译官朝里面喊话："里面的人听着，缴械投降不杀，否则格杀勿论。"

陈浩三突然往外开枪，差点打中了翻译的脑袋，气得翻译哇哇大骂。陈浩三还要往外面开枪，却被蔡雅来一把扯住："子弹不多了，省着点用。"

陈浩三低声骂道："丢佢老母，衰到家了，出门时忘了拜关公，害我们走投无路。"

蔡雅来望着围墙，此刻夕阳正斜照在围墙的另一边，墙的阴影压下来，分外厚重。风也被挡在围墙外面，没有阳光和清风透进来，墙角的空气也变得沉重起来，令人窒息。她露出绝望的神色，心灰意冷地说："看来我们今天跑不掉了。"

陈浩三叹气道："我早就知道会是这样的下场，吸引日兵的注意力，就像飞蛾扑火，不会有好果子吃的。"

蔡雅来见他颇有抱怨之意，冷笑道："待会儿我开枪掩护，你身手好，这墙只有两米高，可以一下子翻过去，说不定能逃命。"

陈浩三看着围墙，夕阳就在墙头上面，将世界切割成两半，他们留在了有阴影的部分，墙的另一边被霞光照得通红，那些从墙头溢出来的流光无法覆盖他们的身子。

陈浩三掏出最后一枚手榴弹："这个想法不错，那就辛苦你了。我待会儿扔手榴弹，加上你开枪掩护，应该可以拖个几秒钟，足够我翻墙了。"

蔡雅来说："好。"

陈浩三问："你有什么遗言吗？"

蔡雅来沉默片刻，用凄凉的语气说："你跟我哥说，我死得其所，让他不要伤心。"又说，"我希望你能尽心尽力，把我哥送出香港。他身上背负使命，绝不能落入日本人手中。"

陈浩三说："行！"

他小心翼翼地探出头来，观察日兵。这股日伪军合起来有三四十人，日兵在前冲锋，伪军在后压阵，正缓慢地往巷子里面推进。看到他探头，立即有宪兵朝他开枪。他把头缩回来，倚靠在门墙上，直到枪声停止，他才重重地叹了一口气。

蔡雨来问："怎么了？是不是日军太多逃不掉？"

陈浩三说："让你一个姑娘家掩护我逃走，我于心不忍。虽然我是个帮派混混，但最见不得女人死在我面前。这样吧，我们赌一把，我把手榴弹扔出去，日兵肯定会吓得隐蔽起来，到时我抱住你的双腿，把你举起来，你翻过围墙。如果来得及我也顺便翻墙，说不定能一起逃掉。"

蔡雅来当然不想死，听他这么说倒是个好办法。不过他抱着她的双腿举起来，让她翻过围墙，日兵肯定会开枪，她逃走的机会很大，但

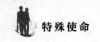

陈浩三中枪的机会也很大。

进入巷子中部，日兵开始分梯队进攻，六名宪兵首当其冲，成为先锋小队，后面的宪兵则做好开枪压制的准备。保安队也把枪举起来，做出火力压制的样子。伪军贪生怕死，投靠日本人只是助纣为虐，但绝不愿意打前锋去送死。日兵也知道这些保安队的德性，只能让他们在后面压阵。

陈浩三将手榴弹引线扯掉，默数五秒钟，随后将手榴弹丢出去。

日兵身经百战，看到手榴弹滚出来，冲锋队长大叫一声，猛地扑在手榴弹上面。一声巨响，冲锋队长被炸死，血肉模糊，却保护了边上的宪兵。

手榴弹一响，陈浩三抱起蔡雅来的双腿，准备往围墙冲去。后面戒严的日兵和伪军见状疯狂开枪，子弹如同暴雨般袭来，打得围墙和房子的碎片齐飞。

陈浩三只得放下蔡雅来，一起蜷缩在门墙边。密集的子弹逼得他们根本无法动弹，为了防止蔡雅来被流弹击伤，他用身体挡在她的面前，像盾牌一样保护她。

房里传来小孩的哭声，这样密集的枪声，住在里面的人肯定吓坏了。陈浩三心念一动，盯着两扇黑漆漆的木门，若有所思。

日兵的枪声停止，陈浩三站起来，用身体猛地撞击大门，要冲到房间里面。然而大门从里面闩死，一时撞不开。

蔡雅来知道他的意图。她想，就算躲到房子里面也逃不掉，只会害了房子的主人。日军杀人放火，肯定会乱开枪，蔡雅来不想临死前还连累无辜的平民百姓。她扯住他，让他不要撞门。

日兵也听到了陈浩三撞门的声音，又对着陈浩三和蔡雅来躲避的房墙疯狂扫射，一时间流弹和被打碎的砖块四下迸飞，如同被石头溅起的水花。

陈浩三蹲下来，挡在蔡雅来的面前。幸好房子是用红砖头砌成的，子弹打入墙中，有缓冲作用，即便有流弹反弹到身上，也没有太大的伤害力。

日兵停止了射击，但枪口仍对着门墙，只要他们一露脸或露手，就立即开枪扫射。剩下的五名冲锋宪兵将队长的尸体拖到一边去，又开始往巷子里面推进。日兵顽固而死板，接到敢死命令，不把陈浩三和蔡雅来拿下是绝不会罢休的。

"仆街啊，出门不看日子，看来我们今天要死在这里了。"陈浩三恨恨地骂，尽管用的是平日里混混骂街的声调，却无法掩盖他内心透出来的无奈与绝望。

刚才日军乱枪扫射，蔡雅来紧紧地背靠墙壁，陈浩三为了保护她，用身子挡在她的面前，不让流弹伤了她。这样的保护如同将蔡雅来拥抱在怀中。两人挨得很近，蔡雅来原本很讨厌这个人，但紧要关头见他护着自己，心头便也涌出一些感动。

"不好意思，我们连累了你。"

陈浩三露出无赖的流气："连累个屁啊！我也是自作自受，钱没有赚到，命就没了。"说罢低头看着她，"不过你陪我一起死，也算值了。你这么漂亮，虽然跟我八字不合，但同年同月同日死，说不定下辈子投胎你会是我老婆。"

蔡雅来没好气地说："都快要死了，还不正经。"

陈浩三说："是啊，都快要死了，我还正经干嘛。"说着突然把枪插在腰带上，双手捧着她的脸，猛地吻住她的双唇。

蔡雅来顿时惊呆了，过了几秒钟才回过神来，一把推开他，甩手就是一巴掌，狠狠地打了他一记耳光。

"你这臭流氓，信不信我一枪毙了你！"蔡雅来把枪顶在他的胸前，气得耳根都红了。

陈浩三坏笑道："我要的就是这个效果，待会儿开枪时不要手下留情。"一边说一边指着她的枪，"记住，枪里的子弹不要打完，留两颗给我们。要是落在日本人手中，生不如死。"

蔡雅来仍是一脸的气愤："放心吧，我知道怎么做。"又恨恨地说，"对你这种人，我绝不会心慈手软的。"

陈浩三盯着她，嘿嘿笑道："对了，你嘴巴很甜，好想再亲一下。反正就快死了，再让我吃点你的口水，好让我做个饱死鬼。"

蔡雅来气得浑身发抖："滚，要不然我现在就开枪打死你！"要不是因为身陷绝境，想到两人待会儿就要赴死，她肯定不会善罢甘休的，一定会赏陈浩三几个耳光。

"说真的，你长得很正点，就是凶了点。"陈浩三突然把枪伸出去，对着日兵开枪。

冲锋的五名日本宪兵沿着墙边潜行，离陈浩三只有十来米远，陈浩三随手开枪，原想阻止日军推进，却无意间打中了一名日兵。

其余的日军气得哇哇大叫，纷纷朝门墙开枪，打得墙壁发抖。

# 十二

　　蔡雨来等人成功避开日兵的追捕，跑到大坑道后面的山上，顺着莲花宫的小路曲折而下。

　　一路上，他们仍能听到新村那片街区传来的紧密的枪声，显然还在交战。经过莲花宫时，虽然宫门紧密，他们还是跪在门口祈祷，祈祷陈浩三和蔡雅来能平安逃出来。

　　在蔡雨来的带领下，一行人左拐右拐，小心翼翼地穿过铜锣湾道，沿着小街老巷前行。枪声打破铜锣湾的宁静，日军以为是武工队搞事，派出大量的日伪兵在周边巡查和设卡拦截，将铜锣湾一带全面戒严，要把武工队一网打尽。

　　蔡雨来之前就住在铜锣湾，对这一带十分熟悉，知道哪些地方有日军岗哨，哪些地方可以走小路通行。他专挑偏僻的街巷前行，尽量避开不安全的因素。然而日兵和保安队在周边巡查严密，好几次蔡雨来一行人差点就跟巡逻兵撞上了。即便是老街小巷，也有宪察兵打转，并不安全。

　　在这个戒严的时刻想安全穿越铜锣湾，恐怕是异想天开。蔡雨来有些后悔，应该在山上多待一会儿。他以为施粥街这么一搅和，兵力都会拢到新村那一带去，别的地方会松懈，没想到并不像自己所想，日兵居然懂得四处撒网。如今他们处于进退两难之境，围困在老街区走不出去，却又无处藏身，一旦被巡逻队发现，肯定会拦住盘查。

　　蔡雨来寻思找个地方避风头。他突然想起来，拐弯处的那条老巷，住着一位名叫金相宇的朋友，是位儒商，平日里也写一些豆腐块文章宣传抗日，是位爱国商人。由于名字的原因，人也长得文质彬彬，相熟的朋友都叫他金相公。此人喜好结交文学圈的朋友，经常请文人喝酒

吃饭，虽然文章写得一般，但为人大方，在香港文坛也算颇有名头，大家也都愿意跟他来往。

蔡雨来跟金相宇照过几次面，也一起喝过酒，说不上很熟，但也算是朋友。如今香港兵荒马乱，也不知道金相宇是否离港，这片街区眼下被巡逻队搜查得紧，别无他法，只能病急乱投医，先去敲门再说。

打定主意，他对大伙说："前面老巷住着一位朋友，我们去碰一下运气，到他家里避避风头。"说罢，带着众人走进巷子，在中间一栋宅院前轻轻敲门。

敲门时，蔡雨来感觉自己的心跳加速，笃笃的敲门声像从胸口发出来的，只是反弹到门板上而已。他担心金相宇不在家，一群人无处藏身，极有可能被巡逻队撞到。

院子里传来声音，有人走近，扳开院门的小窗口，露出一张中年发福的圆脸，额头光亮，看上去眉目慈祥。

见门外站着一群身穿难民服的陌生人，但有两名靓丽女子，看上去不像是坏人。金相宇客气地问："请问你们找谁？"

看着金相宇那张宽厚的肥脸，蔡雨来感觉就像看到弥勒佛般，一时透出欣喜，忙说："金相公忘了我吗？我是蔡雨来，只是乔装打扮了一下。"

金相宇"哦"了一声，恍然大悟说："原来是蔡先生，怪不得看着眼熟。"一边说一边把门打开，"快请进来。"

一帮人赶紧进去。金相宇伸出头左右查看，发现没人跟踪，才放心地把门关上。

这是一座大宅院，院子建有小池塘，因为缺水的原因，池塘早已干涸，淤泥开裂，如同苍老的皱纹。上面种着的睡莲也已干枯，变成了死灰色，让人无法联想到它生前的翠绿。

水塘边上搭了个亭子，后面是太湖石和假山，假山也种有花草，但花草大部分已枯萎，只有耐旱的三角梅仍在奄奄一息挣扎着。

穿过院子，进入客厅。厅中一套红木沙发和茶几，铺了软垫子，金相宇请大家围坐在沙发上，随后给他们斟茶。

"香港混乱，仆人也逃回内地乡下避乱，现在洗衣做饭和泡茶都要我自己动手。"金相宇一边斟茶一边苦笑，"今天正好找人买了一桶水，泡上一壶好茶，你们来得正是时候，尝尝这龙井如何。"

蔡雨来闻到茶香味道，感叹道："金相公好雅兴，这时还能泡茶闲饮，乱世之下有静气，可谓贤明之人。"又有些疑惑，"时局这么混乱，金相公一个人住在偌大宅子，不怕招人惦记吗？"

金相宇说："当然怕，有几拨烂仔想来打劫，但都被吓跑了。我认识两个道上混的人，在这一带很有威望，我请他们当保镖住在楼上，这些烂仔也不敢乱来。日兵来过两次，盘查一番，只是把值钱的东西抢走，倒也没有伤害人。"

蔡雨来说："你真是淡定啊！"心里又有些担忧，"你家中还住着道上混的人？"

金相宇说："是啊，就在楼上。蔡先生放心，他们都是可靠的人。"又说，"对了，蔡先生被日本人全城通缉，怎么一回事？"

蔡雨来苦笑："真是好事不出门，坏事传千里。"

金相宇幽默地说："这样才显出蔡先生名气大，不像我们这种苟活之辈，不曾招人惦记。"说罢看了众人一眼，"蔡先生拖家带口又带上行李，这是要去哪里？"

蔡雨来说："前些日子，我冒充日本记者去采访日军，偷拍了一些日本人在香港杀人放火的罪证。我打算把这些照片带回内地，配上抗日文章登报发表，以此激发更多同胞加入抗战，早日实现民族解放。"

金相宇肃然说："这是一个难能又可贵的切入点。日军杀人放火的照片，再配上抗日救亡的文章，必然能唤醒更多同胞投入抗战。蔡先生拍了不少照片吧？"

蔡雨来说："拍了不少。后来被日本人发现，全城通缉我。我现在如同丧家之犬，四处找房子躲避，没想到日兵巡逻队在这一带走动厉害，我怕暴露行踪，就跑到你这里来避风头，等天色一黑就走。如此冒昧，没有打扰到金相公吧？"

他当然不可能全盘托出，但又不能完全撒谎，于是说了冰山一角，既能隐藏自己的行踪，又能取得金相宇的信任。

金相宇说："这是哪里的话。自从香港沦陷，文化人成为日军抓捕对象，各自逃命，我已经很久没有见到老朋友了，你来了我很高兴。"沉吟了一下，"蔡先生眼下处境危急，难道没有想着离开香港吗？"

蔡雨来说："到处都是日本人的关卡，怎么离开？除非能找到共产党组织，金相公有路子吗？"他心里有些期待，金相宇交际广泛，说不定有一些社会关系，能帮他找到共产党组织。

金相宇说："据我所知，《华商报》是共产党创办的报纸，你是《华商报》的金牌记者，怎么会找不到组织？"

蔡雨来叹气："我只是报社记者，负责采访写稿，因为向往民主自由，不曾加入任何党派和组织。你也知道，共产党是极其严密的，局外人根本不知道他们的路数。"

金相宇幽幽地说："我倒是认识两个地下党的武工队员，我想他们应该可以帮你找到组织。"

蔡雨来欣喜至极："真的吗？太好了，武工队员在哪里？"

金相宇说："就住在我家楼上，他们白天睡觉，晚上去打日本人。"一边说一边站起来，"我现在上楼去把他们叫下来。"

蔡雨来激动不已，真是应了那句老话"踏破铁鞋无觅处，得来全不费工夫"，瞎打误撞之中，闯入并不是十分相熟的朋友家里避风头，居然能找到组织，看来老天真是要开眼了。

金相宇上了楼，方孝举低声问："蔡先生，这人可靠吗？"

蔡雨来说："是个文人，写过不少抗日救亡的文章，也曾公开发表过仇恨日本人的言论，有一腔爱国热血，应该靠得住。"

方孝举说："靠得住就好。有武工队的力量，我们就可以安全离开香港了。"又担忧地说，"也不知道三哥和蔡小姐现在怎么样了。"

听他这么一说，大家刚浮起来的喜悦被冲淡下去，心中又悬挂起一块大石头。

这时楼上传来动静，木梯在干燥的空气中发出咯吱响声，一听那声音，就知道有几个人正沿着楼梯走下来。

一楼拐角处，金相宇缓缓走出来，他手中居然拿着手枪。紧接着，金相宇身后跑出两条汉子，他们身穿长衫、头戴毡帽，手上端着短枪，一起对着蔡雨来等人。

"蔡先生，我劝你们不要轻举妄动，把手都举起来。"

金相宇冷冷地说，脸上那副弥勒佛般的慈祥不见了，取而代之的是一股凶神恶煞般的杀气。

蔡雨来一时愣住，把手举起来。金相宇朝方孝举和方孝全扔来一个眼神，兄弟俩没办法，只好把手举了起来。

"想不到金相公居然投靠了日本人，成了汉奸。"蔡雨来又惊又怒，他以为自己走进了一个平安塔，没想到却是落入了狼窝，"我真是看走眼了，以前金相公可是写过抗日文章的。"

金相宇冷笑道："谁说我是日本人走狗，我是堂堂中国人！"

蔡雨来突然明白了，冷笑道："原来金相公是军统的人。"

金相宇说："没错。我一直都为党国尽忠，潜伏香港，宣传抗日工作。"

蔡雨来嘲讽道："我看宣传抗日工作倒未必，你们这些军统特务潜伏香港，故意跟我们这些文人套近乎，想必是奉上头的命令来监视我们的，说不定还搞暗杀工作，做一些对我们不利的事情。国民党那套黑手把戏，我们可都是领教过的。"

金相宇冷笑："蔡先生对我党的成见很深啊！"

蔡雨来说："不是成见，是你们实在太过卑鄙。如果我没有猜错，金相公拿枪对着我，是想把我抓去卖给日本人吧？借刀杀人，清除我们这些反对国民党的知识分子，让日本人背黑锅，是你们惯用的伎俩。"

金相宇倒也不掩饰，坦率地说："我确实是奉上头的命令来香港监视你们，若是你们做出对我党不利之事，我们绝不心慈手软。蔡先生发表过不少攻击蒋委员长的言论，这笔账我们一直记着呢！"

蔡雨来冷冷地说："看来今天你要找我收账了。"

金相宇突然长叹一气，摇头道："国难当头，看到日本人在街上屠杀无辜的香港市民，我愤恨交加，却又无能为力。我也不想同胞之间自相残杀，蔡先生是爱国人士，我下不了黑手。我只想借蔡先生的东西一用，请你将偷拍日本人罪证的胶卷交出来，我就放你走。"

蔡雨来立马明白了，脸上露出鄙夷之色："金相公是想拿我的照片占为己有，好有借口回内地邀功请赏吧。"

金相宇倒也不掩饰："蔡先生是聪明人。现在香港兵荒马乱，喝水都困难，谁愿意待在这鬼地方。但是手无寸功，回去也窝囊，说不定还会受到军纪处分。蔡先生主动送上门来，给我这样的功名，我也就不客气了。"

香港沦陷的前一天，国民党政府驻香港联络处的代表军官，以及三十多位高级情报人员，还有十多名英国高级军官，乘坐英军仅余的几艘鱼雷艇，成功穿过日军的封锁线，突围出香港。其余的军统情报人员仍留在香港继续潜伏，收集抗日情报和"剿"共工作。在日军严厉的管治下，各种物资紧缺，吃饭喝水都成了问题，这些军统特务的日子也格外难熬，都想找借口回内地。然而回内地并不是件容易的事情，必须有些功劳才行。

金相宇劝道："蔡先生，你现在被日军全城通缉，落网是迟早的事情，倒不如把胶卷交给我，我帮你送到内地登报发表。虽然不署你的名字，但也不枉费你的心血。就算你不幸落入日本人手中，也算死得瞑目。"

听他这么说，蔡雨来倒是有些心动。现在才开始逃亡，就已是挫折重重，他实在没有信心逃出香港，不如把胶卷交给金相宇。可是他又不甘心，毕竟这是自己冒着生命危险拍来的照片，还有日军的军事机密，怎么能白白送给别人呢！何况是国民党，他一向不喜欢该党派的作风。

这时，突然听到外面巷子里面传来嘈杂声，夹着日本人的吆喝声。显然，巡逻队正进入这条老巷巡逻。

蔡雨来突然伸了个懒腰，神情放松起来："金相公，你忘了一件事情，你们这些军统特务也是日本人赶尽杀绝的对象。现在日兵就在门外巡逻，如果你现在敢开枪，肯定会吸引他们进来，到时大家一起落网。"

金相宇一下子愣住，蔡雨来说得没错，他们要是开枪，日本人肯定会进来搜查，蔡雨来不是省油的灯，他若是被日本人抓走，必然也会将他们拖下水的。

方孝举也是机灵人，嘿嘿一笑，转头对方孝全说："哥，我们动手吧，这时候就比谁的拳头硬了。"

方氏兄弟是在正规武馆里学功夫的，擅长近身搏斗，加之混帮派又经常打架，不论是身手还是经验，都是佼佼者。金相宇身后那两名军统特务虽然也受过训练，但跟方氏兄弟相比，显然不是对手。

兄弟俩突然动手，几下子就将两名军统特务制伏。随后方孝举一拳将金相宇打倒，缴了他的手枪。

方孝全将一名特务的长衫扒下来，撕成布条，将三人的手脚绑住。金相宇原以为来个瓮中捉鳖，没想到偷鸡不成蚀把米，居然被人家给拿下了。

蔡雨来松了一口气，和众人悠闲地将那壶龙井茶喝完，顺便吃了一些点心补充体力。半个小时后，眼见夕阳落山，天色变暗，蔡雨来让方孝举到外面打转，看看巡逻队的动静。

方孝举出去巡查一番，没发现异常，于是一帮人提上行李扬长而去。金相宇和两名军统特务像被捆草垛一样，动弹不得，只能眼睁睁地看着他们走出房子，消失在暮色之中。

腊月昼短夜长，万物在暮色中渐渐褪色，变得模糊起来，也变得沉重起来。树木、山冈、楼房，以及空旷的街道，像影子一样倒映在夜幕之中。世界变得无比深邃，连海鸥的叫声也都消失了，只有日军巡逻队偶然从街上走过，靴子发出沉重的声音加快了时间的流逝。

一群人既要避开日军岗哨，又要警戒巡逻队和宪察兵，因此行走特别缓慢。直到七点多钟，他们才借着夜色的掩护，兜兜转转进入避风塘码头。

码头的日军岗哨已经撤离，除了海浪声，码头一片死寂。海面停满了拆掉发动机的货船和渔船，大货船停在深水区，浅水区域则停着渔民的乌篷船，密密麻麻连成一大片，看起来颇为壮观。这些船只没有灯火，也没有人影，冷清清的，夜色覆盖下，码头格外荒凉，如同一个水上鬼城。

一行人沿着码头木板桥，听着潮水拍打船只的声音，小心地朝前走。木板桥两边停满了乌篷渔船，被海浪摇得此起彼伏，仿佛要挣脱夜色的束缚。他们在夜幕下睁大眼睛细心寻找，一直走到木桥的尾处，才看到一艘渔船的乌篷上面挂着黄布，颇为显眼。

走近看时，黄布上写有"李家信"三个大字。蔡雨来知道这是陈浩三预订的偷渡渔船，于是登船往船篷里钻去。

船篷上面吊着一盏昏暗的马灯，只见里面坐着两人，赫然是陈浩三和蔡雅来。

看到人来了，陈浩三假装打个哈欠说："你们怎么这么慢，我跟雅来都睡了一觉。"

蔡雅来啐道："别乱说，谁跟你睡觉！"

陈浩三哈哈一笑："你的理解能力还真不错。"

蔡雨来欣喜不已，激动地说："你们没事就好，真是担心死我了！"

方孝举和薛秋蓉等人也登上乌篷船，见到陈浩三和蔡雅来竟然在船内，恍如梦中，不敢相信自己的眼睛。尤其是薛秋蓉，这几个小时经历了惊心动魄的逃亡，那是一生中从未有过的颠沛流离。陈睦的死亡加深了她内心的阴影，又担心陈浩三和蔡雅来也会遇难，整颗心脏都塞满了惊惶与困惑。毕竟陈浩三是她唯一有感情依靠的人，而蔡雅来是她情同手足的姐妹，在痛失众多亲人的恐惧当中，她对两人的担忧之情深入骨髓。

看到陈浩三和蔡雅来毫发无损地出现在船里，薛秋蓉几乎喜悦得要尖叫起来了。幸好跟在后面的方孝举机灵，要是她这么一叫，说不定会被周边的巡逻队听见，那还得了，赶紧捂着她的嘴巴。

薛秋蓉一把推开方孝举，向前冲出去，扑向蔡雅来，和她抱在一起。她突然感觉到，自己很久没有这样的激动之情了，那一瞬间的火花迸发，或许是内心深处闪烁的某道生命之光。

船只漂浮在水面，被海风吹得摇摇晃晃，上船的人也多，这一跑动船只更是摇摆不定。薛秋蓉猛地打了个趔趄，眼见就要摔倒，蔡雅来赶紧将她一把扶住。

薛秋蓉倒是站稳了，可是身上的惯性却转移到蔡雅来的身上。蔡雅来脚下突然虚空，船只一晃，忍不住向后倒去。

陈浩三就在蔡雅来身后，见她倒下，忙一把将她抱住。蔡雅来顺势倒在他的怀中。

慕容织云低声笑道："秋蓉本想投入陈先生怀抱，没想到偷鸡不成蚀把米，反倒把雅来推到陈先生怀中。哎呀，真是冤冤相报何时了，雅来和陈先生可是天生的死对头。"

陈浩三哈哈一笑："是蔡小姐主动投怀送抱，可怨不得我啊！"

蔡雅来羞得面红耳赤，恨恨地说："快把我扶起来！"

薛秋蓉露出了难得一见的笑容："我本想和雅来拥抱的，可是雅来不给我这个机会。"

陈浩三将怀中的蔡雅来扶起来。

蔡雅来突然一把抱住薛秋蓉，撒娇道："来吧，我现在把你三哥的拥抱转交给你，免得说我占了你三哥的便宜。"

薛秋蓉啐道："胡说，我只想跟你拥抱。"说罢紧紧搂着蔡雅来，那一刻，她感到格外踏实。

方孝举突然感到一阵落寞，他讷讷地说："大家低声点，最好不要说话。万一有巡逻队过来，听到了可不妙。"

乌篷船原本是一艘机动渔船，船身很大，可以坐十来个人。发动机被拆掉之后，船主李家信便将其改装成偷渡的黑船，在船舷两边铺上固定的木板，给客人当座位。

众人坐在船舱两边，背靠篷壁休息。随后，陈浩三低声跟众人讲起他和蔡雅来死里逃生的经历。

# 十 三

　　在死巷子里，陈浩三将手枪子弹打完，做出悲壮的决定：用蔡雅来枪里剩余的几颗子弹结束两人的性命，免得落入日本人手中。

　　日伪兵把巷子口堵得死死的，两人绝不可能突围出去。蔡雅来知道大限将近，别无他法，她用枪抵着陈浩三胸口，准备扣动扳机。

　　陈浩三脑子里回想起只能藏在心底的那一幕，当时蔡雅来用枪抵着他的心脏，抬头望着他，做最后的告别。虽然她十分讨厌这个人，但平白无故要杀死他，心中仍存着不安与内疚，毕竟他是因为护送自己一家人才落的难。

　　"对不起。"她歉疚地说，眼中竟然有泪花闪现。她必须亲手打死他，然后再开枪自杀。临死之前，她还是信不过这个人，绝不能让他死在自己的后面，万一他突然改变主意向日本人投降，那将危害到哥哥的生命安全。

　　陈浩三看着她，突然说："等等。"说罢猛地捧着她的脸，又强行亲吻起来。

　　他完全是出于耍流氓的心态，并没有别的想法。反正马上就要死了，眼前的姑娘这么漂亮，临死前强吻她，在亲吻中告别人世，死了也值了。尤其是蔡雅来一路上与他多次争吵，板着高傲的脸，让他有一种欲罢不能的心理，趁这个时候强行占她的便宜，有一种莫名的报复快感，也可以抵消临死前的恐惧。

　　蔡雅来原本要开枪的，这时手却颤抖起来，竟然没有扣下扳机。她也不知道为何没有开枪，在她心中，眼前这个无赖真的是很讨厌，很可恶，居然第二次强吻她。她恨不得一枪打死他，可是却一时下不了手。他的吻带着某种神秘，让她心里慌乱起来。

当然，这并不是蔡雅来的初吻，她和诗人柳叶恋爱时，两人便经常相拥相吻，完全是一副浪漫主义做派。只是这种浪漫的爱情并没有持续多久，只有短短的半年时间，两人就分道扬镳了。主要是她觉得柳叶太过忧郁，无论是性格还是写下的诗句，都像寒风中的柳叶般，带着一股飘零与枯寂，给人一种凄凉的感觉。她希望柳叶变得阳刚一些，像个男子汉。然而这位多愁善感的诗人却说忧郁是他的灵感，是上天赐给他最好的礼物，他不可能摒弃天赋，除非生命终结。

两个月前，她终于忍受不了他那虚无的忧郁情怀，主动提出分手。那时日军还没有攻打香港，香港仍处于一派繁华的景象。对于初恋的失败，蔡雅来并没有太多的痛苦，因为世界似乎没有什么变化，生活仍在正常的轨迹中。分手之后，柳叶去了澳门，说是要远离伤心之地，去寻找梦中的桃花源。他真是命好，不久后战火就烧到了香港。

她想起柳叶亲吻她的时候，温柔得就像一只小猫咪，生怕把她的双唇给咬伤了。此刻陈浩三的强吻粗暴得却像猛虎，双手捧着她的脸蛋，双唇紧紧地贴着她，逼着她的后脑贴着墙壁，让她无法反抗。那样的刚烈气息是柳叶不曾给过她的，让她的心头怦怦直跳，感受到一种莫名的力量。

日兵渐渐逼近，很快就要抵达他们的藏身之处。她猛地推开了他，将手枪的撞针往后扳一下，是时候结束生命了，杀了他就当是对他无礼的惩罚吧！

"砰"的一声，枪声在耳边响起。

然而陈浩三却没有感到丝毫痛苦。很奇怪，枪声明明传来了，疼痛却没有传来，难道因为这样一个吻，让死亡变得美妙起来吗？

"砰砰砰"接着一连串的枪声响起。陈浩三这才回过神来，枪声不是对着他和蔡雅来开的，而是对着日伪兵。

这时发生了奇迹，突然有人从后面袭击日伪兵，而且火力非常猛烈，还用上了手榴弹。伪保安兵在后面压阵，遭受袭击，一时死伤惨重，这些贪生怕死之徒吓破了胆，四下溃散，寻找地方躲避。日兵失去后阵，也被袭击者打得措手不及，不得不朝两边隐蔽，集中火力进行反扑。

陈浩三借着大好时机，抱住蔡雅来的双腿冲出去，将她举起来，帮助她翻过围墙。随后他飞身跃起，一把翻过围墙，终于死里逃生。

袭击日军的是刘黑仔的短枪队。刘黑仔接到上级命令，一边打听蔡雨来的消息，一边寻找机会偷袭日军，转移日军的搜捕方向。这天下午，刘黑仔带着短枪队的十来名兄弟，在铜锣湾打转，准备找日军的关卡袭击。突然听到施粥街一带有枪声，知道有人跟日本人干仗。他虽然不知道是谁跟日本人开战，但只要跟日本人干起来，肯定与自己是同一条战线的，说不定是组织内部的交通员。

刘黑仔带领一帮兄弟循声而来，关键时刻突袭日伪兵，无意间帮了陈浩三和蔡雅来的大忙。

陈浩三和蔡雅来也能猜到，袭击日军的肯定是共产党武工队，这是蔡雨来一直想找的组织，现在终于出现了。陈浩三想去跟刘黑仔会合，汇报蔡雨来的事情。但这片区域的日伪兵太多，他们根本不可能冲杀过去与刘黑仔会合，说不定枉自送命，只好先趁机逃跑。

陈浩三和蔡雅来两人跑得快，反倒赶在蔡雨来一行之前，在夜幕刚落下时就抵达了码头。

到了码头，却没有见到蔡雨来等人，蔡雅来十分担心，怕哥哥他们出事了。但他们又不能跑回去找人，天黑之后全城宵禁，有巡逻队交替走动。两人若是折返，也不知道蔡雨来会走哪条小道，说不定反倒碰上巡逻队。为此，他们只能在码头的防风林处等候。

陈浩三安慰她："放心吧，我们都能死里逃生，你哥他们肯定会没事的，何况还有阿全和阿举护送。"

蔡雅来知道心急也没用，只好默默地祈祷道："但愿他们平安无事。"

陈浩三说："我敢打赌，他们肯定平安无事。"为了转移她的忧

虑，又嬉皮笑脸地说，"要是他们平安无事，就算我赢了，到时你再给我亲一个。"

蔡雅来当场翻脸，斥道："我警告你，不要得寸进尺！"随后换了一种厌恶的语气，"老实跟你说，我真是很讨厌你这张无赖嘴脸，要不是当时情况特殊，我怎会被你占便宜！"

陈浩三撇嘴说："幸好当时我亲了你，否则你肯定会开枪打死我，然后自己精神崩溃也赶紧自杀。所以你要感谢我的吻，缓了一下神，救了我们的命。"

蔡雅来倒也不否认，假如陈浩三没有强吻她，当时她的枪已经抵在了他的胸口，说不定一咬牙就送他上西天。随后她会给自己一枪，结束生命。

"你这样做，对得起秋蓉吗？"蔡雅来决定把薛秋蓉搬出来，镇住这个无赖。

陈浩三奇怪地说："秋蓉又不是我老婆，现在连女朋友都不是，我怎么对不起她。"又说，"喂，要不你嫁给我吧，我觉得你比较适合我。"

蔡雅来气得直翻白眼："你就别恶心我了。"

陈浩三反倒更来劲了："日久生情，看多了也就不恶心了。"

蔡雅来借机问："我问你，你为什么不跟秋蓉重温旧梦。她漂亮又有气质，而且你们以前也相爱过。你这种一没本事二没本钱的无赖，能娶得到这样的大小姐，那真是祖上积德了。"说到这里她语气突然加重，好像做出什么决定一样，"不行，你必须娶秋蓉，要跟她重温旧梦，这是你要尽的责任。"

陈浩三有些摸不着头脑："你这人好奇怪，怎么突然关心起我的人生大事了。我娶不娶秋蓉关你什么事，你又不是我妈，凭什么给我做主。"说到这里，突然露出他那惯有的嬉笑，"说实话，我觉得娶你才好，我挺喜欢你的。"

蔡雅来冷笑道："你就不要痴心妄想了，我已经有男朋友了。"

陈浩三嘿嘿笑道："假的吧。要是你有男朋友，在这种关键时刻，怎么不跟你在一起。"

蔡雅来说："我男朋友在延安干革命呢！我这次回内地，就是要去延安投奔他。你最好不要打我主意，免得自取其辱。"

陈浩三却倔强地说："我们道上混的人，最喜欢干的事情就是打别人的主意，不打别人的主意，我们还能有什么出路？我才不管你有没有男朋友，既然你被我亲过了，你就是我女朋友。"

蔡雅来恼羞成怒："你不要老是提这件事情，很令人恶心。请你尊重一下我的感受好吗？以后要是再提这件事情，可不要怪我翻脸不认人。"

陈浩三冷笑道："你本来就擅长翻脸不认人，什么时候给过我好脸色看。"随后乜斜眼看她，"你脾气真大，倒不像秋蓉那么温柔。"

蔡雅来冷笑："本小姐从来都不是温柔的人。秋蓉那么温柔贤惠，你应该对她好一些。她如今无依无靠，眼下也没别的出路，这辈子只能托付给你了。你们曾经相恋过，难道你就不为她的将来考虑一下？"说到这里她换了一种语气，用真诚的眼神看着他。虽然天色昏暗，但她眼中流露出来的波光却是掩盖不住的，"是不是因为你曾经发过毒誓，心里有阴影，不敢跟秋蓉重温旧梦。"

"咦，怎么你连这个都知道？看来你跟秋蓉的关系真不一般。"说到这里，他的脑子一转，随即明白了，"你肯定找秋蓉打听过我的为人，看我可不可靠。哼，你就是不信任我，怕我把你卖了。"

"你想多了，我只是为秋蓉着想。她现在处境糟糕，必须找一个可靠的人守护她一辈子。"蔡雅来语重心长地说，"虽然你有点吊儿郎当，但还是有些责任感的，我希望你能照顾秋蓉一辈子。如果你愿意，我可以去做秋蓉的思想工作，让你们早日重温旧梦。"

陈浩三耸了耸肩，一副无所谓的样子："跟你说实话吧，其实我并不害怕什么毒誓。我们道上混的人，白刀子进红刀子出，什么场面没见过，也没啥好忌讳的。我只是觉得秋蓉不适合我了。"

蔡雅来问："哪里不适合，性格吗？"

陈浩三说："因为遇上你啊，我觉得你更适合我。"

蔡雅来冷笑道："不要再拿我说事，只会让我更加讨厌你。"

陈浩三颇为不解地说："喂，我哪里惹你讨厌了，因为我是混混出身，没读过几年书？"

蔡雅来摇头说："这跟出身没有关系。我讨厌你，是因为你活得肤浅。"

陈浩三不服气地说："你倒说说，我怎么肤浅了？"

蔡雅来认真地说："就拿爱情来说吧。如果你真的喜欢一个女孩子，不能总是想着占她的便宜，想着调戏她，这样做不仅不能增加感情，反而会伤害她。你先要学会尊重她、爱护她、珍惜她，发自内心地对她好。爱是一种信仰，你明白吗？你爱这个女孩子，她就像你的灵魂和意志，能让你变得更加坚定，那是一种发自内心的感情。"

陈浩三嘿嘿地说："你是想借机教育我吗？果然是有其兄必有其妹，都是一个套路。"

蔡雅来恨恨地瞪他一眼："你难道真的是一个废物，讲道理的话一句也听不进去？"

陈浩三冷笑道："这叫什么讲道理。谈个恋爱，还搞得跟打仗干革命一样，把精神信仰都搞出来了。喜欢就喜欢，不喜欢就拉倒，哪有那么多讲究。"

蔡雅来轻蔑地说："所以我看不起你，因为你根本不知道什么是真爱。爱情是人生的一部分，就像干革命一样，必须有一种精神力量去支撑。如果没有信仰，革命就不会成功，如果没有力量，爱情不会天长地久。你要是把爱一个女孩子当成信仰，哪怕是死了，你的爱仍可以在精神中流传，就像梁山伯和祝英台，被世人永远铭记。"说到这里，她的语气变得严肃起来，"就像现在的国家，战乱频仍，但只要中国人的爱国之心不死、民族精神不灭，同胞们团结一起，就可以抵挡一切风暴，能战胜日本侵略者，这只是时间的问题。"

　　陈浩三叹气道："瞧你们这些读书人，总喜欢把事情搞复杂，这世界上能有几个人做到爱情是什么狗屁信仰的。谈恋爱不就是在一起过日子吗，精神信仰能当饭吃？你们有钱人可以搞这套，别忘了世界上大多是穷人，穷人最要紧的是想着怎么把老婆孩子喂饱。"

　　蔡雅来冷笑道："你这是狭隘的观念，精神信仰从来不区分穷人和富人，越是穷人就越应该在精神上面富有，才能改变命运。如果一个人的生活贫穷，精神也贫穷，那才是真正的可怕，无可救药！"

　　陈浩三知道自己说不过她，便耍起惯有的无赖手段："对，我是个精神贫穷的人，想多向你学习，所以我想让你做我女朋友。近朱者赤，近墨者黑，跟你在一起久了，我肯定也变得精神富有。不管怎么样，我一定会想办法追你的，才不管你有没有男朋友。对了，这也算是一种精神力量吧，为了追你我可以奋不顾身。"

　　蔡雅来看了他一眼，嘲讽道："想追我？不是不可以，你未婚，我未嫁，各有权利。不过你真的想追我，那就得按照我的规矩来做事。首先你要洗心革面，改掉现在的混混习气，不能再调戏我，那样显得你太肤浅无知了。另外你得变得有担当，发自内心对我好，甚至可以为我去死，绝不会皱眉头。"

　　陈浩三打了个哈哈："我终于搞明白了，爱你就是把你当成皇帝，你想要什么我就做什么，你要我死我就得死。"

　　蔡雅来轻蔑地说："所以你是个肤浅的人。皇帝是封建的东西，以前的人听从皇帝命令，多是因为权力所束缚。而我们做任何事情，首先要遵从自己的内心，而不是遵从一种制度。爱情就是发自内心的感情，不发自内心那叫什么爱呢？你若是发自内心地爱我，就像海边的礁石，风浪再大也动摇不了，这样的爱情我必然能感应得到。你若只是敷衍了事，想占我便宜，你觉得我会对你产生感情？做梦吧，我只会对你越来越讨厌。对，就像现在，我越来越瞧不起你，因为你冥顽不灵，说了半天还是没有一点长进。"

　　陈浩三第一次在女人面前受到如此打击，他以前在歌舞厅鬼混，哪个女人经得起他调戏，现在终于碰到了硬钉子。幸好他是个应变能力很强的人，当即自我解嘲："我本想讨你欢心的，搞了半天，反倒让你越来越讨厌我，这么说来我也算是个人才了。"

蔡雅来想笑却又笑不出来，借机说："所以你赶紧改变风向，加倍对秋蓉好，跟她重温旧梦。你和她有旧情，只要一心一意对她好，她肯定愿意跟你过一辈子的。"

陈浩三露出一丝狡黠的微笑："我总算明白了，你说了这么一大堆废话，打击我的自尊心，就是想让我娶秋蓉，一心一意对她好。秋蓉有你这样的姐妹，还真是值了。"

蔡雅来叹气道："你这人要说聪明吧，那也挺聪明的；要说傻吧，那也真是傻。我觉得你已经无可救药了。"

陈浩三得意地说："我本来就无可救药。"说罢指着远方说，"你哥哥他们来了。"

蔡雅来心头一喜，暮色中果然隐隐看到一行人走过来。借着远处日军瞭望塔探照灯发出来的夜光，她仔细看了看，果然是蔡雨来等人。

陈浩三说："走吧，我们上船等他们。"

蔡雅来说："在这里等不是挺好吗，干吗要去船上？"

陈浩三说："他们肯定担心死了，我们躲在船上，给他们一个惊喜，让他们化悲伤为喜悦。再说了，在船上见面比码头安全。码头见面大家都激动，又搂又抱的，万一惹来巡逻兵怎么办？"一边说一边扯着她走。

蔡雅来一把将他的手甩开，警告道："请改掉你的流氓性子，不要对我动手动脚。"

陈浩三板起脸冷笑："这也叫动手动脚？你不要这么大惊小怪好不好！现在香港这么乱，我们孤男寡女在这里待了这么久，我要真是想对你动手脚，随便把你弄到一条船上，你反抗得了吗？我要真是坏人，占了你的便宜，再把你沉到海里，就跟你哥说你途中遇难，他又能怎么样？"

蔡雅来顿时说不出话来了。虽然刚才她一直在打压他，想借机教育他，但她的内心深处，其实对他的信任却是越来越多。毕竟一起死里逃生，而且他当时确实已经做好了赴死的准备，这种生死考验，不是一般人有的勇气。

陈浩三的叙述过滤了强吻蔡雅来的事情，也过滤了两人讨论"爱是一种信仰"的话题，只是将脱险的过程说了出来。

蔡雨来听说两人遇上武工队，因此获救。可惜武工队是从后面袭击日军的，当时情况特殊，没有条件去跟武工队碰头，因此错失良机。对他而言，这无疑是一件十分遗憾的事情。

他们从下午三点钟开始逃港，如今才几个小时，却遇到重重阻力，陷入连环危机，还损失了陈睦这位兄弟，由此可见，往后的路还不知道有多艰难。如果有机会与武工队接洽，一切就好办了。

可是蔡雨来也知道，当时施粥街一带日伪军极多，巷道又复杂，他们并不熟悉周边的环境。说不定武工队只是打个游击战，放几枪就走了，陈浩三和蔡雅来想穿过日伪军的包围圈去跟武工队接洽，是不现实的，如今两人能安全脱险，来到码头相会已是大幸。

这时，船主李家信从码头一艘废弃的货船钻出来，走入乌篷船，问陈浩三人到齐没有。

陈浩三说到齐了，心头却涌出一股无法抑制的刺痛，人并没有到齐，因为陈睦再也来不了了，这是生命中无法弥补的遗憾。尤其想到陈睦的尸体不知道会被抛弃到何处，注定要成为异乡的孤魂野鬼，陈浩三的心中就更加难受。他在心里默默叨念着，但愿陈睦的灵魂跟他们一起上路，一起返回家乡。

日军占领香港，掠夺了大量的战略资源，香港如今已成为物资匮乏之地。为了节约能源，香港大部分区域的路灯都处于熄灭状态。码头亦不例外，路灯一片死寂，货轮的桅杆沉默地矗立在黑暗之中，影影绰

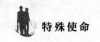

绰，正被夜色侵蚀，仿佛随时会消失。

不远处的铜锣湾日军营，瞭望塔上强烈的探照灯四处照射，冰冷的灯光将夜空推得越来越远，夜色却变得越来越沉重。

李家信已经习惯了这样的夜晚。他解开船索，拿了三支船桨，给方孝举兄弟各一支，让两人到船尾划船。他则拿着一支长桨在船头把握方向。渔船离开码头木桥，向深水区驶去。

深水区停泊了大量的货船。日军围攻香港时，将海面封锁，不让任何船只离港。香港沦陷，除了中立国的船只可以离开，其余的船只皆被扣押，船上资源遭受掠夺。随后，日军将港岛码头全部封锁并关闭，只留下避风塘码头可渡船。为方便突击检查，也为了防止市民偷渡，日军将别处码头的船只拖到避风塘码头，拆下发动机，以船只大小相等的方式排列，挨挨挤挤地形成小岛，十分壮观。

李家信将乌篷船系在一艘大货船的船梯上。这是一艘钢制大货轮，船身焊有可供船员上下的铁梯。乌篷船挨着大货轮，边上也有一艘货轮，如同一片叶子夹在石缝里面，一点也不起眼。海面这时起了些雾气，加上夜色覆盖，码头黑灯瞎火的，就算有日兵到码头巡逻也不可能发现乌篷船，除非是大规模的日军来码头搜查。

李家信让大家在渔船上休息，不要到处乱跑，这些废弃的货船上住着不少难民，也有一些烂仔躲在里面做坏事，要是乱跑惹出麻烦，他可没办法解决。凌晨四点钟，他会准时上船将他们送到对岸。交代完毕，他顺着船梯爬上大货轮，钻到船舱里睡觉。

蔡雨来有些担忧，怕李家信会向日军告密。陈浩三让蔡雨来放心，他已经打探听清楚，此人原是渔民，家有老小，香港沦陷后谋生艰难，因此才做些偷渡的勾当。陈浩三事先跟李家信亮出了自己洪门双花红棍的身份，料定他不敢告密，怕家人遭受威胁。

众人奔波逃亡好几个小时，身心都受到了巨大的损耗。幸好他们事先有所准备，行李中装有干粮和水壶，可以拿出来当晚餐。

吃罢干粮，蔡雨来决定跟这些人聊一聊，总结这几个小时的逃亡经验，尤其陈睦的死，他觉得有必要让陈浩三和方孝全兄弟汲取教训。

"今天在施粥街，我们被保安队拦截，陈先生临危不乱，展现出非凡的应变能力。并且拿出献身精神，甘愿冒险引开日军的注意力，做好战死准备，勇气可嘉。加上路上除汉奸之事，可见你们兄弟几个身手不凡，讲义气，是非常值得信赖的。"

蔡雨来先是夸奖一番，随后才切入主题："但是我希望你们一定要改掉那些不好的江湖习性，例如说贪小便宜，很容易因小失大。陈睦兄弟用性命换来的悲惨教训，你们是有目共睹的，应当有所长进，否则的话，那就太对不起阿睦了。"

陈浩三这时也不好狡辩。虽说陈睦贪小便宜是事出有因，却因此丢掉性命，确实是刻骨铭心的教训。要是往常，他可能会反驳一番，不愿意接受批评，要维护自己和兄弟们的尊严。但在码头等蔡雨来的时候，蔡雅来和他理论了一番精神与信仰，又骂他是个肤浅的人。眼下，蔡雅来坐在他的对面，他也不好冥顽不灵。

"阿睦用命换来的教训，我们会永远记得的。"他痛心疾首地说，随后看着方氏兄弟，"记住了，我们以后打死也不犯这种错误。"

蔡雨来以为他会嘴硬一番，见他居然这么虚心接受，倒是出乎意料，赶紧趁机说："我们下午三点出发，不到半天时间就发生了这么多变故，后面的路恐怕更加艰难，说不定还会发生更绝望的事情。假如我们当中有人不幸落入日本人手中，一定不要害怕，无论如何也不能成为叛徒。"

陈浩三冷笑道："我们绝不会落入日本人手中的，就像今天在死巷子里，我和蔡小姐宁死也不愿意被日兵抓住。"

蔡雨来点头说："这种舍生取义的精神，值得歌颂。陈先生，你是一个有血性也有信仰的人，只是你自己没有发现而已。"

陈浩三看了蔡雅来一眼，突然嘿嘿一笑："我是个肤浅的人，哪有什么信仰，不过就是被逼无奈罢了。"

蔡雅来不由得皱起了眉头，觉得此人真是破罐子装不住水，关键时候总是抛出这些没意思的由头。

蔡雨来并不知道陈浩三的言下之意，他用诚恳的语气说："其实每个人都有信仰，只是生活还没有把你们逼入绝境，还没有激发出你们天生的本能。打个通俗的比喻，信仰就像天上的星星，白天你们是看不到的，到了晚上，才能看到星星的光芒，天空越暗，星星的光芒就越亮。信仰就是生命中的星星，当你们身处命运黑暗的时刻，它才会出现，而且命运越黑暗，你们的信仰就越强大。就像陈先生和雅来，身陷绝境，宁愿自杀也不愿被日兵抓到，这就是命运黑暗的时刻降临了，信仰出现了。"

方孝全若有所思："原来信仰是这么回事，并没有那么深奥。"

蔡雨来说："我曾在一篇抗战文章中写过这样的话，'没有恐惧，就不会产生勇气；没有绝望，就不会产生希望'。一个人的勇敢与担当，都是在面临困难和面对恐惧的时候产生的。你们都是有血性的人，危难之时涌出的勇气，就是信仰。"说到这里他望着陈浩三，"假如现在有一个机会，共产党游击队出现在你们面前，想拉你们一起去打日本人，你们愿意吗？"

陈浩三一下子愣住。他很快明白过来，蔡雨来这么问是有原因的，有意引导他们的未来方向。但这样的引导却是陈浩三不情愿的，他不喜欢被人牵着鼻子走，因此没有回答，只是耸了耸肩。

蔡雨来知道此人是块硬骨头，不好啃，于是转头望向方氏兄弟。从这两人身上入手，要比陈浩三容易得多。

虽然船舱的马灯昏暗，但蔡雨来的眼神炽热而真切，透着一股无法掩盖的光芒，在方孝全和方孝举的脸上打转。

"我愿意！"方孝全语气铿锵。他平日话不多，却是一条铁骨铮铮的血性汉子，一旦认定的事情就不会改变，"我今天一直在念着蔡先生教我们的诗句，说得对极了，如果我们不去打仗，真的就像奴隶一样被日本人宰杀，被他们欺辱。我们的父母死在了日本人手中，我不希望我们的孩子将来也死在日本人手中。"

"很好。"蔡雨来甚是欣慰,下午讲了这样一堂课,总归还是有些效果的,至少能激起这些混混们的血性。

"我也愿意。"方孝举也一副坚定的样子,一边说一边看着薛秋蓉,想让她知道,他也是有英雄气概的,"我希望能加入游击队,去打日本人,为我的爹妈报仇,也为秋蓉的父母报仇。"

薛秋蓉脸上却有些茫然,耳朵里弥漫着船外苍凉的风声。海风把夜晚撕碎了,再一把把地掼回来,像记忆重组,揉成一片颜色更深的夜幕。为父母报仇,这句话就像从黑暗中冒出来的匕首,多少有些刺痛她。她要的其实不是别人的死亡,而是亲人的重生。

蔡雨来点头说:"看来你们都是有觉悟的人。放心吧,只要我们顺利逃出香港,我会介绍你们加入共产党游击队的。"

陈浩三却泼冷水:"我们都是混帮派的小弟,整天不务正业,怎么能当共产党员,听说共产党组织管得很严,不会要我们的。"

蔡雨来认真道:"我敢打包票,他们一定会要你的,杨进喜大哥不也是混帮派的吗?只要你们有心抗战,为解放中国做出自己的贡献,无论从事什么工作都不要紧。"

陈浩三仍说:"我听道上的人说,共产党组织的条条框框很多,纪律严明,像我这种吊儿郎当的人未必适应得了。"

蔡雨来笑道:"你想多了,共产党组织是很灵活的,人尽其才、物尽其用,什么样的人做什么样的事情,都有详细的分工。陈先生这么机灵,功夫又好,很适合执行特殊任务。只要你坚持信念,不触犯共产党员的底线,一切都是可以的。"

蔡雅来插话进来,盯着陈浩三说:"陈先生,以你的身手和胆识,如果加入共产党组织,接受思想教育,说不定能脱胎换骨,成为国家的栋梁之材。"

陈浩三嘿嘿一笑:"如果真是这样,你会不会喜欢我?"

这句话一下子破坏了整个氛围,大家都惊愕地看着陈浩三,觉得他突然调侃蔡雅来,实在是有些不合时宜。

蔡雅来气得差点跳了起来，恨不得骂他个狗血淋头。然而她突然想到，就算跳起来也没用，这家伙就像马蜂窝，越捅越麻烦，万一他突然发神经，捅出强吻她的事情，那可就太难堪了。

　　她只好露出一副轻蔑的样子："收起你那些花花肠子，好好对待秋蓉。秋蓉这辈子就靠你照顾了，你要肩负起男人的责任，把心思花在她的身上。"

　　方孝举忍不住道："蔡小姐，你为什么一直把秋蓉推到三哥身上，我难道就不行吗？"

　　蔡雅来盯着方孝举，认真地说："阿举，如果你真的想为秋蓉好，就不要瞎掺和，让秋蓉跟你的三哥在一起。"

　　奔波了一下午，薛秋蓉已经累坏了，一直靠在船篷上休息，默不作声。夜风将雾气灌进来，冷冷的，带着海水的咸味，让她觉得时间正在沦陷，陷入永无止境的深渊。听了蔡雅来的话，她才仿佛从深渊中爬出来，茫然地面对现实世界。

　　"雅来，你们离开香港会去哪里？"她突然问。

　　蔡雅来说："我们会去桂林，再从桂林去延安。我想去延安接受革命洗礼。"

　　薛秋蓉和蔡雅来并排坐在一起，她挽着蔡雅来的手说："雅来，我跟你们一起去延安吧。"

　　蔡雅来心念一动："你说的可是真的？"

　　薛秋蓉认真地说："当然是真的。"

　　蔡雅来突然笑起来："那我就放心了，要是你愿意跟我去延安，那我根本不必操心你的人生大事。"

　　她这么说是有道理的，延安是革命圣地，更是无数知识分子的精神家园，他们不惧千辛万苦，奔赴黄土高原，接受革命的洗礼，以此成为国家栋梁。要是薛秋蓉愿意跟她去延安，在那样浓烈的革命氛围中，以她一个知识女青年的觉悟，一定能走出战争阴影，成为一名坚强的战士。延安有志青年众多，还有许多抗日军人和民族英雄，何愁薛秋蓉的终身大事呢！根本不必让她去依靠陈浩三这样的混混。

　　"去延安千里迢迢，一路风吹日晒很辛苦的，你要做好心理准备。"

　　蔡雅来并不盲目乐观，她深知其中的困难。从香港逃到广东，再从广东前往西北地区，要穿过大片的敌占区和国统区。国统区未必安全，国民党在陕西、甘肃、宁夏边区的周围驻屯了二十多万大军，修筑了多道封锁线，专门拦截去延安的人。尤其是反对国民党的知识分子或军人，被抓之后直接扣留或暗杀。在苍茫的大西北，杀了人随便找个地方埋了根本没人知道。

　　薛秋蓉凄凉一笑："再苦，有命运苦吗？如果用一路上的艰辛，洗掉命运的凄苦，忘掉人生的烦恼，那也是值得的。书上写的苦行僧，不就是这么一边走一边领悟生命的吗？"

　　方孝举急忙表态："要是秋蓉去延安，我也要跟着去。"

　　蔡雨来倒是来劲了："可以啊，要不大家一起去延安吧，到了那里我们就成为战友了。"

　　延安对江湖混混而言，带着难以言说的神秘与神圣。方孝全有些犹豫："我大字不识几个，去延安可以吗？"

　　蔡雨来哈哈一笑："当然可以。你身手这么好，可以当首长的警卫，说不定上战场打仗，还能当个军官。"

　　陈浩三却泼了一瓢冷水："等逃出香港再说吧。一个个脑子发热，光说没用的东西，好像延安就是你们家的菜园子，想去就去。"脸上露出他惯有的玩世不恭的表情，伸了个懒腰打哈欠，"废话少说，功夫多练，大家还是早点休息，凌晨四点钟就要偷渡了，把体力养好，明天还要走一天的路呢！"

　　蔡雅来真想骂他一顿，好不容易才挑起这么好的革命氛围，大家都起了兴致，却被他一瓢冷水浇灭，真是一个无趣之人。然而想到跟这种无赖拌嘴，太掉档次，反倒影响自己的情绪。她撇了撇嘴，也就懒得说了。

大家确实累了，一路上的奔波逃命，加上提心吊胆，个个身心疲惫，也想早点休息。

　　乌篷船没有躺下的地方，只能坐在木板上，背靠船篷打盹。这样的睡觉姿势并不舒服，但没有办法，废弃的货轮居住了难民，也藏有烂仔，要是他们跑到货轮里打地铺睡觉，恐怕会引来不必要的麻烦。毕竟蔡雨来是通缉犯，加上当中有三位丽人，很容易引起别人的注意。为了安全起见，他们只好窝在渔船里面休息。

　　海港有风，不停地摇晃船只，人依靠在船上闭目养神，像坐在摇篮中，慢慢地陷入了睡眠。

# 十四

　　九点半钟，小野吉男和前田三郎率领特务小队，抵达了铜锣湾宪兵队派遣部。宪兵中尉中谷永仁按照要求，集合了两百名日本宪兵和一百名保安兵。

　　小野吉男亲自训话。整训完毕，日伪军分别乘坐几辆军用卡车，浩浩荡荡地开进避风塘码头。码头有一大片用来装卸货物的空地，宪兵和保安队从车厢跳下来，罗列成队。他们连夜到码头搞突击搜查，目的是搜捕通缉犯蔡雨来，谁先发现并抓到蔡雨来，当即奖励十万军票。

　　宪兵和保安兵沸腾起来。小野吉男如此大张旗鼓带兵杀到码头，可见是掌握了确切情报，如此说来，蔡雨来一定是窝藏在码头的轮船里面。

　　日军装备齐全，军车配备了发电器，装有明晃晃的探照灯。几盏探照灯不断地在码头扫来扫去，将夜色切成一片一片的。一名汉奸对着军车上的扩音话筒喊话，声音大得十里地都能听到："船上的人注意了，我们是皇军宪兵队，前来码头搜捕通缉犯蔡雨来。藏在船里的人，不管你是什么来头、什么身份，给你们十分钟时间，赶紧滚出来，到码头上集合，接受检查。不出来者，一会儿我们上船搜查，一律格杀勿论！"

　　汉奸将这段话重复了十来遍。扩音喇叭发出来的声响，在寂静的黑夜中格外刺耳，即便是藏在船舱底下的人都能听得清楚，甚至能惊醒沉睡在海底的冤魂。

　　蔡雨来等人刚入睡，还没有入梦，就被刺耳的喇叭声遽然惊醒，顿时陷入现实的噩梦之中。仿佛他们面对的不是日兵，而是海啸般的灾难，喇叭声就像滚滚巨浪，滔天而来，要将众人吞噬。

陈浩三这才意识到，他把日本人想得也太简单了，以为日军夜里不会到码头搞突击搜查，毕竟避风塘码头太大了，而且这么多的船只连成一大片，若要搞突击检查，必然要兴师动众。陈浩三在黑市打听偷渡情况，香港沦陷一个多月，日兵虽然不时来码头巡逻，但从未在夜里突击检查码头船只。因此他便以为，只要夜里进入码头藏匿，就不用担心被日兵发现。可没想到日本人为了搜捕蔡雨来，居然出动了大部队。

几艘巡逻艇飞快地开到码头周边，配合宪兵封锁海面。巡逻艇上面的海警用探照灯朝船与船之间的缝隙中照去，查看有没有人跳海或坐渔船逃跑。幸好乌篷船夹在两艘大货轮的屁股之间，比较隐蔽，加上有薄雾笼罩，巡逻艇从边上擦过，并没有发现。

船主李家信惊醒了，惊慌失措地从货轮的船舱里钻出来，准备顺着船梯到渔船，带偷渡的客人一起去码头接受日本人的检查。日兵杀人不眨眼，待会儿上船搜查，可不是件好事。

陈浩三和蔡雨来、方氏兄弟正沿着船梯爬上大货轮。李家信忙说："陈老板，我们赶紧上岸接受检查，这些日本人是来找通缉犯的，不会为难我们这些偷渡难民。"

陈浩三脸色沉凝："我们观察一下情况再说。"一边说一边示意方孝全看好李家信，随后他和蔡雨来顺着甲板梯子，爬上货船的船屋上面，站在高处望向码头岸边。

李家信也爬上船顶，看到码头上晃动的人影，惊慌地说："这么多日兵来搜查码头，真是奇怪，以前从来没有过的事情。"

陈浩三忧心忡忡，转头看着蔡雨来。他怕引起李家信的怀疑，没有用称呼，直接说："你和阿全到船里待着，把船舱里的马灯吹灭，不要发出一点声音。"随后转头看着李家信，"船主，你也一起到乌篷船上待着。"

李家信忙说："我才不去呢，我要去码头接受检查。你没听到吗，十分钟之内不到码头集合，日本人就要杀人的。"

陈浩三突然掏出枪来，露出一副凶狠的样子："你不去，我现在就杀了你。阿全，照看好他，不要让他生事。"

方孝全掏枪出来抵住李家信，低声说："跟我下船，否则把你丢到海里喂鱼。"

李家信吓得腿都软了，哪里敢违拗。

陈浩三对蔡雨来说："我跟阿举去前面看看情况。没有接到我的消息，你们绝不能出来，一直窝在船里。"

蔡雨来心头焦急，想询问陈浩三有什么对策，但从陈浩三的脸色中看出来，此刻的他也是一筹莫展。别无他法，只能走一步算一步，蔡雨来和方孝全押着李家信，顺着船梯爬下去，回到乌篷船里，将马灯熄灭。

陈浩三和方孝举从一艘货船跳到另一艘货轮，往码头潜去。货船按照大小方式排列起来，连成浮岛，一直通向码头。船里果然藏匿了不少难民和烂仔，还有专门搞偷渡的渔民，他们不敢违拗日军的命令，惊慌失措地从货船的船舱里钻出来，前往码头集合。

日兵将难民和烂仔检查一遍，并未发现要找的通缉犯。几名宪兵沿着码头木桥，对着绑在桥边的渔船乱枪扫射，以此震慑藏匿者。他们担心船里藏有武工队，万一暗中放冷枪，那可就遭殃了。

枪声在黑夜中格外惊心动魄，汉奸不失时宜地用扩音喇叭警告："藏在船上的人听着，再给你们最后的机会，现在出来接受检查还能活命，再不出来我们就上船搜捕，格杀勿论！"

警告声重复三遍，没有看到船上有人下来。中谷永仁随即命令宪兵和保安兵对船只进行地毯式搜查，他再三强调，必须搜查到每只船的每个角落，绝不能放过一人，包括船只周边的海面也要查看，以免犯人跳海躲藏。

宪兵和保安兵以混合编队的方式，登上货船形成的小岛，开始分头行动。日兵狡猾，怕船里埋伏有武工队，对他们放冷枪或扔手榴弹，随时都有可能丢掉性命，宪兵让保安队打头阵到船舱下面检查，没有问

题，他们才跟着下去。

军车的探照灯一直在晃动，但码头毕竟这么大，货船停在海面上连成一片，探照灯根本不可能全部照亮。大多船只都淹没在黑暗之中，当探照灯扫过，黑暗才会切开一道口子，看到船只的轮廓。

日伪兵拿着电筒，一艘接一艘检查，没有放过任何一个角落。由于兵力多，他们很快就将这片货船搜查了大半，并没有发现可疑的人员。

半个小时后，一支混编队搜查到蔡雨来所在的大货船处。保安队钻到船舱下面进行全面检查，宪兵则在船面上四处走动，用电筒探照货船周边的海面，看有没有人藏在海里。

几名宪兵发现了系在船梯上的乌篷船，用电筒照下去，只见一名宪兵正蹲在船头，裤子已经脱下来，能照见白色的屁股。显然，这名日本宪兵正在厕屎。

蹲在船头的宪兵被几束强光照得睁不开眼，下意识把头转过去，避开了电筒光，用日语大声地说："不要照我啦，照得我都拉不出屎来！"

货轮上面几名宪兵听到他的日语讲得纯正，并不起疑，都一起笑起来。乌篷船的宪兵又说："我已经检查过了，这艘渔船什么都没有，你们上面有没有动静？"

货轮上的宪兵说："没有。"

乌篷船的宪兵说："赶紧去别的船上搜查，早点完成任务回去睡大觉。不要再照我了，拉屎有什么好看的。"

这时钻到船舱里面搜查的保安队钻出来，说船舱里只有一些稻草和破被子、床单，应该是难民搭的窝，里面没有人。宪兵们也不以为意，带着几名保安队员一起离开了这艘货船，往边上另外一艘货船走去。

蹲在乌篷船头的人是蔡雨来，他穿上宪兵的军服，假装在船头厕屎，骗过了货船上面的日兵。这次行动有两百名日兵，有不少是从别的宪兵部借调过来的，宪兵与宪兵之间并不相熟。加之上船搜索，队形有些散乱，宪兵看到有同伴在乌篷船头屙屎，并不觉得奇怪。常年打仗，四处奔波，饮食不规律和水土不服，让不少士兵都患上了肠胃病，打仗时屎尿上来，在战壕里解决也是常有的事情。蔡雨来操着一口流利的日语，黑夜之中视线不佳，很容易蒙混过关。

蔡雨来身上这套宪兵服，是陈浩三和方孝举抢来的。陈浩三知道日伪兵要进行地毯式搜查，而海面又有巡逻艇封锁，绝不可能逃得出去，唯一的办法就是蒙混过关。他和方孝举商量，决定想办法干掉一个日兵，剥下军服给蔡雨来穿，让他扮成宪兵。至于能不能骗过日本人，他心中也没有底，但这是唯一可以脱身的办法。

日伪军分成多个混编小队，浩浩荡荡上船搜索。这片船岛有很多是船运公司的海航船，船身巨大，又没有灯光，夜色下薄雾笼罩，视线不佳，搜查起来并不容易。陈浩三和方孝举身手敏捷，潜伏在货船上，跟着日伪军搜捕的进度亦步亦趋，寻找落单的日本宪兵。后来，他们看到一名宪兵跑到角落撒尿，正好被船屋挡住，比较隐蔽。陈浩三看准机会，悄然潜去，一拳将宪兵打昏迷，随后拧断他的脖子。

陈浩三和方孝举轮流交替，将宪兵的尸体扛到乌篷船，剥掉军服，让蔡雨来赶紧换上。蔡雨来当即上演障眼法，假装到乌篷船的船头屙屎，有惊无险地骗过了日兵。

日兵用地毯式搜索，把码头大大小小的船只都仔细搜查一遍，并未发现异常情况。他们陆续从船里撤回来，在码头上集合。

听完各混编小队的汇报，小野吉男不由得皱起了眉头，难道自己的情报分析有误？思索片刻，他问中谷永仁："今天铜锣湾有没有发生特别事件？"

宪兵队负责占领地的治安管理，还有搜捕、肃清、镇压各种抗日爱国分子，地头上有什么风吹草动，宪兵队长自然是一清二楚的。中谷永仁略作思索，便说："下午四点半钟左右，施粥街一带发生枪战，北角区的保安队长俞广潮和他的八名手下全被击毙。周围的岗哨听到枪

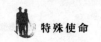

声，当即封锁该区域和追踪凶手，并将两名凶手逼到一条死巷子里面。后来共产党的武工队突然从后面袭击，让他们跑掉了。"

小野吉男立即从中捕捉到敏感信息。北角区的保安队长俞广潮，被他派去瀑布湾搜捕蔡雨来，怎么会死在铜锣湾？而且死了这么多保安队员，绝不是一般人所为。

"俞广潮手下都死了？"小野吉男若有所思。"除了保安队，现场还死了什么人？"

中谷永仁说："死了一个叫陈睦的江湖混混，我们派人查了他的底细，是洪门的人，在北角混社会。据调查，此人不是武工队员，他和俞广潮火并，恐怕是帮派斗争的问题。"

"陈睦？"小野吉男有些意外，今天查看杨进喜的详细资料，北角四虎也被牵扯出来，其中就有陈睦。

中谷永仁接着说："根据我们掌握的资料，陈睦的帮凶应该还有陈浩三、方孝全和方孝举，号称北角四虎。他们的大哥叫杨进喜，是洪门致公堂的北角香主。我们已经收集到这些人的资料，准备明天全城通缉。"

日军在香港全面搜捕抗日分子，只要跟日本人作对便被定性为危险分子。杀保安队，挑战皇军权威，理所当然列入重大案子里面。中谷永仁傍晚查看案卷，知道陈睦的底细，并顺藤摸瓜把陈浩三和杨进喜等人的资料盘查出来。

"看来，蔡雨来跟北角四虎在一起！"小野吉男立即做出准确的判断。

"蔡雨来是重点通缉犯，怎会跟江湖混混在一起？"中谷永仁有些诧异，他觉得小野吉男是不是因为今晚没有抓到蔡雨来，想找个台阶下。

小野吉男并没有接话，而是转头看着前田三郎。前田三郎也意识到两者的关联性，肃容道："只要找到陈浩三，就能抓到蔡雨来。"

小野吉男说："马上回宪兵部，我要查看今天发生的枪战案卷，找出他们的逃跑线索。"

中谷永仁见两人神情严肃，不再多问，立即派出一支五十人的保安队守在码头戒严，一直守到天亮，若是发现有偷渡者来码头一律抓捕。随后，他命宪兵队将难民、烂仔和偷渡的渔民押上军车，带回宪兵部连夜审问，看他们是什么来历。

由于时间紧急，中谷永仁没有时间整训军队和清点人数，毕竟这次码头大搜查没有发生任何风波，而且部分宪兵正押着难民和烂仔上车，现场有些混乱，加之小野吉男急着要回宪兵部查看施粥街发生的案卷，因此点兵的环节就此略过。

宪兵队离开了，巡逻艇也离开码头到海面巡逻，码头的路灯再次熄灭，恢复了原本的黑暗与寂静。

保安队被安排夜守码头，这是一件苦差事，没有日本人盯着，他们不可能卖命工作。队长吩咐一支十人小队在码头戒严，若是发现有偷渡的人就抓起来，看能不能碰到好运气。其余的保安队员则到货船里面各自找地方睡觉，或是赌钱消遣。

李家信的乌篷船系在深水区的货轮上，离码头比较远，保安队员只在近处船上休息，不会跑到外边的船只来。陈浩三眼见安全，便叫李家信把马灯重新点亮。

船舱里面放着一具尸体，那是陈浩三打死的日本宪兵。马灯昏暗，尸体放在船舱里模糊不清，像一个影子。陈浩三和蔡雨来商量，将这具尸体绑上一些重物，沉到海里，让他成为海底冤魂。

一道强光突然亮起，打在尸体上。日兵被杀死时，手中的电筒也被缴获，一起带到了船上。薛秋蓉觉得船舱压抑，便把电筒拧亮，照着日兵的尸体。

强光下，终于看清了尸体的面目。出乎意料，这名日兵非常年轻，看起来才二十岁出头，身材瘦削、面相清秀。他的军服被扒掉，穿着一条灰色薄棉秋裤，上身是一件圆领浅蓝色毛衣，毛衣胸口用墨绿色

的棉线绣了一株竹子。毛衣想必是他的母亲织的，非常合身，针线钩穿紧密，纹路均匀，一眼就能看出织毛衣的女人心灵手巧。

蔡雨来接过薛秋蓉手中的电筒，照着毛衣上的竹子图案，竹子下面用红线织了"松田真修"四个字，应该是这名日兵的姓名。母亲怕毛衣被别人混穿，特意绣上儿子的名字保佑平安。日本文化深受中国影响，"竹报平安"也是日本人的愿景，甚至有些母亲特意在阳光下编织毛衣，要把阳光连同心愿一起织入衣服中，从而照亮儿子远赴他乡的前程。但在残酷的战争中，儿子的侵略行为注定逃不掉魂断异乡的命运。

扒掉军服后，这名宪兵看起来不像军人，而像一个正在沉睡的少年。薛秋蓉对日兵恨之入骨，觉得他们是魔鬼，碧眼獠牙、面目可憎，能把一切都摧毁了。她一直没有正面接触过日兵，这是第一次，可是眼前的日兵怎么看都不像想象中的恶魔。

蔡雨来把电筒关掉，交给方孝全保管："电筒太亮，不要轻易打开，以免引来注意。"他把身上的宪兵服脱下来，重新穿回难民服。

陈浩三准备将宪兵服折叠起来，装到行李中，说不定路上还能派上用场。但蔡雨来怕带着宪兵服，万一路上遇到突发情况，被巡逻队例行检查行李，反倒误事。到了九龙，走的全是陆路，应该不会发生这种围困情况。

陈浩三和方孝全将日兵的尸体抬到船头，用布绳穿了几个压舱石，绑在日兵的手脚与腰间。

薛秋蓉也到船头，怔怔地看着两人折腾那名死去的日兵。

渔民都比较迷信，吃鱼的时候不能翻动鱼身，怕带来翻船的厄运。李家信要求把尸体抛到远处，离停船的地方远一点，免得冤魂找上船来，给他带来霉运。他把船绳解开，和方孝举划桨，将乌篷船从两艘货轮的缝隙里划出来，行驶到海面宽阔的地方。

陈浩三和方孝全将日兵的尸体抬起来，从船头扔下去。落水时发出"扑通"一声，仿佛是亡魂在夜晚中发出的最后一声叹息，声音短暂，在空旷的海面没有任何回响，转眼就被浪花淹没。

天上残月暗淡，夜色下垂的重力将海面侵蚀得模糊不清，看起来就像巨大的深渊。日兵的尸体在海面切开一个很小的缺口，迅速沉下去，转眼便消失不见。海浪涌来，无情地抹掉刚刚发生的一切，木船在风中麻木地起伏，一个人就这么悄无声息地去了另外一个陌生的世界。

死亡对谁都一样，不管是中国人还是侵略者，在冰冷的战争面前，生命就是一场悲剧。薛秋蓉盯着大海，久久沉默，感悟着生与死之间的距离。海浪一波又一波涌来，试图掩盖那个生命的缺口，试图掩盖一切真相。浪花拍打着木船，仿佛要在木船上打开另外一个缺口。她坐在船头，双手抱膝，望着一望无际的海面，夜幕下如同世界的尽头。

陈浩三也跟着坐下来，问她怎么了。她没有说话，只是一直盯着海面看。从小生活在港岛，她对避风塘这片海域是很熟悉的，现在看起来，却陌生得像从未到过一样。

木船重新驶回两艘货轮的夹缝中间，绑在了船梯上。

一番折腾后，码头又变得安全和安静起来。


一群人靠着船篷，在海风的摇晃中，浑浑噩噩地睡到凌晨四点。李家信将三支船桨拿出来，给方氏兄弟各一支，让两人到船尾划船，他仍拿着一支长桨在船头把握方向。其他人可以继续在船篷里面睡觉。陈浩三和蔡雨来哪里睡得着，跟着李家信站在船头，四处警戒。

凌晨的海风渐渐变小，雾气却渐渐变浓，笼罩在海面，能见度比较低。偷渡不能打电筒，只能在黑暗中偷摸进行，一旦发出亮光，很容易会被岸上瞭望塔的日兵发现，搞不好甚至会引来日军的巡逻艇。虽然海面上的巡逻艇大部分已回去交班，但仍有几艘分布在海面戒严，等天亮了才回去交班。

日本人做事严谨，甚至古板，海面的巡逻时间与线路都是固定的，并不是盲目巡逻，因此必须有一个对这片海湾十分熟悉的渔民，哪怕在黑夜中，也不会迷失方向，而且能巧妙地绕开日军巡逻的时间。李家信在这方面显然是老手，他坐在船头，拿着长桨不时地调整船头方向，穿过那些让人看不懂的迷雾。

方氏兄弟出生于东莞石龙，岭南的水乡之地，他们从小就学会了划船。兄弟俩在船尾各坐一边，挥动木桨。木船因长年泡在水中，船板湿透，浮力下降，加上坐的人多，吃水深阻力大，船划得并不快。为了不引起巡逻艇的注意，兄弟俩不敢把木桨划得太猛，怕弄出水花声音。

虽是暖冬，但昼夜温差大，轻柔的海风吹到脸上，也有了寒意。雾气在寒冷中凝聚，四处弥漫，加上夜色沉重，谁也看不清海湾到底有多宽，也不知道要多久才能抵达彼岸。这是一段未知的生死旅程，充满了凶险与变数，如果李家信在迷雾中失去方向，天亮的时候船只还没有靠岸，日军大量的巡逻艇出来，那就完蛋了。而且雾气增加了危险，船上的人根本看不清对岸的情况，即便船只靠岸了也不知道是否安全。

从铜锣湾避风塘码头出发，一般都是直接到对岸的尖沙咀码头。尖沙咀码头有日兵设的夜卡，不时出来巡逻，属于重点防控之地。李家信熟悉偷渡路线，知道与尖沙咀码头相隔七八里地的红磡码头，防守要松懈许多，那里地处偏僻，驻扎了一支日军电台队。电台兵夜里很少出来巡逻，危险比较小，是偷渡者最佳的登陆点。

机动船二十分钟就可以通过维多利亚港湾，然而人工划船速度慢，差不多用了两个小时，直到天色微亮才终于抵达红磡码头。渔船不能直接在码头处登陆，怕被电台兵发现，只能绕远一点，朝码头几百米外的堤岸靠近。

船只靠岸，众人从船上走下来，刚松了一口气，突然从岸边堤坝拥出几个拿着尖刀的人，把蔡雨来吓得如同惊弓之鸟，立即要掏枪。

陈浩三急忙摆手，示意众人不要慌张。他已经打听清楚，码头岸边有烂仔，专门找偷渡的人收"咸水"（保护费），美其名曰"向导费"。由于港岛上水源紧张，粮食紧缺，加之日本人到处抓姑娘当慰安妇，很多市民不敢走正规渠道离开港岛，会选择在夜间偷渡九龙。烂仔们看到捞钱的机会，一到夜里就潜伏海边，看到偷渡者就找他们收向导费，不给的话就强行抢，或者威胁举报给日兵。

交了向导费，偷渡者可以向烂仔们打听附近的情况，例如前方的道路有无日军关卡或巡逻队，走哪条小路进九龙城最安全。烂仔收了钱，倒也不诓人，会将周边日军的巡防情况说出来。这也是陈浩三想要的信息，离开港岛，进入九龙，他对此地一点也不熟悉，两眼蒙黑，也想借着交向导费找烂仔打听情况。

烂仔有六七人，小弟们手中拿着尖刀，为首的老大手中端着手枪，要求人头十块港币或军票的向导费。为了不让烂仔起疑，陈浩三假装讨价还价，说前几天还是两块钱一个人头，怎么突然涨价了。烂仔说现在钱币贬值厉害，当然要跟着行情涨价。陈浩三压价，按五块钱一个人头，说自己是难民，身上没有几个钱。烂仔头透过晨曦，看他们身穿破旧衣服，便也答应了。

交了钱，陈浩三问起线路。烂仔头倒也有些江湖性子，随口说出附近的日兵岗哨情况，又告诉他们进城的小路。陈浩三想多打听，却见几个小弟围着蔡雅来和薛秋蓉、慕容织云打转，眼中透出不怀好意的神色。

强龙不压地头蛇，万一这些人要搞事，即便枪杀也会引来日军警戒。陈浩三不敢多逗留，带着众人赶紧离开码头，按照烂仔给出的线路，赶在天色全亮之前进入了九龙城区。

# 十五

九龙城的布防比港岛更加森严，每条主道都有固定的岗哨，人多的小巷也会设有临时检查的关卡，巡逻队不断交替巡查，看到可疑人便当街盘问。日军的战略思路很清晰，只要在九龙布下天罗地网，切断港岛的补给，以及一切联络和出行线路，港岛就是个孤岛。岛上的爱国文化人士就像池塘里的鱼，打捞是迟早的事，根本逃不出手掌心。

陈浩三害怕出现突发情况，例如遇到日兵巡逻队，他要引开敌人掩护蔡雨来逃走，极有可能走散。未雨绸缪，进城后陈浩三拿出地图查看，约定一个地点，若是一帮人冲撞失散，就到弥敦道的雄鸡饭店门口集合。

早上七点钟是宵禁解除的时间，九龙的市民也都纷纷跑去供水点排队接水，街上行人匆匆，神色间透着忧虑，看起来一片萧条。香港沦陷后，日军暴力推行遣返华人的政策，当时的香港有一百六十多万人口，日军决定七天内遣返百万人回内地，以减少香港的粮食和水源负担。但这并不意味着所有人都可以离开，这项政策只是针对平民阶层，对于有产阶级和文化人士，日本人要求必须留在香港，不给发难民证，发现潜逃者一律枪杀。对于不想离港的平民百姓，日军便可以随意蹂躏，女的抓去当慰安妇，男的关押起来拉去广州细菌部队做人体试验，至于小孩老人则任其自生自灭。

九龙是香港平民最多的地方，大量百姓被迫离港，街道人流骤然下降，没有了往日的喧嚣与热闹。但香港毕竟是亚洲的繁华都市，日军也想通过恢复香港经济赚取外汇，以此压榨更多的战略物资。驱赶平民之后，日本人的重心也开始着手介入经济，这几天，各行各业慢慢有了复苏的迹象。

　　蔡雨来每年都会来几次九龙，主要是采访和会友。由于九龙帮派林立、鱼龙混杂，他不敢四处乱走，怕惹上麻烦，因此只知道弥敦道和上海街这样的主干道，对边上的小街小巷一无所知。当时的九龙城市建设只在中心区，除了几条主干道，很多区域仍属于城乡接合，没有什么规划。由于内地战乱，大量人口拥入香港，帮派为了赚钱，见缝插针搭建寮屋，出租给难民，违章建筑使得街巷错综复杂，看起来杂乱无章，很多地方就像迷宫，想依靠地图走出九龙，根本不可行。那时的地图都很粗糙，只有大概方位和一些主干道，很多小街小巷都没有标示出来，属于隐秘的存在。

　　他们这帮人逃难仓促，上午确认逃港，下午便展开行动，几乎没有多余的时间做准备。陈浩三只是拟定了从港岛逃到九龙的短暂路线，至于到了九龙之后如何前往新界，他心里没有谱，唯一的办法就是到九龙找个当地人当向导，带他们走出这片戒备森严之地。

　　可是如何才能找到向导？陈浩三在九龙没有朋友，也不敢去求助洪门的人，一切都茫无头绪，只能临时抱佛脚，遵从"种田要水、出门要嘴"这句老话，用嘴巴来打探自己想要的东西。

　　街边有一家"张记早餐店"，已经营业。时间尚早，才七点过十分，宵禁刚解除，街道冷清，店中尚未有食客。

　　香港粮食和水源都管得严，开餐馆的人要么跟日军有关系，要么跟伪军汉奸有关系，或是借助了帮派势力。也就是说，早餐店的老板不会是普通人，在本地肯定有很深的根基，这种人对周边的线路必然也是十分熟悉的。

　　找早餐店老板打听一番，或许可以得到自己想要的线路。但是陈浩三又怕老板与日军有关系，投石问路很有可能变成自投罗网。然而眼下街上行人稀疏，不时有巡逻队穿梭，随便拦一个行人问路也不妥。汉奸横行，打扮得跟普通人一样，根本无从分辨，看到有难民打听路线，汉奸就会前来盘问。汉奸心里十分清楚，本地难民是不会问路的，一定是从港岛逃过来的人才会多此一举。

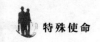 

陈浩三略作思考，决定带众人去吃早餐，并叮嘱他们饭菜来了只管大口吃，装出饥不择食的样子。

到公开营业的餐厅，容易暴露身份。蔡雨来虽然剪了寸头，粘了假胡须，表面上有了改变，但脸型和眉眼是改变不了的，并不能完全瞒天过海。他让陈浩三去早餐店买些包子来，大家蹲在街角吃就行，就算有人看到了也不以为意，这才是难民才有的样子。

陈浩三说要去找早餐店老板打探线路，想试探一下老板的为人，让他们配合演一出戏。眼下也想不到好的办法，蔡雨来只得跟着陈浩三进了早餐店，七人正好围坐一张圆桌。

早餐店的食物乏善可陈，只有白粥、包子和米糕，都是素的，没有肉。陈浩三给每人叫了一碗白粥，外加三笼包子和两屉米糕。

食物端上来，一群人狼吞虎咽，好似几天没吃过饭。刚出锅的白粥滚烫，陈浩三大口吃米糕，嘴里鼓鼓囊囊的，然后又去喝粥，假装被热粥烫了一下，忍不住哇哇叫起来，米糕都快要从嘴里喷出来了，样子极是狼狈。

蔡雅来知道他在演戏，但看他那副逼真的样子，忍不住想笑。其实大伙儿也真是饿了，昨晚只吃些干粮，体力消耗厉害，根本不顶饿，眼下有包子和米糕，他们都大口塞到嘴里，样子与陈浩三差不多。

店老板看到这帮人如同饿死鬼投胎，忙说："慢点吃，不要急，小心噎着了。粥很烫，要吹一吹才能喝。"

陈浩三听他的语气颇为好心，便说："老板啊，你不知道，我们已经有好几天没有吃过像样的饭了。"

眼下店里也没有别的食客，老板搭话说："你们是从岛上过来的吧？"

陈浩三说："可不是。岛上停水停电，日本人又不给粮食，饿死了好多人呢！"

老板叹气道："天杀的日本人，真是造孽啊！"

日军占领香港，四处设卡盘查，过关的人都要向站岗的日兵鞠躬行礼，谁敢说日本人一句坏话，被人告状或是汉奸听到，那是有生命危险的。店老板居然敢骂日本人，可见他内心深处也憎恨日军。

陈浩三说："日本人就是要逼我们离开港岛，不让我们这些平民百姓在岛上生活。可是他们坏透了，离开港岛的人都要接受检查，看到姑娘就要抢走，拉去当慰安妇。我们带了家眷，不敢走正道，怕老婆妹子被他们占便宜。昨晚好不容易才坐渔船过来，也不知道附近有没有日本人的岗哨。"

蔡雨来有些担心，怕老板暗中跑去告状。他打量店老板，若发现老板有异常举动，便将其拿下。

这段时间日军驱赶百万平民，什么样的难民都见过了，店老板好心提醒道："这一带日军岗哨多得很，你们可要小心。几天前一个后生带着老婆离开香港，就在前面的岗哨被日兵盘查。日兵见后生的老婆长得有姿色，当场抢走。后生仔反抗，被日兵活活打死，吊在树上示众，第二天尸体发臭了才拉走。唉，那场面吓哭了好多人。天打雷劈的，也不见把这些日本人打死，造孽啊！"

陈浩三见老板有怜悯之心，便说："我们也担心日兵把我们的老婆妹子抢跑了。老板，你熟悉这一带路线，能不能告知怎样避开日兵岗哨，好让我们安全离开。"

店老板说："这个没问题。不过九龙城区线路复杂，街巷多如牛毛，就算我告诉你们怎么走，你们也记不住，最好找一个熟悉路线的人当向导，给点钱，带你们过去。"

这话说到陈浩三的心里去了，他忙说："我也是这么想的。老板能介绍向导吗？"

店老板看到他们身穿破旧衣服，有些为难："这个时候找向导，费用很高，不知道你们能不能出得起价钱。"

陈浩三说："老板放心，我们还藏了些私房钱，够给向导费的。你帮我找个好向导，要靠得住的，我们感谢你的大恩大德。"

店老板摆摆手说："都是中国人，莫讲客套话。我有个外甥叫万盛达，绰号万事通，以前是跑私货的，就是把香港的东西弄到内地去卖，十分熟悉九龙和新界的路线，也和一些地头蛇有打交道。不久前有有钱人逃港，弄不到难民证，也是找我外甥偷偷带出去的，没有出过事，绝对靠得住。"

众人听了这话，都喜上眉梢。陈浩三兴奋地说："那就太好了，你外甥住在哪里？"

店老板说："就住在隔壁的骑楼上。兵荒马乱的，家人亲戚住在一起，好歹有个照应。"

陈浩三说："现在可以带我去见他吗？"

店老板说："没问题，也不知道他起床没有。我这就带你过去吧，反正眼下店里也没什么生意。"随后叹气道，"都是日本人造孽，以前我这家店生意可好了，现在勉强糊口，赚到的钱还不够给保安队交保护费。"

陈浩三道："我们在港岛也是开馄饨店的，说起来算同行。日本人打进香港，把粮食都抢走了，也不管我们的死活。"说罢转头看着蔡雨来，"你们在这里等着，我和老板去去就来。"

沿街走了几十米，来到一个店铺前。铺头挂着"万记商店"的木匾招牌，门墙两边贴着花花绿绿的广告纸。大门还没有打开，边上小门倒是虚掩的。

店老板推门进去，一个妇女正在煤炉上熬番薯粥，番薯的气息在空气中飘浮，店铺沿墙摆了几个货架，但货架上空荡荡的，什么商品都没有。

店老板问："姐，阿达在家吗？"

妇女说："在楼上，打了通宵的牌，也不知道是输是赢。找他何事？"一边说一边打量陈浩三。

陈浩三露出憨憨的笑容，朝她点头。打麻将的声音从楼梯间传下来，在空旷的屋子里格外清晰。

店老板说："有单生意看他接不接。"

妇女有些不情愿："让他带人逃港？兵荒马乱的，这样的活儿还是少接。我跟阿达相依为命，还指望着他养老送终，可不想让他冒险。"

店老板叹气："现在搵钱不容易，阿达也没事可做，总比窝在家里打麻将好。若是有好价钱，还是可以试试的。我先上去问问他。"

妇女也知道现在物价飞涨，生活困难，有生意上门多少能捞些好处，便说："你去问吧。"

陈浩三跟随店老板上楼。推开二楼拐角处一间厢房的木门，只见里面烟雾弥漫。这些人通宵打麻将，为了提神，大量地抽烟，却又不开门透气，搞得房间乌烟瘴气的。

坐在门口正对面的是一个瘦小的后生，便是店老板的外甥万盛达，他嘴里叼着烟，随意地打了个招呼："阿舅来了。"

其他三人只是转头看了看，并不吱声，随后又把头低下去看牌，看样子跟老板也相熟。

店老板问："赢钱没有？"

万盛达叹气道："手气烂得就像叫花子的裤子，钱全都给夜猫子掏走了。"

坐在万盛达左手边的人叫李胜中，绰号夜猫子。他打着哈欠说："才赢几个钱，不够去抽两管大烟。"一边说一边抹了抹从嘴边流下来的口水。

万盛达说："我劝你早点把大烟戒了。满哥叫你看烟馆，你倒好，自己染上瘾了。那玩意儿有毒，吸久了不好，以后看到花姑娘都硬不起来，要断子绝孙的。"

李胜中把万盛达嘴里叼着的半根烟抢过来，狠狠地吸了一口，打起精神说："要不是满哥叫我看烟馆，我也不会中招。在烟馆待久了，满馆子都是大烟味，哪有不上头的。幸好满哥体贴我，说我是公干烟瘾，每天免三管烟枪。"又说，"打完这一盘，我就要回烟馆了，抽再

多的烟也止不住这相思泪。"

听他们谈话，便知这些人是在道上混的，陈浩三心中警惕，道上混的人关系复杂，可不要出什么岔子。

"舅舅找我何事？"万盛达一边说一边望着陈浩三，看到他身穿破旧的难民衣服，"莫不是有生意介绍给我，让我跑路？"

"你条叻仔就是脑子灵活，看出门道来了。"店老板指着陈浩三，"这位小哥要出港，带了一大家子人，有老婆妹子，怕被日本人为难，就想走小道，你看要不要接这单生意。"

万盛达说："打了一夜的牌，哪有精神跑路，明天再说吧。"

陈浩三急着要逃港，见万盛达毫不感兴趣的样子，便说："我想早点离开香港，也能出得起价钱。"

万盛达听了这话，抬起眉眼来盯着他，似乎想看透此人有没有说大话。

这时坐在万盛达对面的牌友摸了一张牌，突然哈哈一笑："和了。单吊三万，居然被我摸到，一晚上就这把手气好。"

万盛达骂道："丢，我也是单吊一只鸟，真是冤家路窄。"一边说一边掏钱往桌上丢去，"手气太臭了，内裤都输丢了。"

店老板对陈浩三说："你和阿达聊着，我先去店里照看生意。"

陈浩三朝他点头示谢。万盛达却招手说："舅舅等我，我们也跟你去店里吃早餐。夜猫子赢了这么多钱，早餐就归他请。"

李胜中伸着懒腰说："走吧，那就一起吃早餐。"一边说一边站起来，身体虚晃了一下，好似站不稳。他把放在桌面的钱装到口袋里，蹭着鞋跟走路，一副有气无力的样子。

陈浩三见这些人并不把他当回事，也不好说什么，只得站在门口，心想着让其他牌友出去，他把万盛达堵在屋里，单独谈价钱。

房间光线昏暗，加上烟气重，李胜中走到门口时，借着天井的光线才看清陈浩三的脸。他突然怔住，身子有些发抖。

陈浩三顿时警惕，盯着李胜中，印象中并没有见过这个人。

李胜中突然龇着嘴，抹了抹嘴角的口水，把脏兮兮的手搭在了陈浩三的肩膀上："烟瘾犯了，老细能不能扶我下楼，万一摔着了，打牌赢的钱还不够医药费。"

陈浩三看他眼泪鼻涕直流，果然是一副烟瘾发作的样子。他本想留在最后，要堵住万盛达谈跑路的事情，但李胜中这么说，而万盛达就跟在李胜中的身后，显然也是要一起去吃早餐。

没办法，他只得扶着李胜中下楼。

蔡雨来等人都吃饱了，看到店老板和陈浩三回来，身后跟着四人，看他们的打扮和神色，不像是正经路数。蔡雨来戒备心强，不由得有些警惕，眼睛透出凌厉的光来。

万盛达打量着蔡雨来等人，问道："都是你的人？"

陈浩三点头说："是。"

万盛达眯着双眼在蔡雅来和薛秋蓉、慕容织云脸上来回打转，笑道："三条靓女好正点，确实不能走难民通道离开香港，要是被日兵看到，肯定当场就要扒衣服，倒不如现在卖给我们当老婆划算。"

他说话的语气完全是江湖混混的腔调，边上的李胜中等牌友也跟着猥琐地笑起来。

蔡雨来戒备心愈重，方氏兄弟也起了防范之意。

"等我吃饱肚子，再谈路数。"万盛达一边说一边跟李胜中等牌友坐在边上一张四方桌，让舅舅拿些素包子和米糕过来吃。

陈浩三坐回圆桌，喝着剩下的粥。蔡雨来挨着他，低头问什么情况。陈浩三说还没有谈，要等万盛达吃了早餐再说。

这时，一支宪兵队在街上巡逻，从早餐店门口经过。蔡雨来等人赶紧低下头来，脸上浮出一丝隐隐不安。早餐店的大门临街，过路人一眼就能看到里面有谁。刚才陈浩三去找万盛达时，已经有一支宪兵队巡逻过，现在又有一支交替而来，显然这不是安全的地方。

桌上只有陈浩三一人喝粥，其他人显得无所事事，反倒容易引起别人的注意。陈浩三便说："老板，麻烦你给每人再加一碗白粥。"

店老板端了粥盆过来，用汤勺给蔡雨来等人添粥。白粥仍热，他们低头吹碗，用匙羹搅拌，慢慢地喝着，掩饰等待中的焦虑。

这时，一支保安队从街口边上的小巷走出来，当头的队长叼着一根烟，身后跟着六名保安仔，晃悠悠地走进早餐店。

队长喊道："老张，今天来一笼肉包子吧。"

店老板赶紧迎上前说："曹队长来了。哪有肉包子，昨天去买肉，只有一些猪杂碎，不适合做包子。"

曹队长把烟头啐出来，用脚踩了踩："猪杂碎做个猪杂粥也好啊！"

店老板说："我也这么想，但那些猪杂碎早被人预订了，你猜是谁订的？就是尖沙咀汇丰银行分行的行长黄有义。"

曹队长说："哎哟，连黄有义都抢猪杂碎吃了，看来我们也只能吃些素包子。先泡壶茶上来，茶水总该有吧。"

店老板说："放心，给您留了一包上好茶叶呢！"

曹队长看着店铺里面的人，嘿嘿笑道："夜猫子和万事通也在啊，又打夜牌了？看你们那黑眼泡，像猪尿泡一样。"

曹队长走过去跟万盛达和李胜中打招呼，身后跟着的六名保安仔则坐在门口一张圆桌上，等早餐送过来。

"打了通宵的牌，都给夜猫子赢去了。"万盛达啃着包子，嘟囔着说，"夜猫子昨晚肯定摸了女人的屁股，手气好得冒油。"

"就你们那点钱，还不够我抽几管大烟呢！"李胜中有些不屑地说，"曹队长也不来跟我们玩，你财大气粗，送点钱给我也好啊！"

曹队长说："我也想跟你们打牌，现在任务紧张，哪有时间。昨天巡查到大半夜，才睡了几个小时，今天一早又要起来干活，叫我们去蹲点抓兔子。"

李胜中问："风声这么紧，出了什么事情？"

曹队长撇嘴说："昨天日本人下了通缉令，要抓捕一个叫蔡雨来的人，活要见人死要见尸，谁抓到就奖赏十万军票。"

李胜中说："我也看到公告了，是个长发男人，头发比我们还长，不会也是混江湖的吧？十万军票，这小子犯了什么事，值这么多钱？"

曹队长说："谁知道，日本人要找的人来头都不小。你们道上混眼路宽，有什么风吹草动就通知我，我抓了人找皇军请功，赏钱归你们。我要功名，你们要钱，各自安好。"

李胜中说："曹队长放心，要是有风声，我肯定第一时间告诉你。"

蔡雨来等人的神经就像放风筝遇到了大风，被扯得紧紧的，随时都有可能绷断。他们大气都不敢喘一口，也不敢去摸枪，他们知道一旦有掏枪的动作，这些保安人员眼睛尖，说不定会当场识破。他们只得尽量放松，把头低下去，假装若无其事地喝粥。

曹队长眼神犀利，早就注意到这帮人。这些人虽然一副难民打扮，边上放着包裹，看样子要跑路。眼下天色大亮，街上关卡可以通行了，如果是赶路的难民，这时应该出发，而不是在早餐店里磨蹭。而且这帮人喝粥的样子有点像做戏，慢吞吞的。曹队长看到当中有三个女子，虽然低头喝粥，却掩不住她们的容颜。

这时店主端来素包子米糕，放在保安队员的桌面上，殷切地说："曹队长，早餐来了，茶也泡上了，快来趁热吃吧。"

曹队长只是点头，却不理会，朝陈浩三他们走去。

蔡雨来感觉灾难就要降临，只要曹队长过来盘问，必然会出事。他急忙转头看了陈浩三一眼。陈浩三会意，准备先发制人，擒贼先擒王，出其不意拿下曹队长，再想脱身之计。但这一招也存在难以掌控的危机，街上随时可能出现巡逻队，周边关卡又多，一旦弄出动静，他们人生地不熟，根本逃不掉。

薛秋蓉和慕容织云胆子小，看到曹队长走来，紧张得双手颤抖，感觉匙羹都拿不稳了。

"曹队长。"李胜中突然发话，"这几个人不用盘查，是我带来的，要到烟馆里做事。三个妹仔嘛，等她们入行之后，洗干净身子，再请曹队长过来放松。"

　　曹队长看了李胜中一眼，心中不再起疑。这家伙经常搞些难民到烟馆和窑子里做事，见惯不怪了。只说："你从哪里找来的人，我看三个姑娘不错，入了行我可是要去光顾的。"

　　李胜中坏笑道："曹队长放心，后面还有更好的姑娘，保证曹队长像神仙一样快活。"一边说一边看着陈浩三，"快点吃，待会儿跟我到烟馆，今天就要带你们熟悉活儿。"

　　陈浩三没想到李胜中会帮他解围，虽然他不知道李胜中是什么来头，为何要帮他，但眼下能化解迫在眉睫的灾难，无疑是件大好事。他只管应付道："明白。"

　　蔡雨来等人心里也欣喜万分，悬在心口的石头总算落了地。


　　吃罢早餐，李胜中掏钱放在桌上，用碗压着，打了个饱嗝说："回去抽大烟睡大觉。老张，曹队长的账算到我头上。"又指着陈浩三等人，"还有这帮新手，也算我的，回头我再扣他们的工钱。"

　　曹队长嘴里嚼着米糕，口齿不清地说："等忙完这几天，我再找你们打牌。"

　　李胜中诡笑："好说，曹队长只要出声，我们定当奉陪到底。"一边说一边往外走，并朝陈浩三使了眼神。

　　陈浩三会意，忙叫众人起身跟上。虽然他不认识李胜中，但眼下身处险境，别无选择，只能跟着他走。

　　出了店门，两个牌友自行散去。李胜中在前面带路，像个病痨鬼，走路有气无力，他把手搭在万盛达肩膀上，皮鞋摩擦着地面行走，发出很明显的走路声，仿佛随时都可能倒下。

　　走出几十米，眼见四处无异样，陈浩三便窜上去低声问李胜中："我们要去哪里？"

李胜中吸着鼻子说："去烟馆。到烟馆商量事情，可比早餐店要安全得多。"

这个时候能在香港开烟馆赌场，必然是投靠了日本人，背后有强大的帮派势力。到烟馆里谈事情，或许暗藏着不可预知的危机，但是陈浩三心里明白，烟馆再危险，恐怕也没有刚才在早餐店那么可怕。

"你刚才为什么要帮我们？"陈浩三仍心怀警惕。

李胜中打着哈欠，抹了抹嘴角的口水，一副烟瘾上来的样子，似乎快支撑不住了："这些保安仔可不是善良君子，他们要是盘问你，搜查你们的行李，值钱的东西早被他们抢空了。你跟万事通说什么来着，能出得起价钱，想必行李中藏有不少钱财吧？要是被保安队搜走，好端端的一桩生意岂不打水漂？"一边说一边看了看并肩同行的万盛达，"赚了钱，记得分点油水给我，我可是一直惦记着你。"

万盛达搂着李胜中的肩膀，嘿嘿笑道："还是夜猫哥想得周到。昨晚输得厉害，我还真想接个单子赚几个本钱好翻身。"

听他这么说，陈浩三不再起疑。虽然他对李胜中这种抽大烟的混混并不信任，但刚才确实靠李胜中从中解困，可以看出此人有心要帮自己。何况到了烟馆，就算李胜中敢耍心眼，自己也是可以对付的，毕竟他和蔡雨来等人腰带上都插着枪，自己也可以打出洪门的名头来施加压力，这些混帮派的人看到势头不对，肯定不敢强来。总之，去烟馆的危险系数在可控范围之内。


一帮人跟着李胜中走到炮台街。陈浩三暗中留了心眼，一边走一边观察路线和街道标志，看到街口处有一个福记赌馆，再往前走十来米，隔着几个铺面有一处福记烟馆。从招牌和记号来看，赌馆和烟馆都是同一个老板的。

李胜中带众人走进烟馆。烟馆由酒楼改建而成，楼上包房成为贵宾抽烟房，专门招待有钱人，大厅则摆着抽鸦片的台子和躺椅，招待一般的客人。

眼下不到八点钟，还没人来吸大烟，烟馆冷清，只有一个站岗的小弟。李胜中指着当中一张大台子，让他们随便坐。

"你们就在这里谈事，我烟瘾犯得厉害，先去小房间抽一管再说。"他打着哈欠，让那名站岗的小弟扶他往后面走去。走了几步，他又转身说，"放心吧，这里很安全，没人敢来闹事。给你们半个小时的谈话，待会儿有客人上门，你们就得离开。"

陈浩三谢过他，坐下来当即谈事，要请万盛达当向导，带他们逃出香港。万盛达也不打客套，开门见山，提出人头金，即一人一条小黄鱼。陈浩三吓了一大跳，心想行情这么乱吗，要知道蔡雨来才给他六根金条，他自己还想着赚一点钱呢！

蔡氏兄妹和慕容织云也吃了一惊，觉得万盛达要价太离谱了，一般人根本承受不了。

陈浩三拿了两根金条买枪支弹药，手中还剩四条小黄鱼，以及一些银元票子和首饰。不过薛秋蓉包裹里还有五根小金条，那是她母亲为她预留的压箱金（嫁妆），一直藏在阁楼，昨天中午要逃难，薛秋蓉才想起来这档事，将金条交给了陈浩三保管。

当然，即便有足够的金条，陈浩三也不可能给出这么高的价。陈浩三直接拦腰砍价，愿意出三根金条，并加上一些军票和银元。万盛达打个哈欠，一副提不起劲的样子，说他一路上打点通关，还要找偷渡过深圳湾的船只，这点钱捞不到油水。再说了，逃港是要搭上性命的买卖，价格不高，谁愿意去冒险啊！

陈浩三心里打定主意，实在不行，先同意他的价钱，付给他三根金条订金，等逃出香港之后再黑吃黑，赖掉四条金条。反正都是在道上混的，谁怕谁啊！

就在陈浩三和万盛达谈价钱的时候，七八条汉子蹑手蹑脚地走到烟馆大门处，没有发出任何声响。随后，这些汉子猛地将大门推开，一窝蜂拥进来，拿枪指着陈浩三等人："不许动！"

陈浩三等人大吃一惊，立即想到了"关门打狗"的陷阱，恐怕这是李胜中设计的阴谋吧，将他们骗到烟馆里好打劫。万盛达脸上也露出惊讶之色，有些想不通。他正要询问，后门也拥出七八条汉子，端着短枪，形成合围之势，将一群人团团围住。

陈浩三惊疑不定，心里盘算着怎么对付这个场面。这时，只见李胜中带着一名头发梳得光亮的男子从大门走来。

此人中等身材，长着一张国字脸，额头和脸上都有明显的伤疤，看起来是吃过苦的。他身穿长袍风衣，里面白衬衫配花领带，领带上别着金针，脚下黑皮鞋光溜溜的，一副上流社会人士的打扮。相貌颇为眼熟，似乎在哪里见过。陈浩三脑子回路快，看到男子手腕带着一块金表，猛地惊出一身冷汗——这人不是福义兴的红棍林满吗？就是那个绰号金表少爷的恶棍，曾被自己打得满地找牙。没错，他被打掉的两颗门牙如今镶上了两颗金牙，看起来越发的财大气粗了。

万盛达不解地问："满哥，夜猫哥，这是咋回事？"一时心里有些忐忑不安。他投入林满门下，深知林满的禀性，专门欺压老百姓，尤其是投靠日本人之后越发嚣张，不仅开鸦片馆和赌场，还硬抢了一些良家妇女到窑子里面接客。周边人给他取了绰号叫"恶棍满林"，对他恨之入骨却又无可奈何。

看着陈浩三，又看了看方孝举和方孝全，林满忍不住大笑起来，脸上露出得意之色："你们这班仆街，死在我手上算是你们的造化。"

当年陈浩三带着三兄弟，将林满和十几个手下打得全部趴下。要知道，帮派中的红棍是非常能打的，林满十几岁混江湖，打了十几年的架，愈打愈狠，从来没有被人揍得这么惨，这是他这辈子最丢脸的一件事情。被打掉的两颗门牙无时无刻不提醒他，一定要找到陈浩三，告诉他们死字怎么写。

李胜中是林满的贴身小弟，当初也跟着挨揍，因此记住了陈浩三的模样。毕竟是临时出手打架，对方有十几个小弟，陈浩三哪里能记得住这么多人。

在万盛达家中，李胜中一眼便认出了陈浩三，心中欢喜，想着怎

**特殊使命**

么报仇。后来到早餐店，李胜中看到与陈浩三一起的还有三个姿色出众的女子，更是兴奋不已，他暗中思索怎么把这些人骗到烟馆，把他们全部拿下。正好曹队长带队到早餐店，要去盘问陈浩三等人，李胜中当然不想让曹队长插手，借机解围，博得了陈浩三的信任。

陈浩三怎么也料不到刚离开狼窝，又来到了虎穴。进入烟馆，李胜中假装去抽大烟，却是从后门悄悄溜出去，到街口的赌馆找林满通风报信。林满平时坐镇赌馆，听说仇人上门，喜不自禁，立即叫了十几个小弟兵分两路，悄悄地到烟馆里关门打狗。

万盛达虽然跟着林满混，并不是贴身小弟，他加入福义兴是另有目的，打着帮派的名号走私生意，将香港的产品贩卖到内地。水客也要有帮派罩着，否则会被烂仔和地头蛇吃死。为了混脸熟，万盛达也时常去帮林满看场子，打架时也虚张声势，但都是滥竽充数，并不是林满的心腹。他曾听说当年林满被人痛打的事情，知道林满门牙上那两颗金牙的来历。

他看着陈浩三，心想："难道是此人打趴林满的？"

蔡雨来不知内幕，只知情况不妙，便问陈浩三："怎么回事？"

陈浩三说："当年我们逃难到香港，看到这个恶棍带着十几号小弟暴打租户，欺人太甚。几兄弟看不过眼，当了一回好汉，没想到冤家路窄，在这里撞上了。"

林满冷笑："仇人总会见面的，今天我让你死得好看！"一边说一边瞄向蔡雅来、薛秋蓉和慕容织云，咧嘴笑起来，满脸猥琐之色，与他西装革履的装扮毫不搭配。

蔡雅来假装吓得全身发抖，站出来说："大哥行行好，求你放我们一条生路，我给磕头了。"一边说一边向前，想借着下跪的姿势掩护，突然掏枪对着林满。

林满猛地掏出枪来指着蔡雅来的脑袋："不要乱动，想让我当白面郎，我可不吃你这套。"

趁着这一瞬间的工夫，陈浩三突然一把将身边的万盛达搂在怀中，用他来当挡箭牌，随即掏枪对着林满："你们最好不要乱动，否则我一枪打死你们的老大。"

蔡雨来和方孝全兄弟，还有蔡雅来也趁机迅速掏枪，所有的枪口全部都对准林满，好让边上的小弟们知道，就算打死他们其中一个，林满也不可能同时躲掉这么多把枪。

方孝全一副血气上头的样子，叫嚣道："大不了大家一起死，我以前不怕你，现在更加不怕你！"

林满没想到这些人反应如此之快，若真的火并起来，自己未必能躲得过几把枪。他毕竟混得风生水起，要钱有钱、要势得势，当然不想跟这些人一同下水。

他将自己手中的枪收起来，冷笑道："死鸡撑饭盖，还想逃出锅。算你们识数，我今日心情好，放你们一马，你们走吧。"

陈浩三不敢走，他知道自己陷入了死局。留在烟馆面对仇家，当然是件危险的事情，但是走出烟馆大门，面临的也是危机重重。九龙的关卡比港岛密集，巡逻队和宪察兵也比港岛多，林满随便放个冷枪就能拖住他们，绝不可能有脱身机会。

林满也正是想到了这一点，所以才装出一副大方的样子。他是个睚眦必报的小人，怎么可能容忍仇人再次从眼皮底下溜走。

陈浩三冷笑道："我偏不走呢？我一走你肯定要在背后搞鬼，我还不如赖在这里，大家同归于尽算了。"

林满冷笑道："那就同归于尽吧。"他知道陈浩三说的是硬头话，此人带着一帮人上路，当中有三个漂亮的女子，说不定就有他的妻子或情人。除非是逼上绝路，否则他绝不会做出鱼死网破之事。眼下还不到绝路的时候，林满有把握咬住他。

"你可以赖在烟馆，但是你要明白一件事情，待会儿有人上门抽大烟，看到这么多人拿枪对峙，肯定会跑去告状。到时日本人来了，你说他们是站在我这边还是站在你那边？"林满语气很轻松，显然是拿住了陈浩三的命门。

陈浩三只得泄气说："老话说得好，冤家宜解不宜结，我也是道上混的，跟着洪门致公堂，堂主叫曾鸿文，说起来也是同道中人。当初小弟鬼撑眼，不识大佬，跟满哥起了冲撞。江湖中打打闹闹也是常有的事，今日你我重逢，也算有缘，何不化解这段仇恨，非要拼个你死我活？"

林满咧嘴阴笑，因常年抽烟，别的牙齿黑乎乎的，两颗金牙倒是格外显眼。他嘲讽道："你个契弟假过卖猫，别忘了，当初你打得我满地找牙，不是一句话就能翻过去的。"

陈浩三说："要不这样，你把我打一顿，把我的牙齿也打掉，算是出气，如何？"

林满冷笑道："你当我是水鱼啊！做生意讲究利滚利，这些年过去了，两颗门牙滚下来，早已是一条人命。"

陈浩三脸上起了些杀气："也就是说，你一定要拿走我的性命？"

林满眼珠子骨碌一转："也不是没有商量的余地，我只是说要一条命而已，并不一定是你的命。"说到这里，他嘴角露出狡黠的神色，"要不这样，你帮去我杀一个人，搞掂后我放你走，以前的仇恨一笔勾销。"

陈浩三仿佛看到了一线希望："杀谁？"

林满幽幽地说："苏群章。"

陈浩三料想他提出来的要求很高，却没想到如此离谱。陈浩三虽然不在九龙混，但是苏群章的名字还是知道的。苏群章是洪门致信堂的堂主，入主九龙，在洪门的堂口中，此人名气极大，当年印度雇佣兵嚣张，仗着英国人的势力在九龙城欺压百姓，想插一手黑道上的买卖。苏群章带着一帮兄弟去闹事，跟印度雇佣兵起了冲突，由此引发九龙大罢工，英国人不得不削弱印度雇佣兵的权力。为此，黑白两道对苏群章都有些另眼相看，知道这是个不好惹的人物。

"你只是让我换一种方式去死而已。"陈浩三冷冷地说，"我是洪门致公堂的红棍，去杀致信堂的堂主，死路一条。"

林满冷冷说："你不是想跟我谈判吗？这就是我的条件，如果你不答应，那现在就滚蛋吧！"

他和苏群章同在九龙的油尖旺一带捞世界，为了争地盘抢生意，这些年结了不少梁子。现在林满投靠日本人，苏群章却守着做人底线，没有同流合污。仗着洪门的势力，苏群章联合了一些有正义感的江湖人士，暗中抵制林满，说他当汉奸可耻，要尽快清除掉，免得败坏江湖规矩。林满知道苏群章想借机开刀，要点他的死穴，凡事都讲究先下手为强，林满一直谋划着怎么除掉这个死对头。（注：油尖旺，九龙半岛的油麻地、尖沙咀、旺角三地的俗称。）

苏群章是洪门堂主，又是风云人物，在九龙城有很大的威望，就算有日本人撑腰，林满也不敢直接派人弄死他。眼下正好有机会，他见识过陈浩三的功夫，此人身手了得，杀死苏群章应该不在话下。事成之后，陈浩三不可能说出去，因为他是洪门的人；就算事情败露，林满也可以光明正大将罪名归到陈浩三身上，撇清其中的关系。

陈浩三想着早点从烟馆脱身，到外头再想对策，总比待在烟馆坐以待毙要好。他假装再三考虑，不情愿地叹了一口气："也罢，反正我要逃出香港，以后再也不回来，杀死同门堂主也无所谓。你安排一个人带路吧。"说罢搂着身边的万盛达，"让万事通带路，他肯定知道苏群章住在哪里。"

林满见陈浩三答应得这么干脆，心里起了疑虑。但仔细一想，觉得不足以多虑，只是放陈浩三一人出去杀人，其他人仍被困在这里，还能翻得起天？而且林满也打起小算盘，借机把陈浩三支走，找机会对蔡雨来等人下手，等陈浩三杀人归来，就他一人的势力，根本无力反抗，只能束手就擒。

"阿达，你带他去找苏群章。"林满看着万盛达，语气不容拒绝。

万盛达很不情愿，带路去杀人意味着犯罪同伙，尤其是杀大名鼎鼎的苏群章，一旦走漏风声，必然会被洪门的人满门追杀。何况他担心事成之后，林满为了保住秘密，来一个杀人灭口，把屎盆子扣在他身上。

林满是个极其凶残且无情的人，九龙混黑道的人都知道他的底细和禀性，因此避而远之，不敢多有靠近。万盛达跟着林满混，也一直暗藏戒备之心，不愿意成为他的贴身小弟，怕时间久了受他影响，性格也跟着扭曲起来。

林满的父亲原本是九龙城的药材商，开了几个铺面，日子过得丰盈。林满小时候就读贵族学校，成绩一直名列前茅，街坊邻居都说他将来必有大出息。林满性子高傲，小小年纪就喜欢穿西装打领带，俨然一个上流社会的小绅士。他立下志向，长大要出国留学，回来当法官。香港被英国强占，法官大多是英国人，中国人若是能进入香港的司法系统，无疑是进入上层阶层，那是无比荣耀的事情。

然而世事变化太快，林满的父亲不知怎么回事染上了抽大烟，后来又染上了赌钱，不到两年的时间，商铺和房子全都抵押出去，还欠了一屁股债。为了还债，林满十三岁那年被父亲赶到赌场当杂工，做端茶倒水的事情，受尽了冷眼和欺辱，经常被一个患有娈童癖的赌客带到小房间侵犯，使他的内心蒙上了厚厚的阴影，内心的高傲志向在现实折磨中荡然无存。最受打击的是，风韵犹存的母亲也被父亲逼到窑子接客，不久后因患上花柳病和抑郁症，上吊自杀。两天后，父亲吸食鸦片过量致死。当然，人们怀疑林满父亲是故意自杀的，因为接受不了自己造的孽。

家庭的毁灭让林满内心蓄满了阴暗与仇恨，性格变得极端扭曲，对社会和他人再也没有一丝怜悯之心，甚至有了报复社会的心理，恨不得所有人都遭遇跟他一样的灾难。他借着赌场的势力开始混社会，打架斗殴、杀人放火、逼良为娼，经历了这么多年的江湖腥风血雨，早就练出了一副铁石心肠，甚至以欺辱和打压他人为乐，做出一些极其变态和令人无法理解的事情。

面对这样的人，万盛达不得不提防。要是陈浩三真的杀了苏群章，为了不让风声透出去，林满肯定会事先清理不必要的枝蔓。万盛达不是贴身小弟，拉去垫背的可能性很大。可是万盛达又不能当面拒绝林满的派遣，因为他还要在九龙待下去，而且舅舅的早餐店也是靠着林满罩着才开得起来的。他只能硬着头皮答应，心里打定主意，离开烟馆再想别的对策，或是暗中搞鬼，让这次暗杀行动失败，只要不殃及自己就行。

蔡雅来突然对陈浩三说："我跟你一起去，两人出手，总比一人强得多，成功率也高。"她也意识到坐以待毙的危险，想着离开烟馆，出去和陈浩三想法子。

方孝举也说："我跟三哥去吧。杀人放火的事情，我跟三哥比较在行。"

蔡雅来摇头说："我的枪法比你准，我去更合适。"

林满看着蔡雅来，眼珠子骨碌一转。他希望陈浩三早点干掉苏群章，铲除这个心头大患，从此油尖旺一带全是他的地盘，再也没人敢跟他对抗。为了保证刺杀的成功率，林满便说："姑娘去比较好。苏群章没别的爱好，就喜欢美人，必要时你可以用美色吸引他的注意力。"

陈浩三沉吟道："那就雅来跟我一起去。"

万盛达在前面带路，一边走一边思索着怎么甩开这个黑锅。

陈浩三和蔡雅来并排跟在万盛达身后，他颇为内疚地说："不好意思，我也没想到一进九龙就撞见仇家，真是踩到狗屎了。"

蔡雅来知道怪他也没用，便说："还好，总比撞上日本人强。"

陈浩三苦笑："你这人真是乌鸦嘴。"

蔡雅来一愣，这时才回过神来，只见前面拐角处走出一支宪兵队，正迎面巡逻而来。

陈浩三趁机一把搂着她，低声说："我们假扮成夫妻，免得你一人落单，被他们盯上。"

蔡雅来没办法，虽然不情愿，却也只好由他搂着，把头放低。

两人相依相偎，并没有引起巡逻队的注意。巡逻队过去之后，蔡雅来一把推开陈浩三，不想跟他有过多接触。

陈浩三却不在意，转头看着宪兵巡逻队，站在那里若有所思。

"阿达，你等我一下。"陈浩三突然叫住前面带路的万盛达。

万盛达只得站在那里。他心情有些烦闷，因为还没有想到怎么甩掉这两个包袱。

陈浩三搂着他的肩膀，低声问："你讨厌日本人吗？"

万盛达一愣，看到陈浩三那真诚的眼神，才撇了撇嘴说："不是讨厌，是恨。好端端的香港被日本人搅得民不聊生，把我们的生活全破坏了。"

陈浩三说："那就好。中国人不杀中国人，有这个力气，还不如去杀日本人。你对九龙很熟，知道哪里有落单的日本人吗？我要杀一个日本人祭天，也算给林满一个交代。"

万盛达吃了一惊，搞不懂陈浩三要做什么。蔡雅来也忍不住问："林满要你杀苏群章，你杀日本人有什么用？"

陈浩三幽幽地说："就算杀了苏群章，林满也不会放过我们的。我不如杀一个日本人出气，让他知道我的厉害。"

蔡雅来翻起了白眼："就算杀了日本人，林满也不会放过你，反而多出一事。林满投靠日本人，巴不得你惹出事情好收拾你。再说了，现在想杀日本人有多难。"她突然想到了什么，"你可以去找苏群章，直接跟他摊牌。苏群章说不定会去找林满的麻烦，把我们解救出来。你也是跟着洪门混的，多少有些同门之谊。"

陈浩三冷笑道："你把江湖想得太简单了。道上混的人，只讲利益关系，即便是同门，也必须有利益交换，人家才会给你卖命。"又说，"苏群章的为人我不清楚，但是林满现在投靠了日本人，苏群章再傻也不会摆上台面去跟日本人作对。再说了，林满肯定也想到了这一点，所以才会放心让我跟你去杀苏群章，他一点也不担心我们会去告状。"

万盛达也知道这件事情很棘手，无论去除掉或者找苏群章合作，都不是最好的办法，因为最终还得面对林满。他说："苏群章有个绰号叫'不讲章法'，他想怎么干就怎么干，不在乎别人的看法。说他讲义气也讲义气，说他无情也无情，是个怪人。而且他功夫高强，身边总是跟着几个带枪的手下，说实话，凭你们两人就想干掉他，我看很难。"

陈浩三狡黠一笑："所以去杀苏群章是不可行的，还不如杀一个日本人来得快。"一边说一边搂着万盛达，"你不是叫万事通吗，好好想一下哪有落单的日本人。巡逻兵就不要了，他们人多，不好搞，还有关卡岗哨里的日兵也不好动手。最好有那种喜欢去赌钱或逛窑子的日本人，容易下手。"

万盛达苦笑道："大哥，一大早哪有日本人去赌钱逛窑子的，晚上才会有。"

陈浩三说："时间紧急，哪能等到晚上，你再想想。"

万盛达想了想，突然灵光一现，赶忙说："倒是有一个日本军官，我们都叫他久宫队长，负责油尖旺一带的治安管理，满哥就是投靠了久宫队长才发家致富的。久宫队长喜欢早上去广州茶楼喝早茶，不过他身边总会带着几个士兵，也不好下手。"

陈浩三略作沉吟，便说："你先带我们去现场看看，如果方便动手，我们就拿久宫队长开刀。"

蔡雅来仍是想不通："日本人比江湖人更加难以下手，你到底想要干什么？"

陈浩三嘿嘿一笑："因为我讨厌日本人，杀一两个日本人出气有什么不好。"说罢看着万盛达，"你看到我杀日本人，心情也会好些吧。"

万盛达不知道陈浩三葫芦里卖的是什么药，只是点头敷衍。他心里打了小算盘，先带他们去找日本人，见机行事，再找机会脱身。

# 十六

久宫传一郎从小在上海的公共租界长大，取了一个中文名字叫林志廷，是个不折不扣的中国通。十八岁那年，他回到日本，接受特训，成为日军情报部的特务。七七事变爆发，久宫传一郎被派往广州，以上海生意人的身份出席各种场合，结交国民党官员，从中获取情报。广州被日军攻占之后，久宫传一郎又被派到香港收集情报，为攻打香港做准备。

香港沦陷，为加强管理和统治，更好地搜捕抗日人士，久宫传一郎以中尉军衔转职为宪兵中队长，负责九龙油尖旺一带的治安管理。

久宫传一郎在广州待了好些年，喜欢广式茶点。香港沦陷，粮食紧张，茶楼倒闭大片。久宫传一郎特意将上海街与柯士甸道交界的广州茶楼给盘活，让老板继续开业，好让他每天有喝早茶的地方。

早茶要喝得悠闲才能品出味道，久宫传一郎一般要喝到九点钟，将身心放空，享受惬意的时光。有时林满会带上礼品，到广州茶楼陪久宫队长喝早茶，顺便带上一两个姑娘作陪。久宫队长兴致起来了，就将姑娘带到茶楼的包间里面快活。

万盛达带着陈浩三和蔡雅来走到广州茶楼，正好八点半钟。由于兵荒马乱，物价猛涨，喝早茶已然成为奢侈，虽然有久宫传一郎罩着，曾经客如云集的广州茶楼生意也惨淡，营业规模缩小了大半，只是一楼门面营业，二楼和三楼的包间全都关闭。

久宫传一郎喜欢在一楼门口的落地窗前喝早茶，这是他的专用席位，可以看到街上的动静，一边喝早茶一边欣赏匆匆行人，让他有一种高高在上的自豪感。

　　陈浩三、蔡雅来和万盛达扮成行人从广州茶楼门口走过。透过落地玻璃窗，陈浩三看到茶楼里面的情况。久宫传一郎正坐在门口右边的桌子，悠闲地端着茶杯。门口处有两名宪兵站岗把守，不让外人进来，只有等久宫传一郎离开，广州茶楼才正式对外营业。久宫传一郎的身后还站了两名日兵，像警卫一样贴身防护。

　　陈浩三厮杀江湖多年，早就练出先发制人的经验。他当即制订了刺杀方案：将随身携带的匕首藏于袖中，假装从茶楼门口路过，突然出手，用割喉的方式近身杀死门口两名宪兵，再瞬间扑过去，将久宫传一郎扑倒在地。蔡雅来则跟在后面，开枪打死站在久宫传一郎身后的两名宪兵。

　　蔡雅来觉得刺杀方案没问题，只是她却想不通，陈浩三为何要刺杀日本军官，这对他们脱离林满的魔掌能起到什么作用？陈浩三却是一副神秘的样子，并没有将内心的想法告诉两人。

　　万盛达最可怜，莫名其妙就成了同伙。子弹不长眼睛，交起火来随时都有可能搭上性命。何况就算刺杀成功，被人看到他的模样，也会被列为犯罪分子，日本人不会放过他的。可他没办法，陈浩三命令蔡雅来挟持他，要是他敢乱动，就开枪击毙。万盛达吃不准这些人的来头，一时反抗不得，只好硬着头皮跟着。

　　三人再次路过茶楼。陈浩三突然暴起，以迅雷不及掩耳之势欺身向前，手起刀落，锋利的匕首一下子割断门口一名宪兵的喉咙。茶楼门口并不宽敞，一边站着一名宪兵，挨得比较近，陈浩三擅长近身搏斗，随即转身又捅死另外一名宪兵。

　　香港沦陷，日本人在这片土地上杀人放火、奸淫掳掠，如入无人之境。这些宪兵都放松警惕，没想到光天化日之下竟会有人搞突然袭击。

　　久宫传一郎见门口人影闪动，还没反应过来，一个黑影像箭一样扑过来，连同桌子跟人一起扑倒在地。桌面上的碗筷盘子和茶具摔下来，叮当作响。

　　陈浩三扑过去时手中匕首顺势刺出，捅入了久宫传一郎的胸口。

久宫传一郎倒地，挣扎几下便断了气。身后两名宪兵大惊，正要端起步枪，只听得"砰砰"两枪，便被蔡雅来连枪打死。

万盛达见两人动作神速，转眼之间便杀了一名日本军官和四名宪兵，不由得惊呆了。他本想着等两人一动手，他便趁机逃跑，跑回去告诉林满，陈浩三没有去杀苏群章，而是去杀日本人，这样一来便可以让自己抽身出来，把事情撇干净。但他看到蔡雅来枪法如此之准，哪里敢跑。

茶楼里没有其他客人，老板站在边上亲自伺候久宫传一郎，突然人影晃动，兔起鹘落之间几名日兵便见了阎王。这可是弥天大祸，老板吓得双腿发软，瘫倒在地上。

枪声响起，街上行人吓得四处乱跑。蔡雅来怕惊动边上的巡逻队和关卡的哨兵，扯着万盛达，示意陈浩三赶快走。

陈浩三却不走，将久宫传一郎腰带上系着的武士刀拔出来，对蔡雅来说："快转身过去。"

蔡雅来惊疑不定，但只好转身。陈浩三拿起武士刀猛地一斩，将久宫传一郎的人头砍了下来。

茶楼老板目睹如此血淋淋的场面，吓得尿都出来了。万盛达虽然也是混社会的，但毕竟只是一个跑私货的小弟，并没有做过杀人放火之事，见陈浩三砍下久宫传一郎的头颅，不由得心头一寒。

久宫传一郎作恶多端，曾用武士刀砍杀平民百姓的头颅，没想到自己有朝一日也会被人斩首。陈浩三将武士刀插在尸体上，用桌布包住头颅，顺手摸走了久宫传一郎的手枪和军帽，然后拎起吓得瘫软的老板，在他耳边低声说话。

老板全身哆嗦，只顾着拼命点头。

陈浩三不再逗留，出来与蔡雅来、万盛达一起向前跑去。虽然响起了枪声，但只有两下，而且非常连贯，附近岗哨的宪兵和巡逻队听到了枪声，却不知道来自哪里。

蔡雅来见陈浩三提着不断往下滴血的桌布，忍不住问："你把日本人的头颅砍下来做什么？"

陈浩三神秘一笑："给林满送一份大礼。"

蔡雅来虽然痛恨日本人，但觉得砍下日本人的头颅还是过于血腥与残忍："我真搞不懂你要做什么。林满看到你斩杀日本军官，肯定马上把你杀了，好去找日本人领赏。"

万盛达也猜不透陈浩三的用意，斩首宪兵队长，那可是捅翻天的祸事，林满在九龙宪兵部挂了宪察兵队长的职务，是日军的忠实走狗，他不可能坐视不理。

看到万盛达那害怕的样子，陈浩三笑道："亏你还在道上混，看到血都害怕，看来真没做过什么亏心事。快带我回烟馆，趁日本人的头颅还热，我要给林满一个惊喜。"

万盛达不敢搭话，怕被路人认出他与凶手同路，赶紧加快步伐向前跑。他对这片地方很熟悉，一路上兜兜转转，避开了日本人的岗哨和巡逻队，很快就回到了炮台街。

街口是福记赌馆。陈浩三将万盛达和蔡雅来叫住，他说："你们在这等一下，我把人头藏到赌场去。"

蔡雅来和万盛达这时才有些明白，陈浩三是想上演一出移祸江东的大戏。可是这嫁祸能成功吗？

陈浩三左右观察一番，交代道："雅来，你看好万事通，可不要让他多事。如果他敢搞花样，就一枪崩了他。"

蔡雅来听得明白，左手搭在万盛达的肩膀上，一副勾肩搭背的亲热样子，却暗中将枪抵在他的腰间："本姑娘枪法可是一流的，刚才你也看到了。"

万盛达脸露苦笑，装出一副逆来顺受的样子。

陈浩三走到赌馆门口，将桌布上的鲜血蹭在大门两边，随后背着双手把头颅放在屁股后面，踢开赌馆大门进去。

　　林满把赌场的小弟们都带到隔壁烟馆，围困蔡雨来等人，赌馆一时变得松懈起来。时间尚早，里面只有几个赌客在玩牌九，还有两三个人在玩骰子，场面有些冷清。

　　庄家正在赌桌上发牌，见陈浩三进来，以为来赌钱的。陈浩三假装问："我找夜猫哥的，有桩生意介绍给他做。"

　　庄家说："你走错了，夜猫哥在边上的烟馆。"

　　陈浩三说："多谢。我这就过去找他。"

　　庄家和赌客见陈浩三穿着难民服，一点也不显眼，也不理会，都把心思放在赌局上，不可能把心思放在一个局外人身上。趁人不注意，陈浩三转身把人头连桌布一同塞到边上一张茶几下面，大摇大摆地走出去。

　　陈浩三对万盛达说："日兵很快就会过来，会在赌馆搜到人头，不管林满是不是杀人凶手，日本人肯定不会放过他。老话说得好，打完斋唔要和尚，你也是庙里的人，脱不了干系，待会儿就跟我们走，否则日本人不会放过你。"

　　万盛达知道自己被押上了贼船，想逃也逃不掉了，只得苦笑起来，一脸的无可奈何。

　　蔡雅来心里仍是疑惑，日本人不是傻瓜，怎么会认定林满是凶手呢？何况哥哥和方氏兄弟等人还在烟馆里，要是引来日本人，哥哥是重点通缉犯，岂不是危险至极。

　　陈浩三看着蔡雅来，用自信的语气说："放心吧，你哥一定不会有事的。"随后转头问万盛达，"从烟馆的后门出来，会在哪条巷子？你现在带我们过去。"

　　转过街口，走进一条小巷，万盛达指着一个门口说："那就是烟馆的后门。"

　　陈浩三对蔡雅来说："你躲在巷子口等我们出来，不要轻举妄动。"一边说一边搂着万盛达，"你跟我去见林满，不要乱说话，否则我一刀捅死你。"

　　他用手指捅了捅万盛达的腰间，做了捅刀子的动作，万盛达感觉腰间一麻，忍不住打了个寒战。

　　林满让人在烟馆的大门口挂了一块暂停营业的牌子，不想被客人打扰他的计划，他一门心思要吃掉这帮人。

　　蔡雨来等人坐在一张方桌上，林满和小弟们分别坐在前后两桌，形成两头夹击。两伙人一动不动，枪都收起来，形成暗中对峙。其间，林满想发动进攻，要把这些人先拿下，可蔡雨来和方氏兄弟也都不是省油的灯，林满始终找不到下手的机会。

　　不过林满一点也不担心，他已经想好，等陈浩三和蔡雅来回来，如果他们杀了苏群章，就假意放走他们，到时请出保安队半道拦截。这一带是他的地盘，陈浩三不可能逃得出他的手掌心。若是陈浩三不杀苏群章，那事情没办法交代，自己更加有借口收拾他们。

　　陈浩三和万盛达走进烟馆，蔡雨来看到陈浩三满脸笑容，一副成竹在胸的样子，知道并没有发生意外的事情，心里松了一口气。

　　林满起了戒备之心，皱着眉头问："那位姑娘呢？"

　　陈浩三冷笑道："对付你这只老狐狸，我自然要留条后路。"一边说一边将久宫传一郎的手枪和军帽掏出来，放在桌子上，"这两样东西，不知道满哥眼不眼熟。"

　　林满盯着这两样东西，确实有些眼熟。他皱着眉头说："我不是让你杀苏群章吗？你搞个日本军帽和手枪给我干什么？"

　　陈浩三幽幽地说："去杀苏群章的路上，我看到有个日本军官在广州茶楼里面吃早茶。我讨厌日本人，顺手杀了他。阿达，你告诉满哥，我杀的人是谁。"

　　万盛达脸色紧张地说："满哥，他把久宫队长杀了。"

　　林满吃了一惊，下巴像脱臼一样，都快合不上嘴了："你说什么，他把久宫队长杀了？"

　　万盛达说："是啊！在广州茶楼，他突然杀死了久宫队长，还有四名日本士兵，我也不知道他搞什么鬼。"

陈浩三冷笑道："这顶日本军官帽还沾着血呢，难道还会有假吗？还有这把枪，你看市场上买得到吗？"

市场上可以买到假的难民证，假的通关文件，但绝不可能买得到日本军官的帽子和手枪。林满立马站起来，掏枪喝道："好大的胆子，你居然敢杀日本军官，我现在要拿你归案！"

小弟们也都纷纷举枪，包围着他们。

陈浩三却说："无所谓，日兵很快就要追踪到这里来了，如果我被他们抓了，就一口咬定是你派我去杀日本军官的，你觉得日本人会放过你吗？假如我死在你这里，你也没好日子过，我们还有一位小妹在外面等着。半个小时见不到我们，她立即去找苏群章，把你的事情说出去。你也知道我是混洪门的，苏群章算是我的同门，他肯定会拿这件事情做文章，派人去找日本人报案。街坊邻居也都看到我在你这里进进出出，而且阿达也参与了这次刺杀行动，他是你的小弟，路上不少人看到我跟他在一起。这么多层关系，日本人疑心重，你逃得了干系？"

林满吓了一身冷汗，从自以为是的狂妄中清醒过来，才知道事情变得复杂起来。毕竟杀了日本军官，这可是弥天大祸，而且苏群章是他的死对头，一直想点他的死穴，要是得到这些信息，肯定不会让他有好果子吃的。

陈浩三说："日兵肯定会牵着狼狗追踪我们，用不了多久就要追到这里来，要是看到我跟你在一起，那更是坐实了罪名。我们现在走还来得及，你赶紧让人用大烟水洗一下地板，狼狗就闻不到我们的气味了。"说罢站起来，对蔡雨来说，"我们走吧，我想满哥不会傻到这个地步，放着大富大贵的生活不过，非要跟我们这些亡命之徒拼个鱼死网破。阿达，你也跟我一起走，你参与了刺杀日本军官的事情，留在满哥身边不安全，他不会放过你的。"

万盛达只觉得头壳发晕，他知道跟着陈浩三走意味着什么，可是他没有别的选择，因为他太了解林满的为人了。

林满和小弟们端着枪，却不敢轻举妄动，只能眼睁睁看着陈浩三他们往烟馆外面走去。林满恨恨地想，且让他们离去，暗中派出两个小弟跟踪，再找机会下黑手，把他们全都杀了，不怕他们飞上天。当务之急，确实要赶紧搞来大烟水拖地，把这些人的气味给掩盖，日军特训过的狼狗鼻子灵得很。

一群人走出烟馆。不远处一支日本宪兵队带着一支保安队，加起来有三十多号人，正牵着狼狗往这里急匆匆跑来，嘴里还吹着警戒口哨。

蔡雨来脸色一变，把枪紧紧地抓在手上。

陈浩三低声说："日本人是来找林满麻烦的，我们快走吧。"

蔡雨来疑惑不解，跟着陈浩三转过街口，来到一条小巷。蔡雅来突然跳出来，激动地给了哥哥一个拥抱。日兵正朝这边跑来，情况紧急，陈浩三让万盛达在前面带路，先逃出这片危险的区域再说。

一群人穿街过巷，突然听到枪声密集。陈浩三得意地笑起来，想必是日军和林满交上火了，于是将自己算计林满的事情告诉大家。

陈浩三砍下久宫传一郎的头颅，拎起吓得瘫软的茶楼老板，说他是奉林满之命来杀久宫传一郎，现在要带人头去交差，如果日本人想拿回人头，就去炮台街的福记赌馆找林满。

不用交代，茶楼老板也要去宪兵部报案，毕竟死了四名宪兵和一名军官，不报案只有死路一条。

宪兵总部接到报案，一时惊呆了，不敢相信光天化日之下发生这种事情。宪兵大队长当即派出一支十多人的小队，外加一支伪保安队，牵着狼狗抵达案发现场。看到久宫传一郎的头颅被人砍掉，武士刀耀武扬威地插在尸体上，惨不忍睹，小队长惊怒不已，立即带队前去福记赌馆找林满。

林满派出两名小弟，暗中跟踪陈浩三等人。随后又命人用大烟水泼到地上，赶紧拖地，掩盖陈浩三等人的气息。

宪兵队吹着戒严口号，牵着狼狗朝炮台街拥来，仿佛事先演练过一样，竟然直奔赌馆，并派出保安队在四周戒严。

林满站在烟馆门口，看到宪兵们气势汹汹地拥入赌馆，情况反常，突然有些隐隐不安，觉得暗藏内情。他忙派出夜猫子李胜中去赌场门口打探情况。

李胜中和守在门口的保安队长是老熟人，都在这一带厮混，一起投靠日本人，也一起做些狼狈为奸的事情。李胜中从保安队长口中打听到风声，吓得烟瘾都没了。

这时，宪兵在赌馆的茶几底下找出久宫传一郎的人头，怒气冲冲地质问庄家和赌徒，林满在哪里。庄家和赌客都吓坏了，说林满在隔壁的烟馆。

李胜中赶紧跑回烟馆向林满汇报，林满顿时吓出一身冷汗，才突然意识到被陈浩三暗中摆了一道。

林满心里非常清楚，杀日本军官这种事情，只要有一点牵连，无罪也会变得有罪。日本人做事风格向来是宁可错杀一千，也不会放过一人，就算事情不是他做的，但却因他而引起，日军不可能放过他。

他当即带着小弟要从后门逃走。这时，宪兵已经朝烟馆扑来。为了保命，林满不得已带着小弟跟日兵干起来，阻止宪兵追来。他这一开枪，便是坐实了刺杀久宫传一郎的罪名。


蔡雨来等人听完事情的原委，都对陈浩三竖起了大拇指，夸他的神机妙算，居然用了一石三鸟之计，既能解围，又能把林满拖下水，并且分散日兵的注意力，正好掩护一帮人出逃。

陈浩三脸上露出得意之色，自吹自擂道："我可是有个绰号，叫三尾狐，林满想跟我玩阴的，怎么可能是我的对手。"

蔡雅来也佩服他的临危不乱和机灵百变，但看不惯他一副小人得志的样子，便嘲笑道："我只听说过九尾狐，没有听说过三尾狐。"

陈浩三笑道："亏你还是读书人，《山海经》上有注明，狐分九等，三尾灵狐，聪明多变，多指男人。九尾狐最高级别，就是传说中的狐狸精，指的是女人。"说罢调侃道，"你长得很漂亮，也很聪明，倒有点像九尾狐。"

蔡雅来气得跳起来："滚，你才是狐狸精呢！"

陈浩三突然说："我们身后倒是有两条狐狸尾巴。你们先往前走，看我怎么把这些狐狸尾巴掐掉。"说罢闪身到墙角躲起来。

# 十七

离开危险区域，陈浩三让万盛达找个安全的地方休息半小时，一起制订逃港计划，商量相关的逃亡细节。

万盛达说他有个仓库，以前用来存放走私的商品，九龙沦陷后，日本人将里面的货物洗劫一空，仓库处于废弃状态。那地方比较偏，倒是个安全之地。

"我昨晚熬夜打牌，困得要死，得找个地方睡一会儿，否则会晕死过去的。"万盛达打着哈欠说。

陈浩三说："行，那就去仓库吧。"一边说一边跟他并肩而行，"你现在已经上了贼船，只能乖乖跟我走。要是敢耍心眼，我的枪可不长眼睛。"

万盛达苦笑道："我现在被你搞得走投无路，就算日本人不找我麻烦，满哥也不会放过我的。"

陈浩三又说："你倒也识相。放心吧，我们不会亏待你，出了香港我给你三条小黄鱼，可能价格是低了一点，至少不会让你白跑一趟。"

万盛达无奈地道："算了，三根就三根吧，权当我做一回亏本生意。"随后攀谈道，"你刚才杀日本人手脚利索，武功高强，一看就不是一般的人。在烟馆听你讲，你是洪门致公堂的双花红棍，洪门在香港势力庞大，想离开香港也容易，干吗找我这个小弟向导。"

陈浩三也不隐瞒，毕竟一路上要靠万盛达带路，必要时抛出一些坦诚之言，拉近彼此之间的信任感，有利于关系的融洽。"我虽然跟着洪门混，却没有加入洪门，所以用不上这层关系。我上面的大哥前两天被日军杀死了，如今没人罩着我们，只好逃出香港另谋生路。"

万盛达吃惊地说："日本人居然杀洪门大哥，强龙压地头蛇，事情恐怕不简单吧？"

陈浩三也不掩饰，叹气说："他是共产党的交通员。"

万盛达更是惊讶："共产党员？真是不得了，原来混帮派也可以加入共产党，早知道条件放这么宽，我也加入了。"

陈浩三警惕起来："你一个混社会的，加入共产党做什么？"

万盛达说："共产党救过我的命。"看到陈浩三不相信的样子，又说，"半个月前，我带几个有钱人逃港，运气不好，撞上巡逻队。一个叫刘黑仔的武工队长带着一帮兄弟，正好路上伏击日兵，救了我。我当时对他感恩戴德，要拿钱感谢，他却拒绝了，说中国人帮中国人是应该的。唉，那气势我真是佩服啊！"

陈浩三冷笑道："你挺有觉悟嘛，别人救过你的命，你就想加入党派。嘿嘿，我看你是想打着共产党的名号，好搞事情吧？"

万盛达翻白眼道："拜托，别把我想得那么龌龊。我爹也是共产党员，以前跟我讲过一些共产党的事情，我受到启发，觉得长大了也要加入共产党组织。"

陈浩三一把抓住他的手："什么，你爹是共产党，他在哪里？"

万盛达看到陈浩三一脸严肃的样子，吓了一跳："我爹死了几年了，他在哪里，那得要问阎王爷。"

陈浩三喝道："不要开玩笑，小心我不客气！"

万盛达手腕被捏疼了，痛叫起来："大佬，你要把我手扭断啊！哎呦，好啦好啦，快放手，我跟你说实话，我爹不是共产党，但他跟共产党组织干过。"一边说一边甩着疼痛的手，"我爹跟一位姓廖的老板当船工，廖老板有个绰号叫什么梅州大侠，他是共产党。"

蔡雨来听到两人对话，走上前两步，跟两人并肩而行："你说的是廖安祥？绰号梅州大侠，大家都叫他安伯？他的商号是不是叫'义顺源'，有自己的轮船运输队，专门做进出口贸易？"

万盛达惊奇地说："对对对，就是安伯。十几岁时我爹带我去船上玩，那时我爹就让我叫他安伯。蔡先生，你认识他？"

一路同行，万盛达已经知道蔡雨来的姓氏了，也跟着叫蔡先生。

蔡雨来说："我和安伯见过两次面。他人很好，赚来的钱大多资助给共产党组织，是个爱国商人。"

万盛达说："我爹就是给安伯当船运工的。其实我爹到底有没有加入共产党，一直是个谜，因为共产党的身份都很神秘，一般人哪里知道，就算直系亲属也要隐瞒的。"说到这里，他摸了摸口袋，"你们谁有烟，给我一支提提神，我走路都快要睡着了。"

陈浩三摇头说："我们都不抽烟。"

万盛达惊奇地说："混道上的，怎么连烟都不抽？嘴里不叼烟，小弟都要嫌，哪像一个大佬。"

陈浩三撇嘴说："本来抽烟的，香港被日本人占领，什么都涨价，烟价也大涨，一包烟的钱能抵一桶水，只好戒掉了。"

万盛达嘲笑道："看来你们混得也就麻麻地，连烟都抽不起。"

陈浩三抬手要打他："信不信我打肿你的乌鸦嘴，快说说你爹的事情。"

万盛达忙说："几年前日本人攻打广州，我爹走水路运一批医药去广州，好像是要资助给内地的共产党军队，结果遭到日本人拦截，当场被杀害，死无葬身之地。那时我才十六岁，想顶我爹的位置去给安伯当船工，但我妈不让，说家里就我这个独子，怕落得跟我爹一样的下场。"

陈浩三又问："你能找到安伯吗？"

万盛达摇头说："我爹出事的时候，安伯来过我家，送了一笔安家费。我妈当时很伤心，骂了安伯一顿，从那之后再也没见过他。日本人占领香港，有钱人都往外逃，安伯搞船运的，又是共产党员，肯定不在香港了。"

陈浩三一时有些失望："你在九龙混，绰号万事通，知不知道哪里有共产党组织？"

万盛达冷笑起来："大佬，你实在高看我了，就算我是万事通，也通不到地下党这条线，他们藏得比水蛇还深。日本人比我本事大吧，也只能激到呕血。"

蔡雨来拍了拍万盛达的肩膀："阿达，你爹是为抗战牺牲的，说不定真是共产党员。很多人加入共产党组织，为了保密身份，执行特殊任务，连家属都不告诉，就这样默默献出了自己的生命。尽管历史不会记下这些无名英雄，但他们的精神会一直存在。阿达，你应该为你的父亲感到骄傲。"

万盛达撇嘴说："为他感到骄傲有个屁用，又不能当饭吃。"

蔡雨来说："我看你品质并不坏，怎么不去找份正经工作，跑去给林满这样的恶棍做事。"

万盛达道："我也没有想过要混江湖啊！我起初是做小买卖的，后来倒卖一些香港的洋货到内地，赚些差价。可是做走私这种生意也要投靠帮派才行，否则行不通。九龙城最有势力的帮派就是福义兴，名头最大、名声最臭的就是林满，只要听说是林满的小弟，一般人都会给面子，怕惹上霉气。我挂了小弟的头衔，没事跟林满打过场，算是混个脸熟，其实我也没做过什么坏事。"

陈浩三说："又想骗我？人在江湖混，谁手上没几本烂账。"

万盛达说："不瞒你说，我其实还是蛮有正义感的，帮过不少穷人，也教训过欺负平民百姓的烂仔。若是我有你这样的好功夫，一定去杀几个日本人出出气。日本人太坏了，林满投靠日本人做了不少坏事，我也是看不惯的。"

陈浩三冷笑道："你要是真的有正义感，跟着我们就对路了。我们这次离开香港，要到深圳投奔那边的抗日游击队，叫什么东江纵队，到时我拉你入伙，一起打日本人。"

万盛达颇为喜悦："真的？东江纵队专打日本人和汉奸，在东莞宝安一带很出名，香港也有他们的武工队。"

陈浩三说："当然是真的，前提是你要把我们安全送出香港。只

要到了深圳，我保证你能见到东江纵队。"

万盛达颇有些激动地说："那就太好了。放心吧，有我万事通在，你们闭着眼睛也能走出香港。"

陈浩三见万盛达那副兴奋的样子，演得很逼真，忍不住露出一丝鄙夷之色。他当然不可能完全相信万盛达的话，毕竟道上混的人，都是狡黠之辈，习惯见人说人话，见鬼说鬼话，像唱大戏一样，表面一套暗地一套。对付这种人，最好的办法就是盯紧他，免得他耍花样。

万盛达掏出随身携带的钥匙，打开仓库门。

仓库里散发出一股淡淡的霉味，显然有一段时间没人住了。陈浩三走在最后，留心观察门外情况，未发现异常，才顺手将门闩上。

这是一间砖瓦平房，四十多平方米的门面，后面带有一间小屋。房顶开了一个老虎窗，老虎窗像小天井，能透进来光线，虽然关着门，并不会让人感到气闷。

万盛达说："这是一条偏街，不是住宅区，日军一般不会到这里来搜捕，比较安全。"

仓库明显被人洗劫过，货架东倒西歪，桌椅也被掀翻在地，一些零散的报纸和破麻袋堆在屋角处。陈浩三将掀翻的桌子支起来，拍了拍上面的灰尘，随后从行李包中拿出两张在黑市购买的香港地图。

纸质地图容易坏掉，陈浩三特意买了双份。他将地图摊在桌面上，拿出一支钢笔，甩了甩墨水，对万盛达说："你把逃港线路画出来，顺便解说路线途经点，好让我们大概知道是怎么出港的。记住了，我们必须避开日兵的岗哨和关卡，不能跟日本人碰面。这三位女仔你也看到了，要是被日本人发现那可不得了。"

万盛达看了蔡雅来和薛秋蓉、慕容织云一眼，嘿嘿一笑："确实正点啊，我看了都心动。她们是你什么人啊？"

陈浩三扬起巴掌："你问那么多干吗，赶紧看地图。"

万盛达委屈地撇了撇嘴，随后指着地图说："想要避开日兵关卡，只能走山野小路。这是我们所在的位置，西洋市街。朝西北方向出发，通过深水埗的青山道，进入九龙山脉，周边都是农村，不会有日兵。沿着山脉向前走，翻过大帽山就到了元朗十八乡。元朗除了镇中心有日兵驻守，周边只有一些保安兵，我们沿着乡村小路前往流浮山，那里有个渔村，我有熟人，找一艘渔船半夜出海，如果顺利，一个多小时就能从深圳湾上岸。"

陈浩三对这条线路比较满意，把钢笔递给他："很好，你先把这条线路标出来。"

万盛达又说："走山野小路可以避开日本人，但是野外土匪烂仔很多，尤其大帽山，土匪窝有两三百人，搞不好会碰上他们。"

陈浩三却不以为意："土匪比日军好对付，我们有枪，他们也不敢跟我们来硬的。"

万盛达突然想到了什么："你是混洪门致公堂的？那就可以光明正大打出阿哥头的名号，这些土匪肯定有所顾忌，不敢轻举妄动。如果能找到阿哥头帮忙，嘿嘿，那就是瞎佬过街，无须睇路。"

陈浩三问："阿哥头是谁？"

万盛达甚是诧异："咦，你不知道吗？阿哥头就是洪门致公堂的堂主曾鸿文，前不久带着几十个绿林好汉，扯起一面'曾'字号的大旗，在荃湾和元朗一带替天行道，专杀土匪烂仔。只要看到'曾'字号大旗，连土匪都会绕道而行。你是洪门的人，借用阿哥头的名义吓唬土匪，那真是捧着观音过奈何桥，阎王也要让三分。"

陈浩三欣喜万分："这个主意不错。"又说，"我一直听说曾堂主是个正义的人，没想到他做了这么多英雄的事情来，真叫人佩服。"

蔡雨来沉吟了一下："说不定曾鸿文也是共产党员，要是能找到他，事情就好办了。"

陈浩三觉得有这种可能性，香主杨进喜是共产党员，堂主曾鸿文恐怕也是一个窝里唱戏的。他早就听说曾鸿文是一条疾恶如仇的好汉，江湖威望极高，不太像黑帮老大，倒像江湖义士。只可惜他的级别太低，又没有正式入堂，不曾见过曾鸿文本人。

既然可以打着曾鸿文的旗号吓唬土匪，走乡野小道的顾虑也就没有那么深了。陈浩三让万盛达按照拟定的线路，每隔十几里地做个标注，例如路过的地方有什么寺庙、祠堂、教堂之类的标志性建筑。这是未雨绸缪，万一遇到突发情况，他要引开敌人注意力，掩护蔡雨来等人离开，势必会与众人走散。一旦失散，人生地不熟如何才能相逢？在这条路线上做好标注，哪怕冲散了也有集合的地方。

蔡雨来很是赞同，夸陈浩三想事深入。万盛达常年走私货，对这条路线很熟悉，沿途经过哪些村子，有哪些标志性的建筑，他脑子里都记得一清二楚。按照陈浩三的要求，他在这条线每隔不远就注明可以接头的地方，一共圈了十来处。

陈浩三用心记下标注之地，将地图交给蔡雨来，自己则拿着那张无标志的地图。有标志的地图绝不能带在自己身上，万一他为了掩护蔡雨来逃走，去引开日军的追击，不幸落网，日本人从地图中便能查到蔡雨来的逃跑线路和接头地点。

蔡雨来将地图折好，放到行李中，准备出发逃亡。他是日军的重点通缉犯，三天内必须离港，否则汪伪政府的特务掺和进来，到时前路更加艰难。

万盛达却死活不肯走："我打了通宵麻将，必须睡几个小时补充体力，否则累死了，你们抬我上山啊！"又看着陈浩三说，"你刚才杀了日本军官，现在肯定四处戒严，也不好走动。等到中午再出发，日兵也要回去吃饭，街上不会有巡逻队，逃跑更安全。"

陈浩三也不好反驳，这家伙确实一副眼皮打架的样子，若是强行拉他跑路，累坏了反倒得不偿失。陈浩三和蔡雨来商量，不如原地休息几小时，中午时分再跑路。他们昨晚偷渡维多利亚港，坐在船上打盹，迷迷糊糊的，也正好补补觉。

蔡雨来一时无计，只得点头同意。

万盛达打着哈欠往仓库里面的小房间走去。

陈浩三先行一步，走到小房间里打探，查看是否有窗户，万一这家伙翻窗逃跑可不好。仓库是连体店铺，一间挨着一间，并不是单独的房子，因此四周都是墙壁，并没有窗户，所以才在房顶开了个老虎窗。老虎窗狭长，延伸到小房间，透进些许的光线和空气。

小房间里面摆着一张木床，被褥和枕头凌乱地堆着，这是万盛达以前守仓库的家当，显然也被日兵光顾过，被子还被刺刀捅破了几个口子。陈浩三掀起被褥查看，并无异样。

万盛达倚在门框上，打着哈欠，一副不满的样子："快点搜，搜完了我好睡觉。"

陈浩三抓起被子闻了闻，被褥久无人居，染了尘埃，散发出一股霉味。他嘿嘿一笑："虽然有点臭味，也可以凑合睡觉。"说罢从房间走出来，将万盛达扯到一边，让薛秋蓉、蔡雅来和慕容织云到里面休息。

万盛达愣住，明白了陈浩三的意图之后，撇了撇嘴，却也不敢说什么，只好随手捡了些破麻袋和报纸，垫在角落当床铺。他缩着身子睡觉，少时便发出鼾声，可见已是困到极点。

被褥有股霉臭味，但逃亡途中也没有那么多讲究，为了保持体力，三个女子便挤在木床上睡觉。

蔡雨来和陈浩三、方氏兄弟没有地方睡觉，只能倚坐在椅子上闭目养神。蔡雨来装着心事，对逃港充满担忧，不可能睡得着。他休息了一下，心里有些隐隐不安，随后将地图从行李包拿出来，看看万盛达画出的线路是否存在纰漏，毕竟这是关乎生死的大事，小心才能驶得万年船。

陈浩三也睡不着，也凑过去看地图。不一会儿，蔡雅来从小房间走出来。被褥霉味重，她觉得皮肤痒痒的，很是难受，怕是要过敏，于是便从小房间出来，坐到哥哥的身边。

蔡雨来盯着地图，看到九龙城的弥敦道，突然想起一件事情，低声对陈浩三说："弥敦道咸美顿街口，有个龙记当铺，是共产党组织的交通站。"

陈浩三不敢相信："为什么不早点说？要是我们对接上共产党组织，哪里还要豁出性命去逃跑。"

蔡雨来为难地说："我也不知道这个交通站是否安全。我和杨大哥见面时，他告诉我转移线路，要把我送到九龙弥敦道咸美顿街口的龙记当铺，由龙记当铺再转移到下一个交通站。后来杨大哥遇难，临终前让我来找你，希望你能送我到南山妈祖庙。我猜想，是不是杨大哥觉得龙记当铺不安全，所以不再提起。"

陈浩三沉吟道："也就是说，你并不知道龙记当铺的情况。"

蔡雨来语气透出些许的茫然："是的，我对此一无所知。"

陈浩三突然来了兴趣："那就赌一把。我去龙记当铺看看情况，就像赌钱一样，赢了皆大欢喜，输了大不了重新再来。"

蔡雨来略作思考，摇头说："这可是玩命，输了可能连命都没有了。为了安全起见，我宁愿不去赌。"

陈浩三嘿嘿笑道："不算玩命，我们可以试一下手气。"

蔡雨来问："怎么试？"

陈浩三说："我假装去龙记当铺赎东西，递张纸条进去，上面写着'我是杨进喜派来的新交通员，蔡先生跟我在一起，需要组织的帮助'。当铺的人看到纸条，肯定会惊奇，这时我假装逃跑。如果当铺里面有情况，肯定会叫起来要把我抓住。当铺顶多就两三个人吧，想抓我可没那么容易。若是当铺的人看到我往外跑，只是一个人追出来，不声张，默默地跟着我跑，我想那就没有多大问题，到时我将他抓起来确认身份。"

这个法子虽然冒险，却也算可行。蔡雨来仍有些犹豫："万一龙记当铺边上设有埋伏，你跑不掉岂不是害了性命？"

陈浩三不以为然："我速度那么快，他们肯定抓不到的。我必须赌一下，赌对了，我们都可以解脱。"

他只想将这个烫手芋头丢给共产党组织，好让自己早点解脱。从港岛逃到九龙，短短的一小段路程，不到一天时间便发生了这么多事情，由此可见，凭着几兄弟的力量，根本无法护送蔡雨来逃出香港。前方还有更多未知的凶险，若是蔡雨来不幸落入日军手中，就连薛秋蓉他们也一同落网，自己岂不成了千古罪人。

沉默片刻，蔡雨来叹气道："就按你的说法去做吧。"

其实他比任何人都想联系上共产党组织。龙记当铺是他唯一所知的交通站，安全与否，无从推测，只能去现场确认。

方孝举说："三哥我跟你去。我在外面打掩护，如果真的有埋伏，我开枪拖延，好歹有个照应。"

两人办事总比一人强，陈浩三却不想让方孝举去，他看了看坐在一边的蔡雅来，嘿嘿笑道："阿举，你和阿全负责贴身保护蔡先生的安全，不能跟我去。这样吧，蔡小姐跟我去，我跟蔡小姐比较有默契，她的枪法又好。"

蔡雨来不想让妹妹去冒险，但大家一起逃港，一路上要协力配合才会产生团队精神，便说："那就雅来跟陈先生一起去。"

蔡雅来不太愿意，主要是不想跟陈浩三在一起。可这件事情关系到哥哥逃港的命运，若是真的联系上共产党组织，那是皆大欢喜的事情。她略作思索，便问："你们谁还有手榴弹？"

方孝举说："我还有一枚。"一边说一边从腰间掏出来。

蔡雅来接过手榴弹，在手上掂了掂说："我先带上，以防万一。"


弥敦道是九龙城区的主要干道，日兵关卡重重，巡逻队也十分频繁地巡逻，比一般的街区戒备更森严。宪兵队长久宫传一郎被杀，凶手现已查明，是福义兴红棍林满所为，宪兵和保安队四处搜捕林满，并封查他的产业和抓捕贴身小弟，由于兵力分散，弥敦道周边的警戒正好松动了一些。

陈浩三和蔡雅来潜入弥敦道，一边寻找龙记当铺所在地，一边四处走动熟悉街区。弥敦道行人较多，龙记当铺在咸美顿街的交汇口，两人先在周边转了一圈，并未发现异常情况，才并肩走到当铺对面，用警惕的目光四处打量。

按照计划，陈浩三要到当铺里面试探，蔡雅来则在外面戒严，一旦发现不对劲，就开枪警戒，随即往咸美顿街方向逃跑。经过实地勘察，咸美顿街区周边巷道密集，道路错综复杂，加之人流较多，逃跑起来容易脱身。

叛徒刘绍基扮成掌柜，正坐在柜台里面喝茶，见有难民走进来，便放下茶杯起身迎接。

兵荒马乱，有难民进来典当东西也不足为奇。刘绍基问陈浩三有何事。陈浩三说是来赎东西的，从口袋掏出一张纸条，往柜台小窗口递进去。

刘绍基打开纸条，顿时欣喜，赶紧低声说："蔡先生处境危险，日本人到处找他。我是负责跟进蔡先生的接头人，你现在需要什么帮助？"他暗暗将柜台下面的枪抓在了手上。

陈浩三说："我把蔡先生交接给你们。"说到这里，他把头低下去，轻声说，"蔡先生在九龙城的东安街……"突然抬头往里间一看，假装变色道，"里面有人？"

当铺里面的房间用来存放典当物品，一般不会住人。刘绍基心中有鬼，经不起诈，一时惊疑起来。陈浩三突然转身就跑。不及细想，刘绍基立即掏枪喝道："站住，否则我开枪了！"

陈浩三身子一闪便出了门。刘绍基想控制陈浩三，开枪往他的腿上打去，但陈浩三动作神速，早已飞奔而去，子弹打在了地上。

枪声一响，当铺里面房间跑出几名保安队员，跟着刘绍基一起冲出去。陈浩三和蔡雅来会合，往咸美顿街口跑去。没有想到街口处埋伏了七八名保安队员，领头者赫然是今日在早餐店狭路相逢的曹队长。

曹队长按上级命令，率手下隐匿在龙记当铺对面街口的商铺里面，每次看到有人走进当铺，便让手下戒严。刘绍基冲出来，对着天空放枪，示意周边的保安队和日本宪兵队将这片街区封锁。

他手指陈浩三和蔡雅来的背影，大声叫道："快抓住那两人，要抓活的，他们知道蔡雨来的下落！"

街上行人颇多，听到枪声，当即乱作一团，四处抱头奔跑。

陈浩三和蔡雅来随着人潮往咸美顿街冲去，却被曹队长带兵堵截。陈浩三怕伤及无辜，不敢乱开枪，当即要往对面的另一个街口跑去。

对面路口居然也埋伏着一支保安队，正冲杀出来，与当铺刘绍基带领的保安队，还有咸美顿路口曹队长的保安队，形成三面合围。

不远处的街道，一支日本宪兵队听到枪声，也赶紧跑来，瞬间形成四面包围。眼见危机四伏，陈浩三当机立断，对蔡雅来说："我去吸引他们的注意力，你跟着街上行人趁乱逃跑。"

蔡雅来犹豫。这时突然响起一阵枪声，有人从后面袭击曹队长的保安队，一下子放倒好几人，就连曹队长也倒在了血泊之中。保安队一时溃散，纷纷隐蔽回商店里面进行反击。

两名交通员按照何鼎华的指示，在街区假扮成小贩，监视龙记当铺的一举一动。他们看到陈浩三进当铺里面，不由得提高警惕。陈浩三突然跑出来，身后伴随着枪声，交通员知道有事，立即掏枪警戒。

刘绍基从当铺追出来，大叫两人知道蔡雨来的下落，交通员心中凛然，赶紧趁乱绕到曹队长后面，来了一个突然袭击。

咸美顿街口被撕开，有了空当，陈浩三与蔡雅来飞快地往那边跑去。对面街口的保安队飞扑而来，要阻止两人去路。蔡雅来从腰带上拔出手榴弹，扯下引线，倒数五秒之后丢了过去。

一声巨响，弹片齐飞，冲在前面的保安队员被炸得飞摔出去，其余保安队员吓得趴在地上。陈浩三与蔡雅来趁机跑进了咸美顿街。

两名交通员在街口处掩护，见陈浩三和蔡雅来跑来，转身便跑，挥手示意他们跟上，先把身后的敌人甩掉再说。陈浩三见两人袭击曹队长的保安队，把曹队长都打死了，肯定是自己人，心下大喜，觉得赌对了，要迎来胜利之光了。

交通员从咸美顿街的交叉口拐去，进入砵兰街。弥敦道周边蔓延出很多街巷，当时并没有整体规划，都是些低矮错落的楼房，连成一片，街巷复杂，适合脱身。交通员对此地甚是熟悉，左拐右窜，只管往里面跑去。

一名交通员一边跑一边说："我们是共产党交通员，龙记当铺有叛徒，你们中埋伏了。"

陈浩三说："我刚才试探出来了，见到你们可真高兴啊！"

交通员问："蔡先生安全吗？"

陈浩三说："安全得很。"

交通员说："那就好，我们现在处境危险，先把敌人甩掉……"

话还没有说完，巷口突然杀出一支宪兵队，迎面扑来。交通员反应神速，二话不说便开枪，杀了宪兵队一个措手不及。

日兵反应也快，立即散开队形，开枪还击，一名交通员避之不及，中弹倒地。

陈浩三和蔡雅来一路逃亡，已经训练出应对危机的敏感。两人瞥见宪兵队时，立即转身沿着墙边往回跑，要拉开与敌人之间的距离，以便有撤退的空间。枪声响起，两人当即闪身在巷道房子的门口处，躲避日兵射来的子弹。

中枪的交通员倒下，身子抽搐几下便没了动静。另外一名交通员则躲在一处门墙，开枪阻击日军。宪兵队人多，同时开枪，子弹像暴雨一样射来。

陈浩三和蔡雅来也开枪还击，他们距离交通员有七八米远，并不在一起。交通员见情况紧急，挥了挥手中的枪，朝陈浩三大叫："我掩护你们撤退！"

陈浩三心里焦急，大声问："我们在哪里会合？怎么样才能找到组织？"

日兵的枪声很响，如同放鞭炮，交通员与陈浩三相隔有些距离，必须大声叫喊才能听到。交通员若是告诉陈浩三接头地点，或者告诉他如何寻找组织，岂不是也相当于告诉敌人了？宪兵有些是听得懂中文的，一旦被日军抓住线索，将会给交通线带来灭顶之灾。

日兵借着火力突击，要将这几个"凶徒"拿下。仅凭陈浩三和蔡雅来、交通员三把手枪，肯定抵挡不住敌方的强攻。

"你们先跑！这里枪声响起，肯定会有大量追兵，再不跑就没机会了！"交通员说罢突然开了一枪，发出撤退的信号。他也不想跟陈浩三分开，但一时想不到别的办法，"放心吧，我们会去找你们的！你要相信组织，一定会找到你们的！"

陈浩三和蔡雅来别无选择，只得开枪阻击，他们离日兵比较远，加之交通员接替开枪掩护，把日兵逼得隐蔽起来，逃跑的空间很大。

两人沿着墙边撤退，一口气跑到巷尾处，只见一支保安队正循着枪声而来，幸好撤退及时，如果再晚一步，巷尾被敌人堵上，他们就成了瓮中之鳖。

陈浩三和蔡雅来当即朝保安队开枪，朝另外一条小巷跑去，吸引保安队的注意力。保安队看见陈浩三和蔡雅来的身影，正是从当铺跑出来的人，立即开枪反击，也不管他们的生死，只想抓到人请赏。

两人窜到小巷里，只想着快点逃出这片区域，融入大街的人群当中，以此甩掉追击的敌人。但他们对这片地方不熟，保安队占了先机，知道陈浩三和蔡雅来走的小巷通向何处，于是兵分两路，七八名保安队从后面追赶，另外人则抄道去前面堵截。

陈浩三和蔡雅来跑得快，从巷子穿出来，堵截的保安队正好从另外一个巷口钻出来。两人立即开枪，又往另外的小巷钻去。

一时间，这片区域枪声四起，周边的日伪兵全部被吸引过来。陈浩三和蔡雅来像被赶下山的小鹿，毫无方向，只能横冲直撞，有几次差

点就和日伪军迎面撞上。

越来越多的日伪军加入这场街巷追捕行动中，众兵"围剿"之下，两人失去了主动权，看到巷子就冲进去，根本没有选择的余地。他们从未到过这片地方，当然不知道这些街巷究竟通向哪里，只能凭运气横冲直撞。

九龙帮派林立，为了赚钱，那些有权势的帮派便见缝插针，非法占地搭建房屋，出租给难民，或是用来开赌场。一些小巷的尽头，因为这些违章建筑而变成了断头巷。陈浩三和蔡雅来只顾着向前冲，一不小心撞了一条死巷子。

巷子尽头是一栋红砖房，高墙阔瓦，挡得死死的，根本无法翻越。陈浩三和蔡雅来又急又气，赶紧转身往外冲，到了巷口，听到外面传来声响，探头一看，不由得吓出一身冷汗，只见两边的主巷都有保安队和宪兵队跑来，只要兵马合围，两人立马陷入死局。

冲出去只有死路一条，可是死巷子里面根本没有藏身之地。蔡雅来急得两眼冒火，紧紧地握着枪，心想难道今天真的要丧命于此？

陈浩三左右观看，发现巷子中间一栋房子的屋顶上有个小平台。香港土地金贵，很多人建的都是小房子，为了让房子有更大空间，房顶会搭一间阁楼，用来储藏杂物。因阁楼的影响，屋顶斜度较大，不利于财气聚集。香港人讲究风水，为了化解格局，会在屋顶的倾斜处预留一块平台。平台不大，可以摆几盆发财树、罗汉松、万年青之类的吉祥树，以此衬托风水。

平台上种了几盆三角梅，暖冬之中开着三色花朵，枝繁叶茂地垂下来，倒是惹人怜爱，一副喜迎新春的样子。陈浩三心念一动，不及细想，拉着蔡雅来跑过去，一把抱住蔡雅来的双腿，将她举起来。

蔡雅来将手枪往平台上一丢，双手抓住平台的壁沿，飞快爬了上去。陈浩三跳起来，他身手敏捷，那平台也只有两米多高，双腿一蹬便翻身上去了。

宪兵队和保安队正好两头合围，两队人马同时往巷子里看去。保安队员冲进小巷，发现是条死巷，里面并没有人影。如果保安队员细心，就会发现墙壁上有脚印，抬头一看就能看到平台上的三角梅里面可以藏人。

平台只有一米多宽，边上种了三角梅，只剩下一条通向阁楼里的过道，勉强容下一个人。陈浩三紧紧地抱着蔡雅来，卧倒在平台上，大气也不敢喘。蔡雅来听到底下传来脚步声，知道敌人近在咫尺，也紧张得紧紧地抱住他，一时忘了男女有别。

一名保安队员抬头往上看，看到了盛开的三角梅，似乎有个地方不对劲。就在这时，不远处传来枪声，幸存的那名交通员身手矫捷，居然凭着一把驳壳枪杀出了重围，正开枪阻击跟在身后的日兵。

枪声是最好的方向指引，保安队员不想错失抓人领赏的机会，立即往外冲去，跟着宪兵队循着枪声而去。那名原本抬头看三角梅的保安队员也转身向前跑，跟上了大部队。

陈浩三仍搂着蔡雅来卧倒在平台上，不敢起身打探，这片区域四处都是宪兵和保安队，走了一拨极有可能还会再来一拨，眼下好不容易找到这么个藏身之处，先躲一会儿再说。

危机稍有解除，至少躲在这上面还算安全，两人都松了一口气。这时猛地回过神来，发现居然是搂抱躺在一起。这个可遂了陈浩三的心愿，他小声说："不要出声，有日兵来了。"

蔡雅来听到远处传来皮靴嚓嚓的响声，宪兵队正在周边搜寻，并未远去。她提心吊胆，大气也不敢喘。

陈浩三突然一把凑过来，吻住了她的嘴唇。

天啊，真是无耻至极！蔡雅来气得天旋地转，但她知道，危险还没有解除，她不能反抗，也不能出声，只能默默地忍受着他的欺负。

# 十八

九龙宪兵总部，小野吉男和前田三郎正着力部署追踪和抓捕蔡雨来。他们已经掌握全面信息，护送蔡雨来逃港的人就是陈浩三和方氏兄弟，并且这帮人此时就在九龙。

昨晚，小野吉男和前田三郎到铜锣湾宪兵部，查看俞广潮和陈睦战死街头的案卷，从中寻找线索。经过分析，小野吉男确认蔡雨来就是由北角四虎护送，当即让前田三郎去连夜印刷陈浩三和方孝全兄弟的通缉令，准备全城通缉。

天亮之后，中谷永仁传来一个消息，让小野吉男顿时紧张起来。昨晚日伪兵突击搜查码头，一切风平浪静，并没有任何事情发生，但是今天早上集训时才发现少了一名宪兵。因为出动的士兵较多，加上小野吉男急着要回宪兵部查看陈睦的案卷，宪兵们还要押送码头的难民和烂仔回宪兵部审问，时间紧张，部队也有些散乱，当时没有集合报数，就直接打道回府。直到早上集训，才发现少了一人。

小野吉男陷入沉思，隐约觉得这件离奇事件背后，恐怕埋藏了不利因素。他让中谷永仁将昨晚参与码头大搜查的宪兵全部集合训话，询问他们昨晚是否发现可疑情况，包括宪兵在内的可疑人员。

几名宪兵回忆，有一个略为可疑的情况，当时他们搜查一艘大货船，发现货船的船梯下面系着一艘乌篷船，一名宪兵正蹲在船头屙屎。那宪兵操着流利的日语，当时谁也没有多留心眼，现在回想起来觉得可疑，因为他们不知道这名宪兵是什么时候跑到乌篷船上的。

小野吉男立马想通问题所在，再也沉不住气，和前田三郎带着特务小队，捎上连夜印刷出来的通缉令，紧急前往九龙。

抵达九龙宪兵总部，小野吉男抬出酒井隆的军令，要求全城张贴陈浩三等人的悬赏通缉令，并四处设卡拦截和搜捕。

由于久宫传一郎被杀，宪兵部派出大量兵力缉拿林满归案，一时间无法调遣更多兵力。小野吉男要求调整方位，以搜捕蔡雨来和陈浩三为主要任务，搜捕林满为次要任务。

久宫传一郎遇难，引起了小野吉男的注意。他认识久宫传一郎，两人曾一起潜伏广州和香港，刺探情报，为日军入侵立下功劳。没想到久宫传一郎死得这么惨烈，居然在喝早茶时被人砍下脑袋。

小野吉男却又起疑心，帮派暗杀久宫传一郎，把头颅砍下来拿回自己的赌馆，引来日军追捕，这不是疯了吗？香港被日军统治，除了共产党的武工队，恐怕没人敢这么做。

绰号夜猫子的李胜中是个大烟鬼，当时烟瘾发作，走路没力气。林满和日兵交火，他吓得钻到烟馆桌子底下，被抓了个现行，押进了宪兵部。不用小野吉男上刑，李胜中就把整件事情说了出来。

小野吉男拿出陈浩三和方氏兄弟的悬赏通缉令，逐一给李胜中辨认。李胜中抹着眼泪鼻涕，指认杀害久宫传一郎的凶手。小野吉男又拿出蔡雨来的通缉令，问此人是否在一起。

李胜中眯着眼睛看，说面相眼熟，只是头发变短，上唇和下巴长出了胡须。小野吉男冷笑，如他推测，果然是北角四虎暗中搞的鬼。随后他从李胜中口中得知，万盛达被陈浩三挟持，充当逃港的向导。

小野吉男从中分析，陈浩三不是共产党交通员，共产党有自己的秘密交通线，绝不会找外人当向导。找到万盛达是抓捕蔡雨来的关键，小野吉男和前田三郎当即带兵去万盛达家里。


面对日本人的质问，万盛达母亲吓得几乎要缩成一团，她并不知道儿子去了哪里，只说儿子打过夜麻将，出去吃早饭就不见了人影。又说有人想找儿子当向导，也不知道儿子是否答应。

通宵打麻将的人没有力气走路，此刻应该会找地方睡觉。小野吉

男找万母要了一张万盛达的照片，随后命令她出门寻找儿子，叫万盛达今天必须到九龙城的宪兵总部报到，否则格杀勿论。

万母哪敢违抗，慌慌张张出了门。小野吉男随后派出六名宪察兵扮成普通人，暗中交替盯着万母。

万母去了儿子经常来往的朋友家中，包括昨晚一起打牌的牌友。这些人都不知道万盛达的行踪。后来万母想起，儿子以前有个存放商品的仓库，比较安静，说不定儿子为了躲清静，到里面睡大觉了。

掩护陈浩三和蔡雅来的两名交通员牺牲了一名，另外一名手臂也中了枪，但凭着矫健的身手，最终还是杀出重围，甩掉追踪的敌人，回到了据点。

何鼎华了解情况后，当即去向潘柱和李健行汇报。

上海街的秘密基地离弥敦道不远，这片区域发生枪战，日伪军四处戒严搜捕犯人，搅得周边人心惶惶。潘柱和李健行从枪声中察觉出情况异常，听完何鼎华的汇报，才知道护送蔡雨来的人去了龙记当铺。

何鼎华带来三份最新张贴的悬赏公告，跟蔡雨来的通缉令贴在一起，说："我跟受伤的交通员确认过，是这位叫陈浩三的人护送蔡雨来。交通员说，跟陈浩三在一起的是位年轻姑娘，枪法不错，不知道是谁。"

李健行说："应该是蔡雨来的妹妹蔡雅来。"

昨天晚上，叶以群到基地会见潘柱和李健行。蔡雨来被通缉，他很是担心，亲自前来说明事情的重要性。叶以群把蔡雨来冒充日本记者的原委说出来，如今蔡雨来被重点通缉，身上肯定有什么重要的日军罪证或是军事情报，必须先敌人之前找到他，保护周全。

潘柱拿出转移蔡雨来的任务档案，交给叶以群看。叶以群看到任务档案上面有慕容织云的名字，惊奇不已，说慕容织云竟然跟蔡雨来在一起了。

潘柱问慕容织云是谁，是否可靠。随后又郑重其事地说明情况，为了防止汪伪特务渗透，上级要求排查转移的文化人士及其亲属的身份信息，蔡雅来和慕容织云的身份也要确认清楚才行。

叶以群与蔡雨来是好朋友，时常到蔡雨来的书店看书聊文学，跟蔡雅来也有交集，因此知道她的底细。但对于慕容织云，叶以群只是听蔡雨来讲过，并没有见过本人。

蔡雨来在香港没有女朋友，叶以群和戴望舒曾热心张罗，要给他介绍优秀的知识女青年结束单身生活，没想到却被蔡雨来拒绝。蔡雨来说起过他的初恋情人慕容织云，两人在上海读高中时就交往，是同班同学，后来他去了日本留学，慕容织云则留在上海读震旦大学。七七事变后，蔡雨来从日本回到上海，仍和慕容织云在一起。可好景不长，不久后上海沦陷，兵荒马乱中慕容织云随家人回乡下避难，从此失去联系。但他对慕容织云的感情并没有淡忘，一直放在心中，并相信终有一天有情人还会相逢。

叶以群和戴望舒都被蔡雨来的感情执着而感动，但同时两人也认为，这是蔡雨来多情的诗意幻想，兵荒马乱时期，很多时候两人一旦别离，极有可能是永别，即便情意再深，也难抵挡世间的洪荒。

没想到此刻在任务档案上面，居然看到慕容织云的名字，叶以群不免感到惊讶，两人究竟是什么时候重逢的？难道真是苍天不负有心人？叶以群说，蔡雨来和蔡雅来是坚定的爱国主义者，绝对信得过；至于慕容织云，既是受过高等教育的知识女青年，又与蔡雨来相恋这么久，身份也毋庸置疑。当务之急，必须尽快找到蔡雨来，绝不能让他落入敌手。

潘柱和李健行知道事情的重要性，连夜加紧部署，调动各处交通站的资源寻找蔡雨来下落，并让人送密信到西贡的港九大队基地，寻求帮助。

看着陈浩三等人的悬赏通告，潘柱隐隐觉得这些名字有些熟悉，好像在哪里见过。他突然想起来，便说："这三人我知道，都是杨进喜

的手下。不久前杨进喜通过组织提交了一份发展入党的人员名单，里面就有陈浩三、方孝举和方孝全的资料。杨进喜在推荐书上注明，这些人都是他的手下，观察了两三年，虽然是帮派小弟，但都是有血性有担当的男子汉，可以发展他们入党，成为新的交通员。当时我们正讨论日本会不会进攻香港，形势十分紧张，还没来得及批复这些名单，日军就攻打香港了。情况危急，我们的精力全部放在解救文化人士的任务上，发展党员之事就此耽搁了下来。"

李健行说："得尽快找到陈浩三和蔡雨来，他们不知道国民党反动派在深圳和惠州边境展开'捞鱼行动'，就算他们能侥幸逃出香港，到了深圳边境，也极有可能落入国民党手中。"

皖南事变之后，大量爱国文化人士移居香港，仍不断发文攻击蒋介石。国民党为此派出军统特务潜入香港，暗中监视这些爱国文化人士。香港沦陷，国民党反动派看到时机，也四处寻找文化人士的下落，举报给日军，来个借刀杀人。后来军统特务打听到文化人士被共产党的武工队秘密转移回内地，当局立即成立"捞鱼行动"，要将漏网之鱼击毙于深圳河岸，嫁祸给日本人。

潘柱问李健行："黄冠芳和刘黑仔的短枪队到哪里了？"

李健行说："黄冠芳的短枪队从元朗赶来，估计中午到九龙。刘黑仔的短枪队昨天在铜锣湾伏击日军，要到今晚才能偷渡过来。"

潘柱说："黄冠芳的短枪队一到，就让他找机会去伏击日军，引开日军的注意。另外通知九龙所有的交通员，展开紧急行动，必须尽快找到陈浩三和蔡雨来。"

李健行点头说："明白。"随后对何鼎华说，"阿华，我跟你一起去处理这件事情，必须当成重点任务来办，不能有一丝松懈。"

万盛达的母亲走到西洋市街。

这一带以前主要交易走私的西洋商品，名表、洋酒、香烟、罐头、奶粉、留声机、牙粉盒、面霜，等等，是九龙的外贸走水之地，每天都是人山人海。日军攻占香港，曾经跑到这里杀人放火，掠夺资源，加上各种物资被严格管控，难民被驱赶，南洋市街变得十分萧条，几乎看不到什么人影。

万母走到仓库门口，看到门把外面的锁头已经取下来，显然有人在里面。她推门，发现是闩着的，于是敲门。

蔡雨来和方氏兄弟坐在椅子上闭目养神，慕容织云和薛秋蓉在小房间里睡觉，万盛达仍缩在屋角的破麻袋和报纸堆里打鼾，睡得正香。敲门声突兀响起，声音虽然不大，但在昏暗空荡的房中听起来令人感到惊心。

蔡雨来和方氏兄弟对视一眼。方孝举说："可能是三哥回来了。"一边说一边去开门。

蔡雨来却留了个心眼，把枪掏出来，拉下滑膛，跟在身后。

门打开，看到外面站的是一个陌生妇女，从未见过。蔡雨来心头顿时涌出一股不祥之感，把头伸出去张望，只见不远处六名汉奸正朝这里扑来。

蔡雨来抬手就开枪。子弹已经上膛，六名汉奸措手不及，被打死了一名。其余五名汉奸立即开枪还击，并朝两边隐蔽起来。

万盛达母亲见开门的是两个不相识的男人，吓了一跳，突然看到其中一名男人朝外面开枪，更是惊得双腿发软，抱着脑袋缩在地上，发出惊叫声。

蔡雨来看她瑟瑟发抖的样子，像是普通人家的妇女，当即就将她拉起来往房间里躲。子弹无眼，万母刚站起来就被子弹打中后背，顿时痛得昏迷过去。

枪声突兀，如同放鞭炮，惊醒了屋子里的人。万盛达一骨碌爬起来，像从噩梦中惊醒般。睡在小房间里的慕容织云和薛秋蓉也吓醒过来，脸色惊慌地从里间走出来。

蔡雨来叫道："有汉奸，你们不要过来！"他一边说一边和方孝举把守门口，不时往外面开枪，阻击汉奸前进。

方孝全跑到门口，看到躺在地上不知生死的妇女，便问："这女人是谁？"

　　蔡雨来突然想到了什么，忙说："阿达，过来看看认不认识这个女人。"

　　万盛达从麻袋堆上站起来，揉了揉发胀的眼睛，往门口张望。他看到地上的女人衣服和身材很熟悉，忙走过去，不由得悲从心生，大叫一声："妈！"

　　五名汉奸听到仓库里面传来撕心裂肺的哭喊声，一听就是那种死了娘亲的号啕大哭，显然他们要找的人就在里面。这些汉奸并没有强攻，而是派了一名汉奸往外围跑去，就近原则搬救兵。另外四名守在巷子墙角，不时对着仓库门口开枪，将里面的人死死围困住。

　　看到万盛达抱着母亲哭得死去活来，蔡雨来深感内疚。当时情况紧急，他看到汉奸跟来，如同惊弓之鸟，根本不可能联想到此人是万盛达的母亲。危险逼近，他第一反应当然是开枪阻击。

　　蔡雨来心想，如果当时先将万母拉进来再开枪，她绝不会死。可是在那样的紧急情况下，他根本无从分辨来者是敌是友，万一拉进来的是个特务岂不麻烦？毕竟日伪军是有女特务的，并且她们擅于乔装打扮。

　　万母并没有立马死去，只是痛得昏迷过去，听到儿子的哭喊声，回光返照般清醒过来。她紧紧握着儿子的手，张嘴说："阿达……你快跑，日本人找上门来了，快逃……"说罢头一歪，便断了气。

# 十九

"啪"的一声，陈浩三感觉脸上像涂了辣椒油，疼得难受，整个脑壳都在嗡嗡作响，像养了一窝黄蜂。

蔡雅来并没有为此消恨，她气得流下了眼泪，忍不住朝陈浩三怒吼："你这人怎会这么流氓无赖！明知道我非常讨厌你占我便宜，为什么还要这么做！"

两人已经从危险区逃出来，走到了一个偏僻之处，距离蔡雨来所在的仓库不远了。看到左右无人，蔡雅来突然猛地打了陈浩三一个耳光，将自己心中的委屈和不满都集中在了手掌上。

"你下手好重啊，我牙齿都快被打下来了。"陈浩三捂着半边脸，也是一副委屈的样子，"实话跟你讲吧，我是真心喜欢你，不是故意占你便宜的。我不知道怎么追，你又不教我，没办法，只好用这种直白的方式了。"

"你就是一个混混，故意打着喜欢我的幌子来占我便宜，别以为我不知道你的流氓心态。我不是你的玩偶，我是有尊严的，请你放尊重些！你这是赤裸裸地侵犯我！"

陈浩三用讨好的语气说："雅来，我真的不是耍流氓，我发誓，我绝不玩弄你的感情。如果你不相信，我就娶你为妻好了。"说到这里他眼珠子骨碌一转，"要不我现在跪下来向你求婚？"

蔡雅来一脚踢开他："收起你那套鬼把戏，谁要嫁给你这臭流氓！你分明是在伤害我。我跟你说了很多次了，爱是一种信仰，你难道一点觉悟都没有吗？"

陈浩三狡辩道："我喜欢你，亲吻你，这也是爱的信仰啊！"

蔡雅来恨不得一枪崩了他："信仰是很纯粹的，你这种做法没有

一点精神内涵，说到底就是要流氓。待会儿回去，我就把你老是占我便宜的事情说出来，让大家评评理，我不相信治不了你。"

陈浩三高兴地说："那就太好了，我正愁没机会表白。到时我也会公开告诉大家，我死心塌地要追你，不管到天涯海角，我就跟着你。近朱者赤，近墨者黑，我不相信成日跟在你身边，就不能让你喜欢上我。"

蔡雅来拿这个无赖实在是没办法，打不怕骂也不怕，真的就像厕所的石头又臭又硬。她板着脸，气得眼泪都快要掉下来了。

这时突然传来枪声，两人当即警觉，倾耳一听，竟是从仓库那边传来的。两人顾不上争吵，赶紧掏出枪往仓库跑去。

守在外面的四名汉奸根本没有想到螳螂捕蝉黄雀在后，他们以为将所有人都困在了仓库里面，正满怀期待地等着大部队过来围剿，做好了领赏钱的准备。

几声枪响，汉奸来不及反应便被干掉。

蔡雨来伸出头往外查探，看到陈浩三和蔡雅来从天而降，不由得大喜。他跑出去数了一下被击毙的汉奸，只有五具尸体，他刚才分明看到有六人朝这边扑来。

"不好，有一名汉奸跑去通风报信了，我们快逃！"

蔡雨来扯着嗓门大叫起来，想给大伙带来紧迫感，但他的叫声被万盛达的哭声给稀释了。

陈浩三跑进仓库，看到万盛达抱着母亲的尸体号啕大哭，顿感诧异。万母怎么会出现在仓库，而且还有汉奸跟来，可见事情很不简单。

"阿达，对不起，我知道你心中痛苦。眼下逃命要紧，日本人就要来了，他们不会放过你的。"陈浩三将万盛达扯起来，准备带他离开这里。

万盛达猛地一拳打在陈浩三的胸口上，随后像疯了一样，对着陈浩三一阵拳打脚踢，仿佛是陈浩三害死了他的母亲。

"我妈就是被你们害死的！如果不是你们这帮瘟神出现，我妈怎么会死！"

蔡雨来将行李挎上肩膀，喝道："陈先生，想办法把他带走，不能任由他哭闹了！"

陈浩三突然一个擒拿手，将万盛达给制伏，猛地一拳打中万盛达的后脑门，将他击昏迷。

"大家快走！"陈浩三将万盛达扛在肩膀上，像猎人扛着猎物，大步流星地走了出去。万盛达瘦小，陈浩三高大强壮，扛起来倒也不费劲。

万盛达醒来的时候，发现自己躺在一堆稻草上，顶上是一片草棚。草棚经历风吹雨打，已经腐朽，阳光从破烂的缝隙中漏下来，如同针尖一样扎着眼睛。万盛达摸了摸后脑勺，隐隐作痛，脑壳也有些发晕，有一种恍如隔世的感觉。

陈浩三和蔡雨来一帮人坐在稻草铺上，吃着包子。见他醒了，陈浩三便说："醒来得正是时候，该吃午饭了。"

万盛达抬起手腕看表，已经十二点多钟，是吃午饭的时间。他摸着脑袋说："我刚才做了一个奇怪的噩梦，梦到我妈被日本人打死了。"

众人一齐停住了咀嚼，把包子从嘴边拿下来。他们看着万盛达，眼中透露的是同情与内疚。

万盛达感觉气氛不对，从他们的眼中似乎看到了什么，神色一下子凝重起来。

"那不是做梦，是真的。"陈浩三内疚地说。

万盛达的记忆猛地苏醒过来，但这次的情绪没有刚才在仓库里那么激烈，毕竟已经爆发过一次，体内的悲痛已经喷涌出来，经过昏迷的缓冲，存余的悲伤来得不如刚才那么猛烈。而且母亲的尸身不在眼前，他没有了呼天抢地的对象，只是跪在地上，愣愣地流着泪，随后才捂着脸哭泣。

哭声悲切，如同锯片一样在空气中来回拉扯，仿佛要把头上摇摇欲坠的草棚给锯倒，覆盖住自己，覆盖住眼前的世界，让悲伤无迹可寻。可是悲伤无孔不入，没有任何东西可以阻挡。

看到他心碎的样子，就连平时沉默寡言、总是挂着硬汉表情的方孝全也忍不住被牵动了，他对陈浩三说："三哥，他哭得那么伤心，一看就不是坏人。坏人冷血，哪有这么多感情。"

陈浩三叹气道："是啊。当年日本人轰炸石龙，投下大量燃烧弹，我们的父母死在废墟中，连尸骨都找不到，当时我们也没有哭得这么伤心。"

薛秋蓉将手中的半个包子放到纸包里，也跪在万盛达身边，陪着一起流泪。众人担心薛秋蓉太过敏感，怕她收不住情绪，到时两个悲伤人的哭哭啼啼闹出动静，不好收场。毕竟他们是在逃亡，万一有巡逻队从边上路过，听到哭声那可不妙。

蔡雨来朝妹妹递了眼神，希望她去隔开薛秋蓉。但出乎意料的事情却发生了，薛秋蓉只是流泪，并没有哭出声音来。她居然主动搂住万盛达，语气低沉地说："阿达，对不起，我知道这种痛苦，当初我爹妈遇难，我哭晕了好几次，真的很绝望。人生太难了，我们只能多多保重。"

万盛达收住哭声，他没有想过会有女孩子给他拥抱，这让他感觉到自己的懦弱与无能。他倔强地推开她，用袖子抹着眼泪，拼命地吸着鼻子，让自己情绪缓和下来。

他突然站起来，大步迈出草棚。陈浩三冲过去一把拉住他，低声问："你要去哪里？"

万盛达恨恨地说："我要给我妈收尸。"

陈浩三抓着他不放："醒目点，你现在去给你妈收尸，恐怕就没人给你收尸了。日本人四处找你，你这是自投罗网。"

万盛达一把甩开陈浩三，目光喷出火来："都是你们这帮瘟神害的，如果不是你们出现，我妈怎么会死！你们这些灾星，从出现开始，我一刻钟都没有安宁过。你们打乱了我的生活，害死了我妈，休想让我带你们出香港！"

陈浩三知道悲伤的人不听劝说，只能采取强硬的手段使其清醒。他用蛮力一掼，万盛达打了个趔趄，差点就摔倒在地上了。陈浩三像平日里教训小弟那样，指着他咆哮道："是我们拖累了你，但是真正害死你母亲的是日本人，我们都是受害者！你不要忘了，我们没有出现之前，你爹就已经死在了日本人手上。还有许许多多的人，也都被日本人害得家破人亡。"说罢他指着薛秋蓉说，"秋蓉的父亲是港警，母亲开馄饨店，她读圣保罗女中，一家人日子过得很幸福，可转眼之间，她的父母都被日本人炸死了。我和阿全几兄弟原本在石龙船公司上班，生活稳定，日本人跑来轰炸，把我们的亲人全部炸死，我们只好跑到香港。如今香港也被日本人占领，你也看到了，每天都有大量的市民被日本人杀死，难道这些人都该死吗？阿达，我们也不想把你卷进来，可是日本人一直不放过我们，非要把我们逼在一起，逼得我们家破人亡，逼得我们走投无路，这就是我们的命运。这笔账，我们要算到日本人头上！"

这番话虽然有些强词夺理，却也有一些引导作用。这段时间，万盛达也多次目睹日兵当街杀人，看到他们用军车拉着一车车所谓的"危险分子"，到九龙宝庆戏院的侧山坡上枪毙，就像杀鸡宰鸭一样。甚至有些日兵喝了酒，还拿活人当枪靶射击，以此取乐。这种残忍的杀戮看多了容易让人麻木，终于有一天，悲剧降临到自己的身上。一通发泄之后，他内心的悲痛不再那么强烈，更多的是悲哀。因为每个人都在承受着战争带来的不幸，没有人能从这动荡的乱世中剥离出来。

蔡雨来担心万盛达情绪难平，不愿意当向导。他们眼下走投无路，人生地不熟，只能把所有希望都寄托在万盛达的身上。想要说服一个悲愤的人，不是件容易事，蔡雨来决定袒露心扉，用真诚去感化他。

"阿达，你父亲为了送药品支援大后方，不幸牺牲，是一条好汉。我猜想你父亲肯定是一名共产党员，只是因为工作需要，所以隐藏身份。共产党经常说的一句话，革命需要抛头颅洒热血，需要牺牲，革命才能成功。阿达，你不是想加入共产党？你必须懂得生命的意义，才知道加入共产党不只是打仗那么简单。流血牺牲并不可怕，可怕的是我们的民族同胞仍没有清醒过来，仍活在迷茫和绝望之中。"

他一边说一边将自己粘贴在上唇和下巴的胡须摘下来："为了中华民族的胜利，我已经做好随时牺牲的准备，就算日本人四处通缉我、追杀我，我也不怕。"

万盛达盯着他看，突然说："你……你不是那个被日军出十万军票悬赏的人吗？怪不得我总觉得有些眼熟，原来是乔装打扮了。"

陈浩三苦笑道："蔡先生，从现在开始你不必乔装打扮了，因为我们都是通缉犯，光你一个人乔装打扮也没有用。"一边说一边从口袋里掏出三张悬赏通缉令。

他和蔡雅来从弥敦道逃回来时，路上看到最新张贴的悬赏通缉令，他和方孝全、方孝举的悬赏通告居然跟蔡雨来的贴在了一起。陈浩三将公告撕下来，放在口袋，本想找机会给蔡雨来等人看，但又怕他们担心，因此一直没有拿出来。

"如果我没有料错，阿达的悬赏通告很快就会贴出来了，跟我们的贴在一起。"陈浩三看着万盛达，幽幽地说，"所以你现在只有一条路可走，就是跟我们一起逃出香港。到了深圳那边，我们一起加入东江纵队、一起打日本人，为亲人报仇。"

万盛达没想到自己有一天居然会被日本人悬赏，他隐隐觉得事情不简单，疑惑地问："你们究竟是什么人，为什么日本人会花重金悬赏你们？难道你们是共产党的武工队，在执行什么特殊任务？"

陈浩三摇头说："我们要是武工队就好了。说实在话，我现在最想找到的就是武工队，让他们保护蔡先生安全离开香港。阿达，你可能不知道蔡先生是什么人，我现在告诉你，蔡先生对我们国家的抗战非常重要。"

蔡雨来将假胡须丢到地上，脸色沉重起来："还是我来说吧！我被日本人通缉，是因为我收集了日本人在香港杀人放火的罪证，尤其是我偷了一份日军的军事机密，细菌部队要求驻港日军抓十万难民，押送到广州做人体实验，制造病毒对付中国人，要把我们中国人都灭绝了。"

他偷走日军的军事机密文件，为的就是要唤醒中国人的血性，让更多人知道日本人的阴谋和野心，从而激发怒火加入抗战。这不算是什么机密之事，越多人知道越好，他恨不得让全世界的人都知道，因此也没什么好隐瞒的。

万盛达不由得吸了一口冷气，灭绝中国人，这是他从未听说过的可怕内幕。

蔡雨来并不担心万盛达会去告密，这一路上他们都要在一起，万盛达即便起了歹念，想去告状也找不到机会。更何况万盛达的父亲死在日本人手上，母亲也刚刚死在汉奸手中，他内心深处对日本人肯定是充满仇恨的，不可能会去做汉奸。因此，他毫无保留地把自己身上背负的秘密说了出来，希望能感化眼前的悲伤者。

蔡雨来又用大义凛然的语气，说到陈浩三他们并非共产党员，而是北角区混社会的帮派小弟，但为了国家大义，几个人临危受命，豁出性命护送他一家人逃港，途中他们还损失了一名兄弟。

"阿达，你母亲的死确实是我们连累的，但这不是我们的初衷和本意，我们也希望你能过上幸福的日子，可是日本人不让我们过正常的日子啊！陈先生说得对，害死你母亲的凶手是日本人，我们都活在日军的魔爪之下，每个人的命运都变得身不由己。阿达，如果你不帮助我们，不带我们离开香港，往后还有更多的人被日本人害死。那可不是一两个人，而是成千上万的人，到时全国哭声一片，那才是真正的灾难。所以我希望你能振作起来，把我们送出香港，让你母亲的死变得更有意义。"

万盛达是个明白事理的人，蔡雨来这番话，让他看清了事情的根本，便将仇恨扣在日本人头上。他压下内心的悲痛，点头说："蔡先生放心吧，我会尽全力护送你离开香港。"

其实他也没有别的选择了，他不可能去投靠日本人，因为有着不共戴天之仇，留在香港也只有死路一条，唯一的出路就是跟这些人一起逃到内地，加入抗战队伍。

　　蔡雨来紧紧地握着他的手，感动地说："谢谢你，我代表中国四万万同胞谢谢你！"

　　万盛达摇头说："不用谢。你说得对，我要让我妈的死变得更有意义，绝不能让她白白死去。我也希望我能像我爹一样，为国家做点事情。"

　　蔡雨来欣慰地说："阿达，你是一个有觉悟的人，和陈先生一样，都有一颗爱国的心。其实中国现在有许许多多像你们一样有报国志向的人，只是没人激发他们的情怀和热血，没人带领他们走上抗战的道路，所以他们仍处于休眠的状态。这就是我们文化人的使命与担当，我们要想尽一切办法唤醒国人麻木的灵魂，号召更多人加入战斗。日本人之所以要将文化人赶尽杀绝，是因为他们非常清楚，想要让中国人沦为奴隶，首先要杀掉文化人士，不让我们唤醒国人的抗战精神和爱国主义。当然，日本人不可能杀得掉我们，因为我们的背后有很多像陈先生和方先生，像阿达这样的义士在默默支持和保护。只要我们的精神不死、我们的信仰不灭，无论国家遭受多大的困难，一切都可以战胜，这只是时间的问题。"

　　这番话不仅说服了万盛达，也点燃了陈浩三和方氏兄弟的热血。陈浩三看着万盛达，热切地说："阿达，我们一起将蔡先生送到深圳东江纵队的秘密基地，到时一起加入游击队、一起抗日，为我们的亲人报仇吧！"

　　蔡雨来紧紧地握住万盛达的手，希望能传达内心的力量："我们一起努力，改变国家的命运，也改变我们的命运！"

　　陈浩三也握住了万盛达的手，同时握住了蔡雨来的手，三双手像叠罗汉一样紧紧地握在了一起。

　　"还有我！"

"还有我！"

方孝全和方孝举也受到了感染，兄弟同心一起走过来，将右手也叠握在一起。五个男人的手仿佛焊在了一起，一股精神从他们的手掌传出来，互相交融，形成了默契，每个人的身上突然充满了力量。

"谢谢各位！你们的精神让我看到了中国是有救的，民族绝不会灭亡。相信我，只要我们坚持抗战，一定会迎来胜利的。"蔡雨来用激动的语气说，随后又趁热打铁，"但是你们也要做好心理准备，我们现在仍在九龙，想要逃出香港肯定还要历经千辛万苦，说不定会落入敌人的魔掌中。我希望你们要记住心中的信仰，即便是牺牲也不要害怕，因为我们是为国家而死、为人民而死，没有什么好害怕的，也没有什么好遗憾的。就算历史没有记住我们，但是我们本身就是历史的一部分。"

"放心吧，有我在，不会让你们落入日本人手中的。"万盛达很有信心地说，"我会拼尽全力，大家一起安全逃出香港。"

蔡雨来说："那就太好了。感谢的话就不多说了，我们现在是同一条心、同一条命，都有着共同的目标。时间不早了，我们赶紧把包子吃完，准备出发吧。"

蔡雅来拿了一个包子递给万盛达，颇为殷勤地说："先吃午饭，吃了我们就出发。"

万盛达接过包子，其实他不饿，他心中仍因为失去母亲而感到悲痛。他没有任何的胃口，但是他知道要走很长的路，有很重要的任务压在身上，无论如何也要吃包子补充体力，免得拖了后腿。

他将包子放到地上，朝天空拜了三拜，算是祭祀母亲的亡魂。随后抹了抹眼泪，一边吃包子，一边走出草棚四处张望，查看自己所在位置。

万盛达很快就分辨出来，他们的所在地是花墟，旺角和深水埗的交界之地。这一带专门种植花草，周边有很多花卉园。

日军进攻香港，曾用高射炮攻打深水埗。深水埗有一处英兵的军

营，日军想摧毁军营，然而炮弹却落在了花墟，将花墟炸毁了一大片，死了不少人。英兵吓坏了，连夜弃阵逃跑，军营里面大量的武器没有转移，被当地人哄抢出来，有些拿到黑市上卖，有些则交给了抗日武工队。

被炮弹炸死的尸体无人处理，很快就发臭。一名乡绅怕引发瘟疫，组织当地居民将尸体堆在一起，在花墟就地焚烧，将骨灰铲到了种花的粪池里。如今粪池的臭气中透出一股邪气，在周边弥漫，让人觉得阴魂不散，没人敢到花墟来。加之香港动荡不安，连吃饭都成了问题，哪里还有人买花，因此花墟一带都空虚了，半天看不到一个人影。

陈浩三带着众人逃跑，并没有方向感，误入花墟，看到这里杳无人烟，便在一个花棚里休息。花棚简陋，边上栽了不少花卉，有盛开的三角梅、茶花、迎春花等，但没人打理，长得野蛮，丝毫不受战争的影响。

万盛达心中就有数了，这地方离九龙山脉很近，就算到狮子山也就一个小时。沿着九龙山脉的乡村道路，可以一直走到大帽山。大帽山下的洼地散落着不少村庄，其中有个古坑村，住着万盛达的朋友，可以半路借宿。

从花墟到古坑村有二十多里地，沿着山野小路曲折步行，正常情况下，两个多小时能抵达。但进入山脉，却要提防土匪和路霸，一路上兜兜转转，预计要走三个小时。

万盛达把路线说出来，傍晚抵达大帽山下的古坑村，先在村里找地方睡觉，凌晨四点打着电筒翻大帽山。山上有土匪，凌晨动身翻山最安全。夜里天气比较冷，尤其是深山老林，寒气更重，土匪们都窝在草棚里睡觉，不会在道上拦路。天亮之后，他们便到了十八乡一带，找地方休息补充体力，午饭后继续出发，穿过元朗镇中心，晚上抵达流浮山下的渔村。渔村有专门搞偷渡的渔民，凌晨偷渡，天不亮便能抵达深圳南山。

如此详细的线路，让陈浩三和蔡雨来等人都激动起来，看来他们真是找对人了，有万盛达当向导，想必不会出差错。

# 二十

　　九龙北端有九条山脉横陈。山脉不算巍峨，走势却如龙，连绵不断，直通大帽山，把海湾笼罩住，因此有九龙半岛之称。香港开埠，港英当局将其定位为自由贸易港口，以国际贸易为主，并不重视本土的工业和农业发展，九龙的郊区当时很多处于乡下，挨近山脉的地方，更是原始的荒野和山岗。

　　有人居住的地方才会有路，没有路很容易迷失方向。万盛达并不是专门挑荒山野岭行走，而是沿着村庄前行。他尽量带着众人在外围穿梭，怕进村会被伪乡公所的保安队或宪察兵看到。

　　从旺角进入深水埗，万盛达绕了一段路。深水埗的英兵军营如今成了日军的集中营，关押了大量的英军战俘。为防止武工队袭击，营救外国人士，日军不仅派出重兵把守，还勒令保安队和宪察兵在周边打转巡逻。

　　走在深水埗的荒芜小道上，万盛达说起了英兵军营的事情，给众人解闷，好让大家忘记奔波之苦。他说："英国和加拿大的官兵，还有印度大头兵，被日本人关在深水埗军营，过着猪狗不如的生活。许多印度雇佣兵受不了折磨，开始投降，成为日本人的走狗。这些大头兵喜欢狗仗人势，以前有英国佬撑腰，老是欺负中国人，现在有日本人撑腰，还来欺负中国人。九龙城有个绰号麻黄鬼的印度佬最坏，做了很多坏事，后来投降日本人，大摇大摆地从集中营走出来，准备东山再起。当时有人想教训他，于是带了几个人将麻黄鬼抓起来，暴打一顿，把他打残了再送到日本军营，说抓到一个逃犯。日军看到被打得半死的麻黄鬼，哭笑不得，他们真以为这些人好心帮忙抓逃犯。"

　　众人都笑了起来。他们都讨厌投降反戈的印度雇佣兵，这些大头兵很坏，蛮不讲理，又喜欢贪小便宜，只要他们把守的岗哨，过路的人都会被搜查，总被他们顺走一些东西。

蔡雨来说："香港原本可以坚持很长一段时间的，只要把战术调整好，不会那么快被日军攻占。我冒充日本记者去采访日军时，一名指挥官告诉我，他们原计划是准备用半年时间攻打香港，而英国人也觉得以香港的军队实力和天然港湾的屏障，至少可以支撑半年，只要等到英国那边派兵增援，便可以解香港之围。然而没想到英军只坚持了十八天就宣告投降。而香港之所以这么快被日军攻占，是总督杨慕琦指挥不当。当初日军屯兵深圳河界，杨慕琦便让港英辅政司找到八路军驻港负责人廖承志先生，希望当日军攻打香港时八路军能出兵保卫。廖承志二话不说，当场表示可以协助驻港英军一同保卫香港，但是八路军游击队的武器有限，请港英当局提供必要的武器弹药。辅政司当场答应提供武器，英国的军械库里面有大量的枪支弹药，分一部分给游击队是没问题的。然而辅政司回去向港督报告，却没有下文。如果总督愿意提供武器给游击队，游击队擅长打伏击战，进行里应外合，日军的战斗计划肯定会被打乱，香港至少能坚持半年以上。可是总督却迟迟不批准，直到日本人攻占九龙，还是不肯提供武器给游击队。"

众人都好奇。陈浩三忍不住问："英国人是猪头丙么，这么好的买卖都不做。"

蔡雨来说："后来我们分析原因，港英当局之所以不愿提供武器，是担心游击队进入香港打日军，说不定还真的能把日军给拖住。就算拖不住，游击队进入香港，肯定会扎根下来，哪怕香港沦陷了，游击队还会在香港打日本人，形成一股强大的势力，得到香港市民的支持与爱戴。现在日本已经向英美宣战，英美澳大利亚等二十多个国家联手抗敌，日本人再厉害也不可能打得过这么多多国家吧。就算日军占领了香港，到后面还得交还给英国，但是一旦共产党的军队进入香港，情况就变得复杂了。战争结束后，英国人担心共产党会提出要求，趁机收回香港，所以港英当局最终没有把武器给游击队，他们宁愿白白送给日本人。"

陈浩三这才明白过来："刚才听阿达讲，英军被关押在集中营受苦，过着猪狗不如的生活，这叫驼子打伞，无怪背时（湿）啦，谁让他们不相信游击队。"

蔡雨来说："人活世上，信任很重要，就像信仰一样不可或缺。港英当局不信任游击队，吃了大苦头，这是他们自作孽。不过游击队并没有介意，这段时间一边营救文化人士一边营救外国友人，想尽办法让外国友人逃出日本人的魔掌。据我所知，香港武工队已经救出几十个外国友人，转移到桂林去了。"

万盛达说："中国人习惯做好人，东江游击队名声在外，是日本人的克星，换成我是香港总督，不信上帝也要信游击队了。"

蔡雨来说："英国人比较理性，不怎么感情用事。中国人重感情、讲义气，只要感情到位，就会产生信任。比如我昨天才认识陈先生和两位方先生，今天早上才认识阿达，虽然我们相识的时间都很短暂，但有一种东西是与生俱来的，那就是民族感情，代表了我们内心的正义，所以我们相互之间很快就建立了信任。"

陈浩三忍不住说："蔡先生，你以前是不是当过老师啊？什么都能讲得头头是道。我感觉跟你再待一段时间，肯定会变成另外一个人的。"说到这里，不由得看了看蔡雅来，随后假装摸了摸自己的脸，暗有所指。

陈浩三半边脸仍有些红肿，一看就是被人打的。众人以为是万盛达的杰作，当时情况紧急，仓库光线比较暗，谁也没有留意陈浩三进来时的脸。就连万盛达也觉得是自己把陈浩三的脸上打红了，心里还有些许的歉意。

蔡雅来冷笑道："我哥见多识广，读的书比你吃的饭还多，你要是真的能听进去，改一改性子也好，说不定还真有长进。否则一天到晚说些不正经的话，始终是一副无赖的嘴脸。"

慕容织云抿嘴笑道："我觉得陈先生性子幽默也挺好啊，老气横

秋未必就是好事。"说到这里，她意味深长地看了蔡雨来一眼。

蔡雨来没有理会她，对陈浩三说："你能听得进我的话，证明你还有成长的空间。陈先生，你们身处的环境不一样，没有打开世界观。如果早点接触到像我这样的人，知道人活着的真正意义，明白以天下为己任的真谛，恐怕你们早就成为战士了。"

慕容织云插嘴道："陈先生已经是战士了，从昨天逃亡开始，他就变成了另外一个人。"

蔡雨来点头说："说得对。这一路上出生入死，陈先生几兄弟愿意牺牲自己保全他人，这种舍生取义的精神，一般的战士还真达不到。"说罢，他跟万盛达说起施粥街发生的事情，陈浩三和蔡雅来为了吸引日本人，被逼入绝境，差点开枪自杀了。

万盛达听得颇为震撼，不由得看了陈浩三一眼："我也要当这种不怕死的战士。到了深圳，加入东江纵队，我一定要狠狠杀几个日兵，为我的爹妈报仇雪恨！"

陈浩三说："我们不仅要为爹妈报仇，还要为更多中国人报仇，早点把日本人赶出中国，不让中国人再受日军的欺侮和屠杀。"

蔡雨来赞赏道："陈先生现在境界提高了，不仅想到自己，还想到国家与民族，真是可喜可贺啊！"

陈浩三看了蔡雅来一眼，嘿嘿笑道："一路上听蔡先生的教导，就算木头人也都开窍长木耳了。雅来还特意跟我说，让我多向你学习，成为一个有信仰有力量的人，这样的人她才会喜欢。"

蔡雅来脸色冷冷的，把头扭过去，不看他，也不接话。

一个小时后，一行人进入了葵涌腹地。

这是新界南部山区，农村较多，人烟也渐渐稠密起来。路过葵盛西村时，传来了危险信号，周边村民正携家带口，纷纷往外跑，如同逃避瘟疫。

陈浩三察觉异常，拦下一个农民询问。农民神色慌张，说这一带村庄突然来了许多宪兵和保安队，在各大路口设卡拦截路人。保安兵还进村子搜查，说要抓捕通缉犯。日兵都是杀人不眨眼的魔鬼，保安队也喜欢抢东西，村民们哪敢窝着，都往野外逃命去了。

蔡雨来脸色沉凝，日军跑到偏僻的山村搜捕，看来已经推测出他们沿着九龙山脉逃走，因此半路设卡拦截。日军逼近眼前，他们不可能沿着村子往前冲，必须改道而行。

陈浩三拿出地图，让万盛达开辟新的路线，绕过日军的追捕和拦截。万盛达对这带地方也熟，从地图上找出两条线路。

第一条线路从葵涌边上的山脉翻过去，那里有座无名山，有人曾在山上搭建牛场，饲养乳牛，当地人便称其为牛山。翻越牛山可以绕开日军在村庄周边设下的卡哨。然而这条山道离村庄不远，也有可能会被日军设卡拦截。

第二条线路是直接改道走金山的山脉。金山离这里有十多里，属于荒野之地，没有村庄，日军兵力有限，应该不会跑去荒山野岭设卡。但是走金山道不仅要多花一两个小时，也存在危险。山上盘踞了一股土匪，土匪头子叫肖天来，原本在大帽山的西侧落草，毕竟一山难容二虎，后来被大帽山东侧的黄慕容土匪击败。肖天来无奈之下，带着残余的五十多号土匪跑到金山扎寨。

肖天来有个绰号叫食人无骨，为人凶狠难缠，专门在金山一带打劫路人。香港黑道流传一句话，"杀人放火金腰带，救死扶伤无骨埋"，说的是混社会一定要心狠手辣才能赚到金钱，好心人只会死无葬身之地。肖天来盘踞金山道，手段凶残歹毒，令人闻风丧胆，当地人于是将这句话改为"杀人放火金山道，食人无骨肖天来"。

两条线路，皆存在一定风险。陈浩三和蔡雨来商量，选择了牛山路线。逃跑的时间十分宝贵，而且他们的体力也都有限，为了早点抵达大帽山，最好的办法就是抄近路。

万盛达带着众人绕过葵盛西村，前往牛山。站在山脚下，蔡雨来一时沉默，显然此地并非偏僻所在，因为山上建有牛场，加之附近村民上山砍柴，山道踩得很宽，可以连接前面的村庄，山上会不会有日本人设卡拦截？

陈浩三沉吟片刻，说："日军刚入村设卡，应该不会这么快就到野外。我们现在翻山，可以赶在日本人到来前离开这片地方。"

万盛达也说："我觉得也是。要是没有本地人带路，日兵未必知道这条山道。日本人一般都是在村庄周边道路设关卡，保安队也喜欢到村子里面打油水，不会跑到野外来。"

蔡雨来是个谨慎的人，摇头说："千万不要小看日本人，他们的行动部署比我们想得更加周密。日军有当地保安队带路，说不定已经在山上设下了埋伏。"

万盛达说："要不我们拐道去走金山？不过那边有土匪，并不比这里安全，而且还多绕一两个小时，天黑之前未必能赶到大帽山的古坑村。"又补充道，"天一黑，走荒山野岭很容易迷路，好似鬼打墙，除非有本地居民带路。"

虽然他经常从这一带走水，但都是有固定线路的，以村庄为主，从来不走荒野之地，因此对走金山道也没有太多信心。

陈浩三略作思考，便说："这样吧，我先到前面探路，看看山道有没有问题。如果没有问题，你们再从后面跟过来。"一边说一边抬起手腕看时间，正好下午三点钟。他们从昨天下午三点钟出发，已经过了一天时间，按照三天逃出香港的目标，所剩时间不多，抄近路是最佳选择，既可节约时间，又能节省体力。

蔡雨来沉思片刻，问道："翻越这条山路需要多久？"

万盛达说："二十分钟左右。"

陈浩三说："你们在山下等我，先找地方隐蔽起来。二十分钟如果没有听到枪声，那就表示山上安全，听到枪声你们立即转身走金山道。"

二十分钟翻山，比绕道两个小时要有诱惑力。蔡雨来同意这个方案，但又有些忧虑："你一个人上山，遇到危险不好脱身。"

陈浩三说："我会想办法的，要是真的遇上突发事件，记住我们下一个会合地点，在大白田教堂等我。教堂不安全就在门墙上留下记号，把姓刻在上面，代表你们有几个人到。如果半夜我还没赶到教堂，你们不用管我，按原计划凌晨翻山去元朗。"

蔡雨来还是不放心，光是陈浩三一个人走山路，万一真的遇到危险，说不定来不及放枪就被敌人拿下，反而会误导他们。若是有两个人相对会好些，至少可以打掩护。他看着妹妹说："雅来，你跟陈先生一起翻山，好歹有个照应。"

蔡雅来小嘴一噘，冷冷地说："我不去。"

陈浩三却来劲了，嘿嘿一笑："跟我去吧，万一遇到危险我来不及放枪，你放枪也一样。"

蔡雅来仍是不情愿，想找借口拒绝。万盛达接了话头，看着陈浩三说："我跟你一起翻山吧，这条山路有不少岔路口，你不熟悉，容易走错。"随后看了蔡雅来一眼，"要是三人上山最好，我担心山上没有日军，说不定会有烂仔拦路打劫。"他见识过蔡雅来的枪法，如果她能同行，就算遇到烂仔拦路也不怕，三人互相照应，有周旋的余地。

蔡雨来便说："那就这么办，人多警惕性高，陈先生和雅来、阿达上山探路，发现异常情况，可以互相掩护逃跑。我们听到枪声，先按照地图的线路和指南针，往金山道撤退，到时你们从后面跟上。"

陈浩三掏出一把手枪给万盛达，那是他从久宫传一郎身上缴获的王八匣子，随后转头对蔡雨来说："半个小时没听到枪声，你们就顺着山道上来，我们会在山上的岔路口等着。"


三人沿着山道前行，枪拿在手上，子弹也已经推上膛。

山上树木葱郁，没有看到人影，只听得偶然吹来的山风把树木摇得哗啦啦作响。树叶摩擦出来的气息被午后的阳光焐热，散发出难得的清静和清香。但这清静并不纯粹，林中偶然传来枯树断裂的声音，仿佛有一只无形的手，正在将树枝折断，扔在了时间的缝隙中，时间因此变得缓慢起来。

日军突然杀到山村，声势浩大地搜捕通缉犯，吓得人们往更远的山林逃去，或者往别的村庄逃去，不敢在近处躲藏。山道没有人影，整座山头显得异常空虚，风吹树木的声音试图掩盖着什么。

走入山林中间，陈浩三瞥见灌木丛中有人影晃动。他眼尖，看出来那是日本人的军服，顿感不妙，立即抬手开枪，朝林子里面射击。

林中埋伏的日军当即开枪还击，瞬间枪声密集，子弹飞射而来。

陈浩三和蔡雅来、万盛达在山道上，没有可避之处，只能就地趴下，躲避子弹。等他们把头抬起来时，发现已经被三十多号日伪兵团团包围，一部分是小野吉男的特务行动队，另外一部分则是当地伪乡公所的保安兵。

看到三人落网，前田三郎对小野吉男佩服得五体投地。果然姜还是老的辣，仅凭万盛达的个人资料分析，他就能推算出万盛达带队逃跑的线路。

然而小野吉男却毫无胜利可言，抓到的只是三条小鱼，真正的大鱼并没有落网。

特务们和保安队在牛山附近搜捕，并未发现蔡雨来的踪影。小野吉男做出判断，蔡雨来应该是在山下等候，听闻山上枪声，便走了另外一条路。周边村庄被日军设卡拦截，他们唯一的选择只有荒野之路。

小野吉男打开随身携带的军用地图，察看附近路况，当即锁定蔡雨来的逃路方向，他派出一支十人的保安兵，抄近路去金山道搜捕和拦截。并承诺这支保安队，抓到蔡雨来给他们二十万军票，比之前的赏金翻了一倍。

保安兵一时激动不已，不再顾忌金山的土匪窝，扛着枪兴高采烈地朝金山道方向迈进。

# 二十一

　　葵盛西村的伪乡公所坐落在山坡下。

　　山坡长着松树，温热的阳光晒出松脂的清郁香味，被暖风吹到乡公所里。这股古朴厚重的气息，正试图掩盖这个并不宁静的午后。

　　小野吉男站在窗前，像一座雕塑，一动也不动。窗户很大，可以看到山坡的轮廓。坡下长着几丛吊钟花，倒挂着风铃般的花朵，阳光下开得极是璀璨。

　　香港人喜欢种吊钟花，花期正值春节前后，盛开起来异常美丽，每一根枝条都长出簇拥的花苞，花色白里透红，微卷边的花冠如同少女的裙摆，一簇一簇地倒挂在枝条上，充满了春天的风情。

　　小野吉男背着双手，盯着几丛吊钟花静静地发呆。不知为何，最近只要看到花朵，总能勾起内心的情愫，让他变得多愁善感，越发没有军人的冷峻气息了。

　　绽放的花朵让他想起家乡，想起了妻子。妻子喜欢莳花弄草，家中院子一年四季总有鲜花盛开，蝴蝶和蜜蜂是常客，比他更熟悉院子的每一寸土地。对于花草，他以前并不怎么在意，觉得不过是点缀院子的普通之物，即便是院子里没有花草，他也不会觉得缺少什么。直到进入中国，残酷的战争让他意识到妻子种的花草是多么美好的回忆，那些盛开的花朵，酝酿出的竟是家的温馨。

　　他想起前往部队报到的那个早晨，妻子腆着肚子送他到门口。末了，妻子突然捧起门口木架上的一盆盛开的菊花，交到他手上。菊花地位高贵，象征皇室精神，尤其武士，对菊花有着天然的喜爱和崇拜。

　　小野吉男知道妻子的用意，他捧着菊花，深情地望着妻子。妻子特意做了妆扮，挽起古典的发髻，身穿"小振袖"和服，和服上面绣满

了樱花图案，仿佛花瓣落了妻子一身。她系了一条八寸名古屋腰带，把整个腰身都包裹起来了，背后打了一个巨大的蝴蝶结，即便怀了身孕，仍能透出少女的端庄与婉约。

那一刻，他有些恋恋不舍，手捧菊花和妻子对视。妻子凝望他，眼神一直没有离开过，他当时并不知道如此深情的凝望意味着什么，直到他有了切腹之心，才明白其中的含意，妻子是害怕失去他。

父亲却铁血无情地按下了喇叭，催促他上车。父亲要亲自将儿子送到军部报到，并且在车上再三叮嘱，让他一定要洗掉哥哥给家族带来的耻辱。他很不情愿地上了车，坐在后排座位，将菊花捧在怀里，冰冷的陶瓷花盆让他感受到离别的寒意。车子飞快地向前开，他转头回望，妻子的身影越来越小，渐渐消失在漫长的时光中。

那是一九三六年二月底，东京的气候仍寒冷。天空突然落下了雪花，纷纷扬扬地洒在车子上，仿佛樱花般凋零，天地间充斥着一股迷离的气息。他莫名地伤感起来，内心渴望上战场的激动因此被冲淡。

到了军区，集训完毕，士兵们便接到通知，部队当天就要开拔，前往伪满洲国训练，做好迎接圣战的准备。士兵对能参加天皇圣战感到异常的兴奋和激动，他们带着琐碎的物件，平安符、干支人形、羽子板等吉祥物，还有家乡土和开光石，以及绣有祝福的围巾和毛衣等，无不凝聚着家人的牵挂，希望保佑他们能从异国他乡平安归来。

手捧菊花的小野吉男受到了长官的赞赏。菊花很少在寒冷季节开放，这个时期能培育出花朵，绝不是一件容易的事情，对备战的军人而言，这是一份难得的心意。日本军人对菊花向来尊崇，日军的武器和军舰、战机上面都刻有菊花徽章，那是皇室精神的标志，也是大和民族的精神源泉。

部队乘坐火车前往海边军区，当晚转换船只横渡东海，三天后抵达中国的东北三省。火车上，小野吉男将菊花放在桌面上，花朵随着火车震动而摇曳生姿。他沉浸在与妻子离别的情愫中，妻子那张娇美的脸蛋如同菊花般娇艳，让他感到幸福却又怅然。他并没有意识到这是一次永别，他以为战争很快就会结束，说不定回来可以赶上孩子的周岁生日，虽然他缺席了孩子的出生仪式，但孩子一定会为参加圣战的父亲感到骄傲与自豪的。

火车进入长长的隧道，车厢暗下来，车头喷出来的煤烟在隧道中无法散开，飘进了车厢。一股浓浓的烧焦味呛得他无法呼吸，留下了难以忘怀的记忆，他觉得这股味道并非偶然，而是冥冥之中藏着某种天意。

后来全面侵华战争开打，他目睹了战友们相继死去，他们的尸体放在草木上，浇上汽油，焚烧成骨灰，带着异乡冰冷的气息，漂洋过海送回他们的父母手中。那股焚烧尸体的味道与在火车上闻到的煤烟味如出一辙，于是他终于明白了，战争并不会很快结束，死亡的阴影伴随着对家乡的思念之情，将会贯穿他的宿命。

妻子送给他上路的那盆菊花，还没抵达中国就枯萎了。当时他并不在意，皇军在满洲国的强势军威，掩盖了一切颓废。经过三个月的特殊训练，他被派到北平当间谍，为全面发动侵华战争做准备。

如今回忆起来，他真是后悔，那盆菊花虽然逝去，但他应该将花盆和泥土保存下来。毕竟那是妻子亲手种植的花卉，并亲手端给他，希望以皇室的精神，保佑他从异国他乡早日平安归来。泥土是家乡的泥土，应该可以闻到家乡的气息吧，那个白色的陶瓷花盆也是妻子精挑细选的，上面印着菊花图案呢！他甚至想到了，若是自己切腹自杀，可以提出要求，用那个花盆来装自己的骨灰，上面覆盖家乡的泥土。他想，妻子肯定会明白他的用意，他就是那株逝去的菊花，但精神永不凋落，永远活在家人的心中。

然而花盆和故土却不知被他丢弃到哪个角落，一如当初的雄心壮志，在漫长的战争中遗失了本性，再也找不回来了。

看着窗外盛开的春花，妻子和菊花交错出来的庭院深深，锁住了小野吉男的心结，再也无法解开。那股渴望回乡的感情越发汹涌澎湃，而切腹自杀的念头也就越发强烈。战争不知何时才会结束，只有以死

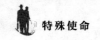 

之心穿越时空，才能抵达久违的故乡，重返妻子身边。但他此刻仍不能死，因为任务还没有完成，他必须捉拿蔡雨来归案，完成最后的使命，在一场胜利的荣耀中死去，就像高贵的菊花一样，即便是凋零了，精神也不会枯萎。

蔡雨来什么时候可以抓住呢？小野吉男心中并没有底。

房间里传来的惨叫声，将小野吉男带回了现实。

陈浩三和蔡雅来、万盛达在山上不肯招供蔡雨来的下落，小野吉男命人将他们押到葵盛西村的伪乡公所，进行刑逼诱供。

小野吉男已经厌倦血腥与暴力，他把任务交给前田三郎。他知道这个极度信奉军国主义、效忠天皇的法西斯分子，会不择手段地达到目的。

前田三郎接到逼供任务，两眼发光，尤其是盯着蔡雅来的眼神，流露出来的邪恶足以摧毁一个人的心志。此人是个孤儿，由于父母的缺失导致性格内向，加之孤儿院的生活让他饱受欺辱，心理缺陷严重，是个容易走极端的人。日军侵占中国东北三省后，开始暗中厉兵秣马，做好全面侵华的准备。为了训练出一支特工敢死队，日军到孤儿院将十多岁大的小孩带出来，特训为死士，供日后上战场冲锋陷阵。前田三郎因此进入军营，经过几年的训练，军国主义的毒瘤渗透到他的命运深处，使他成一个冷血变态的杀人狂魔。上了战场，他很快就脱颖而出，短短一年时间内便从普通士兵升为少尉。

前田三郎命人将万盛达押到另外一个房间，进行单独逼供，陈浩三和蔡雅来则关在同一个房间逼供。他知道，陈浩三和蔡雅来恐怕不会轻易屈服，万盛达会是这次审问的突破口。

特务将陈浩三的上衣脱光，绑在柱子上。与此同时，前田三郎命人拿来绳子，将蔡雅来绑在桌面上。

陈浩三知道在劫难逃，就算招供出与蔡雨来的会合地点，自己也是死路一条。日本特务不仅逼问蔡雨来的下落，而且还质问他为什么要杀死久宫传一郎。陈浩三索性保持沉默，不管前田三郎怎么发问，他都没有开口，硬着头皮充当好汉。

前田三郎失去耐心，命令特务用鞭子狠狠地抽打陈浩三那健硕的身体。鞭子落在身上，如同被刺刀扒皮挑筋，痛得陈浩三全身青筋暴露，牙齿咬得咯咯作响。

前田三郎假惺惺地许诺，只要陈浩三供出蔡雨来的下落，带他们去抓住蔡雨来，日军绝不会追究刺杀久宫队长的事情。陈浩三并不相信此人的话，杀了中尉军官，如此重大的罪名，日本人怎么可能会放过他。反正左右是死，既然招供也没有用，不如死死地扛着，好让这些日本人知道，他并不是孬种。尤其是在蔡雅来面前，他绝不能示弱。

前田三郎知道混江湖的人都有几块硬骨头，不将他们折磨得奄奄一息，是绝不会轻易屈服的。他让特务加大力度抽打鞭子，饶是陈浩三骨头硬，还是忍不住痛叫起来。

随后，前田三郎将逼供的目标转移到蔡雅来身上。桌子就横放在陈浩三的面前，一张三米长的实木会议桌，蔡雅来被仰面绑着，像一头绑在屠板上即将要宰的羔羊。她猛烈挣扎，踢得桌面梆梆响，却一点用都没有。

"如此漂亮的姑娘，今天被我占有，也是一件快活的事情。"

前田三郎解开蔡雅来的腰带。她穿的是难民服，一条粗布绳子绑在腰间，一扯就掉。仿佛身上某根筋脉被抽掉一样，蔡雅来全身开始发虚，一股从脚底生出来的惶恐排山倒海涌来，直冲上脑门，仿佛脑门的血管爆裂了，让她感到两眼发黑，差点失去了意识。

前田三郎将腰带放在鼻子下面闻了闻，笑容越发变态。他伸手到蔡雅来的衣服里面，轻轻地抚摸着她的肚皮。蔡雅来奋力挣扎与尖叫，前田的手就像一条毒蛇，让她感到无比恶心，几乎要呕吐了。

显然这个姑娘并没有想象中的坚强。前田三郎的手仍在她的肚皮上游走，脸上露出温柔的笑："蔡小姐，你赶紧招了吧。不招供，我真的不客气了。"

木头做的桌子，此刻变成了滚烫的铁板，每一分每一秒，都成了宿命的煎熬。蔡雅来已经失去了应对的勇气，她后悔不已，当初在山上的时候为何不拼命开枪反抗，哪怕被打死，也比遭受这非人的践踏要好。

鞭子发出呼啸声，抽打在陈浩三身上，他的身上已经伤痕累累，但内心的恐惧与痛苦却比鞭子抽打在身上还要难受。日本人居然要当着他的面强奸蔡雅来，他却无力反抗，没有比这个更惨烈与残酷的了。

前田三郎开始扒蔡雅来的裤子，将她的外裤给扒下来，只留了一条短裤。那是一条丝绸短裤，款式是英式的，边上绣着蕾丝，看起来很性感。

前田三郎眼露淫光，边上的几个日本特务也咽起了口水。挥动鞭子抽打陈浩三的特务由此分心，鞭子抽打的力道变弱了，让陈浩三有了喘气的机会。

蔡雅来光滑的大腿死命地蹬着，恨不得将这桌子踢碎。两条白嫩的大腿扑腾起来，反倒更加勾起前田三郎的兽欲。

"蔡小姐，我给你最后的机会，现在招供还来得及。抓到你哥哥，我保证放你一条生路。"

前田三郎发出最后的通牒，以为能击碎蔡雅来的信念。没想到蔡雅来比他想象中的更加坚强，虽然她的脸上写满恐惧和惊慌，眼中涌出泪水，但她死死地咬着嘴唇，一副宁死也不开口的样子。

陈浩三闭上了眼睛，不敢去想那些画面。他并不是内心脆弱的男人，混黑道这些年，过着刀尖舔血的生活，也见过邪恶的勾当，什么残忍的事情都经历过。他心里暗忖，实在不行假装招供，带他们去别的地方，看能不能找到脱身的机会。可是他也知道，这些日本人没那么好糊弄，绝不会轻易上当的，谎言只会增加他们的愤怒，从而加大报复手段。

前田三郎把手伸到了蔡雅来的蕾丝短裤上，准备一把扯下来。

蔡雅来感觉天塌下来了。她知道自己无力反抗，只能在绝望之中做出必死之心，只要一有机会，就与敌人拼个死活，绝不苟且于世。

这时门突然被推开，一股清风从门口吹进来，带着外面的草木气息，仿佛吹散了无形的黑暗。

小野吉男走了进来，看着面前的一切，面无表情，用日语冷冷地说："万盛达招供了，要带我们去找到蔡雨来，现在马上出发。"

肖天来和肖富贵率领几十号土匪埋伏在金山道，眼见太阳偏西，野外一片死寂，肖天来以为这又是徒劳无功的一天，正准备收队早点回山，没有想到竟然游来了几条大鱼。

肖天来并非天生土匪，他原本在九龙城的上海街做瓷器生意，日子还算宽裕，娶了一个唱粤剧出身的颇有姿色的老婆。儿子出生时，佛山瓷器厂的老板特意送来一对金色牡丹花瓶作为贺礼，上面写有"玉堂富贵"四个大字，肖天来遂给儿子取名为肖富贵。

肖富贵六岁那年，肖天来前往佛山瓷器厂进货，跟往常一样租船走水路返港。不想那年遇上广州军阀争权夺势，时局动荡，被打散的小股部队无处可去，摇身变成了水匪，半道拦江打劫。水匪不讲道义，上船就将肖天来打个半死，丢到江里喂鱼。幸好他命大，抱着一根木头漂浮上岸，在一户疍民的船上休养了大半个月。

瓷器生意落空，家道注定落败，肖天来心灰意冷地回到香港，却听到风言，他老婆竟私下约会以前戏班的师兄。肖天来将信将疑，将老婆绑在床边，掏出匕首逼问真相。老婆经不起恫吓，只得招供。肖天来盛怒之下失去理智，对着老婆的胸口连捅几刀，随后又跑去师兄家中，将其杀害。为躲避法律制裁，肖天来带儿子去大帽山落草为寇。

人生的变故使肖天来性情大变，他变得心狠手辣并很快便在土匪窝闯出了名头，逐步登上土匪头的宝座。然而，他强硬的性子却没有遗传到儿子身上，肖富贵虽然跟着父亲落草为寇，摸爬滚打十多年，如今已经成年，性子仍懦弱得很，看到鲜血还会浑身发抖。小时候亲眼看见父亲将母亲捅死，血流满地的场景，让他留下了难以消除的心理阴影。

肖天来就这么一个儿子，十分溺爱，每日带他下山打抢，灌注土匪暴行，希望以毒攻毒，通过血腥事件消除儿子内心的阴影。他相信，只要见多了残忍之事，人的内心就会麻木，便能扭转心性。就像自己当初做瓷器生意，小心谨慎，不敢得罪人，但遭遇一场变故之后，内心的魔鬼释放出来，顿时判若两人。

蔡雨来和方氏兄弟护着薛秋蓉和慕容织云，依靠地图和指南针的指引，沿着金山道前行。进入僻静之地，方孝举事先到前方探路，没有发现异常情况，再以口哨为暗号，通知蔡雨来等人跟来。

肖天来率众匪埋伏在山道的灌木丛中，如同老狐狸，怎能让方孝举发觉。等这群人全部进入埋伏圈，土匪们突然冲出来，杀了他们一个措手不及。

幸好蔡雨来留了心眼，知道逃亡之路必会遇到危机，因此将机密文件和胶卷用油布包扎，再裹上棉花缝到粗布棉衣内层。他还故意将棉衣打上补丁，又用油墨涂在上面，让面料变硬，看起来油乎乎的，即使拿到当铺也遭嫌弃。天气暖和，棉衣放在包袱里面，并没穿在身上。

方孝举报上名号，说他是洪门致公堂曾鸿文的手下，又说蔡先生是共产党交通员，跟他们一起护送两位知识女青年离开香港，若是土匪敢乱来，那就摆明要跟共产党和洪门结梁子。

肖天来一时被这些名头给镇住。共产党可不是那么好惹的，他们有武工队，连日本人都奈何不了。曾鸿文不久前率领几十号人，扯着大旗在元朗和荃湾一带除暴安良，杀了许多小股土匪和地霸，更是得罪不起的阿哥头。

肖天来决定收一点过路费，就放他们走。然而有小弟当日到附近乡村集市踩点，正好看到蔡雨来和方氏兄弟的悬赏通告，特意撕下来揣在口袋里，拦路抢劫时看能不能撞到通缉犯。

小弟拿出悬赏通告，确认蔡雨来和方氏兄弟的身份，正是日本人通缉的要犯，只要抓到就可以领大钱的。肖天来从中推测，这些人肯定不是共产党和洪门的人，要真是这两个派系的，被日军如此通缉，肯定受到重点保护，绝不可能就这么几个人跑路。

肖天来立即命人将他们拿下，顺便搜查这些人的身子和行李，行李中居然有十来根金条，还有不少军票和银元，以及红酒厂的经营文件。肖天来大喜过望，这是他们从大帽山迁到金山以来，干过最大的一票。

肖富贵跟父亲不一样，他对钱财视若无睹，只是直愣愣地盯着薛秋蓉和慕容织云看。这是他平生所见女人之最，不由得两眼发光，一双贼眼骨碌碌乱转，在两人脸上来回打量，流露出淫邪之意。虽然他不是当土匪的料，害怕流血事件，却是个不折不扣的好色之徒，多次玩弄父亲掳上山的女人，窝里的土匪们都叫他"麻甩佬"，经常取笑他劫财不行，劫色倒是一把好手。

# 二十二

保安队在前面开路，小野吉男和前田三郎一前一后夹着万盛达，跟在保安队的身后。后面是特务小队押着陈浩三和蔡雅来，刺刀明晃晃的，防止两人反抗。

小野吉男原本要将陈浩三和蔡雅来关押在伪乡公所的房间，等万盛达带他们去抓获蔡雨来，再折回来将陈浩三和蔡雅来一起带回港岛的宪兵部。前田三郎却不同意，说山里势力复杂，搞不好有共产党的武工队，伪乡公所未必是个安全的地方。

前田三郎这么说是夹有私心的，他打起了如意算盘，只待一抓到蔡雨来，立即对蔡雅来动手，当场剥光她的衣服，发泄兽欲。将她带上路，是为了便于行事。小野吉男略作思考，却也不点破，任由他折腾。

太阳已偏西，天空聚了一些灰云，阳光隐蔽起来，天色一时有些阴沉，看样子有可能变天，但也可能只是老天爷耍个障眼法。香港人早就盼望落雨，要是这么一直干旱下去，香港的水塘蓄水量不足，日本人肯定会更加严格管制用水，往后不知道有多少人渴死。

陈浩三和蔡雅来望着天空，虽然只有几朵乌云遮住阳光，但他们却感觉整个天空已是一片黑暗，他们正走向不归之路。

走了半个多小时，万盛达指着一处山坡说："翻过这座山，再往前走几里地，就到石围角村。看样子，我们五点半之前就能赶到接头地点。"随后又说，"前田少尉，只要捉到蔡雨来，您绝不能食言，要让我加入保安队，十万军票的赏钱也归我。"

"万先生请放心，你帮了皇军大忙，我们不会食言的。"前田三郎一副信誓旦旦的样子。

小野吉男不说话，神色肃然，看起来麻木不仁。他握住武士刀，心中盘算，今天若能圆满地完成任务，回到住所之后，当即洗浴干净，执行切腹仪式。

剖腹对于武士，并没有恐怖和残忍的色彩，而是一件十分神圣和荣耀的事情。唯有死亡才可以成就永恒的武士道精神，这是每位武士在严苛历练之时，打下的坚定信念，在他们的信仰当中，生即是死，死即是生，生死如一，并不会因为死亡而感到害怕。甚至小野吉男渴望神圣的死亡早点降临，带自己离开这污秽的现实世界，让灵魂重返家乡，那里大雪覆盖、那里樱花盛开、那里拥有亲人的微笑，是一片洁白的净土。

上了山坡，沿着山道前行。山坡不高，却有些陡斜，草木在暖冬之中一片翠绿。登上坡顶，要过一处"人"字坡，中间是一条两米宽的山道，两边是斜坡。

万盛达点头哈腰，殷勤地对前田三郎说："前田少尉可要当心，山道路滑，不要摔到下面了。这个坡叫毒蛇坡，下面有很多毒蛇，要是被咬了，那就难搞了。"

前田三郎板着脸说："冬天怎么可能会有蛇呢！"

万盛达说："您有所不知，香港有一种蛇叫寒冬蛇，是不冬眠的，毒性很强。小时候我妈带我去砍柴，就被寒冬蛇咬住，幸好我妈用嘴给我吸毒，我才活过来了。"说罢指着左边斜坡下面，那里有一处干枯的芦苇丛，"说不定那里就藏着寒冬蛇。"

前田三郎往那芦苇丛中看去。就在这时，万盛达突然暴起，猛地一脚踹向走在他前面的小野吉男，随即借势一个反身，像狼一样扑倒身后的前田三郎，向斜坡左边翻滚下去。

这招叫"前踢后扑"，是万盛达混江湖时跟一位拳师学来的，并下苦功夫练习，打群架时用过几次。人在江湖混，拳脚功夫是必不可少的，就像当渔民必然要学会游泳一样。万盛达身材瘦小，打架不能跟人

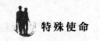 

拼蛮力，便喜欢用这种出其不意的招式。

斜坡又陡又长，万盛达抱着前田三郎像滚雪球一样，根本刹不住。小野吉男冷不防被踢倒，也跟着摔下斜坡，但他拼命稳住身子，慢慢停了下来。

突如其来的变故，让日兵和保安兵猝不及防，一时被转移了视线。陈浩三双手被绑住，但双脚却是可以灵活运动的。他猛地跳起来一个后空旋转，一脚踢中身后的日本特务兵。那名特务被踢得摔了个跟斗，向右边的斜坡摔了下去，步枪落在草丛中。

陈浩三随即又将自己面前（也是蔡雅来身后）的那名特务猛然一脚踢倒，将其踢飞出去。

"跟我跑！"

陈浩三大叫一声，往右边斜坡里跳下去。他只是手腕被绑住，手掌仍可以拿东西，顺手捡起特务掉在草地上的那把步枪。蔡雅来反应神速，也一同跳下去，两人像坐滑滑梯一样顺着斜坡急速往下滑行。

这一切都发生得太突然了。等日伪兵反应过来时，陈浩三和蔡雅来已经顺着斜坡滑出几十米远。特务和保安兵都掏出枪来，但不知道要不要射击，万一队长需要抓活口逼供呢？

小野吉男稳住了身体，趴在斜坡上大叫："不要让他们跑了，快去追！"

陈浩三一边滑行一边游目四看，坡底下面有一块天然生长的大岩石，他朝蔡雅来叫道："躲到石头后面！"一边说一边拼命地伸出双脚刹住身子。

斜坡只是上面陡峭，下面渐渐平坦，两人身子很快稳住，往岩石后面躲去。陈浩三双手抓着步枪，枪的刺刀已经安上，他用刺刀挑断了绑在蔡雅来手上的绳子，随后将步枪丢给她："快开枪！"

蔡雅来伏在石头上，拉动枪栓，将步枪的子弹推上膛。她以前喜欢在射击馆玩枪，馆内有各种枪支供人挑选，只要是枪支好她都感兴趣，不仅练习手枪射击，也练步枪射击，对各种枪支的使用得心应手。

枪声响起，两名冲在最前面追击的日本特务应声而倒。后面的追兵赶紧一边开枪压制、一边往后撤退。他们所在的地方没有掩体，冲下去只有死路一条。

蔡雅来伏在石头上继续开枪，一口气将步枪的子弹打完，随后拿起刺刀，割断了陈浩三手腕上的绳子。

陈浩三将步枪的刺刀卸下来，丢掉枪支，与蔡雅来一起往山下的树林逃去。日伪军远远放枪，但距离太远，山下又有树木挡住，根本打不中。

另外一边的山坡下传来前田三郎的痛叫声，他被万盛达死死抱住，一直滚到几十米处的坡底。万盛达用上了流氓的打架方法，在滚动中用嘴巴去咬对方。

前田三郎脖子被咬，疼得厉害，到了坡底稳住之后，立即摸出枪来，往万盛达身上打去。一连开了几枪，将万盛达身上打了好几个窟窿。

两名特务跑下去扶起前田三郎。前田三郎感觉头晕脑涨，捂着被咬得血淋淋的脖子，又气又恼。

这时，听到坡上面传来小野吉男气急败坏的怒吼："你们这些浑蛋愣着干什么，赶紧去给我追，把人抓回来，要抓活的！"

起初，陈浩三和蔡雅来也以为万盛达投敌了。走到山坡处，他们才察觉万盛达并没有叛变。万盛达说只要翻过这座山，走几里地就到石围角村，那里有与蔡雨来接头的地点。陈浩三与蔡雅来心里清楚，他们与蔡雨来接头的地方是古坑村的大白田教堂。

上山之后，在"人"字坡的山道上，万盛达突然抛出话题，说这个季节有毒蛇，本就有些怪异，又说到他的母亲，陈浩三和蔡雅来明白了，他的母亲死在汉奸手中，言下之意是要为母亲报仇？随后，万盛达用"前踢后扑"的招式对付小野吉男和前田三郎，早有准备的陈浩三立即踢倒前后两名日本特务，并在跳坡逃跑时顺便捡起特务落在草丛上的步枪，以此解围。

小野吉男和前田三郎根本没想到万盛达是假装投顺。根据他们掌握的情报资料，万盛达不过是一名以走私为生的江湖混混，为人精明狡猾，而且跟着林满这种恶名昭彰的人混，肯定不是什么好鸟。万盛达与陈浩三等人相识才半天，没有任何交情，并且他还是被挟持当向导的，母亲也因此被连累致死，无论从哪个方面分析，他都绝不可能为蔡雨来这种路人豁出性命。正因如此，两人对万盛达失去了警惕与防范，一不留神竟中了招。

陈浩三和蔡雅来跑入树林，听到山坡上传来枪响，知道万盛达遇难了。两人的内心深处顿时涌出一股难以抑制的悲痛。万盛达为什么要这么做？其实他可以有更好的选择，例如出卖蔡雨来，赚十万块的军票，然后跟着日军混日子，可以好好地活下去。但是他却甘愿选择了另外一条不归之路，以牺牲自己的方式救出只是萍水相逢的人，究竟是为了什么？

陈浩三一边奔跑一边想着万盛达的样子，他要牢牢记住这个才认识半天的人，一辈子也不能忘记。在拼命奔跑的过程中，万盛达的身影深深地刻在陈浩三的心头，化为一股力量，激荡着他的内心，甚至让他忘记了身上的鞭伤之痛。

蔡雅来也是感同身受，她和陈浩三顺着山野之地飞快地逃跑，不时往身后看去，仿佛万盛达就在他们的身后，他的灵魂一直伴随着他们向前冲刺，要一起逃出敌人的魔掌。

两人一口气跑出七八里地，料想已经甩掉敌人了，眼见暮色起伏，便从山野小道上走出来，小心翼翼地往周边村庄走去。

经过打听，才知道他们所在地已是大帽山脚下，离古坑村并不远。两人歇了一口气，按照打听的线路前行，在夜幕降临的时候进入村庄。

古坑村坐落在山坳之间，零零散散居住了几十户人家，对于新界落后的山区地带，在当时这算是一个大村落了。两人到一户村民家中打听大白田教堂。天黑之后，村民对外来人员都充满警惕，幸好陈浩三和蔡雅来郎才女貌，不像坏人，村民便也坦言相告。

大白田教堂在古坑村外围，离村子只有几百米远。站在村口的坡地张望，夜幕下的教堂隐藏在树林中，能看到模糊的轮廓，因夜色的侵蚀而显得有些不真实，走近了才发现教堂颇具规模。

这是一座基督教堂，以前有主教、牧师和修女等人，是附近几个村庄的一个地标式建筑。新界沦陷，教堂被日军征为关押俘虏的地方，紧接着九龙沦陷，战俘从新界转移到深水埗的集中营，一些受伤没办法带走的俘虏被日军就地枪杀，尸体摊在教堂门口腐烂，臭气熏天。

日军走的时候，将教堂大门锁上，并贴了封条，或许觉得教堂以后可以设为日军的常驻基地。然而日军再也没有来过，本地人却也不敢开门进去，怕被保安兵讹诈。到了夜里，更是没人敢往这边来，此地曾射杀俘虏，流传着洋人阴魂不散的传说。加上夜里本就不安全，家家户户关门关窗，不敢随意出来走动。

陈浩三和蔡雅来潜到教堂，夜幕下并没有发现蔡雨来等人的身影，也没有看到门墙上留有约定记号。教堂大门从外面上了锁，日军贴的封条虽然发旧，仍交叉贴在两扇门中间，像两道催命的符咒，让两人瞬间陷入绝望。

葵涌伪乡公所，前田三郎正在包扎脖子的伤口，嘴里兀自恶骂，一副愤恨不平的样子。陈浩三和蔡雅来居然在眼皮底下逃跑，令他丢脸至极。为了扳回这个面子，他主动向小野吉男请缨，调动这一带布防的日伪军，前去大帽山脚下一带全力搜捕陈浩三和蔡雨来。

凭借侦查经验，前田三郎断定陈浩三和蔡雨来一定是在大帽山下某个村子里会合，他们不可能兵分两路逃港。大帽山是天险之地，有土匪盘踞，蔡雨来势单力薄，肯定要会合陈浩三才能一起翻山。再者，蔡雅来是蔡雨来的妹妹，按照情理蔡雨来绝不可能丢下妹妹不管。

小野吉男同意前田三郎的做法。就在这时，伪乡长前来汇报，金山土匪窝派来两名匪仔送口信，说通缉犯蔡雨来、方孝全和方孝举落入金山匪窝，让伪乡长拿二十万赏金去赎人。

前田三郎不敢相信这是真的，立即让伪乡长将两名匪仔叫进来盘问。两名匪仔参与抓获蔡雨来等人的行动，便将过程说了出来。但只说起蔡雨来和方氏兄弟，薛秋蓉和慕容织云却隐瞒起来。

小野吉男询问了一些相关细节，从中分析，情况应当属实。这些土匪胆子再大，也不可能拿日军来消遣吧，于是心底便欣喜起来。他当即命前田三郎整顿兵马，带着几十号人马和军票，让两名匪仔在前面带路，连夜赶往金山土匪窝。

金山匪窝此时正洋溢着过年般的喜气。肖天来和手下达成一致意见，两个美人归他父子俩拥有，打劫到的十几根金条和现钞，加上待会伪乡长带来的二十万军票，全部散给兄弟们，父子俩只要美人，不要金钱。

土匪们也知道，女人只有两个，不可能满足五十多号土匪的需求，只要手上有钱，可以下山去找姑娘玩耍，倒也不吃亏，因此都同意了。

肖天来扯着儿子，敞开心怀跟手下喝酒庆贺，打算借着酒劲晚上好好快活一把。土匪窝一时传出喧嚣的欢声笑语，打破了山里的寂静。

喝到酣处，听到山下放哨的小弟上来汇报，说派去报信的两名小弟带了一大队人马回来，不仅有伪乡长和保安队，还有一队日兵。他们已经盘问清楚，确认是乡长亲自领着日本人前来赎人，二十万军票已经准备好。

听说日军也跟着过来要人，实在有些出乎意料，这几个通缉犯究竟什么来头，居然惊动了日本人的大驾。肖天来丢下酒碗，领着一帮小弟到山寨口亲自迎接日伪军，并叫四名土匪仔去将蔡雨来和方氏兄弟押出来。

肖天来留了心眼，他可不想让日本人知道土匪窝还藏有两位美人，这是父子俩今晚的压床宝贝，绝不能有闪失。为此，他叫肖富贵带着两名小弟，将薛秋蓉和慕容织云押到房中，好生看管，等交易完毕，把钱散给小弟们分赃，父子俩便可以放肆地享受人间美色了。

# 二十三

陈浩三和蔡雅来在大白田教堂等到九点钟，也不见蔡雨来等人的身影。两人焦虑不安，抬头望着夜空，恨不得学会夜观天象，推测凶吉。夜空只有稀稀疏疏的星星和残月，没有答案，山村在夜幕下如此寂寥，像隐藏着不为人知的秘密。

奔波了一天，早就累坏了，而且晚餐都还没有吃，两人饥渴难耐，实在有些支撑不住。尤其是陈浩三，被鞭子抽打了一顿，又飞奔逃命，身上的伤口火辣辣地疼。幸好他身强体壮，常年练功，鞭子打的都是皮外伤，没有伤到骨头和要害，倒也没什么大碍。

陈浩三把刺刀交给蔡雅来，让她在教堂门口刻记号。

"我没读过什么书，连自己名字都写不好。"陈浩三看着蔡雅来，讪讪地笑了笑。

蔡雅来接过刺刀，看了陈浩三一眼，本来想嘲笑一番，但不知为何却没有心情。她用刺刀在门口一块砖头刻上"陈蔡已到，黎明复来"。

留下记号，两人往古坑村里走去，准备找农家人借宿和讨点吃的。

山村电力早已切断，加之土匪烂仔极多，天色一黑，家家户户闭门锁窗，一片死寂。夜里敲门就像触犯大忌，谁也不敢开门，害怕外面的人是土匪烂仔。大帽山上有两百多号土匪，这些土匪夜里没事做，有时会假装过路投宿，借机打劫，害得人们如同惊弓之鸟。

陈浩三也不敢随便找人借宿，每个村子都有日军成立的伪维持会，并下达严厉通知，若是发现可疑人物，或是有陌生人进村投宿，乡民要去维持会报备，违反者一律按窝藏罪犯枪杀。村里还有不少人投靠了日军，成为宪察兵和保安兵，万一敲错门，岂不是自投罗网？

两人走在古坑村，引来一些狗叫。狗的叫声反倒让山村显得更加死寂，人们害怕有歹人进村，越发将门窗紧闭。陈浩三和蔡雅来敲了几户人家的门，都没人答应，看来这里的人饱受土匪祸害，都变得小心谨慎起来。

一时无计，两人只得做了最坏的打算，实在不行就去撬开大白田教堂的门，到里面将就一晚。只是肚子饥渴，有些难熬，而这个时节也没有什么庄稼，想去田地里面弄点吃的也困难。

正愁着，突然听到女人的哭闹声，还有男人的打骂声。两人知道有事情发生，便循声而去。

哭闹声是从村口一间民房传来的，夜色死寂，哭声打破了乡村的寂静，引来狗叫。然而没人敢出来多管闲事，毕竟谁也不知道出门之后会不会惹祸上身。

只见两个男人正凶狠地扯住一个女人。女人身边有一个三四岁的小男孩，抱着女人的大腿哇哇大哭。女人一边反抗一边哭叫，可如何是那两个男人的对手。

陈浩三走过去冷笑道："两个大男人欺负一个女人，成什么样子？"

虽然夜色漆黑，但毕竟是暖冬时节，天上一弯残月透着隐隐夜光，而且房子的大门打开，里面点着马灯，也能透出微光来，可以看到眼前的一切。

两名恶棍见有人走来，立即掏出枪，指着陈浩三和蔡雅来："我们是维持会的宪察兵，你们是什么人？"

看清楚来的人是一男一女，身上脏兮兮的，沾满了泥土，一看就是逃难的难民。一名宪察兵眼尖，看到蔡雅来长得漂亮，"哟"了一声，走过去摸了一把她的脸蛋："女仔真係靓爆镜，白送上门来给我们快活。"

陈浩三听到他们是宪察兵，又见他们耍流氓，心中憋了一股气正

好没地方发泄。他猛地一拳暴打在离自己最近的宪察兵的太阳穴。这拳有上百斤力道，出手又快，太阳穴是死穴，那名保安员直挺出去，倒地毙命，连声音都没有发出。

另外一名宪察兵正调戏蔡雅来，吓了一大跳，还没有反应过来，陈浩三已经飞扑过去，一拳打在他的喉结上，痛得他发不出声音，只觉得呼吸困难。紧接着，陈浩三脚踢他的小腹，疼得他弯下腰来，枪都拿不住了。陈浩三顺势将他的脖子夹在臂弯处，用力一扭，"咔嚓"一声，脖子被扭断，就此断气。

女人抱着小孩，看到陈浩三瞬间徒手杀死两人，也吓坏了。陈浩三为了安慰女人，便说："大姐不要怕，我们是共产党的武工队，专杀坏人的。"女人这才舒了一口气。

陈浩三将两名宪察兵的手枪收缴，并从他们身上搜了些钱出来，交给女人。女人哪敢收。陈浩三说："这都是老百姓的血汗钱，被他们抢去的，你快拿去。"看了一眼她身边的小孩，"就当是给细路仔的生活费，你一个女人带娃也不容易。"

女人也看了一眼怀里的孩子，正是长身体的时候，于是抹着眼泪，把钱收了。

陈浩三让蔡雅来跟女人进屋，讨点吃的，他将两具尸体背出去，丢到两里外的一个山沟里。尸体没流血，不必担心留下杀人现场的痕迹。夜里村里人都窝在房中，不敢出来，也不会有人知道是谁干的。

回来时，女人已经煮好了两碗清水面条，盛出来给蔡雅来和陈浩三吃。这个时候有面条吃，是非常奢侈的，虽然是清水煮的，只放了些盐末，但对两人来说却无异于山珍海味。

蔡雅来已经跟女人攀谈上，为了不让女人起疑，她说自己和陈浩三是兄妹，一起加入武工队，因伏击日军，被日军打散，准备翻过大帽山，去元朗那边的基地。

女人丝毫不起疑，经常有游击队或者武工队从古坑村路过，清除一些烂仔地霸，当地人对共产党的军队是十分信任与拥戴的。女人的身世也被蔡雅来摸清楚，她叫宋春花，丈夫王庆山，都是从广东逃难过来的农民，因在城中找不到事情做，就跑到山里来当农民，开垦了几块田地，日子过得还算安逸。丈夫王庆山时常到大帽山砍柴打猎，对大帽山极是熟悉，不久前为了赚点钱，带两个逃难的商人翻越大帽山，迄今也没有回来，不知道是被大帽山的土匪抓走了，还是被杀死了，总之毫无音讯。本村维持会的两名烂仔见宋春花丈夫没了音讯，起了歹念，想从她身上榨点钱出来，说她丈夫去投奔武工队，要将她抓起来。当然，也有可能对她行不轨之事，总之今晚凶险得很，要不是陈浩三和蔡雅来及时出现，恐怕她难逃魔爪。

吃罢面条，宋春花见陈浩三和蔡雅来身上脏兮兮的，透着一股汗臭味。这一路逃亡，加上从山坡上滚下来，衣服跟叫花子差不多了。宋春花给两人烧水冲凉，又说若不嫌弃，她丈夫有些衣服，她自己也有些衣服，虽然旧了一点，但是干净的，可以让两人换上。

港岛缺水，两人已经有好些天都没有洗过澡了，洗澡更换干净的衣服，那可是一大美事，自然也就不客气。

两名匪仔将日伪军带到山下，让他们沿着山道自行上去。按照肖天来事先吩咐，这两名匪仔要在山下放哨戒严，免得有人背后搞鬼。

小野吉男见土匪如此警惕，不免有些起疑。伪乡长却是不以为意，说土匪都是两头蛇，这么多人上山，他们也怕黑吃黑，因此摆出这样的架势来唬人。

小野吉男略作沉吟，让伪乡长带队打头阵，特务们跟在后面，若是遇上埋伏，也是保安队先吃亏。伪乡长对金山土匪窝还是比较了解的，这些恶棍鱼肉百姓，却是欺软怕硬之辈，绝不敢跟日伪军作对。伪乡长想着出风头，把事情办妥了好找日军邀功，于是身先士卒，带着保安队沿着山道往上爬。

离山门只有二三十米远了，看着明晃晃的电筒灯照上来，将夜色撕开，气氛一时有些紧张。肖天来将腰带上的驳壳枪拔出来，对众匪说："兄弟们，还是把枪准备好，免得他们想黑吃黑。"

土匪们纷纷把枪栓拉上，还有些拿出了手榴弹，将引线缠在手指上，做好战斗的准备。

就在此时，突然有人往山道扔了一个黑乎乎的东西。山上没有电灯，只有几盏马灯挂在山门的柱子上，散发着幽幽寒光，并不十分明亮。肖天来也不知道是谁丢的东西，转头望着聚集在山口的众匪，喝道："是谁乱丢东西？"

只听得"轰隆"一声巨响，山道下手榴弹炸开，整个山头如同地震般晃动起来。一时间，底下传来了哇哇大叫声，还有哀号声。

肖天来和一帮小弟都惊呆了，不敢相信居然有人敢朝日伪军投手榴弹，这可怎么得了！日本人一定以为是土匪设下了埋伏，故意骗他们上山的。

日伪军以为上当了，纷纷四处散开，寻找掩体躲避，同时开枪朝山门射击。

肖天来和小弟们纷纷蹲下来，只听得子弹打在矮石墙上，发出噼里啪啦的声音，石头仿佛在裂开。一名小弟手中拿着手榴弹，抱着脑袋问道："大哥，日本人开枪打我们，要不要还手？"

"快点还手，否则日本人冲上来大家都得一起死！"

一个声音突然叫起来，众人看去时，只见方孝举手中正拿着一把驳壳枪，混在了土匪群里面。由于马灯昏暗，加上人影绰绰，很难认出他来。显然，刚才那手榴弹是他扔的。

"你是怎么逃出来的？"肖天来怒不可遏，把枪举起来对着方孝举。周边的土匪也纷纷拿起枪来对着方孝举，只要他一动，就会被乱枪打死。

方孝举毫无惧色，冷笑道："肖寨主，有两件事情你必须明白，第一，你儿子落在我们手中，你要是敢伤我，你儿子活不了；第二，日本人要是冲上来，整个土匪窝的人都得死，你们还不赶快开枪打退他们。"

肖天来顿时有些惊慌，虽然他不知道方孝举是怎么逃出来的，怎么挟持他儿子的，但他知道事情已经不由得自己控制，变得棘手起来。

"日本人无恶不作，杀了这么多中国人，你们的亲人肯定也有被日兵杀死的，现在正是报仇的好时机。你们不肯开枪，那就我来带头开枪。我告诉你们，我真实身份就是共产党的武工队，你们谁愿意加入武工队，待会儿跟我下山，一起去打鬼子。"方孝举一边说一边弯下腰，匍匐到山口的矮石墙上，端着驳壳枪对着敌人射击。

日伪军见有人开枪，立即又开枪还击。枪声顿时大作，土匪们在枪火中面面相觑，一时不知道怎么办。

肖天来看到方孝举一副大义凛然的样子，确实有点像武工队的作风，心里起了忌惮。他不敢对方孝举下手，毕竟自己就这么一个儿子，若是有个三长两短，肖家就绝后了。肖天来也看清了局势，眼下误会已经形成，跳进黄河也洗不清了，日本人不可能听他解释的，如果不反击，日本人强攻上来确实只有死路一条。

"兄弟们，屙屎钱包掉落粪坑，臭运当头。丢佢老母，先打日本人吧，把这些瘟神赶走再说！"肖天来咬牙切齿，很不情愿对众匪下了命令。

听到大哥发出命令，土匪们立即拿枪反击。这些土匪有不少是血性男儿，对日军也是恨之入骨的。

土匪居高临下，日伪军窝在山道下面，处于挨打的劣势，一时间死伤严重，就连伪乡长也被打死了。小野吉男和前田三郎以为上了匪窝，就能将蔡雨来手到擒来，完成任务，没想到迎接他们的竟是无情的枪火，他们不由得怀疑山上的是共产党武工队，故意以土匪的名义设下了圈套。

五十多号土匪同时开枪，又有手榴弹伺候，威力非同小可，日伪军根本不可能突破火力冲杀上来。小野吉男眼见情况不妙，只好一边还击一边大叫着撤退，带着众人从山道狼狈逃跑。

山下有土匪的防哨，几名匪仔听到山上传来枪声，以为日伪军想黑吃黑。匪仔们见势不妙，赶紧找个有利的地方埋伏，看到日伪军败阵下来，又放了一回枪。

小野吉男不敢恋战，借着火力压制，踉跄地杀出了重围。到了安全处，他就地清点了一下自己的人数，居然折损了一名特务，保安队更是损失惨重，死了大半人马。

小野吉男不再相信蔡雨来会在金山匪窝，他认定这是共产党武工队设下的陷阱，知道他们急于寻找蔡雨来，索性将计就计，引他们上山痛宰一顿。幸好伪乡长也被打死了，否则小野吉男也怀疑他是武工队的内线。

回到葵涌伪乡公所，小野吉男脾气终于爆发了，这一路上的种种失利，导致他切腹的愿望再次被耽搁。他那厌倦战争的情绪，在山道上被枪声迸发出来，子弹与夜色形成的死亡旋涡，如同魔咒般困扰着他，让他的情绪变得狂躁不安，仿佛得了狂犬病般。

满腔怒火无处发泄，当着众人的面，他狠狠地骂了前田三郎一顿，甚至还打了前田三郎一个耳光。

前田三郎惶恐不安，虽然他也希望早点把事情搞定，好迎来晋升，没想到事情却搞成了这样，一再受挫，几乎丢尽了皇军的脸面。而且他也有点吃惊，小野吉男的脾气竟是如此多变，平日里不怎么说话，动怒起来却是如此无情。

特务兵和保安兵见小野吉男像疯了一样骂人，吓得垂头肃立，不敢吭声。小野吉男发了一通脾气，深呼吸几口气，让自己冷静下来，随后摊开地图，推算蔡雨来的逃跑路线。

凭着多年来的侦查经验，他推测蔡雨来一定还在附近的山村。这群人步行而来，不可能这么快就逃出这片区域，尤其是今天下午抓到陈浩三、蔡雅来和万盛达，这些人与蔡雨来息息相关，绝不可能分开逃跑，一定是三人先去打探路线，确认安全后再让蔡雨来等人跟过来。

小野吉男顾不上休息，让前田三郎整训兵力，朝大帽山推进，连夜布防。尽管他不知道蔡雨来和陈浩三此刻究竟在什么地方，但他可以确认一件事情，这些人肯定没有翻越大帽山，一定还滞留在大帽山下的某个山村，只要派人埋伏和把守在大帽山下，看管住翻山的各大路口，就可以将他们拦截下来。

# 二十四

陈浩三和蔡雅来洗了澡，换上干净衣服，已是夜里十点多钟。两人实在是太累了，便到房间里休息，准备凌晨四五点钟起来，前去大白田教堂查看情况。

穷苦人家房子小，一间客厅，两边是小厢房，还有一间厨房搭在小院里，夜色覆盖下毫不起眼。宋春花和孩子睡在左边厢房，右边厢房留给客人居住。宋春花说农村乡下粗陋，委屈两人同房，反正是兄妹，同睡一床也不碍事。

陈浩三和蔡雅来不好说什么，谢过宋春花，端着蜡烛走进厢房，把门闩上。睡前，陈浩三观察了一下房子，厢房只有七八平米大，房顶是茅草加树皮，墙体一半砖头一半木头，虽是简陋，倒也结实。窗户只有一根窗柱，从里面把窗门闩上，外面的人无法打开。打开窗门，爬出去便是后院，有一片树林，如果半夜有人来敲门查房，可以从窗户逃跑。

蔡雅来有些为难，她知陈浩三是个无赖性子，这一路上被他强行占了便宜，是个难缠的主。眼下要跟他同床共眠，岂不是羊入虎口？说不定会趁机爬到她的身上，做出不轨之事。

她把枪拿在手中，一副不容侵犯的严肃样子，低着嗓门说："你睡那头，我睡这头，井水不犯河水。你要是敢对我动手动脚，我就毙了你。"

陈浩三说："放心吧，今晚我绝不会对你动手动脚的。"

蔡雅来盯着他，一点也不相信，冷笑道："狗改不了吃屎，你休想骗我。"

陈浩三叹了一口气："我虽然有些不正经，但做人还算讲良心，也知道怜香惜玉。你今天被日本人欺负，心里肯定有阴影，我怎么可能对你动手动脚，那真是跟禽兽差不多了。"

蔡雅来愣住，没想到他会说出这样的话来，感觉变了一个人似的。

陈浩三看着她，讪讪地说："对不起啦，我以前不应该欺负你，现在正式向你道歉。不过实话实说，我真的是喜欢你，这并不是假话。"

蔡雅来冷笑道："你这是怎么了，我感觉像黄鼠狼给鸡拜年，没安好心。是不是故意要麻痹我，另有所图。"

陈浩三正色道："我今天有些开窍了，可能是因为万盛达，跟他比起来，我觉得自己太差劲了。"

蔡雅来见他没有以往的玩世不恭，态度有些改变，便说："看来万盛达不仅救了你的命，还拯救了你的灵魂。"

陈浩三却又露出狡黠的笑容："什么灵魂不灵魂的，搞得这么深奥，我只是觉得自己不如万盛达。如果万盛达没有死，我一定跟他结拜为兄弟的。"又说，"你放心吧，从今往后我不会再欺负你。我要好好对你，把你当成我的信仰。当然，如果以后你愿意嫁给我，我再占你便宜也不迟。不对，那不能叫占便宜，那叫你情我愿的夫妻感情了。"

"呸！谁要嫁给你这样的臭流氓，真是自作多情。"蔡雅来冷笑道，"喂，你的江湖习气还是要改一下，不要老是露出猥琐的笑容。"

陈浩三翻起白眼："什么猥琐的笑容，我笑起来很英俊呢！"

蔡雅来打个哈欠："懒得跟你说。我好困了，今天跑了一整天，骨头都要散架了。"又用警告的眼神看着他，"我真心希望你能有所改变。说实话，你这人不算坏，今天被日本人打成那样子，也没有招供求饶，要是你能改变一下性子，说不定还真是栋梁之材。"

陈浩三一本正经地说："为了你，我会努力成为栋梁之材的。"

蔡雅来没好气地说："不是为了我，而是为了你自己。"一边说一边和衣躺在床上。"说好了，你睡那头，我睡这头。"

陈浩三说："我能不能跟你睡一头？"

蔡雅来拿着枪在手上晃了晃："看吧看吧，狐狸尾巴露出来了。小心我的枪，夜里可不长眼睛。"

陈浩三保证道："我发誓，我只是想和你聊聊天。另外我的脚臭，我怕熏到你。"

蔡雅来恨恨地说："你刚才没有洗脚吗？"

陈浩三嘿嘿一笑："洗了，你不知道香港脚是洗不干净的吗？"说罢将床头的蜡烛吹灭，房间顿时陷入了黑暗，什么也看不见。他借机翻身上床，跟蔡雅来睡在同一头。"放心吧，我绝不会碰你的。"

蔡雅来累了，也懒得跟他折腾："好吧，我相信你一次。如果你真的对我动手脚，我真的不客气。"她将手枪放在枕头底下。

陈浩三说："行，要是我对你动手动脚，你就开枪打死我，我没有半句怨言。"他身上被鞭子抽打的地方仍火辣辣的疼，虽然鞭子没有伤到骨头，但毕竟伤了皮肉。要是身上没有受伤，他未必这么老实。

蔡雅来见他这么说，颇为放心，又说："你说，我哥他们会不会遇到危险？"语气中有些忧心忡忡。

陈浩三安慰道："你哥这么聪明，还有阿举也是个机灵人，肯定不会遇到危险的。早点睡，明天早上说不定就能见到他们了。"

蔡雅来说："当时我们不应该为了贪图近路，兵分两路。如果我们一起走金山道，好歹大家有个照应，不会被冲散，而且万盛达也不会死。以后无论如何也不能这么干，我们必须抱团一起走。"

陈浩三说："说得对，以后再也不能分开走了。"又说，"雅来，求你一件事，如果我们逃出香港，我跟你一起走吧。你去哪里我就跟到哪里，成日跟着你，不出半年，我肯定也跟你们一样，成为什么栋梁之材的。"

蔡雅来冷笑道："咦，你不是要加入东江纵队打日本人吗，跟着我干吗？再说了我看到你都讨厌。"

陈浩三说："别这样，虽然我们认识的时间短，但这两天形影不离，一起出生入死，可以说是患难与共了，你难道真的对我没有一点感情？"

蔡雅来说："我很感谢你这一路上对我的关照，但我不会喜欢你这种人的，我劝你最好不要打我的主意。"此刻不知道为什么，她的心中有些心烦意乱，大约是第一次跟男人睡在一张床上，"不要废话了，赶紧睡吧，明天还得早起。"

陈浩三说："好吧，祝你做个好梦。"

"喂，你今天挨鞭子抽了，身上没事吧。"她突然问起来。

"当然有事了，不信你用手摸一下，我皮肤全都裂开了，正疼得要命。"他笑嘻嘻地说。

他没有说谎，身上正疼痛得厉害，如果不是从小习武练出了一副好骨架，肯定扛不住这种疼痛。但他不能让蔡雅来担心，因为她担心哥哥的安危已经够焦虑的了。

"滚。"她转了个身子朝里面睡，料想他应该没事的，因为他杀了两个汉奸，还把尸体扛走了，一看就是没什么大碍。


也不知过了多久，梦中隐约听到枪声，还有手榴弹的爆炸声。

陈浩三和蔡雅来惊醒，下意识到枕头底下摸枪。枪声离得有些远，伴随着手榴弹爆炸声，在山坳中回荡听起来像雷声滚滚。陈浩三不知道这些枪声的来源，但他能分析得出来，夜里枪战肯定是正义与邪恶的较量，一定是武工队袭击了日伪军。

事实也确实如此，黄冠芳率领一支短枪队，按照潘柱和李健行的命令，从九龙连夜出发，摸到了大帽山下，看到大帽山下的道路居然沿途设有日军的卡哨。

在大帽山这种荒野之地设卡，而且还是夜卡，以前是从未有过的，显然日军想拦截蔡雨来。为了警醒蔡雨来，黄冠芳于是带队出其不意发起袭击，给日伪军一个狠狠的教训。

小野吉男和前田三郎怎么也没有想到，运气居然这么背，吃了土匪的大亏，好不容易带着兵马连夜赶到大帽山脚下，用分班巡逻、交替休息的方式，在大帽山一带设下路障，却被武工队杀了个措手不及。

日伪兵加起来有一百多号人，但因为设岗兵力分散，加上交替布防与轮班休息，战斗力极差，一时间被杀得慌了手脚。武工队骁勇善战，又用上了手榴弹，偷袭猛烈。日军数量少、伪兵数量多，伪军都是贪生怕死之辈，被袭击后溃不成军，只顾着逃命。

小野吉男被打得一点脾气都没有了，他不知道黑暗中究竟来了多少武工队，只好命令前田三郎赶紧撤退。

手榴弹的爆炸声惊动了整个山坳，狗又开始狂吠起来，伴随着小孩的哭啼声。陈浩三坐起来，划了一根火柴点亮床头的蜡烛，下意识抬起手腕看时间，才想起手表被日本人抢走了。他端着蜡烛从厢房走到客厅，看了一下客厅的挂钟，已是凌晨四点半。

陈浩三说："我们去大白田教堂看看情况。"

蔡雅来惦记哥哥和慕容织云，一边拢着有些凌乱的头发一边点头。陈浩三心中做了打算，如果在大白田教堂找不到蔡雨来等人，就循着枪声去看看，说不定能碰上武工队，也算找到了组织。

宋春花也被枪声惊醒，提着马灯出来，看到两人正打开客厅的木门要外出。陈浩三说："是武工队打日本人的枪声，我们现在要去找组织了。"

宋春花昨晚连夜洗了十来斤生番薯，晾干之后装在布袋里，给两人带上用来路上充饥。陈浩三也不客气，谢过宋春花，将手中的蜡烛吹灭，揣在口袋，借着蒙蒙的夜色前往大白田教堂。

教堂门口没看到人影，陈浩三与蔡雅来心中顿时一阵失落，越发觉得有不好的事情发生。陈浩三正要掏出火柴点蜡烛，看看墙壁上是否有记号，蔡雅来眼尖，借着朦胧夜色，看到教堂门口的锁头被撬开了，封条也被撕掉。

他们昨晚走的时候，留意到教堂大门是上了锁的，现在锁被撬开，十有八九是蔡雨来他们干的。蔡雅来心中一阵激动与欣喜，赶紧敲门，里面果然传来警惕的声音："是谁？"

蔡雅来喜不自禁地说："哥，我是雅来。"一边说一边推门，发现从里面闩住了。

蔡雨来打开门，拿电筒照见两人。日军被土匪伏击，死伤惨重，丢下了一些尸体逃跑，尸体边上散落着电筒和枪弹，正好给蔡雨来等人补给。

蔡雅来激动地扑上去，一把抱住哥哥。蔡雨来搂着妹妹，抚摸着她的头发，备感亲切与欣慰。

薛秋蓉揉着眼睛，一副刚睡醒的样子。她患有战争神经症，比较怕黑，可这会儿神色坦然，并没有发病的征兆。她从地上的草铺里站起来，看着陈浩三说："三哥，你们终于来了，可把我们担心死了。"

陈浩三问："你睡得还好吧？"

薛秋蓉说："昨天逃命太累了，睡得很香。"

慕容织云笑道："昨晚秋蓉还说起了梦话，说三哥怎么还没有到。陈先生，看来秋蓉很惦记你。"

薛秋蓉惊讶地说："我真的说梦话了？"

陈浩三知道慕容织云调侃来着，想逗薛秋蓉开心。他也不说破，借着电筒的余光，看到方孝举和方孝全坐在地上的稻草铺，中间夹着一个陌生的后生仔，手脚被绑住，像个犯人。

这后生叫袁阿仔，是金山匪窝肖天来的手下，蔡雨来他们从土匪窝脱险出来，连夜前往大白田教堂，全靠袁阿仔的带路。

看到陈浩三，方氏兄弟也激动站起来，短短的半天时间没见，却像有半年不见一样，这种安然重逢比什么都惊喜。方孝举眼尖，瞥见陈浩三手上提着一个布袋子，便问："三哥有吃的吗？"

陈浩三将番薯袋递给他，方孝全打开布袋子，两眼发光，忙将番薯掏出来分给大家吃。

番薯是宋春花自家种的，个头不大，但味道很甜。她做事细心，将番薯洗得很干净，可以直接啃着吃。这帮人从土匪窝逃出来，不曾吃晚饭，来到大白田教堂已经半夜，又累又饿。深夜进村敲门，向村民讨要食物，肯定会引来怀疑，说不定会惹出不必要的麻烦，他们只好撬开教堂的门，忍着饥肠辘辘，先到里面睡觉。

陈浩三掏出蜡烛，点亮放在地上，教堂起了一丝幽幽亮光。他让蔡雨来和方孝举将手电筒关了，省着点电。

"你们怎么这么晚才来教堂集合？"

陈浩三也拿起一个番薯，连皮一起啃着吃。这十来斤番薯是他们今天翻山的口粮，连皮都不容浪费，番薯皮虽然粗糙，但大家嚼得津津有味。

蔡雨来说："我们被土匪抓到山上，好不容易逃出来的。"

陈浩三和蔡雅来虽然料想会发生这种事情，但此刻听来，仍不由得吃了一惊。

蔡雨来问："阿达怎么没跟你们一起来？是不是山上出事了？"

陈浩三将他们遭遇日军的情况说出来。他没有说出蔡雅来被前田三郎脱掉裤子差点被凌辱的事情，毕竟此事令人难堪，只是说起日军逼供他们，用鞭子抽打他，后来万盛达假装叛变，骗取日军信任，途中找机会帮助二人逃跑。

蔡雨来等人没想到万盛达竟有这样的血性和骨气，实在是出人意料，都为之钦佩与感动起来。毕竟他只是一个带路人，与他们毫无瓜葛，关键时刻却愿意主动献身，这种舍生取义的精神，不是一般人拥有的。

方孝全是个性格耿直的硬汉，他忍不住放下手中吃了一半的番薯，带着敬意说："看不出来，万盛达这么瘦小的一个人，好似怕死鬼，却比我更有血性。"

蔡雨来无不惋惜地说："他是一个可培养成共产党员的好苗子，可惜牺牲了。"

陈浩三说："当时我真以为万盛达叛变了，他跟我们一样，只是一个混社会的，见利忘义很正常。没想到他比我要高尚得多，愿意牺牲自己救出我们，跟他相比，我真是自愧不如。"

蔡雨来说："陈先生不能这么说，其实你们都是有担当的人，品格同样高尚。这一路上你们不惜一切代价护送，尤其落入日本人手中，被施以鞭刑，你也没有招供求饶，这样的意志不是一般人有的。"

慕容织云也说："我没有看走眼，虽然陈先生喜欢说些古怪的俏皮话，却是个真正的男子汉。陈先生上一次也差点落入日本人手中，宁死不投降，这一次落入日本人手中，被鞭刑拷打，没有招供，意志如此坚强，可见是个有信仰的钢铁战士。"

陈浩三嘿嘿一笑，倒有些不好意思了。其实他并不知道自己究竟有没有信仰，但他知道自己招供了也只有死路一条，因为他杀了久宫传一郎，日本人绝不会放过他的，不如死扛着。

薛秋容心疼地说："三哥，你被鞭子打了，还痛吗？"

陈浩三说："还有些疼，不过不碍事。"又说，"万盛达实在不该死，他一死，我们的逃亡变得更加困难了。"

蔡雨来叹息一声。确如陈浩三所言，万盛达是他们逃亡途中的向导，从九龙到新界，再偷渡到深圳，所有的行程路线都是他拟定的，他的牺牲意味着这群人想逃出香港变得更加困难。

虽然陈浩三和蔡雨来知道大概的逃亡路线，并且在地图上标志出来了，也有指南针辅助方向，但看地图逃亡如同纸上谈兵，他们不熟悉实际路线和当地情况，一路上也没人帮忙打点，肯定会遇上很多困难。就算逃到元朗海边，也不知道去哪里找偷渡的渔船，一切都变得毫无着落。

"还好我们留了一手，找了个带路的人。"蔡雨来看了一眼正在啃番薯的袁阿仔，心想，这个土匪仔肯定熟悉这一带线路，有他打头，至少到元朗是没有问题的。

陈浩三问："你们是怎么逃出土匪窝的？"

蔡雨来望着薛秋蓉，故意用一种惊叹与夸赞的语气说："说起这件事情，秋蓉那可是立下了大功。秋蓉，你来说一说你的战绩吧，好让陈先生知道你也是个女侠。"

　　陈浩三感到不可思议："秋蓉居然立了大功，不会吧，究竟是怎么回事？"

　　薛秋蓉笑了起来，笑容里居然带着一丝久违的得意之色："怎么，看不起我啊！我可不是拖后腿的人。三哥忘了吗，我跟你学过几招功夫的。"

　　这话倒是勾起了陈浩三藏在心底的往事。那时薛秋蓉和陈浩三偷偷相恋，为了避嫌，她让陈浩三教她打拳，说学校运动会有女子摔跤、击剑比赛，她练一下拳脚功夫，说不定可以获个奖。当时薛雨阳并不在意，以为女儿是闹着好玩。

　　陈浩三确实教过她几招，反反复复练了几个月，也有些上手。但那是两年前的事情了，难道她还记得那些招式？他假装吃惊地说："就你那几招三脚猫功夫，还能把土匪全部打跑不成？"

　　薛秋蓉说："我没有打跑他们啊，我只要制伏一个人就行。"一边说一边讲起她制伏肖富贵的经过。

# 二十五

　　肖富贵奉肖天来之命，带了几个匪仔，要将两位姑娘押送到房间，顺便押送蔡雨来和方氏兄弟到山门去交给日本人。

　　土匪窝有一间专门关押人质的茅草房，蔡雨来、方氏兄弟、薛秋蓉和慕容织云就被关押在里面，双手都被麻绳反绑。

　　房子柴门是开着的，两名土匪拿着步枪守在门口，监视五人的一举一动。肖天来特别交代过，这五人可是值钱的货色，得看紧点，绝不能让到手的鸭子飞了。

　　肖富贵带着几名匪仔过来，对守门的土匪说，日本人正往山上走来，要将三个男人带出去换钱，另外两个妹仔则带到房中看押。他一边说一边走进茅草房中，一把将薛秋蓉从地上拎起来。他看中了这位脸上略带忧郁的姑娘，心里想着晚上要好好享受。

　　薛秋蓉双手被绑，腿却是可以活动的，被扯起来之后，她突然猛地一抬脚，膝盖用力向上顶，狠狠地顶中了肖富贵的裤裆。

　　肖富贵吃饭时喝了些酒，身子轻飘飘的，脑子又正沉浸在淫邪的幻想之中，失去了防范，反应也迟钝，被薛秋蓉一击即中。一阵剧痛袭来，他捂着裤裆嗷嗷大叫。薛秋蓉顺势一个拐马脚，身子猛地一撞，便将肖富贵拐倒在地上。

　　一直等机会的方孝举见状，就地打滚，一下子扑身向前，抱住倒在地上的肖富贵，顺势将肖富贵腰间的手枪拔出来，顶在他的太阳穴上。

　　山上物资匮乏，不可能有砖头建房，土匪们只能就地取材，砍伐树木和竹子搭草棚。草棚架子需要将木头固定，山里的竹子削成竹篾，缠绕捆绑，再涂一层桐油，便能经得起风吹日晒，比麻绳还要牢固。这些竹篾被刀片削薄，很锋利。刚被关进来，方孝举坐在房间角落，边上正好有一处竹篾露出来，他于是将绑在手上的绳子轻轻摩擦，没多久便将绳子削断了。

门口的两名土匪监视着房间里的一举一动，方孝全当然不敢轻举妄动，只是老实坐着，寻找机会出手。他十分清楚，就算将门口两名土匪制伏，也不一定逃得出匪窝，唯有的办法就是等土匪头子肖天来出现，出其不意来个擒贼先擒王，逼迫其他土匪就范。

然而肖天来没有出现，肖富贵倒是来了。方孝举知道这是土匪头的儿子，心里盘算着如何拿下他。没想到薛秋蓉先下手为强，把肖富贵打倒在地，时机正好，方孝举一把扑过来，挟持了肖富贵，逼迫门口的几个土匪放下枪。

匪仔们面面相觑，不知如何是好。他们知道肖天来对儿子一向溺爱，视若掌上明珠，要是肖富贵有个三长两短，那可不好交差。

肖富贵裤裆里疼得厉害，他本是懦弱之人，哪里经得起惊吓，赶紧叫匪仔们把枪都放下。

匪仔们并不听从，仍举着枪，却也不敢乱来，只是堵在门口。

方孝全见弟弟挟持了肖富贵，和匪仔们对峙，立即用嘴将蔡雨来手上绑着的绳子咬开。蔡雨来随后将众人手上的绳子一一解开。

方孝全大声喝道："中国人不打中国人，要留着性命去打日本人。你们不打日本人，那就让我来吧！"说罢不顾一切冲过去，抢下一名土匪手中的驳壳枪。

土匪被方孝全的英雄气势所震慑，居然忘了反抗。自古邪不压正，土匪们一时自惭形秽，都不敢乱来，很快就被控制住了。

接着，方氏兄弟一人挟持肖富贵，一人拎着手枪和手榴弹，跑去山门。正好日伪军离山上只有二三十米的距离了，方孝举将手榴弹的引线扯了，往山道扔去。

接下来的事情就简单了，肖天来没办法，只好命令土匪们开枪阻击，把日伪军赶下山。

一行人索回行李，挟持着肖富贵就要离开土匪窝。肖天来爱子心切，哪里肯放手。蔡雨来也不是吃素的，他提出一个条件，肖天来若是不想让儿子当人质，除非他自己愿意对换，成为他们的人质。

肖天来有些懊悔，实在不应该招惹这些人。起初他以为他们只不过是一些被日本人通缉的文化人士，现在看来，他们不像是等闲之辈。加之方孝举再三抬出武工队和曾鸿文的名头，若是加害于他们，传出去无论是共产党还是洪门，都会上山来找麻烦。

"你们把我儿子放了，我让你们下山。我对天发誓，绝不为难你们。"肖天来信誓旦旦地保证。

方孝举冷笑道："你的话我可不敢相信，你儿子的命在我们手上，我们心中才有底。"

肖天来眼见儿子裆部受伤，疼得站都站不稳，儿子性子软弱，被挟持下山肯定会受到惊吓，万一落下病根就麻烦了。肖天来为人虽然凶恶，但虎毒不食子，他是个走极端的人，对别人冷血无情，但对儿子却是一腔宠爱。

"好吧，我当你们的人质，跟你们下山。"肖天来终于服软，"不过你们要发誓，下山之后就放了我，绝不能伤我的性命。你们是正义之士，只要肯对天发誓，我就信你们。"

蔡雨来急着离开匪窝，于是对天发誓。肖天来放下心来，虽然他一点也不想跟他们下山，但枪指在儿子的头上，他没有更好的选择。

下山前，蔡雨来提出要一个熟悉路线的人带他们离开金山区域。肖天来无奈，便把一个名叫袁阿仔的匪仔叫上。

袁阿仔当然不情愿，却拗不过老大的命令，只好跟着一起同行。

下得山来，蔡雨来履行承诺，要放走肖天来。方孝举却说此人作恶多端，虽然答应留他一条性命，但绝不能轻饶，主张废他一条腿算不得违背诺言，免得他一会带着土匪来追击，或是为祸地方百姓。

土匪头沦为瘸子，就像老虎被打断了腿，再也翻不了天，匪仔们

肯定不会供奉他，说不定会将他赶下山。一旦肖天来被土匪窝抛弃，那便只有死路一条，地方上的人不会饶过他。

方孝举这一招做得很绝，在不违背誓言的情况下，狠狠地惩治了这个恶人。

随后，方孝举押着袁阿仔，让他带路前往大白田教堂。袁阿仔哪敢不从，慌不迭地点头。

此时已临近黎明时分，蔡雨来决定趁着天黑翻越大帽山，免得天亮之后会有日军拦截，反正手中有电筒，爬山路没有问题。他事先询问过袁阿仔，翻过大帽山，抄近道四个多小时就可以翻过去。也就是说，五点多钟出发，九点多钟便可抵达山对面的十八乡，这个时间段正好可以避开山上的土匪。

一行人随即动身。蔡雨来特意叮嘱方孝举，看好袁阿仔，一旦发现此人要手段或有歪心思，就一枪毙了。蔡雨来拍着袁阿仔的肩膀许诺，只要安全带他们翻过大帽山，抵达元朗境地，他们绝不为难他，甚至还会给他一点钱，不让他空手而回。

袁阿仔唯唯诺诺，保证一定带他们安全抵达十八乡。嘴上虽是这么说，但他心里却不相信蔡雨来的话。蔡雨来曾经对天发誓，下山后放肖天来一条生路，方孝举却开枪打伤肖天来的大腿。

陈浩三让袁阿仔挑小路行走，以免碰上日伪军的岗哨。路上，他与蔡雨来聊起凌晨四点多钟，突然传来紧密枪弹声，恐怕是武工队袭击日伪兵。也就是说，这个山坳藏有共产党的部队，而且人数还比较多，是否可以留下来打听一番，以此寻求帮助。

蔡雨来觉得主意不错，但思索一番，他还是执意要出发，不愿在山坳里停留。他们在此地没有人脉关系，又是重点通缉犯，四处走动打听武工队，说不定会撞上宪察兵和特务。毕竟陈浩三和蔡雅来曾落入日本人之手，还有蔡雨来等人也曾落入金山土匪窝，这就意味着他们的踪迹已经完全暴露，万一日军来个大扫荡，他们困在山坳里只能束手就擒。所以，最稳妥的办法就是借着清晨时分翻越大帽山，早点甩开日军的围困。

"想寻找武工队不是那么容易的事情，他们伏击日军，为躲避日兵的追捕和围剿，说不定打一枪换一炮，早就隐蔽起来了。"

听蔡雨来这么讲，陈浩三不再坚持。其实他还有一个念头，带着这帮人藏在宋春花的家中，足不出户，几天后形势松动了再逃亡，说不定会更加有利。然而这个想法也有一定的危险，日本人既然知道了他们的踪迹，突然不见了踪影，肯定会反扑过来搜查。尤其蔡雨来担心汪伪集团的特务精英此时已经抵港，若是加入搜捕行动，他们的处境更加危险。

袁阿仔常年在大帽山周边走动，对这一带极是熟悉，专挑小路行走，很快便顺利进入了大帽山。当然，这也得感谢黄冠芳，他带着短枪队突袭了日伪军岗哨，打得小野吉男措手不及，被迫撤出山坳。

这是小野吉男执行多次任务以来损失最惨重的一次。陈浩三和蔡雅来逃走时打死了两名特务；去金山土匪窝要人被土匪乱枪打死一名特务；黄冠芳的武工队夜里搞袭击又打死了一名特务。如今手下的特务兵只剩下七名，如果不把蔡雨来抓住，实在是难以向上级交差。

经过深思熟虑，小野吉男决定放弃葵涌一带的围守，因为这一带的兵力太少，山道又长，恐怕很难守株待兔，不如调集兵力前去元朗布下天罗地网，来个大围捕，更容易有收获。

事不宜迟，他和前田三郎带着残兵赶回葵涌伪乡公所，连夜乘坐来时的三轮摩托车前往沙田。沙田位于九龙以北，大埔以南，有广九铁路站点，这里驻扎了日军的精锐联防部队。小野吉男从沙田的联防部队抽走一批精兵，乘坐军车绕过大帽山，直接杀到元朗十八乡，把地方的伪军全部召集起来，在大帽山脚下四处设岗拦截。

小野吉男吃定了蔡雨来和陈浩三，这些人是日军的重点通缉犯，不可能走大路的，只能走小路，而走小路必须翻越大帽山，这是他们无法绕过去的屏障。大帽山就是这帮人的绊脚石，绝不能让他们逃出这片山区。

陈浩三和蔡雨来还想着借天色未亮之时，早点翻越大帽山，避开日本人的追踪，岂不知危险已经在前方等着他们了。

一行人借着并不明亮的电筒光线，开始爬山。

大帽山是香港最高的山，并不只是一座山，而是一片山，山脉绵长，浩浩荡荡贯穿荃湾、元朗、大埔三地。其中，最高峰的海拔有九百多米，站在山顶可俯瞰整个香港。由于山上经常出现大雾，当地人亦称大雾山，在冬季严寒气温下，山顶会有结霜的景象。

时值腊月暖冬，但夜寒昼暖，寒暖交替的清晨正是雾气弥漫的时候，大帽山的树林里面一片白茫茫，让人感觉随时都有可能迷路。

袁阿仔选择的路线是从大帽山的瀑布岩穿过去，因为瀑布的滋养，周边树木苍绿茂密，药材丰富，山下的农人喜欢到这片山域采中药。有水源的地方野兽也多起来，山羊、野猪、山鸡、野兔、斑鸠等动物常出没，猎人也喜欢往这边走，追赶猎物，因此这一带山道较多，走起来没有那么陡峭，翻山越岭相对容易一些。

山林空气潮湿，弥漫着浓雾，黏在身上让人觉得清爽，驱除了登山的热气。众人沿着小道缓缓而行，几把电筒发着暗光，将树木照得影影绰绰，目之所及，如同密不透风的水墨画。

起雾的山林容易迷路，一般人不敢乱走小路，兜兜转转会回到原地，好似鬼打墙，一天也走不出来。袁阿仔以前跟着肖天来在大帽山当土匪，对这片地方极是熟悉。陈浩三夸蔡雨来想事情周到，掳来一个熟路的匪仔当向导，不怕迷失方向，否则想翻过这座雾气弥漫的深山，绝无可能。

年轻人精力好，虽然山道崎岖，但周边树木多，可以借力而上。走了两个多小时，天色渐渐放亮，一群人也进入了大帽山的腹部。那里有一道瀑布，虽然正值暖冬干旱，但山泉未断，沿着石壁流下来，凹凸不平的石壁将山泉激荡得水花四起，如同雨丝般落下来，加上雾气萦绕，看起来颇似仙境。

这段时间众人被水源困扰，连喝水都困难，见到泉水，一个个像沙漠中看到绿洲般，便在瀑布边上饮水休息。

"我真是恨不得跳到水里洗澡。"方孝举贪婪地捧着泉水洗脸和洗头，虽然水质冰凉，但他却毫不在意。

"等回到东莞，我们可以天天到江边洗大澡。"陈浩三也蹲在一边捧水喝，忍不住笑了起来，"到时你可别嫌水太多了。"

方孝举抹着脸上的水珠说："三哥，我们不是说好要跟蔡先生一起去延安吗？到时哪有机会去江里游泳。"

陈浩三突然想到了什么，点头说："说得也是。"他甩了甩手上的水，走到蔡雨来身边，"蔡先生，我想跟你谈个事。"

蔡雨来见陈浩三脸色透出神秘，不知他要说什么事，便跟他走到一边去，倚着大石头休息。

"蔡先生，雅来为什么和男朋友分手？"

蔡雨来有些猝不及防，没想到这家伙竟是问这种私人之事，不由得愣了一下。陈浩三并不知道蔡雅来和男朋友的事情，他这么问，无非是想打探蔡雅来究竟有没有男朋友。

蔡雨来望着陈浩三，从他躲闪的眼神中立马就明白了，此人和妹妹一起出生入死、患难与共，肯定是动了情愫。"我也不清楚，可能是性格不合分手，具体情况你还是问雅来吧。"

陈浩三听了却很高兴，这意味着蔡雅来现在并没有男朋友。他单刀直入说："蔡先生，如果我娶你妹妹，你答应吗？"

"娶她？"蔡雨来忍不住笑了起来，"你好像很有把握的样子。"

陈浩三有些不好意思，随手折了边上一根灌木的枝条，拿在手上把玩，掩饰自己的不安。

蔡雨来盯着他说："我答不答应有什么用，最重要是雅来自己要答应。她又不是三岁小孩了，有自己的主见，她要嫁给谁那是她的权利，我会祝福她的。"

陈浩三一本正经地说："蔡先生，我想请你帮个忙，我喜欢雅来，你能撮合一下吗？"

　　蔡雨来诚恳地说："陈先生，这件事情我不能帮你，你只能拿出自己的勇气去面对雅来。你也知道，雅来是个有性格的人，有自己的想法。"说到这里，他搂着陈浩三的肩膀，一副亲密的样子，说，"陈先生，你是一个很有潜力的人，只要愿意改变，提升自己，雅来会接受你的。雅来眼光很高，你追雅来其实也是在提升自己，等到你们的思想和信念在同一个纬度的时候，一切就水到渠成了。"

　　陈浩三撇嘴说："我现在一直在改变自己，但我不知道这样的改变会不会让她满意。"

　　蔡雨来说："你现在渐渐有些成熟的气质了，这种改变，雅来肯定会喜欢的。陈先生，你不必操之过急，现在你俩才认识短短的两天时间。如果你真的跟我们去延安，这一路上至少要半年，半年时间天天待在一起，没人跟你竞争，还怕追不到她吗？"

　　陈浩三高兴起来："说得也是。"

　　蔡雨来却又问："不过，你真的不打算跟秋蓉重温旧梦了？"

　　陈浩三忙说："我跟她的感情早已过去，很难再像以前那样了。你也看得出来，秋蓉就像我的妹妹。"又说，"何况阿举一直喜欢秋蓉，我想成全他。"

　　蔡雨来叹气道："你们这些江湖人的义气，我是看不懂。既然你对秋蓉不上心，我可以指一条明路给你。秋蓉和雅来关系好，女人更懂女人心思，你可以私下里问问秋蓉，关于雅来的一些喜好，以及她对男人的一些要求。我虽然是她的哥哥，但整天忙于工作，女孩子的事情我也是不太清楚的。"

　　这句话倒是点醒了陈浩三，他嘿嘿一笑说："我怎么没有想到，趁现在休息，我去打听一下。"起身时，他突然又想到了什么，接着说，"蔡先生，你有没有觉得秋蓉这两天也有些变化，不像之前那样容易起情绪了。"

蔡雨来说："我也看出来了。应该是心里的战争阴影被逃亡途中的刺激给驱散了，毕竟这一路上经历了不少惊心动魄的事情呢。"

陈浩三松了口气说："起初我还担心逃亡路上发生意外情况，会加重她的病症，看来多虑了。"

蔡雨来说："投入战争，也许恰好是走出战争的一种方式。我敢打赌，秋蓉跟我们一路走到延安，肯定会变成一个女战士的。"他又说，"每个人都可以改变，陈先生，你也一样，只要有觉悟、有信仰，肯定会变得越来越优秀。"

陈浩三突然露出狡黠的神色："我现在的觉悟是，怎么样才能追到雅来，让你成为我的大舅子。"一边说一边将手中那根灌木枝条当成箭，投向蔡雨来。

蔡雨来头一偏，躲过了枝条，忍不住露出了苦笑。


薛秋蓉和蔡雅来、慕容织云坐在泉边的石头休息，方孝举倚在不远处的一棵树上盯着袁阿仔，方孝全则跑到林子里，去找枯树枝，给三个女子做登山棍。

"秋蓉，你过来一下。"走近她们的陈浩三笑吟吟地朝秋蓉说，"我找你说点事情。"

薛秋蓉见陈浩三笑容可掬，却又透着神秘，便站起来，跟着他走到林子的偏僻处。

"我想问一些关于雅来的事情。"陈浩三讪讪地说，"她以前的男朋友叫什么名字，为什么分手了？"

薛秋蓉听出了意味，偏着头，盯着陈浩三，露出一副天真的样子："三哥，你打听人家的私事干什么？"

陈浩三也不遮掩，落落大方地说："我想追她。"

薛秋蓉盯着他，神色沉凝起来，似乎在思考这个问题的难度。

"怎么了，不行吗？"陈浩三被她看得有些心虚。"我们认识这么多年，我的为人不算太坏吧，难道配不起蔡大小姐？"

"三哥，你当然不是坏人。"她说，"不过你要有心理准备，雅来不是那么好追的。"

陈浩三说："我知道，所以我才来求助你。先打听一下，雅来有什么爱好，喜欢什么样的男人。"

薛秋蓉说："她喜欢什么样的男人我不知道，但我知道，她不喜欢忧郁和优柔寡断的男人。她以前的男朋友叫柳叶，是位诗人，很有才华，人也长得英俊，就是太过多愁善感了。"

陈浩三嘿嘿笑道："我不是诗人，也不忧郁，只是有些粗鲁。"

薛秋蓉说："三哥，你就是文化差了一点，以后要多看书。雅来喜欢看书，喜欢跟人聊书上的内容。看书可以让人变得斯文，改掉粗鲁的习性。"

陈浩三苦笑："看书对我来说，比练武还要苦，简直要我的命。"

"三哥，为了蔡小姐，你一定可以的。"

正说着，冷不防，方孝举像一头野羊，从边上的灌木丛蹿了出来。

方孝举看到陈浩三把薛秋蓉叫去谈话，心里起了疑惑。他担心陈浩三是不是要跟薛秋蓉重温旧梦，这对他来说太糟糕了，于是让蔡雅来帮忙盯着袁阿仔，借口说要去撒尿，却是偷偷溜过来偷听两人谈话。

发现陈浩三居然是要追蔡雅来，方孝举欣喜万分，要是蔡雅来和陈浩三成为一对，薛秋蓉岂不是他的？这两天方孝举和薛秋蓉形影不离，薛秋蓉的情绪慢慢稳定，心想要是护送她逃出香港，再护送她去延安，这么漫长而艰辛的路途，肯定有机会跟她加深感情。他最担心的事情就是陈浩三夹在中间，现在好了，陈浩三心仪的是蔡雅来，这对他来说真是天大的好消息！他一时激动，便忍不住从灌木丛中钻了出来。

陈浩三瞪了他一眼："你这家伙，怎么偷听别人谈话，一点都不尊重别人的隐私。"

方孝举说："三哥，你就别装了，难道你还会害羞吗！"又说，"蔡小姐跟三哥真是天生一对。三哥，昨晚你跟蔡小姐睡在一起，没有趁机表白吗？"

陈浩三吃了一惊："你胡说什么！"

薛秋蓉也惊疑不定："三哥，你都和雅来睡在一起了？"

方孝举得意地说："用脑子一想就知道了，山里人穷，房子又小，哪有多余的房间和床位，你们肯定要挤在一张床上睡的。"又看着薛秋蓉，"放心吧，三哥和蔡小姐肯定没发生亲热的事情，否则也不会来找你打听这些情况。"

陈浩三撇嘴说："你这小子，歪门脑子还蛮灵活的，就是不想正事。"一边说一边看着薛秋蓉，"秋蓉，你倒是教我几招，怎么样才能讨雅来的欢心。"

薛秋蓉说："这有什么难的，你只要一心一意对她好，让她感到快乐就行。"她又叹了一口气，"就像当初你对我那样好，不要……"

"不好了，土匪仔跑了！"

林子里突然传出一声尖叫，是蔡雅来的，声音带着恐慌。

方孝举跑去偷听陈浩三和薛秋蓉谈话，让蔡雅来帮忙盯着袁阿仔。蔡雅来倒也没有松懈过，目不转睛地盯着。后来方孝全抱着几根枯枝走来，蔡雨来以为方孝全捡树枝烧火，询问了才知道是给姑娘们做登山棍的。

捡来的树枝要修整一下，才能当登山棍。方孝全掏出随身携带的匕首，削掉扎手的地方。蔡雅来拿了一根树枝试手，在周边走动，感觉很不错。就在这缝隙之间，袁阿仔突然不见了踪影，像幽魂一样消失在雾气弥漫的山野。

袁阿仔带众人走这条山道，是早有预谋的，他知道途经瀑布，众人肯定会停下来休息。瀑布周边有水源滋养，草木丰茂，适合脱身。他在山上当了多年土匪，对瀑布周边地形非常熟悉，瀑布旁边有一条隐蔽的小路隐藏在一块大石和一丛茂盛的假连翘之间，只须跨过山泉，就可以像捉迷藏一样钻进去，顺着小道跑入林中，瞬间不见踪影。

袁阿仔一直都有逃跑的念头，他担心带这帮人翻越大帽山，他也会受到肖天来般的待遇，因此心中早就做了谋划。

# 二十六

　　黄冠芳带着二十多人的短枪队，凌晨突袭了日军设在大帽山下的岗哨，把日伪军打得抱头鼠窜。随后队伍转移到周边的根据地，休息了几个小时。

　　上午八点多钟，黄冠芳派人打听这一带日军的驻扎地，决定找机会再次袭击，闹出些动静来。然而他发现，大帽山脚下的日军全部撤走了。

　　黄冠芳推测，日军撤走只有两个原因：一是抓到了蔡雨来，返回司令部邀功；二是没有抓到蔡雨来，跑到大帽山的另外一边，也就是元朗的十八乡，继续追捕蔡雨来。如果蔡雨来被抓，葵涌的保安队肯定知情，这些伪军昨晚协同日军一起在山下设岗布防，多少会有些风声传出来。

　　消息很快就打探到，日军并没有抓到蔡雨来，受袭之后，小野吉男和前田三郎带着特务队连夜开拔。由此可见，日军是要到元朗一带设防，继续追捕和拦截蔡雨来。

　　解救蔡雨来是上头交代的重要任务，黄冠芳二话不说，便带兵翻越大帽山，要赶在日军之前抵达元朗十八乡。

　　就在黄冠芳出发的时候，刘黑仔带着一支二十多人的武工队也来到了大帽山脚下的根据地。听说黄冠芳要翻山，刘黑仔顾不上休息，跟着黄冠芳一起前往十八乡。

　　两支队伍合在一起有四十多号人马，都是身经百战的战士，一同翻越大帽山，哪怕碰到黄慕容的大土匪群也不必担心。但是为了减少不必要的麻烦，他们还是尽量避开匪窝，走了川龙脊背这条路线，与陈浩三他们走的瀑布岩路线，距离有八九里地。

茂密的丛林中，他们再一次与蔡雨来擦肩而过。黄冠芳和刘黑仔并不知道，此时的蔡雨来等人正被土匪密密麻麻包围着。

袁阿仔逃脱之后，立即去了附近的土匪窝向黄慕容报信，说有几个通缉犯上了山，身上带着黄金白银，还有三个如花似玉的妹仔。

黄慕容刚起床，接到报信顿时大喜，这可是天降横财啊！他当即和二当家张雪鹏、三当家吴炳文率领百余土匪，带上猎犬，声势浩大地前往瀑布一带搜捕。

陈浩三和蔡雨来失去了向导，在雾气弥漫的大帽山，如同失去了眼睛，行走起来十分困难。山野雾气弥漫，采药人和猎人、土匪踩出来的林间小道交错复杂，他们只能凭感觉前行，在一些岔路口时更是只能瞎蒙，结果兜兜转转几个小时，却并未走远。

土匪对山地熟悉，加上有猎犬追踪，很快就看到了蔡雨来等人，土匪一窝蜂地拥上来，将他们团团围住。蔡雨来望着影影绰绰的土匪，黑洞洞的枪口，顿时陷入绝望。这种情况下是不可能杀出重围的，若是打斗起来，敌众我寡，只有死路一条。

黄慕容和张雪鹏、吴炳文从人群中走出来。黄慕容身材矮小，但却是昂首挺胸地走在最前面。陈浩三抱拳道："这位想必就是黄当家吧，咱们是同道中人，今日有幸相逢，可谓缘分。小弟陈浩三，江湖人称烂命三，是洪门致公堂的双花红棍，致公堂的堂主曾鸿文是我的阿哥头。"

路上，陈浩三一边登山一边向袁阿仔打听大帽山土匪的情况，对黄慕容颇有了解。如今与土匪狭路相逢，对付绿林好汉，只能用江湖手段来解决，因此他先自报家门。

黄慕容乜斜眼睛看陈浩三，分辨他是否说谎。假如此人真是曾鸿文的小弟，那可不妙，曾鸿文一个月前上山话事，说他的人会带一些文化朋友翻过大帽山，黄慕容若敢动这些人，就是跟他结仇，他将协同共产党的游击队上山剿匪。黄慕容知道曾鸿文的实力，只好卖了面子，这

段时间只要看到打着"曾阿哥"旗号的翻山客，一般都会放行。

但这次不一样，黄慕容已从袁阿仔口中得知这些人是日军的重点通缉犯，携带的行李包中还有黄金白银。最重要的是，当中有三位仙女般的美人，是难得一见的人间美色。

黄慕容绰号"矮脚虎"，长得不高，却很敦实，他有一个长处，跑山路十分敏捷，因此也称"过山虎"。人虽其貌不扬，来头却不小，原是国民党第八十三军守备连的连长，驻守惠州淡水。

一九三八年十月，日军入侵广东，从惠州海湾登陆，朝澳头和淡水推进。黄慕容眼见日军浩浩荡荡像蝗虫一样拥来，吓破了胆，没有按照上头的命令死守阵地，而是一枪不发便弃阵逃跑。惠州沦陷，不久后广州沦陷，上峰将南方战事的失利归咎于弃阵逃跑的部队，愤然昭告天下，要将这些可恨的逃兵绳之以法。因怕被追究军事责任，黄慕容没有别的去处，便带着一帮手下跑到香港，在大帽山当起了土匪。当地人称其匪窝为"白虎窝"，吃人不吐骨的地方。

土匪居住在山上，除了赌钱喝酒，并没有什么消遣的娱乐活动，日子过得也乏味。看到三位美人，黄慕容打起了如意算盘，三位当家正好一人分一个，从此长夜不寂寞，比打劫黄金白银可要实在得多。

站在身后的袁阿仔见黄慕容沉默不语，怕他放走了到手的肥肉，便说："黄当家千万不要听他们胡说，这些人是日军的通缉犯，肯定不是曾阿哥的人。"

陈浩三狠狠地瞪了他一眼："要不要找曾阿哥来对质，看我说的是真是假。信不信曾阿哥一枪把你脑袋打出浆来。"

黄慕容冷笑道："我不管你们是什么人，既然到了我的地盘，就得按我的规矩做事，先把武器交上来再说。"说罢让手下去收缴陈浩三和蔡雨来等人的枪械，并搜查全身。

陈浩三毫无办法，面对漫山土匪，又都是些蛮不讲理的人，挣扎和硬碰硬都是徒劳的。

缴了武器，土匪将行李当场打开查看，果然发现有金条和白银，还有一些港币和军票。黄慕容见钱眼开，加上垂涎美色，便打定主意，无论如何也不会放过这样的肥肉。

"就算你是曾鸿文的人，今天落入我手中，由我说了算。你们最好乖乖听话，否则杀了你们，随便找个地方埋了也不会有人知道。"

看到黄慕容脸上露出的阴险与邪恶，陈浩三知道此人不讲江湖道义，只怕说得出做得到，只好硬着头皮说："我希望黄当家明白一件事，我们是在大帽山不见的，曾大哥难道猜不出来？天下没有不透风的墙，曾大哥要是知道你下黑手，肯定不会善罢甘休。你若是要买路钱，我可以送些黄金白银，但想对我们不利，恐怕还得拿个秤砣掂量一下。"

黄慕容装出一副风轻云淡的样子："说得也有些道理。你们先跟我回山寨再说，谁知道你们是不是打着曾鸿文的招牌做坏事，现在太多人打着曾鸿文的名头过山，我们也要分辨一下真假。"一边说一边命手下拿出事先准备好的绳子，将这些人全部捆绑起来。

回到白虎窝，黄慕容命人将陈浩三等人押入牢房，好生看管。

所谓的牢房，不过是一间简陋的茅草棚，连房门都没有。几个土匪将陈浩三和蔡雨来、方氏兄弟的双手绑住，系上长绳，扔过大梁，垂下来套住他们的脖子。相当于他们的双手被吊起来，和脖子连在一起，只要一弯曲膝盖，绳子就勒紧脖子，别说逃跑，反抗都不行。

这是土匪发明的吊人法，可以有效防止关押的金主逃跑。黄慕容听袁阿仔说起，蔡雨来一帮人被肖天来抓到金山匪窝，双手捆绑在屁股后面，竟然被他们挣脱，害得肖天来吃了大亏。为防止同样的事情发生，黄慕容便吩咐匪仔，用吊人法对付这帮人，并派了四名土匪守在门口看押，防止这些人搞小动作。

蔡雅来和薛秋蓉、慕容织云得到了怜香惜玉的待遇，并没有被吊起来，只是双手反绑，坐在房中一条长凳上。

土匪将打劫到的行李拿到黄慕容的房间，由三位当家盘点行李中到底有多少宝贝，如何分赃，并查验这些人的证件，弄清楚他们是何来头，会不会是共产党的人。

黄慕容和张雪鹏将黄金白银和首饰银票挑出来，摆在桌面上，吴炳文则查看行李中的证件和随身携带的文件。证件并无异常，唯一奇怪的是当中有一张日本记者证。

吴炳文比较细心，发现行李中有一件脏兮兮的棉衣。时值暖冬，棉衣并不是必备之物，而且这件棉衣如此肮脏，被他们带着上路，显然有些不合常理。他将棉衣摊在桌上，细细摸索，发现暗藏玄机，于是用剪刀将其剪开，从里面掏出了几捆相机胶卷，还有一张写满日文的文件。

这些东西一看就不简单，黄慕容当即派出两名匪仔，去牢房询问胶卷和文件的来历。

蔡雨来心里最惦念的就是胶卷和机密文件，听说被翻出来，心中焦虑难安。这可是他冒着生命危险换回来的东西，也是他逃出香港最大的意义所在，如果胶卷和文件被土匪不当回事，拿去烧掉，那心血就白白浪费了。

为了保住胶卷和机密文件，蔡雨来只有一条路可行，就是坦诚布公，把真相告诉土匪头子，希望能引起他们的重视，并激发他们的血性，从而谋得一条生路。

蔡雨来被两名匪仔押到黄慕容的房间，面对掏出来的胶卷和文件，他没有丝毫隐瞒，便把自己冒充日本记者偷拍日军罪证，以及偷走了日本细菌部队的军事机密文件说了出来。

"我要将这些照片和这份机密文件拿到内地去，刊登到共产党的报纸上，向全世界公布日本人犯下的滔天罪恶，揭露日军细菌部队的阴谋，唤醒中国人的血性，让千千万万同胞们都投入抗战中，早日迎来胜利。"蔡雨来的语气铿锵、神色凛然，眼中透出一股逼人的光芒。

"三位当家占山为王，管理这么大的山寨，也算是英雄好汉。日本人如此残害中国人，把中国人当牲口一样想杀就杀，你们也是民族同胞，真的没有感觉到国难当头的危机？你们骨子里面真的一点血性也没有？就算你们不去抗日，但至少不应该阻挡我们这些爱国人士，去挽救危难之中的国家。如果你们要钱，我可以把钱给你们，但是你们想害我们的性命，我希望你们摸着自己的良心，你们如此做恐怕会遭到天谴，成为千古罪人。"

三位当家当即明白了胶卷和文件的重要性。黄慕容笑道："蔡先生，我们很钦佩你的勇气，也钦佩你爱国为民的精神与担当。实不相瞒，我们三兄弟以前也是国民党中尉和少尉，领着一个守备连，被日本人追赶才跑到山上当土匪的。我们对日本人的仇恨其实跟你一样，恨不得杀光他们为中国人报仇。所以请你放心，这些胶卷和文件我们会帮你送到内地去。"

蔡雨来顿时心头大喜，以为自己这番言语起了作用，感化了这些山贼，激发了他们内心的良知。

然而蔡雨来高兴得太早了，只听黄慕容又说："不过这些胶卷和文件，我们不会送给共产党，而是会送到国民党手中。反正都是唤醒中国人的抗日精神，送到国民党政府登报揭发也一样。现在的国统区比共党区要大得多，宣传这些照片，国民党的媒体更有实力。"

蔡雨来虽然不喜欢国民党的作风，皖南事变之后，他就是写了一些针对蒋介石的言论，遭到顽固派的迫害，险些入狱。然而蔡雨来也能理解，黄慕容曾是国民党的军官，如今要将胶卷和文件送到国民党政府，符合他的作风。

"黄当家是要把我们送到韶关吗？"蔡雨来沉吟道，这个时候他也不好计较什么，只要能让这些胶卷和文件公之于世，交给国民党政府他也认了，总比落入日本人手中要好。

广州沦陷之后，广东省的国民党政府迁至韶关，韶关成为战时省会。蔡雨来以为黄慕容要将他们护送到韶关，于是用感恩的语气说："若能把我们一行人安全送到韶关，黄当家功德无量，将会名垂千古。"

黄慕容嘴角一翘，露出狡黠的神色："是的，胶卷和文件会送到韶关。不过蔡先生，你们几个人都要死在大帽山。"

蔡雨来脸色一变，惊问："你说什么？"

黄慕容阴笑道："蔡先生是聪明人，难道想不明白吗？我们会把胶卷和文件送到韶关，交给政府，当然不是以你的名义上交，而是以我的名义。这样一来，我便可以邀功请赏，重新加入国军，不再是土匪了，以后也不用担心上军事法庭。"

蔡雨来愣了一下，随即明白黄慕容的心思，背后冒出了冷汗。眼前的这个土匪，可比他想象的要诡诈得多。

黄慕容幽幽地说："蔡先生，谢谢你送了这么一个大功名给我，哈哈，到了韶关，我就说敌人并未忘记党国教诲，跑到香港潜伏，刺探日军情报，冒死拍下照片和偷窃日军的机密文件。胶卷和文件见证了日军犯下的滔天大罪，一旦由国民党政府的报纸发布，必然会引来世界震惊，对我党的宣传也是一大利器。"

张雪鹏和吴炳文听了，对黄慕容当即竖起大拇指，仿佛看到了新的人生篇章。他们待在大帽山当土匪并不好过，不仅受到当地百姓的唾骂，也经常被共产党的武工队找麻烦，多少有些窝囊。眼下有两百多号匪仔跟着他们，光是吃喝拉撒就令人头痛，每天都要下山打抢。以前还好，如今日本人严格管控粮食，加上伪军的剥削，大量平民百姓逃跑，山下哪里还有什么油水，日子很不好过。如果能重新加入国军，那就是咸鱼翻生了，他们不必回韶关听职，眼下国民党在香港没有军队，他们可以填补这个空白，成为国民党的驻港军队，就像共产党的武工队一样。一旦有了国力的支持，从此不必打家劫舍，并且多了一条退路，哪怕在香港混不下去，回到内地也算是抗日英雄了。

想到胶卷和文件带来的巨大利益，黄慕容怎能不高兴。他盯着蔡雨来，得意扬扬地说："放心吧，你们死后我们会帮你照顾那些妹仔的，三兄弟正好一人分一个，快活似神仙。"

蔡雨来愤怒得差点吐血了，他情绪失控地骂道："你们这么做跟日本人有什么区别，连禽兽都不如，还配当中国人吗！"

黄慕容冷笑道："骂我们禽兽不如的人多了去了，不在乎多你一个。来人，把他押回去。"

到了牢房，蔡雨来已经没有力气挣扎和叫骂了，他被重新吊到大梁上，神情委顿，一副病怏怏的样子。

陈浩三问他怎么回事。蔡雨来沉默一会儿，才说出了黄慕容的卑鄙阴谋。几个人瞬间陷入绝望，在惊惶中面面相觑，眼中流露出来的全是大难临头的神色。

三位当家在房中商量，谁去将胶卷和文件送到韶关国民党政府手中。黄慕容和张雪鹏的文化水平不高，只是略通文墨，吴炳文倒是个有文化的人，曾经当过乡村教书先生，能说会道。他自告奋勇，愿意偷渡出香港，完成这项光荣的任务。

吴炳文之所以要揽下这个活，是想立一个头功。共产党的武工队在香港搞得风生水起，让日本人很是头痛，当地百姓都拥护武工队，为共产党赢得了很高的声誉。国民党在香港没有武工队，一直想效仿共产党的做法，在香港建立秘密部队，不仅可以与日本人对抗，也顺便钳制共产党。如今有了这大好时机，吴炳文只要带着胶卷和文件逃到韶关，凭他的三寸不烂之舌，一定能让土匪们摇身变成国民党的部队。往后吴炳文就可以顺着竿子向上爬，不只是当一个排长那么简单，甚至极有可能盖过黄慕容的风头。

黄慕容并不知道吴炳文的小算盘，见他主动请缨去送胶卷和文件，正合心意。商议已定，接下来该是享受的时刻了，三位当家决定瓜分美人，带回房中享受，顺便将四个男人枪杀，找个地方埋了。

牢房里面，方孝举内疚地说："都是我不好，没有尽到本分。我原本要盯死袁阿仔的，可是为了偷听三哥和秋蓉的对话，忘了这个事情。"

蔡雅来说："不能怪你，要怪就怪我。你让我盯紧袁阿仔，是我没有做好，让他跑掉了。"

陈浩三说："也怪我，不应该拉秋蓉到一边说话。"

蔡雨来叹气道："这事情谁都不能怪，我们都有责任。主要是袁阿仔太狡猾了，他肯定早有谋划，故意挑离土匪窝近的路走，很难防住。"

他虽然很不甘心就这么死在土匪窝，但事已至此，说什么也没有用了，无论责怪谁，只会加深临死之前的痛苦，影响他们之间的感情。为了减轻大家的恐惧与害怕，他看着陈浩三说："陈先生，这个时候你可以向雅来表白了。"

陈浩三不由得一怔，没想到平日里严肃沉稳的蔡雨来，居然在这个节骨眼上说出这种话来，实在是出乎意料。他脑子一转，随即明白了，自己是为了护送蔡雨来而落难，此时大难临头，蔡雨来内心过意不去，索性让他表白，也算是临死前的告慰吧。

可不知道为什么，陈浩三却说不出话来，只是看着蔡雅来，脑子里面一片混乱。

"哥，你胡说些什么！"蔡雅来有些吃惊，很不满地看了哥哥一眼。

"雅来，三哥拉我去一边说话，是打听你为什么和柳叶分手。他想追你，但不知道怎么下手，所以向我打听你喜欢什么样的男人，还有你的兴趣爱好。"薛秋蓉一下子将那层纸给捅破了。

蔡雅来没想到陈浩三在背后打听这些，气呼呼地说："你这人怎么乱打听人家的隐私，一点也不尊重人！"

方孝举忍不住道："什么隐私不隐私的，三哥喜欢你，打听你的事情那是在乎你，别端着大小姐的脾气。"又说，"老话说得好，百年修得同船渡，千年修得共枕眠，蔡小姐，你和三哥都睡在一起了，也算是缘分。"

"什么！"蔡雅来气得跳起来，但双手反绑在凳子上，无法站起来。她恨恨地瞪了陈浩三一眼，"你居然拿这种事情乱说！"

方孝举笑道："三哥没有乱说，是我自己猜到的。"

薛秋蓉说："三哥是个好人，雅来，你和他还是很般配的。"

蔡雅来又羞又恼："那你怎么不嫁给三哥！"一边说一边挣扎要站起来，"快放开我，我要去解手！真是气死我了。"

门口站岗的四名土匪像看戏一样看着他们吵架，一名匪仔邪恶地笑道："解手可以，不过我们要跟去茅房看守。"

蔡雅来恨恨地说："跟就跟，但你们只能待在外面。"又说，"你们若是想听尿尿声音，那就听吧！"

土匪们见她这么说，笑得更是淫荡与猥琐。一个匪仔立即走过来，解开蔡雅来手上的绳子。她的双手绑在身后，又有一条绳子穿过双手，拴在凳脚上。土匪解开绳子时，顺便摸了摸她的屁股，趁机占些便宜。

蔡雅来气得全身发抖，她嚯地站起来，甩了甩松绑的手说："你摸我屁股干吗，小心我打死你！"

那土匪笑道："哟，脾气倒是挺大的，有本事你打呀！"

蔡雅来举起手，却没有打，只是"哼"了一声。

薛秋蓉和慕容织云也忙说："我也要去解手。"

土匪冷笑道："一个一个来，莫想耍花招。茅坑只有一个，万一你们挤掉下去，让我来给你们冲凉啊。"

陈浩三也说："我肚子痛，也要上厕所。"

土匪看着陈浩三，嘲笑道："你就省省吧，待会儿都要吃花生米了，不如把屎尿憋在肚子里，还能当个饱死鬼。"

在两名土匪的看押下，蔡雅来走出牢房。

才走出十来米远，迎面走来几个人，却是三位当家带着几个土匪往牢房走来。蔡雅来不由得心生哀叹，这些瘟神怎么偏偏在这个时候

出现。

黄慕容和张雪鹏、吴炳文过来瓜分美人，要带回各自的房间享受快活，同时安排小弟将陈浩三等人押到山林中枪杀掩埋，不着痕迹。

看到两名匪仔押着蔡雅来往外走，黄慕容问去哪里。匪仔忙回答，说要带她去解手。张雪鹏看着蔡雅来，一脸淫笑："解什么手，到大爷的房间里，我叫人给你端尿盆过来，把你伺候得像公主般。"一边说一边上前抓住她的手，"大哥，这娘们就给我吧，挺对我胃口的。"

三位姑娘姿色各有千秋，蔡雅来英姿飒爽、薛秋蓉温柔动人、慕容织云娴雅文静。黄慕容点头说："我没意见，我喜欢那个成熟的小娘们。"他说的是慕容织云，比蔡薛二人多些成熟的韵味与风情，是黄慕容喜欢的类型。

吴炳文长得比较矮小瘦弱，他喜欢温柔的姑娘，薛秋蓉姿色出众，一副忧郁的样子正是他心头所好，便说："余下的那位小娘们就是小弟的了。"

蔡雅来见三位当家要吃定她们，情况紧急，此时不出手恐怕再无机会。她不假思索，猛地一脚踢向张雪鹏的裤裆。然而她低估了张雪鹏的本事，此人毕竟是正规训练过的军人，而且打家劫舍时也曾对妇女下手，知道女人情急之下会踢裤裆。

张雪鹏一个转身，不仅避开了蔡雅来的袭击，还绕到身后，一把抓住她右手的手腕，用力一拧，便将她制伏。他淫笑道："哟，这娘们性子还蛮烈的。正好，我喜欢骑烈马，待会儿到床上可有你好受的。"

蔡雅来没想到自己偷袭并未得手，反被张雪鹏制住。她又急又气，想再使个招数反抗，但张雪鹏力气大，人也粗壮，死死地拧着她的手腕，如同扣住命门，她哪里会是对手。

"我劝你不要挣扎，还是乖乖听话比较好，免得自讨苦吃。"张雪鹏嘿嘿笑道，凑过去闻了闻蔡雅来，"爬山出了汗，女人味有点重，待会儿我亲自帮你洗身子，把你洗得香喷喷的。"

蔡雅来瞥见跟来的几个匪仔，不仅背着枪，腰带上还插着手榴弹，不由得心念一动。她虽然被张雪鹏反手拧住，但腿是可以动的，猛地向后踢去。

张雪鹏侧身躲过，蔡雅来借机猛地向前俯冲，硬是挣脱了张雪鹏的控制。但由于用力过猛，惯性过大，她跟跄地往地上摔去。张雪鹏以为她会摔个狗吃屎，要是把脸蛋摔伤，那可就破了相。没想到蔡雅来学过英式摔跤，动作灵活，双手撑地就地一滚，如同翻了个跟斗，并未受伤。

张雪鹏不由得叹道："这娘们是唱戏的吧，居然还能耍出花样来。"

边上十来米处有一间简陋的茅草房，用木头和竹子搭建，铺上茅草树皮。香港毕竟是靠海之地，每年都会有台风过境，这些茅草房的周边必须搭有加固的木头架子，从侧面斜撑，才能经得起风暴袭击。

蔡雅来往茅草房跑去。她生性好动，擅长各种运动，学校体育课有爬竿、单杠、跳马等项目训练，每个项目她都能轻松过关，是学校的体育课代表。茅草房斜撑的竹竿如同爬竿，蔡雅来手脚并用，顺着竹竿飞快向上爬，转眼之间就爬上了茅草房的屋顶。

"有本事你们上来抓我啊！"她坐在屋顶处，喘着粗气。山风吹来，将她的头发吹得飘逸，雾气尚未散去，看起来颇有些仙女气息。

茅草房有三米多高，土匪们没想到这个看似文静的姑娘，居然几下就爬上去了。三位当家常年在山上走动，跑山路是一流的，但都是大男人，身子重，爬竿上屋顶却不是他们的强项。

黄慕容说："老二，这娘们恐怕是猴子投的胎，不好弄。你挑的女人你自己搞定，我和老三可没时间陪你在这里放空炮。"

吴炳文也笑起来："是啊，我和大哥先去快活了，没空陪你的女人捉迷藏。"

蔡雅来见黄慕容和吴炳文要去牢房抓人，忙说："我要下来了。喂，二当家，叫你的手下在下面接着点，莫让我摔下来，摔伤了可不好。"一边说一边要顺竹竿滑下来。

张雪鹏见状，赶紧带着几名匪仔到竹竿下面候着，倒不是怕她摔伤，而是等她一下来，立马将她抓住，捆得紧紧的，免得她耍花样。

蔡雅来从竹竿溜下来，溜到一半时突然"啊"的一声，失了手，直挺挺地摔下来，将一名匪仔扑倒在地。

张雪鹏骂道："臭娘们，又想跟我耍花样。"一边说一边抓着她的肩膀，将她扯起来。

蔡雅来站起来，突然一把抱住张雪鹏，死死地抱着。张雪鹏愣了一下，心想这姑娘怎么突然主动起来。

"手榴弹！"一名匪仔惊慌失措地叫起来。

原来，蔡雅来从屋顶溜下来时故意失手，扑倒一名土匪，那土匪的腰带上插着一颗手榴弹，被她顺手扯了出来。随后，她抱住张雪鹏，将手榴弹的引线扯掉。

手榴弹的屁股冒着烟，一旦爆炸，弹片乱飞，后果不堪设想。边上的土匪们争先恐后往边上逃窜，以免城门失火、殃及池鱼。

黄慕容和吴炳文也吓坏了。黄慕容眼疾手快，一把扑过去，使劲抢蔡雅来手上的手榴弹。张雪鹏死死地抱住蔡雅来，不让她挣扎，好让黄慕容动手。

牢房门口看守的两名土匪见蔡雅来扯下手榴弹引线，要跟张雪鹏同归于尽，也都吓得往边上的林子里跑去。谁都不知道蔡雅来最后会将手榴弹扔到哪里去，手榴弹一旦爆炸，弹片乱射，周边的人都会跟着遭殃，谁不想逃命要紧。

就在此时，牢房的草壁突然被刀子劈开，一个人钻了进来。

山上房子的屋顶和墙体都是用茅草做的，非常简陋，挥动镰刀便能破壁而入，并不费劲。那人钻进牢房，二话不说，挥着镰刀割断陈浩三手上的绳子。

# 二十七

"轰隆"一声巨响，整个山头都震动起来。

黄慕容情急之下抢下蔡雅来手中的手榴弹，不假思索便随手甩了出去，根本无暇辨别方位。手榴弹丢在刚才蔡雅来爬上去的那间茅草房的房顶，随即爆炸。幸好茅房里面没人，被炸药炸得塌陷了半边。

现场的土匪们惊魂未定，看着倒塌的茅草房，暗叫惊险，若是手榴弹扔到他们当中，怕是凶多吉少。

张雪鹏一把扭住蔡雅来，猛地甩了一巴掌："臭婊子，待会儿看我怎么弄死你！"

蔡雅来突然发出奇怪的尖叫声，像疯了一样，猛地用头撞向张雪鹏的胸口。她的一只手被张雪鹏扭住，另外一只手仍可以动起来，拼命地抓向张雪鹏的脸蛋。

张雪鹏冷不防，脸蛋竟被抓出了血痕，火辣辣地疼。

匪仔们见蔡雅来一边尖叫一边打人，用的竟是泼妇打法，丝毫不顾淑女的形象。这样的场面在山上还是头一回见，比看戏还要有趣，匪仔们都被吸引住了，乐滋滋地看着蔡雅来的表演，看二当家出洋相，发出了哄笑声。

除了抓脸和撕头发，蔡雅来甚至还用嘴巴咬人，一副不要命的样子，泼辣得不行。张雪鹏大窘，一时招架不住，他可不想让匪仔们看笑话，顾不上怜香惜玉，猛地推开蔡雅来，随后一个扫腿，将她放倒在地。

就在这时，一个人影飞快从房间里冲出来，随即向黄慕容出手。

土匪们刚才躲避手榴弹，又被蔡雅来的泼妇打架所吸引，哪里注意得到牢房里的动静，根本不知道陈浩三是怎么逃出来的。当土匪们回

过神来时，陈浩三已经和黄慕容扭打在一起。

黄慕容毕竟是混江湖的，也练了些拳脚功夫，动作灵活，虽然不及陈浩三厉害，但也能抵挡几招。

张雪鹏见陈浩三居然挣脱牢笼跑出来，惊愕之余，不及细想，从腰间掏枪，要朝陈浩三开枪。

"三哥小心！"一人大叫着从房间里猛地冲出来，飞身扑向张雪鹏。

枪声响起，方孝举将张雪鹏扑倒在地上，张雪鹏开枪没有打中陈浩三，却打在了方孝举的大腿上。

"阿举！"

方孝全冲出来，看到弟弟扑倒张雪鹏，枪声中弟弟痛叫一声，显然是中了枪。他大喝一声，随即扑过去，猛地一拳往张雪鹏头上打去。

眼前的变故猝不及防，吴炳文慌忙从腰带上拔枪，然而还没有来得及拉下枪栓，他的双腿突然被人抱住。蔡雅来刚才被张雪鹏放倒在地，并未受伤，她顺势打滚，正好滚到吴炳文身边。

蔡雅来抱住吴炳文的双腿，用双肩和身体向前一顶，随后一个锁腿，将对手摔倒在地。这是英式摔跤惯用的手法，吴炳文身材瘦小，是土匪窝里的军师，身上没什么功夫，招架不住，摔倒在地上时后脑勺磕在一块岩石上，疼得头昏眼花，冷不防手中的枪就被蔡雅来抢去。

只是刹那之间，三位当家便陷入打斗之中，叫人猝不及防。边上的匪仔们虽然拿着武器，却都不敢乱开枪，怕伤了当家们，等他们要扑过来解围时，却发现三位当家都已经被对手控制。

陈浩三将黄慕容制伏，缴了他身上的手枪；方孝全兄弟也将张雪鹏压在地上，用手枪抵住胸口；吴炳文更不用说，脑壳疼得要命，被蔡雅来扯起来，脑门顶着生冷的枪口。

事情发生得很突然，匪仔们根本没想过这些人会冲杀出来，也搞不懂他们是怎么逃出来的，见三位当家落入对方之手，一时面面相觑，不敢轻举妄动。

这时蔡雨来和慕容织云、薛秋蓉也从牢房走出来，身后跟着一个拿着镰刀的人。这人叫王庆山，是农妇宋春花的丈夫。

原来，王庆山想赚几个养家糊口的钱，带两名商人翻越大帽山，没想到遭遇土匪。商人被土匪洗劫一空，放了一条生路，但王庆山却被抓到山上当壮丁。

土匪窝搭在山上，都是些简陋的茅草房，经不起风吹日晒，每隔几个月就要修缮一番，免得透风漏雨。时近腊月底，很快就要迎来新春，雨季也会随之而来，土匪都是好吃懒做之辈，不可能亲自动手修缮茅屋，于是打劫时顺便抓些壮丁。王庆山很不幸，被掳上山当劳工。为了不让外人知道匪窝的情况，这些壮丁除非投靠土匪，否则不会有好下场。

陈浩三和蔡雨来等人被押上山，几名壮丁正在山寨口剥树皮，用树皮给三位当家补修房顶，比茅草更结实，也更御寒。王庆山抬头打量被抓上山的这几人，当他看到陈浩三和蔡雅来，不由得全身一颤，仿佛看到了什么可怕的事情。

陈浩三见有个拿着镰刀剥树皮的男人死死地盯着自己看，表情很奇怪，心中不由得起了疑惑。猛然间想起来了，他和蔡雅来身上穿的衣服是宋春花家里的。

确实如此，王庆山对自家的衣服非常熟悉，毕竟穷苦人家没有几件衣服，尤其外套，哪里有块补丁他都知道。这两人怎么穿着他家的衣服，难道他们去自己家里抢劫了？他们把自己的妻子和孩子都杀了？这个念头在王庆山心头盘旋，顿时让他陷入惶恐之中。

陈浩三从王庆山那副惊疑不定的神情中，猜出了此人的身份，他打了个激灵，转头对蔡雅来大声说："宋春花，你把儿子看好了，晚上把门关好，莫让烂仔进屋。要是遇到好人，就给他们衣服穿。"

蔡雅来也注意到有个男人盯着她和陈浩三看，听陈浩三这么一说，当即明白，便说："春花知道了，不会有事的。"

这两句话别说土匪摸不着脑袋，就连蔡雨来等人也不明就里。土匪以为蔡雅来的名字叫宋春花，也不在意，只是吆喝着他们不要说话，赶紧往前走。

王庆山当即明白，这两人认识自己的妻子，身上的衣服并不是打劫而来，而是妻子主动给他们穿的。他们究竟是什么人，怎会认识妻子？王庆山被抓到土匪窝已经好些天了，对妻儿惦念不已，一心想着怎么逃下山。可是土匪白天盯得紧，晚上睡觉又将他们捆绑住，根本没机会逃跑。

趁着土匪不注意，陈浩三朝王庆山使了个眼神。王庆山若有所思，一声不吭地剥着树皮。待陈浩三被关入牢房，王庆山便想找机会接近，解开心中的谜团。

他将剥好的树皮整齐地摆在地上晾晒，假装说肚子痛，要去茅房解手。监工的土匪当然不以为意。土匪窝为了预防台风，搭在一处山坳里，有着天然的屏障。山坳三面环山，山壁陡峭不可攀，只有一个出口，出口处建有山寨门，安排了土匪昼夜站岗，即便没人盯着，王庆山也不可能逃出匪窝。监工的土匪懒惰，抓的壮丁上茅房，他不可能跟着去闻屎尿臭味。

王庆山跑到关押人质的牢房，说是工头让他来检查，看这间房子是否需要修缮。门口放哨的四名土匪也不见怪，壮丁本来就是抓来修缮房子的。就在此时，突然来了两名土匪，奉当家之命询问胶卷和文件之事。蔡雨来见胶卷和文件被搜出来，一时心急，要去和土匪头说话。

陈浩三和蔡雨来挨得近，给他递了个眼神。蔡雨来意会，出门口故意大闹，说胶卷和文件是日军的罪证，记录了日军抢女人当慰安妇和杀人放火的证据，以此吸引土匪们的注意力。

王庆山假装检查房子的结构，趁着蔡雨来在门外大闹，赶紧走到陈浩三前面。陈浩三低声说："你老婆宋春花被宪察兵为难，我们是共产党的武工队，救了她，现在她和你儿子没事。你想办法救我脱身，我带你离开土匪窝，否则你老婆以后还会有危险。"

王庆山无时无刻不想着要逃离匪窝，他低声说："我待会儿找机会再过来，你们得想办法转移门口土匪的注意力，我才好钻进来救你们。"

蔡雨来被押走，王庆山怕土匪起疑，也走出了房间，说房间有一个地方漏雨，待会拿些材料来修补。门口站岗的土匪并不起疑。

王庆山走后，陈浩三先把话传给吊在他身边的方孝全，再传给方孝举。方孝举与蔡雅来、薛秋蓉离得不远，等蔡雨来被押回来的时候，分散了门口土匪的注意力，偷偷把话儿传给她们。

传话的内容只有一个，待会儿看到王庆山过来，想办法吸引门口土匪的注意力。蔡雅来心中便有了盘算，借口要上厕所，闹出动静，为的就是给王庆山制造机会。

方孝举扑倒张雪鹏时大腿中枪，痛得站不起来。

事情顿时变得棘手，大腿中枪无法走路，得要人抬着下山。可就算下了山也没用，不可能送到医院取子弹。现在日军控制了香港所有的物资，尤其医药用品是日军严厉封锁的禁品，根本搞不到。没有取子弹的麻药和止血药、消炎药，子弹留在身体久了，伤口被细菌感染，一条腿就废了。

要命的是，他们此行的目的是要逃出香港，不可能抬着方孝举一路逃亡。他们在新界没有朋友，方孝举又是日军的重点通缉犯，没人敢收留他。即便找到藏身之处，但没有药物治疗，也只能活活等死，伤口感染，过了几天，他将会一命呜呼。

一时间，陈浩三和蔡雨来等人都明白，方孝举的大腿中枪，其实意味着走上了死亡之路。方孝全心疼不已，这可是与他相依为命的弟弟啊！他撕下布条，替弟弟包扎伤口，暂时止血。随后他怒不可遏，突然站起来，一把抓住张雪鹏的头发，将他拖到了黄慕容身后。

手榴弹的爆炸声响彻山头，将山寨上百号土匪吸引了过来。土匪们见三位当家都被陈浩三控制，惊讶不已，一齐举枪对峙。然而方孝全却顾不了那么多，他拿着枪抵住张雪鹏的后脑勺，"砰"的一枪，将张雪鹏的脑袋打了个窟窿出来。

众匪见方孝全如此彪悍，一言不发便打死二当家，有心反击却又不敢乱开枪，方孝全可是躲在黄慕容的身后。

黄慕容更是惊骇，没想到这些人竟跟土匪一样蛮不讲理。

方孝全又一把抱住边上的吴炳文，用枪抵着他的脑袋，情绪十分激动，愤怒地朝土匪们骂道："冚家铲，有种就开枪吧，大不了一起死了！老子也没想过要活了，大家一起去死吧！"

吴炳文胆小，吓得双腿发抖，差点就尿出来了。

陈浩三见他失了理智，忙说："阿全不要冲动！"

方孝全却不理会，仍是朝着土匪们咆哮："你以为老子要杀你们吗？老子从来没有想过要杀中国人，我要把命留着杀日本人。我们跟你们无冤无仇，不过就是路过这座山，你们要抢钱就抢好了，非要把我们搞死才算数。看看你们，都是男子汉，却一个个猪狗不如，除了欺负老百姓，你们还能做什么？不去杀日本人倒也罢了，反过来残害抗日同胞，让日本人捡便宜，你们脑子是糨糊做的吗！"

这帮土匪大部分是从国军转变的，当初从军也曾想上战场杀敌报国，有不少血性的男儿。听了方孝全的话，一些土匪觉得无地自容，方孝全说得对，他们不去杀日本人倒也罢了，反过来残害中国人，坑害抗日人士，确实天理难容。

蔡雨来心中惦记着胶卷和文件，他见黄慕容在枪口下仍是很镇静，显然是个难缠的。吴炳文在枪口下却六神无主，双腿发抖，是个好对付的人。他怕方孝全一冲动又把吴炳文杀了，于是赶紧将吴炳文抢过来，用枪指着吴炳文的脑袋，说道："快带我去找胶卷和文件，少一样我就崩了你！"

吴炳文忙说："我这就带你去，一定把胶卷和文件如数归还。"

蔡雨来对蔡雅来说："雅来跟我一起去。"

陈浩三不放心，对方孝全说："阿全也一起去，把我们的行李全都拿回来。"

方孝全看着弟弟，有些不放心。方孝举忍着疼痛，强颜欢笑道："哥哥你去吧，不用担心我。"转头对蔡雅来说，"你把枪给我，我和三哥守在这里。"

蔡雅来把枪递给方孝举。方孝举爬过去，用枪抵着黄慕容说："三哥，这人很狡猾，我们把他捆起来，免得他搞鬼。"

陈浩三让王庆山到房间里找来绳子，把黄慕容的双手从后面反绑，打了好几个死结。

蔡氏兄妹和方孝全押着吴炳文，到黄慕容房间把胶卷和文件拿了回来。蔡雨来数了一下胶卷数量，又看了文件，并没有一丝损坏，不由得松了一口气。除了胶卷和文件，其他行李还在黄慕容的房中，没有来得及分赃。蔡雨来顺便翻找黄慕容的房间，他对钱财并不感兴趣，主要想寻找枪支弹药。很快便在一个箱子里面发现几把手枪，还有不少手榴弹和子弹。

武器是逃跑的必需装备，蔡雨来、方孝全和蔡雅来把枪支弹药都拿了装到行李包里。接着，蔡雨来扯出床单，押着吴炳文带他们去厨房找食物。

山寨有两百多号土匪，厨房很大，除了油盐柴米，还存了不少干货。几个人取了不少干粮带上。随后，押着吴炳文回到牢房旁。

陈浩三和方孝举用枪一直抵着黄慕容的脑袋，与众匪对峙。土匪们投鼠忌器，不敢乱来，加之方孝全刚才那番热血的话散去了他们的士气，并没有敢强出头的土匪。

此地不可久留，必须尽快离开。方孝全看着受伤的弟弟，心中满是担忧，他对土匪们说："你们去给我搞个担架，抬着我弟弟下山。下了山，我就把你们大当家和三当家给放了。"

众匪面面相觑，却无动于衷。他们都不是傻瓜，抬着担架下山，那可是一件苦差事。大帽山的山道崎岖，走路都困难。何况就算把方孝举抬下山，方孝全肯定不会放他们走，还会命令他们一直抬着担架。这些人是日军的通缉犯，抬担架这么显眼，很容易被人盯上，到时引来日军追捕，那就凶多吉少了。

方孝全见土匪不听话，怒气冲冲地拿着枪顶着黄慕容的脑袋，喝道："快去，否则我杀了你们大当家！"

黄慕容倒是冷静，面不改色地说："杀了我也没用。杀了我你们全部都得死在山上，想必你们也不想死吧，还有任务没有完成呢！"

方孝全扬起巴掌，猛地扇了黄慕容一个耳光："就是你这个仆街仔坏了我们的大事，别以为我不敢杀你，大不了一起死了。"随后又说，"快命令你的人去制作担架，搞两根竹竿，再拿床单绑一下就可以了。"

黄慕容吐了一口带血的痰出来，仍是不卑不亢地冷笑："你威胁我也没用，就算有担架，谁愿意抬人下山？你们是日军的通缉犯，抬着一个大活人下山，照样是死路一条。"

事情就是这么棘手，黄慕容早已看出关键所在，一副有恃无恐的样子。陈浩三和蔡雨来也都明白，受伤的方孝举已经成为他们的负担，他们虽然不想放弃方孝举，却又想不出解决困局的办法。

方孝举也知道自己的处境，眼下日军正全力搜捕他们，如果哥哥执意要带他下山，只会拖累大家。他义无反顾地说："哥，你不要管我，我就留在土匪窝，你们带着土匪头子下山吧。"

方孝全怒道："放屁，我绝不可能丢下你不管的，要死就一起死在这里！"

"阿举，我不可能把你丢在土匪窝的。"陈浩三也坚决地说，虽然面临巨大的困境，但无论如何他也不能将兄弟丢在山寨等死。

"三哥你冷静点，难道你不知道我们有任务在身吗？只要你们能逃出去，把蔡先生送到安全的地方，揭露日本人的罪行和阴谋，让更多中国人加入抗战，就算我死在土匪窝也是值得的。"方孝举说得大义凛然，一副视死如归的样子，"我也要跟万盛达一样，舍生取义，绝不当孬种！"

"阿举别傻了，我不会丢下你的。我背你下去。"陈浩三坚定地说，他的眼中已经泛起泪光，"我们兄弟四人当年从东莞逃难到香港，说好有福同享有难同当，绝不能背弃兄弟。如今阿睦死在了路上，我们不能再失去你。"

蔡雨来沉默不语。如果真的要带方孝举下山，只会增加逃亡的困难，甚至是灾难。但他又不能劝陈浩三放弃方孝举。

方孝举当然也明白他们所面临的困境，他满脸坚毅地对陈浩三说："三哥，如果你当我是兄弟，请你答应我一件事情。"说罢看了薛秋蓉一眼，"好好照顾秋蓉，把她送到延安去，希望她能在延安找到新的生活。"

薛秋蓉哽咽道："阿举……"说着眼泪便落了下来，声音却被哽住。

方孝举凄凉地笑道："秋蓉，我真的很喜欢你，我知道你一直把我当成弟弟看待，不会爱上我的。没关系，能跟你在一起这么多天，同甘共苦，我死了也值了。如果有来生，我再追你吧。"说罢他突然把手中的枪抵在自己的太阳穴上，转头看着方孝全，语气坚定地说，"哥，这是我的命，你不要怪任何人！"

"阿举，不要！"

"住手，不要开枪！"

"快把枪放下。"

众人惊呼，都想去抢他的枪。

"不要过来！"方孝举喝道，"你们快点下山，如果再不走，我就开枪打死自己。"

他并没有立即开枪，他要看着众人下山，安全离开才能放心去死。

"我数三下，你们再不离开，我就开枪了！"方孝举的声音带着怒气。

众人知道他心意已决，若是不听从他的话，恐怕他真的要开枪自尽。陈浩三和方孝全面面相觑，急得额头都冒汗了，他们绝不愿意让方孝举死在土匪窝，可是又找不到更好的办法。

土匪们看着眼前的场景，一时被方孝举视死如归的英雄气概给震住了，尤其是那些有血性的土匪，脸上露出了愧色。他们都把枪放下来，他们觉得用枪对准这样的人实在有些卑鄙。

方孝举流着眼泪，盯着陈浩三说："三哥，你要以大局为重，不要忘了我们的任务，我求你快带他们离开吧！"说罢看着蔡雨来和方孝全，"不要逼我开枪死在你们面前。快走，否则我真的开枪了！"

陈浩三抹着眼泪说："好，我们走！"他扯住黄慕容，冷冷地对众匪说，"我把你们大当家和三当家带走，你们照顾好我的兄弟，过几日我们完成手头的任务，再送大当家和三当家过来，以人换人。如果我的兄弟有闪失，我就杀了大当家和三当家！"

虽是这么说，但陈浩三心中也明白，这不过是缓兵之计罢了。他不可能带黄慕容和吴炳文一起离开香港的，只是挟持他们离开土匪窝。至于下山之后，如何处置黄慕容和吴炳文，他心中也没底。

黄慕容却像个无赖，坐在地上不肯起来，冷笑道："我不会跟你们下山的，下山之后你们就会杀了我，到时我连反抗的机会都没有。我就待在这里，你们要是敢杀我，你们也走不掉。"

方孝全怒道："你敢不走，我现在就杀了你。"

黄慕容从容地说："你杀吧，有种你就开枪，大家一起死在这里好了。"

方孝举突然说："哥，把他交给我。"他本就坐在黄慕容身边，屁股一挪就靠近了。他用左手搂住黄慕容的脖子，右手用枪顶住对方的太阳穴。"你们这就下山，要是他敢耍花样，我就毙了他。"

黄慕容双手被绑，反抗不得。方孝举搂着他，随时可以开枪。方孝举做了打算，等陈浩三他们离开之后，他便杀了黄慕容，反正自己迟早也要死的，拉这个土匪头垫背也算死得其所。

陈浩三咬牙切齿地说："好，阿举留在匪窝断后，我们带三当家下山。"说罢看着黄慕容，"你听好了，好生对待我的兄弟，到时我送三当家回来找你换人。我们还会回来的，你也知道我们是曾鸿文的人，这件事情如果让曾大哥知道，他肯定饶不了你。"

黄慕容眼中掠过一丝惊疑之色，似乎掂量这句话的分量。

陈浩三扯过吴炳文，用枪顶着他的脑袋。

吴炳文满脸恐慌地看着黄慕容："大哥，我不想跟他们下山，我也要留在山上。"刚才他看到方孝全一声不吭就击毙了张雪鹏，绝不是好惹的人，自己被押下山恐怕是有去无回。

方孝全心中的悲痛与怒火无处发泄，这时再也忍不住，冲过去猛地给了吴炳文一个耳光。

黄慕容喝道："不要打我的兄弟！"

方孝全怒道："我不仅要打，还要杀了他！"一边说一边把枪抵在了吴炳文的脑袋上。

黄慕容冷冷地说："如果你想保住你弟弟的命，最好对我的兄弟客气一点。"随后转头看着陈浩三，"我们来一个交易吧，你受伤的兄弟留在山上，我会照顾好他，保他性命无忧，但你们也要确保我三弟无事，到时互相交换。"

方孝全心中一喜，仿佛看到了一线生机，忙问："此话当真？"

黄慕容"哼"了一声，说："难道我们土匪就无情无义了？告诉你，我和二当家三当家是结义兄弟，不求同年同月同日生，但求同年同月同日死。你们杀了二当家，我原本是要跟你们同归于尽的，黄泉路上也不寂寞。但考虑到你们是抗日志士，有特殊任务在身，我也不能当国家罪人，这笔账先翻过去。你放心，我们有医生，也有专门治疗枪伤的药品，你弟弟死不了。"随后对吴炳文说，"三弟，你好好听他们的话，这些人都是抗日志士，可不像我们这么无赖。"

陈浩三对黄慕容的话将信将疑，但仔细一想，便确认他说的是真话。方孝举死在土匪窝对黄慕容来说是毫无意义，何况方孝举死前肯定会拉他垫背,大家落得两败俱伤。若是救了方孝举,反倒可以扳回一局,让手下觉得黄慕容是个讲义气的人,日后更加拥护他。

"那就一言为定!"陈浩三压着心中的欣喜,"我们混江湖的人,讲的就是一个道义。我保证会把三当家毫发无损送回来,只要我的兄弟性命无忧,曾大哥那边我也不会去告状。"

黄慕容冷笑道:"放心吧,我不讲道义,哪来这么多兄弟跟着我?"又说,"给我松绑,我现在就带他去治伤。"

方孝举怕他要花样,忙说:"等一下我会给你松绑。"转头对陈浩三说,"你们快走吧,半个小时后我给他松绑,让他给我治枪伤。"

# 二十八

在土匪窝耽搁久了，才走一个多小时，便到了中午。阳光温热起来，山里的雾气渐渐消散，化为了草木的清香，一时沁人心脾。

一群人在山脊背的平地休息，吃干粮充饥。陈浩三夸蔡雨来想事情周到，拿行李时居然知道顺便搜刮干粮，还带了几块腊肉，实在是未雨绸缪。

蔡雨来幽默地说昨晚从金山土匪窝逃出来，没有带粮食，一路上饿得要死，这次二进宫，说什么也不能再犯傻了。又指着那几块腊肉，说好些天没有吃过肉了，要是能做成煲仔饭，那可真是人间美味。

吃干粮时，陈浩三见吴炳文并不是硬气的人，也没有太多匪气，就问他为何要当土匪，而且还能当上三当家，恐怕不简单。吴炳文如实相告，他跟黄慕容和张雪鹏是同村伙伴，从小一起玩耍到大，关系要好。有一年干旱，村里闹粮荒，黄慕容胆大包天，纠结了几十个穷汉去抢地主的粮吃，他也跟去瞎闹，由此走上土匪路子。后来被国民党军队收编，训练成为国军，派去惠州驻守淡水镇。

吴炳文自我辩解，说他是师训班毕业的，在村里当先生，教学育人，也懂大义，这辈子不曾想过要当土匪，没想到跟着黄慕容瞎闹，竟然走上了这条不当之路，实在是愧对师德。

蔡雨来借机道："以前的土匪讲道义，立下八不抢规矩，例如先生郎中不抢、学生苦力不抢、婚丧嫁娶不抢，这叫职业道德。明朝年间，有位抵抗倭寇的官员还乡，坐船过鄱阳湖，被水匪包围。水匪听说船上坐的是位抗倭寇英雄，纷纷在船头下跪作揖，说多有冒犯，还望恕罪。随后这些水匪将官员护送过湖，并派出几个匪仔送他一路归乡，以保安全。说起来，我们也算抗日志士，为国为民，你们抢钱倒也罢了，还要杀害我们，这不是丧尽天良是什么，这跟日本人有什么区别！"

吴炳文听得满脸羞愧，连说自己良心被狗吃了，确实做了许多天理难容之事，以后必将改正，绝不能谋财又害命，若是再这么做，天打雷劈不得好死。

蔡雨来见吴炳文人性未泯，若是感化此人，也是一桩美事。于是他又说起国难当头，日本人侵略国家，无人幸免，各行各业都应该团结一起，将日寇视为最大的敌人，而不是将自己的同胞陷入水火之中。他希望吴炳文日后回归山寨，要记住"盗亦有道"这句话。

吴炳文读书多年，也是识大体的人，立马保证回归山寨之后，谨遵教诲，不敢造孽，按照"八不抢原则"重整匪风。

吃罢午饭，众人迎着阳光，在蜿蜒曲折的山道上前行，朝十八乡挺进。山风吹得树林摇晃，斑驳的光影在众人身上交错晃动，仿佛时间穿梭，把午后推向了更深邃的远方。

两个小时后，临近山脚，一群人遇到了几个上山采野菜的山民。陈浩三向他们打听山下的情况。山民见这群人显然是逃难的，便说山下突然来了很多日军和伪军，把通往山下的路口都堵住了。

蔡雨来露出苦笑，他没想到日本人的行动如此神速，居然早早在山下设下埋伏，要不是向山民打听，他们就算偷摸下山，也极有可能落入陷阱。他一时眉头紧皱，日本人的手段他是领教过的，绝不会轻易放过他，越是接近边境，行程只怕越是凶险。

他们的翻山线路是要从甲龙坑或是雷公母坳这两处山口下去，抵达十八乡的黎屋村一带。眼下这一带被日伪军拦截，他们不能自投罗网。好在大帽山很大，山脉绵长，山道小路也多，日伪兵数量毕竟有限，不可能把整个大帽山都布防，一定可以找到缺口。

吴炳文对大帽山极是熟悉，在他的提议下，临时调整了线路，由他带着众人从甲龙坑山道前往河背水塘的方向。

一个多小时后，一行人抵达河背水塘。众人也都走累了，便在水塘边上休息。蔡雨来看了一下手表，已是下午三点多钟，他们从前天下午三点开始逃亡，已经整整过去了两天，而他们的原计划是用三天时间逃出香港，按照行程，他们今晚必须穿过元朗镇区，抵达流浮山下的渔村，在那里找偷渡的渔船。他问吴炳文，此地距离流浮山还有多远。

流浮山位于元朗镇的西北边，在深圳湾畔，临近珠江口，淡水与海水混合，适合养蚝，以出产海鲜闻名。

吴炳文对这一带倒是熟悉，说大约四十多里地，走过去大约半天工夫。蔡雨来屈指一算，若是现在顺利下山，兜兜转转前行，就按六个小时的路程，晚上九点钟能赶到流浮山。到了山下的渔村，只要肯拿出黄金，应该会有渔民甘愿冒险送他们出香港的。

蔡雨来怕山下有埋伏，便叫陈浩三和吴炳文先下山去打探线路，其他人原地休息。

陈浩三沿着水口山道，缓缓地往下走去。站在一处山冈上，他和吴炳文盯着山下河背水塘村的路口。路口空荡荡的，并无异样，陈浩三却不鲁莽，暗中观察动静。过了不久，一名采野菜的村民下山，背着一大筐的蕨草根，走到村口处时，突然冲出来几个人，将村民抓到了隐蔽处。

显然，这个山口也已经有日伪军设下了埋伏，这条道当然不能走了。陈浩三问吴炳文，附近还有没有别的山口，可以绕过河背水塘村，偷偷摸摸下山，说不定能绕开敌人的埋伏。吴炳文摇头说有村子的地方才有山口，没有村子的地方无路可行。

这并不奇怪。大帽山主要由火山岩组成，荒芜陡峭，多数地方险峻难行。受气候影响，海拔五百米以上的山峰不长乔木，以灌木草丛为主，看起来有些光秃秃的。但是低海拔山脉，土壤深厚，植被茂密得就像原始森林。那时的大帽山是一座没有经过任何开发的荒山，有村庄的地方，人们频繁上山砍柴打猎和采药，才会开辟出山道，没有人居住的地方，地面全被植物覆盖，荆棘和藤条漫山生长，灌木交错，处于原始生态，根本不可能穿行。尤其是植物覆盖了山坑，乱走很容易发生意外情况。

小野吉男正是意识到这点，因此才大费周章在山下的村口布下暗哨。蔡雨来他们不可能从荒芜的地方下山，只能从有村子的山口下来，派兵在各处村庄埋伏，说不定能拦截这些人。

当然，这也是小野吉男没有办法的策略，他不知道蔡雨来身在何处，按照目前所掌握的线索，他只能推测出蔡雨来一帮人要翻越大帽山，因此动用了这个劳师动众的笨法子，以此维系追捕行动。

陈浩三与吴炳文返回水塘边，与众人会合。吴炳文提议从河背水塘的山道往上爬行，绕过这片山区，从大棠山坳那边下去。大棠山坳一带乡村较多，有多条下山的小路，不可能每条小路都有日军把守。

这是目前状况下最好的办法了，蔡雨来同意了这个方案，让大家打起精神，继续翻山越岭。

抵达大棠山坳，已是傍晚六点多钟。

暮色起伏，寒气也开始凝聚，山林中又泛起淡淡的雾霭。爬了一天的山路，众人实在是累坏了，就在山坳处的林子里吃干粮，等天色全部黑透了再下山。

这时，他们听到远处的山坳传来枪声，还有手榴弹的爆炸声。声音虽然离得有些远，但能听到枪声如同鞭炮般密集，炸弹也似雷声般在山里回响，轰隆隆地碾压夜色。蔡雨来分辨，想必是武工队趁着夜色来临，袭击日伪军的岗哨。

事实也确实如此，黄冠芳和刘黑仔的短枪队翻过大帽山，发现山脚下有日军设下的暗哨，拦劫下山的路人。白天不好搞袭击，容易暴露行踪，两人带着队伍在山上休息，养精蓄锐，天黑之后便下山发动袭击。

小野吉男虽然调来了精锐的联防部队，但布防的线路太长，人数分散得厉害，每个暗哨的日伪兵只有十来人，如何经得起四十多号短枪队的突然攻击，一下子拔除了两个暗哨。

枪声惊得周边的日军纷纷出动，循迹而来，等他们赶来支援时，武工队早已消失无踪，只留下一群被打死的日伪军尸体。

大棠山坳也有几个日伪军的暗哨，但由于夜色黑暗，加之远处枪声惊扰，日伪军不敢随便走动巡逻，正是突围的好时机。在吴炳文的带路下，陈浩三一行人挑了一条极偏僻的小道，小心翼翼地绕过暗哨，在敌人的眼皮底下顺利逃了出来。

走了一整天的山路，大腿和脚底板又酸又胀，膝盖也酸痛，好像筋脉都走断了几根。但逃命要紧，他们不敢歇脚，必须趁着夜色赶往流浮山。

从大棠村前往流浮山，吴炳文只知道一条线路，穿过元朗镇的中心区，途经桥头围，再穿过沙洲里。这条线路有一个难题，元朗中心区有日军把守，一到夜里实施宵禁，恐怕不易穿过去。但若是绕过元朗镇中心，走乡村小路前行，吴炳文不熟悉路线，必须问路才行。兵荒马乱时期，一到夜里乡下人就锁门关窗，防贼防匪，想问路是很难的，搞不好会引来麻烦。

陈浩三和蔡雨来商量一番，只能选择吴炳文熟悉的路线，先往元朗镇的中心区走去，边走边看情况。

吴炳文被挟持而行，如果这帮人落入日军之手，他也会受到殃及。为了顺利逃港，他主动提出来："元朗街有我一位朋友，是道上混的，知道偷渡线路。如果你们信得过，我带你们去找他，问问情况。"

陈浩三暗喜，便说："信得过，你现在和我同坐一条船，料想也不敢耍花样。"

吴炳文苦笑道："确实也是，我们如今同舟共济，我会尽全力保护蔡先生的安全。"

陈浩三斜着眼看他："你说的是心里话吗？不会表面一套，背后搞一套吧。"

吴炳文像受到侮辱般，愤愤地说："你也太看扁我了。蔡先生一

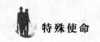

路对我谆谆教导，令我反思过往，决定重新做人，帮助你们这些爱国人士，也算义之所在。"

蔡雨来笑道："吴先生很有觉悟，没有枉费我一片苦心。希望你能保持这种觉悟之心，今后不要忘了做人的底线。"

吴炳文忙不迭地点头说："一定会的，请蔡先生放心。"

入夜后，人们都窝在家里，不敢随意出来走动，道路几乎没有人影。保安兵和宪察兵也不敢随便出来走动，他们做了坏事，怕夜里出来被人报复。元朗一带有武工队，最喜欢拿汉奸开刀了。

八点多钟，这群人顺利抵达了元朗镇的中心区。元朗当时是一个人口不多的小镇，镇中心只有几条街区，香港没有沦陷时，这几条街区还算繁华，是周边乡村的赶集之地。日军占领香港后，驱散平民百姓，加之土匪流氓造孽，世道混乱，元朗经济便越发萧条起来。

众人跟着吴炳文来到水牛岭，这里离镇中心街区还有几里地，属于郊区。此地原是元朗镇的乱葬岗，为了镇压邪气，周边村民齐心募捐，在岭下修建了一座山神庙，以此冲煞。日本人占领香港，抓了不少所谓的危险分子，在水牛岭的乱葬岗枪杀，这里成为日军的刑场，血腥味很重。平日这里极少人来，到了晚上更加不会有人来。

一行人进入山神庙，方孝全到门外林子里面拾了些干枝，又拢了些枯叶，烧一堆火照亮庙堂。

这一路跋山涉水，众人都累坏了，双腿像灌满铅一样，又麻又胀，膝盖和盆骨关节也像拉伤般，隐隐作痛。大家席地而坐，靠在墙上休息，都不愿意站起来。

过了十来分钟，陈浩三缓过气来，让大家原地休息，他和吴炳文去打听偷渡的事。蔡雨来看到山神庙久无香火，怪冷清的，便说："回来时，若是有香烛纸钱，买一些回来，我们祭拜山神，请山神保佑我们顺利离港。"

陈浩三看了一眼山神，苦笑道："镇上宵禁，只怕商店都关门了。"

吴炳文说："这事情包在我身上，我让朋友拿给你，这些东西他家里肯定有的。"

吴炳文的朋友叫麦有德，是元朗本地的黑帮头子，绰号冇命仔。

麦有德是茂名人，小时候便跟着父亲到香港发展，在元朗海边当渔民。麦有德从小不务正业，十来岁便跑到元朗镇中心打混，当地人叫他茂名仔。有些外来人学粤语，说得并不标准，容易把"茂名"说成"冇命"，加之麦有德打架不要命，于是便都叫他冇命仔。

有一年，遇上外来帮派抢地盘，要将麦有德赶出元朗。为保住地位，麦有德带上黄金上大帽山，找黄慕容充当帮手。黄慕容见钱眼开，也想与山下的帮派建立朋友关系，以后多一条路子走，于是便派吴炳文带了一支土匪，下山帮麦有德摆平这桩事情。由此，吴炳文与麦有德成了朋友。

陈浩三毕竟是通缉犯，为了不让人认出他的相貌，以免节外生枝，因此用一块黑布蒙住脸，整得跟蒙面大盗似的。

抵达麦有德的宅子，吴炳文敲了敲门。

不一会儿，房中有人低声问："是谁？"

吴炳文说："大帽山的朋友。"

门开了，房间透出一丝亮光，是电灯的光芒。日本人将所有的资源都垄断了，就是要逼迫市民臣服，只有投靠日本人的家庭才能用得上电灯。

陈浩三警惕起来，盯着麦有德。麦有德看到吴炳文，原本是毫无防范的，然而看到吴炳文身边站着一个蒙面人，目光如炬，顿时起了疑心。

吴炳文忙说："麦兄莫担心，这人是曾鸿文大哥的朋友杨进喜，洪门致公堂的香主。"

麦有德仍是疑心重重："为何蒙着脸？"他当然知道曾鸿文的大

名，曾鸿文在元朗和荃湾一带杀了不少汉奸路霸，名头很响，连大帽山的土匪都要给几分面子。麦有德投靠了日本人，为虎作伥，也是曾鸿文要清除的对象，心里自然生出忌惮。

吴炳文低声说："他是共产党的交通员，不想让人看到他的脸，这也是为大家好。"

麦有德更是吃惊，搞不懂大帽山的土匪怎么跟共产党交通员厮混在一起了，而且来找他这样的汉奸，委实不可思议。吴炳文看出他的疑惑，便说："此事说来话长，进去再说。难道你连我都信不过吗？"

麦有德不好说什么，便让两人进屋。他站在门外四处张望，确认只有两人，才放心把门关上。

本想请吴炳文进客厅说话，好给他奉茶，吴炳文却站在天井说："就在这里讲吧。曾鸿文大哥不久前到大帽山拜码头，让我们给他让出一条路来，要走一些生意人。我们也不好过问是什么人，总之卖了面子。今天这位杨进喜兄弟带着几个生意人找我，让我护送他们下山，说是有些好处。后来又让我带他们偷渡出香港，说有更多的好处。我哪有门路，就想问问老兄有办法不，一起把这钱赚了。"

麦有德叹了一口气："这几天恐怕不行。今天日军突然派出大量海警在深圳湾一带巡逻，不许任何渔船出海，周边的村庄和路面也都设了岗哨，所有路人都要验明身份，说是要抓几个重要的通缉犯。不仅道路和海面被封锁，还有大量的日军和保安队在周边搜查，要求当地村民，只要有陌生人借宿必须到乡公所报备。现在想偷渡出香港肯定行不通，要等这阵子风声过去才行。"

陈浩三心头凉了半截。他相信麦有德不会说假话，元朗是香港与深圳的边境之地，也是逃港的最后一道关卡，日本人肯定会在这里设下天罗地网，不会让他们轻易逃脱的。

吴炳文忧心忡忡："还有没有别的办法？不一定要走水路，只要能逃出香港就行。"

麦有德摇头说："没有别的办法了，只能等日军放松边境封锁，才能找渔船偷渡。"随后看着陈浩三，"你们真的很急吗？如果不急，只要给得起价钱，我安排你们住在安全的地方，等这段时间风声过去，便找机会送你们出香港。"

陈浩三颇为心动，但他们是日军的通缉犯，麦有德投靠了日本人，他不敢轻信，便说："我回去和上面商量一下，有需要再来找你。"随后摆出架子，"说不定明天曾大哥就回来了，到时他会有办法的。"

吴炳文知道陈浩三不信任麦有德，只好说："只能这样了。"

陈浩三扯着吴炳文说："那我们回去吧。"

麦有德也不挽留，陈浩三蒙着脸，一副神秘的样子，又是共产党交通员，这可是日军的死对头，他也想早点送客。

吴炳文突然想到了什么："对了，能不能弄些香烛纸钱给我。"

麦有德愣了一下："你等等。"香港人多信风水，加之祭拜祖先，这些东西是常备之物。

不一会儿，麦有德拿了蜡烛、纸钱和线香等东西出来，用麻绳捆着，递给吴炳文，疑惑地问："文哥，大晚上要这些东西，用来干嘛？"

陈浩三说："有几个兄弟想加入我们组织，要一起磕头立誓。"

麦有德哑然一笑："怎么，共产党也讲究这一套？"

陈浩三冷笑道："别忘了，我还有另外一个身份，是洪门的香主。香主当然是要点香的。"

麦有德"哦"了一声，信以为真。

两人随即离开，兜兜转转穿过小巷，确认无人跟踪才慢慢摸回水牛岭的山神庙。

# 二十九

山神庙火光熊熊，一帮人围着火堆盘腿而坐，烟火中散发出阵阵肉香，闻起来很是诱人。虽是暖冬，但腊月的夜间寒气凝聚，也有些凉意，火光给人带来温暖，驱赶了一路奔波的疲惫。

见陈浩三和吴炳文回来，大家挪出位置，让两人坐过来。

蔡雨来说："正好腊肉烤熟了，我们点香烧烛，祭一祭山神，保佑我们顺利离开香港。"他这么做却是有意的，这一路逃亡发生太多的事情，每个人都受到了不同程度的惊吓，他担心这些人心神疲倦，没有了锐气。混江湖的人都信鬼神，喜欢拜关二爷，他想利用拜神来凝聚人心，让大家许下新的愿望，缓解一下情绪。

陈浩三点了香烛，烧了纸钱。蔡雨来将烤熟的腊肉放在床单上，端上神案。大家一起作揖，朝山神鞠躬，祈求山神保佑他们平安顺利地离开香港。

末了，蔡雨来又念叨一句："请山神保佑方孝举兄弟在大帽山健康平安，早日下山和我们团聚。"

听蔡雨来这么说，众人也都纷纷朝山神许愿，希望早日和方孝举相聚。

祭拜完山神，方孝全将腊肉端下来，用匕首切开，每人分到了一大块，围着篝火吃。他们好些日子没有吃肉了，正好可以补充爬山亏空的力气。腊肉被粗盐和酱油腌制过，很入味，用烟火炙烤，肥肉吃起来丰腴解馋，满嘴生汁；瘦肉则像牛肉干，嚼劲十足。

薛秋蓉吃了两口，突然哭了起来，抽抽噎噎地说："阿举对我这么好，我却不能报答他，感觉自己好没用。"

陈浩三见她脸色透出忧郁不安，怕她情绪收不住，引发战争神经症，忙劝道："秋蓉不要难过，阿举喜欢你，对你好，那是很正常的，并不需要你的回报。"随后转移话题，看着蔡雅来说，"你看我对雅来好吧，拿命去保护她，希望她能爱上我。我还跟她同床共枕呢，可她还是不喜欢我，这很正常啊！"

蔡雅来恨恨地反驳道："你哪里对我好，成日就知道欺负我。人家阿举对秋蓉那才是真心实意的好，处处关心她，从不伤害她。"

起初，蔡雅来看到方孝举追求薛秋蓉，心里很是不屑，觉得这样一个江湖混混也想吃天鹅肉，实在是天理难容。经历了今天的事情，她突然才发现自己看事物太过于表面，并没有完全了解或者深入一个人的内心。方孝举今天以视死如归的英雄气概，毫不犹豫地愿意牺牲自我成全大家，那样的精神与信念，让她心里大受震撼。

"阿举是一个真正有信仰的人，无论是对爱，还是对革命，他都有自己的执着。秋蓉，我现在觉得他跟你挺般配的。"蔡雅来开始改变风向，想要撮合薛秋蓉和方孝举了。

薛秋蓉痛苦地摇头说："丹尼死了，我的心也死了，再也容不下别的感情。我对不起阿举……我什么也给不了他。"

陈浩三不想让薛秋蓉沉陷在这个话题当中，为了转移她的情绪，索性借机放开，直挺挺对着蔡雅来说："喂，你倒是说清楚，我怎么欺负你了，不就是亲你两次嘛！"

蔡雅来猛地站起来，恼羞成怒地指着他骂道："你这臭流氓，乱说些什么！"

陈浩三冷笑道："我就是耍流氓，亲了你两回。不，应该算三次。不过我是真心喜欢你的，所以才这么做。总之在我心中，你就是我女朋友了，反正你现在也没男朋友。"

蔡雅来像受了侮辱，她坐在陈浩三的对面，一时顾不上淑女形象，猛地跳过火堆，朝陈浩三冲过去，想要狠狠打他。

蔡雨来坐在陈浩三身边，见妹妹冲过来，急忙站起来，一把抱住她。他将气急败坏的妹妹拖到一边，趁机在她耳边轻声说："别傻了，陈先生是要转移秋蓉的情绪。"

蔡雅来仍是愤愤不平，却又拿他没办法，只好忍着怒火，重新坐回篝火边。她脸上火辣辣的，仿佛被火堆烤熟了一样，幸好火光照在众人的脸上都是红色的，并不显得突兀。

众人已经听出来了，两人肯定有什么不可告人的故事。慕容织云看着蔡雅来，突然抿嘴一笑，接着笑得前俯后仰，好像见到了世上最可笑之事。

蔡雅来瞪了慕容织云一眼："你笑什么！"

慕容织云忙收住笑声，摇头说："没什么，没什么。"脸上仍是盈盈笑意，但谁都能看得出来，她肯定是想到了什么好笑的事情。

薛秋蓉用袖子抹了一把眼泪，也忍不住问："什么事情这么好笑？不就是三哥亲了雅来嘛，又不是什么大事。"

陈浩三看着薛秋蓉，嘿嘿笑道："秋蓉，交给你一个神圣的任务，你帮我做媒，我跟雅来很般配，我想娶她为妻。"

蔡雅来怒道："做你的春秋大梦，我就算做尼姑也不嫁给你！"

薛秋蓉说："雅来，你何必生这么大的气呢，三哥人挺好的，他对你很上心啊！"

蔡雅来恨恨地说："好个屁，就是一个流氓性子。"

陈浩三故意朝薛秋蓉挤眼睛，似乎在暗示什么。

薛秋蓉看不懂，脸上露出迷茫之色。边上的慕容织云倒是看出来了，她饶有兴趣地问："雅来，以你的高傲性子怎么会被陈先生亲吻呢，而且还亲了三次，肯定有原因的。哎呀，女人对爱情向来都是半推半就的。"

一路逃亡，经历了太多惊险的事情，大家都搞得神经紧张，她想借这个机会放松一下情绪。毕竟接下来还要逃亡，还要进入未知旅程，神经绷得太紧了也不好。

蔡雅来恨恨地瞪了慕容织云一眼，知道自己不能接这个话题，唯有的办法就是沉默不语。

陈浩三见蔡雅来似乎真的生气了，不好再调戏，便说："织云妹妹，要不你说说你跟蔡先生是怎么相恋的，好让我参考一下。蔡先生为人稳重，满嘴仁义道德，不像是会把妹仔的人，怎么就把你这么漂亮的妹仔给追到手了？"

慕容织云笑道："我和雨来都是老皇历了，当年在上海读高中就开始交往，那时候的雨来可不像现在这么老气横秋，说起话来还蛮俏皮的，知道怎么逗女孩子开心。后来从日本留学归来，就变了一个人样，眼里只有救国之道，说起话来一套一套的，把我也整得一愣一愣的。要是他以前就这样，我肯定看不上他。"

蔡雨来不想谈论自己的隐私，把话题岔开了，问陈浩三："还是说正事吧，我们今晚要连夜赶去流浮山吗？"

陈浩三摇头苦笑道："今晚去不了流浮山。"他边吃腊肉边告诉大家，日军下了新命令，不让渔船出海，海面上到处是海警戒严。

蔡雨来脸色沉凝，他预料到会有这样的结果，日本人不可能让他跑掉的，一定会在元朗布下天罗地网，将他死死围困住。他叹了一口气，把手中的腊肉吃完，用装腊肉的床单抹掉手上的油，从包裹里拿出地图，看能不能找到新的逃港路线。

地图摊在膝盖上，借着火光查看，却毫无头绪。眼下海岸被封锁，他们的唯一出路就是选择陆路逃亡。他们对元朗人生地不熟，根本不知道哪里有通向内地的隐秘小路。何况香港与内地之间隔着一条深圳河，河道有日军快艇交替巡逻，夜里寒冷，又有三个女子，游泳偷渡太过危险。

陈浩三也吃完了腊肉，他把吴炳文叫过来，让他一起查看地图，寻找偷渡的线路。

吴炳文只顾着摇头，他常年待在大帽山，从未想过偷渡之事，并不知逃港的路线。何况日本人占领香港也才一个多月，兵荒马乱时期，处处戒严，社会秩序尚未稳定，很多逃港的线路还没有开辟出来，谁也不知道从哪里出逃比较安全。

找不到新的逃港线路，注定要困在元朗。如今元朗四处都是日军，不是安全之地，一旦行踪暴露极有可能引来灭顶之灾。加上蔡雨来担心汪伪集团的特务精英已经抵港，要是他们加入搜捕行动，处境将会更加危急。

陈浩三心情烦躁，刚才开玩笑放松的情绪，此刻又绷紧起来。历经磨难，他们好不容易逃到元朗，离深圳只有几十里地，却被困死在这里，束手无策，实在是心有不甘。

蔡雨来知道他已经尽心尽力，不想让他太操心，便说："元朗这么大，山区这么多，实在不行我们找个地方躲起来，等到日军放松警惕了再想办法偷渡。"

陈浩三摇头说："能躲哪里去？人生地不熟，我们又是日军的重点通缉犯，谁敢让我们藏身。"又说，"你不是说三天之内必须离港吗？多待一天就多一分危险。"

蔡雨来叹气道："看样子，三天逃出香港可能性不大了。"

蔡雅来提议道："实在不行，我们明天再翻过大帽山，躲到荃湾去，日本人肯定料不到我们会走回头路。对了，我们不是认识宋春花吗？就躲到她家里去，只要不露面就行了。"

陈浩三苦笑，这不是什么好办法，说不定会连累人家。世界上没有不透风的墙，往后要是有人告密宋春花家里窝藏通缉犯，一家人厄运难逃。当然，还有一条铤而走险的路，就是让吴炳文去找麦有德，只要给钱，麦有德一定能找到安全的地方让他们躲藏。可是这人可靠吗？毕竟他投靠了日本人，又是混帮派的。

陈浩三转头看着吴炳文，想询问麦有德的为人如何。

吴炳文突然说："我倒有一个办法，说不定可以让你们光明正大离开香港。"

陈浩三忙问："什么办法？"

吴炳文说："我们土匪下山打抢，主要是抢有钱人家，有时候甚至是乡长和保安队长。这些人投靠日本人，捞的都是不义之财，劫了也是替天行道。我们事先派人踩好点，趁其不备，突然一伙人冲进去，将他们的家人控制住。这样一来，乡长和队长就算有兵有枪也不敢乱动。我们只图财、不害命，索了钱之后，将他们的家人押着走，到了大帽山脚下再放人，那里会有一帮兄弟接应，就算保安兵跟过来也不敢交火。"

陈浩三脑子灵活，猛然就明白了，眼睛顿时亮了起来。

吴炳文接着说："你们冲到元朗的乡长家中，劫持他的家人，乡长连屁都不敢放，只能听从摆布。到时你们乔装打扮成保安队，就说护送乡长家眷到深圳走亲戚。为了保证路上安全，乡长肯定会事先打点好通关手续，并且还会亲自带路，那真是老虎拉车，谁敢拦路啊！"

蔡雨来也听得兴奋起来，觉得这个方法可行。若能劫持伪乡长的家人，绑在同一条船上，到时男的乔装成保安兵，女的装扮成伪乡长的家眷，便可以在日本人的眼皮底下上演金蝉脱壳。日军虽然控制了香港，但一副高高在上的样子，不会亲自查验通关者的身份和行李，都是伪军负责检查，日兵只是在边上戒严和监督。伪乡长为了家人的安全，必然会事先打理好一切，不会让他们的身份暴露。

陈浩三甚是高兴，当即夸奖吴炳文江湖经验丰富，想到了这么好的办法。他和蔡雨来商议，明天一早他跟蔡雅来去打探伪乡长的家底，就按这个方案行动。

蔡雨来心头变得轻松起来，舒坦地说："真是山穷水复疑无路，柳暗花明又一村，看来我们离开香港指日可待了。"


第二天一早，陈浩三和蔡雅来押着吴炳文，前去打听伪乡长的家庭情况。

吴炳文对镇中心比较熟路，他们绕开日本人的岗哨，来到一处市集。陈浩三是通缉犯，不好露脸，他与吴炳文躲在角落里，让蔡雅来去集市买早餐。

蔡雅来说她想回内地，要去找乡长办理难民证件。店主见她相貌可人，说话又好听，于是热心告诉她，元朗镇的乡长名叫罗怀辉，住在元朗戏院边上的大别墅里，元朗戏院也是罗怀辉的产业。蔡雅来问起罗怀辉有什么家眷，为人好不好说话。店主说罗怀辉有一个老婆，艺名柳依依，原是戏院的花旦，戏唱得一般，但人长得漂亮，嫁给罗怀辉后生了一女一儿，身材还没走样，有时兴致来了还去登台唱戏。罗怀辉心眼不算坏，只是比较贪钱，办难民证必须给钱，否则不给办证。

蔡雅来谢过店主，提着一大袋素菜包子出了集市，与陈浩三、吴炳文会合，一起回到山神庙。

吃罢早餐，陈浩三和蔡雨来将劫持伪乡长家属的计划推演一番，并未察觉有纰漏，于是由吴炳文带路，绕开日军岗哨，前往罗怀辉家中。

山里娱乐匮乏，吴炳文不时乔装打扮，下山到镇中心玩耍，逛窑子、进赌坊，到戏院里睇大戏，都是必不可少的项目，因此对元朗街区熟门熟路。在吴炳文的带领下，一行人如同普通难民般走过戏院边上的大别墅，陈浩三和方孝全出其不意地打晕了罗怀辉家门口站岗的两名保安兵，带着众人闯了进去。

时间还早，上午八点多钟，罗怀辉和家人正在吃早餐，一般九点多钟才去伪乡公所办公。面对这群不速之客，罗怀辉一时有些惊愕，这群人手上都端着枪，个个神情冷峻，像是土匪上门打劫，但身边却跟着三个漂亮的女子，又不像是土匪。

罗怀辉正想着怎么应对，然而仔细一看，不由得吓了一大跳，这些人如此眼熟，竟是日本人高价悬赏的重点通缉犯。昨天他被日军叫去出勤，带着几十号保安队员前去大帽山脚下一带设防，抓捕通缉犯，折腾到半夜，硬是连个犯人的影子都没见着。没想到这些通缉犯居然已经到了镇中心，而且一大早就冲到家里来，真是不敢想象。

伪乡长一家四口加上一名用人，还有门口站岗的两名保安亲兵，全都被控制住。两个小孩有七八岁大，已经懂事，虽然受到惊吓，却不敢哭出声来。

陈浩三开门见山说："罗乡长，我们是什么人想必你也知道，就不用自我介绍了。眼下我们被日本人逼得走投无路，只好到你家里避避风头。如果你不答应，想搞点事情出来，我手中的枪可不识数。"

罗怀辉也是明白人，见过大风大浪，放平语气说："只要我的家人没事，你们要我做什么都可以。"心中却暗自叫苦，若是这些人躲到他家里避风头，恐怕要待好长一段时间，那跟供奉瘟神差不多。天底下没有不透风的墙，一旦有风声传出去，日本人会要了他的命。

陈浩三看出了他的心思，冷笑道："罗乡长请放心，我们不会待在你家里的，只是想借着你的关系离开香港。我也不跟你打哑谜，我们要假扮成保安兵，护送你的家人去深圳走亲戚，你把一路上的通关打点好，保证我们安全离开香港，我也会保证你的家人毫发无伤。若有一点闪失，我们走投无路，只好拉着你的家人一起去见阎王。"

罗怀辉舒了一口气，这些人只是想借用关系，跟日本人玩金蝉脱壳，对他而言，不过是小事一桩。香港沦陷后，很多商人找他买通关系，逃离香港，每回都顺顺利利的，从无差错。

"这事情包在我身上。说句实话，日本人为什么要通缉你们，我一点也不关心。"罗怀辉心中不再慌张，这些人带着三个气质出众的女子同行，可见绝非穷凶极恶之辈，应该是日军通缉的文化人士。"只要你们能保证我的家人没事，我也保证你们能顺利出港。"

陈浩三见他成竹在胸的样子，便说："很好。从现在开始我们就是一条船上的人了，只要你不要花招，这船就翻不了。"

蔡雨来说："事不宜迟，我们希望现在就开始行动。罗乡长有什么高见，不妨说出来让我们参考一下。"

罗怀辉说："这一路上的关卡，只要有我在场都可免检，只是到了边境关口，盘查比较严。日本人并不完全相信我们中国人，因此还叫一些印度雇佣兵盘查。这些大头兵很烦人，容易搞出事情。皇岗关口的宪兵队长跟我很熟，我现在带些黄金过去打点，找他事先报备，就说深圳有亲戚过世，我的家人要去那边奔丧。只要买通了宪兵队长，拿到特殊通行证，便可免去一切检查，直接能通关。”

蔡雨来心生喜悦，若是伪乡长亲自带路，又有特殊通行证，通关出港便是水到渠成。他说：“那就辛苦罗乡长，现在便去弄特殊通行证，尽可能中午完成，我们下午出发，赶在天黑前离开香港。”说罢，他看着受到惊吓的罗怀辉妻子柳依依和两个小孩子，颇有些内疚，“放心，我们只是想离开香港，你们乖乖听话，我们也不会乱来。”

罗怀辉知道别无选择，于是带了两根金条，骑着脚踏车去伪乡公所，叫上保安队长罗瑞，一同前去皇岗关口。

罗瑞是罗怀辉的堂弟，两人一个担任伪乡长，一个担任伪保安队队长，因为有日本人撑腰，兄弟俩在元朗势力很大，平日里做了不少鱼肉乡民之事。然而兄弟俩也是欺软怕硬之辈，家人被劫持，戳中死穴，他们不敢反抗，只想着早点把这些瘟神弄走。

从元朗镇中心到皇岗关口，有三十多里地，走路要花三四个小时，骑脚踏车却只要一个多小时。

十点多钟，罗怀辉和罗瑞到了皇岗关口，去见负责关口安检的宪兵队长。罗怀辉说深圳南山一位亲戚过世，家人要回去奔丧，因为妻子和小姨子以前是唱戏的，长得漂亮，怕被皇军看中，不肯放行，所以事先打点通关。

宪兵队长见钱眼开，收了金条，便给罗怀辉批了特殊通行证。罗怀辉和罗瑞赶回元朗家中，将通行证拿给陈浩三等人看，说已经向宪兵部报备，出关可以免检，没有任何问题。

一群人激动不已，也看出罗怀辉办事相当可靠。眼下已是中午，罗怀辉让用人赶紧煮一锅鸡蛋面，让大伙垫垫肚子，好早点出发，赶在五点钟封关之前离开香港。

罗怀辉办事细心，他知道带着几个通缉犯过关，就算拿到特殊通行证也有风险，为了确保此行安全，不惹出岔子，罗怀辉去边上的戏院里拿了一些唱戏的胡须和假发等行头，给这帮人乔装打扮。

陈浩三和蔡雨来、方孝全换上了保安队服，腰带上别着真枪实弹，以防万一；慕容织云和薛秋蓉换上女佣的衣服，扮成伪乡长家里的用人；蔡雅来换上棉布制作的长旗袍，外面披着欧式风格大衣，一副中西搭配的风情，扮成了柳依依的妹妹。柳依依颇有姿色，身材与蔡雅来差不多，两人并排一站，还蛮像一对姐妹。

即便换上保安兵的衣服，戴上军帽，但相貌还是无法改变，容易被人认出来。罗怀辉让陈浩三粘了络腮胡子，把半张脸都占满了，看起来很野蛮，像土匪，几乎认不出原来的面目；方孝全戴了一顶到耳根的长发，鼻子下面搞了浓浓的八字胡须，看起来像个流氓。最难整的是蔡雨来，他的书生样子不好改装，罗怀辉也有办法，在他脸上贴了一块烫伤的假疤痕，又抹了假胡须，下巴处还粘了一个带毛的黑痣，看起来阴阳怪气的。

乔装之后，即便是见过他们的人，也都难以辨认，何况关口查验的日伪兵只是见过这些人的照片，没有见过真人，更加不会认出他们来。陈浩三和蔡雨来、方孝全照着镜子，都笑了起来，不敢相信镜中的人竟是自己，对逃出香港有了更充足的信心。


出发前，陈浩三和蔡雨来、方孝全商量，决定把吴炳文放了，让他自行回大帽山。这招金蝉脱壳毫无破绽可言，没必要带吴炳文逃港，毕竟他们要去投奔东江纵队，带一个土匪头子可不太好，日后还得将他送回来，多有不便。现在将吴炳文放走，谅黄慕容也不敢伤害方孝举，毕竟他们抬出了曾鸿文的名头，黄慕容不会傻到跟他们作对。

吴炳文听说这些人要放他走，心中很是高兴。他当然不想跟着这帮人逃港，世事变化快，谁也不知道他们能不能顺利逃出去，要是路上发生意外情况，他也跟着遭殃。

陈浩三让吴炳文对天发誓，回到土匪窝一定好生对待方孝举，否则日后带武工队去山里找他清账。吴炳文二话不说便对天发誓。陈浩三担心此人会暗中耍手段，跑去日军处告状，说他们劫持伪乡长逃港，那可真是坏了大事。陈浩三威胁吴炳文，要是他敢去告状，害自己被日本人抓捕，到时一定把他拉下水，指认他为同伙，因为伪乡长也看到他跟陈浩三一起杀进屋的。

仿佛受到了巨大的羞辱，吴炳文气得跳起来，说自己好歹当过教书先生，最起码的骨气还是有的，绝不可能做出这等卑鄙之事，跑去向日本人告状，成为一名汉奸，堪比秦桧之臭。又说他也是因为日军侵略才去当土匪的，对日本人也恨之入骨，希望蔡雨来将胶卷和机密文件带出去，登报发表，激发更多国人加入抗战，早日把日本人赶出中国。

陈浩三和蔡雨来见他信誓旦旦的样子，颇为大义凛然，不像是假的，这才放下心来。

打发走吴炳文，由罗怀辉带路，一帮人拥着其家眷朝边境步行而去。

香港沦陷后，除了脚踏车，其他的交通工具都禁行了，为的就是让所有人走路，通过各种岗哨关卡，接受日军的盘查。日军对物资管控严格，脚踏车在当时还是比较昂贵的高档商品，一般人家也买不起。日军将脚踏车全都搜走，占为己有，分配给投靠日军的汉奸，例如伪乡长、保安队长，还有专门打探消息的宪警兵。由于分配的名额有限，罗怀辉一时间也不可能找得到多辆脚踏车，因此只能步行而去。

这一路要走三个来小时，眼下一点多钟，顺利的话四点多钟便能通关。出发前，罗怀辉提出一个要求，让保安队长罗瑞带着几名保安兵跟在身后几十米处。过了深圳河界，陈浩三便释放他的家眷，为了不引起日本人的怀疑，这些家眷不可能马上返回香港，至少要在深圳过夜，第二天才能折返。罗瑞带着保安兵跟在远处，便于照料家眷，免得到了深圳那边出事。

陈浩三同意了罗怀辉的请求。家眷被劫持，他料想罗怀辉也不敢暗中搞鬼。出了香港，进入深圳境内，找一个偏僻之地丢下这帮家眷，保安兵也不敢追击，因为是罗怀辉亲自送他们出关的，事情若是泄漏，日本人也不会放过他们。

　　罗怀辉带着众人穿过元朗南街，来到了中心街区。中心区域各大路口都设有日军岗哨，对路人进行盘问和搜查，边上的公告栏上面贴满了蔡雨来和陈浩三等人的通缉令，不时有巡逻队走动，一副戒严的样子。

　　陈浩三和蔡雨来开始还有些紧张，没想到通过关卡时，罗怀辉大手一挥，便大摇大摆地通过，没人敢盘查。他们还在中心街区碰上了宪兵巡逻队，陈浩三和蔡雨来紧张得把手搭在腰带上，可是这些宪兵看到他们穿着保安服，又有罗怀辉领头，根本不会多看一眼。

　　在以前，这是不敢想象的事情，陈浩三和蔡雨来心底由衷感谢吴炳文，若不是他的点醒，此刻他们恐怕仍为逃港之事焦头烂额。

# 三十

妈庙街是元朗镇有名的老街，因妈祖庙得名，以前每到初一十五都有庙会，向来人山人海。如今大量难民被驱赶，加之物资管控，妈庙街也变得冷清起来。

妈庙街边上有教堂，还有一所天主教中学，是香港圣公会资助创办的，是当时元朗镇最大的学校。这所中学如今被日军征用，成为宪兵队派遣部的驻地，驻扎了一支三十多人的宪兵分队，负责统治和管制元朗。为防止武工队袭击宪兵部，妈庙街盘查比较严格。

有罗怀辉带路，一行人毫不费力地通过了岗哨，进入妈庙街。穿过这条街，往外走便是郊区了，不会再有日本人的关卡。原以为这个是天衣无缝的逃港计划，然而人算不如天算，一个人的出现，陡然间引发了不可预料的变故。

这个人是林满。

林满被陈浩三摆了一道，如今也享受了重点通缉犯的待遇，悬赏公告也贴得到处都是，一夜之间从江湖大佬变成了丧家之犬。人在江湖，为人龌龊，林满平日里嚣张凶狠，结仇众多，如今成了通缉犯，仇家必然会落井下石，要置他于死地，尤其是苏群章，必然不会放过这个大好机会。唯有的出路就是逃港，幸好日本人的重心放在追捕蔡雨来和陈浩三身上，林满虽然也是通缉犯，却没有遇到太多阻力。

两个贴身小弟跟着林满，不离不弃地从九龙逃到荃湾，再走小路翻过大帽山，顺利进入元朗。他们计划从流浮山偷渡到内地，然而一打听，深圳湾的海域全面封锁，渔民都不得出海。深圳河边境也都调来大量日兵，增设岗哨和加强巡逻，捂得严实，想走陆路偷渡过深圳河也行不通。林满就这样被困在元朗，一时进退两难。

这天下午，林满思索再三，准备重新找一条出路。既然逃不出香港，又被日军通缉，眼下别无他法，不如去大帽山投靠土匪。他曾经是门派大哥，手下有几十号小弟，过着众星捧月的日子，若是去当土匪，肯定要从马仔做起，过着寄人篱下的生活。然而为了活命，他只能降低身份，等风声过了再杀回九龙。

投靠土匪也要拿出诚意，林满打算到妈庙街买一些手信。妈庙街是老街，以前住着不少洋人，这一带洋货盛行，虽然日军作乱，掳走了大量物资，但民间仍有不少私藏的洋货，日子难挨时，人们就会拿出来变卖。既然要去大帽山拜山头，手礼不能轻，若是能搞到一些洋货，土匪头子肯定也会对他另眼相看。

绕过日伪军的关卡，林满和两名小弟潜入妈庙街，来到一家商店门口。他怕暴露身份，只是在商店门外等候，让两个贴身小弟进去买礼品。

这时，林满看到伪乡长罗怀辉带着家眷和用人，还有保安兵，大摇大摆地穿过妈庙街。这些家眷都带了行李，看样子要出远门。林满是个色鬼，看到当中有几个身姿婀娜的女子，不由得放眼去看，哪怕是饱饱眼福，放松逃亡的心情也好。

一看之下，发现有三个女子面相很熟，仔细看时，不由得大吃一惊，这不是跟陈浩三一起的女子吗？林满以为看花眼了，揉了揉眼睛，定睛再看，确认无疑。

这个惊奇的发现让林满警觉起来，他仔细打量，发现三个保安队员身材有些眼熟。陈浩三和蔡雨来、方孝全虽然化了装，但脸型和身材是改变不了的，林满见过三人的面目，因此能辨认出来。

林满脑子转得快，立即猜出这帮人要么是劫持了伪乡长，要么就是伪乡长的朋友，假扮成其家眷通关，光明正大地走出香港。

仇人相见，分外眼红，林满心中的仇恨与怒火一下迸涌出来，他怎么可能让这些人逃跑，尤其是陈浩三，害得他从呼风唤雨的地头蛇，转眼之间变得一无所有，此仇不报，心中实在是心有不甘。

两个贴身小弟从商店买了礼品出来，林满把枪拿在手中，和小弟低声说了几句，准备伏击陈浩三。

街上有不少行人走动，林满和贴身小弟鬼鬼祟祟躲在街边，本就引人注意，见他们拔枪，都吓得惊慌失措。

虽然假扮成保安兵，但陈浩三并未放松警惕，一路四处张望，提防突发情况。他看到街边人群骚动，立即嗅到了危险，放眼看时，只见林满和两个小弟正拔枪。

"有埋伏！"

枪声响起，陈浩三已经扑倒在地，顺势打滚，躲过了子弹。

蔡雨来和方孝全立即散开，把腰间的枪拔出来反击。蔡雅来也掏出大衣口袋的手枪，一边开枪反击一边护住伪乡长的妻子柳依依。

林满的射杀目标集中在陈浩三身上，他要杀了他报仇，以此清洗内心的怨愤。幸好陈浩三手脚敏捷，功夫了得，惊险之中躲过了子弹。

罗怀辉见有人开枪伏击，不禁大惊失色，虽然他不知道袭击者是什么来头，第一反应就是掏枪还击。然而罗怀辉忘记了一件事情，陈浩三为防止他搞鬼，事先将他手枪里的子弹全部取出来，只留一把空枪给他。罗怀辉情急之下扣下扳机，手枪哑火，这才想起来枪里没有子弹，心中暗自叫苦。

林满见伪乡长掏枪，不假思索，当即朝他射击，一下便把伪乡长打死了。场面陷入混乱，两个小孩见父亲倒在血泊中，吓得呆如木鸡，愣在原地不知所措，只顾着哇哇大哭。

陈浩三躲过子弹之后，飞冲过去，一手夹着一个孩子，飞快地窜入街边。街是骑楼街，可以躲到街边的柱子里面隐蔽。幸好陈浩三出手快，小孩刚才站的地方有子弹飞过，若不是他及时抱走，两个小孩就要中枪了。

柳依依早已吓得六神无主，被蔡雅来强行拖到街边躲着；薛秋蓉和慕容织云也在蔡雨来和方孝全的掩护下躲到了街边。柳依依见丈夫中枪身亡，知道天塌下来了，一时绝望不已，抱着陈浩三送来的两个孩子哇哇大哭。

没有伪乡长当领头人，逃亡计划意味着以失败告终。陈浩三怨气冲天，好不容易实施这样一个完美策略，竟被林满活生生破坏，真是灾星当头，前路发愁！他知道必须速战速决，若是周边的日军围杀过来，他们就成了瓮中之鳖。

陈浩三对蔡雨来和方孝全说："你们用火力压制，我拿手榴弹对付这些王八蛋！"一边说一边掏出两枚手榴弹，扯下了引线。

蔡雨来和方孝全立即开枪，朝林满他们火力压制。

双方各自躲在街边，以骑楼的柱子为掩体，展开枪战。街上的行人听到枪声，早已惊慌失措跑掉，各家各户和商店也都纷纷关门锁窗，这时候用手榴弹攻击，并不会伤及无辜。

林满和小弟被对方的枪火压制得不敢冒出头来，只等着对方的子弹打完，他们反击突围。林满并没有心思死磕下去，他只是想暗中射杀陈浩三，报了大仇，便立即撤退。他心里也清楚，枪声响起，周边的日伪军肯定会被吸引过来，到时自己吃不了兜着走。

就在这时，两个黑乎乎的东西突然扔过来，滚在骑楼的过道中。林满瞥了一眼，魂飞魄散地惊叫道："手榴弹！"

话刚落，还未来得及躲避，两枚手榴弹同时炸开，林满和两个小弟被炸得飞身摔倒，当场死去，结束了罪恶的一生。

妈庙街枪声大作，惊动了周边的日伪军，他们纷纷拥过来，将这条街两头都包围了。

此街离日军驻兵基地很近，本就是重兵把守之地，加上一队宪兵正在近处巡逻，及时赶过来，还有周边的保安队和宪察兵听到枪声也都赶过来。眨眼工夫，便将妈庙街两头堵得死死的。

小野吉男和前田三郎带着特务小队，此时正在元朗的宪兵部研究地图，苦苦推算陈浩三和蔡雨来的逃跑线路，希望能从地图上寻找到一

些蛛丝马迹。

　　昨天早上，小野吉男率领一支几百人的联防部队杀到元朗，联合当地的宪兵队、保安队和宪察兵，沿着大帽山下的村庄设防布哨。同时，他要求海警全面封锁海湾，边境加强巡逻，要在元朗来一个瓮中捉鳖，把蔡雨来一帮人围困住。然而折腾了一整天，累得人仰马翻，却连蔡雨来的消息都没有打听到，反倒被黄冠芳和刘黑仔的短枪队突袭了几个岗哨，折损了不少兵力。

　　中午时分，身心疲惫的小野吉男带着特务小队，来到元朗宪兵部。驻兵地有放大版的元朗战备地图，地形描绘十分详细，小野吉男要从地图上推测蔡雨来的逃跑线路。

　　看着地图上的山脉丛林和乡村地形，小野吉男陷入烦躁不安，他担心自己调动大部队杀入元朗会是一个错误的决策，万一蔡雨来意识到元朗危险，就在荃湾甚至返回九龙找个地方躲起来，等自己折腾累了撤兵而去，他们再跑到元朗偷渡，岂不是被他们玩弄于股掌之间？

　　小野吉男心里没底，前田三郎也有些发慌，如果蔡雨来困在港岛，抓捕相对容易，一旦进入九龙和新界，事情就不受控制了。虽然日军占领了香港，但随着主力部队撤离，靠着防卫队和宪兵队及保安兵，想围困这么大的区域，实在是有些力不从心。

　　为了不让上头怪罪，小野吉男只能把动静搞大，带兵到元朗赌一把，将元朗封锁住，不让蔡雨来逃出去。只要蔡雨来还滞留在香港，小野吉男就有机会翻盘，汪伪政府的特工总部派出了一批特务精英，将于今天下午抵港，到时命令这些特工加入搜捕行动，蔡雨来落网是迟早的事。

　　就在这时，小野吉男突然听到枪声。枪声近在咫尺，而且十分紧密，还有手榴弹的爆炸声。他猛地打了个激灵，预感这件事情跟蔡雨来有关。大白天的，武工队不可能跑到镇中心来搞事，如此突兀的枪弹声，一定另有隐情。

　　小野吉男当即带着前田三郎和仅存的七名特务兵，加上五名日本宪兵，循着枪声而来，进入了妈庙街。

罗瑞带着几个保安兵，远远跟在陈浩三一群人身后。没想到才出发不久，这群人竟然遇上了伏击。罗瑞不知道伏击者是谁，看到堂哥罗怀辉中枪倒地，知道事情坏了。日伪军将街区两头封锁后，罗瑞为了脱罪，急忙跑去跟日兵汇报事情的缘由。

宪兵中队长石田久秀听得懂中文，听完罗瑞的汇报，顿时大喜过望，没想到他们全力搜捕的重点通缉犯竟然就在眼皮底下，这可是立功的大好机会。

石田久秀让罗瑞喊话，叫蔡雨来等人放下武器，赶紧投降，皇军会优待俘虏，否则将格杀勿论。

小野吉男带队赶到现场，听到罗瑞的喊话内容，心头一下子便踏实了，真是踏破铁鞋无觅处，得来全不费工夫啊！自己大费周章地四处布防，总算没有白费心思，好歹将这些人赶到镇中心来了。

妈庙街很长，分为几段，陈浩三和蔡雨来所在的那一段是骑楼街，街的两头被堵，他们如同落入陷阱之中。这是逃亡路上最棘手的一次，无计可施，只能凭武力突击，看能不能杀出重围。为了减少伤及无辜，陈浩三放走了柳依依和两个孩子，并让薛秋蓉和慕容织云躲在柱子后面不要出来，他和蔡雨来、蔡雅来、方孝全，做好殊死一战的准备。

小野吉男只想着早点将这些通缉犯拿下，二话不说，亲自带头强攻进去。特务队和宪兵队，还有保安队及宪察兵，加起来有四十多人，火力强大，从两边压缩进攻，步步逼向陈浩三他们的藏身之地。

陈浩三等人奋力反击，根本抵不过敌人的强大火力。很快，他们的枪弹耗尽，却只能窝在原地，无法动弹。

蔡雨来知道在劫难逃，用悲壮的声音对众人说："不到最后时刻，我们决不能放弃生命。这一路逃亡，我们数次身陷绝境，最终还是逃出来了。我们必须相信奇迹随时都有可能发生，元朗的日兵比较少，就算日军把我们抓进去，武工队听到消息，一定会来救我们的。"

逃亡途中，武工队的枪声一直伴随左右，蔡雨来由此推测，或许武工队也在寻找他们。虽然这个想法很渺茫，但不到最后时刻，绝不能失去活着的信念，哪怕被日军抓走了也不能当街自杀。

"记住我以前说的话，信仰就像星星，只有在黑暗的时刻才能看得见。我们即将陷入命运的黑暗之中，你们不要害怕，也不要恐慌，既然我们已经抱着必死的决心，就算落入日本人手中，大不了也就是一死。"蔡雨来不断地给众人打气。

"蔡先生放心吧，我绝不会当孬种的。"方孝全板着脸，一副毅然无畏的样子，"我倒想看看我心里的星星到底有多亮。"

陈浩三只是苦笑，没有说话，他见识过前田三郎逼供的卑鄙手段，很容易摧毁一个人的信念。只有经历过的人，才知道那是一个十恶不赦的魔鬼，他心中没有底，再次落入日本人的手中，不知道自己是否扛得住。

日伪兵拥上来，将一帮人团团围住，收缴了他们已经没有子弹的枪，以及随身携带的匕首。这一战，陈浩三等人打死了三名日本宪兵和七名伪军，也算是拉了几个垫背的替死鬼。

小野吉男根本不在乎伤亡，只要将这几个人抓住，圆满地完成任务，对他来说就是一件解脱的事情。

前田三郎命人将这些人的帽子、胡须、假发等装扮扯掉，露出他们的真实面目。他扬扬得意地看着这些人，将这些天积攒在心里的不快情绪，用狞笑的方式全都释放出来。几经折腾，蔡雨来最终还是落入了他的手中，他没有辜负酒井隆的期待，将犯人押回去，他将会得到酒井隆的夸奖和晋升。还有三个出众的女子，算是意外的犒赏，可以让他发泄内心的郁闷之气。

小野吉男让特务兵当场搜查这帮人的行李，还有搜查他们的全身上下。酒井隆特意交代，蔡雨来偷走了细菌部队发来的军事机密文件，必须找回来，绝不能让机密外泄。只有找到偷走的文件，才算是真正圆满地完成任务。

搜查的结果却是一无所获。原来，昨天在大帽山的土匪窝，藏在棉衣里面的胶卷和机密文件被取出来，蔡雨来意识到这些东西带在身上并不安全，于是和陈浩三私下商量，找个地方藏起来，等逃出香港之后，与东江纵队联系上，再请东江纵队的交通员帮忙取回胶卷和文件，这样更加安全可靠。万一逃亡途中不幸被抓，日本人找不到机密文件，也不好对他们下手，还有周旋的余地。

蔡雨来了解日本人，做事一丝不苟，尤其是涉及军事机密，他们一定会追究到底，要把文件抢回来才肯罢休。文件带在身上，一旦被日军抓获，日军再无顾忌，可以当场枪杀他们。

陈浩三觉得有道理，于是夜半时分，等众人睡着之后，两人便将胶卷和文件藏在了山神的肚子里面。山神不是石雕也不是木刻，而是泥塑之后烧出来的陶瓷神像，底部是空的，正好可以塞入这些东西。

这也是陈浩三和蔡雨来为什么要放走吴炳文的原因，吴炳文若是跟他们一起逃亡，一旦被日军抓获，日本人没有找到文件，吴炳文肯定猜得到胶卷和文件就藏在山神庙里。把吴炳文放走，就是为了杜绝后患。

# 三十一

元朗天主教中学的教学楼是一栋三层高的西式建筑，三楼中间的教室被宪兵改成了审讯室，原本传授知识与光明的地方，如今却成了人间地狱。

审讯室一半铁牢，一半刑房，关在铁牢里的犯人可以清楚地看到外面的人是怎么被酷刑折磨的，心理素质因此崩溃，就会忍不住招供。

蔡雅来和薛秋蓉、慕容织云被关押在铁牢里，陈浩三和蔡雨来、方孝全手脚捆绑，并排站在堆满刑具的墙边。他们的身边站着拿步枪的特务兵，步枪上面的刺刀已经安装上。

小野吉男本来打算直接坐上军车，将蔡雨来等人押回港岛，交由港岛的宪兵队逼供。宪兵部有一套专门针对犯人的残忍酷刑，没有几个人能扛得住，肯定能把机密文件逼问出来。连续折腾了三天，小野吉男身心疲倦，紧绷的神经已经到了极限，不想把精力耗费在逼供上面，只想着回到港岛，好好休息，沐浴更衣之后完成切腹仪式，断绝自己与人世间的一切联系。

追捕行动一波三折，让小野吉男越发厌倦了所谓的执行任务。对他来说，这已是毫无意义的事情，就算完成任务又能如何，最后还是什么也改变不了。永无止境的战争就像黑洞般深不可测，一点点将他的肉体撕裂，露出了寒冷的骨头，骨子里面最后一点热情与执着，都在战争的残酷中化为了灰烬。当所有的希望都成为渺茫的存在，他不再相信任何东西，唯一让他牵挂的只有家乡，只有妻子和孩子，但那是回不去的地方，隔的不是千山万水，而是未知的死亡。

太平洋战争爆发之后，战线越拉越长，如同脱缰的野兽，早已不受日军控制。小野吉男意识到战败是迟早的事情，自己极有可能死在毫无意义的战场上。与其如此，还不如体面地死去，保留武士最后的尊严。这种纯粹的死亡是幸福的，可以沉浸在对家人的幻想之中，而不是在战场上被炮弹击碎，来不及回忆家乡就化为了冤魂。

前田三郎诧异小野吉男的决定，他坚决反对将蔡雨来带回港岛交给宪兵部。折腾了这么久，他们被搞得人仰马翻，为此折损了好几个特务兵，现在终于把人抓获，怎么可能将如此大好便宜拱手送给宪兵队呢？

前田三郎一本正经地反驳："小野中尉不要忘了，酒井司令特意交代，要求我们必须找到蔡雨来偷走的军事机密文件，才算真正完成任务。眼下我们虽然抓到这帮人，却没有找到文件，任务还没有完成，绝不能违背酒井司令的军令！"

小野吉男知道前田三郎的心思。小野吉男是这次任务的领队，只要他不发话，前田三郎就不能对犯人下手。前田三郎内心深处肯定是极其渴望得到三个女子，借着审讯的机会蹂躏她们，可以理直气壮地满足兽欲。

对于这种禽兽行为，小野吉男十分反感和排斥。战争刚打响的时候，他也曾做过同样的事情，觉得理所当然，甚至为了满足当时狂热的占有欲望，他还做出了一些难以启齿的变态举动。如今回想起来，才知道自己悲惨的命运，不只是因为战火的无情焚烧，而是战争让他们失去了最基本的人性，把他们培养成无恶不作的魔鬼。

可是前田三郎说的也是事实，酒井隆确实有特意交代抓到蔡雨来之后，让他务必拿回偷走的军事机密文件。军令之下，小野吉男不能强硬反对，只好以沉默的方式同意了前田三郎的审讯计划。

看着满屋子的刑具，前田三郎绷着他那张古板的马脸，用阴鸷的目光盯着蔡雨来，语气生硬地说："蔡先生，你偷走了酒井司令的机密文件，这是死罪一条，如果现在交出来，我们还可以放你一条生路。要是你不说出文件的下落，这里有上百种刑具，可以让你生不如死。"

蔡雨来冷冷地回应："机密文件被金山的土匪抢走了，你想拿回文件，就去找土匪要。"

想起在金山土匪窝的遭遇，前田三郎以为蔡雨来在嘲讽他，气得咬牙切齿："蔡先生，你当我是三岁小孩吗，土匪要这个文件做什么？你的行李中还有黄金白银，土匪怎么没要？我劝你还是老实一些！"

蔡雨来仍冷笑道："文件交给方孝举了，让他单独逃跑，找机会交给共产党，也不知道他现在交出去没有。"随后用轻蔑的语气说，"我又不是傻瓜，带着这么重要的东西上路，万一被你们抓着了，岂不是白白浪费心血。"

前田三郎动了怒气，恨恨地说出了一句中国老话："真是不见棺材不流泪。"这帮人当中没有方孝举，确实有些费解。"再给你一分钟考虑，若不说出文件的下落，我就要动刑了。"

蔡雨来一副宁死不屈的样子："你尽管动手吧，我早就做好了把整个身心献给民族抗日解放斗争的大祭坛。你这里就是祭坛，我连死都不怕，还怕你这点折磨。"

前田三郎眼神中露出了杀气："很好，那我就成全你。"一边说一边指着方孝全，"我先给你们演示一遍什么叫地狱，先从他开始吧！"

特务兵将方孝全押出来。方孝全反抗，但手脚被绑，根本没有用。

前田三郎劝道："方孝全先生，据我所知，你跟蔡先生并不是一伙的，没必要跟我们作对。这一路上你跟蔡先生在一起，肯定知道机密文件藏在哪里，你说出文件的下落，我保证给你很多好处。"

不等方孝全回答，蔡雨来插嘴道："我劝你还是不要枉费心思，方先生是条硬汉，不会屈服招供的。中国人并非都是贪生怕死之辈，关键时刻会坚持自己的信念。文件被他弟弟带走了，他怎么可能会出卖他的弟弟，等你们去抓啊！"

前田三郎立即判断蔡雨来说的是假话，如果机密文件在方孝举手中，蔡雨来绝不会这么再三强调，他推算蔡雨来肯定是把文件藏在了逃亡路上的某个地方。

方孝全毕竟是刀尖上讨生活的，这些年也经历了大风大浪，挺着胸脯说："蔡先生放心吧，就算被人当街砍死，我也绝不皱眉头。"随后瞪着前田三郎，眼睛喷出火来，"我爸妈就是被你们日本人炸死的，想让我跟你们合作，除非你们满家铲！"

前田三郎知道多说无益，那就来个杀鸡儆猴吧，方孝全扮演的角色没有那么重要，先拿他开刀，把大刑的残忍与血腥抛出来，打击他们的精神，看他们还能扛多久。尤其是三个女子，看到如此惨绝人寰的酷刑，内心一定会崩溃的，说不定会忍不住招供。

小野吉男不想看到逼供场景，对于一个厌倦战争的人而言，那些血淋淋的场面只会增加内心的不适，只会对战争产生更多的厌恶，甚至浑身难受。他深呼吸一口气，转过身，站在铁栏面前，看着关在铁牢里面的三个女子。

他盯着薛秋蓉看，渐渐地走了神。小野吉男想到了妻子，薛秋蓉的相貌跟妻子颇为神似，都是一张清秀的鹅蛋脸，还有一双大眼睛，给人一种温婉贤惠的感觉。只是薛秋蓉脸上流露出来的是忧郁与惊慌，没有少女的青春光彩。相比薛秋蓉，妻子的气质要相对雅致，脸上流露出来的是一种恬静和淡然。然而，他和妻子已经六年多没见面了，妻子的脸上此时应该也会有某种忧郁的神色吧。丈夫长年在外参战，生死悬于一线，任何一个女人都会长久惦记的。

恍惚之间，他透过薛秋蓉的样子，仿佛看到妻子就在眼前。只是妻子的模样一时清晰一时模糊，如同梦境般存在。

漫长的战争侵蚀了他的记忆，枪声和炮火早已把脑子震得松垮垮的，容易让人产生遗忘。虽然他经常通过照片回忆妻子，怀念从小到大的点点滴滴，那都是青梅竹马的感情啊！可是这些记忆却不再是鲜活的，浸透了死亡的阴影，沧桑的岁月把原本生动的往事打上了沉重的烙印。再亲切的人、再亲密的往事，经历了战火的洗劫，也会变得恍惚起

来，只是心底的挂念却因此会变得更加刻骨铭心、变得更加不可抑制。

小野吉男突然产生一股冲动，要将薛秋蓉占为己有，让她成为妻子的临时替身，一起重温那些逝去的岁月。这样或许可以让自己死得更加瞑目，因为这是临死之前最贴近与妻子相聚的一个夙愿了。

可是他也知道，用一个异国女子来代替对妻子的相思，以强行占有的方式来完成遥不可及的夙愿，其实是对妻子的不敬，也是临死之前的失贞，让死亡变得不再神圣、不再纯粹。既然他已然决意赴死，以灵魂回归故土的方式与妻子重逢，他不想在最后一刻，带着内疚与负罪，奔赴遥远的家乡。

方孝全身上的衣服被特务脱光，露出健硕的身体。前田三郎看到他身上的累累刀疤，一看就是身经百战的人，意味着此人并非贪生怕死之辈，恐怕是块硬骨头。

前田三郎命令特务用带倒钩的鞭子狠狠地抽打，把方孝全身上打得鲜血淋淋，像剥了皮一样。方孝全倒是条硬汉，死死克制，就是不肯发出一声惨叫。后来，前田三郎失去耐性，命特务用烧红的烙铁烫在血淋淋的伤口上，房间里面顿时充斥着肉体烤焦的臭味。

这种残忍的逼供手段，很容易摧毁一个人的信念。前田三郎打起了算盘，女孩子的内心都比较脆弱，肯定看不下去，说不定精神崩溃，就会把文件的下落说出来。

蔡雅来的心理承受能力比一般人强，但看到方孝全遭受这样的折磨，却也不敢多看，她紧紧地抓着拳头，把指甲都掐到肉里了。慕容织云捂着脸哭了起来，仿佛也有一条无形的鞭子抽打在她的身上，疼得她浑身颤抖。

薛秋蓉受到的伤害最大，她脆弱的内心被恐惧和担忧一点点侵蚀，神经变得越来越衰弱，呼吸却变得越来越急促，背上和额头开始冒冷汗，整个人陷入了焦虑不安。鞭子抽打的声音像恶毒的咒语，不停地渗透到她体内，她的心脏被恐惧与惊骇不断压缩，眼瞳也在收缩，像拧紧的发条，已经到了无法承受的地步。

突然间，她像中风的病人，跪在地上浑身打战，同时发出了干呕的声音，仿佛食物中毒般。要不是慕容织云和蔡雅来赶紧扶着她，她或许会倒地抽搐。

压制在体内的战争神经症终于爆发了。这三天的逃亡，经历了各种惊心动魄的事情，加之看见陈睦和万盛达母亲死亡的场景，又目睹了年轻的日兵沉尸海底，改变了她对死亡的一些看法。尤其是两次落入土匪窝，让她切身体会到命运不可预测的残酷，在逆境的重重压迫之下，她产生了活下去的信念，意志反倒变得坚强起来，能抑制住体内的战争神经症。然而，毕竟只是暂时的抑制，病症并没有完全消失，仍潜伏在体内蓄势待发。此刻看到方孝全遭受如此酷刑，方孝全也算是她的半个亲人了，她的内心无法承受这种打击，精神上的折磨比任何酷刑还要难受，仿佛压倒骆驼的最后一根稻草，她心底的防线一下子被击溃。

前田三郎看到薛秋蓉精神崩溃，另外两个女子也是一副痛不欲生的样子，嘴角不禁露出了狞笑。

蔡雨来虽然见过日军杀人放火，但是如此残忍的逼供手段却是头一次亲眼看到，不由得涌出一股寒意。这样的酷刑用在自己身上，恐怕未必能扛得住，若是用在三个姑娘身上，必然会酿下大祸。虽然藏文件之地只有他和陈浩三知道，但是她们能猜得出来，昨晚一帮人在山神庙过夜，只有山神庙有藏胶卷和文件的机会。

最痛苦的还是陈浩三，看到兄弟遭受如此折磨，他的五脏六腑仿佛被开水烫了一遍，没有了活气，整个人陷入绝望无力的状态。如果死去可以变成厉鬼报复这些日本人，他会毫不犹豫地去赴死。可是真正的厉鬼是这些日本人。他咬碎牙齿，怒吼道："王八蛋，有种冲我来！"一边说一边要冲过去。然而他的双手和双腿都被绑住，就像待宰的牛，力气再大也没有用。

身边的特务毫不留情地用枪托打砸陈浩三，陈浩三倒在地上，额头被枪托砸破，鲜血流下来，染红了半张脸。

前田三郎冷冷地说："陈先生不要急，要是不说出机密文件的下落，我保证你会享受到比这个更痛苦的折磨。"

小野吉男一直面对铁牢，盯着薛秋容看。被烙铁烧焦的肉体气味在审讯室飘荡，挥之不去，像魔鬼一样吞噬着他的内心。他的嘴角在抽搐、毛孔也在收缩，左手紧紧地抓着武士刀的刀柄，忍受着无形的痛苦。

他的精神受到了巨大的折磨，但这种折磨不是来自别人，而是源于自己内心深处的悲观情绪，以及对生命绝望的苦苦挣扎。他无法化解，也无法述说，尽管他拒绝承认自己的软弱，从不表露出来，可是有些东西越是抑制，反弹性就越大。

自己究竟是什么时候开始厌倦战争的？没有答案，就像岁月里的风霜，一点点渗透到身体里面，逐渐积累而成。那是一种慢性心理疾病，在毫无察觉的情况下日渐增长，最后一发不可收拾，如同宿命般存在，再也不可能治愈。

这些年来，他见过太多的无辜死亡和强行掠夺了，每攻下一座城，都会引发惨无人道的屠杀，然而很多灾难都是与他息息相关的，没想到最后自己也沦陷在灾难之中，再也走不出内心的阴影。

记忆最深的是广州战役，或许这是命运灾难的起点。他提前半年潜入广州城，以商人的身份结交政府军官，收集军事情报。那时他居住在一栋骑楼上面，楼下是一家广式汤粉店，一对年轻的夫妻经营着这个并不大的门面。汤粉的香味每天都飘到楼上，经久不散，成为他生活中的一部分。

这家广式汤粉店的汤底比较黏稠，河粉制得滑爽鲜嫩，他喜欢吃招牌"三宝捞河"，黏稠滚烫的大骨汤浇上去，上面覆盖秘制的牛筋、刀肉和鱼滑，满满一大碗下肚，整个人神清气爽。由于居住楼上的原因，又经常光顾店面，这对年轻的夫妻对小野吉男很好，端给他的底料总是比别人多。

　　夫妻俩有一个两岁大的儿子，小名眼仔，比小野吉男的儿子大一个月，活泼可爱。小野吉男经常抱眼仔玩，他未抱过自己的儿子，只能通过抱眼仔来感受当父亲的滋味，那是漫长的战争生涯中，他唯一享受过的当父亲的感觉。

　　日军从惠州登陆，小野吉男回归部队，跟随大部队从惠州一路杀向广州。因为潜伏特务的情报准确，仅用了九天时间，广州就被日军攻陷。日军像洪水一样浩浩荡荡拥入广州城，照样实施烧杀掳掠。或许是在广州居住了半年，这是参战以来难得的安逸时光，小野吉男对这座城市产生了感情，开始排斥和厌倦杀人放火的暴行，不愿意参与其中。他想起自己曾经居住的骑楼，回归部队时轻装上阵，有一些行李尚未收拾，于是便步行过去。

　　楼下面的汤粉店，眼仔和父亲被日兵捅死，丢在门外。店内，两张拼成的餐桌上，几名日兵按住颇有姿色的老板娘，正在轮流奸污。小野吉男离开广州时，曾暗中劝诫，一旦发生战事，让这对年轻的夫妻立即回老家避难。没想到他们不听劝告，居然滞留在城中，遭受了灭顶之灾。

　　看着与自己儿子年龄相仿的眼仔，如此可爱的小孩子却惨遭如此毒手，那一幕像子弹一样袭来，顿时让他两眼发黑。

　　店铺里面传出女人凄惨的叫声，每一声都带着深深的绝望。小野吉男心头绞痛得如同心脏病发作，快要窒息了。他紧紧地握着腰间的武士刀，内心有些东西在瞬间崩塌，包括这么多年来的军国主义信仰，还有天皇的训诫，瞬间失去了原本的色彩，一切都变成了黑色。那是一种令人窒息的黑暗。他像木桩一样站在那里，可是什么也做不了。他迈着失重的步子，往骑楼上面走去。

　　进入房间，坐在昏暗的角落，楼下女人凄厉的叫声仍在心头萦绕，像拉锯一样切割他的心脏。夕阳打在窗户，鲜血般涌进来，惊心触目。眼仔那副死不瞑目的样子，深深烙印在他的内心，从此再也无法挥去，成了噩梦的线索。

也不知道在楼上待了多久，他下楼时已是夜幕降临。被日军扫荡和洗劫过的街区如同坟墓般死寂。眼仔和父亲尸体仍摊在汤粉店的门口，血迹已经凝固，化为黑夜的一部分。老板娘也被刺刀捅死在店铺里，光着身子，凌乱的头发掩盖住了半张脸，另外半张脸充满了绝望，眼睛却是睁开的，是死不瞑目的样子。

他的胸口像被什么东西猛烈撞击，快要站不稳了，胃酸也开始逆流，像食物中毒。这些年来，他跟大部队入侵各大城市，见过太多血淋淋的事情，却从未像此刻这样厌恶战争，也从未像此刻这样想呕吐。

他捂着嘴巴，飞快地逃离骑楼街，在街角拐弯处，再也忍不住了，弓着身子呕吐起来，把胆汁都吐出来了，随即涌出来的还有眼泪和鼻涕。他跪在地上，看着自己呕吐出来的秽物，感觉自己比这些秽物还要肮脏。

从那之后，他经常做噩梦，梦到汤粉店一家三口惨遭屠杀，后来却转化为自己一家三口的画面，死的竟是自己和妻儿。噩梦无法驱除，一直折磨着他，他终于明白自己已是罪不可恕。从那个时候开始，他的神经越来越衰弱，对战争越来越厌倦，他知道，只有结束自己的罪恶之身，才能解脱噩梦的困扰。


前田三郎命令特务将折磨得半死不活的方孝全放下来，抬到一张铁床上，随即两名特务将方孝全按住，另外一名特务提着一大桶冷水进来。

特务拿着长嘴铁瓢，捏开方孝全的嘴巴，将水浇成一条水柱，灌到他的嘴里。这种酷刑叫水床，也叫灌凉水，是日本人逼供时惯用的手段。方孝全被水呛得咳嗽起来，全身扭曲，然而他被死死按住，无法挣扎，水不断灌入嘴里，如同溺水的人只能拼命地咽下去。

过了不久，那桶水有一半灌入了方孝全的肚子里。身上的疼痛和呛水的难受，把他折磨得虚脱了，从一条硬汉变得奄奄一息的病人。

四名特务将方孝全抬起来，扔在冰凉的地板上，前田三郎狞笑着，抬脚踩向方孝全鼓起来的肚子。水从方孝全的嘴巴和鼻子，还有下体里喷出来，像漏水的水囊。他的五脏六腑被水冲击得难受，器官像移位一样，那种痛苦真是生不如死。

前田三郎看着牢笼里的三个女子，露出阴险邪恶的笑容："这种水床我们一般是用来对付女人的。"

别说薛秋容和慕容织云，就连意志坚定的蔡雅来也吓得哆嗦起来，根本不敢想象那个变态的画面。

前田三郎脸上的笑容越发猥琐，他没有再接着逼供，机密文件在哪里对他来说已经不重要了。抓获蔡雨来，将这些犯人带回港岛交给宪兵部审讯，就算找不到文件，酒井隆也不会怪罪的。他这么折腾，完全是出于个人的变态心理，一方面是发泄心中的怒火，报复这些人；另一方面则是名正言顺对三名女子进行轮奸。

前田三郎看中了蔡雅来，这个姑娘穿着洋气的大衣，里面是一件修身的旗袍，如此婀娜多姿，将她好好蹂躏一顿，可以最大限度满足自己的兽欲，也不枉这些天的折腾了。

特务们打开铁牢，冲进去扭住蔡雅来。薛秋蓉和慕容织云想反抗，却哪里是这些恶狼的对手。在刺刀面前，她们根本无力抗争，何况眼前地狱般的场景早已将她们吓得手脚发软，失去了反抗的力量。

蔡雅来脸上写满了恐惧，也写满了绝望，她拼命挣扎，想扑向日兵的刺刀，哪怕死在当场也比受辱要好。两名特务却没有给她自尽的机会，扭住她的双手，强行将她带到前田三郎的面前。

前田三郎盯着她，邪恶的眼神中溢出淫光，脑海中已经浮现出玩弄她的场景了。就在这时，躺在地上奄奄一息的方孝全不知道从哪里涌出一股力气，猛地打滚，一把抱住前田三郎的脚，使出擒拿手将他摔倒在地。随后，他拿起地上的一根铁签，那是专门用来插脚指头逼供用的，猛地朝前田三郎刺去。

"砰"的一声，一名特务眼疾手快，朝方孝全开枪。方孝全胸口中枪，仰面倒地，就此死去。他的手上还紧紧地握着那根铁签，仿佛握着一根决定生死的下下签。

"阿全!"陈浩三大叫道,眼泪夺眶而出。然而任由他怎么叫,都无法唤醒自己的兄弟。他的手脚被缚,只能伏在地上眼睁睁地看着方孝全的鲜血在地板上洇染开来,像一朵绽放的红花。他号啕大哭,发出肝肠寸断的叫声,却是那样的无力。

蔡雨来咬着牙关,感觉牙龈都咬出血来了,死死地将心中的怒火与悲痛克制住。情绪被眼前的场景无限放大,仇恨像潮水一样涌上来,他感觉自己随时都会失控。

方孝全遇难,瞬间加剧薛秋蓉情绪的崩溃,她缩在墙边放声痛哭起来,哭声让这个刑房更加寒冷、更加绝望。


前田三郎狼狈地从地上爬起来。地上湿漉漉的,方孝全刚才吐出来的水将地板弄湿了,沾在身上令他有些难受。他朝方孝全的尸体恨恨地踢了两脚,用日语愤怒地咒骂了几句。如果不是特务开枪及时,方孝全手中拿着的铁签就插到他的身上了。

这时,小野吉男突然转身,冲上前,猛地打了前田三郎两个耳光,大骂一声:"八嘎!"

前田三郎吃了一惊,不知上司为何会打他。顾不上脸上火辣辣的疼,他急忙朝小野吉男鞠躬认罪:"斯米马塞!"

小野吉男不想让人看出他内心的痛苦,恢复了严肃与冷酷的表情,冷冷地说:"前田少尉,这样杀人逼供是没用的,这些男人都是硬骨头,我们要换一种思路。"一边说一边指着铁牢里面的慕容织云。"把她带出来单独审讯,我相信很快就会有结果。"

前田三郎眼中充满了疑惑,但看到小野吉男那副肃然的样子,他不敢反驳、也不敢多问,立即叫特务将蔡雅来关押回铁牢,将慕容织云押出来。

慕容织云脸色苍白、浑身发抖,脸上还挂着泪珠,一副害怕得快要崩溃的样子。

小野吉男板着脸说："把她带到一楼会议室，跟这些人分开，单独审讯。"一边说一边向门口走去，打开审讯室的门。

前田三郎不知道上司搞什么鬼，以为他比较矜持，不愿意当众蹂躏妇女，因此换个地方进行。他只得让两名特务绑住拼命挣扎的慕容织云的双手，押着她往审讯室外面走去。

蔡雨来只觉得两眼发黑，像一头掉入沼泽里的野兽，挣扎越厉害就陷得越深，那些黑色的死亡泥浆已经淹没了他的双眼，再也看不到一线生机。因为手脚被捆绑，他只能在地上拼命打滚，嘴里发出咆哮与咒骂，抗议这种没有人道的行为。但这种挣扎是徒劳无功的，反而被看押的特务兵拳打脚踢了一顿。

宪兵部的会议室在一楼拐角处，也是由教室改装而成的。室内比较简陋，摆着一张大会议桌，墙上挂有天皇的照片和国旗。

小野吉男命令两名特务守在会议室门外，任何人不得进来。随后，他让前田三郎把慕容织云手上的绳子解开。

前田三郎不知上司葫芦里卖的是什么药，令他感到奇怪的是，慕容织云被带出来之后，脸上原本惊恐的表情消失了，也不再流泪，露出一副坦然自若的神色，仿佛接受了命运的安排。

手上的绳子解开，慕容织云突然身子挺立，朝小野吉男敬了一个标准的军礼，用非常流利的日语说："报告小野中尉、前田少尉，我是南京政府特务委员会驻香港分部的特工慕容织云，代号云燕，正在执行'河马动行'。"

前田三郎惊得眼珠子都要掉出来了，不敢相信刚才吓得情绪崩溃的软弱女子，竟是汪伪政府的驻港特务精英，实在是出乎意料。他也搞不懂，小野吉男是怎么认出她是自己人的。

原来，刚才小野吉男一直盯着铁牢里面的三个姑娘看，并不知道三个姑娘当中潜伏着己方特工。当蔡雅来被押出来，要被前田三郎抓去上水床时，慕容织云突然朝小野吉男递了一个意味深长的眼神。小野吉男先是一愣，随后才若有所思。

香港沦陷，汪伪政府第一时间便成立特务委员会驻港分部，并派出一批特务精英到香港协助日本人办事。东江纵队在东莞、宝安和惠州三地强势崛起，又有几支武工队到香港搞事，成为日军最头痛的对手，也是最可怕的克星。为了从内部瓦解东江纵队，消灭这股势力，日军以"以华制华"的策略，将压力转给汪伪政府。汪伪政府于是制订出"河马行动"，派出驻港的特务精英进行潜伏，借着日军驱赶难民的大好机会，想方设法渗透到东江纵队内部。

百万难民从香港遣散回内地，一些走投无路的难民必然会去投靠东江纵队，而东江纵队为了壮大军势，也会收编难民入伍，这是一个千载难逢的好机会。小野吉男是驻港防卫队的特务中队长，当然知道"河马行动"的部署，只是不知道潜伏人员的名单。

小野吉男赞叹道："没想到特务委员会有如此出众的女特工，居然潜伏在蔡雨来身边，通过他这条线进入东江纵队，真是神不知鬼不觉，皇军之幸也！"

慕容织云脸色肃然道："要不是情况特殊，我绝不会暴露身份。小野中尉，蔡雨来将机密文件，还有他在香港拍了一些对皇军不利的照片胶卷，藏在元朗郊区水牛岭的山神庙，塞在山神的肚子里面。蔡雨来打算离开香港之后，请东江纵队的交通员帮忙取回东西。小野阁下派人去山神庙把文件取了，但事情要做得保密，顺便放火烧庙。等蔡雨来离开香港，派人回来取东西时，山神庙早已一片废墟。山神庙失火谁也不知道是怎么回事，蔡雨来以为文件也烧成了灰，不会怀疑有内鬼。文件交给酒井司令，阁下的任务圆满完成，至于蔡雨来，如今还是一颗非常有用的棋子，当然不能杀，我还要利用他去内地接近东江纵队，进行潜伏和收集情报。"

小野吉男鼓起掌来，用赞赏的语气说："好一个天衣无缝的策略，我们完成了任务，你也顺利潜伏到东江纵队，可谓一举两得。"说罢盯着前田三郎，用毋庸置疑的语气说，"前田少尉，就按照慕容特工前田三郎很不情愿，他还想着侵占蔡雅来，好好蹂躏她，满足蓄谋已久的兽欲，无论如何也不想善罢甘休。可是他也知道"河马行动"的重要性，关乎日军在广东的战略布局，只有从根本上摧毁东江纵队，日军才能在广东放开手脚做事。他忍不住问："要不放走蔡雨来和陈浩三，两个女的我们留下来？"

慕容织云冷笑道："前田少尉要以大局为重，女人随时都有，何必破坏我的计划呢！扣押两个女的，蔡雨来和陈浩三肯定会想办法营救，不会离开香港。我跟他们是一伙的，为什么我就不被扣押？这不是要暴露我的身份吗？"

小野吉男狠狠地瞪了前田三郎一眼，眼中透出不屑的神色："'河马行动'至关重要，关系到南方战略布局，前田少尉不要忘了军人的职责！"说罢看着慕容织云，"我们要怎么做，才能不着痕迹地放你们逃走，说说你的计划。"

慕容织云说："这个很容易，我就说蔡雨来把机密文件藏在了大白田教堂，我们前天晚上在那里过夜，有藏文件的可能性。到时小野中尉假装相信，押着我们去大白田教堂，半路让我们逃走即可。"

小野吉男略作思考，点头道："此计可行，那就这么办。"

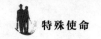

# 三十二

慕容织云被押回审讯室，脸上仍挂着惊惶不安，但她身上的衣服并不凌乱，显然没有被日本人动过手脚。

蔡雨来看到她毫发无伤，暗自松了一口气。慕容织云突然流下眼泪，对蔡雨来说："对不起，他们要对我下手，我受不了逼供，把藏文件的地方供出来了。"

蔡雨来心里一惊，顿时说不出话来。

小野吉男看着慕容织云，心里越发对这个女人敬佩不已，真是一个天生的演戏高手，一举一动一哭一笑都演得像模像样，谁都不可能怀疑她的身份。

"蔡先生，你的女朋友虽然招供了机密文件的藏身之地，但我并不完全相信。我要找你对质，如果你说的话与她不一样，那么证明慕容小姐说的是假话，那我可就不客气了。"小野吉男冷冷地看着蔡雨来，"我问你，前天晚上你们睡在哪里？"

蔡雨来脑子一转，对方问的是前天晚上，而不是昨天晚上，看来慕容织云并没有把机密文件的真正下落告诉小野吉男，肯定是编了一套谎言想骗过日本人。日本人也不是那么好糊弄的，尤其是这些特务，精明得很，要是蔡雨来马上应对，只怕会露出马脚。

他假装思索，过了一会才说："前天晚上，我们被金山的土匪抓走，后来逃出生天，找不到地方睡觉，只好在山林里胡乱住了一晚。"

小野吉男冷笑道："蔡先生，我劝你不要嘴硬，我可没有耐心跟你啰唆。"说罢一挥手，让特务兵将慕容织云押到水床上，死死按住。

方孝全的尸体就在水床边上，由于碍事，特务兵将尸体拖到了墙边，以免影响用刑。

"你若是不肯说实话，我们就将你的女朋友肚子灌大，进行轮奸。"小野吉男板着脸，一副认真且无情的样子。

蔡雨来咬着牙齿说："我说的就是实话！"

小野吉男一挥手，特务兵从桶里舀了一瓢水，从上往下倒，形成一条水柱，源源不断地注入慕容织云的嘴里。

慕容织挣扎着不想喝水，但挣扎时呼吸打乱，水呛进去，极是难受。她一边尖叫一边咳嗽，可水还是源源不断地灌下来，把她的声音冲散，她感觉自己像溺水一样，快要窒息了。

两瓢水很快就灌下去了，看到慕容织云受刑的痛苦样子，关押在铁牢里的蔡雅来情绪受不了，抓着铁栏杆说："不要再灌水了，我说实话！"

小野吉男一挥手，特务停止了用刑。慕容织云像散架一样，从水床上滚下来，全身发抖，如同一只发瘟鸡。她跪在地上不停地哼着鼻涕，接着呕吐，吐了不少冷水出来。

"你最好说实话，否则下一次被灌水的人就是你了。"小野吉男站在铁栏杆前，盯着蔡雅来冷笑。

蔡雅来假装犹豫了一下，才说："我们前天晚上睡在古坑村的大白田教堂。"

小野吉男点了点头，语气变得温柔起来："很好。那么我问你，机密文件是藏在大白田教堂吗？"

蔡雅来说："没错。我们天亮要翻过大帽山，大帽山有土匪，怕被他们打劫，因此事先把机密文件藏在那里，准备逃出香港后告诉共产党游击队，让他们帮忙取走文件。"

小野吉男若有所思，踱着步子在铁牢前来回走了几步，才说："与慕容小姐说的一致，看来是真的了。"随后对前田三郎说，"准备好军车，我们立即出发去大白田教堂。"

蔡雅来和蔡雨来，以及陈浩三一时不敢相信，这么容易就骗过日本人了，太不可思议了吧？在他们看来，日本人狡猾奸诈，很难糊弄过

去，一定会打破砂锅问到底，稍微有点破绽，谎言立时被揭穿。蔡雨来故意不说实话，因为他知道大白田教堂这个借口，未必能骗得了小野吉男。他原计划是必须让慕容织云受了刑，他才假装崩溃时说出来，或许有可能骗得过日本人。没想到蔡雅来提前说出来，而这些日本人只是略略问了两句，竟然相信了，实在是出乎意料。

但是小野吉男接下来的一句话，却把蔡雨来刚浮起来的喜悦给淹没了。他说："我们正好要回港岛司令部交差，大白田教堂也是顺道路过。蔡先生，大白田教堂如果没有机密文件，我们可不走回头路，到了港岛宪兵部，你会知道那才是真正的地狱。"一边说一边命令特务给陈浩三和蔡雨来的脚下松绑，以便押送他们。

特务将两人脚下的绳子解开，但手上的绳子仍绑着。前田三郎有些愤愤不平，很不甘心就这么放走到嘴的肥肉。但是没办法，军命不可违，他只能听从小野吉男的命令，恨恨地打开牢房，让特务进去将蔡雅来和薛秋蓉押了出来。

这时，走廊的窗户突然有人影晃动。一名日本宪兵走过来，先是站在窗户外面，隔着玻璃窗朝房间内行了个军礼，表明自己的身份，随后才走到门口处敲门。

宪兵上来，恐怕是有事情汇报，小野吉男命令特务把门打开。

特务拉开门闩，把门打开，只见宪兵手上握着一把手枪。特务还没有反应过来是怎么一回事，"砰"的一声枪响，特务捂着胸口倒地，抽搐了几下便去见阎王了。

随后，这名宪兵朝前田三郎和小野吉男开枪。谁都不曾想到，日本宪兵竟会突然开枪杀自己人，小野吉男和前田三郎站在一起，前田三郎最先中枪，小野吉男反应快，一下子扯住前田三郎的衣服，用他的身体当作挡箭牌，成功逃过了子弹的射击。

边上的特务当即举起步枪，朝门口的宪兵还击。宪兵身手矫捷，闪身躲到门墙边，沿着走廊飞奔而去，一口气冲到走廊尽头，转身便往楼下跑去。

两名特务兵冲杀出来时，宪兵已经跑得不见身影了。

面对突如其来的变故，别说蔡雨来和陈浩三，就连小野吉男也猜不透究竟是怎么回事。宪兵怎么会突袭刑讯室，并把前田三郎给打死了，要不是小野吉男反应快，恐怕也成了枪下魂。

前田三郎身中数枪，眼睛睁得大大的，倒在地上，一副死不瞑目的样子。小野吉男不由得吸了一口冷气，用日语说："宪兵部被敌人渗透，不是安全之地，我们赶紧……"

话还没有说完，陈浩三突然一把扑来，将小野吉男撂倒在地。

宪兵突袭审讯室，引发混乱，小野吉男和特务们视线被转移，陈浩三借机缩到墙边。墙边挂着许多逼供用的刀具，其中有一个松骨架，镶有锋利的肉钩和刀片，专门用来对付骨头硬的人。

陈浩三利用松骨架的刀片磨断绳子，随后扑向小野吉男。他想来个擒贼先擒王，只要把小野吉男制伏，便可以提出要求。如果制伏不了小野吉男，便借机逃跑。

扑倒小野吉男之后，陈浩三抱住对手，利用惯性向门口滚去。离门口越近，逃跑的机会就越大，这是陈浩三的盘算。小野吉男也是受过特训的，知道陈浩三想逃跑，因此死死地抱着他在地上打滚，等着特务过来帮忙制伏他。

特务们看到两人在地上打滚，不敢乱开枪，怕乱枪之下伤了小野吉男。两名特务准备过去帮忙，要把陈浩三抓起来。

慕容织云突然拿起边上的两瓶酒精，扔出去。玻璃瓶在火炉边上碎开，酒精四溅，遇火瞬间燃烧起来，如同燃烧弹般。

审讯室的空间本来就小，火光炸开，特务们吃了一惊，连连后退。慕容织云并没有停止，一口气将余下的几瓶酒精都扔过去，火势一时猛烈，热浪翻滚，仿佛整个房子都在燃烧。

前田三郎的尸体离火盆比较近，沾上了大量酒精，整具尸体着火，衣服和皮靴皮带冒出滚滚浓烟，在审讯室弥漫，非常呛人。幸好方孝全的尸体被拖到了墙角边，并没有被大火殃及。

陈浩三和小野吉男这时从地上站起来，在门口处打成一团。特务们举枪却又不敢开枪，两人贴身对打，身形换得很快，加上审讯室浓烟滚滚，呛得眼泪鼻涕直流，很难精确瞄准，谁也不知道开枪之后会不会伤到小野吉男。

蔡雨来兄妹这时也同时发难，他们趁乱磨断了手中的绳子，攻击身边的两名特务。

特务都是受过特殊训练的，蔡雨来和蔡雅来当然不是他们的对手，只能拖住这些特务兵，不让他们对陈浩三开枪。余下的两名特务，因为大火的逼迫，退到了墙边，但仍端着步枪对准门口，在浓烟中寻找开枪的机会。

突然闪过一道白光，陈浩三冷不防抽出了小野吉男腰间挂着的武士刀，要把刀子架在对方的脖子上，挟持为人质。小野吉男见势不妙，猛地往后退，一下子拉开两人的距离。

墙边的两名特务见状，立即要开枪射击。在这千钧一发的时刻，突然从火堆对面冲出一个人来，如同飞蛾扑火般。枪声响起，子弹打在了天花板上。

飞扑而来的是慕容织云，谁也没有料到看似柔弱的她居然有如此神速的一扑，跨过大火瞬间将两名特务扑倒在地。

陈浩三被枪声惊醒，要不是慕容织云这么一扑，他已经被打死了。

小野吉男趁机将腰带上的手枪拔出来了，陈浩三转身便往门外闪去。小野吉男一连开了两枪，却都落了空。陈浩三不敢恋战，一口气冲到走廊尽头，顺着楼梯跑了下去。

两名被慕容织云扑倒的特务站起来，气得用枪托打她。小野吉男大喝道："她是个重要犯人，不能伤害她！"

两名特务愣了一下，愤愤地将慕容织云拉起来押住，不让她动弹。

　　蔡氏兄妹和慕容织云，还有薛秋蓉，被特务推入铁牢里反锁起来。小野吉男摸着腰带上空荡荡的刀鞘，很是生气。他并不在乎陈浩三逃跑，为了"河马计划"，他原本也是要将这些人放走的，但是陈浩三逃跑时拿走了他的武士刀，却让他无法接受。

　　武士刀对武士来说，就像灵魂，刀在人在、刀亡人亡，何况是祖传下来的宝物，他还要用这把武士刀切腹自杀，让军部将他的骨灰和刀一并送回故乡。无论如何，小野吉男必须将武士刀夺回来。

　　特务小队只剩下了六名特务，小野吉男命三名特务持枪守在审讯室，看住蔡雨来等人，顺便把火灭了，他带着另外三名特务前去抓捕陈浩三。

　　特务扯下了窗帘，摔打灭火，又将桶里的水倒出来稀释。酒精挥发得快，不像汽油那么耐烧，只是刚开始的时候比较猛烈，没有辅助燃烧物，烧了一会火势就变小。

　　火被扑灭，前田三郎已经被烧得黑乎乎的，脸部也被烧焦，看起来面目狰狞，像从地狱里钻出来的魔鬼。


　　元朗宪兵部驻有三十多号日兵，眼下十多号宪兵到外面进行日常巡逻，另外一些宪兵被派到各大关卡监视伪军检查路人，驻地只剩下十来名日兵守在大门处，负责安保工作。

　　审讯室的枪声惊动了守门的宪兵，五名宪兵当即朝教学楼跑来，查看究竟发生了什么事情。

　　小野吉男追下一楼，瞥见陈浩三往边上一间大房子跑去。他开枪阻击，没有成功，陈浩三飞快地窜进了大房子里面。

　　五名宪兵跑过来，用日语询问发生何事。小野吉男说一名通缉犯逃走了，跑到前面的大房间里面，务必要抓回来。小野吉男没有把宪兵队被敌人渗透的事情说出来，他现在只想抓住陈浩三，其他的事情晚点再说，以免分散宪兵的注意力。他能猜测出来，刚才开枪打死前田三郎的宪兵肯定是假的，不知道从哪里混进来的，不可能夹在这些真的日本宪兵当中。

宪兵听说只跑了一人，并不放在心上，此人跑去的地方是学校的大礼堂，只有一个大门，窗户又高，不可能爬窗逃走，跑进去岂不是兔子钻到了地窖里？

小野吉男率领众兵冲到礼堂大门，命令两名宪兵守在门口，切断陈浩三的退路，其余人随他进去搜捕。小野吉男下了死命令，此人是块硬骨头，手上又拿着武士刀，是个极其危险的人物，见到便格杀勿论，不必留活口。

礼堂很大，是全校师生祷告的地方。攻打香港之初，日军从深圳打入元朗，因为兵力太多，扎营不方便，当即将学校征为兵营。日兵将教室里的桌椅杂物全都扔到礼堂里面，将教室腾空出来，成为日兵的临时宿舍，因此礼堂里面堆满了各种杂物。

礼堂很暗，虽然有窗户，但窗户建得很高，窗口却不大，玻璃是彩色的教堂玻璃。这种古典的彩窗玻璃透明度很低，颜色偏暗，就像拉了一道窗帘，透进来的光极其有限，使得礼堂看起来肃穆庄重，透出一股神圣的神秘感。人们在这样的环境中忏悔，更容易进入自己的灵魂深处。日本人却讨厌这种教堂风格，觉得压抑，因此将其当成杂物房，把西方的神圣文明踩在脚底下。

宪兵想打开教堂里的电灯，却发现电灯的开关已经被破坏，显然是陈浩三进教堂时搞的鬼。

没有灯光的教堂异常昏暗，加上堆满了桌子和椅子各种杂物，想在里面找人就像捉迷藏。小野吉男让众兵将子弹推上膛，一旦发现陈浩三的身影，便乱枪扫射。

一群人沿着堆满杂物的通道，小心翼翼地走进去，睁大眼睛四处搜寻陈浩三的身影。走到礼堂中间，一堆比人还高的桌椅突然倒下来，正好砸在了小野吉男的身上。因为光线昏暗，也不知道发生什么事情，日兵们吓了一跳。

就在这时，冷不防从桌椅底下钻出一个人，挥着武士刀对日兵们一顿猛砍。

陈浩三逃进礼堂，发现礼堂只有一个大门，知道事情不妙。没办法，只好殊死一拼。他先将礼堂的电灯开关破坏，随后往里面钻去，寻找藏身之处。他看到过道上有一条绑着杂物的绳子，心念一动，立即解下来，绑到高处的桌椅堆上，随后藏在边上的桌子下面。等日兵们走过来，他用力一扯，那些桌椅便倒下来，砸在小野吉男的身上，吸引日兵们的注意力，随后他像鬼魅一样钻出来，发动突然袭击。

陈浩三擅长近身搏斗，在香港争地盘打架也都习惯动刀子，经验丰富。礼堂四处堆着杂物，通道窄小，日兵挤在一起手忙脚乱，施展不开手脚，他手中的武士刀可以发挥最大的杀伤刀，比枪更管用。

日兵不敢乱开枪，昏暗的光线和狭窄的空间很容易误伤自己人。有些日兵拿的是步枪，行动更是不便，被陈浩三猛地一顿近身乱砍，早已乱了阵脚。

陈浩三恨透了日兵，他如同火山爆发般，势不可挡，一把武士刀杀红了眼。等小野吉男扒开压在身上的一堆桌椅爬起来时，陈浩三已经砍杀了好几个日兵。

小野吉男抬手朝陈浩三开枪。陈浩三早已察觉，往一堆桌椅上猛地一扑，顺着桌椅翻滚到一边，消失在一堆杂物之间。小野吉男随后又开枪，但都没有打中陈浩三，却差点误伤了一名日兵。

幸存的日兵吓破了胆，纷纷后退。小野吉男也不敢孤身进去搜捕，只好退到大门口处。他清点了一下人数，刚才陈浩三那一番砍杀，居然杀死了两名特务和两名宪兵，损失惨重。

小野吉男气得哇哇大叫。他想到了一招，叫宪兵去拿些手榴弹过来，往教堂里面扔，要把陈浩三活活炸死。

就在此时，外面突然传来枪声和手榴弹的爆炸声，如此大的动静，不用想也知道有部队强攻宪兵部，一股不祥的预感顿时涌上小野吉男的心头。

# 三十三

昨晚，黄冠芳和刘黑仔的短枪队从大帽山杀下来，一口气拔除几个日军岗哨，挺进了元朗镇的根据地，并派人四处打探蔡雨来的下落。他们推测，蔡雨来应该在元朗，否则不会有这么多日兵在这边严防死守。日兵将海面封锁，连渔船都不让出海，蔡雨来不可能逃得出去，肯定躲藏在元朗某个地方。

派出去的人没有打探到蔡雨来的消息，却遇见了昨晚从深圳偷渡过来的东江纵队第三大队的副队长周伯明，率领一支二十多人的游击队潜入元朗。

潘柱和李健行将蔡雨来的事情传给东江纵队政委尹林平，尹林平立即与游击队军事指挥梁鸿钧、总队长曾生还有副总队长兼参谋长王作尧等人一同商量。蔡雨来不仅是爱国文化精英，而且用相机拍下日军的罪证，无论如何也不能让其落入敌人之手。尹林平命令王作尧率队到深圳边境，做好接应蔡雨来的准备，若是得知蔡雨来在边境被日军抓捕，一定要想尽办法营救。

王作尧带着部队秘密潜到深圳边境，随即派出周伯明带二十多名游击队员，夜间偷渡到元朗，打探元朗那边的情况。周伯明带队抵达元朗的游击队秘密基地，正好与黄冠芳的武工队接洽上。然而武工队和游击队都没有打探到蔡雨来的消息，让周伯明等人十分焦虑。但他们不死心，仍派出大量的队员化装成百姓，四处去打探。

下午一点多钟，妈庙街发生枪战，引来小野吉男的围捕，也引起了打探消息的武工队员注意。不久后，一名卧底在元朗伪乡公所的内线跑来基地汇报情况，蔡雨来等人被小野吉男押到宪兵部，恐怕凶多吉少。

周伯明和黄冠芳、刘黑仔立即商议如何攻入日军驻地，尽快把人解救出来。三支队伍加起来近七十人，是日军驻地兵力的好几倍，经过一番讨论，战斗部署很快就出来了，由周伯明率领游击队在大门口牵制兵力，刘黑仔和黄冠芳则带武工队架着楼梯，翻围墙进去，从里面往外突围，这样就可以打掉门口的重机枪。

若不是为了营救蔡雨来，游击队也不会大白天去强攻日军驻地。游击队和武工队都不是主力战斗部队，他们人数少，武器也都只有一些短枪，适合打游击战牵制敌人，一般不会大白天硬碰硬攻打日军驻地。尽管宪兵部眼下兵力薄弱，但是外面有巡逻兵，还有伪保安兵和宪察兵，以及小野吉男从沙田调来的联防部队，他们听到枪声前来支援，游击队未必能讨到便宜。

但是为了救出蔡雨来，周伯明他们没有选择，只能进行强攻，全力完成上面交代的任务。

紧密的枪声和手榴弹轰隆隆的爆炸声，让小野吉男感到心慌，宪兵部兵力薄弱，未必能抵挡住游击队的进攻，一旦他们强攻进来，说不定真的能把蔡雨来等人救走。

小野吉男无心围剿躲在礼堂的陈浩三，幸存的三名宪兵也惊慌失措地前去大门口支援，小野吉男则带着仅存的那名特务兵，赶紧往教学楼跑去。他要把蔡雨来等人绑起来，当成人质要挟，哪怕游击队强攻进来，只要人质在手，他们也会投鼠忌器。

小野吉男并不慌张，宪兵部外围还有巡逻的宪兵队和保安队，尤其是元朗周边还有他昨天带来的一批联防精兵。这些兵力没有接到解除任务的通知，眼下仍四处戒严，他们听到枪声肯定也会前来支援，自己手中有人质，拖延一下时间，等到这些兵力汇集，反过来包抄游击队，那就可以反败为胜了。

蔡雨来等人听到枪声，也感受到手榴弹炸开时的力量，整个大地都在颤抖。他们知道有救兵扑来，心中那股绝望和消沉的意志一下子激荡开来。蔡雅来搂着缩在墙角瑟瑟发抖的薛秋蓉，告诉她有大部队来营救，让她不要害怕。

薛秋蓉涣散的双眼慢慢地有了回神，仿佛从梦魇中醒过来。可是她仍无法摆脱内心的恐惧与焦虑，她透过铁牢看到方孝全的尸体，地狱的场景挥之不去，她无法走出噩梦的困扰。

小野吉男带着特务兵回来，腰带上的刀鞘仍是空荡荡的。蔡雨来心里挂念陈浩三，故意嘲讽："就凭你们几个想抓陈先生，还是嫩了点。一不小心又损失了几个人，小野阁下，看来你出师很不利啊！"

小野吉男脸色铁青，没有反驳的心情，只是板着脸。这种沉默表明陈浩三没有事，让蔡雨来暗自舒了一口气。

外面枪声越来越紧，小野吉男跑到走廊，居高临下察看，发现武工队已经从围墙爬进来，黑压压的一片，门口几名日本宪兵哪里能抵挡得住。

这是多年来执行任务最为危险的一次。小野吉男皱紧眉头，思考了一番，随即跑回审讯室，命令特务兵把铁牢打开，将里面的四人用绳子反绑双手，押到二楼的军械库去关起来。军械库有大量的武器弹药，他料想游击队不敢强行进攻，一旦引爆里面的手榴弹，蔡雨来他们都得陪着去死。

特务打开铁牢，拿绳子要绑住这些人的双手。蔡雨来兄妹却不愿意配合，故意拖延时间。四个特务兵对付四个人质，显然有些手忙脚乱，小野吉男怒气冲冲地命令特务用枪托打砸他们，才将他们的双手给反绑。

特务各押着一名人质，推推搡搡地走出审讯室，朝走廊尽头的楼梯口走去。小野吉男则拿着手枪殿后，东张西望警戒。

快到楼梯口时，突然从拐角处冲出一人，刀光一闪，砍死了当头的特务。

陈浩三躲在大礼堂的杂物中，听到外面枪声大作，知道有救兵来了。他从角落里跑出来，在日兵的尸体上摸了一把手枪，往门口放了两枪，看到没有动静，于是飞快地冲出大礼堂，往教学楼跑去。

跑到三楼拐角处，他先是贴着墙边往走廊里探头观察，正好看到特务们押着人质从审讯室出来。这些特务的装备齐全，他们将步枪背在身后，拿着手枪抵着人质的身体往前走，以近距离的方式控制人质。

走在最前面的是蔡雅来，依次是蔡雨来和薛秋蓉、慕容织云，小野吉男则走在最后面。陈浩三不敢开枪，怕误伤自己人，只能暗中突袭。他将手枪插在腰带上，拿着武士刀猛地冲出来，以最快的速度一刀砍死了蔡雅来身后的特务，随后顺势转身，用武士刀刺死了蔡雨来身后的特务。

押着薛秋蓉的特务反应过来，立即朝陈浩三开枪。陈浩三来不及拔出刺在特务兵身上的武士刀，就地一滚，躲过了子弹。

薛秋蓉被枪声惊得起哆嗦。因为战争神经症的发作，她的情绪仍处于浑浑噩噩的状态，直到枪声在耳边炸开，惊得她一身冷汗，脑子才清醒过来。她瞥见身边的日兵正举枪打陈浩三，第一反应就是猛地向后一撞。特务冷不防被她撞得打了个趔趄，子弹打在了走廊的墙壁上。

陈浩三借机跃起，猛地一拳打在特务的额头上。这一拳有上百斤力道，特务被击倒在地，后脑壳重重地撞在地面上，登时昏厥过去。

四名特务兵瞬间解决了三名，只剩下押着慕容织云的那名特务，还有殿后的小野吉男。走廊只有两米多宽，人多起来容易碍手脚，但对擅长贴身搏斗的陈浩三而言，却是恰到好处。他动作很快，就地打滚，往慕容织云背后的特务扑来。

特务正要朝陈浩三开枪，突然觉得裤裆一阵剧痛，冷不防慕容织云猛地向后一个勾腿，正踢中特务的裤裆要害，疼得他弯下了腰，延误了开枪的时间。陈浩三正好滚过来，以分腿摔跤的招式，将特务掼倒在地，随后坐到特务的身上，照着眼睛就是一记猛拳。

特务疼得两眼发黑，失去了反抗的力气。小野吉男看准时机，立即开枪打向陈浩三。陈浩三将特务一把抓起，当成人肉盾牌，小野吉男连开两枪，全部打在了特务兵的身上。

小野吉男大怒，准备再开枪时，发现没子弹了。他刚才在大礼堂搜捕陈浩三，被陈浩三袭击，气得连开了好几枪，打得枪里只剩下两发子弹。他没有更换新的弹夹，急匆匆跑回审讯室，没想到关键时刻子弹竟然打完了。

小野吉男并不慌张，从腰带上掏出弹夹，立即更换。他换弹夹的速度很快，一看就是个老手。没想到陈浩三的速度更快，飞身跃起，凌空一脚踢掉他刚换上弹夹的手枪，顺势跟他打了起来。

小野吉男功夫不及陈浩三，几招便落了下风，处于挨打的状态。

蔡雨来看到武士刀插在特务的尸体上，走过去，准备把手上反绑的绳子给割断。那名原本押着薛秋蓉的特务兵被陈浩三暴打一拳，倒在地上昏厥过去，但只是短暂的昏厥，这时醒了过来。

特务手中仍拿着枪，从地上坐起来，摸着发疼的脑门，看到陈浩三与小野吉男正在搏斗，第一意识就是抬枪往陈浩三开枪。

"三哥小心！"

薛秋蓉就在边上，她的双手绑在后面，无法对抗，情急之处猛地冲过去，站在特务面前，用身体替陈浩三挡子弹。

"砰"的一声，子弹打在薛秋蓉的胸口上。

"秋蓉！"蔡雨来见薛秋蓉中枪，来不及割绳子，飞冲过去。他的双手被绑在身后，但脚是可以动的，猛地朝那名特务的后脑勺踢了一脚。特务的脑门哪里能承受这么大的力道，顿时摔倒在地，又昏厥过去。

陈浩三转身一看，发现薛秋蓉倒在地上，身子正抽搐不止。他心中一急，浑身像被火焚烧一样，动作变得剧烈起来，拼尽全力猛地一顿急攻，打得小野吉男手忙脚乱。他瞅准机会，一记右勾拳，正好打在小野吉男的太阳穴上。

小野吉男直挺挺地摔了出去，轰然倒地，随即昏迷过去。

陈浩三心中惦记薛秋蓉，来不及收拾小野吉男，转身飞奔过去，跪在地上一把抱起仍在抽搐的薛秋蓉。

薛秋蓉胸口中枪，正中要害，血流如注，已是奄奄一息。陈浩三用手捂着薛秋蓉的伤口，但怎么也止不住血，很快就将他的手掌给染红了。

看着脸色苍白的薛秋蓉，一股难以言说的悲痛攫住了陈浩三，他感觉自己的胸口也中了枪，一阵阵地刺痛，无法呼吸，竟是一句话也说不出来。他紧紧地咬着牙关，眼泪却不断地涌了出来。

子弹打穿了薛秋蓉的胸腔，血顺着肺部呼吸倒流，嘴里开始渗出了大量的血。她用尽全身力气，摸了一下陈浩三的脸，流着泪说："三哥……我们再也……再也回不去了……不要为我伤心……跟阿举说，我……对不起他，让他、让他……"说罢脖子一歪，就此断气。

这些天发生太多的变故，刚才目睹了方孝全的死去，现在目睹了薛秋蓉死去，这些都是他的亲人啊！一个人的内心再坚强，却也经不起这样的致命打击。

悲伤如同滔滔洪水，不断地冲击着陈浩三的内心防线，他的情绪已经处于崩溃的边缘，对老天爷一时充满了怨恨，对这个世界也充满了怒火，为什么偏偏要降这么多苦难和灾难给他，为什么一定要将他逼上这样的绝路！

心中的怨恨愈积愈多，无法发泄，陈浩三猛地从腰带上掏出手枪，对着那名昏迷的特务，一口气将枪里的子弹打完。随后他把枪一丢，抱着薛秋蓉的尸体号啕大哭。

蔡雨来内心也充满了悲痛与不安，没想到这次逃亡损失这么惨重，让陈浩三失去了这么多亲朋好友。蔡雅来和慕容织云也围过来，跪在薛秋蓉的尸体边上哭泣，她们的双手仍被反绑在身后，无法抹眼泪，哭得满脸都是泪花。

悲伤太沉重了，蔡雨来无法承受，准备捡一把手枪，去给小野吉男补几枪，发泄心中的仇恨。小野吉男虽然倒在地上，不知生死，但蔡雨来还是放心不下，怕他随时会醒过来。尽管双手被反绑在屁股后面，但只是手腕被绑，双手可以抓东西，只要抓了手枪，蔡雨来就可以对着小野吉男，疯狂地开枪，要把积攒在心头的痛苦释放出来。

意想不到的事情发生了，陈浩三刚才又是开枪，又是号啕大哭，把小野吉男从昏迷中惊醒过来。他迷迷糊糊地从地上爬起来，看着眼前的场景，恍惚了一下，但很快就清醒过来。他捡起刚才被陈浩三踢掉的手枪，麻利地拉下了枪膛，瞄准了正准备去捡枪的蔡雨来。

蔡雨来瞬间感到血液凝固，站在那里不敢动。

陈浩三抱着薛秋蓉，沉浸在巨大的痛苦之中，脑子塞满了悲愤，对眼前的一切已是不闻不问。蔡雅来跪在薛秋蓉的尸体边上，垂头哭泣、泪眼迷离，也没有发现小野吉男正拿着枪走过来。

慕容织云已经警觉，她抬头看了一眼，却毫不在意，仍是低头和蔡雅来一起哭泣，仿佛也沉浸在一种失去亲人的痛苦之中。

小野吉男从走廊望下去，游击队和武工队已经把大门口的宪兵全部干掉，正朝教学楼拥去。蔡雨来也看到了游击队正赶来，可内心却陷入更大的绝望。没想到关键时刻竟被这个日本人逆转，自己最终还是不能逃出魔掌。他料想小野吉男肯定会把陈浩三打死，然后再以他兄妹和慕容织云为人质，跟游击队对峙。

蔡雨来用仇恨与愤怒的眼光盯着小野吉男。小野吉男却没有看他，而是用迷茫的双眼扫视眼前的场景。此刻，他的内心同样也充满了悲凉，十几个手下在这次任务中全都死绝，只剩下他一人，而对方也在号啕大哭，陷入失去亲人的悲痛之中。双方都在承受着战争带来的巨大痛苦，没有人知道这是为了什么，这样的战争究竟有什么意义？

小野吉男突然感到身心疲倦。他看到了武士刀，正插在一名特务身上，午后的阳光照进走廊，武士刀正闪着刺眼的寒光，那寒光让他的内心充满了沧桑。

他走过去，将武士刀拔出来，从口袋里掏出一条白手帕，将刀身上的鲜血擦净，让这把刀子恢复了以往的一尘不染。但是他知道，杀人的刀子永远不可能保持纯洁，那些看不见的鲜血，早已渗透到一个人的命运深处，如同战争留下来的阴影，填满了洗不掉的罪恶。

小野吉男拿着刀和枪，站在陈浩三的面前。陈浩三这时才回过神来，但他没有一丝恐惧、也没有一丝惊慌。不知道为什么，仿佛一切都不存在一样。他心灰意冷，就让这个日本人动手吧，死亡本来就是一种解脱，他不想在沉重的悲痛中继续苟活下去。

蔡雅来也回过神来，抬头看着小野吉男，惊得一下子停住了哭声，脸上露出了惊慌与不知所措。小野吉男的枪口正指着陈浩三，只要他一扣扳机，就可以结束陈浩三的生命。

慕容织云突然咳嗽了一声，狠狠地瞪了小野吉男一眼。小野吉男看到慕容织云递来的眼神，怔了一下，若有所思，脸上涌出一种难以化解的悲怆。

蔡雨来以为小野吉男会毫不犹豫，一枪干掉陈浩三。他闭上双眼，做好了承受灾难的准备。但是枪声并没有响起，小野吉男看着陈浩三搂在怀中的薛秋蓉，一时有些出神，举起的手枪正在颤抖。

这个长得与妻子神似的女子，最终还是死在了他的面前。看到陈浩三那副伤心欲绝的样子，小野吉男涌出了难以承受的负罪感。此刻，就算打死了这个男人又能怎么样？一切都不可能重来，不过就是多杀一个人而已。

小野吉男痛苦地垂下双手，朝薛秋蓉的尸体深深鞠躬，然后转身走到走廊尽头，在那里跪下。

他把手枪放在地上，将武士刀恭敬地横放在自己面前。随后，他脱下军帽，从衣服的口袋里掏出一直随身携带的照片，还有早已写好的遗书。

他深情地看着照片，用手指轻轻地抚摸着照片中的妻子和儿子，泪水终于流下来。但他的脸上并没有悲伤，也没有痛苦，而是透出一种幸福来临的欣慰，他很快就见到家人了。

他将照片和遗书放在军帽边上，用手枪压着，从容不迫地解开军衣，解开衬衣。他的腰间事先缠了一条白布，他将白布取下来，用来包裹刀身。

　　蔡雨来和蔡雅来、慕容织云瞪大眼睛盯着他，仿佛看到了什么不可思议的事情。小野吉男并没有看他们，似乎他们并不存在。他双手紧紧地抓住包了白布的刀身，猛地往左侧的腹腔刺进去，将刀尖全部埋进腹中，随即横切而去，肚子顿时划开了一个大口，肠子流了出来。

　　蔡雅来尖叫起来，惊恐地闭上双眼，不敢再看。幸好这些天经历了太多苦难，内心变得坚强起来，否则她肯定会呕吐起来。

　　慕容织云也把头转过去，脸色却很镇定。她看到身边有一把手枪，是特务遗落的，趁着众人被小野吉男自杀的场景所吸引，她挣脱了手上的绳子——小野吉男知道她是内线，因此给她绑绳子时，故意绑得松动，好让她有机会挣脱。

　　慕容织云偷偷将那把手枪捡起来，插在自己腰带内侧，用外衣掩盖住。


　　小野吉男被巨大的疼痛袭击，瞬间扩散至全身，仿佛整个身体都在裂开，疼得他天旋地转，两眼发黑。疼痛让他失去了力量，只有剧烈的心跳证明自己还活着。他连刀都快拿不稳了，整个身子都在颤抖，然而他还是以强大的武士意志，咬紧牙关，把刀拔出来，再猛地往上腹刺去，要从上往下再切一刀，把肚子切一个十字口出来，再用刀尖将肠子搅断，让自己尽快死去。

　　刀子刺进上腹，新的疼痛再一次排山倒海涌来，像有炸药在肚子里轰然炸开，剧痛一下子掏空了他所有的力气，除了疼痛，再也找不到别的感受。

　　他死死地咬着嘴唇，没有发出呻吟，额头却渗出珠子般的汗水。他极力想将刀子往下切，但力气一点点消失，整个身子在疼痛中变得虚软无比，呼吸也开始变得困难。

　　他终于支撑不住，侧身倒在了地上，像发羊痫风一样抽搐着。但他的双手仍死死地抓着武士刀，刀上包裹的白布也已经被鲜血染红。

　　大量的失血，导致脏器供血不足，他的身体开始麻木，双眼产生了幻觉。那一刻，小野吉男看到了家乡的大雪，正在纷纷扬扬地落下。门庭外面的小院，妻子正在整理被大雪覆盖的花盆。儿子站在门口，手中拿着一把木枪，一直看着天空，好像在等待什么。

# 三十四

刘黑仔和黄冠芳的武工队拖住了前来支援的日伪军，掩护周伯明的部队撤退。周伯明率队护着蔡雨来等人，冲杀出镇中心，顺着乡下的小路兜兜转转，来到一处树木茂盛的山坡。

山坡下有一座益阳山庄，是当地一名财主的住宅。日本人占领香港，财主逃到澳门避难，把山庄交给了管家打理。管家是共产党的交通员，此地成为游击队的秘密基地。

益阳山庄很大，依山坡而建，周边树木葱绿，隐蔽性很强。周伯明命令部队在此稍作休息，他带着几名精兵，亲自护送蔡雨来前往山神庙取回胶卷和文件。

薛秋蓉和方孝全的尸体也带出来了。周伯明交代几名游击队员，协助陈浩三一起到庄园后面的林子里挖坟，让牺牲者早点入土为安。

林中有许多坟包，他们都是为国捐躯的游击队员，默默无闻地躺在地下，没有墓碑，也没有标志，只是一个薄薄的土堆。这些牺牲者是不能立墓碑的，万一被当地的宪察兵发现，便可以推测出益阳山庄背后有故事。为了更好的隐蔽，埋在底下的人只能当无名英雄。

陈浩三沉默地挥着铁锄，一边挖坑一边落泪。大地被无情地挖开，落叶腐蚀的气息冒出来，透出陈旧的时光味道，却又混合了新鲜泥土的气息，被太阳晒得格外沉重，仿佛这股气息来自另外一个世界。

没多久，两个并排的深坑挖好。陈浩三抱着两具尸体，分别放到坑中，痛哭流泪。要不是蔡雅来和慕容织云相劝，将他拉起来，他恨不得自己也躺在坑里面，一起埋葬在岁月深处。

泥土覆盖，树林中多出了两个新土堆，仿佛大地的伤疤。陈浩三跪在两座并排的坟前，死死地咬着嘴唇，不再哭泣，只是眼泪毫无保留地往下落。

　　蔡雅来和慕容织云从山庄里拿了一些香烛纸钱，跪在坟前默然地烧着，也陪着流泪。蔡雅来想起一个多月以前，她和薛秋蓉还在学校学习和玩耍，那些快乐的场景仍历历在目，没想到转眼之间，竟会以这样的一种方式彻底告别。

　　山神庙在元朗郊区，因是乱葬岗和刑场，白天也很少人过来。蔡雨来顺利地拿回了胶卷和文件，并没有碰到突发情况。

　　回来的路上，蔡雨来和周伯明说起一件奇怪的事情。他们在宪兵部受刑时，突然杀出一名宪兵，出其不意地开枪打死了开门的特务和前田三郎，随后隐身而去，着实令人惊奇与费解。

　　周伯明告诉蔡雨来事情的原委，元朗宪兵部住着几十号日本人，每天吃喝拉撒，产生很多垃圾，还有化粪池里面的粪便也要掏出来拉走。日兵当然不会做这种脏污之事，因此命令伪乡公所指派一名可靠的清洁工，每天到宪兵部清理垃圾和掏粪。这名清洁工叫王平川，是武工队的人，相当于潜伏在宪兵部的内线，可以打探到宪兵部的一些动向。蔡雨来等人被捕，武工队便让王平川进去打探相关情况，必要时攻击审讯室，打乱日军的刑讯逼供。

　　王平川拉着掏粪车，跟往常一样进入宪兵部。日兵对外来者都怀有戒备心，就算王平川每天来清理垃圾，跟日兵混熟了，但每次进宪兵部，都会有一名宪兵盯着他，监督工作，防止他四处走动。然而掏粪是个又脏又臭的活儿，加之王平川老实本分，监督的宪兵也放松警惕，只是躲在一边抽烟，根本不可能去臭气熏天的化粪池边上监工。王平川找准机会，将监工的宪兵杀死，换上衣服，扮成宪兵突袭审讯室，开枪打死军官，随后当即撤退。这么一搅和，便可打乱日军的审讯工作，拖延时间，等待武工队的进攻。

　　蔡雨来恍然大悟，说有机会见到王平川一定要好好感谢他。王平川突袭审讯室，让他们有了扭转命运的机会，而且打死了前田三郎，为他们出了一口恶气。

周伯明幽幽地说："王平川也在赶往益阳山庄的路上，你很快就能见到他。"

回到益阳山庄，陈浩三仍跪在方孝全和薛秋蓉的坟前烧纸，并没有离开。蔡雨来将胶卷和文件放好，怀着沉重的心情走进山林，前去祭拜方孝全和薛秋蓉，毕竟两人是为了护送他逃港而牺牲的。

周伯明带了几名游击队员跟着去树林里，保护蔡雨来的安全。

午后的阳光温热，穿过树林中密密麻麻的枝叶，从缝隙中落下来，让人觉得刺眼。阳光依旧明媚，却让人忍不住想流泪。蔡雨来跪在陈浩三身边，朝两座并排的坟堆拜了三拜，随即拿起放在边上的一扎冥纸，像翻书一样，抽出几张往火堆里丢去，等那几张冥纸烧得差不多了，再抽出几张丢进去。冥纸不能整扎丢到火堆里面，纸张太密，烧起来会冒出浓烟，怕引来宪察兵的注意。

蔡雅来和慕容织云跪在一边，也默默地烧着纸，她们的眼泪已经流干，脸上留下了深深的泪痕，像被悲伤雕刻出来的两道风霜，使得两张年轻的脸上，一时充满了人世间的沧桑。

风吹来，烧成灰的冥纸随风飞起来，就像灰色的蝴蝶，在风中化为灰烬，很快消失在岁月深处。这时，树林中突然传来鸟鸣，高一声，低一声，荡开了午后的寂静，树枝在风中不停地晃动，仿佛是鸟的叫声把枝条给压低了。

蔡雨来将那扎冥纸烧完，盯着坟包发呆，随后叹了一口气，转头看着慕容织云："织云，你会日语吗？"

慕容织云一愣，看着蔡雨来摇头说："不会。"又说，"怎么，你要教我说日语吗？我以前缠着你教我，你却说没时间，只教我几句常用的话。"

蔡雨来脸上的肌肉突然跳动了一下，显然在克制着什么。他的语气变得悲切起来："我也想教你日语，可是你不会给我机会了，因为你已经会日语。"

慕容织云愣住了，看着蔡雨来，脸上呈现出一种茫然的神色。

蔡雨来冷冷地盯着她，仿佛要把一个人的心思看透。那一瞬间，她突然明白了什么，手指有些颤抖。她低下头，将手上剩余的半扎冥纸全部丢进火堆里。

冥纸太厚，燃烧不充分，很快就冒出浓烟，弥漫在她的眼前。因为烟雾熏来，她双眼迷离，一时看不清楚蔡雨来，近在咫尺的一个人，此时此刻竟然变得格外遥远。

陈浩三和蔡雅来听到蔡雨来语气怪异，也一时愣住，不知道他说这些话有什么意图。

蔡雨来仍是盯着慕容织云，原本犀利的眼神突然疲软下来，他满脸痛苦地说："织云，有人看到你跟小野中尉用日语交流，很流利，你和他们其实是一伙的，对吗？"

这句话如同惊雷，就在耳边炸开，把陈浩三和蔡雅来的脑子炸得嗡嗡作响，惊愕得回不过神来。这一路上，慕容织云跟着大家一起逃亡，风雨同路，两次落入土匪窝，最后落入日本人手中，受到的伤害与折磨是一致的，那是一种患难与共的真实写照，凝聚着彼此之间的感情。尤其是关键时刻，她还冲过大火扑倒两名特务，救了陈浩三的命。

"蔡先生，你在胡说些什么，织云怎么会跟日本人是一伙的，你脑子坏掉了吧。"陈浩三愤愤不平地说。

"是啊，哥，你胡说些什么。"蔡雅来也不满地说。


周伯明领着几名游击队员站在边上，不知不觉中，居然形成了一个半包围的阵势。

一名游击队员走出来，用肯定的语气说："蔡先生没有胡说，我亲眼所见，慕容小姐和日本人是一伙的。"

陈浩三和蔡雅来转过头，觉得这名游击队员有些眼熟，猛地想起来了，这不是袭击审讯室的那名宪兵吗，突然开枪打死开门的特务和前田三郎，一下子把局面给打乱了。

慕容织云也看清了此人的面貌，不由得全身一震，难道自己和小野吉男、前田三郎在一楼会议室的谈话，被他撞见了？怎么可能，当时门口有两名特务兵把守，一般人是不可能靠近的。

确实如此，王平川借用掏粪时机，打死了监工的宪兵，换上宪兵服，把手枪插在腰带上，前往审讯室。然而他走近教学楼时，看到一楼的会议室有两名日本特务站岗，显然有人在里面开会。

王平川绕到教学楼后面，从窗户偷看。他潜伏宪兵部，任务就是找机会收集宪兵部的各种情报，当然不能放过任何风吹草动。他透过窗户，看到慕容织云正和两名日本军官说日语，虽然他听不懂他们说什么，可是一看那情况就知道慕容织云和他们是一伙的。

"我看到你跟两名日本军官用流利的日语交谈，后来你还朝两名日本军官敬军礼。"王平川语气铿锵地说。"你瞒不了我，你是特务，跟日本人是一伙的。"

一瞬间，慕容织云就像坠入了万丈深渊，整个身体都漂浮起来，失去了支撑的力量。深渊里呼啸而来的寒风瞬间渗透到体内，她感觉整个身心都在变冷，没有了一丝活气。她押上了自己的感情和命运去潜伏，路上历尽千辛万苦，以为将会大功告成，没想到百密一疏，居然会在这样一件事情上暴露了身份。这不能怪她，谁能想到戒备森严的宪兵部竟会藏有游击队的耳目。

突然身影一动，众人还没有回过神来，只见慕容织云将蔡雅来扭住，退到身边一棵大树下。她知道自己再怎么狡辩也没有用了，只能出其不意占尽先机，将蔡雅来挟持为人质。她的动作敏捷，腰带上的枪也顺势拔出来，枪膛往树上一靠，子弹便推了上膛。

陈浩三吃惊地揉起了眼睛，要不是亲眼所见，根本不敢相信温柔懦弱的慕容织云会有这样的神速动作。他突然回想起来，自己在走廊中袭击特务时，慕容织云一个勾腿踢中身后特务的裤裆，阻止特务开枪，为他争取到反扑的机遇，他起初以为是慕容织云慌乱中歪打正着的表现，如今才意识到，那是她深藏不露的功夫啊！

周伯明也没预料到慕容织云会突然动手，更没想到她居然藏着一把手枪。他以为这么多人围困一个女子，不会有什么问题，然而却低估了慕容织云的应变能力。

蔡雅来羞愧难当，从来没想过有一天竟会被慕容织云挟持。她恨恨地要挣扎，却发现慕容织云使用极其特殊的擒拿手，反手拧住她的虎口，倒扣指头，像捏住命门，只要她想反抗，慕容织云用力一扳，手指连心，就疼得浑身使不上劲。

游击队员举枪和慕容织云对峙。虽然妹妹落入对方之手，事情变得棘手起来，但蔡雨来却不惊慌，他缓缓地站起来，朝前走了两步。

陈浩三和周伯明怕他出事，忙要挡在他的面前，形成保护。蔡雨来却扒开两人，直接面对慕容织云，痛心疾首地说："自从上海失散，我寄居香港，苦苦等候你的出现。等了两年多，没想到等来的却是你的叛变。"

当年淞沪会战打响，上海局势动荡不安，慕容织云跟着家人回乡下避难，与蔡雨来失去了联系。蔡雨来和慕容织云感情深厚，从高中时期就开始相恋，是彼此的初恋情人，蔡雨来坚信终有一天两人会重逢。他知道慕容织云喜欢诗歌，也关注国家时势，到了香港之后他开始写诗，并写下大量的社论和抗日文章，四处发表。他满怀期待，只要自己出了名，终有一天她会在报纸上看到自己的存在。

可是那一天的到来实在太过漫长了。直到香港沦陷，他冒充日本记者进入军营采访，有一天从军营出来，走在一条小街上，竟毫无预兆就与她重逢了。他以为是在做梦，发现居然是真的，大喜过望，当即将她带回住处，如同家人团聚般生活在一起。虽然兵荒马乱，但重逢的惊喜越发让人觉得缘分的可贵与奇妙，冲淡了乱世带来的惶恐。

蔡雅来在上海读书时，也与慕容织云有亲密来往，结下了姐妹般的感情，对于慕容织云突然出现在香港，也充满了由衷的欣喜。慕容织云说起当年上海战乱，她随父母回乡下避难，父母不幸身染疾病，需要人照顾，拖住了她的生活。后来父母相继过世，她没了牵挂，孤身前往上海寻找蔡雨来，却毫无头绪。后来她在公共租界的香港报纸中看到了蔡雨来的诗歌，于是辗转到香港。可没想到才来香港几天，日军便突袭香港，如果不是老天开眼让她邂逅蔡雨来，她真不知道该怎么办。

蔡雨来兄妹对此毫不起疑，因为兄妹俩并不是党组织内部的人，也不是社会上的重要人物，从来没有想过会有特务潜伏到自己身边。何况慕容织云本身与他们有着亲人般的情感，因此兄妹俩对她所说的一切都坚信不疑，并为慕容织云的感情执着而感动。

直到此刻，慕容织云的真实身份暴露，蔡雨来仍是不敢相信她是汪伪集团的特务，他心中涌出来的痛苦与失落，比在宪兵部受刑还要难受。这可是他苦苦守候两年多的爱情啊，加上逃亡路上的患难与共，他以为和慕容织云经过重重考验，苍天不负有情人，会迎来一个美好的故事结局，没想到却是一个不可触及的阴谋。

周伯明已经告诉蔡雨来，有关汪伪特工的"河马行动"，慕容织云接近他，显然与此有关。蔡雨来从中分析，慕容织云既然是汪伪特工，消息灵通，肯定早就知道他在香港了，只是不来找他。香港沦陷她突然来接近他，并不是为了两人的感情，而是出于任务需要，这如何不让他心寒与心痛。

"这两年你到底经历了什么，怎么会变成汪伪政府的走狗？"蔡雨来很想知道谜底，究竟是什么让慕容织云背叛了理想。在上海读书时，受蔡雨来的影响，慕容织云也是个有革命信仰的知识女青年，和蔡雨来志同道合，经常聊起救国之道。"你把枪放下，我们回到以前。你跟我在一起，我会让你成为以前的你，不再迷失方向。"

慕容织云悲怆地笑起来，笑着笑着，两行眼泪就流了下来："雨来，你别天真了，就像秋蓉说的，我们再也回不去了。这两年发生很多事情，你是永远都想不到的。"说到这里，她凝聚了眼神，紧紧地盯着蔡雨来看，眼中透出来一股化不开的深情。"我的革命理想虽然叛变，但是我的感情没有叛变。雨来，对不起了，我也是身不由己。"

"砰"的一声，枪声遽然响起。蔡雅来惊叫一声，只觉得耳膜要炸开了，脑壳嗡嗡作响。等她回过神时，慕容织云已经倒了下去。

"织云！"蔡雨来扑过去，一把抱住倒在地上的姑娘，放声大哭。

他心里有太多解不开的谜题，只等着她来解开，例如她为何要当汪伪集团的特务？既然是汪伪特务，她接近他的时候，已然知道他假冒记者要去偷走日军的军事机密，为何不告发或阻止他？她跟他一路逃亡，受尽苦难，难道真的只是为了"河马行动"？还是借着"河马行动"暗中保护他？最让蔡雨来想不通的是，这两年来到底经历了什么，才会让她变成这样。

然而，一切都因为死亡而打成了死结。慕容织云突然对着自己脑袋开枪，猝不及防结束了生命。虽然她死不瞑目，仍睁开双眼，但那双美丽的眼睛却不会再深情凝望他，告诉他那些不为人知的故事。在世间的风云变幻中，所有的秘密都将跟随她离去，埋葬在时间深处，最终成了捉摸不透的陈年旧事。

陈浩三和蔡雅来站在蔡雨来的身边，看着他抱着慕容织云的尸体失声痛哭，一时有些恍惚。尽管事实就摆在眼前，但两人仍觉得像做了一场噩梦，不敢相信这是真的。就算慕容织云是敌人，可这一路上的逃亡，她和他们生死与共、悲欢交集，那种感情并不会因为敌对关系而削弱，反倒因为她的自我了结而变得刻骨铭心。

周伯明原计划是揭穿慕容织云的身份，再拿下她，想办法说服她投诚，将"河马计划"的特工潜伏名单挖出来，一举摧毁汪伪集团的阴谋诡计。可没想到慕容织云比他想象中要刚烈，也比他想象中的要狡猾，行动一失败便开枪自杀了，真是防不胜防。

# 三十五

　　周伯明率领游击队护送蔡雨来等人，前往边境山区的秘密基地，做好晚上偷渡出香港的准备。

　　路上，蔡雅来告诉陈浩三，从元朗宪兵撤退时她想到了一件事情，请求刘黑仔的部队路过大帽山，派人前去打探方孝举的消息。刘黑仔同意了，说今晚会到大帽山隐蔽，到时派人去土匪窝，一旦有方孝举的消息，就通过交通站传递口讯。

　　想起方孝举，陈浩三心里多了一丝慰藉，毕竟没有全军覆没，自己还有一位情同手足的兄弟。也不知道方孝举的伤势如何，但愿他能平安无事。然而陈浩三却又害怕有朝一日，他要面对方孝举，亲口告诉他方孝全和薛秋蓉不幸遇难的事情，到时方孝举该有多么悲痛和多么绝望啊！一个是他的哥哥，一个是他迷恋的姑娘，都遭了劫难，他肯定会情绪失控的。

　　然而，每个人都要面对无能为力的一切，这是谁也无法改变的现实，陈浩三只能硬着头皮，把悲痛嚼碎了咽到肚子里面，化为血肉，成为生命的一部分。就像蔡雨来必须面对慕容织云的背叛革命和死亡，就算他有再多的不释怀与不甘心，也必须承受和放下。

　　从益阳山庄离开，蔡雨来一直闷着脸，神情萎靡，像生了一场大病。蔡雅来主动跟他说话，但哥哥却恍若未闻，一直沉浸在自己的悲痛中。这一路上遭遇了各种事情，蔡雨来总是在绝望的时候鼓舞他们，像一道光指引着他们的前行方向，没想到意志坚定的他也会露出病怏怏的样子，看得出来，他内心受到的打击很大。

　　陈浩三和蔡雨来并肩而行，一时有些同病相怜的感慨。两人都陷入沉默，因为彼此都知道，这个时候谁也不能安慰谁，真正的伤痛是无人可以安慰的。尤其是那些看不见的伤口，它的痛楚比皮外伤来得更猛烈，从来都没有药物可以医治，唯有的办法就是交给时间，慢慢结成抹不掉的伤疤。仿佛宿命中的死结，只有自己迎来死亡的那一天，才能将其抹掉。

　　队伍绕过日兵关卡，沿着郊区前行，渐渐到了人烟荒凉之地。日军封锁了海面，又派重兵到边境把守，周伯明不可能从海湾偷渡，他选择的是陆地线路，夜间偷渡过深圳河，抵达罗湖境地。

　　傍晚时分，游击队来到福全山脚下的粉岭。这是新界东北部的山乡，当时地处偏僻，日伪军一般不会到这边来。粉岭的群众基础好，香港沦陷时，许多土匪烂仔跑到粉岭一带落草，搅得百姓人心惶惶。后来游击队驻扎进来，将这一带的土匪恶霸和地痞烂仔清理干净，让村民过上安稳日子，因此发展为游击队的据点。

　　用过晚餐，天色已经黑透，腊月下旬的夜空显得格外深邃，把大地笼罩得严严实实的。风突然停止了，所有的草木都肃立无声，仿佛正在接受黑夜的洗礼。

　　游击队在一间大祠堂打地铺，和衣而睡，要到半夜时分才出发偷渡。陈浩三睡不着，悲伤像不断涌来的洪水，在心头蓄积，却又无处释放，沉重得让他根本无法合上双眼。仿佛一闭眼，他就能看到那些令人心碎的画面，每一帧都像刀片，切割他的心脏。

　　他走出祠堂，坐在门外的石栏望着黑夜。夜空看不到月亮，倒是看到了不少星星。星星在黑夜中闪着微弱的光芒，夜色看起来空旷而明朗。寒气在这个时候渐渐凝重，仿佛有意要让人冷静下来。

　　蔡雨来也走出来，默然地坐在陈浩三身边。他跟陈浩三一样，因为痛苦折磨而无法入睡。

　　两人面对着夜色沉默，夜色不动声色，两人也不动声色，沉默的时间让夜晚显得更加漫长与深邃。过了良久，陈浩三才突然说："我们老家有个传说，一个好人死了之后，就会变成一颗星星挂在夜空，如果这个好人投胎转世了，就会化成流星划过天空。秋蓉和阿全是好人吧，他们现在应该变成星星了。"

蔡雨来伤感地说："阿全和秋蓉当然是好人，天上的星星有两颗是他们的。另外还有两颗是阿睦和万盛达的，他们也都是好人。"

他转头看着陈浩三，大概想让陈浩三心头好受一些，接着说："阿全和秋蓉他们付出了生命，实现了自己的人生信仰，就像星星一样照亮了夜空。陈先生，你还记得我的话吧，只有在黑暗中才能看到星星，夜色越黑暗，星星就越明亮。你经历了命运的黑暗，现在也是有信仰的人了。"

陈浩三凄然地摇了摇头："说实话，我不知道什么是信仰，只知道有些事情必须去做。"

要是往常，蔡雨来肯定会借机深入话题，要给陈浩三灌输革命理想和信念。但此刻他也没有说话的欲望，只是想在夜色下沉默。沉默或许是最好的解药，不会把心中的伤口放大。

两人不再说话，就这么一直默默地坐到了半夜，任由寒气一点一滴地渗透到他们体内。但是这些寒气却无法渗透到他们的命运深处，因为他们浑身焕发着热血，能抵挡来自岁月深处的寒冷。

出发的时间到了，周伯明率领队伍向边境挺进，他们要偷渡过深圳河，前往罗湖的红岗村。红岗村边上是鸡公山，山脉绵长，那里有一个游击队的秘密据点。

路上，陈浩三突然向周伯明提出申请，他想加入游击队，一起打日军。周伯明很高兴，说没有问题，等回到深圳游击队根据地，他第一时间向政委尹林平汇报，领导同意后陈浩三就可以正式成为队员。

从粉岭走到红岗村有三十多里地，中间要偷渡过深圳河，预计四个多小时的路程。为了确保偷渡成功，从元朗宪兵部撤退时，周伯明和刘黑仔、黄冠芳约好，夜半时分，黄冠芳到元朗西边海湾袭击日伪军，给日伪军造成假象，以为这些人要从海上偷渡，把兵力吸引过去；刘黑仔则往大帽山一带打击敌人岗哨，扰乱敌人的布防，将一部分兵力吸引过去；周伯明借着日伪军应接不暇之际，从新界东北边偷渡过河，护送蔡雨来出境。

另外王作尧率领的一支游击队，也在深圳河周边埋伏，准备袭击日军。昨晚周伯明率队偷渡到元朗，和王作尧约好，今夜凌晨三点钟，王作尧部队袭击罗湖关口的日军驻地，将日军的兵力都吸引过去，好让周伯明部队从香港偷渡回来。虽然王作尧也不知道周伯明潜入元朗是否能找到蔡雨来，但能不能找到蔡雨来，周伯明都要带队返回深圳，不宜在元朗久留，因此必须引开罗湖边境一带的日伪军。

一行人走到深圳河，才凌晨两点多钟。边境管理严格，深圳河一带当时不允许住人，河水的滋润下草木茂盛，荒无人烟，适合隐蔽。

昨天夜里，周伯明率队乘坐木船偷渡过深圳河，抵达岸边后，众人将三艘木船抬上岸，藏于草丛，用干草掩盖，以免被日军发现。这三艘木船此刻还在，铺在上面的稻草也做了特殊记号，一切正常，显然不曾被人发现。

游击队就地隐蔽休息，只等着枪声响起时启动偷渡行动。其间，有两艘日本巡逻艇沿着深圳河交错巡逻，时间相隔并不长，刺眼的探照灯把河岸两边和河道照得一片明亮，树木和草丛影影绰绰。众人紧紧趴在斜坡的草丛和灌木中，怕被敌人发觉。

到了凌晨三点钟，远处果然传来紧密的枪声和手榴弹爆炸声，周伯明知道是王作尧率队突袭日军，立即让大家做好偷渡准备。

确实如此，王作尧事先准备了两头水牛，在牛角上绑了电筒，凌晨三点赶到深圳河。深圳河道里的巡逻艇听到动静，开过来察看。夜里的河涌雾气弥漫，巡逻艇上面的日军听到水声阵阵，又见有电筒之光，以为是有人在划船偷渡，于是用机关枪对着水牛疯狂扫射。

游击队埋伏岸边，等巡逻艇过来时，王作尧一声号令，众人当即开枪，片刻之间便将巡逻艇击沉。另外一艘听到动静前来支援，也被埋伏的游击队击沉。这样一来，周伯明的游击队便可放心偷渡过河，不再担心有巡逻艇来巡查。

击沉巡逻艇，王作尧并不就此罢休，率领游击队袭击罗湖关口的日军驻地，将周边巡逻布防的日军都吸引过来。

枪声的掩护下，周伯明部队顺利渡过深圳河。他们将木船抬上岸，倒扣在草丛中，盖上干草。随后一行人马不停蹄，连夜赶往红岗村。

踏上深圳境地，蔡雨来和陈浩三的内心踏实了许多。终于逃出香港，这是他们逃跑时梦寐以求的时刻，经历了困难重重和生离死别，终于抵达了命运的彼岸。

可是他们高兴得太早了，才走了两里地，在一处茂密的树林中突然射出一阵猛烈的枪火。走在前面探路的几个游击队员冷不防被击中，倒在了地上。

游击队身经百战，看到前锋被袭击，立即卧倒在地上隐蔽，并将手中的电筒关掉。

黑暗中的枪声像放鞭炮一样，打碎了野外的寂静，惊得林中鸟儿们纷纷飞走，传来惊啼声。幸好周伯明安排到位，让蔡雨来兄妹和陈浩三走在队伍中间，无论敌人从前面埋伏还是从后面开枪，都不会让他们受伤。

敌人朝游击队的隐蔽处开枪，黑暗中只听得子弹穿过草丛和灌木，发出沙沙声响，如同黑夜中落下冰雹。游击队员开枪反击，但对方的枪火实在是太猛烈，有上百人同时开枪，周伯明的游击队只有二十多号人，火力压制不住。幸好他们走的是泥路，日军攻打香港时有坦克和炮车从这条路经过，碾压得路面凹陷下去，像战壕般可以隐蔽。加上周边有树木，又是在黑夜之中，即便敌人枪火猛烈，却也难以打中游击队员。

蔡雨来趴在地上，焦急地问：“是日本人吗？”

周伯明说："不是。日本人不可能晚上出来埋伏，是国民党军队。"

陈浩三吃了一惊："国民党军队，那是自己人啊，他们把我们当成日兵了吗？"

周伯明语气沉重地说："不是自己人，他们是来伏击我们的，叫'捞鱼行动'，专门来抓捕你们这些漏网之鱼。"他的脸色沉凝起来，在枪声中思索着如何突围。

陈浩三更是惊讶不解，想不通中国人为何要打中国人。

伏击游击队的是国民党东江特务大队上校梁桂平，他带领一百六十多号人马，奉上头命令，夜里埋伏在深圳河边境的树林里面，执行"捞鱼行动"，要把从香港趁夜逃出来的文化人士以及护送的游击队一网打尽。周伯明带领的游击队正好进入梁桂平部队的伏击圈。

敌人火力猛烈，想突围撤退是很困难的，周伯明担心敌军数量众多，要是展开战术，用一半兵力压制游击队，另外一半兵力迂回包抄，游击队两头受敌，极有可能全军覆没。周伯明当机立断，派出几名队员护送蔡雨来兄妹和陈浩三离开此地，自己则留在战场上牵制敌人，哪怕牺牲了，只要将蔡雨来安全送到根据地，也算是死得其所。

周伯明打开电筒，朝四周照去。电筒的电池用了一晚上，光线已经很微弱。他对蔡雨来说："蔡先生，待会儿我们反击，拖住敌人，你们顺着路面爬行撤退，我派几个人护送你们绕过敌人的封锁区，前往根据地。"

蔡雨来明白他的意图，劝道："周队长一起撤退吧，我们先避开敌人的风头，不跟他们对抗。"

周伯明摇头道："不行。要是我们一起撤退，敌人肯定会发起冲锋的，必须有人牵制敌人的火力。"

蔡雨来看了看周边的游击队员，虽然开枪反击，但是步枪射击和对方的轻机枪相比，实在是处于劣势。周伯明的游击队本来人数就少，又有几个前锋战士受伤，若是再派出几个人护送自己，周伯明就剩十来个人，想牵制敌人是不可能的，最后肯定会被敌人包抄围剿，极有可能牺牲。这就意味着此地一别，恐怕会阴阳两隔。

陈浩三说："蔡先生，你们先撤，我跟周队长在这里拖住敌人。"

周伯明说："陈先生，你和蔡先生一起撤退，要保护好蔡先生。"

陈浩三摇头说："有游击队保护蔡先生就可以了，我要留下来和你一起并肩作战。"他知道留下来战斗是极其危险的，极有可能丧命，但是他却不害怕。

多一个人，多一分力量，周伯明没有再劝说，当即安排四名游击队员，跟着蔡雨来兄妹爬行突围。

蔡雨来见陈浩三执意要留下来，拍了拍他的肩膀："多加保重，我们在游击队根据地见面。"

蔡雅来也看着陈浩三，在极其昏暗的电筒灯光下，他那张棱角分明的脸却有些模糊。不知道为何，她居然有些忧伤，不舍地说："你不要逞强，看到情况不对就想办法撤退。"

周伯明说："我们擅长打游击战，应变能力强。你们快离开这里，我们没有后顾之忧，知道怎么撤退。"

蔡雨来不再多言，和妹妹一起跟着四个游击队员，顺着路面匍匐撤退。他们打算爬行出几十米之后，弯腰逃走，走另外的小道绕过这个伏击圈。

周伯明和陈浩三开始朝敌人开枪反击，吸引对方的火力，掩护蔡雨来兄妹撤退。就在这时，突然听到敌人的后方传来剧烈枪声，还有手榴弹的爆炸声，把夜色震得摇摇欲坠。

一支游击队出其不意，从后面突袭梁桂平部队，打得他们措手不及。敌军顿时大乱，一时溃不成军，周伯明看到形势逆转，立即叫游击队员全力开枪反击敌人。

梁桂平大队遭到前后夹击，他们本就是欺弱怕硬的人，看到情况不妙，哪里还敢恋战，一边还击一边纷纷突围撤退。

蔡雨来见敌人逃跑，顿时松了一口气，也趴在路肩上对着敌人开枪。

从后面夹击梁桂平部队的是东江纵队第五大队第一中队。中队长阮海天奉王作尧的命令，带一支二十余人的游击队在边境巡查，接应周伯明的部队回来。王作尧知道深圳河边境晚上会有国民党军队埋伏，周伯明率队回来万一遇上这些顽军，那可就遭殃了，因此派出阮海天在周边戒严。

打跑敌人，两支队伍会师。周伯明清点了人数，他的游击队牺牲了三人，另外有三人受了枪伤。阮海天帮忙料理牺牲的战士遗体，让周伯明带兵继续护送蔡雨来等人前行。

路上，陈浩三忍不住问周伯明："国民党的军队为什么要打我们？都是中国人，一起打日本人不好吗，非得搞个自相残杀。"

周伯明看了陈浩三一眼，知道这小子对政治时局一点也不懂。他说："皖南事变后，国民党顽固派掀起了第二次反共高潮，从那之后国民党的部队开始消极抗日，将力量用来围剿共产党军队。"

陈浩三更是愣住，他问什么是皖南事变，什么是反共高潮。

蔡雨来知道陈浩三在党派相争方面是一张白纸，需要恶补不少知识，于是便跟陈浩三讲解起皖南事变的经过，以及事变背后更深层次的东西，还有两党之间存在的分歧。

陈浩三对蔡雨来越发的佩服，心想这人真是胸怀天下，什么都懂，肚子里装的都是国家大事和民族情怀，不像他，以前满脑子就想着抢地盘和赚钱，还有怎么调戏女人，从来没有关心过国家大事，真是羞愧难当。

一路上再也没有遇到障碍，部队于凌晨四点半钟抵达红岗村的游

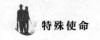

击队据点。一群人走夜路累了，便在据点补觉休息。

第二天早上，吃了村民送来的番薯充饥，队伍又继续往根据地挺进。为了避开日军的岗哨和巡查，队伍没有走村路，而是沿着鸡公山的山脉野路徐徐前行，前往龙华的白石龙村。

白石龙村是东江纵队在阳台山设立的抗日根据地，也是东江纵队营救香港文化人士进入内地的第一站。白石龙村在山脚下，因山的南面是敌占区，沿途的村镇也都驻有日军分队和伪军，为安全起见，游击队和村民在山上茂密的树林里面搭了一系列茅草房，当地人称其为草寮，用于安置转移出来的文化人士。

中午，阳光直挺挺地照射山头，晒出了大山的清新气息，部队也顺利抵达了山上的草寮。草寮有十来间，均匀地分布在林子里面，有树木作掩护，就算日军派出侦察机也很难发现。文化人士从香港转移出来，要在此地居住一段时间才能离开，他们要奔赴全国各地，有些要去桂林、有些要去延安、有些要去云南或四川，线路不一样，大后方的转移工作也不一样，只能陆续转移。在没有被转移之前，文化人只能蜗居草寮，过着山野闲人的生活。幸好这些文化人士天生浪漫主义，倒不觉得寂寞，如同林间结庐隐居，聚在一起聊文学谈国事，夜里顺便给游击队上文化课，倒也其乐融融，并不觉得生活乏味。

进入一间大草寮，蔡雨来看到从香港转移出来的几位文化老友，有梁漱溟、宋之的、华嘉等人。这批文化人士也是昨天才从香港转移出来的，只比蔡雨来早一天。

见到蔡氏兄妹，众人十分兴奋，如同他乡遇故知，急忙扯着他盘腿坐到地铺上，欢快地攀谈起来。因是哥哥的朋友，蔡雅来和这些文化人士也是相熟的，盘腿坐在地铺上和他们聊天，顺便歇一口气。毕竟走了半天的山路，而且这些天一直步行，爬山越岭，脚上磨出了好多血疱，如今终于抵达安全之地，全身一放松，坐在地铺上再也不想起来。

蔡雨来跟友人说起一路上的逃亡经历，梁漱溟和宋之的、胡考等人惊叹不已，他们是由共产党交通员直接护送出港的，一路有人打点通关，比较顺利，并没有经历这样的生死逃亡。

看到蔡氏兄妹与友人相聊甚欢，充满劫后重生的喜悦，陈浩三不禁想起了薛秋蓉和方孝全，想起了陈睦，也想起了万盛达，如果他们也能活着出来，在这里一起享受劫后重生，那该有多么幸福啊！可惜这样的场景不可能出现，在他眼前萦绕的是薛秋蓉和方孝全，还有陈睦临死前的场景，那都是让他痛彻心扉的画面。

他的心情突然变得无比沉重。陈浩三走到草寮外面，站在一棵松树底下，悲伤地望着远方。草寮搭在半山，可以俯视山下，山下有一片山地被大火烧毁，那是日军不久前接到情报，突袭白石龙村，但没有找到转移出来的文化人士，气愤之下放火烧毁了边上的山头。

陈浩三感觉心中也有一片地方被大火烧毁，需要很长时间才能愈合。山风吹来，树木发出沙沙声，听起来也是那样忧伤，就像伤口被撕裂的声音。

这时，一个十三四岁的小鬼背着一把步枪，正从山道上走来。陈浩三转头看时，觉得小鬼很是眼熟，再仔细一看，不由得欣喜道："宝仔！真的是你吗，宝仔！"

小鬼抬头一看，也兴奋地说："三叔，哇，是你啊！"

陈浩三跑过去，弯下腰激动地一把将他抱在怀中。眼前的这个小鬼是杨进喜的儿子杨明宝，小名宝仔。

陈浩三将杨明宝放下来，捧着他的脸，把他的小脸都挤变形了。他欣喜地说："真没想到在这里看到你。宝仔，你长高了、也长重了，我都快抱不起你了，你都可以娶媳妇了！"

杨明宝噘起嘴巴，一把推开陈浩三说："我才不要娶媳妇呢，我要去打鬼子。"一边说一边举了举背在肩膀上的步枪，脸上露出骄傲的神情。

陈浩三摸着他的头说："叻仔好醒目，枪法练得怎么样？"

杨明宝说："很厉害呢，前不久我去盯梢，还打死了一名汉奸，

得了神枪手的绰号。"又说，"三叔你来得正好啊，教我功夫，让我变得更加厉害。"

陈浩三问："你怎么跑到这里来当游击队员了？你妈呢？"

杨明宝用手指着不远处的一个草寮说："我妈就在那里，专门煮饭菜给香港来的客人吃。"

陈浩三忙说："快带我去见你妈。"

杨明宝跑在前面带路，像一头欢快的小鹿。陈浩三跨着大步，紧紧跟在他身后，仿佛怕他突然消失在树林一样。他和杨进喜的关系很好，杨进喜的家人无疑就是他的亲人，没想到能在这里相遇，一下子冲淡了内心的悲伤。

进入草寮，一个妇女在用木炭熬粥，正是杨进喜的妻子许青莲。陈浩三激动地叫了一声嫂子。许青莲回过神来，欣喜万分，赶紧搬来小矮凳让陈浩三坐到炭炉边。

因怕被日军的侦察兵发现，山上不敢明火做饭，只能用木炭熬煮。木炭是村民无私奉献出来的，他们宁愿自己冬天冷着，也要把宝贵的木炭捐出来献给游击队。

坐在炭炉边上，大锅里的番薯粥飘出一股清香味，给这间草寮平添了一丝温暖。许青莲说起逃港经历，香港沦陷之后，杨进喜接到紧急任务，顾不上家人安危，给了许青莲和杨明宝一些钱，让母子俩跟着难民逃回内地的清远老家避难。随后，杨进喜就没有再出现过，仿佛人间蒸发一样。

许青莲不知道丈夫要执行什么任务，但她知道丈夫是共产党的交通员，国难当头，肯定有重要的事情去做。她带着杨明宝随着难民逃港，然而一个妇女带着一个十来岁的孩子逃难，在兵荒马乱时期是非常危险的。进入九龙时，许青莲和儿子身上的钱被当地烂仔抢光，连饭都没得吃，真是叫天天不应，叫地地不灵。幸好有几个交通员护送文化人士路过九龙，其中一名交通员认出许青莲和杨明宝，顺便将母子俩捎带上，才终于脱险。

许青莲和杨明宝跟随文化人士一起转移出香港，来到白石龙村，她没有回清远老家，主动留下来照顾从香港转移出来的文化人，而杨明宝则加入了游击队的小鬼班，负责去放哨和打探消息。两天前，许青莲和杨明宝已经接到了杨进喜牺牲的消息，母子俩虽然悲痛万分，但知道杨进喜是为国家而死，大义所在，也没有什么好说的，只能将悲伤化为力量。

陈浩三也说起自己的逃港经历，听说陈睦和方孝全、薛秋蓉死在了路上，许青莲不由得抹起了眼泪。杨进喜在香港交际广泛，但真正当兄弟看待的也就只有北角四虎，在许青莲眼中，陈睦和方孝全就是她的弟弟，没想到他们都遭遇了不幸。还有薛秋蓉，当初陈浩三和她相恋时，许青莲也见过几次，这么好的一个姑娘，却也死在逃亡路上，实在是太可惜了。

她抹着眼泪，感叹战争的残忍与无情，却又想起了丈夫，没想到香港一别，竟然也是阴阳两隔，内心越发难过。

# 三十六

　　傍晚时分，东江纵队政委尹林平和副总队长兼参谋长王作尧，在周伯明的带领下，到山上看望文化人士。周伯明顺便向两位领导汇报了陈浩三的事迹，说他要加入游击队。

　　尹林平当场同意，他已经接到潘柱传来的情报，护送蔡雨来一家人的陈浩三及其兄弟，是跟杨进喜混的。杨进喜曾将他们列入发展党员的名单，已经上报给组织，只是香港突然沦陷，批复之事一下子耽搁下来。

　　在尹林平的主持下，在蔡雨来等文化人士的见证下，陈浩三宣誓加入了游击队。蔡雅来一时触动，不知为何，突然提出也要加入东江纵队，一起抗战杀敌。她相信以自己的枪法，加之这三天的逃亡锻炼，一定会是一名出色的游击队战士。

　　蔡雨来持反对意见。他并不反对妹妹当游击队抗战杀敌，只是觉得妹妹毕竟是知识女青年，当时的知识女青年比较少，她应当有更崇高的目标，去延安的革命圣地深造，以文化的力量唤醒更多沉睡的同胞投入抗战。蔡雨来深知，一个民族的崛起和觉醒，始终都是要靠精神与信仰去推动的，文化是推动民族觉醒的重要源泉，将知识化为抗战救亡的力量，比拿枪去打日本人更有杀伤力。

　　尹林平和王作尧都是有远见的人，上战场打日军，一个文盲农民就能干的事情，蔡雅来这样的爱国知识女青年，是当前国家最急需的人才，应该有更大的作为。两位领导也极力劝导蔡雅来跟哥哥前去延安深造，接受延安精神洗礼之后，再从延安回到广东参加抗战救亡，说不定对革命工作的开展会有更高层次的理解。

　　"我们投身革命工作，其目的就是要改变中国，并不是从表面上去改变，而是要从精神本质上去改变。知识能改变中国的命运，现在国家急需你这样的女青年人才，去延安会更加适合你。在延安，我相信你会发挥更大的人生价值。"

听了尹林平的话，蔡雅来陷入沉默，似乎在思考。她突然看了一眼陈浩三，很明显，她想征求陈浩三的意见。

陈浩三没想到她会询问自己，不由得愣住。他的内心深处，当然是希望蔡雅来留下来参加游击队，一起并肩作战。但是他也知道，游击队在枪林弹雨中与敌人作战，十分危险，她去延安深造，比当游击队更合适。

"你去延安吧。"他讷讷地说，"带着秋蓉的遗愿，不要把她忘了。"

蔡雅来眼眶一红，不再坚持，同意与哥哥一起去延安。

当天晚上，惠州交通站传来消息，延安方向的交通路线已经打通，明天上午便可以转移。这条线路前面已经有几批人走过，先从宝安转移到惠州，再从惠州转到韶关，然后从韶关去桂林，再从桂林去重庆和延安。这是一条比较稳定的交通线路，一路上都有交通员护送，以接力赛的形式，一站接一站将文化人士送到大后方，可预防路上发生的各种危机。

蔡雨来正好要在桂林逗留几天，将胶卷和机密文件交给桂林版的《大公报》，向全世界揭露日本人犯下的滔天罪行。《大公报》是民国时期中国最具影响力的报纸，也是国际媒体最关注的中国报纸之一，日军犯下的罪行若是在《大公报》刊登出来，肯定会引起国外媒体的关注和谴责，掀起国际舆论狂潮。尤其日军要押送十万香港平民去广州细菌部队做活体试验，制造瘟疫病毒对付中国，如此可怕的阴谋更能唤醒中国人的警觉与抗战精神。香港是英国的租界，日本人在香港如此作恶，不仅杀害中国人，还残害英国俘虏和轮奸英国护士，英国人怎么可能坐得住。一旦引起国际效应，世界反法西斯联盟将会对中国给予更大的援助，更加有利于中国军队的抗战。

当晚还有一个好消息，是刘黑仔传来的口讯，他们已经到大帽山的土匪窝将方孝举接出来，送到游击队的秘密基地疗养。方孝举大腿中枪，但没有伤到骨头，只是伤了肌肉，子弹及时取出来消炎，没有大碍，休养一段时间便可以下床走路，到时再送出香港。

这个消息让陈浩三和蔡氏兄妹很是激动，内心也有了慰藉。尤其是陈浩三，激动得流下了泪来。这一路逃亡他就只剩下方孝举这位兄弟了，毕竟没有全军覆没，日后还可以相依为命。

第二天上午，一帮文化人士开始收拾行李，准备转移到大后方。

陈浩三也正式归队，分编在周伯明的第三大队，一大早要去执行任务，到前线伏击敌人，要把附近日伪军的兵力吸引开，好让这些爱国文化名人安全撤离。

出发前，陈浩三前来跟蔡雨来兄妹告别。虽然他们才认识短短几天，但一起出生入死，经历各种艰苦磨难，把患难与共的真情都融入了血液里，那样的感情，一辈子也不可能忘掉。

陈浩三对蔡雨来说："祝你们去延安的路上平安顺利。"又说，"我们以后应该还会见面吧？"

蔡雨来坚定地说："肯定会的。抗战胜利后，我们就到广东来找你，到时还要一起看星星。"

蔡雅来有些不解，笑道："两个大男人一起看星星，感觉怪怪的，到时要带上我才行。"

蔡雨来握着陈浩三的手，真诚地说，"如果没有你，我们肯定逃不出香港，这份情义，我会永远记得的！"

陈浩三说："谢谢你教会我这么多东西。多保重，抗战胜利之后我们再相见。"

蔡雨来说："现在英美法等国家也加入了抗战，全世界一起对付法西斯，胜利很快就属于我们的。放心，过不了多久我们就会见面的。"

蔡雅来望着陈浩三，经历了这些天的磨砺，他脸上没有了玩世不恭的表情，仿佛一夜之间成熟了许多，也沧桑了许多。她突然俏皮地说："三哥，你要多加保重，下次见面时说不定我认不出你来了。"

陈浩三愣住，看着她不解地问："为什么，难道你这么快就把我忘了？"

蔡雅来幽幽地说："不是把你忘了。下次见面时，你肯定脱胎换骨，会有更大的改变，不再是以前的你，而是一名有坚定信仰的革命战士，到时让我刮目相看，说不定不敢相认了。"

陈浩三本想说句调侃的话，却又说不出来，心头仿佛有一些东西让他变得不那么躁动了。他语气低沉地说："经历了这么多事情，我如果还是原来的我，没有一点改变，那真是对不起死去的兄弟和秋蓉。"

蔡雅来怕他陷入悲伤，忙说："期待我们下次重逢吧！"说着主动伸出手来，"握个手，就当是约定。"

陈浩三愣了一下，缓缓地把手伸出去。蔡雅来坦然一笑，落落大方地跟他的手握在了一起，而且握得紧紧的。他感到她的手并不柔软，有很多老茧，颇为粗糙。这几天下来，她握枪留下来的战火痕迹，也是她跟他一起并肩战斗的岁月见证。


这时，山下传来了集训的口号。

周伯明在一处坡地集训游击队伍，准备开拔去执行任务。

陈浩三背起步枪，看了一眼蔡雨来，又深深地看了一眼蔡雅来，随即转身往山下走去。

蔡雅来望着他的背影，在蜿蜒的山道上渐渐变小，仿佛走入了时间深处。她一时有些出神，感觉这个人的身影既陌生又熟悉、既亲切又茫然，让她有一种说不出的感情。

她幽幽地叹了一口气，抬头望向天空。天空晴朗，暖冬的阳光落下来，和山里的薄雾交融在一起，空气中蓄满了树木的清香味，大地明亮而又苍茫。

# 尾声

　　一个月后，蔡氏兄妹辗转来到桂林。蔡雨来将日军在香港杀人放火的罪证和广州细菌部队的军事机密，通过桂林版的《大公报》头条刊发。除此之外，他还揭露了国民党反动派执行"捞鱼行动"的阴谋，要对香港逃出来的文化人士连同游击队一起赶尽杀绝，其手段之卑鄙，堪比日军之狠毒。

　　消息如同惊天之雷，震惊世界，当即激起了全国人民的抗日救亡呼声，也掀起了新一轮的抗日运动高潮，极大地促进了中国人民的觉醒和觉悟。尤其是文化人士，他们为祖国的前途、民族的危亡而日夜忧虑，纷纷写文章和上街游行，要求国民党政府停止内战，建立抗日民族统一战线，一致对外抗战。蒋介石陷入社会舆论的困境，为了挽回民心，被迫暂停剿共运动，将军力转移到抗日战场上。

　　中共中央也从延安发出全国抗战宣言，国家和民族正处于亡国灭种的紧急关头，全国人民必须团结起来，筑成民族统一战线的坚固长城，浴血抗战，只有这样国家才有希望、人民才有出路。

　　国际媒体也纷纷转发《大公报》的消息，引发国际舆论，世界反法西斯联盟对中国给予了更大援助，希望中国在世界反法西斯战争中早日取得胜利。

　　除了揭露日本人的罪行和阴谋，蔡雨来还将自己逃亡香港的事迹写成文章发表，谨以纪念那些为护送他离开香港，为护送文化人士逃离日军魔掌而不惜付出生命代价的无名英雄，希望用他们舍生取义的精神，唤醒更多沉睡的人。

# 后记

　　二〇一五年夏日，我从工厂离职，成为自由撰稿人。我的师父陈启文先生正好接了一部长篇报告文学《东江纵队》，需要一名助理跟随采访，并收集相关资料。

　　我很幸运。基于这个缘故，我对东江纵队的历史十分熟悉，后来萌生想法，这么好的素材，不写成长篇小说真是浪费。

　　那时的我并没有能力构思和驾驭庞大的历史故事，而且东江纵队的历史脉络十分清晰，从无到有、从有到强，都有十分翔实的史料记载。创作长篇小说，肯定不能照搬素材，但又不能偏离党史，如何在熟悉的史料中找到与众不同的角度，写出新意，是我面临的重大困难。

　　尽管我满怀野心，做好大干一场的准备，但绞尽脑汁折腾了几个月，最终还是搁置在电脑文档里。

　　过了些年，觉得自己写作能力有所提升，于是将东江纵队的长篇再次提上创作议程，并写了一个故事梗概，发给程峰老师判断，是否具备文学价值和市场导向。程峰老师回复中肯，使我心中有底气，开始正式投入创作。

　　我和程峰先生相识于二〇一〇年阳春，岭南百花盛开的季节。那时我利用业余时间混迹天涯论坛，剑走偏锋，虽然有些桀骜不驯，不过是个愣头青年。程峰先生亦是初出茅庐的大学生，在读客公司当实习编辑，却有"我欲穿花寻路，直入白云深处"的志气。我的作品有幸被程峰先生看中，两人加了QQ，之后却没有再联系，如同一生中许多擦肩而过的路人，来不及见面，便淹没在时间深处。

　　十多年后，一个写作的契机，将我们拉回了春光明媚的季节。我们依然素未谋面，却彼此信任、彼此交心，文学让这段缘分变得弥足珍贵，我从中汲取了很多写作的营养，成为彼此心照不宣的共鸣。

　　要特别感谢东莞，我的第二故乡。东莞市委宣传部将《特殊使命》评为"东莞市文化发展专项资金"项目，并且长安镇也给予了文化扶持资金，让我的生活得到保障，更加从容淡定地创作。我只是一名普通的打工仔，却能在东莞成长为作家，这与东莞对文化的重视，对文学人才的培养密切相关。如果我生活在别的城市，也许不会有今天这样的成就。

　　也感谢花城出版社的张懿社长，还有责编李谓老师，以及为此书辛苦付出的花城同人。我从"花城出发"，再到"花城出版"，希望也能实现"花城出彩"，不辜负花城对我的厚爱。

　　还要感谢师父陈启文先生，无论是生活还是写作，您都给了弟子最大的关怀。也感谢家人，以及支持与关照我的师友们，你们是我勇往直前的动力。

　　心怀感恩，我们的生活才会越来越美好。

2022年3月20日 春分起稿

2022年4月27日 完成初稿

2022年6月3日 第一次修改

2022年7月24日 第二次修改

2022年8月16日 第三次修改

2022年12月21日 第四次修改

2023年2月6日 第五次修改

2023年3月23日 第六次修改

2023年5月10日 第七次修改

2023年6月5日 第八次修改

2023年7月19日 改定